Father Browns Geheimnis

Father Browns Skandal

G. K. Chesterton

Father Browns Geheimnis
Skandal

Erzählungen

Übersetzung aus dem Englischen
und mit editorischen Notizen versehen
von Hanswilhelm Haefs

area

Titel der englischen Originalausgaben:
The Secret of Father Brown
The Scandal of Father Brown

G. K. Chesterton:
Father Browns Geheimnis • Father Browns Skandal
Übersetzung aus dem Englischen von Hanswilhelm Haefs

Einbandgestaltung: agilmedien, Köln
Einbandabbildungen: zefa und photonica
Satz & Layout: GEM mbH, Ratingen

Printed in Germany 2005

ISBN 3-89996-182-X

Inhalt

G. K. Chesterton

Father Browns Geheimnis

Father Browns Geheimnis

Flambeau, einst der berühmteste Verbrecher in Frankreich und später ein sehr privater Detektiv in England, hatte sich bereits seit langem aus beiden Berufen zurückgezogen. Manche meinen, seine Laufbahn als Verbrecher habe ihm zu viele Skrupel für eine Laufbahn als Detektiv eingebracht. Wie auch immer – nach einem Leben romantischer Fluchten und trickreicher Ausflüchte war er an einem Ort gelandet, den mancher wohl als angemessene Adresse betrachten mag: in einem Schloß in Spanien. Das Schloß hinwiederum war solide, wenngleich verhältnismäßig klein, und der schwarze Weinberg und die grünen Streifen des Küchengartens bedeckten ein ansehnliches Stück des braunen Hügels. Denn Flambeau besaß nach all seinen gewaltsamen Abenteuern immer noch, was so viele Romanen besitzen und was (zum Beispiel) so vielen Amerikanern fehlt, die Kraft, sich zur Ruhe zu setzen. Man kann sie bei manchem großen Hotel-Besitzer finden, dessen einziger Ehrgeiz es ist, ein kleiner Landwirt zu sein. Man kann sie bei manchem französischen Provinzkaufmann finden, der just in dem Augenblick innehält, da er sich in einen widerlichen Millionär entwickeln und eine ganze Geschäftsstraße kaufen könnte, und sich still und behaglich auf Daheimsein und Domino zurückzieht. Flambeau hatte sich beiläufig und fast jäh in eine spanische Dame verliebt, geheiratet und eine große Familie auf einem spanischen Landsitz hervorgebracht, ohne die geringste erkennbare Sehnsucht zu zeigen, noch einmal über dessen Grenzen hinauszustreunen. Doch an einem gewissen Morgen bemerkte seine Familie an ihm eine ungewöhnliche Ruhelosigkeit und Aufgeregtheit, und er rannte schneller als die kleinen Jungen und stieg den größten Teil des langen Berghangs hinab, um den Besucher zu begrüßen, der da durchs Tal kam, und zwar schon, als der Besucher noch ein kleiner schwarzer Punkt in der Ferne war.

Der schwarze Punkt nahm nach und nach an Größe zu, ohne sich dabei in der Form wesentlich zu ändern, denn er fuhr, grob gesprochen, fort, rund und schwarz zu sein. Die schwarze Kleidung des Klerikers war in jenen Hügeln nicht unbekannt, aber diese Kleidung war, obschon klerikal, gleichermaßen alltäglich wie geradezu fesch im Vergleich zu Priesterrock oder Soutane und kennzeichnete ihren Träger ebenso eindeutig als Mann von den nordwestlichen Inseln, als hätte er die Aufschrift Clapham

Junction getragen. Er trug einen kurzen dicken Schirm mit einem Knauf wie eine Keule, bei dessen Anblick sein romanischer Freund fast Tränen der Rührung vergoß, denn er hatte in manchen Abenteuern mitgespielt, die sie vor langer Zeit gemeinsam erlebten. Es war dies des Franzosen englischer Freund, Father Brown, der ihm einen lange ersehnten, doch lange verschobenen Besuch abstattete. Sie hatten sich regelmäßig geschrieben, aber sie hatten sich seit Jahren nicht mehr gesehen.

Father Brown war bald Mitglied des Familienkreises, der groß genug war, um das allgemeine Gefühl einer Gesellschaft oder einer Gemeinde zu vermitteln. Er wurde den großen Holzfiguren der Heiligen Drei Könige aus bemaltem und vergoldetem Holz vorgestellt, die den Kindern Weihnachten die Geschenke bringen, denn Spanien ist ein Land, in dem die Angelegenheiten der Kinder einen großen Platz im häuslichen Leben einnehmen. Er wurde dem Hund und der Katze und dem Vieh auf der Farm vorgestellt. Aber er wurde auch wie aus Zufall einem Nachbarn vorgestellt, der gleich ihm Kleidung und Gebräuche ferner Länder in jenes Tal gebracht hatte.

Es war am dritten Abend seines Aufenthaltes in dem kleinen Schloß, als der Priester einen stattlichen Fremden wahrnahm, der dem spanischen Haushalt seine Ehrerbietung durch Verbeugungen darbrachte, mit denen kein spanischer Grande hätte wetteifern können. Er war ein großer, hagerer, grauhaariger und sehr gutaussehender Herr, und seine Hände, Manschetten und Manschettenknöpfe wirkten in ihrer leuchtenden Gepflegtheit gewissermaßen überwältigend. Doch hatte sein langes Gesicht nichts von jener Blasiertheit, mit denen die Karikatur unseres Landes makellose Manschetten und manikürte Hände verbindet. Es war vielmehr verblüffend lebhaft und kühn, und die Augen waren von jener unschuldigen hellwachen Neugier, wie man sie nicht oft unter Grauhaarigen findet. Das allein schon hätte des Mannes Nationalität erkennen lassen können, ebenso wie die nasale Tonart seiner kultivierten Stimme und seine reichlich voreilige Annahme eines unendlich hohen Alters all der ihn umgebenden europäischen Dinge. Es handelte sich in der Tat um niemand Geringeren als Mr. Grandison Chace aus Boston, einen amerikanischen Reisenden, der in seinem amerikanischen Reisen für eine gewisse Zeit innehielt, indem er das benachbarte Landgut pachtete, ein ziemlich ähnliches Schloß auf einem ziemlich ähnlichen

Hügel. Er fand das größte Vergnügen an seinem alten Schloß, und er betrachtete seinen freundlichen Nachbarn als eine lokale Antiquität der gleichen Art. Denn Flambeau gelang es wirklich, wie wir bereits gesagt haben, zurückgezogen im Sinne von verwurzelt auszusehen. Er hätte dort, zusammen mit seinen eigenen Weinstöcken und Feigenbäumen, schon seit Ewigkeiten wachsen können. Er hatte seinen wirklichen Familiennamen Duroc wieder angenommen, denn der andere Titel »Die Fackel« war lediglich ein *nom de guerre* der Art gewesen, unter der ein solcher Mann oftmals Krieg gegen die Gesellschaft führen mag. Er liebte seine Frau und seine Familie. Er entfernte sich nie weiter vom Hause, als für einen kleinen Jagdgang nötig, und er erschien dem amerikanischen Globetrotter als die Verkörperung jener Hingabe an heitere Ehrbarkeit und gemäßigten Luxus, die der Amerikaner in den mediterranen Völkern zu erkennen und zu bewundern klug genug war. Der rollende Stein aus dem Westen war es froh, für einen Augenblick auf diesem Fels im Süden auszuruhen, der schon so viel Moos angesetzt hatte. Doch Mr. Chace hatte auch schon von Father Brown gehört, und sein Ton wandelte sich leicht, wie gegenüber einer Berühmtheit. Sein Befragerinstinkt erwachte, zwar taktvoll, aber straff. Und wenn er versuchte, Father Brown zu ziehen als sei er ein Zahn, so geschah dies mit der geschicktesten und schmerzlosesten amerikanischen Zahnziehkunst.

Sie saßen in einer Art halboffenen Außenhofes des Hauses, wie er oftmals den Eingang zu spanischen Häusern bildet. Dämmerung wandelte sich in Dunkelheit, und da jene Art Bergluft nach Sonnenuntergang scharf abkühlt, stand ein kleiner Heizofen auf den Steinfliesen, der mit seinen roten Augen wie ein Kobold glühte und rote Kringel auf das Pflaster malte. Doch selten nur erreichte einer seiner Strahlen die unteren Ziegel der großen kahlen braunen Ziegelwand, die über ihnen steil in die tiefblaue Nacht stieg. Flambeaus mächtige breitschultrige Gestalt und seine säbelförmigen Schnurrbarthälften waren im Zwielicht schwach zu erkennen, wie er da herumhantierte und dunklen Wein aus einem großen Faß abzapfte und ihn herumreichte. In seinem Schatten wirkte der Priester sehr zusammengeschrumpft und klein, als ob er sich über den Ofen kauere. Der amerikanische Besucher hingegen lehnte sich elegant nach vorne, die Ellbogen auf den Knien und die feingeschnittenen Züge im vollen Licht, seine Augen schimmerten vor wißbegieriger Intelligenz.

»Ich kann Ihnen versichern, Sir«, sagte er gerade, »daß wir Ihre Leistungen in Sachen Mondscheinmord als den größten Triumph in der Geschichte der Detektivwissenschaft betrachten.«

Father Brown murmelte irgendwas, mancher hätte sich einbilden können, daß sein Murmeln ein bißchen wie ein Stöhnen war.

»Uns sind«, fuhr der Fremde fest fort, »die sogenannten Leistungen von Dupin und anderen wohlbekannt; und die von Lecocq, Sherlock Holmes, Nicholas Carter und anderen einfallsreichen Verkörperungen des Gewerbes. Wir bemerken aber, daß es da in vielerlei Hinsicht bedeutende Unterschiede zwischen Ihren eigenen Methoden der Aufklärung und denen jener anderen Denker gibt, ob nun erfunden oder wirklich. Manche haben sogar die Vermutung geäußert, Sir, daß möglicherweise der Unterschied in der Methode geradezu auf der Abwesenheit einer Methode beruhe.«

Father Brown schwieg, dann fuhr er ein bißchen zusammen, fast so, als sei er über dem Ofen eingenickt, und sagte: »Um Vergebung. Ja. ... Abwesenheit der Methode. ... Auch Abwesenheit des Geistes, fürchte ich.«

»Ich sollte sagen, einer genau festgelegten wissenschaftlichen Methode«, fuhr der Befrager fort. »Edgar Poe hat einige kleine Essays in Gesprächsform vorgelegt, in denen er Dupins Methode und deren feine logische Verbindungen erklärt. Dr. Watson mußte einigen sehr genauen Darlegungen von Holmes' Methode mit ihrer Beachtung der materiellen Details zuhören. Niemand aber scheint bisher einen einigermaßen vollständigen Bericht über Ihre Methode, Father Brown, vorgelegt zu haben, und ich habe erfahren, daß Sie das Angebot abgelehnt haben, darüber in den Staaten eine Reihe von Vorträgen zu halten.«

»Ja«, sagte der Priester und sah stirnrunzelnd den Ofen an, »ich habe abgelehnt.«

»Ihre Weigerung hat eine ganze Menge interessanter Diskussionen ausgelöst«, bemerkte Chace. »Ich darf behaupten, daß einige unserer Leute behaupten, Ihre Wissenschaft könne überhaupt nicht erklärt werden, weil sie mehr sei als bloß natürliche Wissenschaft. Sie behaupten, Ihr Geheimnis könnte nicht preisgegeben werden, da es seinem Wesen nach verborgen sei.«

»Da es was sei?« fragte Father Brown ziemlich scharf.

»Na ja, irgendwie esoterisch«, erwiderte der andere. »Ich kann Ihnen sagen, daß die Leute sich ziemlich über den Mord an Gallup und den an Stein und dann den am alten Merton aufgeregt haben, und jetzt der Mord an Richter Gwynne, und der Doppelmord durch Dalmon, der in den Staaten sehr bekannt ist. Und Sie waren da, jedesmal zur Stelle, peng mittendrin, und erzählen jedem, wie es getan wurde, und erzählen niemandem, woher Sie es wußten. Also fingen einige Leute an zu glauben, daß Sie alles sozusagen mit geschlossenen Augen sähen. Und Carlotta Brownson hat einen Vortrag über Gedankenformen gehalten, mit Beispielen aus diesen Ihren Fällen. Die Schwesternschaft vom Zweiten Gesicht in Indianapolis …«

Father Brown starrte weiterhin den Ofen an. Dann sagte er ziemlich laut, aber so, als ob ihm kaum bewußt sei, daß irgendwer ihn höre:

»Oha. So kann das nicht weitergehen.«

»Ich wüßte wirklich nicht, wie dem abgeholfen werden könnte«, sagte Mr. Chace gutgelaunt. »Es bedarf einer ganzen Menge, um die Schwesternschaft vom Zweiten Gesicht niederzuhalten. Mir scheint, der einzige Weg, um es zu unterbinden, ist, daß Sie uns endlich das Geheimnis verraten.«

Father Brown stöhnte. Er stützte den Kopf auf die Hände und verharrte so einen Augenblick, als ob ihn ein lautloser Gedankenkrampf erfülle. Dann hob er den Kopf und sagte mit dumpfer Stimme:

»Nun gut. Dann muß ich das Geheimnis verraten.«

Sein Blick schweifte dunkel über die dunkler werdende Szene, von den roten Augen des kleinen Ofens bis zu der kahlen Fläche der alten Mauer, über der immer strahlender die hellen Sterne des Südens hervortraten.

»Das Geheimnis ist«, sagte er, und dann hielt er inne, als sei er unfähig fortzufahren. Dann begann er von neuem und sagte:

»Wissen Sie, ich habe all diese Leute getötet.«

»Was?« fragte der andere mit einer kleinen Stimme aus einem großen Schweigen heraus.

»Wissen Sie, ich habe sie alle selbst umgebracht«, erklärte Father Brown geduldig. »Deshalb wußte ich natürlich, wie es getan worden war.«

Grandison Chace hatte sich zu seiner ganzen Höhe erhoben wie ein Mann, den eine Art langsamer Explosion zur Decke emporhebt. Und während er auf den anderen hinabstarrte, wiederholte er seine ungläubige Frage.

»Ich habe jedes dieser Verbrechen sehr sorgfältig geplant«, fuhr Father Brown fort. »Ich habe mir genau ausgedacht, wie so etwas getan werden könne und auf welche Weise oder in welchem Geisteszustand ein Mann das wirklich tun könne. Und wenn ich mir vollkommen sicher war, daß ich genau wie der Mörder empfand, dann wußte ich natürlich auch, wer der Mörder war.«

Chace ließ nach und nach eine Art gebrochenen Seufzers fahren.

»Da haben Sie mich aber wirklich erschreckt«, sagte er. »Für den Moment habe ich wirklich gedacht, Sie wollten sagen, daß Sie der Mörder wären. Für den einen Moment habe ich es in allen Zeitungen der Staaten stehen gesehen: ›Heiliger Hetzhund als Killer Entlarvt: die Hundert Verbrechen von Father Brown‹. Aber natürlich, das war nur eine Redeweise und das Mittel, mit dem Sie versuchten zu rekonstruieren, wie die Psychologie …«

Father Brown klopfte scharf mit der kurzen Pfeife, die er gerade stopfte, gegen den Ofen; einer seiner sehr seltenen Anfälle von Ärger zog ihm das Gesicht zusammen.

»Nein, nein, nein«, sagte er beinahe zornig, »das war nicht nur eine Redeweise. Das kommt davon, wenn man von tiefen Dingen sprechen will … Was nützen da Worte? … Wenn man versucht, über eine Wahrheit zu sprechen, die rein moralisch ist, denken die Leute immer, sie sei rein bildlich gemeint. Ein leibhaftiger Mann mit zwei Beinen hat einmal zu mir gesagt: ›Ich glaube an den Heiligen Geist nur in einem geistigen Sinn.‹ Natürlich sagte ich: ›In welchem anderen Sinn könnten Sie daran glauben?‹ Und *darauf* meinte er, ich hätte sagen wollen, daß er an nichts anderes als Evolution oder ethische Bruderschaft oder sonstwelchen Quatsch zu glauben brauche … Ich will sagen, daß ich mich selbst, und zwar mein wirkliches Selbst, die Morde begehen sah. Ich habe die Leute nicht materiell umgebracht, aber darum geht es nicht. Jeder Ziegelstein oder jedes Stückchen Maschine hätte sie materiell umbringen können. Ich will sagen, daß ich immer und immer wieder darüber nachgedacht habe, wie ein Mensch dazu kommen kann, so zu sein, bis mir klar wurde, daß ich wirklich so *war*, in jeder Hinsicht mit Ausnahme jener letzten Zustimmung zur Tat. Es wurde mir das einmal von einem meiner Freunde als eine Art religiöser Übung empfohlen. Ich glaube, er hatte das von Papst Leo XIII., der mir schon immer ein Vorbild war.«

»Tut mir leid«, sagte der Amerikaner in Tönen, die immer noch voller Zweifel waren, und mit einem Blick auf den Priester, als wäre er ein wildes Tier, »daß Sie mir so viel erklären mußten, bevor ich begriffen habe, wovon Sie sprachen. Die Wissenschaft der Verbrechensaufklärung …«

Father Brown schnalzte in der gleichen lebhaften Ärgerlichkeit mit den Fingern. »Da haben wir's«, rief er. »Genau da trennen sich unsere Wege. Wissenschaft ist etwas Großartiges, wenn man mit ihr umgehen kann; in ihrem wirklichen Sinn eines der großartigsten Worte auf Erden. Was aber meinen die Leute neun von zehn Mal, wenn sie es heutigentags verwenden? Wenn sie sagen, Verbrechensaufklärung ist eine Wissenschaft? Wenn sie sagen, Kriminologie ist eine Wissenschaft? Sie meinen, daß sie sich *außerhalb* des Mannes begeben und ihn studieren, als sei er ein riesiges Insekt. Sie würden sagen: in einem kalten unparteiischen Licht. Ich sage: in einem toten und entmenschlichten Licht. Sie meinen, daß sie sich weit von ihm fortbegeben, als wäre er ein fernes prähistorisches Monstrum, daß sie auf die Form seines ›kriminellen Schädels‹ starren, als handele es sich um einen unheimlichen Auswuchs wie das Horn auf der Nase des Nashorns. Wenn ein Wissenschaftler von einem Typus spricht, meint er niemals sich selbst, sondern immer seinen Nachbarn, und wahrscheinlich seinen ärmeren Nachbarn. Ich leugne nicht, daß das kalte Licht manchmal sein Gutes haben mag; obwohl es in gewisser Weise das genaue Gegenteil von Wissenschaft ist. Es ist nicht nur von jedem Wissen fern, es unterdrückt in Wahrheit, was wir wissen. Es ist wie einen Freund als einen Fremden behandeln und so tun, als ob etwas Vertrautes in Wirklichkeit fern und geheimnisvoll sei. Es ist wie behaupten, daß ein Mann einen Rüssel zwischen den Augen habe oder daß er alle vierundzwanzig Stunden in einen Anfall von Fühllosigkeit stürze. Das, was Sie ›das Geheimnis‹ nennen, ist genau das Gegenteil. Ich versuche nicht, mich außerhalb des Menschen zu begeben. Ich versuche vielmehr, in den Mörder hineinzukommen … Tatsächlich ist es noch viel mehr als das, verstehen Sie? Ich *bin* im Inneren eines Mannes. Ich bin immer im Inneren eines Menschen und bewege seine Arme und Beine, aber ich warte, bis ich weiß, daß ich im Inneren eines Mörders bin, seine Gedanken denke, mit seinen Leidenschaften ringe, bis ich mich selbst in die Haltung seines kauernden und spähenden Hasses gebeugt habe, bis ich die Welt durch seine blutunterlaufenen und argwöhnischen Augen erblicke und zwischen den Scheuklappen seiner schwachsinnigen Konzentration herausschaue, herausschaue auf die kurze und scharfe Perspektive der geraden Straße, die zu einer Blutlache führt. Bis ich wirklich ein Mörder bin.«

»Oh«, sagte Mr. Chace, indem er ihn aus einem langen grimmen Angesicht betrachtete, und fügte hinzu: »Und das nennen Sie eine religiöse Übung.«

»Ja«, sagte Father Brown, »das nenne ich eine religiöse Übung.«

Und nach einem kurzen Schweigen fuhr er fort: »Es ist tatsächlich eine so tiefreligiöse Übung, daß ich besser nichts darüber gesagt hätte. Aber ich konnte Sie doch nicht einfach losziehen und all Ihren Landsleuten erzählen lassen, daß ich über einen geheimen Zauber verfüge, der mit Gedankenformen in Beziehung steht, oder? Ich hab mich wohl schlecht ausgedrückt, aber es ist wahr. Niemand ist wirklich was Gutes wert, solange er nicht weiß, wie schlecht er ist, oder doch sein könnte; bis ihm klar geworden ist, welches Recht er zu seinem Hochmut und seinem Hohnlächeln hat und zu seinem Gerede über ›Verbrecher‹, als ob sie Affen in einem zehntausend Meilen entfernten Wald wären, solange er sich nicht von all den schmutzigen Selbsttäuschungen des Geredes über niedrige Typen und unzureichende Schädel befreit hat, solange er aus seiner Seele nicht den letzten Tropfen vom Öl der Pharisäer herausgequetscht hat, solange seine einzige Hoffnung nicht darin besteht, auf die eine oder andere Weise einen Verbrecher erwischt und sicher und gesund unter seinem eigenen Hut festgesetzt zu haben.«

Flambeau kam nach vorne und füllte ein hohes Kelchglas mit spanischem Wein und setzte es vor seinen Freund, wie er bereits eines vor seinen nachbarlichen Gast gesetzt hatte. Dann sprach er selbst zum ersten Mal:

»Ich glaube, daß Father Brown erneut einen Schwung geheimnisvoller Dinge erlebt hat. Wir haben doch erst vor ein paar Tagen darüber gesprochen, nicht wahr? Seit wir uns zum letzten Mal gesehen haben, hatte er es mit ein paar reichlich komischen Vögeln zu tun.«

»Ja, ich kenne die Geschichten mehr oder weniger – aber nicht ihre Nutzanwendung«, sagte Chace und hob sein Glas nachdenklich empor. »Könnten Sie mir nicht einige Beispiele erläutern? … Ich meine, haben Sie sich mit diesem letzten Schwung auch in dieser introspektiven Weise befaßt?«

Auch Father Brown hob sein Glas, und die Glut des Feuers ließ den roten Wein durchsichtig werden wie das prächtige blutrote Glas eines Kirchenfensters mit einem Märtyrerbild. Die rote Flamme schien seine Augen gefangenzuhalten und seinen Blick in sich einzusaugen, als ob jener eine Kelch eine rote See aus dem Blut aller Menschen enthielte und seine Seele ein Taucher sei, der immer tiefer in düstere Niedrigkeit und einwärtsgedrehte Einbildungskraft tauchte, tiefer noch als ihre tiefsten Monstren und ihre ältesten Schlammschichten. In jenem Becher sah er viele Dinge wie in einem roten Spiegel. Das Tun seiner letzten Tage bewegte sich in karmesinroten Schatten. Die Beispiele, nach denen seine Gefährten fragten, tanzten in symbolischen Gestalten, und vor ihm zogen all jene Geschichten vorüber, die dort drin erzählt sind. Der leuchtende Wein war wie ein unermeßlicher roter Sonnenuntergang über dunkelroten Sänden, auf denen dunkle Gestalten von Menschen standen, eine war gestürzt, und eine andere lief auf sie zu. Dann schien der Sonnenuntergang in Stücke aufzubrechen: Rote Laternen schwangen in Gartenbäumen, und ein Teich glühte rot im Widerschein, und dann schien all die Farbe sich erneut zusammenzuballen in eine große Rose aus rotem Kristall, ein Juwel, das die Welt wie eine rote Sonne durchstrahlte, mit Ausnahme des Schattens einer hohen Gestalt mit einem hohen Kopfputz wie ein vorgeschichtlicher Priester, und blaßte hinweg, bis nichts mehr übrig war als die Flamme eines wilden roten Bartes, der im Wind über einem wilden grauen Moor wehte. All diese Dinge, die man später aus anderen Blickwinkeln und in anderen Stimmungen als den eigenen betrachten mag, stiegen auf die Aufforderung hin in seiner Erinnerung auf und begannen, sich in Anekdoten und Argumente zu formen.

»Ja«, sagte er, als er den Weinbecher langsam an die Lippen hob, »ich kann mich gut erinnern …«

Der Spiegel des Richters

James Bagshaw und Wilfred Underhill waren alte Freunde, die es liebten, nachts durch die Straßen zu streifen und endlos zu reden, während sie Ecke um Ecke in dem schweigenden und scheinbar leblosen Labyrinth des großen Vorstadtviertels rundeten, in dem sie lebten. Ersterer, ein großer, dunkler, gutmütiger Mann mit einem dünnen schwarzen Schnurrbart, war von Beruf Polizeidetektiv. Letzterer, ein Gentleman mit scharfgeschnittenem empfindsamem Gesicht und blondem Haar, war ein Amateur, den Detektivarbeit interessierte. Es wird die Leser der besten wissenschaftlichen Romane schockieren zu erfahren, daß es der Polizist war, der sprach, und der Amateur, der lauschte, und sogar mit einem gewissen Respekt.

»Unser Beruf ist der einzige«, sagte Bagshaw, »dessen Profis sich angeblich immer irren. Schließlich würde niemand Geschichten schreiben, in denen Friseure nicht Haare schneiden können, so daß ihnen ein Kunde helfen muß, oder in denen ein Taxifahrer nicht Taxi fahren kann, bis ihm sein Fahrgast die Philosophie des Taxifahrens erläutert. Natürlich würde ich niemals leugnen, daß wir oftmals dazu neigen, uns in ausgefahrenen Geleisen zu bewegen: oder, mit anderen Worten, unter all den Nachteilen leiden, welche die Befolgung von Regeln mit sich bringt. Die Romanschreiber irren aber gerade darin, daß sie uns nicht einmal die Vorteile erlauben, die das Befolgen von Regeln mit sich bringt.«

»Gewiß würde«, sagte Underhill, »Sherlock Holmes sagen, daß er sich an logische Regeln halte.«

»Und hätte damit vielleicht recht«, antwortete der andere. »Doch denke ich an gemeinsame Regeln. Es ist wie bei der Arbeit eines Armeestabes. Wir fügen unsere Informationen zusammen.«

»Und Sie glauben nicht, daß Detektivgeschichten diese Möglichkeit zugeben?« fragte sein Freund.

»Na schön, nehmen wir einen frei erfundenen Fall von Sherlock Holmes und Lestrade, dem Detektiv von Amts wegen. Sherlock Holmes, sagen wir mal, kann erraten, daß ein ihm völlig Fremder, der die Straße überquert, ein Ausländer ist, nur weil er sich nach dem Verkehr so umsieht, als fließe der nach rechts statt nach links. Natürlich bin ich bereit zuzugeben, daß Holmes das erraten kann. Natürlich bin ich sicher, daß Lestrade nichts dergleichen erraten würde. Doch was man dabei außer Betracht läßt, ist die Tatsache, daß der Polizist, der nicht raten kann, sehr wahrscheinlich bereits wissen könnte. Lestrade könnte bereits wissen, daß der Fremde ein Ausländer ist, bloß weil seine Abteilung den Auftrag hat, alle Ausländer zu überwachen; manche würden sogar behaupten, auch alle Einheimischen. Als Polizist bin ich froh, daß die Polizei so viel weiß, denn jeder wünscht seine Arbeit ordentlich zu tun. Aber als Bürger frage ich mich manchmal, ob sie nicht zu viel weiß.«

»Sie wollen doch wohl nicht ernsthaft behaupten«, rief Underhill ungläubig, »daß Sie etwas über fremde Menschen in einer fremden Straße wissen? Daß wenn ein Mann aus dem Haus da drüben käme, Sie etwas über ihn wüßten?«

»Ich würde, wenn er der Bewohner wäre«, antwortete Bagshaw. »Das Haus da hat ein Schriftsteller englisch-rumänischer Herkunft gemietet, der gewöhnlich in Paris lebt, jetzt aber in Zusammenhang mit der Aufführung eines seiner Stücke hier ist. Er heißt Osric Orm, einer der neuen Dichter, und meines Wissens reichlich schwierig zu lesen.«

»Aber ich spreche von all den Menschen in der ganzen Straße«, sagte sein Begleiter. »Ich denke daran, wie fremd und neu und namenlos alles aussieht mit diesen hohen kahlen Mauern und diesen verlorenen Häusern in riesigen Gärten. Sie können doch gar nicht alle kennen.«

»Ich kenne einige«, antwortete Bagshaw. »Diese Gartenmauer, an der wir jetzt vorbeikommen, steht am Ende des Grundstücks von Sir Humphrey Gwynne, besser als Richter Gwynne bekannt, der alte Richter, der während des Krieges solch ein Wesens um Spionage machte. Das nächste Haus gehört einem reichen Zigarrenhändler. Er kommt aus dem spanischen Amerika und sieht selbst reichlich dunkelhäutig und spanisch aus, trägt aber den guten englischen Namen Buller. Das nächste Haus – aber haben Sie das Geräusch gehört?«

»Ich hab' was gehört«, sagte Underhill, »weiß aber wirklich nicht, was es war.«

»Ich weiß, was es war«, erwiderte der Detektiv, »es war ein ziemlich schwerer Revolver, zweimal abgefeuert, dem ein Hilferuf folgte. Und es kam genau aus dem hinteren Teil des Gartens von Richter Gwynne, jenem Paradies des Friedens und der Gesetzlichkeit.«

Er spähte scharf die Straße hinauf und hinab und fügte hinzu: »Und das einzige Tor in den hinteren Garten ist eine halbe Meile weit um die Ecke auf der anderen Seite. Ich wollte, diese Mauer hier wäre ein bißchen niedriger, oder ich wäre ein bißchen leichter, aber man muß es versuchen.«

»Da vorne ist sie niedriger«, sagte Underhill, »und da steht auch ein Baum, der hilfreich aussieht.«

Sie eilten hastig voran und fanden eine Stelle, wo die Mauer sich plötzlich zu ducken schien, fast so, als wäre sie halb in die Erde versunken; und wo ein Gartenbaum, der in den fröhlichsten Blüten erglühte, aus der dunklen Umwallung herausdrängte und vom Glanz einer einsamen Straßenlaterne vergoldet wurde. Bagshaw ergriff einen krummen Ast und warf ein Bein über die niedrige Mauer, und im nächsten Augenblick standen sie knietief in den zerknickten Pflanzen einer Gartenumrandung.

Der Garten des Richters Gwynne stellte bei Nacht ein einmaliges Schauspiel dar. Er war weitläufig und lag am leeren Rand der Vorstadt im Schatten eines hohen dunklen Hauses, dem letzten in dieser Häuserreihe. Das Haus war buchstäblich dunkel, mit Läden verschlossen und unbeleuchtet, zumindest auf der Seite, die dem Garten zugewandt war. Aber der Garten selbst, der in seinem Schatten lag und eigentlich eine stockdunkle Fläche hätte sein sollen, wies hier und da ein Leuchten auf, wie von einem erlöschenden Feuerwerk, als ob eine riesige Rakete sprühend zwischen die Bäume gestürzt wäre. Als sie weiter vordrangen, konnten sie es als das Licht aus mehreren bunten Lampen ausmachen, die in den Bäumen hingen wie die Edelsteinfrüchte Aladins, vor allem aber als das Licht aus einem kleinen runden See oder Teich, der in fahlen Farben schimmerte, wie wenn eine Lampe unter ihm leuchtete.

»Gibt er ein Gartenfest?« fragte Underhill. »Der Garten scheint illuminiert zu sein.«

»Nein«, antwortete Bagshaw. »Das ist eine Liebhaberei von ihm, und er betreibt sie meines Wissens vor allem, wenn er allein ist. Er liebt es, mit einem kleinen Elektrizitätswerk herumzuspielen, das er von dem Bungalow da drüben betreibt, in dem er arbeitet und seine Papiere aufbewahrt. Buller, der ihn ziemlich gut kennt, sagt, die bunten Lampen seien eher ein Signal, daß er nicht gestört zu werden wünsche.«

»Eine Art von rotem Gefahrensignal«, meinte der andere.

»Guter Gott! Ich fürchte, das sind wirklich Gefahrensignale!«, und plötzlich begann er zu rennen.

Einen Augenblick später sah auch Underhill, was er gesehen hatte. Der schimmernde Lichtring, der wie ein Hof des Mondes auf den abfallenden Rändern des Teiches lag, wurde durch zwei schwarze Streifen unterbrochen, die sich bald als die langen schwarzen Beine einer Gestalt herausstellten, die vornüber in die Mulde gestürzt war, den Kopf im Teich.

»Kommen Sie her«, schrie der Detektiv scharf, »das sieht mir aus wie ein ...«

Seine Stimme verlor sich, als er über den weiten Rasen rannte, der schwach in dem Kunstlicht schimmerte, und quer durch den großen Garten schnurstracks auf den Teich und die gestürzte Gestalt zuschoß. Underhill trabte stetig auf der nämlichen geraden Strecke, als etwas geschah, das ihn für einen Augenblick zusammenfahren ließ. Bagshaw, der sich so stetig wie eine Kugel auf die schwarze Gestalt beim leuchtenden Teich zubewegt hatte, schlug plötzlich einen scharfen Haken und rannte noch schneller auf den Schatten des Hauses zu. Underhill konnte sich nicht vorstellen, warum er die Richtung gewechselt hatte. Im nächsten Augenblick aber, als der Detektiv im Schatten des Hauses verschwunden war, kamen aus jener Düsternis das Geräusch einer Rauferei und ein Fluch; und dann kam Bagshaw zurück und schleifte einen kleinen zappelnden Mann mit roten Haaren hinter sich her. Der Eingefangene hatte offensichtlich versucht, in den Schutz des Gebäudes zu entkommen, als das schärfere Ohr des Detektivs ihn wie einen Vogel im Gebüsch herumrascheln hörte.

»Underhill«, sagte der Detektiv, »ich möchte, daß Sie loslaufen und nachsehen, was da am Teich los ist. Und jetzt, wer sind Sie?« fragte er und blieb stehen. »Wie heißen Sie?«

»Michael Flood«, sagte der Fremde kurz angebunden. Er war ein ungewöhnlich magerer kleiner Mann, mit einer Hakennase, die viel zu groß war für sein Gesicht, das in Kontrast zu seinem rötlichbraunen Haar farblos wirkte wie Pergament. »Ich hab' damit nichts zu tun. Ich hab' ihn da tot vorgefunden, und ich bekam Angst, aber ich bin nur hergekommen, um ihn für eine Zeitung zu interviewen.«

»Wenn Sie Berühmtheiten für die Presse interviewen«, sagte Bagshaw, »klettern Sie dann im allgemeinen über die Gartenmauer?«

Und er wies ingrimmig auf eine Linie von Fußspuren, die vom Blumenbeet her auf dem Pfad verlief und wieder dorthin zurückführte.

Der Mann, der sich Flood nannte, trug einen ebenso grimmigen Ausdruck.

»Ein Interviewer kann sehr wohl über die Mauer klettern müssen«, sagte er, »denn an der Vordertür konnte ich niemanden dazu bringen, mich zu hören. Der Diener war ausgegangen.«

»Woher wissen Sie, daß er ausgegangen ist?« fragte der Detektiv mißtrauisch.

»Weil ich«, sagte Flood mit einer fast unnatürlichen Gelassenheit, »nicht der einzige bin, der über Gartenmauern klettert. Es scheint immerhin möglich, daß Sie selbst das auch getan haben. Auf jeden Fall aber hat es der Diener getan. Ich habe ihn nämlich gerade in diesem Augenblick von der Mauer springen sehen, drüben auf der anderen Seite des Gartens, genau beim Gartentor.«

»Warum hat er denn das Tor nicht benutzt?« fragte der Vernehmer im Kreuzverhör.

»Woher soll ich das wissen?« erwiderte Flood. »Vielleicht, weil es abgeschlossen ist. Aber besser fragen Sie ihn selbst, und nicht mich, er kommt eben jetzt auf das Haus zu.«

Es begann in der Tat eine andere schattenhafte Gestalt in der Feuerwerksdämmerung sichtbar zu werden, eine vierschrötige Gestalt mit viereckigem Schädel, die als auffälligsten Teil einer ziemlich schäbigen Livree eine rote Weste trug. Er schien sich mit unauffälliger Hast auf eine Nebentür im Haus zuzubewegen, bis Bagshaw ihn aufforderte stehenzubleiben. Er nahte sich ihnen sehr widerwillig und ließ dabei ein schweres, gelbliches Gesicht sehen, mit einem irgendwie asiatischen Ausdruck, der mit seinem glatten, blauschwarzen Haar übereinstimmte.

Bagshaw wandte sich jäh dem Mann namens Flood zu. »Gibt es hier irgend jemanden«, fragte er, »der Ihre Identität bezeugen könnte?«

»Nicht viele, selbst im ganzen Land nicht«, brummte Flood. »Ich bin gerade erst aus Irland angekommen. Der einzige Mensch, den ich hier kenne, ist der Priester in der Kirchgemeinde St. Dominic – Father Brown.«

»Niemand darf jetzt diesen Ort verlassen«, sagte Bagshaw und fügte dann zu dem Diener hinzu: »Aber Sie können ins Haus gehen und in der Pfarre St. Dominic anrufen und Father Brown fragen, ob er wohl sofort hierherkommen könnte. Und keine Tricks, hören Sie.«

Während der energische Detektiv so die potentiellen Flüchtigen sicherstellte, war sein Gefährte seiner Weisung folgend zur eigentlichen Szene der Tragödie geeilt. Die Szene war sonderbar genug; und wirklich, wenn die Tragödie nicht tragisch gewesen wäre, wäre sie höchst phantastisch gewesen. Der tote Mann (denn schon die oberflächlichste Untersuchung erwies ihn als Toten) lag mit dem Kopf im Teich, darinnen der Schein der künstlichen Illumination seinen Kopf mit so etwas wie einem unheiligen Heiligenschein umgab. Das Gesicht war hager und ziemlich düster, die Stirn kahl, die wenigen Löckchen waren dunkelgrau wie Eisenringe; und trotz der Beschädigung, die die Kugelwunde in der Schläfe angerichtet hatte, machte es Underhill keinerlei Schwierigkeiten, die Gesichtszüge zu erkennen, die er in so vielen Porträts von Sir Humphrey Gwynne gesehen hatte. Der tote Mann war im Abendanzug, und seine langen schwarzen Beine, die fast spinnenhaft dünn waren, spreizten sich in unterschiedlichen Winkeln das steile Ufer hinan, von dem er hinabgestürzt war. Und Blut pulste in sonderbarer Laune gleich satanischen Arabesken sehr langsam in schlangenhaften Kringeln ins leuchtende Wasser hinaus, karmesinrot wie Wolken im Sonnenuntergang.

Underhill wußte nicht, wie lange er dagestanden und auf diese makabre Gestalt hinabgestarrt hatte, als er aufblickte und eine Gruppe von vier Gestalten über sich auf dem Ufer stehen sah. Er war auf Bagshaw und seinen irischen Gefangenen vorbereitet, und er hatte keine Mühe, den Status des Dieners in der roten Weste zu erraten. Die vierte Gestalt aber wies eine Art grotesker Feierlichkeit auf, die mit dem Unvereinbaren eigenartig vereinbar erschien. Es war eine gedrungene Gestalt mit einem runden Gesicht und einem Hut wie ein schwarzer Heiligenschein. Es wurde ihm klar, daß es sich tatsächlich um einen Priester handelte; aber um ihn war etwas, das ihn an einen wunderlich anheimelnden alten schwarzen Holzschnitt am Ende eines Totentanzes erinnerte.

Dann hörte er Bagshaw zu dem Priester sagen:

»Ich freue mich, daß Sie diesen Mann identifizieren können, aber Sie müssen sich klarmachen, daß er in einem gewissen Maße unter Verdacht steht. Natürlich kann er unschuldig sein, aber er ist auf unübliche Weise in den Garten eingedrungen.«

»Nun ja, ich selbst glaube, daß er unschuldig ist«, sagte der kleine Priester mit farbloser Stimme. »Aber natürlich kann ich mich irren.«

»Warum glauben Sie, daß er unschuldig ist?«

»Weil er auf unübliche Weise in den Garten eingedrungen ist«, antwortete der Kleriker. »Sehen Sie, ich selbst bin auf übliche Weise eingetreten. Aber ich scheine wohl die einzige Person zu sein, die das getan hat. Alle feinen Leute scheinen heutzutage über Gartenmauern zu steigen.«

»Was meinen Sie mit der üblichen Weise?« fragte der Detektiv.

»Nun ja«, sagte Father Brown und sah ihn mit friedlicher Ernsthaftigkeit an, »ich bin durch die Vordertür gekommen. Ich betrete Häuser oft auf diese Weise.«

»Verzeihen Sie«, sagte Bagshaw, »aber spielt es denn irgendeine Rolle, wie Sie hereingekommen sind, falls Sie nicht vorhaben, den Mord zu gestehen?«

»Ja, ich glaube wohl«, sagte der Priester milde. »Die Wahrheit ist, daß ich, als ich durch die Vordertür hereinkam, etwas sah, das vermutlich niemand von Ihnen gesehen hat. Mir scheint, als könnte das etwas damit zu tun haben.«

»Und was haben Sie gesehen?«

»Ich habe eine Art allgemeinen Durcheinanders gesehen«, sagte Father Brown mit seiner milden Stimme. »Ein großer Spiegel zerbrochen, und ein kleiner Palmenbaum über den Haufen gerannt, und sein Topf über den ganzen Boden zersplittert. Irgendwie sah es für mich so aus, als ob sich irgend etwas ereignet hätte.«

»Sie haben recht«, sagte Bagshaw nach einer Weile. »Wenn Sie das gesehen haben, dann sieht es wirklich so aus, als ob es etwas damit zu tun hätte.«

»Und wenn es irgendwas damit zu tun hat«, sagte der Priester sehr sanft, »dann sieht es so aus, als ob es eine Person gäbe, die nichts damit zu tun hat, und das ist Mr. Michael Flood, der über die Mauer auf unübliche Weise in den Garten eingedrungen ist und dann versucht hat, ihn auf die gleiche unübliche Weise wieder zu verlassen. Seine Unüblichkeit macht mich glauben, daß er unschuldig ist.«

»Wir wollen ins Haus gehen«, sagte Bagshaw abrupt.

Als sie durch die Seitentür eintraten, wobei ihnen der Diener den Weg wies, blieb Bagshaw ein oder zwei Schritte zurück und sprach mit seinem Freund.

»Mit diesem Diener stimmt irgendwas nicht«, sagte er. »Sagt, sein Name sei Green, obwohl er nicht so aussieht, aber es scheint keinen Zweifel daran zu geben, daß er wirklich Gwynnes Diener ist, offenbar sein einziger regulärer Diener. Das Sonderbare ist nun, er leugnet schlichtweg, daß sein Herr sich überhaupt im Garten befinde, tot oder lebend. Sagt, der alte Richter sei zu einem großen Juristenbankett gegangen und komme erst in ein paar Stunden nach Hause, und gibt das als Entschuldigung dafür an, daß er rausgeschlüpft ist.«

»Hat er«, fragte Underhill, »irgendeinen Grund für sein eigentümliches Reinschlüpfen angegeben?«

»Nein, nichts, was für mich einen Sinn macht«, antwortete der Detektiv. »Ich weiß nicht, was ich von ihm halten soll. Er scheint vor irgendwas Angst zu haben.«

Nachdem sie durch die Seitentür eingetreten waren, fanden sie sich am inneren Ende der Eingangshalle, die an der Seite des Hauses entlanglief und an der Vordertür endete, über der sich eine trübselige, altmodische, fächerförmige Lünette befand. Ein schwaches graues Licht durchsickerte langsam die Düsternis, wie ein trostloser und farbloser Sonnenaufgang; was aber an Licht im Flur dort war, kam von einer einzelnen Schirmlampe von ebenfalls altertümlicher Art, die auf einer Konsole in der Ecke stand. In deren Licht konnte Bagshaw die Trümmer erkennen, von denen Brown gesprochen hatte. Eine hohe Palme mit langen schwingenden Blättern war der Länge nach hingestürzt, und ihr dunkelroter Topf war zu Scherben zerschmissen. Sie lagen über den Teppich verstreut, zusammen mit den fahlen schimmernden Splittern eines zerbrochenen Spiegels, dessen fast leerer Rahmen hinter ihnen an der Wand am Ende der Vorhalle hing. Rechtwinklig zu diesem Eingang und gerade gegenüber jener Seitentür, durch die sie eingetreten waren, befand sich ein weiterer und genau gleicher Durchgang, der zum Rest des Hauses führte. An seinem anderen Ende konnte man das Telephon sehen, das der Diener benutzt hatte, um den Priester herbeizurufen, und eine halboffene Tür stellte den Eingang zum Arbeitszimmer des Richters dar, durch deren Spalt man sogar die dichten Reihen großer ledergebundener Bände erkennen konnte.

Bagshaw stand da und blickte hinab auf den umgestürzten Topf und die vermischten Bruchstücke zu seinen Füßen.

»Sie haben ganz recht«, sagte er zu dem Priester, »hier hat ein Kampf stattgefunden. Und das muß ein Kampf zwischen Gwynne und seinem Mörder gewesen sein.«

»Mir schien es so«, sagte Father Brown bescheiden, »daß sich hier irgendwas abgespielt hat.«

»Ja, und es ist nur zu klar, was sich abgespielt hat«, stimmte der Detektiv zu. »Der Mörder kam durch die Vordertür und traf auf Gwynne, vermutlich hat Gwynne ihn eingelassen. Dann gab es ein tödliches Handgemenge, einen Fehlschuß vermutlich, der den Spiegel traf, obwohl sie ihn auch durch einen verfehlten Tritt oder sonstwie zerbrochen haben könnten. Gwynne konnte sich losreißen und floh in den Garten, wohin er verfolgt und wo er schließlich am Teich niedergeschossen wurde. Das dürfte wohl die Geschichte des Verbrechens selbst sein, aber ich muß mir natürlich noch die anderen Zimmer ansehen.«

Die anderen Zimmer aber enthüllten nur sehr wenig, obwohl Bagshaw bedeutungsvoll auf die geladene automatische Pistole hinwies, die er in einer Schublade des Schreibtisches in der Bibliothek fand.

»Sieht so aus, als habe er das erwartet«, sagte er. »Aber es erscheint sonderbar, daß er sie nicht mitgenommen hat, als er auf den Flur hinaustrat.«

Schließlich kehrten sie in die Halle zurück, und während sie zur Vordertür gingen, ließ Father Brown seinen Blick in einer ziemlich abwesenden Weise herumschweifen. Die beiden Korridore, die monoton mit den gleichen grauen und verblaßten Mustern tapeziert waren, schienen die verstaubte und vergammelte Pracht der wenigen frühviktorianischen Prunkornamente noch zu betonen, den grünen Rost, der die Bronze der Lampe zerfraß, das stumpfe Gold, das noch im Rahmen des zerbrochenen Spiegels glomm.

»Man sagt, es bringe Unglück, einen Spiegel zu zerschlagen«, sagte er. »Das hier sieht wirklich wie das Haus des Unglücks aus. Schon allein die Einrichtung hat etwas an sich ...«

»Reichlich seltsam«, sagte Bagshaw scharf. »Ich nahm an, daß die Vordertür verschlossen sei, aber sie ist nur eingeklinkt.«

Niemand gab Antwort; und sie gingen durch die Vordertür hinaus in den Vordergarten, einem schmaleren und ordentlicheren Stück Garten, das am einen Ende eine eigenartig gestutzte Hecke aufwies mit einem Loch darinnen wie eine grüne Höhle, aus deren Schatten einige zerbrochene Stufen hervorsahen.

Father Brown schlenderte zu dem Loch hinüber und tauchte seinen Kopf hinein. Einige Augenblicke, nachdem er verschwunden war, hörten sie zu ihrem Erstaunen seine ruhige Stimme im Gesprächston über sich, als ob er mit jemandem im Gipfel eines Baumes spräche. Der Detektiv folgte nach und entdeckte, daß der eigenartig verdeckte Treppenstieg zu etwas wie einer zerborstenen Brücke führte, die die dunkleren und leereren Weiten des Gartens überspannte. Sie zog sich um die Ecke des Hauses und brachte das Gefilde der farbigen Lichter daneben und darunter in Sicht. Vielleicht waren das Überreste einer aufgegebenen architektonischen Phantasterei, einer Art Terrasse auf Bogenpfeilern über den Rasen hin. Bagshaw schien es eine eigenartige Sackgasse, um darinnen jemanden in den frühen Stunden zwischen Nacht und Morgen zu entdecken, aber zu diesem Zeitpunkt sah er sich nicht die Einzelheiten an. Er blickte auf den entdeckten Mann.

Da der Mann – ein Mann in einem hellgrauen Anzug – ihm den Rücken zukehrte, war der einzige hervorstechende Zug an ihm ein wundervoller Haarschopf, so gelb und strahlend wie das Haupt eines großen Löwenzahns. Er stach buchstäblich hervor wie ein Heiligenschein, und irgend etwas in dieser Gedankenverbindung machte das Gesicht, als es ihnen langsam und widerwillig zugewendet ward, zu einer Art Kontrastschock. Dieser Heiligenschein hätte ein ovales Antlitz von der sanften engelhaften Art umschließen sollen; das Gesicht aber war griesgrämig und ältlich mit einem mächtigen Kinn und einer kurzen Nase, die an die zerschlagene Nase eines Boxers gemahnte.

»Dies ist Mr. Orm, der berühmte Dichter, soviel ich weiß«, sagte Father Brown so ruhig, als stelle er zwei Menschen einander im Salon vor.

»Wer immer er sein mag«, sagte Bagshaw, »ich muß ihn mit der Bitte belästigen, mit mir zu kommen und ein paar Fragen zu beantworten.«

Mr. Osric Orm, der Dichter, war kein Muster des Selbstausdrucks, als es daran ging, Fragen zu beantworten. Dort in jener Ecke des alten Gartens, als das graue Zwielicht vor der Morgendämmerung über die hohen Hecken und die zerbrochene Brücke zu kriechen begann, und danach in einer Abfolge von Umständen und Stufen der gesetzlichen Befragung, die nach und nach immer unheilvoller wurde, verweigerte er jede Aussage mit der einzigen Ausnahme, daß er gekommen sei, um Sir Humphrey

Gwynne zu sprechen, das aber nicht getan habe, weil niemand auf sein Klingeln herbeigekommen sei. Als er darauf hingewiesen wurde, daß die Tür praktisch offengestanden habe, schnaubte er verächtlich. Als angedeutet wurde, daß die Stunde einigermaßen spät sei, knurrte er wütend. Das Wenige, was er sagte, blieb dunkel, entweder weil er wirklich kaum Englisch konnte, oder aber weil er zu klug war, es zu können. Seine Ansichten schienen von nihilistischer und destruktiver Art zu sein, wie in der Tat die Tendenz seiner ganzen Dichtung nach Ansicht jener, die ihr folgen konnten, und es schien möglich, daß sein Geschäft mit dem Richter, und vielleicht sein Streit mit dem Richter, irgendwie auf der anarchistischen Linie lag. Von Gwynne wußte man, daß er von bolschewistischen Spionen gewissermaßen besessen war, genauso wie von deutschen Spionen. Doch sollte ein Zwischenfall nur wenige Augenblicke nach der Festnahme Bagshaw in der Überzeugung bestärken, daß der Fall ernst zu nehmen sei. Als sie durch die Vordertür auf die Straße traten, begegneten sie zufällig einem anderen Nachbarn, Buller, dem Zigarrenhändler von nebenan, auffällig durch sein braunes gewieftes Gesicht und die einzigartige Orchidee in seinem Knopfloch, denn in jenem Zweig der Gartenkunst besaß er einen Namen. Zur ziemlichen Überraschung der übrigen begrüßte er seinen Nachbarn, den Dichter, mit einer Selbstverständlichkeit, als habe er erwartet, ihn zu sehen.

»Hallo, da sind wir ja wieder«, sagte er. »Ziemlich lange mit dem alten Gwynne geschwatzt, wie?«

»Sir Humphrey Gwynne ist tot«, sagte Bagshaw. »Ich untersuche den Fall und muß Sie um eine Erklärung bitten.«

Buller stand so still wie der Straßenlampenpfosten neben ihm, vielleicht durch Überraschung erstarrt. Das glühende Ende seiner Zigarre glomm auf und ward rhythmisch wieder dunkel, doch war sein braunes Gesicht im Schatten; als er sprach, geschah das mit einer ganz neuen Stimme.

»Ich meine nur«, sagte er, »daß, als ich vor zwei Stunden hier vorbeikam, Mr. Orm durch dieses Tor ging, um Sir Humphrey zu sprechen.«

»Er sagt, daß er ihn gar nicht gesehen hat«, bemerkte Bagshaw, »oder noch weniger im Hause war.«

»Reichlich lange, um auf der Schwelle zu stehen«, bemerkte Buller.

»Ja«, sagte Father Brown, »und auch reichlich lange, um in der Straße zu stehen.«

»Ich bin inzwischen zu Hause gewesen«, sagte der Zigarrenhändler. »Habe Briefe geschrieben und bin jetzt wieder rausgekommen, um sie zur Post zu bringen.«

»Sie werden das alles später zu erzählen haben«, sagte Bagshaw. »Gute Nacht – oder guten Morgen.«

Das Verfahren gegen Osric Orm wegen der Ermordung von Sir Humphrey Gwynne, das die Zeitungen während so vieler Wochen füllte, drehte sich tatsächlich ausschließlich um denselben springenden Punkt wie jene kleine Unterhaltung unter der Straßenlampe, als die graugrüne Dämmerung in die dunklen Straßen und Gärten einbrach. Alles kam immer wieder auf das Rätsel jener zwei leeren Stunden zurück zwischen der Zeit, als Buller sah, wie Orm durch das Gartentor ging, und der Zeit, als Father Brown ihn auffand, wie er offenbar immer noch im Garten herumtrödelte. Er hatte sicherlich Zeit genug gehabt, um sechs Morde zu begehen, und hätte sie schon allein aus Langeweile begangen haben können, denn er vermochte keinen zusammenhängenden Bericht über das zu geben, was er getan hatte. Von der Staatsanwaltschaft wurde argumentiert, er habe auch die Gelegenheit dazu gehabt, da die Vordertür entriegelt war und die Seitentür in den größeren Garten offenstand. Das Gericht folgte mit beachtlichem Interesse Bagshaws klarer Rekonstruktion des Kampfes im Flur, davon die Spuren so offenkundig waren. Tatsächlich hatte die Polizei inzwischen auch die Kugel gefunden, die den Spiegel zerschmettert hatte. Und schließlich erweckte das Loch in der Hecke, in dem man ihn aufgespürt hatte, sehr stark den Anschein eines Versteckes. Auf der anderen Seite wendete Sir Matthew Blake, der äußerst fähige Anwalt für die Verteidigung, dieses letzte Argument anders herum: Er fragte, warum irgendwer sich selbst in die Falle eines Ortes ohne möglichen Ausgang begeben sollte, wenn es doch sehr viel vernünftiger wäre, einfach in die Straße hinauszuschlüpfen. Sir Matthew Blake bediente sich auch höchst eindrucksvoll des Geheimnisses, das immer noch das Motiv für den Mord umgab. Tatsächlich nahm das Duell zwischen Sir Matthew Blake und Sir Arthur Travers, dem ebenso brillanten Anwalt für die Anklage, in dieser Frage eine günstige Wendung für den Inhaftierten. Sir Arthur konnte nur mit Andeutungen einer bolschewistischen Verschwörung aufwarten, die reichlich dünn klangen. Doch als es zur Untersuchung der Tatsachen von Orms rätselhaftem Benehmen in jener Nacht kam, war er erheblich wirkungsvoller.

Der Häftling ging in den Zeugenstand, hauptsächlich weil sein kluger Anwalt sich ausgerechnet hatte, daß es einen schlechten Eindruck machen würde, wenn er das nicht täte. Doch war er gegenüber seinem eigenen Anwalt fast ebenso wortkarg wie gegenüber dem Anwalt für die Anklage. Sir Arthur Travers schlug aus seinem verstockten Schweigen alles nur mögliche Kapital, aber es gelang ihm nicht, es zu brechen. Sir Arthur war ein langer hagerer Mann mit einem langen leichenblassen Gesicht und bildete einen schlagenden Gegensatz zur untersetzten Gestalt und zu den hellen Vogelaugen von Sir Matthew Blake. Aber während Sir Matthew an einen frechen selbstsicheren Spatzen erinnerte, so ließ sich Sir Arthur treffender mit einem Kranich oder einem Storch vergleichen. Als er sich vorwärts lehnte und den Dichter mit Fragen bedrängte, hätte seine lange Nase sehr wohl ein langer Schnabel sein können.

»Wollen Sie etwa dem Gericht erzählen«, fragte er im Tone krächzenden Unglaubens, »daß Sie gar nicht hineingegangen sind, um den verstorbenen Gentleman zu sprechen?«

»Nein!« erwiderte Orm kurz.

»Sie wollten doch mit ihm sprechen, nehme ich an. Es war Ihnen doch sehr dringlich, ihn zu sprechen. Haben Sie nicht zwei volle Stunden vor seiner Vordertür gewartet?«

»Ja«, erwiderte der andere.

»Und dennoch haben Sie nicht einmal bemerkt, daß die Tür offen war?«

»Nein«, sagte Orm.

»Was in aller Welt haben Sie denn während zweier Stunden im Vorgarten eines anderen getrieben?« drängte der Vertreter der Anklage weiter. »Ich nehme an, daß Sie etwas getrieben haben?«

»Ja.«

»Ist das ein Geheimnis?« fragte Sir Arthur mit diamantharter Scherzhaftigkeit.

»Für Sie ist das ein Geheimnis«, antwortete der Dichter.

Diese Andeutung eines Geheimnisses griff Sir Arthur auf, um daraus seine Linie der Anklage zu entwickeln. Mit einer Kühnheit, die manchen unverfroren vorkam, verwandelte er gerade das Geheimnis des Motivs, den stärksten Teil in der Sache seines

Widersachers, in ein Argument zu seinen eigenen Gunsten. Er deutete es als das erste Anzeichen einer weitreichenden und feingesponnenen Verschwörung, in der ein Patriot zugrunde gegangen sei wie in der Umschlingung durch einen Kraken.

»Ja«, rief er mit bebender Stimme, »mein gelehrter Freund hat ganz recht! Wir wissen den genauen Grund nicht, warum dieser ehrenwerte Staatsdiener ermordet worden ist. Wir werden den Grund nicht wissen, warum der nächste Staatsdiener ermordet werden wird. Wenn mein gelehrter Freund selbst das Opfer seiner bedeutenden Stellung und des Hasses werden sollte, mit denen die höllischen Mächte der Zerstörung die Hüter des Rechtes verfolgen, wird er ermordet fallen und wird den Grund dafür nicht wissen. Die Hälfte der redlichen Leute in diesem Gerichtshof werden in ihren Betten abgeschlachtet werden, und wir werden den Grund nicht wissen. Und wir werden den Grund niemals wissen und niemals dem Massaker Einhalt gebieten, bis es unser Land entvölkert hat, solange es der Verteidigung erlaubt ist, den Lauf der Gerechtigkeit mit der abgedroschenen Phrase vom ›Motiv‹ aufzuhalten, während doch jede andere Tatsache des Falles, jede glühende Unvereinbarkeit, jedes keuchende Schweigen uns sagt, daß wir vor Kain stehen.«

»Ich habe Sir Arthur niemals so aufgeregt erlebt«, sagte Bagshaw hinterher zu seinen Gefährten. »Manche sagen, daß er die üblichen Grenzen überschritten hat und daß der Ankläger in einem Mordfall nicht so rachsüchtig sein dürfe. Aber ich muß sagen, daß es da etwas durch und durch Unheimliches um den kleinen Kobold mit seinen gelben Haaren gab, das den Eindruck noch zu bestätigen schien. Ich erinnerte mich während der ganzen Zeit schwach an etwas, das De Quincey über Mr. Williams gesagt hat, jenen entsetzlichen Verbrecher, der zwei ganze Familien fast völlig lautlos abgeschlachtet hat. Ich denke, er sagte, daß dieser Williams Haar von lebhaftem unnatürlichem Gelb hatte und daß er glaube, der habe es sich mittels eines Tricks gefärbt, den er in Indien erlernt habe, wo man Pferde grün oder blau färbt. Dann war da sein eigenartiges steinernes Schweigen wie das eines Höhlenmenschen; und ich werde niemals ableugnen, daß mich das alles so beeinflußt hat, bis es mir so vorkam, als säße da eine Art Monster im Zeugenstuhl. Und wenn das nur von Sir Arthurs Beredsamkeit kam, dann hat er wahrlich eine schwere Verantwortung auf sich geladen, als er so viel Leidenschaft hineinlegte.«

»Er war doch ein Freund vom armen Gwynne«, sagte Underhill sanfter. »Einer meiner Bekannten hat die beiden kürzlich nach einem großen Juristenbankett zusammen zechen gesehen. Ich nehme an, daß er deshalb in diesem Fall so stark empfindet. Obwohl es meiner Meinung nach äußerst zweifelhaft ist, ob ein Mann in einem solchen Fall nur aus persönlichen Gefühlen heraus handeln dürfte.«

»Der würde nicht«, sagte Bagshaw. »Ich wette, daß Sir Arthur niemals nur aus Gefühlen heraus handeln würde, wie stark auch immer er fühlte. Er hat ein sehr strenges Empfinden für seine berufliche Stellung. Er ist einer jener Männer, die noch ehrgeizig sind, wenn sie ihren Ehrgeiz schon längst gestillt haben. Ich kenne niemanden, der sich mehr Mühe machte, seine Position in der Welt zu halten. Nein, Sie haben genau die falsche Moral aus seiner donnernden Rede gezogen. Wenn er sich dermaßen gehenläßt, dann weil er glaubt, er könne eine Verurteilung irgendwie durchkriegen, und weil er sich an die Spitze irgendeiner politischen Bewegung gegen die Verschwörung stellen will, von der er gesprochen hat. Er muß sehr gute Gründe dafür haben, daß er Orm verurteilt haben will, und sehr gute Gründe dafür, daß er glaubt, es durchsetzen zu können. Das bedeutet, daß die Tatsachen ihn unterstützen werden. Seine Zuversicht ist kein gutes Zeichen für den Angeklagten.« Dann wurde er sich einer unbedeutenden Gestalt in der Gruppe bewußt.

»Nun, Father Brown«, sagte er mit einem Lächeln, »was halten Sie von unserem gerichtlichen Verfahren?«

»Je nun«, erwiderte der Priester ziemlich geistesabwesend, »ich glaube, was mir am meisten auffiel, war, wie anders Männer unter ihren Perücken aussehen. Sie sprechen davon, wie schreckeinflößend der Anwalt für die Anklage ist. Aber ich habe zufällig gesehen, wie er für eine Minute seine Perücke abnahm, und da sah er wirklich wie ein ganz anderer Mensch aus. Er ist übrigens fast kahl.«

»Ich fürchte, das wird ihn nicht daran hindern, schreckeinflößend zu sein«, antwortete Bagshaw. »Oder wollen Sie etwa vorschlagen, die Verteidigung auf der Tatsache aufzubauen, daß der Anwalt für die Anklage eine Glatze hat?«

»Nicht ganz«, sagte Father Brown gutmütig. »Um die Wahrheit zu sagen, ich dachte daran, wie wenig manche Arten Menschen über andere Arten Menschen wissen. Angenommen, ich reiste zu einem fernen Volk, das niemals von England gehört hat. Angenommen, ich erzählte dort, daß es in meinem Land einen Mann gäbe, der eine Frage auf Leben und Tod nicht eher behandeln würde, ehe er sich einen Aufbau aus Pferdehaar auf seinen Kopf gesetzt hat mit kleinen Schwänzchen hinten und grauen Korkenzieherlocken an den Seiten, wie eine alte Frau aus der frühen viktorianischen Zeit. Man würde annehmen, daß er reichlich verschroben ist, aber er ist überhaupt nicht verschroben, er ist lediglich konventionell. Man würde so denken, weil man nichts über englische Anwälte vor Gericht weiß, weil man nicht weiß, was ein Anwalt vor Gericht ist. Nun gut, und dieser Anwalt vor Gericht weiß nicht, was ein Dichter ist. Er versteht nicht, daß eines Dichters ausgefallene Art andern Dichtern nicht ausgefallen erscheint. Ihm kommt es eigenartig vor, daß Orm in einem herrlichen Garten zwei Stunden herumgehen sollte, ohne irgend etwas zu tun. Gott segne meine Seele! Ein Dichter würde nichts dabei finden, im selben Hinterhof zehn Stunden lang herumzulaufen, wenn er an einem Gedicht arbeitet. Orms eigener Anwalt war genauso dumm. Es ist ihm überhaupt nicht eingefallen, Orm die offensichtliche Frage zu stellen.«

»Welche Frage meinen Sie?« fragte der andere.

»Natürlich, an welchem Gedicht er gearbeitet habe«, sagte Father Brown ziemlich ungeduldig. »Mit welcher Zeile er steckengeblieben sei, welches Beiwort er gesucht habe, auf welchen Höhepunkt er hinarbeitete. Wenn es irgendwelche gebildeten Menschen im Gerichtshof gab, die wußten, was Literatur ist, hätten sie sofort erkannt, ob er etwas Wirkliches zu tun gehabt hat. Einen Fabrikanten hätten Sie nach dem Zustand seiner Fabrik gefragt; aber niemand scheint den Zustand zu bedenken, unter dem Dichtung hergestellt wird. Das wird getan, indem man nichts tut.«

»Alles schön und gut«, sagte der Detektiv, »aber warum hat er sich versteckt? Warum ist er diese krumme kleine Treppe raufgestiegen und da geblieben; sie führt doch nirgends hin?«

»Natürlich weil sie nirgends hinführt«, schrie Father Brown in einem Ausbruch. »Jeder, der einen Blick auf diese Sackgasse geworfen hat, die inmitten der Luft endet, hätte wissen können, daß ein Künstler da hinaufsteigen muß, genauso wie ein Kind.«

Er stand einen Augenblick zwinkernd da und sagte dann entschuldigend: »Ich bitte um Verzeihung; aber es erscheint mir seltsam, daß niemand von denen diese Dinge begreift. Und dann gab es da noch etwas anderes. Wissen Sie denn nicht, daß alles für einen Künstler einen Aspekt oder einen Blickwinkel aufweist, der absolut *wahr* ist? Ein Baum, eine Kuh, eine Wolke bedeuten nur in einer ganz bestimmten Beziehung etwas; so wie drei Buchstaben nur in einer ganz bestimmten Reihenfolge ein Wort bedeuten. Nun, der Anblick jenes illuminierten Gartens von jener unvollendeten Brücke aus war der wahre Anblick. Er war so einzigartig wie die vierte Dimension. Es war eine Art zauberischer Verkürzung, es war, als blicke man auf den Himmel *herab* und sähe alle Sterne auf Bäumen wachsen und jenen leuchtenden Teich wie einen Mond, der in einem seligen Kindermärchen flach aufs Feld gefallen ist. Er könnte sich das für immer angeschaut haben. Wenn Sie ihm gesagt hätten, daß der Pfad nirgendwohin führe, hätte er Ihnen gesagt, daß er ihn in das Land am Ende der Welt geführt habe. Aber erwarten Sie von ihm, daß er Ihnen das im Zeugenstand erzählt? Und was würden Sie sagen, wenn er es täte? Sie reden davon, daß einem Mann ein Gericht aus seinesgleichen zusteht. Warum also haben Sie keinen Gerichtshof aus Dichtern?«

»Sie reden, als ob Sie selbst ein Dichter wären«, sagte Bagshaw.

»Danken Sie Ihren Sternen, daß ich keiner bin«, sagte Father Brown. »Danken Sie Ihren Glückssternen, daß ein Priester barmherziger sein muß als ein Dichter. Der Herr sei uns gnädig! Wenn Sie wüßten, welch eine zermalmende, welch eine grausame Verachtung er für Sie alle empfindet, dann fühlten Sie sich wie unterm Niagara-Fall.«

»Sie verstehen vielleicht mehr vom künstlerischen Temperament als ich«, sagte Bagshaw nach einer Pause, »aber trotz allem ist die Antwort einfach. Sie können lediglich aufzeigen, daß er getan haben könnte, was er getan hat, ohne das Verbrechen zu begehen. Aber ebenso wahr ist, daß er das Verbrechen hätte begehen können. Und wer sonst hätte es begehen können?«

»Haben Sie einmal an den Diener gedacht, an Green?« fragte Father Brown nachdenklich. »Er hat eine reichlich sonderbare Geschichte erzählt.«

»Aha«, rief Bagshaw schnell, »Sie glauben also, Green habe es letztlich getan.«

»Ich bin ziemlich sicher, daß er es nicht getan hat«, erwiderte der andere. »Ich habe nur gefragt, ob Sie über seine sonderbare Geschichte nachgedacht haben. Er ging nur wegen einer Belanglosigkeit aus, wegen eines Schlucks oder einer Bestellung oder sonstwas. Aber er ging durch das Gartentor hinaus, und er kam über die Gartenmauer zurück. Mit anderen Worten: Er ließ die Tür offen, aber als er zurückkam, fand er sie geschlossen. Warum? Weil Jemand Anderes bereits auf diesem Weg hinausgegangen war.«

»Der Mörder«, murmelte der Detektiv zweifelnd. »Wissen Sie, wer es war?«

»Ich weiß, wie er aussah«, sagte Father Brown ruhig. »Das ist das einzige, was ich weiß. Ich kann ihn beinahe sehen, wie er durch die Vordertür hereinkommt, im Schimmer der Dielenlampe; seine Gestalt, seine Kleidung, sogar sein Gesicht!«

»Und was soll das alles?«

»Er sah aus wie Sir Humphrey Gwynne«, sagte der Priester.

»Was zum Teufel meinen Sie?« fragte Bagshaw. »Gwynne lag da tot mit dem Kopf im Teich.«

»O ja«, sagte Father Brown.

Und nach einem Augenblick fuhr er fort: »Lassen Sie uns zu Ihrer Theorie zurückkommen, denn die war ganz gut, auch wenn ich ihr nicht ganz beipflichte. Sie nehmen an, daß der Mörder durch die Vordertür kam, dem Richter in der Eingangsdiele begegnete, mit ihm kämpfte und dabei den Spiegel zerbrach; und daß der Richter dann in den Garten floh, wo er schließlich niedergeschossen wurde. Irgendwie klingt mir das nicht natürlich. Nehmen wir an, er floh den Flur hinab, dann gab es da zwei Ausgänge am Ende, einen in den Garten und einen in das Haus. Sicherlich hätte er sich doch viel eher in das Haus geflüchtet? Sein Revolver war da, sein Telephon war da, sein Diener war seines Wissens da. Und selbst die nächsten Nachbarn befanden sich in dieser Richtung. Warum hätte er also innehalten und die Gartentür öffnen und allein hinaus auf die verlassene Seite des Hauses gehen sollen?«

»Aber wir wissen doch, daß er aus dem Haus hinausging«, erwiderte sein Gefährte verwirrt. »Wir wissen, daß er aus dem Haus hinausging, weil er im Garten gefunden wurde.«

»Er ist niemals aus dem Haus hinausgegangen, weil er niemals im Hause war«, sagte Father Brown. »Nicht an jenem Abend, will ich sagen. Er saß in seinem Bungalow. Ich habe *diese* Nachricht im Dunkeln gelesen, ganz zu Anfang, in roten und goldenen Sternen quer durch den Garten. Sie wurden von der Hütte aus bedient; sie hätten überhaupt nicht gebrannt, wenn er nicht in der Hütte gewesen wäre. Er versuchte, hinüber zum Haus und zum Telephon zu rennen, als der Mörder ihn neben dem Teich niederschoß.«

»Aber was ist dann mit dem Topf und der Palme und dem zerbrochenen Spiegel?« schrie Bagshaw. »Sie waren es doch, der das gefunden hat! Sie selbst haben doch gesagt, daß es in der Diele einen Kampf gegeben haben muß.«

Der Priester blinzelte gequält. »Habe ich?« murmelte er. »Das habe ich sicherlich nicht gesagt. Daran habe ich niemals gedacht. Ich glaube, ich habe gesagt, es habe sich in der Diele irgendwas abgespielt. Und irgendwas hat sich da abgespielt, aber es war kein Kampf.«

»Was hat denn also den Spiegel zerbrochen?« fragte Bagshaw knapp.

»Eine Kugel hat den Spiegel zerbrochen«, antwortete Father Brown feierlich, »eine Kugel, vom Verbrecher abgefeuert. Die großen Bruchstücke des herabstürzenden Glases reichten völlig aus, um die Palme mitsamt ihrem Topf umzuwerfen.«

»Na schön, aber worauf sonst außer auf Gwynne hätte er feuern können?« fragte der Detektiv.

»Das ist eigentlich eine schöne metaphysische Frage«, sagte sein geistlicher Begleiter fast träumerisch. »In einem gewissen Sinn feuerte er natürlich auf Gwynne. Aber Gwynne war nicht da, um sich befeuern zu lassen. Der Verbrecher war allein in der Diele.«

Er schwieg einen Augenblick und fuhr dann gelassen fort. »Stellen Sie sich den Spiegel am Ende des Flures vor, bevor er zerbrochen wurde, und die hohe Palme, die ihn überragte. In jenem Halblicht und in der Widerspiegelung jener eintönigen Wände muß es ausgesehen haben wie das Ende des Flures. Ein Mann, der sich darin spiegelte, muß ausgesehen haben wie ein Mann, der aus dem Inneren des Hauses kommt. Er würde aussehen wie der Hausherr – wenn die Widerspiegelung ihm nur ein bißchen ähnlich war.«

»Halt, halt«, rief Bagshaw. »Ich glaube, ich beginne …«

»Sie beginnen zu begreifen«, sagte Father Brown. »Sie beginnen zu begreifen, warum alle Verdächtigen dieses Falles unschuldig sein müssen. Nicht einer von ihnen hätte irrtümlich seine eigene Widerspiegelung für den alten Gwynne halten können. Orm hätte sofort gewußt, daß sein Gebüsch gelben Haares keine Glatze ist. Flood hätte seinen eigenen roten Schopf gesehen und Green seine eigene rote Weste. Außerdem sind sie alle kurz und schäbig gekleidet; und keiner von ihnen hätte sich einbilden können, sein Spiegelbild sei das eines großen dünnen alten Gentleman im Abendanzug. Wir brauchen einen anderen, gleich großen und dünnen, um ihm zu entsprechen. Das habe ich gemeint, als ich sagte, ich wisse, wie der Mörder aussehe.«

»Und wohin führt Sie das?« fragte Bagshaw und sah ihn fest an.

Der Priester stieß eine Art scharfen, schneidenden Lachens aus, eigenartig anders als seine gewöhnliche milde Sprechweise.

»Das führt mich«, sagte er, »genau zu dem, was Sie für so lächerlich und unmöglich erklärt haben.«

»Was meinen Sie damit?«

»Ich baue die Verteidigung«, sagte Father Brown, »auf der Tatsache auf, daß der Anwalt für die Anklage einen kahlen Kopf hat.«

»O mein Gott!« sagte der Detektiv ruhig und stand starren Blicks auf.

Father Brown nahm seinen Monolog ungerührt wieder auf.

»Sie haben die Bewegungen einer ganzen Anzahl Leute in dieser Angelegenheit verfolgt; ihr Polizisten wart gewaltig interessiert an den Bewegungen des Dichters, des Dieners und des Iren. Der Mann, dessen Bewegungen offenbar ganz vergessen wurden, ist der tote Mann selbst. Sein Diener war ehrlich erstaunt, als er herausfand, daß sein Herr bereits zurückgekommen war. Sein Herr war zu einem großen Bankett aller Häupter der Rechtsprofession gegangen, aber hatte es plötzlich verlassen und war nach Hause gekommen. Er war nicht krank, denn er rief keine Hilfe herbei; er hatte sich fast sicher mit einem der Häupter des Rechtsberufes gestritten. Und unter den Häuptern dieses Berufes hätten wir uns als erstes nach seinem Gegner umschauen sollen. Er kam zurück und schloß sich in seinem Bungalow ein, wo er alle seine privaten Unterlagen über hochverräterische Tätigkeiten aufbewahrte. Aber jener führende Kopf des Rechtsberufs, der wußte, daß es in jenen Unterlagen etwas gegen ihn gab, war gewitzt genug, seinem Ankläger nach Hause zu folgen; auch er war im Abendanzug, aber er hatte eine Pistole in seiner Tasche. Das ist alles; und niemand würde es je erraten haben, wenn es den Spiegel nicht gäbe.«

Er schien einen Augenblick ins Leere zu starren und fügte dann hinzu:

»Ein sonderbares Ding ist so ein Spiegel, ein Bilderrahmen, der Hunderte verschiedener Bilder enthält, alle lebendig und alle für immer vergangen. Und doch war etwas besonders Sonderbares mit dem Glas, das da am Ende des grauen Korridors hinter jener grünen Palme hing. Es ist, als ob es ein Zauberglas war und ein anderes Schicksal als andere hatte, als ob sein Bild es irgendwie überleben konnte und da in der Luft jenes Zwielichthauses wie ein Geist hing; oder wenigstens wie ein abstraktes Diagramm, wie das Skelett eines Argumentes. Wir jedenfalls könnten zumindest aus dem Nichts jenes Ding heraufbeschwören, das Sir Arthur Travers erblickt hat. Übrigens haben Sie da ein sehr wahres Wort über ihn gesagt.«

»Ich freue mich, das zu hören«, sagte Bagshaw mit grimmig guter Laune. »Und was war das?«

»Sie sagten«, bemerkte der Priester, »daß Sir Arthur sehr gute Gründe dafür haben müsse, Orm hängen sehen zu wollen.«

Eine Woche später begegnete der Priester dem Polizeidetektiv ein weiteres Mal und erfuhr, daß die Behörden bereits entlang der neuen Linien nachzuforschen begonnen hatten, als sie durch einen sensationellen Zwischenfall dabei unterbrochen wurden.

»Sir Arthur Travers«, begann Father Brown.

»Sir Arthur Travers ist tot«, sagte Bagshaw kurz.

»Ah!« sagte der andere mit leicht brechender Stimme, »Sie wollen sagen, daß er …«

»Ja«, sagte Bagshaw, »er hat wieder auf denselben Mann geschossen, diesmal aber nicht in einem Spiegel.«

Der Mann mit zwei Bärten

Diese Geschichte erzählte Father Brown Professor Crake nach Tisch in einem Club, in dem die beiden einander vorgestellt worden waren als zwei, die das harmlose Hobby von Raub und Mord miteinander teilten. Da aber Father Browns Version seinen Anteil an der Angelegenheit ziemlich verminderte, wird sie hier in unparteiischerer Weise nacherzählt. Es entstand alles aus einem eher spielerischen Rededuell, in dem sich der Professor sehr wissenschaftlich und der Priester eher skeptisch erwies.

»Mein lieber Herr«, sagte der Professor protestierend, »glauben Sie denn wirklich nicht, daß Kriminologie eine Wissenschaft ist?«

»Ich bin da nicht so sicher«, erwiderte Father Brown. »Glauben Sie denn, daß die Hagiologie eine Wissenschaft ist?«

»Was ist denn das?« fragte der Spezialist scharf.

»Nein, das ist nicht das Studium von Hagelhexen und hat nichts mit der Hexenverbrennung zu tun«, sagte der Priester lächelnd. »Es ist das Studium von heiligen Dingen, von Heiligen und so weiter. Wissen Sie, im Mittelalter versuchte man, aus den guten Menschen eine Wissenschaft zu machen. Aber in unserem humanen und aufgeklärten Zeitalter ist man nur noch an einer Wissenschaft über die Schlechten interessiert. Und doch glaube ich, unsere allgemeine Erfahrung zeigt, daß jede nur vorstellbare Art Mensch zum Heiligen geworden ist. Und ich vermute, Sie werden auch herausfinden, daß jede nur vorstellbare Art Mensch zum Mörder geworden ist.«

»Nun ja, wir sind überzeugt, daß Mörder sehr wohl klassifiziert werden können«, bemerkte Crake. »Die Liste ist zwar ziemlich lang und langweilig; aber ich glaube, sie ist erschöpfend. Zunächst einmal kann alles Töten in rational und irrational unterteilt werden, und wir wollen das letztere zuerst nehmen, denn es kommt viel seltener vor. Es gibt so etwas wie eine Besessenheit des Tötens, sozusagen eine abstrakte Mordlust. Es gibt so etwas wie eine irrationale Abneigung, obwohl sie sehr selten mörderisch wird. Und dann kommen wir zu den wahren Motiven: Davon sind einige weniger rational in dem Sinne, daß sie eher romantisch oder auch rückschauend sind. Akte der reinen Rache sind Akte der hoffnungslosen Rache. So wird ein Liebhaber manchmal seinen Rivalen töten, dessen Platz er doch niemals einnehmen kann, oder ein Rebell wird einen Tyrannen ermorden, obwohl dessen Sieg schon vollendet ist. Häufiger aber steckt selbst in solchen Handlungen eine rationale Erwartung. Sie sind hoffnungsvolle Morde. Sie gehören zur größeren Abteilung der zweiten Gruppe, die wir wohlerwogene Verbrechen nennen können. Und diese wiederum gehören hauptsächlich zwei Kategorien an. Ein Mann mordet entweder, um sich zu verschaffen, was der andere Mann besitzt, sei es durch Diebstahl oder Erbschaft, oder um den anderen Mann daran zu hindern, etwas Bestimmtes zu tun: bei der Ermordung eines Erpressers oder eines politischen Gegners; oder, im Falle eines eher passiven Hindernisses, eines Ehemanns oder einer Ehefrau, wenn deren andauerndes Funktionieren als solches sich mit anderen Dingen nicht verträgt. Wir sind der Ansicht, daß unsere Klassifizierung ziemlich gründlich durchdacht ist und, richtig angewendet, das gesamte Gebiet abdeckt. Aber ich befürchte, daß sie reichlich langweilig klingt. Ich hoffe, ich habe Sie nicht gelangweilt.«

»Keineswegs«, sagte Father Brown. »Wenn ich ein bißchen abwesend schien, so bitte ich um Entschuldigung; die Wahrheit ist, daß ich an einen Mann gedacht habe, den ich einstens kannte. Er war ein Mörder; aber ich kann nicht erkennen, wie er in Ihr Mördermuseum passen sollte. Er war nicht verrückt, und Morden war ihm keine Lust. Er haßte den Mann nicht, den er tötete. Er kannte ihn kaum und hatte mit Sicherheit nichts an ihm zu rächen. Der andere Mann besaß nichts, was er möglicherweise hätte haben wollen. Der andere Mann benahm sich in keiner Weise, die der Mörder hätte unterbinden wollen. Der ermordete Mann war in keiner Position, in der er den Mörder in irgendeiner Weise hätte verletzen oder behindern oder sonstwie belästigen können. Es gab keine Frau in dem Fall. Es gab keine Politik in dem Fall. Dieser Mensch ermordete einen Mitmenschen, der für ihn praktisch ein Fremder war, und das aus einem höchst sonderbaren Grund, der vermutlich einmalig in der menschlichen Geschichte ist.«

Und so erzählte er auf seine eher plaudernde Weise die Geschichte. Die Geschichte könnte recht gut in einer ausreichend ehrbaren Umgebung beginnen, nämlich am Frühstückstisch einer würdigen, wenngleich wohlhabenden Vorstadtfamilie namens Bankes, an der das übliche Gespräch über die Morgenzeitung ausnahmsweise von einem Gespräch über ein rätselvolles Geschehnis in der nächsten Nachbarschaft verdrängt worden war. Solche

Menschen werden manchmal der Klatschmäuligkeit über ihre Nachbarn bezichtigt und sind doch dessen geradezu unmenschlich unschuldig. Schlichte Dörfler erzählen sich zwar noch Geschichten über ihre Nachbarn, wahre oder falsche; aber die kuriose Kultur der modernen Vorstadt glaubt zwar alles, was in den Zeitungen von der Schlechtigkeit des Papstes oder dem Martyrium des Königs der Kannibaleninseln berichtet wird, erfährt aber in der Aufregung über solche Themen niemals, was sich nebenan abspielt. In diesem Fall jedoch stimmten die beiden Formen des Interesses in zufälliger Übereinstimmung von heftigster Intensität überein. Ihr eigenes Stadtviertel war tatsächlich in ihrem Leibblatt genannt worden. Den Namen gedruckt zu sehen erschien ihnen wie ein neuerlicher Beweis ihrer eigenen Existenz. Es war fast so, als wären sie zuvor unbewußt und unsichtbar gewesen, und jetzt waren sie ebenso wirklich wie der König der Kannibaleninseln.

In der Zeitung stand, daß ein einstmals berühmter Verbrecher, der unter dem Namen Michael Moonshine und vielen anderen bekannt war, von denen vermutlich keiner sein eigentlicher war, kürzlich nach einer langen Haftstrafe für seine zahlreichen Einbrüche entlassen worden sei, daß sein Aufenthaltsort geheimgehalten werde, man aber annehme, er habe sich in dem fraglichen Stadtteil niedergelassen, den wir der Bequemlichkeit halber Chisham nennen wollen. In der gleichen Ausgabe wurde eine Übersicht über einige seiner berühmten und gewagten Taten und Fluchten gegeben. Denn es ist bezeichnend für diese Art von Presse, die für diese Art von Publikum gedacht ist, daß sie annimmt, ihre Leser hätten kein Gedächtnis. Während der Bauer sich noch nach Jahrhunderten an einen Gesetzlosen wie Robin Hood oder Rob Roy erinnert, wird sich der Büromensch kaum an den Namen des Verbrechers erinnern, über den er zwei Jahre zuvor in Bussen und Bahnen diskutiert hat. Und dabei hatte Michael Moonshine tatsächlich einiges von der heldischen Schuftigkeit eines Rob Roy oder Robin Hood gezeigt. Er war würdig, Legende zu werden und nicht nur Nachricht. Er war ein viel zu tüchtiger Einbrecher, um ein Mörder zu sein. Aber seine schrecklichen Kräfte und die Leichtigkeit, mit der er Polizisten wie Kegel über den Haufen schmiß und Leute niederschlug und fesselte und knebelte, verlieh der Tatsache, daß er sie niemals tötete, sozusagen einen letzten Anstrich aus Furcht und Geheimnis.

Fast entstand der Eindruck, daß er menschlicher gewesen wäre, wenn er sie getötet hätte.

Mr. Simon Bankes, das Familienoberhaupt, war zugleich belesener und altmodischer als der Rest. Er war ein untersetzter Mann mit einem kurzen grauen Bart und einer tief durchfurchten Stirn. Er hatte einen Hang zu Anekdoten und Memoiren, und er erinnerte sich noch sehr deutlich jener Tage, da die Londoner wach lagen und nach Mike Moonshine lauschten, wie sie das nach Springteufel-Jack getan hatten. Dann war da seine Frau, eine dünne dunkle Dame. Es umgab sie eine Art bissiger Eleganz, denn ihre Familie hatte viel mehr Geld als die ihres Mannes, wenn auch viel weniger Bildung; und sie besaß sogar oben in einem Zimmer ein sehr wertvolles Smaragdhalsband, das ihr ein Anrecht auf Vorrang in einer Diskussion über Diebe gab. Da war seine Tochter, Opal, die auch dünn und dunkel war und angeblich übersinnlich – zumindest hielt sie selbst sich dafür, denn häusliche Ermutigung hatte sie wenig. Geister mit brennenden astralen Neigungen sind wohl beraten, wenn sie nicht als Mitglieder einer zahlreichen Familie Gestalt annehmen. Da war ihr Bruder John, ein stämmiger Bursche, besonders lärmig in seiner Gleichgültigkeit gegenüber ihren spiritistischen Entwicklungen; und im übrigen nur durch sein Interesse an Autos gekennzeichnet. Er schien ständig ein Auto zu verkaufen und ein anderes zu kaufen, und durch ein Verfahren, dem Wirtschaftstheoretiker nur schwer zu folgen vermögen, war es ihm immer möglich, einen viel besseren Artikel zu kaufen, indem er den beschädigten oder aus der Mode geratenen verkaufte. Da war sein Bruder Philip, ein junger Mann mit dunklem lockigem Haar, ausgezeichnet durch seine Aufmerksamkeit der Kleidung gegenüber, was zweifellos Teil der Pflichten eines Aktienmaklergehilfen ist, aber, wie der Aktienmakler anzudeuten beliebte, kaum der einzige. Schließlich war da bei dieser Familienszene sein Freund Daniel Devine anwesend, ebenfalls dunkelhaarig und erlesen gekleidet, doch trug er seinen Bart nach einer etwas fremdartigen Manier, die daher auf manche leicht bedrohlich wirkte.

Es war Devine, der das Thema des Zeitungsberichtes aufgebracht und so taktvoll ein äußerst wirksames Ablenkungsinstrument eingeführt hatte in eine Situation, die nach dem Beginn eines kleineren Familienkrachs aussah; denn die übersinnliche Dame hatte mit der Beschreibung einer Vision begonnen, in der fahle Gesichte in tiefster Nacht vor ihrem Fenster schwebten, und John Bankes versuchte, diese Enthüllung einer höheren Welt mit mehr als seiner üblichen Herzlichkeit niederzubrüllen.

Doch der Zeitungsbericht über ihren neuen und möglicherweise alarmierenden Nachbarn warf die beiden Streitenden bald aus der Bahn.

»Wie entsetzlich«, rief Frau Bankes. »Er muß einer der neu Zugezogenen sein, aber wer könnte es denn bloß sein?«

»Ich kenne keine neu Zugezogenen«, sagte ihr Gatte, »außer Sir Leopold Pulman im Beechwood House.«

»Mein Lieber«, sagte die Dame, »wie absurd von dir – Sir Leopold!« Und fügte nach einer Pause hinzu: »Wenn jemand sagen würde, sein Sekretär – dieser Mann mit dem Backenbart; ich habe schon immer gesagt, seit er die Stellung bekam, die Philip zustand, ...«

»Nichts zu machen«, sagte Philip träge und leistete seinen einzigen Beitrag zu diesem Gespräch. »Nicht gut genug.«

»Der einzige, von dem ich weiß«, bemerkte Devine, »ist dieser Mann namens Carver, der sich auf dem Hof von Smith aufhält. Er lebt ein sehr ruhiges Leben, aber man kann sich interessant mit ihm unterhalten. Ich glaube, daß John mit ihm irgendwelche Geschäfte hatte.«

»Versteht was von Autos«, räumte der monomanische John ein. »Wird ein bißchen mehr verstehen, wenn er in meinem neuen Wagen gesessen hat.«

Devine lächelte leicht. Jeder war schon mit der Gastfreundschaft von Johns neuem Wagen bedroht worden. Dann fügte er nachdenklich hinzu:

»So ein Gefühl hab' ich auch. Er weiß eine Menge über Autofahren und Reisen und die Wege des praktischen Lebens, und doch bleibt er ständig zu Hause und hantiert herum mit den Bienenkörben vom alten Smith. Sagt, er sei nur an der Imkerei interessiert, und deshalb wohne er bei Smith. Das scheint ein sehr ruhiges Steckenpferd für einen Mann seiner Art zu sein. Aber ich bezweifle nicht, daß Johns Auto ihn ein bißchen aufrütteln wird.«

Als Devine später aus dem Hause ging, trug sein dunkles Gesicht einen Ausdruck konzentrierten Nachdenkens. Seine Gedanken mochten vielleicht bereits zu diesem Zeitpunkt unserer Aufmerksamkeit wert gewesen sein; aber es genügt festzustellen, daß ihr praktisches Ergebnis der Entschluß war, Mr. Carver im Haus von Mr. Smith sofort einen Besuch abzustatten. Als er auf dem Wege dorthin war, begegnete er Barnard, dem Sekretär von Beechwood House, der durch seine schlaksige Gestalt auffiel und durch seinen üppigen Backenbart, den Frau Bankes zu ihren privaten Kränkungen rechnete. Ihre Bekanntschaft war oberflächlich und ihre Unterhaltung kurz und ungezwungen, aber Devine schien in ihr Nahrung für weiteres Nachsinnen zu finden.

»Hören Sie mal«, sagte er plötzlich, »entschuldigen Sie, daß ich frage, aber ist es wahr, daß Lady Pulman einigen sehr wertvollen Familienschmuck im Hause hat? Ich bin kein berufsmäßiger Dieb, aber ich habe gerade erfahren, daß hier irgendwo einer rumhängt.«

»Ich werde ihr sagen, daß sie darauf aufpassen soll«, antwortete der Sekretär. »Um die Wahrheit zu sagen, habe ich schon selbst versucht, sie zu warnen. Ich hoffe, sie hat darauf gehört.«

Während sie noch sprachen, erscholl der häßliche Schrei einer Autohupe gerade hinter ihnen, und John Bankes kam neben ihnen zum Stehen und strahlte über sein eigenes Steuerrad. Als er Devines Ziel erfuhr, erklärte er es als sein eigenes, obwohl sein Ton eher darauf hindeutete, daß er darin eine gegenstandslose Freude fand, anderen die Mitfahrt anzubieten. Die Fahrt geschah unter ununterbrochenen Lobpreisungen des Autos, vor allem hinsichtlich seiner Anpassungsfähigkeit ans Wetter.

»Schließt so dicht wie 'ne Kiste«, sagte er, »und geht so leicht auf – wie wenn du den Mund aufmachst.«

Devines Mund schien im Augenblick nicht so leicht aufzugehen, und sie erreichten Smiths Hof im Klang eines Selbstgesprächs. Als sie das äußere Tor durchfuhren, fand Devine den Mann, den er suchte, ohne ins Haus gehen zu müssen. Der Mann spazierte im Garten, die Hände in den Taschen, und trug einen breiten weichen Strohhut; ein Mann mit einem langen Gesicht und einem mächtigen Kinn. Die weite Krempe schnitt die obere Hälfte seines Gesichtes mit einem Schatten ab, der ein bißchen wie eine Maske aussah. Im Hintergrund befand sich eine Reihe besonnter Bienenkörbe, an denen sich ein älterer Mann entlangbewegte, vermutlich Mr. Smith, begleitet von einem kleinen, gewöhnlich aussehenden Gefährten in schwarzer geistlicher Tracht.

»Hören Sie«, brach der unbezähmbare John los, ehe noch Devine eine höfliche Begrüßung hatte vorbringen können, »ich hab' den Wagen mitgebracht für 'ne kleine Rundfahrt mit Ihnen. Sie wer'n ja sehn, daß er besser ist wie jeder ›Thunder-Bolt‹.«

Mr. Carvers Mund verzog sich zu einem Lächeln, das gütig gedacht sein mochte, aber grimmig aussah. »Tut mir leid, aber ich werde heute abend keine Zeit haben für Vergnügungen«, sagte er.

»Wie geht es denn der kleinen fleißigen Biene«, fragte Devine ähnlich rätselhaft. »Ihre Bienen müssen schon sehr fleißig sein, wenn sie Sie die ganze Nacht beschäftigt halten. Ich frage mich, ob …«

»Ja?« fragte Carver mit einer gewissen kühlen Verachtung.

»Na ja, man sagt doch, wir sollen Heu machen, wenn die Sonne scheint«, sagte Devine. »Vielleicht machen Sie Honig, wenn der Mond scheint.«

Ein Blitz schoß aus dem Schatten unter dem breitkrempigen Hut hervor, als das Weiße in des Mannes Augen sich verschob und aufschien.

»Vielleicht gibt es wirklich eine Menge Mondschein im Geschäft«, sagte er; »aber ich warne Sie, meine Bienen machen nicht nur Honig. Sie stechen.«

»*Kommen* Sie jetzt mit in den Wagen?« drängte der starräugige John. Doch Carver blieb, obwohl er für einen Augenblick den Ausdruck düsterer Vorbedeutung abwarf, mit dem er Devine geantwortet hatte, bei seiner höflichen Weigerung.

»Ich kann wirklich nicht mitkommen«, sagte er. »Habe einen Haufen Schreibarbeiten. Aber vielleicht sind Sie so freundlich, einem meiner Freunde eine Fahrt zu gewähren, wenn Sie einen Gefährten brauchen. Das ist mein Freund Mr. Smith, und das Father Brown.«

»Natürlich«, schrie Bankes; »sie können alle mitkommen.«

»Vielen Dank«, sagte Father Brown. »Ich fürchte, ich muß ablehnen. Ich muß in ein paar Minuten zum Dankgebet gehen.«

»Dann ist Mr. Smith Ihr Mann«, sagte Carver fast etwas ungeduldig. »Ich bin sicher, Smith sehnt sich nach einer Autofahrt.«

Smith, der ein breites Grinsen trug, zeigte keinerlei Anzeichen, daß er sich nach irgend etwas sehne. Er war ein lebendiger kleiner alter Mann mit einer sehr ehrlichen Perücke; eine von jenen Perücken, die nicht natürlicher aussehen als ein Hut. Ihr gelblicher Farbton paßte überhaupt nicht zu seiner farblosen Gesichtsfarbe. Er schüttelte den Kopf und sagte mit freundlicher Hartnäckigkeit: »Ich erinnere mich, daß ich vor zehn Jahren über diese Straße gefahren bin – in so einem Apparat. Ich kam vom Haus meiner Schwester in Holmgate und hab' die Straße seither nie mehr in einem Auto befahren. War ein rauhes Fahren, kann ich Ihnen sagen.«

»Vor zehn Jahren!« höhnte John Bankes. »Vor zweitausend Jahren sind Sie in 'nem Ochsenkarren gefahren. Denken Sie denn, Autos hätten sich in den zehn Jahren nicht verändert – und die Straßen genauso? In meinem kleinen Bus wissen Sie nicht mal, daß sich die Räder drehen. Sie werden glauben, daß Sie fliegen.«

»Ich bin sicher, daß Smith furchtbar gerne fliegen möchte«, drängte Carver. »Das ist der Traum seines Lebens. Auf, Smith, fahren Sie nach Holmgate, und besuchen Sie Ihre Schwester. Sie wissen, daß Sie schon längst Ihre Schwester besuchen sollten. Fahren Sie los, und bleiben Sie über Nacht, wenn Sie wollen.«

»Ich gehe normalerweise zu Fuß rüber und bleibe daher normalerweise über Nacht«, sagte der alte Smith. »Also kein Grund, den Gentleman heute besonders zu bemühen.«

»Aber denken Sie doch mal, was das für ein Spaß für Ihre Schwester wird, wenn sie Sie in einem Auto ankommen sieht!« rief Carver. »Sie sollten wirklich fahren. Seien Sie doch nicht so egoistisch.«

»Wirklich«, stimmte Bankes mit wärmstem Wohlwollen zu. »Seien Sie nicht egoistisch. Ihnen tut's doch nicht weh. Oder haben Sie etwa Angst?«

»Na schön«, sagte Mr. Smith und zwinkerte nachdenklich. »Ich will nicht egoistisch sein, und ich glaube nicht, daß ich Angst habe. Wenn Sie es denn so sehen, werde ich mit Ihnen kommen.«

Die beiden fuhren los, mitten hinaus aus einem Abschiedswinken, das der kleinen Gruppe irgendwie das Aussehen einer jubelnden Menge zu geben schien. Und doch hatten sich Devine und der kleine Priester dem nur aus Höflichkeit angeschlossen, und beide empfanden, daß es nur die allbeherrschenden Gesten ihres Gastgebers waren, die dem Gewinke seinen abschließenden Ausdruck des großen Abschieds verliehen. Diese Einzelheit gab ihnen einen eigenartigen Sinn für die durchdringende Kraft seiner Persönlichkeit.

In dem Augenblick, da der Wagen außer Sicht war, drehte er sich ihnen mit einer Art lärmiger Entschuldigung zu und sagte: »Schön!«

Er sagte das mit jener sonderbaren Herzlichkeit, die das Gegenteil von Gastfreundlichkeit ist. Jener äußersten Herzlichkeit, die einer Fortweisung gleichkommt.

»Ich muß gehen«, sagte Devine. »Wir dürfen die fleißige Biene nicht stören. Ich fürchte, ich weiß nur wenig von Bienen; manchmal kann ich eine Biene kaum von einer Wespe unterscheiden.«

»Ich habe auch Wespen gehalten«, sagte der rätselhafte Mr. Carver.

Kaum waren dessen Gäste einige Meter die Straße hinab, sagte Devine impulsiv zu seinem Begleiter: »Eine reichlich eigenartige Szene, meinen Sie nicht auch?«

»Ja«, erwiderte Father Brown, »und was halten Sie von ihr?«

Devine sah den kleinen Mann in Schwarz an, und irgend etwas im Blick seiner großen grauen Augen schien ihm erneut Antrieb zu geben.

»Ich glaube«, sagte er, »daß Carver sehr viel daran lag, das Haus heute nacht für sich zu haben. Ich weiß nicht, ob Sie auch solche Verdächte haben?«

»Ich mag meine Verdächte haben«, erwiderte der Priester, »aber ich bin nicht sicher, ob es die gleichen wie Ihre sind.«

An jenem Abend, als das letzte Dämmern im Dunkel der Gärten um das Familienhaus versank, durchwandelte Opal Bankes einige der düsteren und leeren Räume in tieferer als ihrer üblichen Abwesenheit; und wer sie näher angesehen hätte, würde bemerkt haben, daß ihr blasses Gesicht eine tiefere als ihre übliche Blässe aufwies. Trotz seines bürgerlichen Luxus strömte das Haus als Ganzes eine recht einzigartige Melancholie aus. Es war jene Art der unmittelbaren Trostlosigkeit, welche Dingen eignet, die veraltet sind statt alt. Es war voller verblaßter Moden statt historischer Kostüme; von jener Ordnung und Ornamentik, die erst jüngst vergangen ist und doch schon tot wirkt. Hier und da färbten frühviktorianische Buntgläser das Zwielicht; die hohen Decken ließen die langen Zimmer schmal wirken; und am Ende jenes langen Zimmers, das sie hinabwandelte, befand sich eines jener runden Fenster, die sich in Häusern aus dieser Periode fanden. Als sie ungefähr die Mitte des Zimmers erreicht hatte, blieb sie stehen, und dann plötzlich schwankte sie leicht, als ob eine unsichtbare Hand sie ins Gesicht geschlagen hätte.

Einen Augenblick danach kam das Geräusch eines Klopfens an der Vordertür, gedämpft durch die geschlossenen Türen dazwischen. Sie wußte, daß sich die übrige Familie in den oberen Räumen aufhielt, und doch hätte sie nicht zu sagen gewußt, warum sie selbst an die Haustür ging. Auf der Türschwelle stand eine kurze schäbige Gestalt in Schwarz, in der sie den römisch-katholischen Priester erkannte, dessen Name Brown war. Sie kannte ihn nur flüchtig, aber sie mochte ihn. Er ermutigte ihre Übersinnlichkeit nicht, ganz im Gegenteil; aber er entmutigte sie, als ob sie wichtig und nicht, als ob sie unwichtig wäre. Es war nicht so, daß er nicht mit ihren Ansichten sympathisierte, sondern so, daß er mit ihnen sympathisierte, ihnen aber nicht zustimmte. Das alles befand sich in einer Art Chaos in ihrem Geist, als sie sich, ohne Begrüßung und ohne eine Erklärung für seinen Besuch abzuwarten, sagen hörte:

»Ich bin so froh, daß Sie gekommen sind. Ich habe einen Geist gesehen.«

»Kein Grund, darüber beunruhigt zu sein«, sagte er. »Das geschieht oft. Die meisten der Geister sind keine Geister, und die paar, die es vielleicht sind, tun Ihnen nichts Böses. War es irgendein besonderer Geist?«

»Nein«, räumte sie mit einem undeutlichen Gefühl der Erleichterung ein, »es war nicht so sehr das Ding an sich, als eine Atmosphäre des schauerlichen Verfalls, eine Art leuchtenden Zusammenbruchs. Es war ein Gesicht. Ein Gesicht am Fenster. Aber es war fahl, und glotzte, und sah aus wie das Abbild von Judas.«

»Nun ja, manche Menschen sehen so aus«, überlegte der Priester, »und ich wage zu behaupten, daß sie manchmal durch Fenster einschauen. Kann ich reinkommen und nachsehen, wo es sich abgespielt hat?«

Als sie mit dem Besucher in den Raum zurückkam, hatten sich dort aber andere Familienmitglieder versammelt und hatten es, da von geringerer Übersinnlichkeit, angebracht empfunden, die Lampen zu entzünden. In der Anwesenheit von Frau Bankes nahm Father Brown eine gewöhnlichere Höflichkeit an und entschuldigte sich für sein Eindringen.

»Ich fürchte, ich nehme mir da Ihrem Haus gegenüber eine Freiheit heraus, Frau Bankes«, sagte er. »Aber ich glaube, ich kann Ihnen erklären, wieso die Angelegenheit Sie betrifft. Ich war eben gerade im Haus der Pulmans, als man mich anrief und bat, ich möchte doch herkommen und hier einen Mann treffen, der kommen wolle, um etwas bekanntzugeben, was für Sie von einiger Bedeutung sein könnte. Ich selbst hätte mich da nicht beteiligen sollen, aber man hat mich wohl deshalb hergebeten, weil ich ein

Zeuge dessen bin, was sich in Beechwood House abgespielt hat. Tatsächlich bin ich es, der den Alarm geben mußte.«

»Was hat sich denn abgespielt?« fragte die Dame.

»In Beechwood House ist ein Raub geschehen«, sagte Father Brown bedeutungsvoll. »Ein Raub, und was wohl schlimmer ist, Lady Pulmans Juwelen sind verschwunden, und ihr unglücklicher Sekretär Barnard wurde im Garten aufgefunden, wo ihn offenbar der flüchtende Räuber niedergeschossen hat.«

»Das war«, stieß die Dame des Hauses hervor, »ich glaube, das war ...«

Sie begegnete dem ernsten Blick des Priesters, und ihre Worte wichen plötzlich von ihr, und niemals fand sie heraus, warum.

»Ich habe mich mit der Polizei in Verbindung gesetzt«, fuhr er fort, »und mit einer anderen Behörde, die an diesem Fall interessiert ist; und man hat mir gesagt, daß eine selbst oberflächliche Untersuchung Fußabdrücke und Fingerabdrücke und andere Hinweise auf einen wohlbekannten Verbrecher ergeben habe.«

An dieser Stelle wurde die Konferenz für einen Augenblick durch die Rückkehr von John Bankes unterbrochen, der eine offenbar ergebnislose Autofahrt hinter sich hatte. Der alte Smith war wohl letzten Endes ein enttäuschender Fahrgast gewesen.

»Hat sich im letzten Augenblick doch noch gedrückt«, verkündete er in lärmendem Überdruß. »Ist abgehauen, als ich ein Loch im Reifen vermutete und nachsah. So 'nen dummen Bauern werd' ich noch mal mitnehmen ...«

Aber seinen Klagen ward in der allgemeinen Aufregung, die sich um Father Brown und seine Neuigkeiten sammelte, nur wenig Aufmerksamkeit zuteil.

»Gleich wird jemand eintreffen«, fuhr der Priester mit dem gleichen Ausdruck gewichtiger Zurückhaltung fort, »der mich von dieser Verantwortung befreien wird. Sobald ich Sie mit ihm bekannt gemacht habe, habe ich meine Pflicht als Zeuge in einem schweren Fall getan. Für mich bleibt nur mehr übrig zu sagen, daß mir eine Bedienstete in Beechwood House erzählt hat, sie habe an einem der Fenster ein Gesicht gesehen ...«

»Ich habe ein Gesicht«, sagte Opal, »an einem unserer Fenster gesehen.«

»Ach, du siehst doch andauernd Gesichter«, sagte ihr Bruder John grob.

»Es ist immer gut, die Tatsachen zu erkennen, selbst wenn es Gesichter sind«, sagte Father Brown gleichmütig, »und ich glaube, das Gesicht, das Sie gesehen haben …«

Ein weiteres Pochen an der Vordertür klang durchs Haus, und eine Minute später öffnete sich die Tür des Zimmers, und eine weitere Gestalt erschien. Devine erhob sich bei ihrem Anblick halb aus seinem Stuhl.

Es war eine hohe aufrechte Gestalt mit einem langen, beinahe leichenhaften Gesicht, das in einem mächtigen Kinn endete. Die Stirn war fast kahl, und die Augen, die Devine zuletzt von einem breiten Strohhut verschattet gesehen hatte, waren hell und blau.

»Bitte behalten Sie doch alle Platz«, sagte der Mann namens Carver mit klarer und höflicher Stimme. Doch für Devines verwirrten Geist ähnelte diese Höflichkeit auf bedrohliche Weise jener eines Straßenräubers, der eine Gesellschaft mit der Pistole zur Reglosigkeit zwingt.

»Bitte setzen Sie sich doch, Mr. Devine«, sagte Carver; »und mit Frau Bankes' Erlaubnis werde ich Ihrem Beispiel folgen. Meine Gegenwart hier erfordert eine Erklärung. Ich kann mir gut vorstellen, daß Sie mich verdächtigen, ein hervorragender und ausgezeichneter Einbrecher zu sein.«

»Tat ich«, sagte Devine grimmig.

»Wie Sie bereits bemerkt haben«, sagte Carver, »ist es nicht immer einfach, eine Wespe von einer Biene zu unterscheiden.«

Und nach einer Pause fuhr er fort: »Ich kann behaupten, eines der nützlicheren, wenn auch gleich lästigen Insekten zu sein. Ich bin Detektiv, und ich bin hierhergekommen, um ein angebliches Wiederaufleben der Tätigkeiten jenes Verbrechers zu untersuchen, der sich selbst Michael Moonshine nennt. Juwelenraub war seine Spezialität; und es hat gerade eben einen in Beechwood House gegeben, der allen technischen Tests zufolge sein Werk war. Nicht nur stimmen die Abdrücke überein, sondern Sie wissen vielleicht auch, daß er bei seiner letzten Verhaftung und vermutlich bei anderen Gelegenheiten die einfache, aber wirksame Verkleidung eines roten Bartes und einer großrandigen Hornbrille trug.«

Opal Bankes warf sich wild nach vorne.

»Das war er«, schrie sie erregt, »das war das Gesicht, das ich gesehen habe, mit großen Glotzaugen und einem roten zerrauften Bart wie Judas. Ich habe geglaubt, es sei ein Geist.«

»Das war auch der Geist, den die Bedienstete in Beechwood House gesehen hat«, sagte Carver trocken.

Er legte einige Papiere und Pakete auf den Tisch und begann, sie sorgsam auseinanderzufalten. »Wie ich gesagt habe«, fuhr er fort, »bin ich hergeschickt worden, um Nachforschungen hinsichtlich der verbrecherischen Pläne dieses Mannes Moonshine durchzuführen. Deshalb habe ich mich für die Imkerei interessiert und mich bei Mr. Smith einquartiert.«

Da war ein Schweigen, und dann fuhr Devine hoch und sagte: »Sie wollen doch nicht ernstlich behaupten, daß dieser nette alte Mann ...«

»Nicht doch, Mr. Devine«, sagte Carver mit einem Lächeln, »Sie haben geglaubt, daß ein Bienenkorb nur ein Versteck für mich sein könnte. Warum sollte es nicht ein Versteck für ihn sein?«

Devine nickte düster, und der Detektiv wandte sich wieder seinen Papieren zu. »Da ich Smith im Verdacht hatte, wollte ich ihn aus dem Weg haben und seine Sachen durchsuchen; also benutzte ich Mr. Bankes' freundliches Angebot, ihm eine Vergnügungsfahrt zu schenken. Als ich sein Haus durchsuchte, fand ich einige für einen unschuldigen alten Landschrat, der nur an Bienen interessiert ist, reichlich eigentümliche Dinge. Dies ist eines davon.«

Aus dem auseinandergefalteten Papier hob er ein langes haariges Ding empor, beinahe scharlachrot – die Art falschen Bartes, wie man sie bei Theateraufführungen trägt.

Daneben lag eine alte breitrandige Hornbrille.

»Aber ich habe auch noch etwas gefunden«, fuhr Carver fort, »das weitaus unmittelbarer dieses Haus betrifft und mir als Entschuldigung dafür dienen muß, daß ich heute abend hier eindringe. Ich fand eine Aufstellung mit Namen und dem vermutlichen Wert verschiedener Juwelen in der Nachbarschaft. Und unmittelbar unter der Notiz über Lady Pulmans Tiara wird ein Smaragdhalsband erwähnt, das Frau Bankes gehöre.«

Frau Bankes, die bisher das Eindringen in ihr Haus mit dem Ausdruck hochmütiger Verwirrung betrachtet hatte, wurde plötzlich aufmerksam. Ihr Gesicht sah plötzlich zehn Jahre älter und sehr viel intelligenter aus. Doch bevor sie noch etwas sagen konnte, fuhr der ungestüme John wie ein trompetender Elefant zu seiner vollen Höhe empor.

»Und die Tiara ist schon verschwunden«, brüllte er, »und das Halsband – ich werde nach dem Halsband sehen!«

»Keine schlechte Idee«, sagte Carver, als der junge Mann aus dem Zimmer stürmte, »obwohl wir natürlich unsere Augen offengehalten haben, seit wir hergekommen sind. Na ja, es hat mich einige Zeit gekostet, bis ich die Aufstellung verstehen konnte, die chiffriert ist, und als Father Browns Telephonnachricht aus dem Haus kam, war ich fast damit fertig. Deshalb habe ich ihn gebeten, als erstes mit der Nachricht hierherzukommen, und ich würde folgen; und so …«

Seine Rede wurde durch einen Schrei unterbrochen. Opal stand aufrecht und wies starr auf das runde Fenster.

»Da ist es wieder!« rief sie.

Für einen Augenblick sahen alle etwas – etwas, das die Dame vom Vorwurf der Lüge und der Hysterie freisprach, der nicht eben selten gegen sie vorgebracht wurde. Das aus der schieferblauen Dunkelheit draußen herausgereckte Gesicht war fahl, oder vielleicht bleich vom Druck gegen die Fensterscheibe; und die großen starrenden Augen, wie von Ringen umgeben, verliehen ihm fast das Aussehen eines großen Fisches aus den Tiefen der dunkelblauen See, der seine Nase gegen das Bullauge eines Schiffes drückt. Die Kiemen aber oder die Finnen des Fisches waren kupferrot; sie waren in Wirklichkeit glühendrote Backenbärte und der obere Teil eines roten Bartes. Im nächsten Augenblick war es verschwunden.

Devine hatte einen einzigen Schritt auf das Fenster zugetan, als ein Schrei durch das Haus dröhnte, ein Schrei, der es fast erbeben machte. Er war fast zu betäubend, als daß man Wörter hätte unterscheiden können; doch reichte er aus, um Devine in seinem Schritt innehalten zu machen, und er wußte, was geschehen war.

»Halsband verschwunden!« brüllte John Bankes, der riesig und keuchend in der Tür erschien und fast sofort wieder verschwand mit einem Satz wie ein Jagdhund auf der Fährte.

»Der Dieb war gerade am Fenster!« schrie der Detektiv, der bereits zur Tür stürzte, um dem voranstürmenden John zu folgen, der sich bereits im Garten befand.

»Vorsicht!« jammerte die Dame. »Die haben Pistolen und so.«

»Ich auch«, dröhnte die ferne Stimme des furchtlosen John aus dem dunklen Garten.

Tatsächlich hatte Devine bemerkt, als der junge Mann an ihm vorbeistürzte, daß er drohend einen Revolver schwang, und hoffte, daß es keine Notwendigkeit geben werde, sich damit zu verteidigen. Aber während er das noch dachte, erdröhnten zwei Schüsse, als ob der eine dem anderen antworte, und erweckten eine wilde Herde von Echos in jenem stillen Vorstadtgarten. Sie verfielen in Schweigen.

»Ist John tot?« fragte Opal mit leiser, schaudernder Stimme.

Father Brown hatte sich bereits tiefer in die Dunkelheit begeben und stand da mit dem Rücken zu ihnen, während er auf etwas herabstarrte. Er war es, der ihr antwortete.

»Nein«, sagte er; »es ist der andere.«

Carver hatte sich ihm angeschlossen, und für einen Augenblick verwehrten die beiden Gestalten, die hohe und die kurze, jeden Ausblick, den der unstete und stürmische Mondschein gewähren mochte. Dann traten sie beiseite, und die anderen sahen die schmächtige drahtige Gestalt daliegen, leicht verdreht, wie durch ihren letzten Kampf. Der falsche rote Bart ragte höhnisch himmelwärts, und der Mond schien auf die große falsche Brille des Mannes, den man Moonshine genannt hatte.

»Welch ein Ende«, murmelte der Detektiv. »Nach all seinen Abenteuern von einem Aktienmakler eher zufällig in einem Vorstadtgarten erschossen.«

Der Aktienmakler selbst betrachtete seinen Triumph natürlich mit mehr Feierlichkeit, wenngleich nicht ohne Nervosität.

»Ich mußte es tun«, keuchte er und japste noch von der Anstrengung. »Tut mir leid, aber er hat auf mich geschossen.«

»Es wird natürlich eine Untersuchung geben«, sagte Carver ernst. »Aber ich glaube, Sie haben nichts zu befürchten. Da liegt ein Revolver, der aus seiner Hand gefallen ist, und ein Schuß ist daraus abgefeuert; und er hat sicherlich nicht mehr geschossen, nachdem er Ihren Schuß empfangen hatte.«

Inzwischen hatten sie sich wieder im Zimmer versammelt, und der Detektiv packte seine Papiere für seinen Abgang zusammen. Father Brown stand ihm gegenüber und blickte auf den Tisch hinab wie in tiefem Sinnen. Dann begann er plötzlich zu sprechen:

»Mr. Carver, Sie haben wirklich einen sehr umfassenden Fall auf sehr meisterhafte Weise geklärt. Ich habe zwar Ihren Beruf vermutet; aber ich hätte niemals geglaubt, daß Sie alles so schnell miteinander verbinden würden – die Bienen und den Bart und die Brille und die Chiffren und das Halsband und alles.«

»Immer befriedigend, einen Fall wirklich rundum abzuschließen«, sagte Carver.

»Ja«, sagte Father Brown und blickte immer noch auf den Tisch hinab. »Ich bewundere Sie sehr.« Und dann fügte er mit einer Bescheidenheit, die fast an Nervosität grenzte, hinzu: »Aber es ist nur fair, Ihnen zu sagen, daß ich kein Wort davon glaube.«

Devine beugte sich in plötzlichem Interesse vorwärts. »Wollen Sie sagen, Sie glauben nicht, daß er Moonshine der Einbrecher ist?«

»Ich weiß, daß er der Einbrecher ist, aber er hat nicht eingebrochen«, antwortete Father Brown. »Ich weiß, daß er weder hierher noch zu dem großen Haus gekommen ist, um Juwelen zu stehlen oder sich bei der Flucht mit ihnen erschießen zu lassen. Wo sind die Juwelen?«

»Wo sie in solchen Fällen im allgemeinen sind«, sagte Carver. »Er hat sie entweder versteckt oder sie an einen Verbündeten weitergegeben. Das war keine Ein-Mann-Sache. Meine Leute untersuchen natürlich bereits den Garten und alarmieren den Bezirk.«

»Vielleicht«, regte Frau Bankes an, »hat der Komplize das Halsband gestohlen, während Moonshine durchs Fenster hereinschaute.«

»Und warum hat Moonshine durchs Fenster hereingeschaut?« fragte Father Brown ruhig. »Warum hätte er durchs Fenster hereinschauen sollen?«

»Los doch, was glauben Sie denn?« schrie der muntere John.

»Ich glaube«, sagte Father Brown, »daß er niemals zum Fenster hineinschauen wollte.«

»Und warum hat er es dann getan?« fragte Carver. »Welchen Zweck hat es, so ins Blaue zu schwatzen? Wir haben doch das ganze Ding vor unseren Augen geschehen sehen.«

»Ich habe viele Dinge vor meinen Augen geschehen sehen, an die ich nicht glaube«, erwiderte der Priester. »Sie auch, auf der Bühne und sonstwo.«

»Father Brown«, sagte Devine mit einem gewissen Respekt in der Stimme, »wollen Sie uns sagen, warum Sie Ihren Augen nicht trauen können?«

»Ja, ich will versuchen, es Ihnen zu sagen«, antwortete der Priester. Dann sagte er sanft: »Sie wissen, was ich bin und was wir sind. Wir belästigen Sie nicht sehr. Wir versuchen, allen unseren Nachbarn Freund zu sein. Aber Sie werden nicht glauben, wir täten nichts. Sie werden nicht glauben, wir wüßten nichts. Wir kümmern uns um unsere eigenen Angelegenheiten, aber wir kennen auch unsere Leute. Ich habe diesen toten Mann wirklich sehr gut gekannt, ich war sein Beichtvater und sein Freund. Soweit das menschenmöglich ist, kannte ich seinen Geist, als er heute jenen Garten verließ; und sein Geist war wie ein gläserner Korb voller goldener Bienen. Es wäre eine Untertreibung zu behaupten, daß seine Bekehrung aufrichtig war. Er war einer jener großen Bußfertigen, die aus ihrer Reue mehr gewinnen als andere aus ihren Tugenden. Ich sagte, daß ich sein Beichtvater war, aber in Wirklichkeit war ich es, der um Trost zu ihm ging. Es tat mir gut, einem guten Menschen so nahe zu sein. Und als ich ihn da tot im Garten liegen sah, war mir so, als ob gewisse seltsame Worte, vor uralter Zeit gesprochen, laut über ihm in mein Ohr gesagt würden. Sie hätten es wohl sein können, denn wenn jemals ein Mensch direkt in den Himmel auffuhr, dann könnte sehr wohl er es sein.«

»Zum Teufel«, sagte John Bankes unruhig, »schließlich war er doch ein überführter Dieb.«

»Ja«, sagte Father Brown, »und nur ein *überführter* Dieb hat in dieser Welt je die Versicherung gehört: ›Noch heute wirst du mit mir im Paradiese sein.‹«

Niemand schien zu wissen, was mit der folgenden Stille anzufangen war, bis schließlich Devine plötzlich sagte:

»Aber wie in aller Welt würden Sie das alles denn erklären?«

Der Priester schüttelte den Kopf. »Ich kann es gar nicht erklären, noch nicht«, sagte er einfach. »Ich kann nur ein oder zwei sonderbare Dinge sehen, aber ich verstehe sie nicht. Bis jetzt habe ich nichts, um damit die Unschuld des Mannes zu beweisen, mit Ausnahme des Mannes. Aber ich bin ganz sicher, daß ich recht habe.«

Er seufzte und streckte die Hand nach seinem großen schwarzen Hut aus. Als er ihn aufgehoben hatte, starrte er weiter auf den Tisch, aber mit einem neuen Ausdruck. Sein runder Kopf mit dem geraden Haar neigte sich in einem neuen Winkel. Es war, als ob ein sonderbares Tier aus seinem Hut gekommen wäre, wie aus dem Hut eines Zauberers. Die anderen aber konnten, als sie auf den Tisch blickten, dort nichts sehen außer den Dokumenten des

Detektivs und dem grellen Theaterbart mit der aufgedonnerten Brille.

»Gott segne uns«, murmelte Father Brown, »und da liegt er tot draußen mit Bart und Brille.« Er drehte sich jählings zu Devine um. »Hier haben Sie was, dem Sie nachgehen können, wenn Sie wissen wollen. *Warum hatte er zwei Bärte?*«

Damit hastete er auf seine würdelose Weise aus dem Zimmer; Devine aber ward nun von Neugier zerfressen und folgte ihm in den Vorgarten.

»Ich kann es Ihnen jetzt nicht erzählen«, sagte Father Brown. »Ich bin nicht sicher, und ich frage mich, was ich tun soll. Kommen Sie, und besuchen Sie mich morgen, und vielleicht kann ich Ihnen dann die ganze Sache erzählen. Vielleicht wird für mich dann schon alles feststehen, und … Haben Sie das Geräusch gehört?«

»Ein Auto, das anfährt«, bemerkte Devine.

»Das Auto von John Bankes«, sagte der Priester. »Ich glaube, es fährt sehr schnell.«

»Er zumindest ist dieser Ansicht«, sagte Devine lächelnd.

»Es wird heute nacht weit und schnell fahren«, sagte Father Brown.

»Und was wollen Sie damit sagen?« fragte der andere.

»Ich will damit sagen, daß es nicht zurückkommen wird«, erwiderte der Priester. »John Bankes hat aus dem, was ich gesagt habe, einiges von dem vermutet, was ich weiß. John Bankes ist abgereist, und all die Smaragde und all die anderen Schmuckstücke mit ihm.«

Am nächsten Tag fand Devine Father Brown, wie er vor den Bienenkörben auf und ab wanderte, traurig, und doch erfüllt von einer gewissen Heiterkeit.

»Ich hab' es den Bienen erzählt«, sagte er. »Wissen Sie, so was muß man den Bienen erzählen! ›Den singenden Schreinern, die da Dächer aus Gold erbaun.‹ Welch eine Zeile!« Dann abrupter: »Er würde wollen, daß man die Bienen versorgt.«

»Ich hoffe, er will nicht, daß die menschlichen Wesen vernachlässigt werden, wenn ihr ganzer Schwarm vor Neugier braust«, bemerkte der junge Mann. »Sie hatten völlig recht, als Sie sagten, daß Bankes mit den Juwelen verschwunden sei, aber ich weiß nicht, woher Sie das wußten, oder auch nur, was es überhaupt zu wissen gab.«

Father Brown zwinkerte wohlwollend den Bienenkörben zu und sagte:

»Man stolpert manchmal über Dinge, und es gab da ganz zu Anfang einen Stolperstein. Es hat mich verwirrt, daß der arme Barnard in Beechwood House erschossen wurde. Nun machte sich Michael, selbst als er noch ein Meisterverbrecher war, eine Ehre, ja geradezu eine Eitelkeit daraus, ohne Mord Erfolg zu haben. Es erschien mir nun höchst ungewöhnlich, daß er sozusagen als Heiliger seine Gewohnheit so weit aufgeben und die Sünde begehen sollte, die er verachtet hatte, als er noch ein Sünder war. Die ganze Angelegenheit verwirrte mich bis zum Schluß; ich konnte sie nicht verstehen, abgesehen davon, daß sie nicht wahr war. Dann ging mir verspätet ein Licht auf, als ich Bart und Brille sah und mich daran erinnerte, daß der Dieb mit einem anderen Bart und einer anderen Brille gekommen war. Nun war es natürlich durchaus möglich, daß er Duplikate besaß, doch war es ein merkwürdiger Zufall, daß er weder den alten Bart noch die alte Brille benutzte, obwohl beide in gutem Zustand waren. Wiederum war es natürlich möglich, daß er ohne sie losgezogen war und sich hatte neue beschaffen müssen, aber das war unwahrscheinlich. Es gab überhaupt keinen Grund für ihn, mit Bankes eine Autotour zu unternehmen, und wenn er wirklich hätte einbrechen wollen, hätte er seine Ausrüstung leicht in der Tasche mitführen können. Außerdem wachsen Bärte nicht an Bäumen. Er würde es schwierig gefunden haben, zu der Zeit solche Sachen irgendwo aufzutreiben.

Nein, je länger ich darüber nachdachte, desto stärker empfand ich, daß hier irgendwas mit seiner neuen Ausstattung nicht stimmte. Und dann begann meinem Verstand die Wahrheit aufzudämmern, die ich mit dem Instinkt schon ahnte. Als er mit Bankes loszog, hatte er überhaupt keine Absicht, seine Verkleidung anzulegen. Er hat seine Verkleidung nie angelegt. Ein anderer hatte die Verkleidung in aller Ruhe vorbereitet und sie ihm dann angelegt.«

»Und sie ihm angelegt!« wiederholte Devine. »Wie zum Teufel konnte er das denn?«

»Wir wollen zurückgehen«, sagte Father Brown, »und das Ding durch ein anderes Fenster betrachten – durch das Fenster, durch das die junge Dame den Geist gesehen hat.«

»Den Geist!« wiederholte der andere und fuhr leicht zusammen.

»Sie nannte es den Geist«, sagte der kleine Mann gelassen, »und vielleicht hat sie sich nicht einmal sehr geirrt. Es stimmt schon, daß sie ist, was man medial veranlagt nennt. Ihr einziger Fehler besteht nur darin, daß sie glaubt, medial sein bedeute Vergeistigung. Manche Tiere sind medial, auf jeden Fall ist sie empfindsam, und sie hatte recht, als sie empfand, daß jenes Gesicht am Fenster von jener schrecklichen Art Nimbus toter Dinge umgeben sei.«

»Sie glauben ...«, begann Devine.

»Ich glaube, daß ein toter Mann ins Fenster geblickt hat«, sagte Father Brown. »Es war ein toter Mann, der um mehr als ein Haus kroch und in mehr als ein Fenster starrte. Schauerlich, was? In gewisser Weise war das aber das Gegenteil eines Geistes, denn das waren nicht die Possen einer vom Körper befreiten Seele. Es waren die Possen eines von der Seele befreiten Körpers.«

Er blinzelte erneut den Bienenkörben zu und fuhr fort: »Aber die kürzeste Weise, es zu erklären, ist wohl die vom Standpunkt des Mannes aus, der es tat. Sie kennen den Mann, der es tat. John Bankes.«

»Der letzte, an den ich gedacht hätte«, sagte Devine.

»Der allererste, an den ich gedacht habe«, sagte Father Brown; »soweit ich überhaupt das Recht hatte, an irgend jemanden zu denken. Mein Freund, es gibt keine guten oder bösen sozialen Typen oder Berufe. Jeder Mann kann zum Mörder werden wie der arme John; jeder Mann, und sogar derselbe, kann zum Heiligen werden wie der arme Michael. Wenn es aber einen Typus gibt, der gelegentlich dazu neigt, noch gottloser zu sein als andere, dann ist das jene reichlich brutale Sorte Geschäftsmann. Er hat kein soziales Ideal, geschweige denn eine Religion; er hat weder die Traditionen des Gentleman noch die Klassenloyalität des Gewerkschafters. All sein Prahlen über gute Geschäftsabschlüsse ist praktisch ein Prahlen, andere Leute betrogen zu haben. Wie er seine Schwester wegen ihrer armseligen kleinen Bemühungen um Mystizismus niederbrüllte, war widerwärtig. Ihr Mystizismus war natürlich blühender Unfug; er aber haßte ihre Geisterseherei nur, weil sie etwas mit Geist zu tun hatte. Jedenfalls gibt es keinen Zweifel daran, daß er der Schuft im Stück war; das einzig Interessante daran ist ein Stück ziemlich origineller Schuftigkeit. Es war tatsächlich ein neues und einzigartiges Motiv für Mord. Es war das Motiv, die Leiche als Stück der Bühnenstaffage zu benutzen – als eine Art schrecklicher Puppe oder

Marionette. Zu Beginn hatte er den Plan, Michael im Auto zu ermorden, nur um ihn dann nach Hause zu fahren und vorzutäuschen, er habe ihn im Garten erschossen. Doch sämtliche folgenden phantastischen Taten entstanden dann ganz natürlich aus jener Ausgangsgegebenheit, daß er zur Nacht in seinem geschlossenen Wagen die Leiche eines bekannten und erkennbaren Einbrechers zu seiner Verfügung hatte. Er konnte dessen Fingerabdrücke und Fußabdrücke hinterlassen. Er konnte das bekannte Gesicht gegen Fensterscheiben lehnen und es wieder wegnehmen. Sie werden bemerken, daß Moonshine allem Anschein nach erschien und verschwand, während Bankes allem Anschein nach außerhalb des Raumes nach dem Smaragdhalsband suchte.

Zum Schluß mußte er die Leiche nur noch auf den Rasen fallen lassen, aus jedem Revolver einen Schuß abfeuern, und er war am Ziel. Es hätte wohl niemals herausbekommen werden können, wenn da nicht die Frage nach den zwei Bärten aufgetaucht wäre.«

»Warum hat denn Ihr Freund Michael seinen alten Bart behalten?« sagte Devine nachdenklich. »Das erscheint mir doch fragwürdig.«

»Für mich, der ich ihn kannte, erscheint das unvermeidlich«, erwiderte Father Brown. »Seine ganze Haltung entsprach jener Perücke, die er getragen hat. Er wollte seine Verkleidung nicht verkleiden. Er brauchte seine alte Verkleidung nicht mehr, aber er hatte auch keine Angst vor ihr. Er hätte es für falsch empfunden, den falschen Bart zu vernichten. Das wäre wie ein Verstecken gewesen, und er versteckte sich nicht. Er versteckte sich nicht vor Gott; er versteckte sich nicht vor sich selbst. Er lebte im hellen Tageslicht. Selbst wenn man ihn wieder ins Gefängnis gesteckt hätte, wäre er doch ganz glücklich geblieben. Er war nicht weißgewaschen, aber reingewaschen. Es war da etwas sehr Sonderbares um ihn, fast so sonderbar wie der groteske Totentanz, durch den man ihn schleifte, nachdem er tot war. Selbst wenn er sich lächelnd zwischen diesen Bienenkörben bewegte, war er in einem strahlenden und leuchtenden Sinn tot. Er befand sich jenseits des Urteils dieser Welt.«

Es gab eine kurze Pause, dann zuckte Devine mit den Schultern und sagte: »Also kommt es letzten Endes darauf zurück, daß sich in dieser Welt die Bienen und die Wespen sehr ähnlich sehen, oder nicht?«

Das Lied vom Fliegenden Fisch

Die Seele von Mr. Peregrine Smart schwebte wie eine Fliege rund um ein Besitztum und einen Witz herum. Den Witz mag man als sanft bezeichnen, denn er bestand lediglich darin, die Leute zu fragen, ob sie seine Goldfische gesehen hätten. Man hätte ihn auch als einen kostspieligen Witz betrachten können, aber es ist fraglich, ob er nicht insgeheim doch mehr an dem Witz hing als an dem Nachweis der Kostspieligkeit. Wenn er sich mit seinen Nachbarn aus der kleinen Gruppe neuer Häuser unterhielt, die rund um den alten Dorfanger hochgewachsen waren, dann verlor er keine Zeit, das Gespräch in Richtung seines Steckenpferdes zu bringen. Bei Dr. Burdock, einem aufstrebenden Biologen mit entschlossenem Kinn und zurückgekämmtem Haar wie ein Deutscher, bediente sich Mr. Smart des einfachen Übergangs: »Sie sind an Naturgeschichte interessiert, haben Sie meine Goldfische gesehen?« Für einen so orthodoxen Anhänger der Evolutionstheorie wie Dr. Burdock war die gesamte Natur zweifellos eins; doch war auf den ersten Blick der Zusammenhang nicht so eng, da er ein Spezialist war, der sich ausschließlich auf die primitiven Ahnen der Giraffe konzentriert hatte. Mit Father Brown von einer Kirche in der benachbarten Provinzstadt durcheilte er eine schnelle Gedankenkette, die die Themen »Rom – St. Peter – Fischer – Fisch – Goldfisch« berührte. Wenn er sich mit Mr. Imlack Smith, dem Bankdirektor, unterhielt, einem schlanken und bläßlichen Gentleman von eleganter Erscheinung, aber ruhigem Benehmen, zwang er das Gespräch mit Gewalt auf das Thema der Goldwährung, von der es dann zu den Goldfischen nur noch ein Schritt war. Wenn er sich mit jenem brillanten Reisenden im Orient und Gelehrten Graf Yvon de Lara unterhielt (dessen Titel französisch, dessen Gesicht eher russisch, um nicht zu sagen tatarisch war), zeigte der gewandte Causeur ein intensives und intelligentes Interesse an Ganges und Indischem Ozean, das ganz natürlich auf die mögliche Anwesenheit von Goldfischen in jenen Gewässern führte. Aus Mr. Harry Hartopp, dem sehr reichen, aber sehr scheuen und schweigsamen jungen Herrn, der erst kürzlich aus London hergezogen war, hatte er schließlich die Nachricht herausgepreßt, daß der peinlich berührte fragliche Jüngling nicht an der Fischerei interessiert sei, um dann hinzuzufügen: »Apropos Fischen, haben Sie meine Goldfische gesehen?«

Das Eigenartige an diesen Goldfischen war, daß sie aus Gold waren. Sie waren Teil einer ausgefallenen, aber kostspieligen Spielerei, die angeblich der Laune eines reichen orientalischen Fürsten entsprungen war, und Mr. Smart hatte sie bei einer Auktion oder in einem Antiquitätenladen aufgesammelt, wie er sie häufig zu dem Zwecke aufsuchte, um sein Haus mit ebenso seltenen wie sinnlosen Dingen vollzustopfen. Vom anderen Ende des Zimmers sah es aus wie eine reichlich ungewöhnlich große Kugelschale voller reichlich ungewöhnlich großer lebender Fische. Bei näherer Betrachtung erwies es sich als eine herrliche geblasene Blase aus venezianischem Glas, hauchdünn und deliziös durchwölkt mit schwach schillernden Farben, in deren rauchigen Dämmerungen groteske goldene Fische hingen mit großen Rubinen als Augen. Das ganze Ding hatte zweifellos allein vom Material her einen beträchtlichen Wert; wieviel mehr, hing von den Wellen des Wahnsinns ab, die die Welten der Sammler überrollen. Mr. Smarts neuer Sekretär, ein junger Mann namens Francis Boyle, war, obwohl Ire und daher nicht der Vorsichtigkeit verdächtig, einigermaßen überrascht, wie offenherzig er über die Perlen seiner Sammlung zu der Gruppe verhältnismäßig Fremder sprach, die auf ziemlich nomadische Weise in der Nachbarschaft aufgetaucht waren; denn Sammler sind sonst sehr wachsam und gewöhnlich geheimnistuerisch. Während er sich mit seinen neuen Aufgaben vertraut machte, fand Mr. Boyle heraus, daß er mit diesem Gefühl nicht allein war und daß es sich bei anderen in Form von sanfter Verwunderung bis hin zu ernster Mißbilligung äußerte.

»Ganz wunderbar, daß man ihm die Gurgel noch nicht durchgeschnitten hat«, sagte Harris, Mr. Smarts Diener, nicht ohne ein gewisses hypothetisches Wohlgefallen, fast als habe er in einem rein künstlerischen Sinn gesagt: »Wie schade.«

»Ganz ungewöhnlich, wie er die Dinge herumliegen läßt«, sagte Jameson, Mr. Smarts Hauptbuchhalter, der aus dem Büro hergekommen war, um dem neuen Sekretär behilflich zu sein, »und dann will er nicht mal die windigen alten Riegel an der windigen alten Tür vorlegen.«

»Ganz in Ordnung mit Father Brown und dem Doktor«, sagte Mr. Smarts Haushälterin mit einer gewissen nachdrücklichen Verschwommenheit, die ihre Meinungen kennzeichnete, »aber was all die Fremden angeht, nenne ich's doch die Vorsehung herausfordern. Es geht da auch nicht nur um den Grafen; der Bankmensch sieht mir viel zu gelblich aus, als daß er Engländer sein könnte.«

»Dafür ist der junge Hartopp Engländer bis auf die Knochen«, sagte Boyle gutgelaunt, »dermaßen, daß er überhaupt nichts mehr sagt.«

»Der denkt um so mehr«, sagte die Haushälterin. »Er mag ja vielleicht nicht gerade ein Ausländer sein, aber er ist kein solcher Narr, wie er aussieht. Ausländisch ist, was ausländisch tut, sage ich«, schloß sie dunkel.

Ihre Mißbilligung hätte sich vermutlich noch vertieft, wenn sie das Gespräch im Salon ihres Herrn an jenem Nachmittag mitbekommen hätte, ein Gespräch, dessen Thema die Goldfische waren, während der anstößige Ausländer immer mehr zur Hauptperson wurde. Nicht, daß er so sehr viel geredet hätte, aber selbst sein Schweigen hatte etwas Entschiedenes an sich. Er wirkte um so massiger, als er wie ein Haufen auf einem Haufen Kissen saß, und in der dunkler werdenden Dämmerung schien sein weites mongolisches Gesicht wie ein Mond schwach zu leuchten. Vielleicht war es auch der Hintergrund, der ihm Gesicht und Gestalt so atmosphärisch asiatisch machte, denn der Raum war ein Chaos mehr oder minder kostbarer Kuriositäten, unter denen man die krummen Kurven und die brennenden Farben ungezählter orientalischer Waffen, orientalischer Pfeifen und Gefäße, orientalischer Musikinstrumente und illuminierter Handschriften erblicken konnte. Jedenfalls empfand Boyle mit fortschreitendem Gespräch mehr und mehr, daß jene Gestalt auf den Kissen, die da dunkel vor dem Zwielicht hockte, den genauen Umriß eines riesigen Buddhabildes aufwies.

Das Gespräch war ziemlich allgemein, denn die ganze kleine Gruppe des Ortes war anwesend. Man hatte sich in der Tat angewöhnt, einander zu besuchen, und bildete inzwischen eine Art Club der Menschen aus den vier oder fünf Häusern, die um den Dorfanger standen. Unter diesen Häusern war das von Peregrine Smart das älteste, geräumigste und malerischste; es erstreckte sich fast an einer ganzen Seite des Platzes entlang und ließ nur noch Raum für eine kleine Villa, die ein Oberst im Ruhestand namens Varney bewohnte, von dem man sich erzählte, daß er Invalide sei, und den man niemals ausgehen sah. Rechtwinklig zu ihnen standen zwei oder drei Geschäfte, die den einfacheren Bedürfnissen des Dorfes dienten, und an der Ecke war der Gasthof zum Blauen Drachen, in dem Mr. Hartopp, der Fremde aus London, abgestiegen war. Auf der gegenüberliegenden Seite standen drei Häuser, davon eines der Graf Lara gemietet hatte, eines Dr. Burdock, und das dritte stand noch leer. Auf der vierten Seite befand sich die Bank mit dem anschließenden Haus für den Bankdirektor und einem Zaun, der Bauland einschloß. Es handelte sich also um eine sehr selbstgenügsame Gruppe, und die relative Leere des offenen Landes auf Meilen ringsumher verwies die Mitglieder mehr und mehr auf ihre gegenseitige Gesellschaft. An jenem Nachmittag aber war tatsächlich ein Fremder in den magischen Kreis eingebrochen: ein Mensch mit scharfgeschnittenen Zügen und wilden Büscheln als Augenbrauen und Schnurrbart und so schäbig gekleidet, daß er ein Millionär oder ein Herzog sein mußte, wenn er denn wirklich (wie gemunkelt wurde) hergekommen war, um Geschäfte mit dem alten Sammler zu tätigen. Jedoch war er, zumindest im Blauen Drachen, als Mr. Harmer bekannt.

Ihm war erneut die Glorie der goldenen Fische verkündet worden, ebenso wie das Bedenken betreffend ihre Bewachung.

»Andauernd sagen mir die Leute, ich sollte sie sorgsamer einschließen«, bemerkte Mr. Smart und lupfte über die Schulter eine Augenbraue auf seinen Untergebenen zu, der dastand und einige Geschäftspapiere aus dem Büro hielt. Smart war ein kleiner alter Mann mit rundlichem Gesicht und rundlicher Gestalt und einem kahlen Papagei ähnlich. »Jameson und Harris und der Rest liegen mir ständig in den Ohren, ich solle die Türen verriegeln, als ob hier eine mittelalterliche Festung wäre, obwohl diese verrotteten alten rostigen Riegel meiner Meinung nach wirklich zu mittelalterlich sind, um irgend jemanden abzuhalten. Ich ziehe es vor, auf Glück und Ortspolizei zu vertrauen.«

»Es sind nicht immer die besten Riegel, die Menschen abhalten«, sagte der Graf. »Es hängt ganz davon ab, wer hereinkommen will. Da war in alten Zeiten ein Hindu-Einsiedler, der nackt in einer Höhle hauste und der durch die drei Armeen drang, die den Mogul umringten, und sich den großen Rubin aus dem Turban des Tyrannen nahm und wie ein Schatten unversehrt zurückkehrte. Denn er wollte den Großen lehren, wie klein die Gesetze von Raum und Zeit sind.«

»Wenn wir ernsthaft die kleinen Gesetze von Raum und Zeit untersuchen«, sagte Dr. Burdock trocken, »finden wir im allgemeinen heraus, wie solche Tricks veranstaltet werden. Die westliche Wissenschaft hat ein Großteil der östlichen Magie aufgehellt. Zweifellos kann man viel mit Hypnose und Suggestion machen, von Taschenspielereien ganz zu schweigen.«

»Der Rubin befand sich nicht im königlichen Zelt«, bemerkte der Graf in seiner träumerischen Weise, »und doch fand er ihn unter hundert Zelten heraus.«

»Könnte man das nicht alles durch Telepathie erklären?« fragte der Doktor scharf.

Die Frage klang um so schärfer, als ihr ein schweres Schweigen folgte, fast so, als ob der hervorragende Orientreisende in unvollkommener Höflichkeit eingeschlafen wäre.

»Ich bitte um Vergebung«, sagte er und richtete sich mit einem plötzlichen Lächeln auf. »Ich hatte vergessen, daß wir uns mit Worten unterhalten. Im Osten sprechen wir mit Gedanken, und so gibt es nie Mißverständnisse. Es ist sonderbar, wie ihr Leute Wörter verehrt und euch mit Wörtern zufriedengebt. Welchen Unterschied macht es denn aus, wenn ihr jetzt Telepathie nennt, was ihr einst Humbug nanntet? Und wenn ein Mann an einem Mangobaum in den Himmel klettert, was wird daran geändert, indem man sagt, es sei nur Levitation, anstatt zu sagen, es sind nur Lügen? Wenn eine mittelalterliche Hexe mit ihrem Zauberstab winkte und mich in einen blauen Pavian verwandelte, würdet ihr sagen, das sei nur ein Atavismus.«

Der Doktor sah für einen Augenblick so aus, als ob er sagen wolle, das mache schlußendlich keinen großen Unterschied. Doch bevor seine Irritation diesen oder einen anderen Auslaß finden konnte, mischte sich der Mann, den man Harmer nannte, barsch ein:

»Stimmt schon, daß diese indischen Zauberer die eigenartigsten Dinge tun können, aber ich stelle fest, sie betreiben sie im allgemeinen in Indien. Vielleicht Komplizen oder auch nur Massensuggestion. Ich glaube nicht, daß man solche Tricks je in einem englischen Dorf geboten hat, und deshalb meine ich, daß die Goldfische unseres Freundes ziemlich sicher sind.«

»Ich will Ihnen eine Geschichte erzählen«, sagte de Lara in seiner unbewegten Art, »die sich nicht in Indien abgespielt hat, sondern vor einer englischen Kaserne im modernsten Viertel von Kairo. Ein Wachtposten stand innerhalb des Gitterwerks eines eisernen Toreingangs und blickte durch die Stäbe auf die

Straße. Da erschien außerhalb des Tores ein Bettler, barfuß und in einheimischen Lumpen, der ihn in auffallend klarem und gebildetem Englisch nach einem bestimmten amtlichen Dokument fragte, das aus Sicherheitsgründen in dem Gebäude aufbewahrt wurde. Der Soldat sagte dem Mann natürlich, daß er nicht hereinkommen könne; und der Mann antwortete lächelnd: ›Was ist innen und was außen?‹ Der Soldat starrte immer noch höhnisch durch das Eisengatter, als ihm nach und nach klar wurde, daß jetzt er, obwohl weder er noch das Tor sich bewegt hatten, in der Straße stand und in den Kasernenhof hineinblickte, wo der Bettler jetzt still und lächelnd und ebenso bewegungslos stand. Als dann der Bettler begann, sich dem Gebäude zuzuwenden, erwachte der Posten zu dem bißchen Verstand, das ihm übriggeblieben war, und brüllte allen Soldaten innerhalb des Toreinganges zu, sie sollten den Gefangenen festhalten. ›Du kommst da nie wieder raus‹, sagte er rachsüchtig. Da sagte der Bettler mit seiner silbernen Stimme: ›Was ist außen und was innen?‹ Und der Soldat, der immer noch durch dieselben Stäbe starrte, sah, daß sie sich erneut zwischen ihm und der Straße befanden, in der der Bettler frei und lächelnd stand, mit einem Papier in der Hand.«

Imlack Smith, der Bankdirektor, hatte seinen dunklen glatten Kopf vornüber geneigt, blickte auf den Teppich und redete zum ersten Mal.

»Ist irgendwas mit dem Dokument geschehen?« fragte er.

»Ihre beruflichen Instinkte sind zutreffend, Sir«, sagte der Graf mit grimmer Verbindlichkeit. »Es war ein Dokument von beträchtlicher finanzieller Bedeutung. Es hatte internationale Auswirkungen.«

»Ich hoffe, daß so was nicht oft vorkommt«, sagte der junge Hartopp düster.

»Ich will die politische Seite nicht berühren«, sagte der Graf heiter, »nur die philosophische. Sie zeigt, wie der Weise sozusagen hinter Zeit und Raum treten und deren Hebel so bewegen kann, daß sich die ganze Welt vor unseren Augen dreht. Aber für Menschen Ihres Schlags ist es wohl schwierig zu begreifen, daß geistige Mächte mächtiger sind als materielle.«

»Na schön«, sagte der alte Smart fröhlich, »ich will nicht behaupten, daß ich eine Autorität für geistige Mächte wäre. Was sagen Sie, Father Brown?«

»Das einzige, was mir auffällt«, antwortete der kleine Priester, »ist, daß all die übernatürlichen Handlungen, von denen wir bisher gehört haben, Diebstähle zu sein scheinen. Und mit geistigen Mitteln stehlen scheint mir ziemlich das gleiche wie mit materiellen Mitteln stehlen.«

»Father Brown ist ein Philister«, sagte der lächelnde Smith.

»Ich habe Sympathien für diesen Stamm«, sagte Father Brown. »Ein Philister ist schließlich nur ein Mensch, der recht hat, ohne zu wissen warum.«

»Das ist mir alles zu hoch«, sagte Hartopp aufrichtig.

»Vielleicht«, sagte Father Brown lächelnd, »würden Sie es vorziehen, ohne Worte zu sprechen, wie der Graf angeregt hat. Er begönne, indem er auf pointierte Weise nichts sagte, und Sie antworteten mit einem Ausbruch von Schweigen.«

»Vielleicht könnte man etwas mit Musik machen«, murmelte der Graf träumerisch. »Das wäre viel besser als all diese Wörter.«

»Ja, das würde ich vielleicht besser verstehen«, sagte der junge Mann mit leiser Stimme.

Boyle war der Unterhaltung mit neugieriger Aufmerksamkeit gefolgt, denn da gab es etwas im Benehmen von mehr als einem Sprecher, das ihm bedeutsam oder sogar eigenartig erschien. Als das Gespräch sich der Musik zuwandte, mit einer Aufforderung an den eleganten Bankdirektor (der ein Musikamateur von Graden war), erwachte der junge Sekretär plötzlich auffahrend zu seinen sekretärlichen Pflichten und erinnerte seinen Arbeitgeber daran, daß der Oberbuchhalter immer noch geduldig mit den Papieren in der Hand dastand.

»Ach was, kümmern Sie sich jetzt nicht darum, Jameson«, sagte Smart ziemlich hastig. »Nur was wegen meines Kontos, ich werde später mit Mr. Smith darüber reden. Sie sagten, Mr. Smith, daß das Cello ...«

Aber der kalte Hauch des Geschäftes hatte genügt, um die Dämpfe transzendentaler Gespräche zu vertreiben, und die Gäste begannen, sich einer nach dem anderen zu verabschieden. Nur Imlack Smith, der Bankdirektor und Musiker, blieb bis zuletzt; und als die übrigen gegangen waren, gingen er und sein Gastgeber in das innere Zimmer, wo die Goldfische gehalten wurden, und schlossen die Tür hinter sich.

Das Haus war lang und schmal, und ein überdeckter Balkon lief entlang der ersten Etage, die vorwiegend aus einer Zimmerfolge bestand, die der Hausherr selbst gebrauchte, sein Schlafzimmer mit Ankleideraum, und ein gefangener Raum, in dem manchmal seine besonders wertvollen Schätze für die Nacht untergebracht wurden, statt unten in den Zimmern belassen zu werden. Der Balkon war wie die unzureichend verriegelte Tür darunter Anlaß zur Sorge für die Haushälterin und den Oberbuchhalter und die anderen, die die Sorglosigkeit des Sammlers beklagten. In Wirklichkeit aber war dieser listige alte Herr sehr viel sorgsamer, als er zu sein schien. Er brachte den veralteten Sicherungen des alten Hauses, über deren müßiges Dahinrosten die Haushälterin so jammerte, kein großes Vertrauen entgegen, hielt sich dafür aber an den sehr viel wichtigeren Punkt angemessener Strategie. Er brachte jede Nacht seine Lieblingsgoldfische in das Zimmer hinter seinem Schlafzimmer und schlief davor, übrigens mit einer Pistole unterm Kopfkissen. Und als Boyle und Jameson, die seine Rückkehr von der Unterredung erwarteten, endlich die Tür sich öffnen und ihren Arbeitgeber wieder erscheinen sahen, da trug er die große Glaskugel so verehrungsvoll, als handele es sich um die Reliquien eines Heiligen.

Draußen hingen die letzten Ränder des Sonnenuntergangs noch in den Ecken des grünen Platzes. Drinnen aber war bereits eine Lampe entzündet worden, und in der Mischung der beiden Lichter erglühte die farbige Kugel wie ein monströses Juwel, und die phantastischen Umrisse der feurigen Fische verliehen ihr etwas vom Mysterium eines Talismans, wie fremde Formen, die der Seher in seiner kristallenen Kugel des Schicksals sieht. Über die Schulter des alten Mannes starrte das olivenfarbene Gesicht von Imlack Smith wie das einer Sphinx.

»Ich fahre heute abend nach London, Mr. Boyle«, sagte der alte Smart mit mehr Würde, als er gewöhnlich zeigte. »Mr. Smith und ich werden den 6 Uhr 45 nehmen. Es wäre mir lieb, wenn Sie, Jameson, heute nacht oben in meinem Zimmer schliefen. Wenn Sie die Schale wie üblich ins Hinterzimmer stellen, wird sie ganz sicher sein. Nicht daß ich mir vorstelle, es könnte irgendwas geschehen.«

»Alles kann überall geschehen«, sagte der lächelnde Mr. Smith. »Soviel ich weiß, nehmen Sie doch gewöhnlich einen Revolver mit ins Bett. Vielleicht sollten Sie den diesmal besser hierlassen.«

Peregrine Smart antwortete nicht, und sie verließen das Haus und traten auf die Straße rund um den Dorfanger.

Sekretär und Oberbuchhalter schliefen in dieser Nacht anweisungsgemäß im Schlafzimmer ihres Arbeitgebers. Um genauer zu sein: Der Oberbuchhalter Jameson schlief in einem Bett im Ankleidezimmer, aber die Zwischentür stand offen, und die beiden Zimmer, die entlang der Vorderfront lagen, waren praktisch eines. Nur das Schlafzimmer hatte eine weite Flügeltür, die auf den Balkon führte, und an der Hinterwand einen Eingang in das innere Zimmer, wohin man die Goldfischschale aus Sicherheitsgründen gebracht hatte. Boyle zerrte sein Bett quer davor, um so diesen Eingang zu blockieren, legte den Revolver unter das Kopfkissen und zog sich dann aus und ging zu Bett mit dem Gefühl, alle nur möglichen Vorsichtsmaßnahmen gegen ein unmögliches oder unwahrscheinliches Ereignis getroffen zu haben. Er sah keine besondere Gefahr eines normalen Einbruchs; und was den geistigen Einbruch anging, der in den Reiseerzählungen des Grafen de Lara eine Rolle spielte, so gerieten seine Gedanken so nahe dem Schlafe deshalb an sie, weil das der Stoff ist, aus dem die Träume sind. Und bald verwandelten sie sich in Träume mit Zwischenräumen traumlosen Schlummers. Der alte Buchhalter war ein bißchen unruhiger als üblich, aber nachdem er ein wenig länger herumhantiert und einige seiner Lieblingsklagen und -warnungen wiederholt hatte, zog auch er sich auf die gleiche Weise in sein Bett zurück und schlief. Der Mond leuchtete auf und verdunkelte sich wieder über dem grünen Platz und den grauen Häuserkästen in einer Einsamkeit und Lautlosigkeit, die keinen menschlichen Zeugen zu haben schienen, und erst als die weißen Risse des Tagesanbruchs bereits in den Ecken des grauen Himmels erschienen waren, geschah es.

Boyle, der junge, war natürlich auch der gesündere und tiefere Schläfer von beiden. Obwohl lebendig genug, wenn einmal wach, hatte er beim Erwachen doch immer eine Last zu stemmen. Und außerdem hatte er Träume von jener Sorte, die am auftauchenden Geist wie mit den undeutlichen Tentakeln einer Krake haften. Sie waren eine Mischung aus mancherlei Dingen, einschließlich seines letzten Blickes vom Balkon über die vier grauen Straßen und den grünen Platz. Aber ihr Muster veränderte sich und verschob sich und drehte sich schwindelerregend zur Begleitung eines tiefen schleifenden Geräusches, das irgendwie klang wie ein unterirdischer Fluß und doch nicht mehr gewesen sein mag als das Schnarchen vom alten Mr. Jameson im Ankleidezimmer. Aber im Geist des Träumers war all dieses Gemurmel und Getue vage mit den Worten des Grafen de Lara verbunden über eine Weisheit, die die Hebel von Zeit und Raum beherrschen und die Erde drehen könne. In seinem Traum erschien es ihm, als ob eine riesige murmelnde Maschine unter der Erde ganze Landschaften hierhin und dahin bewegte, so daß die Enden der Erde im Vorgarten eines Mannes auftauchen mochten oder sein Vorgarten bis jenseits der Meere verschoben würde.

Seine ersten vollständigen Eindrücke waren die Worte eines Liedes zu einer reichlich dünnen metallischen Begleitung. Sie wurden mit einem ausländischen Akzent gesungen und mit einer Stimme, die zugleich fremd war und doch entfernt bekannt. Aber er war sich kaum sicher, ob er nicht im Schlafe selbst dichte:

Über das Land und über das Meer
Kommen meine fliegenden Fische her,
Denn unirdisch ist der Ton, der sie aufweckt,
Aber in …

Er arbeitete sich auf die Füße und sah, daß sein Mitwächter bereits aus dem Bett war. Jameson schaute aus der Flügeltür auf den Balkon und rief scharf hinab zu jemandem in der Straße.

»Wer ist das?« rief er scharf. »Was wollen Sie?« Er wandte sich aufgeregt zu Boyle um und sagte: »Irgendwer kriecht da draußen rum. Ich wußte doch, daß es nicht sicher ist. Ich gehe runter und verriegle die Tür, egal was die sagen.«

Er rannte aufgeregt die Treppen hinab, und Boyle konnte hören, wie die Riegel an der Vordertür zuklirrten. Boyle selbst aber trat auf den Balkon hinaus und blickte hinab auf die lange graue Straße, die zum Hause führte, und glaubte, daß er noch träume.

Auf jener grauen Straße, die über das leere Moor und durch das kleine englische Dorf führte, nahte sich eine Gestalt, die unmittelbar aus dem Dschungel oder aus dem Basar hätte getreten sein können – eine Gestalt aus einer der phantastischen Geschichten des Grafen; eine Gestalt aus *Tausendundeine Nacht*. Das geisterhafte Zwielicht, das dann die Dinge zu umreißen und zugleich auch farblos zu machen beginnt, wenn das Licht im Osten seinen Ausgangspunkt verlassen hat, begann sich langsam zu heben wie ein Schleier aus grauer Gaze und ließ ihn eine Gestalt erblicken, die in ausländische Kleidung gehüllt war. Ein Schal von eigenartigem Meerblau, weit und voluminös, wand sich wie ein Turban um den Kopf und dann weiter ums Kinn und vermittelte so den allgemeinen Eindruck einer Kapuze; und im Hinblick auf das Gesicht wirkte er wie eine Maske. Denn die Kopfbekleidung war so enganliegend wie ein Schleier, und der Kopf selber beugte sich über ein eigenartig aussehendes Musikinstrument aus Silber oder Stahl von der Form einer verunstalteten oder gekrümmten Geige. Es wurde gespielt mit etwas wie ein Silberkamm, und die Töne waren sonderbar dünn und scharf. Bevor Boyle noch den Mund aufmachen konnte, erklang derselbe spukhafte fremdartige Akzent aus dem Schatten des Burnus heraus und sang Worte derselben Art:

> Wie die goldenen Vögel zum Baum im Glück,
> Kehren die goldenen Fische zu mir zurück.
> Zurück …

»Sie haben hier kein Recht«, schrie Boyle wütend und wußte kaum, was er sagte.

»Ich habe ein Recht auf die Goldfische«, sagte der Fremde und sprach eher wie König Salomon denn wie ein barfüßiger Beduine in einem zerfetzten blauen Umhang. »Und sie werden zu mir kommen. Kommet!«

Er schlug seine fremdartige Fiedel, als seine Stimme mit dem letzten Wort scharf anstieg. Es gab einen peitschenden Ton, der den Geist zu durchbohren schien, und dann folgte ein schwächerer Ton wie eine Antwort: ein vibrierendes Flüstern. Es kam von hinten aus dem dunklen Zimmer, wo die Goldfischkugel stand.

Boyle wandte sich dorthin, und noch während er sich umdrehte, verwandelte sich das Echo im gefangenen Zimmer in einen langen klingenden Ton wie der einer elektrischen Glocke und dann zu einem leisen Zerklirren. Noch war es nur wenige Sekunden her, seit er den Mann vom Balkon aus herausgefordert hatte; aber der alte Buchhalter hatte bereits wieder die obersten Treppenstufen erreicht, ein bißchen keuchend, denn er war ein älterer Gentleman.

»Ich hab' auf jeden Fall die Tür verschlossen«, sagte er.

»Die Stalltür«, sagte Boyle aus dem Dunkel des gefangenen Zimmers heraus.

Jameson folgte ihm in diesen Raum und fand ihn auf den Fußboden starrend vor, der mit Splittern aus farbigem Glas überstreut war wie mit den gebogenen Stückchen eines zerbrochenen Regenbogens.

»Was haben Sie mit der Stalltür gemeint?« begann Jameson.

»Ich meine, daß die Stute gestohlen ist«, antwortete Boyle. »Die fliegenden Stuten. Die fliegenden Fische, die unser arabischer Freund draußen gerade zu sich gepfiffen hat, als ob es tanzende Zirkuswelpen wären.«

»Aber wie kann er denn?« explodierte der alte Buchhalter, als ob solche Vorgänge nicht eben respektabel seien.

»Jedenfalls sind sie fort«, sagte Boyle kurz. »Die zerbrochene Kugel ist hier, die ordentlich zu öffnen lange Zeit gebraucht hätte und nur eine Sekunde, sie zu zerschlagen. Aber die Fische sind fort, Gott weiß wie, obwohl ich glaube, daß man unseren Freund fragen sollte.«

»Wir verschwenden Zeit«, sagte der verwirrte Jameson. »Wir sollten ihn sofort verfolgen.«

»Viel besser wäre, die Polizei sofort anzurufen«, antwortete Boyle. »Sie sollten ihn wie der Blitz mit Motoren und Telephonen einholen, die ein Gutteil schneller sind, als wir es je sein könnten, wenn wir in unseren Nachthemden durchs Dorf rennen. Vielleicht aber gibt es Dinge, die selbst Polizeiwagen und Telegramme nicht einholen können.«

Während Jameson durchs Telephon in aufgeregter Stimme mit der Polizeistation sprach, ging Boyle erneut hinaus auf den Balkon und durchmusterte hastig jene graue Landschaft des Tagesanbruchs. Da war keine Spur von dem Mann mit dem Turban und kein anderes Zeichen von Leben außer einigen schwachen Bewegungen, die ein erfahrener Beobachter im Hotel zum Blauen Drachen erkannt hätte. Nur Boyle bemerkte zum ersten Mal bewußt etwas, das er die ganze Zeit bereits unbewußt bemerkt hatte. Es war wie eine Tatsache, die im untergetauchten Geist um Beachtung ringt. Es war einfach die Tatsache, daß die graue Landschaft niemals ganz grau gewesen war. Es gab da einen goldenen Fleck inmitten der Streifen aus farblosen Farben, eine brennende Lampe in einem der Häuser auf der anderen Seite des Grüns. Etwas vielleicht Irrationales sagte ihm, daß sie durch all die Stunden der Dunkelheit gebrannt hatte und erst mit der Dämmerung schwand. Er zählte die Häuser, und seine Berechnung erbrachte ein Ergebnis, das mit etwas übereinzustimmen schien, was er nicht wußte. Jedenfalls handelte es sich offensichtlich um das Haus des Grafen Yvon de Lara.

Inspektor Pinner war mit einer Reihe von Polizisten angekommen und hatte eine Reihe von Dingen der schnellen und entschlossenen Art unternommen, da er sich bewußt war, daß die schiere Absurdität des kostbaren Zierstücks dem Fall bemerkenswerte Beachtung in den Zeitungen eintragen könnte. Er hatte alles nur Denkbare untersucht, alles nur Denkbare ausgemessen, die Erklärung eines jeden entgegengenommen, die Fingerabdrücke eines jeden genommen, den Lebenswandel eines jeden durchleuchtet und fand sich am Ende vor einer Tatsache, die er nicht glauben konnte. Ein Araber aus der Wüste war die öffentliche Straße heraufgekommen und vor dem Haus von Peregrine Smart stehengeblieben, in dessen innerem Zimmer eine Kugel mit künstlichen Goldfischen aufbewahrt wurde; dann hatte er ein kleines Gedicht gesungen oder rezitiert, und die Kugel war wie eine Bombe explodiert, und die Fische waren in die leere Luft verschwunden. Auch tröstete es den Inspektor nicht, daß ihm ein ausländischer Graf – mit sanfter, schnurrender Stimme – erzählte, daß die Grenzen der Erfahrung ausgeweitet worden seien.

Tatsächlich war die Haltung eines jeden Mitgliedes der kleinen Gruppe kennzeichnend genug. Peregrine Smart selbst war am nächsten Morgen aus London zurückgekommen, nur um die Neuigkeit von seinem Verlust zu erfahren. Natürlich räumte er Betroffenheit ein, aber es war typisch für etwas Sportliches und Spirituelles an dem kleinen alten Herrn, etwas, das seine kleine stolzierende Gestalt immer wie einen kecken Kampfhahn erscheinen ließ, daß er jetzt lebhaftere Anteilnahme an der Suche als Niedergeschlagenheit ob des Verlustes zeigte. Der Mann namens Harmer, der zum Zweck des Goldfischerwerbs in das Dorf gekommen war, wäre zu entschuldigen gewesen, wenn er auf die Nachricht, sie seien nicht mehr da, um erworben zu werden, einigermaßen empfindlich reagiert hätte. Aber in Wahrheit sträubten sich seine angriffslustigen Augenbrauen nebst Schnurrbart aus Entschiedenerem denn Enttäuschung, und seine Augen, die über die Gesellschaft dahinschossen, leuchteten hell in einer Wachsamkeit, die sehr wohl Argwohn sein mochte. Das bleiche Gesicht des Bankdirektors, der, wenngleich mit einem späteren Zug, ebenfalls aus London zurückgekehrt war, schien diese leuchtenden und lauernden Augen wieder und wieder anzuziehen. Von den beiden übrigen Gestalten pflegte Father Brown im allgemeinen zu schweigen, wenn er nicht angesprochen wurde, und der benommene Hartopp schwieg meistens sogar dann, wenn er es wurde.

Der Graf hingegen war nicht der Mann, eine Gelegenheit ungenutzt verstreichen zu lassen, die seinen Ansichten augenscheinlichen Auftrieb gab. Er lächelte seinen rationalistischen Rivalen, den Doktor, in der Art eines Menschen an, der weiß, wie man verärgert, indem man schmeichelt.

»Sie werden zugeben, Doktor«, sagte er, »daß wenigstens einige der Geschichten, die Sie für so unwahrscheinlich hielten, heute ein bißchen realistischer aussehen als gestern. Wenn ein so zerlumpter Mann wie jene, die ich beschrieben habe, fähig ist, durch das Aussprechen eines Wortes ein solides Gefäß im Inneren eines Hauses, vor dem er steht, aufzulösen, dann könnte man das vielleicht ein Beispiel nennen für das, was ich über geistige Kräfte und materielle Hemmnisse sagte.«

»Und man könnte es ein Beispiel für das nennen«, sagte der Doktor scharf, »was ich darüber sagte, daß ein bißchen wissenschaftliche Kenntnisse ausreichen, um zu zeigen, wie die Tricks gemacht werden.«

»Meinen Sie wirklich, Doktor«, fragte Smart einigermaßen aufgeregt, »daß Sie ein wissenschaftliches Licht auf dieses Mysterium werfen können?«

»Ich kann ein Licht auf das werfen, was der Graf ein Mysterium nennt«, sagte der Doktor, »denn das ist überhaupt kein Mysterium. Der Teil ist einfach genug. Ein Ton ist lediglich eine Vibrationswelle, und bestimmte Vibrationen können Glas zerbrechen, wenn der Ton von einer bestimmten Art ist und das Glas von einer bestimmten Art. Der Mann stand nicht in der Straße und dachte, was – wie der Graf uns erzählt hat – die ideale Methode ist, wenn Orientalen ein kleines Schwätzchen halten wollen. Er sang aus, was er wünschte, ziemlich laut, und schlug auf einem Instrument eine schrille Note an. Das entspricht vielen Versuchen, bei denen Glas einer bestimmten Zusammensetzung zerbrochen wurde.«

»Wie dem Versuch«, sagte der Graf leichthin, »bei dem mehrere Klumpen aus solidem Gold plötzlich aufgehört haben zu existieren.«

»Da kommt Inspektor Pinner«, sagte Boyle. »Unter uns, ich glaube er würde die naturwissenschaftliche Erklärung des Doktors ebenso für ein Märchen halten wie die übernatürliche des Grafen. Dieser Pinner hat einen reichlich skeptischen Geist, vor allem was mich betrifft. Ich nehme fast an, daß ich unter Verdacht stehe.«

»Ich glaube, wir stehen alle unter Verdacht«, sagte der Graf.

Es war dieser ihn selbst betreffende Verdacht, der Boyle dazu brachte, den persönlichen Rat von Father Brown zu suchen. Sie wanderten einige Stunden später um den Dorfanger herum, als der Priester, der nachdenklich und mit gerunzelten Brauen lauschend den Boden betrachtete, plötzlich stehen blieb.

»Sehen Sie das?« fragte er. »Jemand hat das Pflaster hier gewaschen – nur diesen kleinen Streifen Pflaster vor Oberst Varneys Haus. Ich frage mich, ob das wohl gestern getan wurde.«

Father Brown blickte ernsthaft auf das Haus, das hoch und schmal war und Reihen gestreifter Sonnenmarkisen trug in fröhlichen, aber schon verschossenen Farben. Die Ritzen und Spalten, durch die man ins Innere blicken konnte, erschienen dadurch um so dunkler; tatsächlich erschienen sie im Gegensatz zu der vom Morgenlicht vergoldeten Vorderfront fast schwarz.

»Das ist Oberst Varneys Haus, oder nicht?« fragte er. »Er kommt doch auch aus dem Osten. Was für eine Art Mensch ist er?«

»Ich habe ihn überhaupt noch nie gesehen«, antwortete Boyle. »Ich glaube nicht, daß ihn irgendwer außer Dr. Burdock gesehen hat, und ich stelle mir vor, daß der Doktor ihn auch nicht öfter als nötig besucht.«

»Na schön, ich werde ihn für eine Minute besuchen«, sagte Father Brown.

Die große Vordertür öffnete sich und verschluckte den kleinen Priester, und sein Freund stand da und starrte ihm in einer benommenen und irrationalen Weise nach, als ob er sich fragte, ob sie sich wohl jemals wieder öffnen werde. Sie öffnete sich nach wenigen Minuten, und Father Brown tauchte immer noch lächelnd wieder hervor und setzte seinen langsamen und wackeligen Gang rund um das Straßenviereck fort. Manchmal schien er die anstehende Angelegenheit vollkommen vergessen zu haben, denn er machte beiläufige Bemerkungen über historische und soziale Fragen, oder über die Entwicklungsaussichten im Bezirk. Er sprach von der Erde, die für die Aufschüttung einer neuen Straße bei der Bank verwendet wurde; er blickte mit verschwommenem Ausdruck über den alten Dorfanger hin.

»Gemeindeland. Ich nehme an, die Leute sollten ihre Schweine und Gänse darauf weiden, wenn sie Schweine und Gänse hätten. Jetzt scheint es nur Brennesseln und Dorngestrüpp zu ernähren. Welch ein Jammer, daß sich das zur weiten Wiese bestimmte Land in eine kleine und bedeutungslose Wildnis verwandelt hat. Ist das da drüben Dr. Burdocks Haus?«

»Ja«, antwortete Boyle, der bei diesem abrupten Nachwort fast erschreckt zusammenfuhr.

»Na schön«, antwortete Father Brown, »dann werden wir wohl wieder reingehen.«

Als sie die Vordertür von Smarts Haus geöffnet hatten und die Treppen hinaufstiegen, wiederholte Boyle seinem Begleiter viele Einzelheiten des Dramas, das sich da bei Tagesanbruch abgespielt hatte.

»Ich nehme an, Sie sind nicht wieder eingeschlafen?« fragte Father Brown, »und haben so jemandem Gelegenheit gegeben, über den Balkon zu klettern, während Jameson runterrannte, um die Tür zu sichern.«

»Nein«, antwortete Boyle, »da bin ich mir sicher. Ich wachte auf, als Jameson den Fremden vom Balkon aus anrief. Dann hörte ich ihn die Treppen hinablaufen und die Riegel vorschieben, und dann war ich mit zwei Schritten selbst auf dem Balkon.«

»Oder hätte er aus einer anderen Ecke zwischen Ihnen beiden durchschleichen können? Gibt es noch andere Eingänge außer der Vordertür?«

»Allem Anschein nach nicht«, sagte Boyle ernst.

»Ich sollte das wohl selbst überprüfen, meinen Sie nicht?« fragte Father Brown entschuldigend und hastete wieder sanft die Treppen hinunter. Boyle blieb im vorderen Schlafzimmer und blickte ihm ziemlich zweifelnd nach. Nach verhältnismäßig kurzer Zeit tauchte das runde und reichlich ländliche Gesicht wieder über den oberen Treppenstufen auf und sah fast wie ein breit grinsender Rübengeist aus.

»Nein, ich glaube, damit ist die Frage der Eingänge erledigt«, sagte der Rübengeist fröhlich. »Und jetzt, da wir alles sozusagen im Kasten haben, können wir, glaube ich, ans Sichten gehen. Eine recht merkwürdige Geschichte.«

»Glauben Sie«, fragte Boyle, »daß der Graf oder der Oberst oder sonst einer von diesen Orientreisenden irgendwas damit zu tun hat? Glauben Sie, es ist – übernatürlich?«

»Ich will Ihnen einräumen«, sagte der Priester feierlich, »wenn der Graf oder der Oberst oder sonst einer Ihrer Nachbarn sich als Araber verkleidet hat und in der Dunkelheit dieses Haus anschlich – dann *war* es übernatürlich.«

»Was meinen Sie damit? Warum?«

»Weil der Araber keine Fußabdrücke hinterlassen hat«, antwortete Father Brown. »Der Oberst auf der einen Seite und der Bankier auf der anderen sind Ihre nächsten Nachbarn. Lockerer roter Boden liegt zwischen Ihnen und der Bank, darin würden sich nackte Füße wie in einer Gipsform abdrücken und wahrscheinlich überall rote Spuren hinterlassen. Ich habe dem mit Curry gewürzten Temperament des Obersten standgehalten, um die Tatsache zu belegen, daß das Pflaster vor dem Haus gestern und nicht heute gewaschen wurde; es war naß genug, um nasse Fußstapfen entlang der ganzen Straße zu machen. Wenn nun der Graf oder der Doktor aus den Häusern gegenüber der Besucher war, hätte er natürlich auch über den Anger kommen können. Aber er muß das mit nackten Füßen äußerst unangenehm empfunden haben, denn wie ich bemerkt habe, ist der Anger eine einzige Masse aus Brennesseln und Dorngestrüpp. Er hätte sich ganz sicher selbst gestochen und wahrscheinlich Spuren davon hinterlassen. Wenn er nicht, wie Sie sagten, ein übernatürliches Wesen ist.«

Boyle blickte seinem klerikalen Freund unverwandt in das ernste und unergründliche Antlitz.

»Glauben Sie, daß er das war?« fragte er schließlich.

»Man muß sich da einer allgemeinen Wahrheit erinnern«, sagte Father Brown nach einer Weile. »Ein Ding kann manchmal zu nahe sein, als daß man es sehen könnte, wie man sich zum Beispiel nicht selbst sehen kann. Da war ein Mann, der eine Fliege im Auge hatte, als er durch ein Fernrohr blickte, und so entdeckte er im Mond einen ganz unglaublichen Drachen. Und man hat mir erzählt, wenn man jemandem die genaue Wiedergabe seiner Stimme vorspiele, so höre er sie als die Stimme eines Fremden. Auf die gleiche Weise würden wir etwas, das sich im Vordergrund unseres Lebens abspielt, kaum erkennen, und wenn, dann würden wir es für höchst eigenartig halten. Wenn das Ding aus dem Vordergrund in eine mittlere Entfernung ginge, würden wir vermutlich glauben, es habe sich uns aus großer Entfernung genähert. Kommen Sie doch für einen Augenblick mit vors Haus. Ich möchte Ihnen zeigen, wie es sich von einem anderen Standpunkt aus ansieht.«

Er hatte sich schon erhoben, und während sie die Treppen hinabstiegen, setzte er seine Bemerkungen in einer eher tastenden Art fort, als denke er laut.

»Der Graf und die asiatische Atmosphäre gehören mit dazu, weil in einem solchen Fall alles von der Vorbereitung des Geistes abhängt. Ein Mensch kann in einen Zustand geraten, in dem ihm ein Ziegelstein, der ihm auf den Kopf fällt, wie ein babylonischer Ziegel erscheint, mit Keilschriftzeichen beschrieben und aus den Hängenden Gärten der Semiramis herabgestürzt, so daß er den Ziegelstein überhaupt nicht mehr untersucht und feststellt, daß er von der gleichen Art wie die Ziegelsteine seines Hauses ist. In Ihrem Fall …«

»Was soll denn das bedeuten?« unterbrach Boyle, während er die Eingangstür anstarrte und auf sie wies. »Was im Namen aller Wunder soll das bedeuten? Die Tür ist wieder verriegelt.«

Er starrte auf die Vordertür, durch die sie erst vor kurzem eingetreten waren und über der wieder die großen dunklen Bänder aus rostigem Eisen lagen, die – wie er gesagt hatte – die Stalltür einst zu spät versperrten. Da steckte etwas dunkel und wortlos Ironisches in diesen alten Befestigungen, die sich hinter ihnen geschlossen und sie wie von selbst eingesperrt hatten.

»Ach das!« sagte Father Brown gleichgültig. »Ich hab' die Riegel eben selbst vorgelegt. Haben Sie das nicht gehört?«

»Nein«, sagte Boyle starren Blicks. »Ich habe nichts gehört.«

»Das hab' ich mir gedacht«, sagte der andere gleichmütig. »Es gibt wirklich keinen Grund, weshalb jemand oben hören sollte, wie diese Riegel vorgelegt werden. Eine Art Haken gleitet leicht in eine Art Loch. Wenn man sehr nahe ist, hört man ein dumpfes Klick, das ist aber auch alles. Das einzige, was ein Geräusch macht, das ein Mann da oben hören könnte, ist das hier.«

Und er hob den Riegel aus seiner Halterung und ließ ihn dröhnend gegen die Seite der Tür fallen.

»Es macht ein Geräusch, wenn man die Tür *entriegelt*«, sagte Father Brown ernst, »sogar wenn man es sehr achtsam macht.«

»Sie glauben …«

»Ich glaube«, sagte Father Brown, »daß Sie oben gehört haben, wie Jameson die Tür öffnete, und nicht, wie er sie schloß. Und jetzt wollen wir die Tür auch öffnen und nach draußen gehen.«

Als sie draußen auf der Straße unter dem Balkon standen, nahm der kleine Priester seine früheren Erklärungen wieder auf, so gelassen, als handele es sich um eine Lektion in Chemie.

»Ich habe gesagt, daß ein Mensch in der Stimmung sein mag, nach etwas sehr Entferntem Ausschau zu halten, und nicht begreift, daß es etwas sehr Nahes ist, etwas ihm sehr Nahes, vielleicht etwas ihm sehr Ähnliches. Als Sie auf diese Straße herabsahen, haben Sie ein sonderbares ausländisches Ding erblickt. Ich nehme an, es ist Ihnen nie in den Sinn gekommen zu bedenken, was er gesehen hat, als er zum Balkon hinaufschaute?«

Boyle starrte zum Balkon empor und antwortete nicht, und der andere fuhr fort:

»Sie haben es für sehr wild und wundersam angesehen, daß da ein Araber barfüßig durch das zivilisierte England geschritten kam. Sie haben nicht daran gedacht, daß Sie im gleichen Augenblick ebenfalls barfuß waren.«

Boyle hatte endlich Wörter gefunden, und mit ihnen wiederholte er bereits gesprochene Wörter.

»Jameson hat die Tür geöffnet«, sagte er mechanisch.

»Ja«, stimmte sein Freund zu. »Jameson hat die Tür geöffnet und ist in seinem Nachthemd auf die Straße hinausgetreten, gerade als Sie auf den Balkon hinaustraten. Er hatte zwei Dinge aufgerafft, die Sie Hunderte von Malen gesehen haben: ein Stück alten blauen Vorhangs, das er sich um den Kopf wickelte, und das orientalische Musikinstrument, das Sie oftmals in dem Haufen orientalischer Kuriositäten gesehen haben müssen. Der Rest war Atmosphäre und Schauspielerei, vorzügliche Schauspielerei, denn er ist ein ausgezeichneter Schauspieler des Verbrechens.«

»Jameson!« rief Boyle ungläubig aus. »Er war so ein stumpfer alter Knochen, daß ich ihn nie bemerkt habe.«

»Genau«, sagte der Priester, »er war ein Künstler. Wenn er für sechs Minuten einen Zauberer oder einen Troubadour darstellen konnte, glauben Sie nicht, er hätte für sechs Wochen einen Buchhalter darstellen können?«

»Ich bin mir immer noch nicht im klaren über sein Ziel«, sagte Boyle.

»Sein Ziel ist erreicht«, erwiderte Father Brown, »oder doch fast erreicht. Er hätte sich die Goldfische natürlich schon längst nehmen können, wo er dazu doch zwanzigmal die Gelegenheit hatte. Aber wenn er sie sich einfach genommen hätte, wäre jedem klargeworden, daß er dazu zwanzigmal Gelegenheit hatte. Indem er einen mysteriösen Magier vom Ende der Welt schuf, ließ er eines jeden Gedanken weithin schweifen nach Arabien und Indien, so daß Sie selbst kaum glauben mögen, daß die ganze Sache so nahe war. Sie war zu nahe, als daß Sie sie sehen konnten.«

»Wenn das wahr ist«, sagte Boyle, »so war es ein außerordentliches Risiko, und er mußte es haarscharf berechnen. Es stimmt schon, daß ich den Mann in der Straße nie etwas sagen gehört habe, während Jameson vom Balkon herunterschrie, deshalb nehme ich an, daß das alles Schau war. Und ich nehme an, daß er wirklich genug Zeit hatte hinauszugehen, bevor ich ganz wach war und auf den Balkon rausging.«

»Jedes Verbrechen beruht darauf, daß irgendwer nicht zu früh aufwacht«, erwiderte Father Brown, »und die meisten von uns erwachen in jedem Sinn des Wortes zu spät. Ich zum Beispiel bin viel zu spät aufgewacht. Denn ich nehme an, daß er sich längst aus dem Staub gemacht hat, unmittelbar bevor sie ihm die Fingerabdrücke abnahmen, oder unmittelbar danach.«

»Dennoch sind Sie aber vor allen anderen aufgewacht«, sagte Boyle, »und in diesem Sinne wäre ich niemals wachgeworden. Jameson war so korrekt und farblos, daß ich ihn vollständig vergessen hatte.«

»Schützen Sie sich vor dem Mann, den Sie vergessen«, erwiderte sein Freund, »denn er ist der einzige, dem gegenüber Sie völlig im Nachteil sind. Aber ich habe ihn auch nicht verdächtigt, bis Sie mir erzählten, wie Sie ihn die Tür verschließen gehört haben.«

»Jedenfalls haben wir Ihnen alles zu verdanken«, sagte Boyle warm.

»Sie haben alles Frau Robinson zu verdanken«, sagte Father Brown mit einem Lächeln.

»Frau Robinson?« fragte der verwunderte Sekretär. »Sie meinen doch nicht die Haushälterin?«

»Schützen Sie sich vor der Frau, die Sie vergessen, und zwar noch mehr«, antwortete der andere. »Dieser Mann war ein erstklassiger Verbrecher; zuvor war er ein ausgezeichneter Schauspieler gewesen, und deshalb war er auch ein guter Psychologe. Ein Mann wie der Graf hört ständig nur seine eigene Stimme; dieser Mann aber konnte zuhören, wenn Sie ganz vergessen hatten, daß er da war, und sich genau die richtigen Materialien für seinen Roman sammeln, und er wußte genau die richtige Note zu spielen, um Sie alle in die Irre zu führen. Aber er beging einen schweren Fehler gegen die Psychologie von Frau Robinson, der Haushälterin.«

»Ich verstehe nicht«, antwortete Boyle, »was kann sie denn damit zu tun haben?«

»Jameson rechnete nicht damit, die Tür verriegelt vorzufinden«, sagte Father Brown. »Er wußte, daß eine Menge Männer, und insbesondere unbesorgte Männer wie Sie und Ihr Arbeitgeber, tagelang sagen können, daß etwas getan werden sollte oder auch getan werden könnte. Aber wenn man einer Frau den Gedanken nahebringt, daß irgendwas getan werden sollte, besteht immer die furchtbare Gefahr, daß sie es plötzlich tut.«

Die Schauspielerin und das Alibi

Mr. Mundon Mandeville, der Theaterdirektor, schritt energisch durch die Gänge hinter der Bühne, oder besser unter der Bühne. Seine Kleidung war elegant und festlich, vielleicht ein bißchen zu festlich, die Blume im Knopfloch war festlich, der Schimmer seiner polierten Schuhe war festlich, aber sein Gesicht war keineswegs festlich. Er war ein großer stiernackiger Mann mit finsteren Brauen, und im Augenblick waren seine Brauen noch finsterer als sonst. Da waren natürlich die hundert Lästigkeiten, die einen Mann in solch einer Position belagern; und sie reichten von großen zu kleinen und von neuen zu alten. Es ärgerte ihn, durch die Gänge zu gehen, in denen die alten Bühnenausstattungen der Pantomime gestapelt waren, denn er hatte seine Karriere an diesem Theater erfolgreich mit sehr populären Pantomimen begonnen und sich seither auf das Spiel mit ernsteren und klassischen Dramen eingelassen, bei dem er viel Geld verloren hatte. Daher denn gab ihm der Anblick der saphirenen Tore von Blaubarts Blauem Schloß oder Teile des Verzauberten Haines der Goldenen Orangenbäume, wie sie da an der Wand lehnten, von Spinnweben bekränzt und von Mäusen benagt, keineswegs jenes tröstliche Gefühl der Rückkehr zum Einfachen, das wir alle haben sollten, wenn uns ein Blick auf jenes Wunderland unserer Kindheit gegeben wird. Auch hatte er keine Zeit, eine Träne rinnen zu lassen, wo sein Geld verronnen war, oder von diesem Paradies des Peter Pan zu träumen; denn man hatte ihn eiligst gerufen, um ein praktisches Problem zu regeln, nicht der Vergangenheit, sondern dieses Augenblicks. Es war von jener Art, die sich manchmal in der seltsamen Welt hinter der Bühne ereignet; aber es war groß genug, um ernsthaft zu sein. Miss Maroni, die begabte junge Schauspielerin italienischer Abstammung, die es auf sich genommen hatte, eine bedeutende Rolle in dem Stück zu spielen, das an jenem Nachmittag geprobt und an jenem Abend gegeben werden sollte, hatte sich plötzlich und sogar gewaltsam im letzten Augenblick geweigert, irgend etwas dieser Art zu tun. Noch hatte er die Verzweiflung heraufbeschwörende Dame nicht einmal gesehen; und da sie sich in ihrer Garderobe eingeschlossen hatte und der Welt durch die Türe die Stirne bot, erschien es im Augenblick auch unwahrscheinlich, daß er sie sehen würde. Mr. Mundon Mandeville war ausreichend britisch, um sich dies mit dem Gemurmel zu erklären, alle Ausländer seien verrückt, aber der Gedanke an sein Glück, auf der einzigen geistig gesunden Insel der Welt zu leben, reichte ebenso wenig dazu aus, ihn zu trösten, wie der Gedanke an den Verzauberten Hain. Alle diese Dinge, und viele andere, schufen Ärger; und doch hätte ein sehr intimer Beobachter den Verdacht fassen können, daß mit Mr. Mandeville etwas nicht in Ordnung sein mochte, das über Ärger hinausging.

Wenn es für einen gewichtigen und gesunden Mann möglich ist, abgezehrt auszusehen, dann sah er abgezehrt aus. Sein Gesicht war voll, aber seine Augen waren tief eingesunken. Sein Mund zuckte, als ob er ständig versuche, in den schwarzen Strich von Schnurrbart zu beißen, der aber zum Bebeißen zu kurz war. Er hätte ein Mann sein können, der gerade begonnen hatte, Rauschgift zu nehmen, aber selbst bei dieser Annahme blieb etwas übrig, das andeutete, er habe Gründe dafür; daß Rauschgift nicht die Wurzel der Tragödie, sondern daß die Tragödie die Wurzel des Rauschgifts sei. Was immer aber auch sein tiefes Geheimnis sein mochte, so schien es jenes dunkle Ende des langen Ganges zu bewohnen, wo sich der Eingang zu seinem eigenen kleinen Arbeitszimmer befand; und während er durch den leeren Korridor vorwärts schritt, warf er von Zeit zu Zeit einen nervösen Blick zurück.

Jedoch: Geschäft ist Geschäft; und so schlug er denn seinen Weg zum gegenüberliegenden Ende des Ganges ein, wo die glatte grüne Tür von Miss Maroni der Welt Trotz bot. Eine Gruppe von Schauspielern und anderen betroffenen Leuten stand bereits davor, als berate und erwöge sie – könnte man sich fast vorstellen – die Ratsamkeit des Einsatzes eines Rammbocks. Die Gruppe umfaßte zumindest eine Gestalt, die bereits recht gut bekannt war, deren Photographie sich auf manchem Kaminsims und deren Unterschrift sich in manchem Album fand. Denn obwohl Norman Knight den Helden an einem Theater spielte, das noch ein bißchen provinziell und altmodisch und durchaus imstande war, ihn den ersten Komparsen zu nennen, war doch zumindest er sicherlich auf dem Weg zu weiteren Triumphen. Er war ein gutaussehender Mann mit seinem langen gespaltenen Kinn und dem blonden, tief in die Stirn hängenden Haar, das ihm ein ziemlich neronisches Aussehen gab, was andererseits nicht so recht mit seinen impulsiven und jähen Bewegungen übereinstimmte. Die Gruppe umfaßte auch Ralph Randall, der im allgemeinen Rollen von älteren Charakteren spielte und ein humorvolles, scharfgeschnittenes Gesicht hatte, das blau war vom Rasieren und verfärbt vom Schminkfett. Sie umfaßte Mandevilles zweiten Komparsen, der die immer noch nicht ganz verschwundene Tradition des getreuen Gefolgsmanns fortführte, ein dunkler krausköpfiger Jüngling mit leicht semitischem Profil, der den Namen Aubrey Vernon trug.

Sie schloß das Mädchen oder die Garderobiere von Mr. Mundon Mandevilles Frau ein, eine sehr kraftvoll aussehende Frau mit dichtem rotem Haar und einem hölzernen Gesicht. Sie schloß zufälligerweise auch Mandevilles Frau ein, eine ruhige Dame im Hintergrund mit einem blassen, geduldigen Gesicht, dessen Züge ihre klassische Symmetrie und Strenge noch nicht verloren hatten, das aber um so blasser wirkte, als selbst ihre Augen blaß waren und ihr blasses gelbes Haar in zwei schlichten Schlingen lag wie bei einer sehr archaischen Madonna. Nicht jeder wußte, daß sie einst eine ernsthafte und erfolgreiche Schauspielerin in Ibsen und dem intellektuellen Drama gewesen war. Doch hielt ihr Gatte nicht viel von Problemstücken; und vor allem in diesem Augenblick war er gewißlich mehr an dem Problem interessiert, wie er eine ausländische Schauspielerin aus einem verschlossenen Zimmer herausbekam, eine neue Variante des Zaubertricks mit der verschwundenen Jungfrau.

»Ist sie immer noch nicht rausgekommen?« fragte er und zog es dabei vor, mit der geschäftsmäßigen Garderobiere seiner Frau statt mit seiner Frau zu sprechen.

»Nein, Sir«, antwortete die Frau, die als Mrs. Sands bekannt war, auf düstere Weise.

»Wir fangen an, ein bißchen beunruhigt zu sein«, sagte der alte Randall. »Sie scheint ziemlich außer sich, und wir befürchten, daß sie sich sogar ein Leides antun könnte.«

»Zur Hölle!« sagte Mandeville auf seine einfache und kunstlose Art. »Reklame ist ganz schön, aber die Sorte Reklame wollen wir nicht. Hat sie hier irgendwelche Freunde? Hat irgend jemand irgendeinen Einfluß auf sie?«

»Jarvis meint, der einzige, der mit ihr fertigwerden kann, ist der Priester ihres Glaubens, gerade um die Ecke«, sagte Randall, »und für den Fall, daß sie anfangen sollte, sich an einem Hutständer aufzuhängen, habe ich mir gedacht, er wäre vielleicht besser hier. Jarvis ist losgegangen, ihn zu holen … und, übrigens, da kommt er schon.«

Zwei weitere Gestalten erschienen in jenem unterirdischen Gang unter der Bühne: Die erste war Ashton Jarvis, ein fröhlicher Bursche, der gewöhnlich Schurken gab, aber diese hohe Berufung für den Augenblick an den krausköpfigen Jüngling mit der Nase abgetreten hatte. Die andere Gestalt war kurz und stämmig und schwarz gekleidet; es war Father Brown von der Kirche um die Ecke.

Father Brown schien es für ganz natürlich und sogar selbstverständlich zu nehmen, daß man ihn herbeirief, um das sonderbare Verhalten eines Mitglieds seiner Herde zu erwägen, ob es nun als schwarzes Schaf oder nur als verlorenes Lämmchen anzusehen war. Aber er schien gar nichts von dem Hinweis auf Selbstmord zu halten.

»Ich nehme an, es gab einen Grund dafür, daß sie dermaßen die Selbstkontrolle verloren hat«, sagte er. »Weiß jemand, was das war?«

»Ich glaube, unzufrieden mit ihrer Rolle«, sagte der ältere Schauspieler.

»Sind sie immer«, brummte Mr. Mundon Mandeville. »Und ich hab' gedacht, meine Frau würde sich um die Verteilung kümmern.«

»Ich kann nur sagen«, sagte Frau Mandeville ziemlich müde, »daß ich ihr die beste Rolle gegeben habe. Das wünscht sich doch angeblich jede bühnenverrückte junge Frau – die schöne junge Heldin zu spielen und den schönen jungen Helden zu heiraten unter dem Blumenregen und Jubel von der Galerie, oder etwa nicht? Frauen meines Alters müssen sich damit begnügen, ehrbare Matronen zu geben, und ich war vorsichtig genug, mich darauf zu beschränken.«

»Es wäre ja auch teuflisch schwierig, die Rollen jetzt noch umzubesetzen«, sagte Randall.

»Überhaupt nicht dran zu denken«, erklärte Norman Knight entschlossen. »Schließlich könnte ich ja kaum ... aber es ist sowieso viel zu spät.«

Father Brown war nach vorne geglitten und stand lauschend an der verschlossenen Tür.

»Nichts zu hören?« fragte der Direktor besorgt und fügte dann mit leiser Stimme hinzu: »Glauben Sie, sie hat sich umgebracht?«

»Da ist was zu hören«, erwiderte Father Brown gelassen. »Ich neige dazu, aus dem Geräusch zu schließen, daß sie damit befaßt ist, Fenster oder Spiegel zu zertrümmern, vermutlich mit den Füßen. Nein, ich glaube nicht, daß große Gefahr besteht, sie könne weiter gehen und sich selbst zerstören. Spiegel mit den Füßen zu zertrümmern ist ein sehr ungewöhnliches Vorspiel für einen Selbstmord. Wenn sie eine Deutsche wäre und sich zurückgezogen hätte, um in Ruhe über Metaphysik und Weltschmerz nachzusinnen, wäre ich sehr dafür, die Türe einzuschlagen. Diese Italienerinnen sterben wirklich nicht so leicht und sind praktisch unfähig, sich im Zorn umzubringen. Jemand anderen vielleicht ... ja wahrscheinlich ... man sollte die üblichen Vorsichtsmaßnahmen für den Fall ergreifen, daß sie in einem Satz herausgestürzt kommt.«

»Sie sind also nicht dafür, die Tür aufzubrechen?« fragte Mandeville.

»Nicht, wenn Sie wollen, daß sie in Ihrem Stück auftritt«, erwiderte Father Brown. »Wenn Sie das tun, wird Sie Ihnen das Dach abdecken und sich weigern, hierzubleiben. Wenn Sie sie in Ruhe lassen, wird sie vermutlich aus reiner Neugier herauskommen. Wenn ich Sie wäre, würde ich jemanden die Türe bewachen lassen, sozusagen, und für ein, zwei Stunden auf die Zeit vertrauen.«

»In diesem Fall«, sagte Mandeville, »können wir nichts anderes tun, als mit der Probe der Szenen weiterzumachen, in denen sie nicht auftritt. Meine Frau wird jetzt alles auf der Bühne Nötige arrangieren. Schließlich geht's im vierten Akt vor allem ums Geschäft. Also macht am besten damit weiter.«

»Keine Kostümprobe«, sagte Mandevilles Frau zu den anderen.

»Sehr schön«, sagte Knight, »natürlich keine Kostümprobe. Ich wünschte, die Kostüme dieser verdammten Epoche wären nicht so kompliziert.«

»Wie heißt denn das Stück?« fragte der Priester mit einem Hauch Neugier.

»Die Lästerschule«, sagte Mandeville. »Das mag ja Literatur sein, aber ich will Stücke. Meine Frau liebt das, was sie klassische Komödien nennt. Verdammt viel mehr klassisch als komisch.«

In diesem Augenblick kam der alte Türhüter, bekannt als Sam und einziger Bewohner des Theaters in den spiel- und probefreien Stunden, auf den Direktor zugewatschelt mit einer Visitenkarte und teilte mit, daß Lady Miriam Marden ihn zu sprechen wünsche. Er ging ab, Father Brown aber fuhr noch einige Sekunden fort, in Richtung auf die Frau des Direktors zu blinzeln, und sah, daß ihr blasses Gesicht ein schwaches Lächeln zeigte; kein ausgesprochen fröhliches Lächeln.

Father Brown trottete in Gesellschaft des Mannes von dannen, der ihn geholt hatte und der ein Freund und ein Mann vom gleichen Glauben war, was unter Schauspielern nicht ungewöhnlich ist. Als er von dannen trottete, hörte er jedoch noch, wie Frau Mandeville ruhige Anweisungen an Mrs. Sands gab, sie solle die Wache bei der verschlossenen Tür beziehen.

»Frau Mandeville scheint eine intelligente Frau zu sein«, sagte der Priester zu seinem Begleiter, »obwohl sie sich so sehr im Hintergrund hält.«

»Sie war einmal eine hochintellektuelle Frau«, sagte Jarvis traurig. »Manche meinen, sie habe sich weggeworfen und verschleudert, als sie den Lumpen Mandeville heiratete. Sie hat wirklich die höchsten künstlerischen Ideale vom Drama, aber natürlich kann sie ihren Herrn und Meister nur selten dazu bewegen, irgendwas in diesem Licht zu betrachten. Können Sie sich vorstellen, daß er tatsächlich von einer solchen Frau verlangt hat, in einer Pantomime eine Hosenrolle zu spielen? Hat zwar zugestanden, daß sie eine ausgezeichnete Schauspielerin sei, aber Pantomimen brächten eine bessere Kasse. Das wird Ihnen eine Vorstellung von seinen psychologischen Einsichten und seiner Feinfühligkeit geben. Aber sie beklagt sich nie. Sie hat mir mal gesagt: ›Klagen kommen wie ein Echo vom Ende der Welt zurück, aber Schweigen stärkt uns.‹ Wenn sie bloß mit jemandem verheiratet wäre, der ihre Ideale versteht, dann hätte sie eine der größten Schauspielerinnen unserer Zeit sein können; tatsächlich halten die maßgebenden Kritiker immer noch viel von ihr. Aber sie ist eben an so was verheiratet.«

Und er zeigte in die Richtung des großen schwarzen Körpers von Mandeville, der mit dem Rücken zu ihnen dastand und mit den Damen sprach, die ihn ins Vestibül hatten rufen lassen. Lady Miriam war eine sehr lange und lustlose und elegante Dame, schön nach der jüngsten Mode, die weitgehend ägyptischen Mumien nachgebildet war, ihr dunkles Haar war kurz und eckig geschnitten wie eine Art Helm, und ihre Lippen waren sehr angemalt und aufgeworfen und gaben ihr ständig einen abschätzigen Ausdruck. Ihre Begleiterin war eine sehr lebendige Dame mit einem häßlichen anziehenden Gesicht und grau gepudertem

Haar. Sie war eine Miss Theresa Talbot, und sie redete viel, während ihre Begleiterin zu müde schien, um überhaupt zu reden. Nur als die beiden Männer vorübergingen, raffte Lady Miriam genügend Energie zusammen, um zu sagen:

»Stücke sind entsetzlich langweilig, aber ich habe nie eine Probe in Straßenkleidung gesehen. Könnte ganz lustig sein. Irgendwie kann man heute nirgendwo mehr was sehen, was man noch nicht gesehen hat.«

»Also, Mr. Mandeville«, sagte Miss Talbot und tätschelte ihm mit beseeltem Nachdruck den Arm, »Sie müssen uns einfach diese Probe sehen lassen. Wir können heute abend nicht kommen, und wir wollen auch nicht. Wir wollen jetzt all die lustigen Leute in ihrer falschen Kleidung sehen.«

»Natürlich kann ich Ihnen eine Loge geben, wenn Sie das wünschen«, sagte Mandeville hastig. »Wollen Eure Ladyschaft bitte hier entlangkommen.« Und er führte sie einen anderen Korridor hinab.

»Ich frage mich«, sagte Jarvis nachdenklich, »ob selbst Mandeville *die* Art Frau mag.«

»Also«, fragte sein klerikaler Begleiter, »haben Sie irgendeinen Grund für die Annahme, daß Mandeville sie mag?«

Jarvis sah ihn einen Augenblick lang fest an, ehe er antwortete.

»Mandeville ist ein Mysterium«, sagte er ernst. »O ja, ich weiß, daß er genauso billig wie jeder andere gewöhnliche Schuft in Piccadilly aussieht. Aber trotzdem ist er ein Mysterium. Irgendwas lastet auf seinem Gewissen. Irgendein Schatten liegt auf seinem Leben. Und ich bin mir nicht sicher, ob es sich dabei nicht eher um ein paar schicke Flirts handelt als nur um seine arme vernachlässigte Frau. Und wenn, dann steckt mehr dahinter, als man sehen kann. Tatsächlich weiß ich rein zufällig mehr davon als sonst irgend jemand. Aber auch ich kann aus dem, was ich weiß, nichts anderes erkennen als ein Mysterium.«

Er sah sich im Vestibül um, um sich zu vergewissern, daß sie allein waren, und fügte dann mit noch leiserer Stimme hinzu:

»Ihnen kann ich es ja sagen, weil ich weiß, daß Sie ein Turm des Schweigens sind, was Geheimnisse angeht. Ich hatte neulich ein sonderbares Erlebnis, und seither noch verschiedentlich. Wie Sie wissen, arbeitet Mandeville immer in dem kleinen Zimmer am Ende des Ganges, gerade unter der Bühne. Nun gut, zweimal hintereinander bin ich da zufällig vorbeigekommen, als jedermann dachte, er sei allein. Und als ich darüber hinaus genau wußte, wo sich alle Frauen unserer Gesellschaft befanden, und außerdem, daß alle anderen Frauen, die mit ihm zu tun haben könnten, nicht da waren oder sich auf ihren üblichen Posten befanden.«

»Alle Frauen?« bemerkte Father Brown fragend.

»Eine Frau war aber bei ihm«, sagte Jarvis fast flüsternd. »Eine Frau gibt es, die ihn immer wieder besucht; jemand, den niemand von uns kennt. Ich weiß nicht einmal, wie sie hier reinkommt, denn sie kommt nicht durch den Gang von der Tür, aber ich glaube, daß ich einmal eine verschleierte oder verhüllte Gestalt gesehen habe, die von der Rückseite des Theaters aus ins Zwielicht entschwand wie ein Gespenst. Aber sie kann kein Gespenst sein. Und ich glaube nicht, daß sie bloß eine gewöhnliche ›Affäre‹ ist. Ich denke nicht, daß es sich um eine Bettgeschichte handelt. Ich nehme an, es ist Erpressung.«

»Warum glauben Sie das?« fragte der andere.

»Weil ich«, sagte Jarvis, und sein Gesicht wandelte sich von ernst zu grimm, »einmal Geräusche wie von einem Streit gehört habe. Und dann sagte die fremde Frau mit einer metallischen drohenden Stimme: ›Ich bin deine Frau.‹«

»Sie glauben, daß er Bigamist ist«, sagte Father Brown nachdenklich. »Gewiß, natürlich gehen Bigamie und Erpressung oft Hand in Hand. Aber sie kann genausogut bluffen wie erpressen. Sie kann verrückt sein. Diesen Theaterleuten rennen ja oft Besessene nach. Sie können recht haben, aber ich würde nicht vorschnelle Schlüsse ziehen ... Und wenn wir schon von Theaterleuten sprechen: Soll die Probe nicht jetzt anfangen, und sind Sie nicht einer der Theaterleute?«

»In dieser Szene trete ich nicht auf«, sagte Jarvis lächelnd. »Sie proben nur einen Akt, wissen Sie, bis Ihre italienische Freundin wieder zur Vernunft kommt.«

»Wenn wir schon von meiner italienischen Freundin sprechen«, bemerkte der Priester, »dann würde ich gerne wissen, ob sie schon wieder zur Vernunft gekommen ist.«

»Wir können zurückgehen und nachsehen, wenn Sie wollen«, sagte Jarvis; und so stiegen sie erneut in die Kellerräume hinab und durchwanderten den langen Gang, an dessen einem Ende sich Mandevilles Arbeitszimmer befand und an dessen anderem Ende die verschlossene Tür der Signora Maroni war. Die Tür war immer noch geschlossen; und vor ihr saß grimmig Mrs. Sands, bewegungslos wie ein hölzerner Götze.

In der Nähe des anderen Endes des Korridors erhaschten sie einen Blick auf einige der weiteren in der Szene auftretenden Schauspieler, wie sie die Treppe zur darüberliegenden Bühne emporstiegen. Vernon und der alte Randall gingen zuerst und rannten rasch die Stufen empor. Frau Mandeville aber folgte langsamer, in ihrer ruhigen würdevollen Weise, und Norman Knight blieb ein bißchen zurück, um mit ihr zu reden. Ein paar Worte erreichten die Ohren der unabsichtlichen Lauscher, als sie vorübergingen.

»Ich sage dir, eine Frau besucht ihn«, sagte Knight heftig.

»Sch, sch!« sagte die Dame mit ihrer silbernen Stimme, in der auch Stahl war. »Du darfst so nicht reden. Vergiß nicht, er ist mein Mann.«

»Ich wollte bei Gott, ich könnte das vergessen«, sagte Knight und rannte die Stufen zur Bühne empor.

Die Dame folgte ihm, immer noch blaß und ruhig, um dort ihre Position einzunehmen.

»Jemand anderes weiß es auch«, sagte der Priester gelassen, »doch bezweifle ich, daß uns das irgendwas angeht.«

»Ja«, murmelte Jarvis, »es sieht so aus, als ob es jeder wüßte und niemand etwas davon wüßte.«

Sie durchschritten den Gang zum anderen Ende hin, wo die regungslose Bediente vor der Tür der Italienerin saß.

»Nee, sie is noch nich rausgekommen«, sagte die Frau in ihrer mürrischen Art; »un sie is nich tot, denn ich hab' se ab un zu rumgehn gehört, 'ch weiß nich, was se jetz vorhat.«

»Wissen Sie zufällig, meine Liebe«, sagte Father Brown mit plötzlicher Höflichkeit, »wo sich Mr. Mandeville eben jetzt befindet?«

»Ja«, erwiderte sie prompt. »Hab' ihn vor ein, zwei Minuten in sein kleines Zimmer am Ende vom Gang gehn sehn, gerade bevor der Inspizient rief un der Vorhang hochging. Muß noch drin sein, denn ich hab' ihn nich rauskomm sehn.«

»Es gibt keine andere Tür in sein Büro, meinen Sie«, sagte Father Brown beiläufig. »Na schön, ich nehme an, die Probe ist jetzt trotz allem Schmollen der Signora in vollem Schwung.«

»Ja«, sagte Jarvis nach einem Augenblick des Schweigens. »Ich kann von hier aus ihre Stimmen von der Bühne hören. Der alte Randall hat ein prachtvoll tragendes Organ.«

Sie beide verblieben für einen Augenblick in einer lauschenden Haltung, so daß man tatsächlich die dröhnende Stimme des Schauspielers schwach die Treppe herab und durch den Gang rollen hörte. Bevor sie aber wieder sprachen oder ihre gewöhnliche Haltung wieder eingenommen hatten, füllte ein anderes Geräusch ihre Ohren. Es war ein dumpfer, aber schwerer Fall, und er erscholl hinter der verschlossenen Tür von Mundon Mandevilles Privatzimmer.

Father Brown schoß wie der Pfeil vom Bogen den Gang hinab und rüttelte bereits an der Türklinke, ehe Jarvis noch zur Besinnung gekommen war und begann, ihm zu folgen.

»Die Tür ist verschlossen«, sagte der Priester und wandte ein Gesicht um, das ein bißchen bleich geworden war. »Und ich bin sehr dafür, jetzt *diese* Tür aufzubrechen.«

»Meinen Sie«, fragte Jarvis mit eher verzerrtem Gesichtsausdruck, »daß der unbekannte Besuch wieder da ist? Glauben Sie, es ist ... etwas Ernstes?« Und nach einem Augenblick fügte er hinzu: »Vielleicht kann ich den Riegel zurückschieben, ich kenne die Schlösser dieser Türen.«

Er kniete nieder und zog ein Taschenmesser mit einem langen Stahlwerkzeug hervor, hantierte damit für einen Augenblick herum, und die Tür zum Arbeitszimmer des Direktors schwang auf. Fast als erstes bemerkten sie, daß es keine andere Tür und nicht einmal ein Fenster gab, wohl aber stand eine große elektrische Lampe auf dem Tisch. Doch war das nicht das allererste, was sie sahen, denn noch vorher hatten sie gesehen, daß Mandeville flach auf seinem Gesicht in der Mitte des Zimmers lag und daß Blut unter seinem gefallenen Gesicht hervorkroch wie ein Muster aus scharlachnen Schlangen, das böse in dem unnatürlichen unterirdischen Licht glitzerte.

Sie wußten nicht, wie lange sie einander angestarrt hatten, als Jarvis wie einer, der etwas mit seinem Atem Zurückgehaltenes losläßt, sagte:

»Wenn die Fremde irgendwie hereingekommen ist, dann ist sie auch irgendwie gegangen.«

»Vielleicht denken wir zuviel an die Fremde«, sagte Father Brown. »Es gibt so viele sonderbare Dinge in diesem sonderbaren Theater, daß Sie dazu neigen, manche von ihnen zu vergessen.«

»Was denn, welche Dinge meinen Sie?« fragte sein Freund schnell.

»Es gibt deren viele«, sagte der Priester. »Da ist zum Beispiel die andere verschlossene Tür.«

»Aber die andere Tür *ist* verschlossen«, rief Jarvis starren Blickes.

»Sie haben sie aber trotzdem vergessen«, sagte Father Brown.

Nach einigen Augenblicken sagte er nachdenklich: »Diese Mrs. Sands ist doch eine reichlich mürrische und düstere Ausgabe.«

»Glauben Sie«, fragte der andere mit leiser Stimme, »daß sie lügt und die Italienerin herausgekommen ist?«

»Nein«, sagte der Priester gelassen, »ich habe das mehr oder weniger als eine Charakterstudie ohne Bezug gemeint.«

»Sie können doch wohl nicht annehmen«, rief der Schauspieler, »daß Mrs. Sands das getan hat?«

»Ich habe das nicht als eine Studie *ihres* Charakters gemeint«, sagte Father Brown.

Während sie diese jähen Überlegungen austauschten, war Father Brown bei dem Körper niedergekniet und hatte sich versichert, daß es sich ohne jede Hoffnung oder Frage um einen toten Körper handelte. Neben ihm lag, obgleich von der Tür aus nicht unmittelbar sichtbar, ein Dolch von theatralischer Art, lag da, als ob er aus der Wunde oder aus der Hand des Mörders gefallen wäre. Jarvis zufolge, der das Instrument erkannte, war daraus nicht viel zu lernen, falls die Fachleute nicht Fingerabdrücke finden sollten. Es war ein Gemeinschaftsdolch, das heißt, es war niemandes Dolch. Er hatte lange Zeit im Theater herumgelegen, und jeder hätte ihn aufheben können. Dann stand der Priester auf und blickte sich ernst im Zimmer um.

»Wir müssen nach der Polizei schicken«, sagte er, »und nach einem Doktor, auch wenn der Doktor zu spät kommt ... und wenn ich mir dieses Zimmer ansehe, kann ich mir übrigens auch nicht vorstellen, wie unsere italienische Freundin es getan haben könnte.«

»Die Italienerin!« schrie sein Freund. »Ich würde meinen, nein. Ich würde gedacht haben, sie hätte ein Alibi, wenn überhaupt jemand eins hat. Zwei voneinander getrennte Zimmer, beide verschlossen, an den gegenseitigen Enden eines langen Ganges, von einer bewegungslosen Zeugin bewacht.«

»Nein«, sagte Father Brown. »Nicht ganz. Die Schwierigkeit ist, wie sie an diesem Ende hätte hereinkommen können. Ich glaube, herauskommen hätte sie am anderen Ende können.«

»Und warum?« fragte der andere.

»Ich habe Ihnen doch gesagt«, sagte Father Brown, »daß es klang, als ob sie Glas zerbräche – Spiegel oder Fenster. Dummerweise habe ich etwas vergessen, was ich sehr genau weiß; daß sie sehr abergläubisch ist. Für sie wäre es sehr unwahrscheinlich, daß sie einen Spiegel zerbräche. Also nehme ich an, daß sie ein Fenster zerbrochen hat. Es stimmt schon, daß wir hier unter der Oberfläche sind, aber es könnte ein Oberlicht sein, oder ein Fenster zu einem Lichtschacht. Aber hier scheint es weder ein Oberlicht noch ein Fenster zu einem Lichtschacht zu geben.« Und er starrte für eine bemerkenswert lange Zeit konzentriert an die Decke.

Plötzlich kam er mit einem Ruck wieder ins bewußte Leben zurück. »Wir müssen raufgehen und telephonieren und es allen sagen. Reichlich unangenehm ... Mein Gott, können Sie hören, wie diese Schauspieler oben immer noch schreien und toben? Das Stück ist noch im Gange. Ich glaube, das meint man wohl mit tragischer Ironie.«

Da das Schicksal es so fügte, daß das Theater in ein Haus der Klage verwandelt werde, ward den Schauspielern eine Gelegenheit geboten, viele der wirklichen Tugenden ihres Typus und ihres Berufes zu zeigen. Sie benahmen sich, wie die Redensart lautet, als Gentlemen; und nicht nur wie Komparsen. Nicht alle hatten Mandeville gemocht oder ihm vertraut, jetzt aber wußten sie die richtigen Worte zu sagen, und in ihrer Haltung der Witwe gegenüber zeigten sie nicht nur Mitgefühl, sondern wahres Feingefühl. Sie war in einem neuen und ganz anderen Sinne die Königin der Tragödie geworden – ihr einfachstes Wort war Befehl, und während sie langsam und traurig umherging, erledigten sie ihr jegliche Besorgung.

»Sie hat immer schon einen starken Charakter gehabt«, sagte der alte Randall heiser, »und hatte von uns allen den besten Kopf. Natürlich konnte der arme Mandeville ihr weder in Sachen Bildung noch sonstwie das Wasser reichen, aber sie hat ihre Pflicht immer großartig getan. Es war recht herzergreifend, wie sie manchmal sagte, sie wünsche sich mehr intellektuelles Leben; aber Mandeville – na ja, *nil nisi bonum*, wie man sagt.« Und der alte Gentleman ging davon und schüttelte traurig sein Haupt.

»Also wirklich: *nil nisi bonumv*«, sagte Jarvis grimmig. »Ich glaube nicht, daß Randall je die Geschichte von der fremden

Dame gehört hat. Übrigens, glauben Sie nicht, daß es wahrscheinlich die fremde Frau *war*?«

»Das hängt davon ab«, sagte der Priester, »wen Sie mit der fremden Frau meinen?«

»Oh! Natürlich nicht die Italienerin«, sagte Jarvis hastig. »Obwohl Sie auch hier tatsächlich völlig recht hatten. Als man reinging, war das Oberlicht zerbrochen und das Zimmer leer; aber soweit die Polizei feststellen kann, ging sie danach einfach auf die harmloseste Weise nach Hause. Nein, ich meine die Frau, von der vernommen wurde, wie sie ihn bei dem geheimen Treffen bedrohte; die Frau, die gesagt hat, sie sei seine Frau. Glauben Sie, daß sie wirklich seine Frau war?«

»Es ist möglich«, sagte Father Brown und starrte leer ins Nichts, »daß sie wirklich seine Frau war.«

»Das gäbe uns als Motiv Eifersucht wegen seiner bigamistischen Wiederverheiratung«, überlegte Jarvis, »denn die Leiche ist in keiner Weise beraubt worden. Also kein Grund, nach diebischen Dienern oder geldlosen Schauspielern zu suchen. Aber was das angeht, haben Sie sicherlich den hervorstechenden und eigenartigen Charakterzug dieses Falles bemerkt?«

»Ich habe einige eigenartige Züge bemerkt«, sagte Father Brown. »Welchen meinen Sie?«

»Ich meine das Gemeinschaftsalibi«, sagte Jarvis feierlich. »Es geschieht nicht oft, daß praktisch eine ganze Gesellschaft ein solches öffentliches Alibi hat; ein Alibi auf beleuchteter Bühne und jeder der Zeuge der anderen. Und jetzt stellt sich für unsere Freunde als reiner Glücksfall heraus, daß der arme Mandeville diese beiden dämlichen Gesellschaftsweiber in die Loge gesteckt hat, um die Probe zu sehen. Sie können bezeugen, daß der ganze Akt in einem Zug durchgespielt wurde und alle Darsteller ständig auf der Bühne waren. Sie haben angefangen, lange bevor man Mandeville zum letzten Mal in sein Zimmer hat gehen sehen. Sie haben mindestens fünf oder zehn Minuten weitergemacht, nachdem Sie und ich seinen Leichnam gefunden haben. Und durch einen glücklichen Zufall haben wir ihn tatsächlich in einem Augenblick fallen gehört, in dem alle Darsteller auf der Bühne zusammenwaren.«

»Ja, das ist sicherlich sehr wichtig und vereinfacht alles«, stimmte Father Brown zu. »Lassen Sie uns einmal zählen, welche Personen durch das Alibi gedeckt werden. Da war Randall: Ich kann mir zwar vorstellen, daß Randall den Direktor so gut wie haßte, obwohl er seine Gefühle im Augenblick sehr ordentlich unter Kontrolle hat. Aber er kommt nicht in Frage; es war seine Stimme, die wir über unseren Köpfen von der Bühne donnern hörten. Da ist unser jugendlicher Liebhaber Mr. Knight: Ich habe guten Grund anzunehmen, daß er in Mandevilles Frau verliebt ist und dieses Gefühl nicht so verbirgt, wie er könnte; aber er ist aus dem Schneider, denn er war zur gleichen Zeit auf der Bühne und wurde angedonnert. Da war dieser liebenswürdige Jude, der sich Aubrey Vernon nennt und nicht in Frage kommt; und da ist Frau Mandeville, die nicht in Frage kommt. Ihr Gemeinschaftsalibi, wie Sie sagen, hängt hauptsächlich von Lady Miriam und ihrer Freundin in der Loge ab, obwohl es die allgemeine vernünftige Bestätigung gibt, daß man den Akt durchgespielt hat und die Theaterroutine keine Unterbrechung erfuhr. Gesetzliche Zeugen aber sind Lady Miriam und ihre Freundin, Miss Talbot. Ich nehme an, Sie sind sicher, daß *die* in Ordnung sind.«

»Lady Miriam?« sagte Jarvis überrascht. »O ja ... Ich nehme an, Sie meinen, daß sie wie ein reichlich schräger Vamp aussieht. Aber Sie haben ja keine Ahnung, wie heutzutage selbst Damen aus den besten Familien aussehen. Außerdem, gibt es denn einen besonderen Grund, ihre Aussagen anzuzweifeln?«

»Nur, daß sie uns vor eine nackte Mauer führen«, sagte Father Brown. »Sehen Sie denn nicht, daß dieses Gemeinschaftsalibi praktisch jeden deckt? Jene vier waren zu der Zeit die einzigen Darsteller im Theater; und es gab kaum Bedienstete im Theater. Genauer gesagt keine, mit Ausnahme des alten Sam, der den einzigen ordentlichen Eingang bewacht, und der Frau, die Miss Maronis Tür bewachte. Damit bleibt niemand mehr übrig außer Ihnen und mir. Nun könnte man natürlich uns des Verbrechens bezichtigen, vor allem, da wir die Leiche gefunden haben. Denn niemand sonst ist übrig, den man bezichtigen könnte. Ich nehme nicht an, daß Sie ihn zufällig umgebracht haben, als ich nicht hinsah, oder?«

Jarvis sah leicht erschreckt auf und blickte für einen Augenblick starr drein, aber dann kehrte das breite Grinsen auf sein dunkles Gesicht zurück. Er schüttelte den Kopf.

»Sie haben es nicht getan«, sagte Father Brown; »und wir wollen für den Augenblick und nur um des Argumentes willen annehmen, daß ich es auch nicht getan habe. Da die Leute auf der Bühne raus sind, bleiben wirklich nur noch die Signora hinter ihrer verschlossenen Tür, die Wache vor ihrer Tür und der alte Sam. Oder denken Sie an die beiden Damen in der Loge? Natürlich hätten die beiden aus der Loge schlüpfen können.«

»Nein«, sagte Jarvis. »Ich denke an die unbekannte Frau, die herkam und Mandeville erzählte, daß sie seine Frau sei.«

»Vielleicht war sie es«, sagte der Priester; und dieses Mal gab es einen Klang in seiner gleichmäßigen Stimme, die seinen Gefährten erneut auf die Füße brachte und ihn dazu bewog, sich über den Tisch zu lehnen.

»Wir haben gesagt«, bemerkte er mit leiser eifriger Stimme, »daß seine erste Frau auf die andere Frau eifersüchtig gewesen sein könnte.«

»Nein«, sagte Father Brown; »sie hätte vielleicht auf die Italienerin eifersüchtig sein können, oder auf Lady Miriam Marden. Aber sie war nicht auf die andere Frau eifersüchtig.«

»Und warum nicht?«

»Weil es keine andere Frau gab«, sagte Father Brown. »Mandeville – weit davon entfernt, ein Bigamist zu sein – erscheint mir als eine höchst monogame Person. Seine Frau war fast zu viel bei ihm; so viel bei ihm, daß Sie alle barmherzigerweise angenommen haben, sie müsse eine andere sein. Aber ich kann nicht sehen, wie sie bei ihm gewesen sein könnte, als er getötet wurde, denn wir stimmen doch überein, daß sie die ganze Zeit vor den Rampenlichtern spielte. Und zwar eine bedeutende Rolle ...«

»Wollen Sie wirklich sagen«, schrie Jarvis, »daß die fremde Frau, die ihn wie ein Gespenst verfolgte, nur die Frau Mandeville war, die wir kennen?« Aber er erhielt keine Antwort, denn Father Brown starrte ins Nichts mit einem Ausdruck so leer fast wie der eines Idioten. Er sah immer am idiotischsten aus, wenn er am intelligentesten war.

Im nächsten Augenblick strampelte er auf seine Füße und sah sehr gequält und kummervoll aus. »Das ist entsetzlich«, sagte er. »Ich weiß nicht, ob das nicht die schlimmste Geschichte ist, mit der ich es je zu tun hatte, aber ich muß damit zu Rande kommen. Würden Sie bitte Frau Mandeville fragen, ob ich sie privat sprechen dürfte?«

»Natürlich«, sagte Jarvis, als er sich der Tür zuwandte. »Aber was ist mit Ihnen los?«

»Nur, ein geborener Narr zu sein«, sagte Father Brown; »eine sehr gewöhnliche Klage in diesem Tal der Tränen. Ich war so dumm, fast zu vergessen, daß das Stück *Die Lästerschule* ist.«

Er wanderte ruhelos im Zimmer auf und ab, bis Jarvis mit verändertem und gar beunruhigtem Gesicht wieder an der Tür erschien.

»Ich kann sie nirgendwo finden«, sagte er. »Niemand scheint sie gesehen zu haben.«

»Man hat auch Norman Knight nicht gesehen, oder?« fragte Father Brown trocken. »Gut, das erspart mir das schmerzlichste Gespräch meines Lebens. Ohne die Gnade Gottes hätte ich fast Angst vor dieser Frau gehabt. Aber sie hatte auch Angst vor mir; Angst wegen etwas, das ich gesehen oder gesagt habe. Knight hat sie immer wieder beschworen, mit ihm durchzubrennen. Nun hat sie es getan; und er tut mir entsetzlich leid.«

»Er?« fragte Jarvis.

»Na ja, es kann nicht besonders angenehm sein, mit einer Mörderin durchzugehen«, sagte der andere leidenschaftslos. »Aber tatsächlich ist sie etwas noch sehr viel Schlimmeres als eine Mörderin.«

»Und was wäre das?«

»Eine Egoistin«, sagte Father Brown. »Sie gehörte zu jener Art Menschen, die erst in den Spiegel schauen, ehe sie aus dem Fenster schauen, und das ist das größte Unglück im vergänglichen Leben. Ja, der Spiegel hat ihr Unglück gebracht, aber nur, weil er nicht zerbrochen war.«

»Ich verstehe nicht, was das alles bedeuten soll«, sagte Jarvis. »Jeder hat sie doch als einen Menschen mit den höchsten Idealen angesehen, der schon fast auf einer höheren geistigen Ebene lebte als wir anderen …«

»Sie hat sich selbst so gesehen«, sagte der andere; »und sie verstand es, jeden anderen zur gleichen Meinung zu bringen. Vielleicht habe ich sie nicht lange genug gekannt, um mich in ihr zu täuschen. Aber fünf Minuten, nachdem ich sie gesehen hatte, wußte ich, was für ein Mensch sie ist.«

»Ach was!« schrie Jarvis. »Ich bin sicher, daß ihr Benehmen der Italienerin gegenüber wunderbar war.«

»Ihr Benehmen war immer wunderbar«, sagte der andere. »Von jedermann hier habe ich alles darüber gehört, wie vornehm und wie fein und wie geistig überlegen sie dem armen Mandeville war.

Aber all diese Geistigkeit und Feinheit kocht für mich auf die einfache Tatsache zusammen, daß sie bestimmt eine Dame war, und er ganz bestimmt kein Herr. Aber wissen Sie, ich habe niemals den Eindruck gehabt, daß Sankt Peter das zur einzigen Prüfung am Himmelstor machen wird.

Und was das übrige angeht«, fuhr er mit wachsender Lebhaftigkeit fort, »so wußte ich aus ihren ersten Worten, daß sie sich trotz ihrer vornehmen Art von kühler Großmut der armen Italienerin gegenüber keineswegs fair benahm. Und wiederum wurde es mir klar, als ich erfuhr, daß das Stück *Die Lästerschule* ist.«

»Das geht mir alles viel zu schnell«, sagte Jarvis reichlich verwirrt. »Was für eine Rolle spielt es denn, welches Stück das war?«

»Nun«, sagte der Priester, »sie sagte, sie habe dem Mädchen die Rolle der schönen Heldin gegeben und sich selbst in den Hintergrund mit der Rolle der älteren Matrone zurückgezogen. Das hätte wohl fast in allen Stücken zugetroffen, aber es verfälscht die Tatsachen dieses speziellen Stückes. Sie kann nur gemeint haben, daß sie der anderen Schauspielerin die Rolle der Maria gegeben hat, die praktisch überhaupt keine Rolle ist. Und die Rolle der unbedeutenden, sich selbst verleugnenden, verheirateten Frau kann – bitte schön – nur die Rolle der Lady Teazle gewesen sein, die die einzige Rolle ist, die jede Schauspielerin zu spielen wünscht. Wenn die Italienerin eine erstklassige Schauspielerin war, der man eine erstklassige Rolle versprochen hat, dann gab es da wirklich einige Entschuldigung oder doch wenigstens einigen Grund für ihren verrückten italienischen Zornausbruch. Den gibt es meistens für verrückte italienische Zornausbrüche: Romanen sind logisch und haben einen Grund, wenn sie verrückt werden. Dieser kleine Vorfall aber hat mir die Wahrheit ihrer Großmut im hellsten Tageslicht gezeigt. Und dann war da auch noch eine andere Sache. Sie lachten, als ich sagte, daß der mürrische Ausdruck von Mrs. Sands eine Charakterstudie sei, aber nicht vom Charakter der Mrs. Sands. Und doch war es wahr. Wenn Sie wissen wollen, wer eine Dame wirklich ist, schauen Sie nicht sie an: denn sie könnte zu klug für Sie sein. Und schauen Sie nicht die Männer um sie herum an: denn die könnten zu dumm für Sie sein. Aber schauen Sie sich eine andere Frau an, die ihr immer nahe ist, und vor allem eine ihr untergebene. Dann werden Sie in jenem Spiegel ihr wahres Gesicht erblicken, und das Gesicht im Spiegel von Mrs. Sands war sehr häßlich.

Und wie steht es nun mit all den anderen Eindrücken? Ich habe eine Menge über die Unwürdigkeit des armen alten Mandeville gehört; aber dabei ging es immer nur darum, daß er ihrer unwürdig sei, und ich bin ziemlich sicher, daß das indirekt von ihr kam. Und selbst so verriet es sich selbst. Denn aus dem, was jeder Mann sagte, ging offensichtlich hervor, daß sie jedem Mann ihre verfluchte intellektuelle Einsamkeit anvertraut hatte. Sie selbst haben gesagt, daß sie sich niemals beklagte, und dann haben Sie sie zitiert, wie ihr klagloses Schweigen ihre Seele stärke. Und das ist die Tonart; das ist der unverwechselbare Stil. Leute, die sich beklagen, sind einfach nette, menschliche, christliche Plagen, sie stören mich nicht. Aber Leute, die sich beklagen, daß sie sich nie beklagen, sind des Teufels. In Wahrheit sind sie der Teufel. Ist denn nicht dieses Prahlen mit dem Stoizismus der Kern des byronischen Satanskultes? Das alles habe ich gehört, aber, bei meinem Leben, ich habe nichts Faßbares gehört, über das sie sich hätte beklagen können. Niemand hat behauptet, daß ihr Mann getrunken habe, oder sie geschlagen habe, oder ihr kein Geld gegeben habe, oder selbst untreu gewesen sei, bis auf die Gerüchte über geheime Treffen, die einfach ihre eigenen melodramatischen Gewohnheiten waren, ihn in seinem eigenen Büro mit Gardinenpredigten zu quälen. Und wenn man sich die Tatsachen außerhalb jenes atmosphärischen Eindrucks von Martyrium ansah, den zu verbreiten sie ausheckte, dann lagen die Tatsachen genau andersherum. Mandeville verzichtete darauf, Geld mit Pantomimen zu machen, um ihr zu gefallen. Er verlor mit dem klassischen Drama Geld, um ihr zu gefallen. Sie richtete Bühne und Ausstattung ganz nach ihrem Belieben ein. Sie wollte Sheridans Stück, und sie bekam es, sie wollte die Rolle der Lady Teazle, und sie hatte sie, sie wollte eine Probe ohne Kostüme zu jener bestimmten Stunde, und sie bekam sie. Es lohnt sich, die merkwürdige Tatsache festzuhalten, daß sie das wollte.«

»Was aber soll diese ganze Schimpfkanonade?« fragte der Schauspieler, der kaum je zuvor seinen klerikalen Freund eine so lange Rede halten gehört hatte. »Mit all diesem psychologischen Kram sind wir recht weit vom Mord weggekommen. Sie mag mit Knight durchgegangen sein, sie mag Randall zum Narren gemacht haben, sie mag selbst mich zum Narren gehalten haben. Aber sie kann ihren Mann nicht ermordet haben – denn jeder gibt zu, daß sie sich während der ganzen Szene auf der Bühne befunden hat. Sie mag niederträchtig sein, aber sie ist keine Zauberin.«

»Da wäre ich mir nicht so sicher«, sagte Father Brown mit einem Lächeln. »Doch hatte sie es in diesem Fall gar nicht nötig, Zauberkraft einzusetzen. Ich weiß jetzt, daß sie es getan hat, und zwar ziemlich einfach.«

»Warum sind Sie sich dessen so sicher?« fragte Jarvis und sah ihn verwirrt an.

»Weil das Stück *Die Lästerschule* ist«, erwiderte Father Brown, »und jener bestimmte Akt aus *Die Lästerschule*. Ich sollte Sie daran erinnern, daß sie, wie ich eben sagte, die Ausstattung ganz nach ihrem Belieben einrichtete. Ich sollte Sie auch daran erinnern, daß diese Bühne für Pantomimen gebaut und genutzt wurde. Deshalb wird sie natürlich die entsprechenden Falltüren und Trickausgänge haben. Und wenn Sie sagen, daß die Zeugen bestätigen können, alle Darsteller auf der Bühne gesehen zu haben, dann möchte ich Sie daran erinnern, daß in der Hauptszene von *Die Lästerschule* eine der Hauptdarstellerinnen während einer beträchtlichen Zeit zwar auf der Bühne bleibt, aber *nicht* zu sehen ist. Sie ist technisch ›da‹, kann aber praktisch sehr ›weg‹ sein. Das ist der Wandschirm der Lady Teazle und das Alibi von Frau Mandeville.«

Da war ein Schweigen, und dann sagte der Schauspieler: »Sie glauben, daß sie durch eine Falltür hinter einem Wandschirm in den Gang darunter schlüpfte, wo das Zimmer des Direktors war?«

»Sie ist mit Sicherheit irgendwie fortgeschlüpft; und das ist der wahrscheinlichste Weg«, sagte der andere. »Ich glaube, das ist um so wahrscheinlicher, als sie die Gelegenheit einer Probe ohne Kostüme ergriff, ja eine solche selbst arrangierte. Es bleibt das eine Vermutung; aber ich stelle mir vor, daß es während einer Kostümprobe sehr viel schwieriger gewesen wäre, in den Reifröcken des 18. Jahrhunderts durch eine Falltür zu schlüpfen. Da gibt es natürlich noch viele kleine Schwierigkeiten, aber ich glaube, die lassen sich mit der Zeit nach und nach lösen.«

»Was ich nicht lösen kann, ist die große Schwierigkeit«, sagte Jarvis und legte mit einem Stöhnen den Kopf in die Hände. »Ich kann einfach nicht glauben, daß ein so glänzendes und gelassenes Geschöpf wie sie ihre, sagen wir mal, körperliche Balance dermaßen verlieren könnte, von ihrer moralischen Balance ganz zu schweigen. Gibt es ein Motiv, das so stark ist? Hat sie Knight tatsächlich so geliebt?«

»Ich hoffe«, sagte sein Gefährte; »denn das wäre wirklich die menschlichste Entschuldigung. Aber, so leid es mir tut, ich habe da meine Zweifel. Sie wollte ihren Mann loswerden, der ein altmodischer rückständiger Provinzler war und nicht einmal viel Geld machte. Sie wollte ihre Karriere als die brillante Frau eines brillanten und steil aufsteigenden Schauspielers haben. Aber sie wollte nicht so in *Die Lästerschule* auftreten. Sie wäre niemals mit einem Mann durchgebrannt, außer als letzte Rettung. Bei ihr ging es nicht um eine menschliche Leidenschaft, sondern um höllische Ehrbarkeit. Sie hat ihrem Mann insgeheim ständig zugesetzt und ihn bedrängt, sich von ihr scheiden zu lassen oder ihr sonstwie den Weg freizumachen, und als er sich weigerte, mußte er schließlich für seine Weigerung zahlen. Da gibt es noch etwas, woran Sie denken sollten. Sie reden davon, daß die Maßgeblichen eine höhere Kunst und ein philosophischeres Drama haben. Aber denken Sie daran, was hauptsächlich an dieser Philosophie ist! Denken Sie daran, welches Verhalten diese Maßgeblichen oftmals dem Höchsten zeigen! Alles nur Wille zur Macht und Recht auf Leben und Recht auf Erfahrungen … verdammter Unsinn und mehr als verdammter Unsinn – Unsinn, der verdammt.«

Father Brown blickte finster drein, was er sehr selten tat; und es hing immer noch eine dunkle Wolke über seiner Stirn, als er den Hut aufsetzte und in die Nacht hinausging.

Das Verschwinden von Vaudrey

Sir Arthur Vaudrey, in seinem hellgrauen Sommeranzug und auf dem grauen Haupt den weißen Hut, den er sich so keß übergestülpt hatte, schritt rasch die Straße am Fluß entlang, von seinem eigenen Haus zu der kleinen Gruppe Häuser, die fast wie ein Vorwerk seines Hauses wirkte, betrat jenen kleinen Weiler und verschwand dann so vollständig, als hätten ihn Feen von dannen getragen.

Dieses Verschwinden erschien ob der Vertrautheit der Örtlichkeit und der äußersten Einfachheit der Begleitumstände um so vollständiger und plötzlicher. Den Weiler konnte man nicht einmal Dorf nennen. In der Tat war er kaum mehr als eine schmale und sonderbar einsame Straße. Er stand inmitten weiter und offener Felder und Fluren, eine bloße Aufreihung jener vier oder fünf Läden, derer die Nachbarschaft unbedingt bedurfte, die wenigen Bauern also und die Familie in dem großen Haus. Da war eine Metzgerei an der Ecke, an der man allem Anschein nach Sir Arthur zum letzten Mal gesehen hatte. Er wurde von zwei jungen Männern gesehen, die sich in seinem Haus aufhielten – Evan Smith, der als sein Sekretär fungierte, und John Dalmon, der nach allgemeiner Ansicht mit seinem Mündel verlobt war. Neben der Metzgerei stand ein schmales Geschäft, das in sich eine Vielzahl von Funktionen barg, wie man das auf den Dörfern findet, und in dem eine kleine alte Frau Süßigkeiten verkaufte und Spazierstöcke, Golfbälle und Leim und Schnurknäuel, und eine sehr vergilbte Sorte Briefpapier. Dann folgte der Tabakladen, zu dem sich die beiden jungen Männer gerade begaben, als sie zum letzten Mal einen Blick auf ihren Gastgeber erhaschten, der vor der Metzgerei stand, und dann folgte noch eine schäbige kleine Schneiderei, die zwei Damen betrieben. Ein heller, schimmernder Schuppen, der den Passanten große Gläser einer sehr fahlen grünen Limonade bot, beendete den Block der Bauten; denn die einzige wirkliche christliche Kneipe stand für sich allein ein Stück die Hauptstraße hinab. Zwischen diesem Gasthaus und dem Weiler war eine Straßenkreuzung, an der ein Polizist und ein uniformierter Diensthabender eines Motorclubs standen, und beide stimmten überein, daß Sir Arthur jenen Punkt der Straße niemals passiert habe.

Es war zu einer frühen Stunde an einem strahlenden Sommertag gewesen, da der alte Herr heiter die Straße hinangeschritten war und dazu seinen Spazierstock schwang und mit seinen gelben Handschuhen flappte. Er hatte viel von einem Dandy an sich, aber von einem der munteren und männlichen Sorte, vor allem für sein Alter. Seine körperliche Stärke und Lebhaftigkeit waren immer noch sehr bemerkenswert, und sein krauses Haar hätte gut von einem Gelb sein können, so fahl, daß es weiß aussah, statt von einem Weiß, das ein verblaßtes Gelb war. Sein sauber rasiertes Gesicht sah gut aus, mit einer Adlernase wie die des Herzogs von Wellington, doch sein hervorragendstes Merkmal waren seine Augen. Sie waren nicht nur bildlich gesprochen hervorragend; etwas Hervorstehendes und fast schon Herausgewölbtes an ihnen machte sie vielleicht zur einzigen Unebenmäßigkeit in seinen Zügen, doch waren seine Lippen empfindsam und leicht zusammengepreßt, wie durch einen Willensakt. Er war der Grundherr der ganzen Gegend und der Eigentümer des kleinen Weilers. In dieser Art von Orten kennt nicht nur jeder jeden, sondern jeder weiß gewöhnlich auch von jedem, wo er sich zu jedem beliebigen Augenblick befindet. Im üblichen Verlauf der Dinge wäre Sir Arthur ins Dorf gegangen, hätte gesagt, was immer er dem Metzger oder sonstwem hätte sagen wollen, und wäre dann wieder zu seinem Haus zurückgeschritten, alles im Lauf von etwa einer halben Stunde: wie die beiden jungen Männer, als sie sich ihre Zigaretten gekauft hatten. Doch sie sahen niemanden auf der Straße zurückkommen, und tatsächlich war niemand sonst in Sicht außer dem einzigen anderen Gast im Haus, einem gewissen Dr. Abbott, der, seinen breiten Rücken ihnen zugekehrt, am Flußufer saß und sehr geduldig angelte.

Als alle drei Gäste dann zum Frühstück zusammenkamen, schienen sie wenig oder gar nicht auf die andauernde Abwesenheit des Gutsherrn zu achten; doch als der Tag fortschritt und er eine Mahlzeit nach der anderen verpaßte, begannen sie sich natürlich zu wundern, und Sybil Rye, die Dame des Hauses, begann ernsthaft besorgt zu sein. Forschungsexpeditionen wurden immer und immer wieder ins Dorf entsandt, ohne eine Spur zu entdecken; und als schließlich die Dunkelheit fiel, war das Haus mit eindeutiger Furcht erfüllt. Sybil hatte um Father Brown geschickt, der ihr Freund war und ihr in der Vergangenheit aus Schwierigkeiten geholfen hatte; und unter dem Druck der offenkundigen Gefahr hatte er eingewilligt, im Haus zu bleiben und sich um die Sache zu kümmern.

So kam es denn, daß, als des neuen Tages Dämmerung ohne Nachricht anbrach, Father Brown früh auf den Füßen war und nach allem Ausschau hielt. Seine schwarze untersetzte Gestalt konnte gesehen werden, wie sie den Gartenpfad dort entlangstapfte, wo der Garten ans Flußufer stieß, und wie er dabei die Landschaft mit seinen kurzsichtigen Augen und seinem eher verschleierten Blick absuchte.

Er bemerkte, daß eine andere Gestalt sich noch unruhiger am Ufer entlangbewegte, und grüßte Evan Smith, den Sekretär, mit seinem Namen.

Evan Smith war ein hochgewachsener, blondhaariger junger Mann, der ziemlich verstört aussah, wie das zu jener Stunde der Verzweiflung vielleicht natürlich war. Doch umgab ihn immer ein Hauch Verstörtheit. Vielleicht fiel das an ihm besonders auf, weil er die Art athletischer Gestalt und Haltung und die Art von Löwenmähne und Schnurrbart in Gelb hatte, die (in Romanen immer und in der Realität manchmal) das offene und ehrliche Verhalten eines »englischen Jünglings« begleiten. Da sie in diesem Fall tief eingesunkene Augen und einen reichlich sorgenvollen Blick begleiteten, hatte der Gegensatz zu der herkömmlichen hohen Gestalt und dem hellen Haar aus dem Roman fast einen Hauch des Unheimlichen. Doch Father Brown lächelte ihm freundlich zu und sagte dann ernster:

»Das ist eine aufreibende Sache.«

»Das ist eine sehr aufreibende Sache für Fräulein Rye«, antwortete der junge Mann düster, »und ich sehe nicht ein, warum ich verheimlichen sollte, was für mich das Schlimmste an der Sache ist, selbst wenn sie mit Dalmon verlobt ist. Schockiert, was?«

Father Brown sah nicht gerade sehr schockiert aus, aber sein Gesicht war oft ziemlich ausdruckslos; und sanft sagte er nur:

»Natürlich haben wir alle für ihre Ängste Mitgefühl. Ich nehme an, Sie haben in der Sache auch keine Neuigkeiten oder Ansichten?«

»Ich hab' nicht gerade Neuigkeiten«, antwortete Smith, »zumindest keine Neuigkeiten von draußen. Und was Ansichten angeht ...« Und wieder verfiel er in niedergeschlagenes Schweigen.

»Es würde mich sehr freuen, Ihre Ansichten zu vernehmen«, sagte der kleine Priester freundlich. »Ich hoffe, Sie nehmen es mir nicht übel, wenn ich sage, daß Sie etwas auf dem Herzen zu haben scheinen.«

Der junge Mann erwachte eher, als daß er erschrak, und schaute den Priester fest an, mit einem Stirnrunzeln, das einen tiefen Schatten über seine tiefliegenden Augen warf.

»Ja, Sie haben recht«, sagte er schließlich. »Ich muß es ja doch jemandem erzählen. Und es Ihnen zu erzählen scheint mir sicher zu sein.«

»Wissen Sie, was Sir Arthur geschehen ist?« fragte Father Brown gelassen, als wäre es die nebensächlichste Sache der Welt.

»Ja«, sagte der Sekretär schroff. »Ich glaube, ich weiß, was Sir Arthur geschehen ist.«

»Ein herrlicher Morgen«, sagte ihm eine sanfte Stimme ins Ohr, »ein herrlicher Morgen für ein so trauriges Treffen.«

Dieses Mal fuhr der Sekretär auf wie angeschossen, als ihm der breite Schatten von Dr. Abbott im schon starken Sonnenschein über den Pfad fiel. Dr. Abbott war noch im Morgenrock – einem üppigen orientalischen Morgenrock, bedeckt mit bunten Blumen und Drachen, der aussah wie eines der leuchtendsten Blumenbeete, die unter der glühenden Sonne wachsen. Dazu trug er weite flache Pantoffeln, die zweifellos der Grund waren, weshalb er den anderen so nahe gekommen war, ohne gehört zu werden. Normalerweise wäre er der letzte Mensch gewesen, dem man eine solche leichte und luftige Annäherung zugetraut hätte, denn er war ein sehr großer, breiter und schwerer Mann mit einem kraftvollen, wohlwollenden und sehr sonnenverbrannten Gesicht, umrahmt von altmodischen grauen Backen- und Kinnbärten, die ebenso üppig an ihm hingen wie die langen grauen Locken eines ehrwürdigen Hauptes. Seine langen Augenschlitze sahen noch schläfrig aus, und er war für einen älteren Herrn auch schon sehr früh auf, dennoch aber sah er gleichermaßen robust und vom Wetter gegerbt aus wie ein alter Bauer oder ein Seekapitän, der einst in allen Wettern war. In der ganzen Gesellschaft, die sich im Hause traf, war er der einzige alte Freund und Zeitgenosse des Gutsherrn.

»Das ist wirklich außerordentlich«, sagte er und schüttelte den Kopf. »Diese kleinen Häuser sind wie Puppenhäuser, immer vorne und hinten offen und kaum Platz, jemanden da zu verstekken, selbst wenn man ihn verstecken wollte. Und ich bin sicher, die wollen gar nicht. Dalmon und ich haben sie gestern den ganzen Tag befragt; es sind meistens kleine alte Frauen, die keiner Fliege weh tun könnten. Die Männer sind fast alle bei der Ernte draußen mit Ausnahme des Metzgers; und man hat Arthur beim Metzger rauskommen gesehen. Und auf dem Stück entlang des Flusses hätte ihm auch nichts passieren können, denn da habe ich den ganzen Tag geangelt.«

Dann sah er Smith an, und der Ausdruck in seinen weiten Augen erschien für einen Augenblick nicht nur schläfrig, sondern auch ein bißchen verschlagen.

»Ich nehme an, Sie und Dalmon können bezeugen«, sagte er, »daß Sie mich während Ihrer Wanderschaft ins Dorf hin und zurück dort haben sitzen gesehen.«

»Ja«, sagte Evan Smith und schien ob der langen Unterbrechung ziemlich ungeduldig.

»Ich kann mir das nur so vorstellen«, fuhr Dr. Abbott langsam fort; dann aber wurde die Unterbrechung selbst unterbrochen. Eine zugleich leichte und untersetzte Gestalt strebte rasch quer über den grünen Rasen zwischen den fröhlichen Blumenbeeten, und John Dalmon erschien unter ihnen und hielt ein Papier in der Hand. Er war sauber gekleidet und ziemlich dunkelhäutig, mit einem sehr feinen, kantigen, napoleonischen Gesicht und sehr traurigen Augen – Augen so traurig, daß sie fast wie tot aussahen. Er schien noch jung zu sein, aber sein schwarzes Haar war an den Schläfen vorzeitig grau geworden.

»Ich hab' gerade das Telegramm hier von der Polizei bekommen«, sagte er. »Ich habe ihnen gestern nacht gedrahtet, und sie sagen, daß sie sofort einen Mann herschicken. Wissen Sie sonst noch jemanden, Dr. Abbott, den wir benachrichtigen sollten? Verwandte oder so, meine ich.«

»Da ist natürlich sein Neffe, Vernon Vaudrey«, sagte der alte Mann. »Wenn Sie mit mir kommen wollen, kann ich Ihnen wohl seine Adresse geben – und Ihnen etwas reichlich Sonderbares über ihn erzählen.«

Dr. Abbott und Dalmon gingen weg in Richtung Haus, und als sie sich in einer gewissen Entfernung befanden, sagte Father Brown einfach, als habe es gar keine Unterbrechung gegeben:

»Was sagten Sie?«

»Sie sind nicht aus der Ruhe zu bringen«, sagte der Sekretär. »Ich nehme an, das kommt vom Beichtehören. Ich fühl mich auch, als wollte ich beichten. Mancher würde sich ja aus der Stimmung zu Geständnissen geworfen fühlen, wenn da dieser alte merkwürdige Elefant heranschleicht wie eine Schlange. Aber ich glaube, ich will jetzt doch dabeibleiben, auch wenn es in Wahrheit gar nicht meine Beichte ist, sondern die eines anderen.« Er hielt einen Augenblick lang stirnerunzelnd inne und zupfte an seinem Schnurrbart; dann sagte er plötzlich:

»Ich glaube, Sir Arthur hat sich aus dem Staub gemacht, und ich glaube, ich weiß warum.«

Da war ein Schweigen, und dann explodierte er aufs neue.

»Ich bin in einer verfluchten Situation, und die meisten würden sagen, ich täte was Verfluchtes. Jetzt werde ich aussehen wie ein Schleicher und ein Stinktier, und trotzdem glaube ich, daß ich meine Pflicht tue.«

»Das müssen Sie beurteilen«, sagte Father Brown ernst. »Was hat es denn mit Ihrer Pflicht auf sich?«

»Ich bin in der absolut scheußlichen Position, über einen Nebenbuhler, und dazu einen erfolgreichen Nebenbuhler, klatschen zu müssen«, sagte der junge Mann bitter, »und ich weiß nicht, was in aller Welt ich sonst tun könnte. Sie fragten mich nach der Erklärung für Vaudreys Verschwinden. Ich bin absolut sicher, daß Dalmon die Erklärung ist.«

»Sie meinen also«, sagte der Priester gelassen, »daß Dalmon Sir Arthur umgebracht hat?«

»Nein!« explodierte Smith mit erschreckender Wildheit. »Nein, hundertmal nein! Das hat er nicht getan, was immer er sonst getan hat. Er ist kein Mörder, was immer er sonst ist. Er hat das beste aller Alibis, das Zeugnis eines Mannes, der ihn haßt. Ich werde bestimmt keinen Meineid leisten aus Liebe zu Dalmon, und dennoch könnte ich vor jedem Gericht beschwören, daß er dem alten Mann gestern nichts angetan hat. Dalmon und ich waren den ganzen Tag zusammen, oder doch jenen Teil des Tages, und im Dorf hat er nichts getan außer Zigaretten gekauft, und hier nichts, außer sie geraucht und in der Bibliothek gelesen. Nein, ich glaube zwar, daß er ein Verbrecher ist, aber er hat Vaudrey nicht umgebracht. Ich könnte sogar noch weiter gehen und sagen: *Weil* er ein Verbrecher ist, hat er Vaudrey nicht umgebracht.«

»Ja«, sagte der andere geduldig, »und was soll das heißen?«

»Das heißt«, erwiderte der Sekretär, »daß er ein Verbrecher ist, der ein anderes Verbrechen begeht: Und sein Verbrechen hängt davon ab, daß Vaudrey am Leben bleibt.«

»Ich verstehe«, sagte Father Brown.

»Ich kenne Sybil Rye ganz gut, und ihr Charakter stellt einen großen Teil dieser Geschichte dar. Sie hat einen sehr feinen Charakter, in beiden Bedeutungen des Wortes: Er ist von nobler Art und zugleich von zu empfindsamer Webart. Sie ist einer jener Menschen, die furchtbar gewissenhaft sind, aber ihnen fehlt jener Panzer aus Gewohnheiten und nüchternem Alltagsverstand, den sich manche gewissenhafte Leute zulegen. Sie ist fast krankhaft empfindsam und zugleich völlig selbstlos. Ihre Geschichte ist merkwürdig: Man hat sie wie ein Findelkind buchstäblich ohne einen Pfennig zurückgelassen, und Sir Arthur hat sie in sein Haus aufgenommen und mit einer Rücksicht behandelt, die viele verwundert hat; ich will ihm zwar nichts Böses nachsagen, aber das war gar nicht seine Art. Doch als sie etwa siebzehn war, kam für sie die Erklärung wie ein Schock; ihr Vormund bat sie, ihn zu heiraten. Nun komme ich zum sonderbaren Teil der Geschichte. Irgendwie hatte Sybil von irgendwem erfahren (ich vermute, vom alten Abbott), daß Sir Arthur Vaudrey in seiner wilden Jugend an jemandem ein Verbrechen oder auf jeden Fall ein großes Unrecht begangen hatte, das ihn in ernsthafte Schwierigkeiten brachte. Ich weiß nicht, was es war. Aber für das Mädchen in ihrem ungeschützten gefühlsseligen Alter war es ein Alptraum, der ihn wie ein Monster erscheinen ließ, zumindest zu sehr für die engen Beziehungen einer Ehe. Was sie dann tat, war unglaublich typisch für sie. In hilflosem Entsetzen und mit heldischem Mut sagte sie ihm mit ihren eigenen bebenden Lippen die Wahrheit. Sie gab zu, daß ihr Widerwille vielleicht krankhaft sei, sie bekannte das wie einen geheimen Wahn. Zu ihrer Erleichterung und Überraschung nahm er es ruhig und höflich auf und sprach anscheinend nicht weiter von der Sache, und ihr Gefühl für seine Großmut wurde durch die nächste Stufe in der Entwicklung der Geschichte nur noch gesteigert. Es kam da in ihr Leben der Einfluß eines ebenso einsamen Mannes. Er lebte wie ein Eremit auf einer der Inseln im Fluß; und ich vermute, daß sein Geheimnis ihn anziehend machte, obwohl ich zugebe, daß er anziehend genug ist. Ein Gentleman von reichem Witz, obwohl sehr melancholisch – was, wie ich vermute, die Romanze nur vertiefte. Es war natürlich dieser Dalmon, und bis heute weiß ich nicht genau, wieweit sie ihn wirklich angenommen hat, aber es ging immerhin so weit, daß er die Erlaubnis erhielt, bei ihrem Vormund vorstellig zu werden. Ich kann mir vorstellen, wie sie diese Unterredung in Zittern und Beben abwartete und sich fragte, wie wohl der alte Beau auf das Auftauchen eines Nebenbuhlers reagieren würde. Aber wiederum mußte sie feststellen, daß sie ihm offenbar Unrecht getan hatte. Er empfing den jüngeren Mann mit herzlicher Höflichkeit und schien sich über das zukünftige Glück des jungen Paares zu freuen. Er und Dalmon gingen zusammen auf die Jagd und zum Fischen und waren die besten Freunde, als sie eines Tages einen weiteren Schock erlitt. Dalmon ließ in die Unterhaltung zufällig einen Satz einfließen, daß der alte Mann ›sich in den dreißig Jahren nicht sehr gewandelt hat‹, und damit brach die Wahrheit der sonderbaren Freundschaft über sie herein. All jenes Sichvorstellen und jene Gastfreundschaft waren Verstellung gewesen; die beiden Männer hatten sich offensichtlich schon vorher gekannt. Deshalb also war der jüngere Mann eher im geheimen in diesen Bezirk gekommen. Deshalb war der ältere Mann so leicht bereit, die Verbindung zu fördern. Jetzt frage ich mich, was Sie darüber denken?«

»Ich weiß, was Sie denken«, sagte Father Brown lächelnd, »und das scheint auch völlig logisch zu sein. Hier haben wir Vaudrey mit irgendeiner häßlichen Geschichte in seiner Vergangenheit – ein geheimnisvoller Fremder kommt und ist ständig mit ihm zusammen und bekommt von ihm, was er will. Mit einfachen Worten, Sie glauben, daß Dalmon ein Erpresser ist.«

»Tue ich«, sagte der andere, »und es ist scheußlich, das zu denken.«

Father Brown dachte einen Augenblick lang nach und sagte dann: »Ich glaube, ich werde jetzt ins Haus gehen und mich mit Dr. Abbott unterhalten.«

Als er ein oder zwei Stunden später wieder aus dem Hause kam, mochte er sich mit Dr. Abbott unterhalten haben, aber er tauchte wieder auf in Gesellschaft von Sybil Rye, einem blassen Mädchen mit rötlichem Haar und einem zarten, fast zitternden Profil. Bei ihrem Anblick konnte man schlagartig all die Geschichten des Sekretärs über ihre mimosenhafte Zartfühligkeit verstehen. Sie erinnerte an Lady Godiva und bestimmte Geschichten über jungfräuliche Märtyrerinnen; nur die Scheuen können um ihres Gewissens willen so schamlos sein. Smith trat vor und ging ihnen entgegen, und für einen Augenblick standen sie im Gespräch auf dem Rasen. Der Tag, der seit seinem Anbruch strahlend gewesen war, war nun glühend und sogar sengend, aber Father Brown trug sein schwarzes Schirmbündel ebenso, wie er seinen schwarzen Schirmhut trug, und schien sich ganz allgemein dafür gerüstet zu haben, den Sturm zu bestehen. Aber vielleicht war das nur eine unbewußte Haltung; und vielleicht war der Sturm kein wirklicher Sturm.

»Was ich an alledem hasse«, sagte Sybil mit leiser Stimme, »ist das Gerede, das bereits beginnt. Verdächtigungen gegen jeden. John und Evan können jeder für den anderen aussagen, nehme ich an, aber Dr. Abbott hat schon eine furchtbare Szene mit dem Metzger gehabt, der sich beschuldigt fühlt und deshalb mit Beschuldigungen um sich wirft.«

Evan Smith blickte sehr beunruhigt drein, dann platzte er heraus:

»Hör mal, Sybil, ich kann dir nicht viel sagen, aber wir glauben nicht, daß das alles nötig ist. Es ist alles sehr schlimm, aber wir glauben nicht, daß es – eine Gewalttat gegeben hat.«

»Dann haben Sie also eine Theorie?« sagte das Mädchen und blickte sofort den Priester an.

»Ich habe eine Theorie gehört«, erwiderte er, »die mir sehr überzeugend erscheint.«

Er stand da und blickte träumerisch auf den Fluß; und Smith und Sybil begannen, sich miteinander schnell und noch leiser zu unterhalten. Der Priester wandelte sinnend am Flußufer entlang und tauchte in eine Gruppe dünner Bäume auf einem fast überhängenden Uferstück ein. Die starke Sonne stach auf den dünnen Schleier aus kleinen tanzenden Blättchen, die wie schlanke grüne Flammen aussahen, und alle Vögel sangen, als ob der Baum hundert Zungen hätte. Einige Minuten später hörte Evan Smith, wie sein Name vorsichtig und doch klar aus den grünen Tiefen des Dickichts gerufen wurde. Er ging rasch in jene Richtung und traf auf den zurückkehrenden Father Brown. Der Priester sagte zu ihm mit sehr leiser Stimme:

»Lassen Sie die Dame nicht herkommen. Können Sie sie nicht loswerden? Bitten Sie sie, zu telephonieren oder sonstwas; und dann kommen Sie wieder her.«

Evan Smith wandte sich um mit einem geradezu verzweifelten Ausdruck der Sorglosigkeit und näherte sich dem Mädchen, doch war sie nicht von der Sorte, die man nur schwer mit kleinen Aufgaben für andere beschäftigen kann. Nach sehr kurzer Zeit war sie im Haus verschwunden, und Evan Smith wandte sich um und stellte fest, daß auch Father Brown erneut im Dickicht verschwunden war. Gerade jenseits der Baumgruppe war eine Art schmaler Schlucht, wo das Gras bis auf die Tiefe des Ufersandes abgesackt war. Father Brown stand am Rand dieser Kluft und blickte hinab, doch hielt er trotz der brennenden Sonne, die sich auf seinen Kopf stürzte, aus Zufall oder Absicht den Hut in der Hand.

»Sie sollten das besser selbst sehen«, sagte er schwer, »von wegen Beweis. Aber ich warne Sie, seien Sie gefaßt.«

»Gefaßt auf was?« fragte der andere.

»Nur auf das Schrecklichste, das ich je in meinem ganzen Leben gesehen habe«, sagte Father Brown.

Evan Smith trat an den Rand der Grasbank und unterdrückte mit Mühe einen Ausruf fast wie ein Aufschrei.

Sir Arthur Vaudrey starrte und grinste zu ihm empor. Das Gesicht war so weit hochgewandt, daß er den Fuß hätte draufsetzen können, der Kopf war zurückgeworfen, mit dem Schopf weißlichgelben Haares gegen ihn, so daß er das Gesicht verkehrt herum sah. Dies ließ es um so mehr als Teil eines Nachtmahrs erscheinen, als ob ein Mann daherwandele und den Kopf verkehrt aufgesetzt trüge. Was tat er da? War es denn möglich, daß Vaudrey wirklich herumkroch, sich in den Spalten von Feld und Ufer versteckt hielt und sie in dieser unnatürlichen Haltung anstarrte? Der übrige Körper schien gebeugt und fast verkrümmt, als ob er verkrüppelt oder mißgestaltet sei. Doch bei näherer Betrachtung erschien das lediglich als eine Verkürzung der in einen Haufen zusammengestürzten Gliedmaßen. War er verrückt? War es das? Je länger Smith auf ihn blickte, desto steifer erschien die Haltung.

»Sie können es von hier aus nicht genau sehen«, sagte Father Brown, »aber seine Gurgel ist durchgeschnitten.«

Smith erschauerte plötzlich. »Ich kann gut glauben, daß dies das Schrecklichste ist, das Sie je gesehen haben«, sagte er. »Ich glaube, das kommt daher, daß man das Gesicht umgekehrt sieht. Ich habe dieses Gesicht beim Frühstück und beim Essen jeden Tag seit zehn Jahren gesehen; und immer sah es recht angenehm und höflich aus. Aber dreht man es herum, sieht es aus wie das Gesicht eines Höllenfeindes.«

»In Wirklichkeit lächelt das Gesicht«, sagte Father Brown nüchtern, »was vielleicht nicht der geringste Teil des Rätsels ist. Nicht viele Menschen lächeln, wenn ihre Gurgel durchgeschnitten wird, auch nicht, wenn sie es selbst tun. Dieses Lächeln zusammen mit den Stachelbeeraugen, die ihm ja immer schon vor den Kopf zu quellen schienen, reicht zweifellos aus, um den Ausdruck zu erklären. Aber dennoch ist es wahr, daß die Dinge umgekehrt anders aussehen. Künstler wenden ihre Skizzen oft um, um ihre Richtigkeit zu überprüfen. Manchmal, wenn es für sie schwierig ist, das Objekt selbst umzudrehn (wie zum Beispiel im Falle des Matterhorns), hat man sie schon auf dem Kopf stehen gesehen oder zumindest zwischen ihren Beinen durchschauend.«

Der Priester, der so leichtfertig vor sich hin redete, um die Nerven des anderen Mannes zu festigen, schloß in ernsterem Ton und sagte: »Ich kann gut verstehen, wie sehr es Sie erschüttert hat. Unglücklicherweise erschüttert es auch etwas anderes.«

»Was meinen Sie?«

»Es hat unsere ganze, so schön vollständige Theorie erschüttert«, erwiderte der andere; und er begann, den Abhang hinunter auf den kleinen Streifen Sand am Fluß zu klettern.

»Vielleicht hat er es selbst getan«, sagte Smith plötzlich. »Schließlich ist das der offenkundigste Fluchtweg und paßt gut zu unserer Theorie. Er brauchte einen stillen Ort und kam hierher und schnitt sich den Hals durch.«

»Aber er ist doch gar nicht hierhergekommen«, sagte Father Brown. »Zumindest nicht lebend, und nicht über Land. Er ist nicht hier getötet worden, dafür gibt es zuwenig Blut. Die Sonne hat sein Haar und seine Kleider inzwischen schon fast völlig getrocknet, aber da sind noch die Spuren von zwei Wasserrinnsalen im Sand. Die Flut kommt von der See her ungefähr bis hier herauf und bildet einen Wirbel, der die Leiche in die Bucht gespült hat und dann zurückließ, als der Ebbstrom abfloß. Aber zuerst muß die Leiche den Fluß hinabgeschwemmt worden sein, wahrscheinlich vom Dorf aus, denn der Fluß strömt genau hinter der Reihe von kleinen Häusern und Geschäften durch. Der arme Vaudrey starb irgendwie im Dorf, denn schließlich glaube ich nicht, daß er Selbstmord begangen hat. Doch der Haken daran ist, wer hätte ihn in dem verrückten kleinen Nest umbringen wollen oder können?«

Er begann, mit der Spitze seines plumpen Schirms grobe Zeichnungen in den Sand zu ritzen.

»Wir wollen mal sehen, wie folgen sich die Geschäfte denn? Zuerst das des Metzgers. Nun wäre natürlich ein Metzger mit einem großen Schlachtmesser der ideale Täter. Aber Sie haben Vaudrey herauskommen gesehen, und es ist nicht sehr wahrscheinlich, daß er da im Geschäft stand, während der Metzger sagte: ›Guten Tag. Erlauben Sie mir, Ihnen den Hals durchzuschneiden! Danke sehr. Und was darf's noch sein?‹ Sir Arthur ist mir nicht wie die Art von Mann vorgekommen, der mit einem freundlichen Lächeln dabeigestanden hätte, während ihm das widerfuhr. Er war ein sehr starker und energischer Mann mit einem ziemlich heftigen Temperament. Und wer außer dem Metzger hätte mit ihm fertigwerden können? Den nächsten Laden führt eine alte Frau. Dann kommt der Tabakhändler, der zwar ein Mann ist, doch hat man mir gesagt, ein recht schmächtiger und schüchterner. Dann kommt das Kleidergeschäft, das zwei Jungfern betreiben, und dann ein Erfrischungsladen, den ein Mann betreibt, der sich aber im Krankenhaus befindet und das Geschäft seiner Frau anvertraut hat. Dann sind da zwei oder drei Dorfjungs, Gehilfen und Boten, aber die waren mit einem Sonderauftrag unterwegs. Und mit dem Erfrischungsladen endet die Straße, danach kommt nur noch der Gasthof, und dazwischen der Polizist.«

Er stieß mit der Zwinge seines Schirms ein Loch in die Erde, das den Polizisten darstellen sollte, hielt inne und starrte niedergeschlagen den Fluß hinan. Dann machte er eine leichte Bewegung mit der Hand, ging schnell hinüber zum Leichnam und beugte sich über ihn.

»Ah!« sagte er, reckte sich und atmete tief aus. »Der Tabakhändler! Warum in aller Welt hat mich das nicht an den Tabakhändler erinnert?«

»Was haben Sie denn?« fragte Smith einigermaßen verwirrt, denn Father Brown rollte mit den Augen und murmelte vor sich hin, und er hatte das Wort »Tabakhändler« ausgesprochen, als sei es ein schreckliches Schicksalswort.

»Haben Sie«, sagte der Priester nach einer Pause, »etwas sehr Sonderbares in seinem Gesicht bemerkt?«

»Sonderbar, mein Gott!« sagte Evan mit einem nachträglichen Schaudern. »Auf jeden Fall war seine Kehle durchgeschnitten ...«

»Ich sagte, sein Gesicht«, sagte der Kleriker gelassen. »Übrigens, haben Sie nicht bemerkt, daß er seine Hand verletzt hat und daß er einen schmalen Verband trägt?«

»Oh, das hat damit nichts zu tun«, sagte Evan hastig. »Das ist schon vorher passiert und war nur ein Unfall. Er hat sich die Hand an einem zerbrochenen Tintenfäßchen zerschnitten, als wir zusammen arbeiteten.«

»Und es hat trotzdem was damit zu tun«, erwiderte Father Brown.

Da war ein langes Schweigen, und der Priester wanderte niedergeschlagen durch den Sand, und er schleppte seinen Schirm hinter sich her und murmelte manchmal das Wort »Tabakhändler«, bis dieses Wort seinen Freund in Furcht erschauern ließ. Dann hob er plötzlich den Schirm empor und wies auf ein Bootshaus zwischen den Binsen.

»Liegt da das Familienboot?« fragte er. »Ich bitte Sie, mich den Fluß hinaufzurudern. Ich möchte mir diese Häuser von der Rückseite aus ansehen. Wir haben keine Zeit zu verlieren. Vielleicht findet man die Leiche, aber das müssen wir riskieren.«

Smith ruderte das kleine Boot bereits flußaufwärts auf den Weiler zu, als Father Brown wieder sprach. Dann sagte er:

»Übrigens habe ich vom alten Abbott erfahren, was es wirklich mit der Geschichte vom Vergehen des armen Vaudrey auf sich hat. Es handelte sich um eine reichlich sonderbare Geschichte mit einem ägyptischen Beamten, der ihn beleidigt hatte, indem er sagte, ein guter Muslim vermeide Schweine und Engländer, zöge aber Schweine vor, oder irgendeine taktvolle Bemerkung dieser Art. Was immer sich nun zu jener Zeit abgespielt haben mag, der Streit brach offenbar einige Jahre später aufs neue aus, als der Beamte England besuchte, und Vaudrey schleppte den Mann in seiner glühenden Leidenschaft zu einem Schweinekober auf dem Hof beim Landhaus, schleuderte ihn hinein, wobei er ihm Arm und Bein brach, und ließ ihn da liegen bis zum nächsten Morgen. Natürlich gab es darüber einen mächtigen Krawall, doch viele Leute dachten, Vaudrey habe in verzeihlicher Verehrung fürs Vaterland gehandelt. Jedenfalls scheint das nicht gerade eine Sache zu sein, deretwegen sich ein Mann jahrzehntelang schweigend tödlicher Erpressung aussetzt.«

»Sie glauben also, daß das nichts mit der Geschichte zu tun hat, mit der wir uns befassen?« fragte der Sekretär nachdenklich.

»Ich glaube, daß es mächtig viel mit der Geschichte zu tun hat, mit der ich mich jetzt befasse«, sagte Father Brown.

Sie trieben nun hinter der niedrigen Mauer und den steilen Streifen von Hintergärten vorbei, die von den Hintertüren zum Fluß hinabliefen. Father Brown zählte sie sorgfältig, indem er mit seinem Schirm auf sie hinzeigte, und als er zum dritten kam, sagte er wieder:

»Tabakhändler! Ist der Tabakhändler zufällig …? Aber ich glaube, ich werde so lange nach meiner Vermutung handeln, bis ich weiß. Ich werde Ihnen aber sagen, was mir an Sir Arthurs Gesicht merkwürdig vorkam.«

»Und was war das?« fragte sein Begleiter, der innehielt und sich für einen Augenblick auf seinen Rudern ausruhte.

»Er war ein großer Dandy«, sagte Father Brown, »und sein Gesicht war nur halb rasiert … Könnten Sie hier für einen Augenblick anhalten? Wir könnten das Boot an dem Pfahl dort anbinden.«

Ein oder zwei Minuten danach waren sie über die niedrige Mauer geklettert und stiegen die steilen Kieselsteinpfade des kleinen Gartens mit seinen rechteckigen Gemüse- und Blumenbeeten hinauf.

»Wie Sie sehen, *zieht* der Tabakhändler Kartoffeln«, sagte Father Brown. »Zweifellos Gedankenverbindungen zu Sir Walter Raleigh. Viele Kartoffeln und viele Kartoffelsäcke. Diese kleinen Landleute haben noch nicht alle Gepflogenheiten der Bauern abgelegt, sie betreiben immer noch zwei oder drei Geschäfte gleichzeitig. Aber Tabakhändler auf dem Lande betreiben sehr oft ein zusätzliches Nebengeschäft, an das ich nicht gedacht habe, bis ich Vaudreys Kinn sah. Neunmal von zehn *nennt* man ihn Tabakladen, aber er *ist* auch der des Barbiers. Er hatte sich die Hand zerschnitten und konnte sich nicht selbst rasieren, also kam er hierher. Läßt Sie das noch an etwas anderes denken?«

»Es läßt mich an mancherlei denken«, erwiderte Smith, »aber ich nehme an, Sie wird es noch an einiges mehr denken lassen.«

»Läßt es Sie zum Beispiel«, bemerkte Father Brown, »an die einzige Gelegenheit denken, bei der ein energischer und ziemlich gewalttätiger Gentleman freundlich lächeln würde, wenn man ihm die Kehle durchschneidet?«

Im nächsten Augenblick hatten sie ein oder zwei dunkle Durchgänge an der Rückseite des Hauses durchschritten und traten in das Hinterzimmer des Ladens, das von der andern Seite durch hereinsickerndes Licht und einen staubigen und zersprungenen Spiegel schwach erhellt war. Es erinnerte irgendwie an das grünliche Zwielicht einer Zisterne, aber es war hell genug, um die einfache Einrichtung eines Barbierladens zu erkennen und das fahle und schreckverzerrte Gesicht eines Barbiers.

Father Browns Blick durchschweifte das Zimmer, das offenbar erst kürzlich gereinigt und aufgeräumt worden war, bis sein Blick etwas in der staubigen Ecke direkt hinter der Tür entdeckte. Es war ein Hut an einem Hutnagel. Es war ein weißer Hut, der allen in diesem Dorf wohlbekannt war. Und doch, wie auffällig er auch immer in der Straße gewesen war, er war doch nur das Beispiel für jene Art belangloser Dinge, die eine bestimmte Art von Mensch oftmals völlig vergißt, wenn er höchst sorgsam Fußböden aufwischt oder befleckte Lappen vernichtet.

»Sir Arthur Vaudrey ist hier gestern morgen rasiert worden, nehme ich an«, sagte Father Brown mit gleichmütiger Stimme.

Für den Barbier, einen kleinen, kahlköpfigen, bebrillten Mann namens Wicks, war die plötzliche Erscheinung dieser beiden Gestalten aus seinem eigenen Hinterhof wie die Erscheinung zweier Geister aus einem Grab unter dem Fußboden. Doch wurde gleichzeitig erkennbar, daß er mehr zu fürchten hatte als nur ein Phantasieprodukt. Er schwand, wir können fast sagen, er schrumpfte in eine Ecke des dunklen Zimmers zurück, und alles an ihm schien ebenfalls zu schwinden, bis auf seine große Koboldbrille.

»Sagen Sie mir eines«, fuhr der Priester ruhig fort. »Sie hatten einen Grund, den Grundherrn zu hassen?«

Der Mann in der Ecke stammelte etwas, das Smith nicht hören konnte, aber der Priester nickte.

»Ich weiß, Sie haben«, sagte er. »Sie haben ihn gehaßt; und daher weiß ich, daß Sie ihn nicht umgebracht haben. Wollen Sie uns erzählen, was geschehen ist, oder soll ich?«

Da war ein Schweigen, erfüllt durch das schwache Ticken einer Uhr in der Küche hinten, und dann fuhr Father Brown fort:

»Was geschehen ist, war dieses. Als Mr. Dalmon in Ihr Geschäft vorne kam, fragte er nach bestimmten Zigaretten aus dem Schaufenster. Sie traten für einen Augenblick hinaus, wie Geschäftsleute das oft tun, um sich zu vergewissern, was gemeint war; und in diesem Augenblick bemerkte er im Hinterzimmer das Rasiermesser, das Sie gerade niedergelegt hatten, und das gelbweiße Haar von Sir Arthur im Barbierstuhl; wahrscheinlich schimmerten beide im Lichte jenes kleinen Fensters dahinten. Es kostete ihn nur einen Augenblick, das Rasiermesser zu ergreifen, die Kehle durchzuschneiden und zur Theke zurückzukommen. Das Opfer würde nicht einmal vom Rasiermesser und der Hand alarmiert sein. Es starb, über seine eigenen Gedanken lächelnd. Und was für Gedanken! Und ich glaube auch nicht, daß Dalmon alarmiert war. Er hatte es so schnell und leise getan, daß Mr. Smith hier vor Gericht hätte beschwören können, sie wären die ganze Zeit beisammen gewesen. Doch da gab es jemanden, der alarmiert war, und zwar völlig zu Recht, und das waren Sie. Sie hatten sich mit Ihrem Grundherrn wegen rückständiger Miete und so gestritten; Sie kamen in Ihr eigenes Geschäft zurück und fanden Ihren Feind in Ihrem Stuhl mit Ihrem Rasiermesser ermordet vor. Es ist nicht gerade unnatürlich, daß Sie ohne Hoffnung waren, sich von diesem Verdacht reinigen zu können, und so zogen Sie es vor, den Tatort zu reinigen, den Fußboden aufzuwischen und den Leichnam bei Nacht in den Fluß zu werfen, in einem nur lose zusammengebundenen Kartoffelsack. Es traf sich gut, daß Ihr Barbierladen nach einer bestimmten Stunde geschlossen ist, so hatten Sie ausreichend Zeit. Sie scheinen an alles gedacht zu haben außer an den Hut … Oh, haben Sie keine Angst, ich werde alles vergessen, einschließlich des Hutes.«

Und gelassen gelangte er durch das vordere Geschäft nach draußen auf die Straße, gefolgt von dem staunenden Smith, und ließ hinter sich den Barbier stumm und mit starrem Blick zurück.

»Sehen Sie«, sagte Father Brown zu seinem Begleiter, »es war dies einer der Fälle, in denen das Motiv tatsächlich zu schwach ist, um einen Mann zu verurteilen, aber stark genug, ihn freizusprechen. Ein kleiner nervöser Kerl wie der da wäre der letzte Mann, der einen großen Mann wegen eines Streits um Geld wirklich umbrächte. Aber er wäre der erste Mann, der befürchtete, beschuldigt zu werden, es getan zu haben … Ach, da gibt es einen brüllenden Unterschied zum Motiv des Mannes, der es getan hat.« Und wieder versank er in Nachdenken und starrte und stierte fast ins Nichts.

»Es ist einfach entsetzlich«, stöhnte Evan Smith. »Ich habe zwar Dalmon vor ein oder zwei Stunden als Erpresser und Erzschurken beschuldigt, und doch erschüttert es mich jetzt zu hören, daß er es wirklich getan hat.«

Der Priester schien immer noch in einer Art Trance zu sein wie ein Mann, der in einen Abgrund hinabstarrt. Schließlich bewegten sich seine Lippen, und er murmelte eher wie ein Gebet denn wie eine Verwünschung: »Barmherziger Gott, welch schreckliche Rache!«

Sein Freund befragte ihn, aber er fuhr wie in einem Selbstgespräch fort:

»Welch eine schreckliche Geschichte von Haß! Welch eine Rache für einen Erdenwurm an einem anderen! Ob wir denn je auf den Grund dieses grundlosen menschlichen Herzens kommen, wo sich solch entsetzliche Vorstellungen verbergen können? Gott schütze uns alle vor dem Stolz, aber immer noch kann ich mir kein rechtes Bild von einem solchen Haß und einer solchen Vergeltung machen.«

»Ja«, sagte Smith, »und ich kann mir nicht vorstellen, warum er Vaudrey überhaupt umgebracht hat. Wenn Dalmon ein Erpresser war, wäre es viel natürlicher, wenn Vaudrey ihn getötet hätte. Wie Sie sagen, diese Gurgelschlitzerei war eine scheußliche Sache, aber …«

Father Brown fuhr zusammen und zwinkerte wie ein Mann, der aus dem Schlaf erwacht.

»Ach *das*!« stellte er hastig richtig. »Daran habe ich nicht gedacht. Ich habe nicht den Mord im Laden des Barbiers gemeint, als – als ich von einer schrecklichen Geschichte von Vergeltung sprach. Ich dachte an eine noch viel schrecklichere Geschichte, obwohl diese natürlich auf ihre Weise auch schon schrecklich genug war. Aber das war viel verständlicher; fast jeder hätte das tun können. Tatsächlich war es fast ein Akt der Notwehr.«

»*Was?*« schrie der Sekretär ungläubig. »Ein Mann schleicht sich hinter einen anderen Mann in einem Barbierstuhl und schneidet ihm die Kehle durch, während er freundlich zur Decke hinauflächelt, und Sie behaupten, das war Notwehr!«

»Ich behaupte nicht, es war berechtigte Notwehr«, erwiderte der andere. »Ich sage mir, daß mancher Mann dazu getrieben worden wäre, sich gegen eine furchtbare Katastrophe zu verteidigen – die zugleich ein furchtbares Verbrechen wäre. Es war dieses andere Verbrechen, an das ich gedacht habe. Um mit dieser Frage zu beginnen, die Sie gerade gestellt haben – warum sollte der Erpresser der Mörder sein? Nun, in einer solchen Frage gibt es eine ganze Menge der üblichen Verwirrungen und Irrtümer.« Er hielt inne, als ob er seine Gedanken nach seiner kürzlichen Schreckenstrance wieder sammeln wolle, und fuhr dann mit gewohnter Stimme fort.

»Sie beobachten, daß zwei Männer, ein älterer und ein jüngerer, miteinander umgehen und sich auf ein Eheprojekt verständigen, doch der Ursprung ihrer Bekanntschaft ist alt und liegt im Verborgenen. Einer ist reich, und der andere ist arm, und Sie vermuten Erpressung. Bis hierher haben Sie völlig recht. Sie haben völlig unrecht, wo Sie vermuten, wer wer ist. Sie nehmen an, daß der arme Mann den reichen Mann erpreßte. Tatsächlich aber hat der reiche Mann den armen Mann erpreßt.«

»Aber das erscheint doch unsinnig«, widersprach der Sekretär.

»Es ist sehr viel schlimmer als nur Unsinn, aber es ist durchaus nicht ungewöhnlich«, erwiderte der andere. »Die halbe moderne Politik besteht darin, daß reiche Leute das Volk erpressen. Ihre Vorstellung, das sei Unsinn, beruht auf zwei Illusionen, die beide unsinnig sind. Die eine ist, daß reiche Menschen niemals reicher werden wollen; die andere ist, daß man von einem Mann nur Geld erpressen kann. Diese letzte Illusion steht hier zur Frage. Sir Arthur Vaudrey handelte nicht aus Geldgier, sondern aus Rachsucht. Und er plante die abscheulichste Rache, von der ich je gehört habe.«

»Aber warum sollte er Rache an John Dalmon planen?« fragte Smith.

»Er plante seine Rache nicht an John Dalmon«, erwiderte der Priester ernst.

Da war ein Schweigen, und dann fuhr er fort, fast so, als ob er das Thema wechsle. »Sie erinnern sich, als wir die Leiche fanden, sahen wir das Gesicht umgekehrt, und Sie sagten, es sehe aus wie das Gesicht eines Höllenfeindes. Ist Ihnen klargeworden, daß der Mörder das Gesicht ebenfalls umgekehrt sah, als er sich hinter den Barbierstuhl schlich?«

»Aber das sind doch alles kranke Auswüchse«, protestierte sein Begleiter. »Ich war durchaus an das Gesicht gewöhnt, wenn es sich in der richtigen Stellung befand.«

»Vielleicht haben Sie es nie in der richtigen Stellung gesehen«, sagte Father Brown. »Ich habe Ihnen erzählt, daß Künstler ihr Bild falsch rum drehen, wenn sie es richtig rum sehen wollen. Vielleicht haben Sie sich über all den Frühstücken und Teetischen an das Gesicht eines Höllenfeindes gewöhnt.«

»Worauf in aller Welt wollen Sie hinaus?« fragte Smith ungeduldig.

»Ich spreche in Gleichnissen«, erwiderte der andere mit recht düsterer Stimme. »Natürlich war Sir Arthur nicht wirklich ein Höllenfeind. Er war ein Mann mit einem Charakter, den er aus einem Temperament geschaffen hatte, das ebenso zum Guten hätte gewendet werden können. Aber diese hervorquellenden, mißtrauischen Augen, dieser zusammengepreßte und doch bebende Mund hätten Ihnen manches erzählen können, wenn Sie nicht so daran gewöhnt gewesen wären. Wie Sie wissen, gibt es Körper, an denen keine Wunde heilt. Sir Arthur hatte einen solchen Geist. Es war, als ob ihm die Haut fehle. Er bewachte fieberhaft seine Eitelkeit; seine überanstrengten Augen waren offen mit der Schlaflosigkeit des Egoismus. Natürlich braucht Empfindsamkeit nicht Selbstsucht zu sein. Sybil Rye zum Beispiel hat die gleiche dünne Haut und ist doch fast eine Heilige. In Vaudrey aber war das alles zu giftigem Stolz geworden, einem Stolz, der nicht einmal sicher und selbstzufrieden war. Jeder Kratzer an der Oberfläche seiner Seele eiterte. Und *das* ist die Bedeutung jener alten Geschichte von dem Mann, den er in den Schweinestall geschleudert hat. Wenn er ihn in dem Augenblick da hineingeschleudert hätte, in dem der ihn ein Schwein nannte, hätte es ein verzeihlicher Ausbruch von Leidenschaft sein können. Aber damals gab es da keinen Schweinestall, und genau das ist der Punkt. Vaudrey erinnerte sich jahrein, jahraus an die dümmliche Beleidigung, bis es ihm endlich gelang, den Orientalen in die erreichbare Nähe eines Schweinestalls zu bekommen, und dann erst nahm er, was er für die einzig angemessene und kunstvolle Rache hielt … O mein Gott! Er mochte es, seine Rache angemessen und kunstvoll zu gestalten.«

Smith sah ihn sonderbar an. »Sie denken jetzt aber nicht an die Geschichte vom Schweinestall«, sagte er.

»Nein«, sagte Father Brown, »an die andere Geschichte.« Er beherrschte das Schaudern in seiner Stimme und fuhr fort:

»Erinnern Sie sich an diese Geschichte einer phantastischen und doch geduldigen Intrige, um die Rache dem Verbrechen anzupassen, und bedenken Sie die andere Geschichte, mit der wir es zu tun haben. Hat Ihres Wissens je sonst ein Mensch Vaudrey beleidigt oder ihm geboten, was er für eine tödliche Beleidigung ansah? Ja; eine Frau hat ihn beleidigt.«

Eine Art undeutlichen Entsetzens dämmerte in Evans Augen auf; er lauschte angespannt.

»Ein Mädchen, kaum mehr als ein Kind, weigerte sich, ihn zu heiraten, weil er einst eine Art Verbrecher gewesen war, weil er tatsächlich wegen der Gewalttat an dem Ägypter einige Zeit im Gefängnis war. Und da sagte sich dieser Wahnsinnige in der Hölle seines Herzens: ›Dann soll sie einen Mörder heiraten.‹«

Sie schlugen die Straße zum großen Haus ein und schritten eine Weile schweigend am Fluß entlang, bevor er fortfuhr:

»Vaudrey war in der Lage, Dalmon zu erpressen, der lange zuvor einen Mord begangen hatte; wahrscheinlich wußte er noch von anderen Verbrechen unter den wilden Genossen seiner Jugend. Wahrscheinlich war es ein wildes Verbrechen mit mildernden Umständen, denn die wildesten Morde sind niemals die schlimmsten. Und Dalmon erscheint mir wie ein Mann, der Reue kennt, selbst für den Mord an Vaudrey. Aber er war in Vaudreys Macht, und gemeinsam fingen sie das Mädchen schlau in einer Verlobung ein; indem sie zum Beispiel den Liebhaber zuerst sein Glück versuchen ließen, während der andere großmütig ermutigte. Aber Dalmon wußte nicht, und niemand außer dem Teufel selbst wußte, was wirklich im Geist des alten Mannes vorging.

Dann machte Dahnon vor einigen Tagen eine entsetzliche Entdeckung. Er hatte gehorcht, und nicht gerade widerwillig, er war ein Werkzeug gewesen, und plötzlich fand er heraus, wie das Werkzeug zerbrochen und weggeworfen werden sollte. In der Bibliothek entdeckte er gewisse Notizen von Vaudrey, die bei aller Verklausulierung erkennen ließen, daß der Polizei Informationen zukommen sollten. Er begriff die ganze Intrige und stand ebenso gelähmt da wie ich, als ich sie zum ersten Mal begriff. In dem Augenblick, da Braut und Bräutigam getraut würden, sollte der Bräutigam verhaftet und gehängt werden. Jene heikle Dame, die einen Gatten ablehnte, weil er im Gefängnis gewesen war, sollte keinen Gatten haben außer einem Gatten am Galgen. Das sah Sir Arthur Vaudrey als kunstvollen Abschluß dieser Geschichte an.«

Evan Smith, totenblaß, schwieg; und weit entfernt sahen sie aus der Perspektive der Straße die große Gestalt und den breiten Hut von Dr. Abbott auf sich zukommen, und selbst der Umriß verriet eine gewisse Erregung. Doch sie waren immer noch durch ihren eigenen Weltuntergang erschüttert.

»Wie Sie sagen, Haß ist hassenswert«, sagte Evan schließlich, »aber wissen Sie, etwas gibt mir eine Art von Erleichterung. All mein Haß auf den armen Dalmon ist aus mir geschwunden – und jetzt weiß ich, wie er zweimal zum Mörder wurde.«

Schweigend legten sie den Rest des Weges zurück und begegneten so dem gewichtigen Doktor, der ihnen entgegenkam, die großen behandschuhten Hände in einer Geste der Verzweiflung ausgebreitet, während ihm der Bart im Winde flatterte.

»Es gibt schreckliche Neuigkeiten«, sagte er. »Arthurs Leiche ist gefunden worden. Er scheint in seinem Garten gestorben zu sein.«

»Du meine Güte«, sagte Father Brown eher mechanisch. »Wie schrecklich!«

»Und es gibt noch mehr«, rief der Doktor atemlos. »John Dalmon hat sich aufgemacht, um Vernon Audrey, den Neffen, aufzusuchen, aber Vernon Audrey hat nichts von ihm gehört, und John Dalmon scheint völlig verschwunden zu sein.«

»Du meine Güte«, sagte Father Brown. »Wie sonderbar!«

Das schlimmste Verbrechen der Welt

Father Brown durchwanderte eine Bildergalerie mit einem Ausdruck, der andeutete, daß er nicht gekommen war, um sich die Bilder anzusehen. Er hatte wirklich nicht den Wunsch, sich die Bilder anzusehen, obwohl er Bilder durchaus liebte. Nicht, daß es da irgend etwas Unmoralisches oder Unanständiges in diesen hochmodernen bildlichen Darstellungen gegeben hätte. Der wäre wirklich von einem hochentzündlichen Temperament, den die Abbildung unterbrochener Spiralen, umgedrehter Kegel und zerbrochener Zylinder, mit denen die Kunst der Zukunft die Menschheit anregen oder bedrohen will, zu einer jener heidnischeren Leidenschaften erregt hätte. Die Wahrheit ist, daß Father Brown nach einer jungen Freundin Ausschau hielt, die diesen etwas ungereimten Treffpunkt vorgeschlagen hatte, da sie selbst leicht futuristische Neigungen hatte. Die junge Freundin war zugleich auch eine junge Verwandte, eine der wenigen Verwandten, die er hatte. Ihr Name war Elizabeth Fane, vereinfacht zu Betty, und sie war das Kind einer Schwester, die in ein Geschlecht verfeinerter, aber verarmter Grundherren eingeheiratet hatte. Da nun der Grundherr sowohl tot wie auch verarmt war, bekleidete Father Brown die Stellung eines Beschützers ebenso wie die eines Priesters, und in gewisser Weise die eines Vormundes wie auch die eines Onkels. Im Augenblick aber blinzelte er die Gruppen in der Galerie an, ohne jedoch des bekannten braunen Haares und des strahlenden Gesichtes seiner Nichte ansichtig zu werden. Jedoch sah er eine Anzahl Leute, die er kannte, und eine Anzahl Leute, die er nicht kannte, einschließlich einiger, die er aus Gründen des guten Geschmacks nicht unbedingt zu kennen wünschte.

Unter den Menschen, die der Priester nicht kannte und die dennoch sein Interesse erregten, war ein geschmeidiger und lebhafter junger Mann, aufs prächtigste gekleidet und dem Aussehen nach eher ein Ausländer, denn während er seinen Bart in der Spatenform eines alten Spaniers geschnitten trug, war sein dunkles Haar so kurz geschoren, daß es wie eine enganliegende Kappe aussah. Unter den Leuten, die der Priester nicht besonders zu kennen wünschte, befand sich eine sehr beherrschend aussehende Dame, in aufsehenerregendes Scharlachrot gekleidet, mit einer gelben Mähne, die zu lang war, um noch Bubikopf genannt zu werden, aber zu lose, um eine andere Bezeichnung zu verdienen.

Sie hatte ein kraftvolles und eher fülliges Gesicht von blasser und eigentlich ungesunder Farbe, und wenn sie irgend jemanden anblickte, dann bediente sie sich des Zaubers eines Basilisken. Als Gefolge zog sie einen kleinen Mann mit einem großen Bart und einem sehr breiten Gesicht mit langen schläfrigen Augenschlitzen hinter sich her. Sein Gesichtsausdruck war strahlend und wohlwollend, wenngleich nur halbwach, aber sein Stiernacken sah, von hinten gesehen, ein bißchen brutal aus.

Father Brown betrachtete die Dame mit dem Gefühl, daß das Auftauchen und Herannahen seiner Nichte einen angenehmen Kontrast bilden würde. Doch fuhr er aus irgendwelchen Gründen mit der Betrachtung fort, bis er jenen Grad des Gefühls erreichte, wonach das Auftauchen jedes Beliebigen ein angenehmer Kontrast sein würde. So geschah es denn mit einer gewissen Erleichterung, wenngleich mit einem leichten Zusammenzucken des Erwachens, daß er sich beim Klang seines Namens umdrehte und ein anderes Gesicht sah, das er kannte.

Es war das spitze, aber nicht unfreundliche Gesicht eines Rechtsanwalts namens Granby, dessen Büschel grauer Haare man fast für Perückenpuder hätte halten mögen, so wenig paßten sie zu der jugendlichen Energie seiner Bewegungen. Er war einer jener City-Menschen, die wie Schuljungen in ihre Büros hineinstürzen und wieder herauslaufen. Ganz nach dieser Mode konnte er allerdings in der modischen Bildergalerie nicht umherschießen, aber er sah aus, als wolle er, und blickte gereizt nach rechts und links auf der Suche nach jemandem, den er kannte.

»Ich wußte nicht«, sagte Father Brown lächelnd, »daß Sie ein Gönner der Neuen Kunst sind.«

»Ich wußte nicht, daß Sie das sind«, gab der andere zurück. »Ich bin hergekommen, um einen Mann zu finden.«

»Ich hoffe, daß Sie gute Jagd haben«, antwortete der Priester. »Ich tue ziemlich das gleiche.«

»Sagte, er sei auf der Durchreise zum Kontinent«, schnaubte der Rechtsanwalt, »und ob ich ihn in diesem verrückten Laden treffen könne.« Er überlegte einen Augenblick und sagte dann abrupt: »Hören Sie, ich weiß, Sie können ein Geheimnis bei sich behalten. Kennen Sie Sir John Musgrave?«

»Nein«, antwortete der Priester, »aber ich hätte kaum gedacht, er sei ein Geheimnis, obwohl man behauptet, er verstecke sich in einer Burg. Ist das nicht der alte Mann, von dem man all diese

Geschichten erzählt – wie er in einem Turm mit einem wirklichen Fallgitter und einer Zugbrücke lebt und sich insgesamt weigert, aus dem Mittelalter aufzutauchen? Ist er einer Ihrer Klienten?«

»Nein«, erwiderte Granby kurz; »es ist sein Sohn, Hauptmann Musgrave, der zu uns gekommen ist. Aber der alte Mann hat eine Menge mit der Angelegenheit zu tun, und ich kenne ihn nicht; das ist der Punkt. Passen Sie auf, es ist vertraulich, wie ich sagte, aber ich weiß, ich kann Ihnen vertrauen.« Er senkte seine Stimme und zog seinen Freund beiseite in eine Nebengalerie, die Darstellungen verschiedener realer Gegenstände enthielt und verhältnismäßig leer war.

»Dieser junge Musgrave«, sagte er, »will von uns eine große Summe auf ein *post obit* seines alten Vaters in Northumberland erheben. Der alte Mann ist weit über siebzig und wird voraussichtlich über kurz oder lang *obit*, aber was ist mit dem *post*, sozusagen? Was wird danach mit Bargeld und Burgen und Fallgittern und all dem geschehen? Es ist ein sehr schöner alter Besitz und immer noch eine Menge wert, aber sonderbarerweise kein Fideikommiß. Sie sehen also, wo wir stehen. Die Frage ist, wie der Mann bei Dickens sagte, ist der alte Mann freundlich?«

»Wenn er seinem Sohn gegenüber freundlich ist, werden auch Sie um so freundlicher gestimmt sein«, bemerkte Father Brown. »Nein, tut mir leid, ich kann Ihnen nicht helfen. Ich bin Sir John Musgrave nie begegnet, und, wie man sagt, begegnen ihm heutzutage nur noch sehr wenige Menschen. Aber Sie haben offensichtlich ein Recht auf eine Antwort in dieser Frage, bevor Sie dem jungen Herrn das Geld Ihrer Firma leihen. Gehört er zu denen, die mit einem Groschen abgespeist werden?«

»Das weiß ich eben nicht«, antwortete der andere. »Er ist sehr beliebt und brillant und ein Gesellschaftslöwe, aber er ist sehr viel im Ausland, und er war einmal Journalist.«

»Nun ja«, sagte Father Brown, »das ist noch kein Verbrechen. Wenigstens nicht immer.«

»Unfug!« sagte Granby kurz. »Sie wissen, was ich meine – er ist sozusagen ein rollender Stein, der mal Journalist war, und mal Vortragsredner, und mal Schauspieler, und was noch alles. Ich muß wissen, wie ich dran bin ... Na ja, da ist er.«

Und der Rechtsanwalt, der ungeduldig in der leereren Galerie umhergestapft war, wandte sich plötzlich um und schoß in den gefüllteren Raum hinein. Er schoß auf den großen und wohlgekleideten jungen Mann mit dem kurzen Haar und dem ausländisch aussehenden Bart zu.

Die beiden gingen miteinander redend fort, und während einiger Augenblicke folgte Father Brown ihnen mit seinen zusammengekniffenen kurzsichtigen Augen. Sein Blick wurde jedoch von der atemlosen und sogar lärmigen Ankunft seiner Nichte Betty abgelenkt und zurückgerufen. Sehr zur Überraschung ihres Onkels führte sie ihn in den leereren Raum zurück und pflanzte ihn in einen Sessel, der wie eine Insel in jenem Meer von Fußboden wirkte.

»Ich habe da etwas, das ich dir erzählen muß«, sagte sie. »Es ist so töricht, daß niemand sonst es verstehen würde.«

»Du überwältigst mich«, sagte Father Brown. »Handelt es sich um das, was deine Mutter mir zu erzählen begonnen hat? Verlobungen und all diese Sachen; nicht das, was Militärhistoriker als großes Gefecht bezeichnen.«

»Du weißt doch«, sagte sie, »daß sie wünscht, mich mit Hauptmann Musgrave verlobt zu sehen.«

»Wußte ich nicht«, sagte Father Brown resigniert; »aber Hauptmann Musgrave scheint ein Modethema zu sein.«

»Natürlich sind wir sehr arm«, sagte sie, »und es wäre falsch zu behaupten, das mache keinen Unterschied.«

»Willst du ihn denn heiraten?« fragte Father Brown und sah sie mit halbgeschlossenen Augen an.

Sie blickte stirnrunzelnd auf den Boden und antwortete leiser: »Ich dachte, ich wollte. Wenigstens glaube ich, ich dachte, ich wollte. Aber vorhin habe ich einen ziemlichen Schock gehabt.«

»Dann erzähl davon.«

»Ich habe ihn lachen gehört«, sagte sie.

»Das ist eine ausgezeichnete gesellige Errungenschaft«, erwiderte er.

»Du verstehst mich nicht«, sagte das Mädchen. »Es war überhaupt nicht gesellig. Das ist es ja gerade – daß es nicht gesellig war.«

Sie hielt einen Augenblick inne und fuhr dann entschlossen fort: »Ich kam recht früh hierher und sah ihn ganz allein mitten in der Galerie mit den neuen Bildern sitzen, die da noch leer war. Er hatte keine Ahnung, daß ich oder sonst jemand in der Nähe war; er saß ganz alleine da, und er lachte.«

»Na ja, kein Wunder«, sagte Father Brown. »Ich bin zwar kein Kunstkritiker, aber als generelle Meinung über die Bilder insgesamt ...«

»Ach, du *willst* mich nicht verstehen«, sagte sie fast ärgerlich. »So war es gar nicht. Er sah sich die Bilder nicht an. Er starrte an die Decke, aber seine Augen schienen nach innen gekehrt, und er lachte so, daß mir das Blut gefror.«

Der Priester hatte sich erhoben und schritt, die Hände auf dem Rücken, im Raum auf und nieder. »In einem solchen Fall darfst du nicht zu hastig urteilen«, begann er. »Es gibt zwei Arten Männer – aber jetzt können wir nicht über ihn diskutieren, denn da ist er.«

Hauptmann Musgrave betrat rasch den Raum und überschwemmte ihn mit seinem Lächeln. Granby, der Rechtsanwalt, war unmittelbar hinter ihm, und sein Gesetzesgesicht trug einen neuen Ausdruck der Erleichterung und Zufriedenheit.

»Ich muß für alles um Entschuldigung bitten, was ich über den Hauptmann gesagt habe«, sagte er zu dem Priester, als sie gemeinsam zur Tür schlenderten. »Er ist ein absolut verständiger Bursche und hat meinen Standpunkt vollkommen begriffen. Er hat mich gefragt, warum ich nicht in den Norden führe, um seinen alten Vater zu sprechen; dann könnte ich aus dem Mund des alten Mannes selbst hören, wie es mit der Erbschaft stünde. Na ja, das hätte er doch nicht fairer sagen können, oder? Aber er möchte die Angelegenheit so schnell geregelt wissen, daß er mir angeboten hat, mich in seinem Wagen nach Musgrave Moss zu fahren. So heißt der Landsitz. Ich habe vorgeschlagen, daß wir dann, wenn er schon so freundlich wäre, zusammen fahren würden; und morgen früh geht's los.«

Während sie noch sprachen, kamen Betty und der Hauptmann gemeinsam durch die Tür und bildeten in jenem Rahmen endlich eine Art von Bild, das mancher den Kegeln und Zylindern vorzuziehen sentimental genug wäre. Was immer die beiden auch sonst gemeinsam haben mochten, beide sahen sie sehr gut aus; und der Rechtsanwalt fühlte sich zu einer Bemerkung über diese Tatsache bewogen, als sich das Bild jäh änderte.

Hauptmann James Musgrave blickte hinaus in die Hauptgalerie, und sein lachender und triumphierender Blick wurde von etwas gefesselt, das ihn von Kopf bis Fuß zu verwandeln schien. Father Brown blickte sich um wie unter dem herannahenden Schatten einer Vorahnung; und er sah das finstere, fast bleifarbene Gesicht der großen Frau in Scharlach unter seiner gelben Löwenmähne. Sie stand immer leicht vorgebeugt da, wie ein Stier, der seine Hörner senkt, und der Ausdruck ihres teigigen Gesichts war dermaßen hart und hypnotisch, daß man den kleinen Mann mit dem großen Bart neben ihr kaum sah.

Musgrave schritt in die Mitte des Raumes hinein auf sie zu, fast wie eine herrlich gekleidete Wachspuppe, deren Gehwerk man aufgezogen hat. Er sagte ihr ein paar Worte, die man nicht hören konnte. Sie antwortete nicht; aber dann wandten sie sich zusammen ab und gingen wie in einer Unterhaltung die lange Galerie hinab, wobei der kurze, stiernackige Mann mit dem Bart die Nachhut bildete wie ein grotesker koboldartiger Page.

»Der Himmel stehe uns bei!« murmelte Father Brown und schaute ihnen mit gerunzelten Brauen nach. »Wer in aller Welt ist diese Frau?«

»Keine meiner Freundinnen, kann ich glücklich sagen«, erwiderte Granby grimmig frivol. »Sieht aus, als ob ein kleiner Flirt mit ihr fatale Folgen haben könnte, was?«

»Ich glaube nicht, daß er mit ihr flirtet«, sagte Father Brown.

Während er noch sprach, kehrte die fragliche Gruppe am Ende der Galerie um und löste sich auf, und Hauptmann Musgrave kam hastigen Schrittes zu ihnen zurück.

»Hört zu«, rief er mit ganz natürlicher Stimme, obwohl sie sich einbildeten, seine Gesichtsfarbe habe sich geändert. »Tut mir furchtbar leid, Mr. Granby, aber ich fürchte, ich kann morgen nicht mit Ihnen in den Norden fahren. Natürlich werden Sie trotzdem den Wagen nehmen. Ich bitte Sie; ich brauch ihn doch nicht. Ich – ich muß einige Tage in London bleiben. Nehmen Sie sich ruhig einen Freund mit, wenn Sie wollen.«

»Mein Freund, Father Brown …«, begann der Rechtsanwalt.

»Wenn Hauptmann Musgrave wirklich so freundlich ist«, sagte Father Brown ernst. »Darf ich erklären, daß ich in Mr. Granbys Untersuchung eine gewisse Rolle spiele, und es wäre meinem Geist eine große Erleichterung, wenn ich mitkommen könnte.«

Auf diese Weise geschah es, daß am nächsten Tag ein sehr eleganter Wagen mit einem ebenfalls sehr eleganten Chauffeur über die Yorkshire-Moore nordwärts schoß und als ungleiche Last einen Priester trug, der eher wie ein schwarzes Bündel aussah, und einen Rechtsanwalt, der gewohnt war, auf seinen Füßen herumzurennen, statt auf anderer Leute Räder herumzurasen.

Sie unterbrachen ihre Reise recht angenehm in einem der weiten Täler in West Riding, wo sie in einem bequemen Gasthof speisten und schliefen, und nachdem sie frühe am nächsten Tag aufgebrochen waren, fuhren sie der northumbrischen Küste entlang, bis sie eine Landschaft erreichten, die ein Labyrinth aus Sanddünen und üppigen Marschwiesen war, in dessen Herzen irgendwo das alte Grenzschloß lag, ein ebenso einzigartiges wie geheimnisvolles Monument der alten Grenzkriege. Sie fanden es schließlich, indem sie einem Weg folgten, der an einem langen Meeresarm entlanglief, der wiederum ins Landesinnere lief und schließlich zu einer Art primitiven Kanals wurde, der im Wallgraben des Burgschlosses endete. Die Burg war wirklich eine Burg, von der viereckigen zinnenbewehrten Art, wie sie die Normannen überall von Galiläa bis zu den Grampians errichteten. Sie hatte wirklich und wahrhaftig ein Fallgitter und eine Zugbrücke, und darauf wurden sie sehr realistisch durch einen Zwischenfall hingewiesen, der ihren Eintritt verzögerte.

Sie wateten durch langes hartes Gras und Disteln an das Ufer des Grabens, der wie ein schwarzes Band dalag, bedeckt mit toten Blättern und Schaum, wie mit Gold eingelegtes Ebenholz. Knapp ein oder zwei Meter jenseits des schwarzen Bandes waren das andere grüne Ufer und die großen Steinpfeiler der Toreinfahrt. Doch so wenig, schien es, hatte sich die Außenwelt dieser einsamen Feste genähert, daß, als der ungeduldige Granby hinüber zu den undeutlichen Gestalten hinter dem Fallgitter rief, sie erhebliche Schwierigkeiten hatten, auch nur die große rostige Zugbrücke herabzulassen. Sie begann ihren Weg, drehte sich über ihnen wie ein mächtiger stürzender Turm und blieb dann stecken, wobei sie in einem bedrohlichen Winkel in die Luft ragte.

Der ungeduldige Granby, der auf dem Ufer herumtanzte, rief seinem Gefährten zu:

»Oh, ich kann dieses Im-Schlamm-Steckenbleiben nicht leiden! Es wird einfacher sein, wenn wir springen.«

Und mit charakteristischem Ungestüm sprang er und landete mit einem leichten Straucheln in der Sicherheit des inneren Ufers. Father Browns kurze Beine waren fürs Springen nicht geeignet. Aber sein Temperament war sehr viel geeigneter als das der meisten anderen, mit einem Plumps in sehr trübem Wasser zu landen. Dank der Geschwindigkeit seines Gefährten entkam er der Gefahr, sehr tief hineinzufallen. Aber als er auf das grüne, glitschige Ufer hinaufgezogen wurde, hielt er mit gebeugtem Kopf inne und betrachtete eine bestimmte Stelle auf dem grasbedeckten Abhang.

»Wollen Sie botanisieren?« fragte Granby gereizt. »Wir haben keine Zeit, Sie jetzt nach Ihrem letzten Versuch als Taucher in die Wunder der Tiefe auch noch seltene Pflanzen sammeln zu lassen. Los, kommen Sie, verschlammt oder nicht, wir müssen dem Baronet unsere Aufwartung machen.«

Nachdem sie in die Burg eingedrungen waren, wurden sie geziemend höflich empfangen, von einem alten Diener, dem einzigen in Sichtweite, und nachdem sie den Zweck ihres Besuches angedeutet hatten, wurden sie in einen langen eichengetäfelten Raum mit altertümlichen Gitterfenstern geführt. Waffen aus vielen verschiedenen Jahrhunderten hingen in ausgewogenen Mustern an den dunklen Wänden, und eine vollständige Rüstung aus dem 14. Jahrhundert stand wie eine Schildwache neben dem großen Kamin. In einem anderen langen anstoßenden Raum konnte man durch die halboffene Tür die dunklen Farben der aufgereihten Ahnenportraits sehen.

»Ich komme mir vor, als wäre ich in einem Roman statt in einem Haus gelandet«, sagte der Rechtsanwalt. »Ich hatte keine Ahnung, daß jemand wirklich noch in dieser Weise *Die Geheimnisse von Udolpho* wahrt.«

»Ja, der alte Herr betreibt seinen historischen Wahn wirklich konsequent«, antwortete der Priester, »und diese Dinge sind auch keine Fälschungen. Das hat niemand aufgestellt, der glaubt, alle Menschen des Mittelalters hätten in der gleichen Zeit gelebt. Manchmal stellen sie Rüstungen aus unterschiedlichen Teilen zusammen, die da hat aber einen einzigen Mann geschützt, und ihn vollständig geschützt. Sie sehen, das ist eine späte Art Turnierrüstung.«

»Was das angeht, glaube ich, er ist eine späte Art von Gastgeber«, brummte Granby. »Er läßt uns verdammt lange warten.«

»An solch einem Ort müssen Sie darauf gefaßt sein, daß alles langsam geschieht«, sagte Father Brown. »Ich finde es anständig von ihm, uns überhaupt zu empfangen: Da kommen zwei völlig Fremde daher, um ihm höchst persönliche Fragen zu stellen.«

Und wirklich, als der Herr des Hauses erschien, hatten sie keinen Grund, sich über ihren Empfang zu beklagen. Es wurde ihnen statt dessen etwas Natürliches in den Traditionen von Abstammung und Auftreten bewußt, das deren angeborene Würde ohne Mühen in dieser barbarischen Einsamkeit und nach all den langen Jahren des Verbauerns und Trübsalblasens aufrechterhalten konnte. Der Baronet schien durch den seltenen Besuch weder überrascht noch belästigt zu sein, und obwohl sie vermuteten, daß er seit einem viertel Menschenleben keinen Fremden mehr in seinem Haus empfangen hatte, benahm er sich, als habe er sich eben noch vor Herzoginnen verneigt. Er zeigte weder Scheu noch Ungeduld, als sie auf den sehr privaten Charakter ihres Besuches zu sprechen kamen, und nach einem kurzen gelassenen Nachdenken schien er die Berechtigung ihrer Neugier angesichts der Umstände anzuerkennen. Er war ein dünner scharfäugiger alter Herr mit schwarzen Augenbrauen und einem langen Kinn, und obwohl das sorgsam gekräuselte Haar, das er trug, unzweifelhaft eine Perücke war, besaß er doch die Weisheit, die graue Perücke eines älteren Mannes zu tragen.

»Was die Frage angeht, die Sie unmittelbar betrifft«, sagte er, »ist die Antwort tatsächlich sehr einfach. Ich bin fest entschlossen, meinen gesamten Besitz meinem Sohn zu vererben, wie mein Vater ihn mir vererbt hat, und nichts – ich sage bewußt: nichts – könnte mich dazu bringen, meinen Entschluß zu ändern.«

»Ich bin Ihnen für diese Auskunft zu tiefstem Dank verpflichtet«, antwortete der Rechtsanwalt. »Doch ermutigt mich Ihre Freundlichkeit zu sagen, daß Sie es doch ungewöhnlich eindeutig formulieren. Ich will nicht andeuten, es sei auch nur im entferntesten möglich, daß Ihr Sohn irgend etwas tun würde, was Sie an seiner Erbwürdigkeit zweifeln lassen könnte. Aber immerhin könnte er …«

»Genau«, sagte Sir John Musgrave trocken, »er könnte. Es ist eine ziemliche Untertreibung zu sagen, er könnte. Wollen Sie mir bitte für einen Augenblick in den nächsten Raum folgen.«

Er führte sie in die anschließende Galerie, auf die sie bereits einen Blick erhascht hatten, und blieb feierlich vor einer Reihe der nachgedunkelten und düster dräuenden Portraits stehen.

»Dieser hier ist Sir Roger Musgrave«, sagte er und wies auf eine langgesichtige Gestalt mit schwarzer Perücke. »Es war einer der übelsten Lügner und Schurken in der schurkischen Zeit Wilhelms von Oranien, Verräter an zwei Königen und praktisch der Mörder zweier Frauen. Das hier ist sein Vater, Sir Robert, ein absolut ehrenwerter alter Kavalier. Das hier ist sein Sohn, Sir James, einer der edelsten unter den jakobitischen Märtyrern und einer der ersten, der Wiedergutmachung an der Kirche und an den Armen versucht hat. Spielt es eine Rolle, daß das Haus der Musgraves, die Macht, die Ehre, der Einfluß von einem guten Mann auf einen anderen guten Mann durch die Unterbrechung eines üblen weitergegeben wurde? Eduard I. regierte England gut. Eduard III. bedeckte England mit Ruhm. Und doch entstand der zweite Ruhm aus dem ersten Ruhm durch die Schändlichkeit und Unfähigkeit Eduards II., der vor Graveston kroch und vor Bruce davonlief. Glauben Sie mir, Mr. Granby, die Größe eines großen Hauses und seiner Geschichte ist mehr als diese zufälligen Individuen, die sie weitertragen, auch wenn sie ihr keine Ehre machen. Vom Vater ist unser Besitz auf den Sohn vererbt worden, und vom Vater soll er auf den Sohn vererbt werden. Sie dürfen versichert sein, meine Herren, und Sie dürfen meinem Sohn versichern, daß ich mein Geld nicht einem Heim für verlorene Katzen hinterlassen werde. Musgrave soll es Musgrave hinterlassen, bis der Himmel einstürzt.«

»Ja«, sagte Father Brown nachdenklich, »ich verstehe, was Sie meinen.«

»Und wir werden nur zu froh sein«, sagte der Rechtsanwalt, »Ihrem Sohn eine so glückliche Versicherung zu übermitteln.«

»Sie mögen die Versicherung übermitteln«, sagte ihr Gastgeber feierlich. »Er ist auf jeden Fall sicher, Burg, Titel, Land und Geld zu erhalten. Doch ist da ein kleiner und lediglich privater Zusatz zu dieser Abmachung. Ich will ihn unter gar keinen Umständen je wiedersehen, solange ich lebe.«

Der Rechtsanwalt verblieb in derselben respektvollen Haltung, nur daß er jetzt respektvoll vor sich hin starrte.

»Was in aller Welt hat er …«

»Ich bin sowohl ein Privatmann«, sagte Musgrave, »als auch der Wächter eines großen Vermögens. Und mein Sohn hat etwas so Entsetzliches getan, daß er aufgehört hat – ich will nicht nur sagen ein Gentleman, sondern – ein menschliches Wesen zu sein. Es ist das schlimmste Verbrechen der Welt. Erinnern Sie sich daran, was Douglas sagte, als ihm Marmion, sein Gast, den Handschlag bot?«

»Ja«, sagte Father Brown.

»Meine Burgen gehören meinem König allein, vom Zinnenturm bis zum gründenden Stein«, sagte Musgrave. »Die Hand von Douglas, die ist nur sein.«

Er wandte sich dem anderen Raum zu und führte seine verwirrten Besucher zurück.

»Ich hoffe, Sie werden eine Erfrischung annehmen«, sagte er auf dieselbe gleichmütige Weise. »Falls Sie irgendwelche Bedenken betreffend Ihrer Weiterreise haben, würde es mir eine Freude sein, Ihnen die Gastfreundschaft des Schlosses für die Nacht anzubieten.«

»Danke, Sir John«, sagte der Priester mit stumpfer Stimme, »aber ich glaube, wir sollten besser gehen.«

»Ich werde die Brücke sofort herabgehen lassen«, sagte ihr Gastgeber, und wenige Augenblicke danach füllte das Knarren dieses gewaltigen und so absurd antiquierten Apparates die Burg wie das Knirschen einer Mühle. So rostig er auch war, diesmal arbeitete er richtig, und dann fanden sie sich erneut auf dem grasigen Ufer jenseits des Grabens stehen.

Granby schüttelte plötzlich ein Schauder.

»Was zur Hölle hat sein Sohn denn getan?« rief er.

Father Brown gab keine Antwort. Als sie aber in ihrem Wagen abgefahren waren und ihre Reise bis in ein nicht weit entferntes Dorf fortgesetzt hatten, das Graystones hieß und wo sie im Gasthof »Zu den Sieben Sternen« abstiegen, erfuhr der Rechtsanwalt mit einer kleinen sanften Überraschung, daß der Priester nicht die Absicht hatte, sehr viel weiter zu fahren. Mit anderen Worten, daß er offenbar fest entschlossen war, in der Gegend zu bleiben.

»Ich kann mich nicht dazu bringen, es dabei zu belassen«, sagte er tiefernst. »Ich werde den Wagen zurückschicken, und Sie werden natürlich mitfahren wollen. Ihre Frage ist beantwortet; jetzt geht es einfach darum, ob Ihre Firma es sich leisten kann, Geld auf die Aussichten des jungen Musgrave zu verleihen. Aber meine Frage ist nicht beantwortet; ob er nämlich ein geeigneter Mann für Betty ist. Ich muß versuchen herauszufinden, ob er wirklich etwas Entsetzliches getan hat oder ob es die Verblendung eines alten Narren ist.«

»Aber«, warf der Rechtsanwalt ein, »wenn Sie etwas über ihn herausfinden wollen, warum machen Sie sich nicht an ihn heran? Warum wollen Sie in diesem verlassenen Loch herumhängen, wohin er doch kaum kommt?«

»Welchen Nutzen sollte es haben, wenn ich mich an ihn heranmachte?« fragte der andere. »Es hat doch keinen Sinn, in der Bond Street auf einen eleganten jungen Mann zuzugehen und ihn zu fragen: ›Entschuldigen Sie, aber haben Sie ein Verbrechen begangen, das für ein menschliches Wesen zu entsetzlich ist?‹ Wenn er schlimm genug ist, es getan zu haben, ist er sicherlich schlimm genug, es zu leugnen. Und dann wissen wir nicht einmal, um was es sich handelt. Nein, es gibt nur einen, der es weiß und es *vielleicht* in einem weiteren Ausbruch würdevoller Exzentrizität erzählen mag. Für den Augenblick werde ich in seiner Nähe bleiben.«

Und Father Brown blieb wahrhaftig in der Nähe des exzentrischen Barons, und er traf ihn tatsächlich bei mehr als einer Gelegenheit, wobei auf beiden Seiten die größte Höflichkeit herrschte. Denn der Baronet war trotz seiner Jahre noch sehr kraftvoll und ein großer Spaziergänger, und oftmals konnte man ihn durchs Dorf und über die Landstraßen stapfen sehen. Bereits am Tag nach seiner Ankunft sah Father Brown, als er aus dem Gasthof auf den gepflasterten Marktplatz hinaustrat, die dunkle und distinguierte Gestalt auf dem Weg zur Post vorüberschreiten. Er war zurückhaltend in Schwarz gekleidet, aber sein starkes Gesicht war in dem starken Sonnenlicht um so eindrucksvoller; mit dem silbernen Haar, den dunklen Augenbrauen und dem langen Kinn erinnerte er gewissermaßen an Henry Irving oder einen anderen berühmten Schauspieler. Seine Gestalt wie sein Gesicht ließen trotz seines altersgrauen Haares Kraft erkennen, und er schwang seinen Stock eher wie eine Keule denn wie eine Krücke. Er grüßte den Priester und sprach ebenso furchtlos vom Thema, wie es gestern für seine Enthüllungen kennzeichnend gewesen war.

»Wenn Sie immer noch an meinem Sohn interessiert sind«, sagte er und verwendete das Wort mit eisiger Gleichgültigkeit, »werden Sie nicht viel von ihm sehen. Er hat gerade das Land verlassen. Unter uns würde ich sagen, daß er aus dem Land geflohen ist.«

»Aha«, sagte Father Brown und sah ihn ernst an.

»Gewisse Leute namens Grunov, von denen ich nie zuvor gehört habe, haben ausgerechnet mich mit Fragen nach seinem Aufenthaltsort belästigt«, sagte Sir John. »Und ich bin nur hergekommen, um ihnen ein Telegramm zu schicken, daß er meines Wissens postlagernd Riga lebt. Selbst das ist mir eine Plage. Ich bin bereits gestern deswegen gekommen, war aber 5 Minuten zu spät bei der Post. Bleiben Sie länger hier? Dann werden Sie mir, hoffe ich, einen weiteren Besuch machen.«

Als der Priester dem Rechtsanwalt von seinem kleinen Gespräch mit dem alten Musgrave im Dorf berichtete, war der Rechtsanwalt gleichermaßen verwirrt wie interessiert.

»Warum hat sich der Hauptmann aus dem Staub gemacht?« fragte er. »Wer sind die anderen Leute, die nach ihm suchen? Wer in aller Welt sind die Grunovs?«

»Zum ersten«, erwiderte Father Brown, »ich weiß es nicht. Vielleicht ist seine geheimnisvolle Sünde ans Tageslicht gekommen. Was die anderen Leute angeht, so möchte ich fast annehmen, daß sie ihn damit erpressen. Und zum dritten vermute ich, daß ich weiß. Das scheußliche fette Weib mit den gelben Haaren wird Madame Grunov genannt, und der kleine Mann gilt als ihr Ehemann.«

Am nächsten Tag kam Father Brown ziemlich erschöpft zurück und warf sein schwarzes Bündel von Schirm mit dem Gesichtsausdruck eines Pilgers nieder, der seinen Pilgerstab ablegt. Er trug den Ausdruck der Niedergeschlagenheit. Aber es war wie so oft im Verlauf seiner kriminalistischen Untersuchungen. Es war nicht die Niedergeschlagenheit des Fehlschlags, sondern die Niedergeschlagenheit des Erfolgs.

»Es war ein ziemlicher Schock«, sagte er mit matter Stimme, »aber ich hätte es ahnen müssen. Ich hätte es ahnen müssen, als ich zum ersten Mal hineinging und das Ding da stehen sah.«

»Als Sie was sahen?« fragte Granby ungeduldig.

»Als ich sah, daß da nur eine Rüstung war«, antwortete Father Brown.

Da war ein Schweigen, während dem der Rechtsanwalt seinen Freund nur anstarren konnte, und dann fuhr der Freund fort:

»Erst neulich war ich dabei, meiner Nichte zu erzählen, daß es zwei Arten Männer gibt, die lachen können, wenn sie alleine sind. Man kann fast behaupten, daß der Mann, der es tut, entweder sehr gut oder sehr schlecht ist. Denn sehen Sie, entweder vertraut er den Witz Gott an, oder er vertraut ihn dem Teufel an. Jedenfalls aber verfügt er über ein Innenleben. Nun gibt es tatsächlich eine Art von Mann, der den Witz dem Teufel anvertraut. Es stört ihn nicht, wenn niemand den Witz versteht, wenn er niemandem ohne Gefahr erlauben kann, den Witz zu hören. Der Witz ist in sich selbst genug, wenn er nur ausreichend unheilvoll und bösartig ist.«

»Aber wovon reden Sie denn?« fragte Granby. »Von *wem* reden Sie denn? *Wer* von ihnen, meine ich? *Wer* ist die Person, die einen unheilvollen Witz mit Seiner Satanischen Majestät teilt?«

Father Brown blickte mit einem verzerrten Lächeln zu ihm herüber.

»Ah«, sagte er, »das ist der Witz.«

Da war ein anderes Schweigen, aber diesmal erschien das Schweigen eher voll und bedrohlich als nur leer. Es schien auf sie herabzusinken wie das Zwielicht, das sich langsam aus Dämmer in Dunkel wandelte. Father Brown fuhr fort, mit gleichmäßiger Stimme zu sprechen, und saß da, die Ellenbogen gleichmütig auf den Tisch gestemmt.

»Ich habe über die Musgrave-Familie nachgelesen«, sagte er. »Das ist eine kraftvolle und langlebige Rasse, und selbst unter gewöhnlichen Umständen würde ich annehmen, daß Sie ein gutes Weilchen auf Ihr Geld zu warten hätten.«

»Darauf sind wir durchaus vorbereitet«, antwortete der Rechtsanwalt, »doch kann es ja schließlich nicht unbegrenzt dauern. Der alte Mann ist fast achtzig, auch wenn er immer noch herumläuft, und die Leute hier im Gasthaus lachen und sagen, sie glauben nicht, daß er je stirbt.«

Father Brown sprang in einer seiner seltenen, aber schnellen Bewegungen auf, stützte sich jedoch weiter mit den Händen auf den Tisch, beugte sich vor und sah seinem Freund ins Gesicht.

»Das ist es«, rief er mit leiser, aber erregter Stimme. »Das ist das einzige Problem. Das ist die einzige wirkliche Schwierigkeit. Wie wird er sterben? Wie in aller Welt soll er sterben?«

»Was in aller Welt meinen Sie damit?« fragte Granby.

»Ich meine«, kam die Stimme des Priesters aus der sinkenden Dunkelheit im Raum, »daß ich das Verbrechen kenne, das James Musgrave begangen hat.«

In seiner Stimme lag eine solche Kälte, daß Granby nur mühsam sein Schaudern unterdrücken konnte; er murmelte eine weitere Frage.

»Es war wirklich das schlimmste Verbrechen der Welt«, sagte Father Brown. »Jedenfalls haben viele Gesellschaften und Kulturen es dafür angesehen. Ihm waren stets seit den frühesten Zeiten in Stamm und Dorf furchtbare Strafen bestimmt. Wie dem auch sei, ich weiß, was der junge Musgrave wirklich getan hat und warum er es getan hat.«

»Und was hat er getan?« fragte der Rechtsanwalt.

»Er hat seinen Vater ermordet«, antwortete der Priester.

Der Rechtsanwalt seinerseits erhob sich von seinem Stuhl und starrte mit gerunzelten Brauen über den Tisch hin.

»Aber sein Vater ist doch im Schloß«, schrie er scharf.

»Sein Vater ist im Schloßgraben«, sagte der Priester, »und ich war ein Narr, daß ich das nicht von Anfang an erkannt habe, als mich etwas an dieser Rüstung störte. Erinnern Sie sich nicht an den Anblick des Raumes? Wie sorgfältig alles angeordnet und geschmückt war? Da hatte man zwei gekreuzte Schlachtäxte auf der einen Seite des Kamins angebracht und zwei gekreuzte Schlachtäxte auf der anderen. Da war ein runder schottischer Schild an der einen Wand, ein runder schottischer Schild an der anderen. Und da wachte eine Rüstung auf der einen Seite des Kamins, und leerer Raum war auf der anderen. Nichts kann mir einreden, daß ein Mann, der den ganzen übrigen Raum mit solch einer übertriebenen Symmetrie ausstattete, diese eine Stelle dermaßen im Ungleichgewicht ließ. Es hat da mit Sicherheit eine andere Rüstung gegeben. Und was ist aus ihr geworden?«

Er hielt einen Augenblick inne und fuhr dann in einem sachlicheren Ton fort:

»Wenn man es sich überlegt, ist das ein ausgezeichneter Plan für einen Mord und regelt zugleich das permanente Problem der Beseitigung der Leiche. Die Leiche konnte stunden- und sogar tagelang in dieser vollständigen Turnierrüstung stehen, während die Dienerschaft kam und ging, bis der Mörder sie in der Stille der Nacht einfach herausschleifen und in den Graben versenken konnte, ohne auch nur die Brücke zu überqueren. Und welche guten Chancen hatte er danach! Sobald der Körper in dem stehenden Wasser verwest war, blieb früher oder später nichts mehr übrig als ein Skelett in einer Rüstung aus dem 14. Jahrhundert, etwas, das man mit großer Wahrscheinlichkeit im Graben einer alten Grenzburg finden wird. Zwar war es unwahrscheinlich, daß irgendwer dort irgend etwas suchen würde. Wenn aber doch, dann würde man bald nur das finden. Und dafür habe ich auch eine Bestätigung bekommen. Das war, als Sie sagten, ich suchte nach einer seltenen Pflanze, und es war eine Pflanze in mancherlei Sinn, wenn Sie mir den Scherz verzeihen. Ich sah die Abdrücke von zwei Füßen, die so tief in das feste Ufer eingesunken waren, daß der Mann entweder ungemein schwer war oder ungemein schwer trug. Und übrigens gibt es da noch eine andere Moral aus dem kleinen Zwischenfall, als ich meinen berühmten anmutigen Katersprung tat.«

»Mein Kopf wirbelt ziemlich«, sagte Granby, »aber mir dämmert langsam auf, was dieser ganze Alptraum soll. Also, was ist mit Ihnen und Ihrem Katersprung?«

»Heute bekam ich in der Post«, sagte Father Brown, »beiläufig die Erklärung bestätigt, die mir der Baronet gestern abgab, daß er da bereits am Vortag unmittelbar nach der Schließungszeit gewesen sei – also nicht nur am gleichen Tag, an dem wir ankamen, sondern auch zur gleichen Stunde, zu der wir ankamen. Sehen Sie denn nicht, was das bedeutet? Das bedeutet, daß er tatsächlich nicht zu Hause war, als wir anklopften, und daß er zurückkam, während wir warteten, und daß wir deshalb so lange zu warten hatten. Und als ich das sah, sah ich plötzlich ein Bild, das mir die ganze Geschichte erzählte.«

»Schön«, sagte der andere ungeduldig, »und was ist damit?«

»Ein alter Mann von achtzig kann spazieren gehen«, sagte Father Brown. »Ein alter Mann kann sogar recht viel spazieren gehen, indem er auf den Landstraßen herumtapert. Aber ein alter Mann kann nicht *springen*. Er wäre ein noch weniger anmutsvoller Springer, als ich war. Doch wenn der Baronet zurückgekommen ist, während wir warteten, muß er hereingekommen sein, wie wir hereingekommen sind – indem er über den Graben sprang –, denn die Brücke wurde erst später herabgelassen. Ich nehme fast an, daß er sie selbst blockiert hat, um ungelegene Besucher abzuweisen, wenn ich nach der Geschwindigkeit urteile, mit der sie dann repariert wurde. Aber das spielt keine Rolle. Als ich dieses Phantasiebild der schwarzen Gestalt mit dem grauen Haar erblickte, wie sie einen fliegenden Satz über den Graben machte, wußte ich sofort, das war ein junger Mann als alter Mann verkleidet. Und da haben Sie die ganze Geschichte.«

»Sie meinen«, sagte Granby langsam, »daß dieser liebenswürdige Knabe seinen Vater ermordete, seine Leiche zuerst in der Rüstung und dann im Graben verbarg, sich verkleidete und so weiter?«

»Sie sahen fast genau gleich aus«, sagte der Priester. »Man konnte in der Ahnengalerie sehen, wie stark die Ähnlichkeit sich vererbte. Und dann reden Sie davon, daß er sich verkleidet habe. Aber in gewisser Weise ist jedermanns Kleidung eine Verkleidung. Der alte Mann verkleidete sich mit einer Perücke und der junge mit einem ausländischen Bart. Als er sich rasierte und die Perücke auf seinen kurzgeschorenen Schädel setzte, war er mit ein bißchen Schminke genau sein Vater. Natürlich begreifen Sie jetzt, warum es ihm so sehr höflich darum zu tun war, daß Sie am nächsten Tag mit dem Wagen hierher führen. Weil er selbst in jener Nacht mit dem Zug fuhr. Er kam vor Ihnen an, beging sein Verbrechen, legte seine Verkleidung an und war für die rechtlichen Verhandlungen bereit.«

»Aha«, sagte Granby gedankenvoll, »die rechtlichen Verhandlungen! Damit wollen Sie natürlich sagen, daß der echte alte Baronet ganz anders verhandelt hätte.«

»Er hätte Ihnen ganz offen erklärt, daß der Hauptmann niemals auch nur einen Penny bekommen würde«, sagte Father Brown. »Der Plan, so eigenartig er anmutet, war wirklich der einzige Weg, ihn davon abzuhalten, Ihnen das zu sagen. Aber ich möchte, daß Sie die Gerissenheit dessen anerkennen, was der Bursche Ihnen erzählt hat. Sein Plan diente verschiedenen Zwecken gleichzeitig. Er wurde von diesen Russen wegen irgendeiner Schurkerei erpreßt; ich vermute Hochverrat im Kriege. Ihnen entkam er mit einem Streich und schickte sie vermutlich auf die Jagd nach ihm Richtung Riga. Aber das Beste von allem war die Theorie, die er dazu vortrug, daß er seinen Sohn zwar als Erben anerkenne, nicht aber als menschliches Wesen. Sehen Sie, denn während es das *post obit* sicherte, verschaffte es zugleich eine Art Antwort auf das, was sehr bald die größte Schwierigkeit von allen sein würde.«

»Ich sehe mancherlei Schwierigkeiten«, sagte Granby; »an welche denken Sie jetzt?«

»Ich denke daran, daß wenn der Sohn nicht einmal enterbt wird, es ziemlich merkwürdig aussehen würde, wenn Vater und Sohn sich niemals träfen. Die Theorie der privaten Zurückweisung beantwortet das. Damit bleibt nur noch eine Schwierigkeit übrig, wie ich bereits gesagt habe, und die den Herrn vermutlich jetzt verstört. Wie in aller Welt *soll* der alte Mann sterben?«

»Ich weiß, wie er sterben *sollte*«, sagte Granby.

Father Brown schien ein bißchen verwirrt und fuhr auf eine abstraktere Weise fort:

»Und doch gibt es darin noch etwas mehr als das«, sagte er. »Etwas an dieser Theorie liebte er auf eine Weise, die mehr – nun ja, mehr theoretisch ist. Es bereitete ihm ein krankhaftes intellektuelles Vergnügen, Ihnen als der eine Charakter zu erzählen, daß er als ein anderer Charakter ein Verbrechen begangen hat – nachdem er es wirklich begangen hatte. Das meine ich mit der höllischen Ironie, mit dem Witz, den man mit dem Teufel teilt. Soll ich Ihnen was erzählen, das sehr nach dem klingt, was man ein Paradoxon nennt? Manchmal ist es ein Vergnügen im innersten Herzen der Hölle, die Wahrheit auszusprechen. Und vor allem, sie so auszusprechen, daß jeder sie mißversteht. Deshalb liebte er jene Posse, sich als ein anderer auszugeben und sich dann selbst so schwarz darzustellen – wie er ist. Und deshalb hat meine Nichte ihn ganz allein in der Bildergalerie lachen gehört.«

Granby zuckte leicht zusammen wie jemand, der mit einem Stoß ins alltägliche Leben zurückversetzt wird.

»Ihre Nichte«, rief er. »Wollte ihre Mutter nicht, daß sie Musgrave heiratete? Eine Frage von Reichtum und Stellung, nehme ich an.«

»Ja«, sagte Father Brown trocken; »ihre Mutter war sehr für eine Vernunftehe.«

Der Rote Mond von Meru

Alle waren der Ansicht, daß der Wohltätigkeitsbasar zu Mallowood Abbey (mit freundlicher Genehmigung von Lady Mounteagle) ein großer Erfolg war. Es gab Karussells und Schaukeln und Buden, mit denen sich die Leute prächtig amüsierten. Ich würde auch die Wohltätigkeit erwähnen, die das hervorragende Thema der Veranstaltung war, wenn mir nur jemand unter ihnen sagen könnte, was sie war.

Wir haben es hier aber nur mit einigen von ihnen zu tun; und vor allem mit dreien davon, einer Dame und zwei Herren, die in lautem Gespräch zwischen zweien der Hauptzelte oder Pavillons einherschritten. Zu ihrer Rechten stand das Zelt des Meisters vom Berge, jenes weltberühmten Deuters der Zukunft aus Kristall und Handlinien. Ein prachtvolles purpurrotes Zelt, das über und über mit den wuchernden Umrissen asiatischer Götter in Schwarz und Gold bedeckt war, die wie die Kraken jede Menge Arme schwangen. Vielleicht sollten sie die Bereitschaft göttlicher Hilfe symbolisieren, die man drinnen bekommen konnte, vielleicht deuteten sie auch nur an, daß es für das ideale Dasein eines frommen Handlinienlesers so viele Hände wie nur möglich geben sollte. Auf der anderen Seite stand das einfachere Zelt von Phroso dem Phrenologen, strenger geschmückt mit graphischen Darstellungen des Schädels von Sokrates und Shakespeare, die offenbar von der höckrigen Art waren. Doch wurden diese lediglich in Schwarz und Weiß dargestellt und waren mit Zahlen und Anmerkungen versehen, wie es der starren Würde einer rein rationalistischen Wissenschaft gebührt. Das Purpurzelt hatte eine Öffnung wie eine schwarze Höhle, und im Inneren war alles angemessen lautlos. Hingegen stand Phroso der Phrenologe, ein hagerer, schäbiger, sonnenverbrannter Kerl mit einem geradezu unglaubwürdig wilden schwarzen Schnurrbart und entsprechendem Backenbart, draußen vor seinem eigenen Tempel und redete in den höchsten Tönen zu niemandem im besonderen, wobei er erklärte, daß der Kopf eines jeden Vorüberkommenden zweifellos bei näherer Untersuchung sich als ebenso höckrig wie der von Shakespeare erweisen würde. Und in dem Augenblick, da die Dame zwischen den Zelten erschien, sprang der wachsame Phroso herbei und bot ihr mit einer Pantomime altweltlicher Höflichkeit an, ihre Ausbuchtungen zu befühlen.

Sie lehnte mit einer Höflichkeit ab, die schon fast Grobheit war; aber sie war zu entschuldigen, denn sie befand sich inmitten einer Auseinandersetzung. Sie wäre auch zu entschuldigen gewesen, oder wurde es jedenfalls, weil sie Lady Mounteagle war. Sie war jedenfalls in keinem Sinn eine Nichtigkeit. Sie war zugleich schön und hager, mit einem hungrigen Blick in ihren tiefen dunklen Augen und etwas Begierigem und fast Wildem in ihrem Lächeln. Ihre Kleidung war bizarr für ihre Zeit, denn das war, ehe uns der Große Krieg in unserer gegenwärtigen Stimmung der Ernsthaftigkeit und inneren Sammlung hinterließ. Tatsächlich erinnerte das Kleid eher an das Purpurzelt; es war von halborientalischer Art und von exotischen und esoterischen Emblemen übersät. Doch wußte jeder, daß die Mounteagles verrückt waren; die volkstümliche Ausdrucksweise dafür, daß sie und ihr Gatte an den Religionen und Kulturen des Ostens interessiert waren.

Die Exzentrizität der Dame stand in krassem Widerspruch zur Konventionalität der beiden Herren, die von den Fingerspitzen ihrer Handschuhe bis zu ihren hellen Seidenzylindern nach der ganzen steiferen Mode jener fernen Zeit verpackt und zugeknöpft waren. Selbst darin aber gab es einen Unterschied; denn James Hardcastle gelang es, zugleich korrekt und distinguiert auszusehen, während Tommy Hunter lediglich korrekt und gewöhnlich aussah. Hardcastle war ein vielversprechender Politiker, den in Gesellschaft alles zu interessieren schien außer Politik. Es mag hier düster angemerkt werden, daß jeder Politiker aufs Nachdrücklichste ein vielversprechender Politiker ist. Um ihm aber Gerechtigkeit widerfahren zu lassen: Oftmals hatte er sich als darstellender Politiker zur Schau gestellt. Doch war im Basar für ihn kein Purpurzelt aufgeschlagen worden, sich darin darzustellen.

»Ich meinerseits«, sagte er und klemmte das Monokel – den einzigen Lichtschimmer in seinem harten Juristengesicht – ein, »glaube, daß wir die Möglichkeiten des Mesmerismus ausschöpfen müssen, ehe wir von Magie sprechen können. Es gibt zweifellos bemerkenswerte psychologische Kräfte, sogar bei offenkundig rückständigen Völkern. Fakire haben wundersame Dinge getan.«

»Meinst du damit Gaukler?« fragte der andere junge Mann mit bezweifelbarer Unschuld.

»Tommy, du bist einfach dämlich«, sagte die Dame. »Warum mischst du dich dauernd in Dinge ein, die du nicht verstehst? Du bist wie ein Schuljunge, der lauthals verkündet, er wisse, wie ein

Zaubertrick gemacht wird. Das ist alles so frühviktorianisch – dieser Schuljungenskeptizismus. Was den Mesmerismus angeht, so glaube ich nicht, daß er weit genug reicht …«

An dieser Stelle sah Lady Mounteagle jemanden, den sie suchte; eine schwarze gedrungene Gestalt, die an einer Bude stand, wo Kinder Ringe um häßlichen Tischschmuck warfen. Sie schoß auf ihn zu und rief:

»Father Brown, ich habe nach Ihnen gesucht. Ich möchte Sie etwas fragen. Glauben Sie an Wahrsagerei?«

Die angesprochene Person blickte ziemlich hilflos auf den kleinen Reifen in ihrer Hand und sagte schließlich:

»Ich weiß nicht, in welchem Sinne Sie das Wort ›glauben‹ verwenden. Natürlich, wenn es alles nur Betrug ist …«

»Oh, aber der Meister vom Berge ist alles andere als ein Betrüger«, rief sie. »Er ist keineswegs ein gewöhnlicher Zauberer oder Wahrsager. Es ist wirklich eine große Ehre, daß er sich herabläßt, bei meinen Gesellschaften die Zukunft vorauszusagen. In seinem Land ist er ein großer religiöser Führer, ein Prophet und ein Seher. Und selbst seine Wahrsagerei ist kein vulgäres Zeug darüber, wie man zu wahrem Vermögen kommt. Er sagt einem große geistige Wahrheiten über einen selbst und die Ideale, die man hat.«

»Genau das«, sagte Father Brown. »Das ist, wogegen ich Einspruch erhebe. Ich wollte gerade sagen: Wenn es alles nur Betrug ist, habe ich nicht besonders viel dagegen. Es kann kaum mehr Betrug sein als das meiste auf solchen Basaren, und da ist es sozusagen eine Art Schelmenstreich. Aber wenn es Religion ist und geistige Wahrheiten enthüllt – dann ist es so falsch wie die Hölle, und ich würde es nicht einmal mit einer Feuerzange anfassen.«

»Das ist so was wie ein Paradox«, sagte Hardcastle lächelnd.

»Ich frage mich, was ein Paradox ist«, bemerkte der Priester nachdenklich. »Für mich ist das klar genug. Ich nehme an, es würde nicht viel Schaden anrichten, wenn jemand sich als deutscher Spion verkleidete und vorgäbe, den Deutschen alle möglichen Lügen erzählt zu haben. Wenn aber ein Mann in *Wahrheit* solchen Handel mit den Deutschen treibt – na ja! So denke ich denn, daß wenn ein Wahrsager in *Wahrheit* solchen Handel treibt …«

»Sie denken wirklich …«, begann Hardcastle grimmig.

»Ja«, sagte der andere, »ich denke, daß er dann Handel mit dem Feind treibt.«

Tommy Hunter brach in ein stillvergnügtes Lachen aus. »Also«, sagte er, »wenn Father Brown denkt, daß sie so lange gut sind, wie sie Schwindler sind, dann wird er, nehme ich an, diesen kupferfarbenen Propheten als eine Art Heiligen ansehen.«

»Mein Vetter Tom ist unverbesserlich«, sagte Lady Mounteagle. »Er ist immer darauf aus, Adepten aufs Kreuz zu legen, wie er das nennt. Ich glaube, er ist nur deshalb in aller Eile hergekommen, weil er gehört hat, der Meister vom Berge sei hier. Er hätte auch versucht, Buddha oder Moses aufs Kreuz zu legen.«

»Ich glaubte, du wolltest, daß sich jemand ein bißchen um dich kümmert«, sagte der junge Mann mit einem Grinsen auf seinem runden Gesicht. »Deshalb hab' ich mich hergetrollt. Ich kann's nicht leiden, wenn dieser braune Affe wo rumkriecht.«

»Da hast du's wieder!« sagte Lady Mounteagle. »Vor Jahren, als ich in Indien war, hatten wir wohl alle diese Art Vorurteil gegen braune Menschen. Aber jetzt weiß ich etwas über ihre wunderbaren geistigen Kräfte, und ich bin glücklich zu sagen, jetzt weiß ich es besser.«

»Unsere Vorurteile gehen in entgegengesetzte Richtungen«, sagte Father Brown. »Sie entschuldigen sein Braunsein, weil er brahmanisch ist, und ich entschuldige sein Brahmanischsein, weil er braun ist. Offen gesagt gebe ich selbst nicht viel auf geistige Kräfte. Ich habe sehr viel mehr Sympathie für geistige Schwächen. Aber ich kann nicht einsehen, warum jemand ihn nicht mögen sollte, bloß weil er von derselben schönen Farbe ist wie Kupfer oder Kaffee oder wie nußbraunes Ale oder wie diese lieblichen Moorbäche im Norden. Aber ich bin«, setzte er hinzu, indem er zur Lady hinüberblickte und die Augen zusammenkniff, »vermutlich voreingenommen für alles, was braun ist.«

»Na bitte!« rief Lady Mounteagle sozusagen triumphierend. »Ich wußte doch, daß Sie nur Unsinn geredet haben.«

»Also gut«, brummte der gekränkte junge Mann mit dem runden Gesicht. »Und wenn jemand Sinn redet, nennst du es Schuljungenskeptizismus. Und wann soll die Kristallbeschauerei beginnen?«

»Wann immer du willst, denke ich«, erwiderte die Dame. »Es handelt sich übrigens nicht um Hellseherei aus der Kristallkugel, sondern um Handlinienlesen, aber ich nehme an, du würdest sagen, das sei alles die gleiche Sorte Unsinn.«

»Ich glaube, es gibt eine *via media* zwischen Sinn und Unsinn«, sagte Hardcastle lächelnd. »Da sind die Erklärungen natürlich und keineswegs unsinnig; und dennoch sind die Ergebnisse äußerst erstaunlich. Kommt ihr mit rein, um euch bearbeiten zu lassen? Ich gestehe, daß ich voller Neugier bin.«

»Ach, ich hab' keine Geduld mit solchem Unsinn«, platzte der Skeptiker heraus, dessen rundes Gesicht mit der Glut seiner Verachtung und Ungläubigkeit zu einem roten Gesicht geworden war. »Verschwendet ihr nur eure Zeit bei dem mahagonifarbenen Scharlatan; ich geh' lieber rüber und werf nach Kokosnüssen.«

Der Phrenologe, der immer noch nahebei lauerte, stürzte sich auf diese Möglichkeit.

»Schädel, mein lieber Herr«, sagte er, »menschliche Schädel haben einen viel subtileren Umriß als Kokosnüsse. Keine Kokosnuß läßt sich vergleichen mit Ihrem eigenen höchst …«

Hardcastle war bereits in den dunklen Eingang des Purpurzeltes eingetaucht; und man hörte von drinnen ein leises Stimmengemurmel. Als Tom Hunter sich mit einer ungeduldigen Antwort an den Phrenologen wandte, die eine bedauerliche Mißachtung des Unterschiedes zwischen natürlichen und übernatürlichen Wissenschaften bezeugte, war die Dame gerade dabei, ihre kleine Auseinandersetzung mit dem kleinen Priester fortzusetzen, als sie mit einiger Verblüffung innehielt.

James Hardcastle war wieder aus dem Zelt aufgetaucht, und in sein grimmiges Gesicht und sein glänzendes Monokel stand noch deutlicher Verblüffung geschrieben.

»Er ist nicht da«, bemerkte der Politiker abrupt. »Er ist verschwunden. Irgendein alter Nigger, der wohl seine ganze Gefolgschaft darstellt, hat mir was vorgeplappert, daß der Meister lieber fortgegangen sei, als geheiligte Geheimnisse für Gold zu verkaufen.«

Lady Mounteagle wandte sich strahlend den übrigen zu. »Also bitte«, rief sie. »Ich habe euch ja gesagt, daß er weit über allem steht, was ihr euch vorstellen könnt! Er haßt es, hier in der Menge zu sein, er ist in seine Einsamkeit zurückgekehrt.«

»Tut mir leid«, sagte Father Brown ernst. »Vielleicht habe ich ihm Unrecht getan. Wissen Sie, wohin er gegangen ist?«

»Ich glaube, ja«, sagte seine Gastgeberin ebenso ernst. »Wenn er allein sein will, zieht er sich immer in den Kreuzgang zurück, ganz am Ende des linken Flügels, wissen Sie, hinter dem Arbeitszimmer meines Mannes und seinem Privatmuseum. Vielleicht ist Ihnen bekannt, daß dieses Haus einmal eine Abtei war.«

»Ich habe schon davon gehört«, sagte der Priester mit einem schwachen Lächeln.

»Wenn Sie wollen, können wir ja mal hingehen«, sagte die Lady munter. »Sie sollten wirklich die Sammlung meines Mannes sehen, oder wenigstens den Roten Mond. Haben Sie jemals vom Roten Mond von Meru gehört? Ja, es ist ein Rubin.«

»Es wäre mir ein Genuß, die Sammlung zu sehen«, sagte Hardcastle ruhig, »einschließlich des Meisters vom Berge, wenn dieser Prophet zu den Ausstellungsstücken des Museums gehört.« Und alle wandten sich dem Weg zu, der zum Haus führte.

»Egal«, murmelte der ungläubige Thomas, der sich als letzter anschloß, »ich würde zu gerne wissen, *warum* das braune Biest hergekommen ist, wenn er nicht kam, um wahrzusagen.«

Als er verschwand, schoß der unbezähmbare Phroso noch einmal hinter ihm her und ergriff ihn fast bei den Rockschößen.

»Der Höcker ...«, begann er.

»Kein Höcker«, sagte der Jüngling, »nur ein Buckel. Einen Bukkel aus Trübsal hab' ich immer, wenn ich her zu Mounteagle komme.« Und er nahm die Beine unter die Arme, um der Umarmung des Mannes der Wissenschaft zu entfleuchen.

Auf ihrem Weg zum Kreuzgang mußten die Besucher jenen langen Raum durchschreiten, den Lord Mounteagle seinem bemerkenswerten Privatmuseum asiatischer Talismane und Glücksbringer gewidmet hatte. Durch eine offene Tür in der gegenüberliegenden Wand konnten sie die gotischen Bögen und den Schimmer des Tageslichtes dazwischen sehen, die den viereckigen offenen Hof bildeten, unter dessen überdachtem Umgang vorzeiten die Mönche gewandelt waren. Doch zunächst hatten sie an etwas vorüberzuschreiten, das auf den ersten Bück weit ungewöhnlicher erschien als der Geist eines Mönches.

Es war ein älterer Herr, von Kopf bis Fuß in Weiß gehüllt, mit einem blaßgrünen Turban, aber einer sehr rosig-weißen englischen Gesichtsfarbe und dem glatten weißen Schnurrbart eines Obersten der angloindischen Armee. Das war Lord Mounteagle, der seine orientalischen Vergnügungen melancholischer oder wenigstens ernster nahm als seine Frau. Er konnte von nichts anderem reden als von östlicher Religion und Philosophie und hatte es sogar für nötig befunden, sich nach der Art eines orientalischen Eremiten zu kleiden. Und während es ihn erfreute, seine Schätze vorzuzeigen, schien er sie viel mehr wegen der Wahrheiten zu schätzen, die er in ihnen symbolisiert glaubte, als wegen ihres Sammlerwertes, vom Geldwert ganz zu schweigen. Selbst als er den großen Rubin hervorholte, den vielleicht einzigen Gegenstand großen Wertes nach rein monetärem Sinn im Museum, erschien er doch bei weitem mehr an seinem Namen als an seiner Größe, geschweige denn seinem Preis interessiert.

Die anderen starrten alle auf das, was als verblüffend großer roter Stein erschien, der wie ein Freudenfeuer brannte, das man durch einen Blutregen betrachtet. Lord Mounteagle aber ließ ihn lose in seiner Handfläche rollen, ohne ihn anzusehen, und während er an die Decke starrte, erzählte er ihnen eine lange Geschichte über den legendären Charakter des Berges Meru und wie er, nach der gnostischen Mythologie, der Kampfplatz namenloser Urgewalten gewesen sei.

Gegen Ende der Vorlesung über den Demiurgen der Gnostiker (ohne dessen Beziehungen zu den parallelen Vorstellungen des Mani zu vergessen) hielt selbst der taktvolle Mr. Hardcastle die Zeit für gekommen, eine Abwechslung zu schaffen. Er bat um die Erlaubnis, den Stein anzuschauen, und weil der Abend nahte und es in dem langen Raum mit seiner einzigen Tür stetig dunkler wurde, trat er in den Kreuzgang dahinter hinaus, um das Juwel bei besserem Lichte zu betrachten. Und da erst wurde ihnen bewußt – langsam und fast unheimlich bewußt –, daß der Meister vom Berge leibhaftig anwesend war.

Das Kloster entsprach dem üblichen Grundriß, was seine ursprüngliche Gestalt angeht, doch die gotischen Pfeiler und Spitzbögen, die den Binnenhof bildeten, wurden allesamt durch eine niedrige Mauer miteinander verbunden, die etwa hüfthoch war und aus den gotischen Türen gotische Fenster machte und deren jedem eine Art von niedrigem Fenstersims aus Stein gab. Diese Veränderung stammte vermutlich aus alter Zeit; doch waren da weitere Änderungen von einer wunderlicheren Art, die die reichlich ungewöhnlichen Ideen von Lord und Lady Mounteagle bezeugten. Zwischen den Säulen hingen dünne Vorhänge oder besser Schleier, auf eine kontinentale oder südliche Weise aus

Holzperlen und leichtem Rohr gefertigt; und auf diesen wiederum konnte man die Linien und Farben asiatischer Drachen und Götzen verfolgen, die mit dem grauen gotischen Maßwerk kontrastierten, in das sie eingespannt waren. Doch war dies, obwohl es das erlöschende Licht des Innenhofes noch weiter schwächte, die unbedeutendste der Ungereimtheiten, deren sich die Gesellschaft mit höchst unterschiedlichen Gefühlen bewußt wurde.

In dem vom Kreuzgang umgebenen offenen Raum verlief, wie ein Kreis im Quadrat, ein runder, mit fahlen Steinen gepflasterter Pfad, der am Rande mit einer Art grüner Glasur wie mit Kunstrasen abgesetzt war. Und genau in seiner Mitte erhob sich das Bassin einer dunkelgrünen Brunnenschale oder eines erhöhten Teiches, in dem Teichrosen schwammen und Goldfische hin und her blitzten. Und hoch darüber erhob sich, dunkel vor dem sterbenden Licht umrissen, ein großes grünes Bildnis. Sein Rücken war ihnen zugekehrt und sein Gesicht in der kauernden Haltung so völlig unsichtbar, daß die Statue fast hätte kopflos sein können. Doch selbst an jenem dunklen Umriß im schwachen Zwielicht konnten einige von ihnen sofort erkennen, daß es die Form von keinem christlichen Werk war.

Wenige Meter weiter stand auf dem kreisförmigen Pfad der Mann, den man Meister vom Berge nannte, und blickte auf den großen grünen Gott. Seine scharfen und doch fein geformten Züge schienen von einem geschickten Künstler als Kupfermaske gestaltet worden zu sein. Im Gegensatz dazu sah sein dunkelgrauer Bart fast blau wie Indigo aus; er begann als kleines Büschel an seinem Kinn und weitete sich dann auswärts wie ein Fächer oder wie der Schwanz eines Vogels. Er war in Pfauengrün gekleidet und trug auf seinem kahlen Kopf eine hohe Mütze von ungewöhnlicher Form: einen Kopfputz, desgleichen keiner von ihnen je zuvor gesehen hatte, doch sah er eher ägyptisch denn indisch aus. Der Mann stand starren Blicks da, mit weit offenen fischförmigen Augen, die so bewegungslos waren, daß sie aussahen wie auf einen Mumiensarg gemalte Augen. Doch obwohl die Gestalt des Meisters vom Berge einzigartig genug war, sahen doch einige der Gesellschaft, darunter Father Brown, nicht auf ihn. Sie sahen auf das dunkelgrüne Götterbildnis, auf das auch er selbst blickte.

»Das scheint mir ein eigenartig Ding«, sagte Hardcastle und runzelte leicht die Stirn, »um es mitten in einem alten Klosterkreuzgang aufzustellen.«

»Jetzt werden Sie doch bloß nicht töricht«, sagte Lady Mounteagle. »Das ist es doch, was wir wollten, die großen Religionen des Ostens und des Westens miteinander verknüpfen, Buddha und Christus. Auch Sie werden doch begreifen, daß alle Religionen wirklich dasselbe sind.«

»Wenn sie das sind«, sagte Father Brown milde, »dann erscheint es ziemlich unnötig, sich eine aus Mittelasien zu holen.«

»Lady Mounteagle meint, daß sie verschiedene Aspekte oder Facetten haben wie dieser Stein«, begann Hardcastle; und da ihn das neue Thema zu interessieren begann, legte er den großen Rubin auf den steinernen Rand oder Sims unter dem gotischen Bogen. »Doch folgt daraus nicht, daß wir diese Aspekte in einem einzigen künstlerischen Stil vermengen können. Man mag Christentum und Islam vermischen können, aber man kann niemals Gotisches und Maurisches vermischen, geschweige denn wirklich Indisches.«

Während er sprach, schien der Meister vom Berge wie aus einem Starrkrampf zum Leben zu erwachen, und bewegte sich feierlich um ein weiteres Viertel des Kreises, und nahm eine Stellung außerhalb ihrer eigenen Bogenreihe ein, und stand mit dem Rücken zu ihnen, und blickte jetzt auf den Rücken des Götzen. Es war offensichtlich, daß er sich wie der Zeiger einer Uhr etappenweise rund um den ganzen Kreis bewegte, aber immer wieder innehielt, um zu beten oder zu meditieren.

»Was ist *seine* Religion?« fragte Hardcastle mit einem schwachen Hauch von Ungeduld.

»Er sagt«, erwiderte Lord Mounteagle ehrfurchtsvoll, »daß sie älter als der Brahmanismus und reiner als der Buddhismus sei.«

»Oh«, sagte Hardcastle und starrte weiter durch sein Einglas, indem er mit beiden Händen in den Taschen dastand.

»Sie behaupten«, merkte der Edelmann mit seiner sanften, aber belehrenden Stimme an, »daß die Gottheit namens Der Gott der Götter als Riesenfigur in den Höhlen des Berges Meru ausgemeißelt …«

Doch selbst Seiner Lordschaft vortragende Heiterkeit wurde plötzlich von einer Stimme unterbrochen, die über seine Schulter erscholl. Sie kam aus der Dunkelheit des Museums, das sie eben verlassen hatten, als sie in den Klosterhof eintraten. Bei ihrem Klang sahen die beiden jüngeren Männer zuerst ungläubig aus, dann wütend, und dann brachen sie beinahe in Gelächter aus.

»Ich hoffe, ich störe nicht«, sagte die weltläufige und verführerische Stimme von Professor Phroso, jenem unbesiegbaren Ringkämpfer der Wahrheit, »aber mir ist eingefallen, daß einige von Ihnen vielleicht ein bißchen Zeit für die so viel verachtete Wissenschaft der Ausbeulungen übrig hätten, die ...«

»Hören Sie«, schrie der ungestüme Tommy Hunter, »ich hab' keine Ausbeulungen, aber Sie werden bald welche haben, Sie ...«

Hardcastle hielt ihn vorsichtig fest, als er sich zurück durch die Tür stürzen wollte, und für einen Augenblick hatte sich die ganze Gruppe umgewandt und blickte hinein in den inneren Raum.

Und genau in diesem Augenblick geschah es. Wieder war es der ungestüme Tommy, der sich als erster bewegte, diesmal aber zu besserem Zweck. Bevor noch sonst jemand etwas gesehen hatte und als Hardcastle sich gerade erst zusammenzuckend daran erinnerte, daß er das Juwel auf dem Steinsims hatte liegenlassen, war Tommy schon mit einem Katersatz quer durch den Klosterhof und schrie, während er sich mit Kopf und Schultern zwischen zwei Säulen aus der Öffnung herausbeugte, mit zwischen all den Bögen widerhallender Stimme:

»Ich hab' ihn!«

In jenem winzigen Augenblick, unmittelbar nachdem sie sich umgedreht hatten und unmittelbar bevor sie seinen Triumphschrei hörten, hatten sie es alle geschehen sehen. Herein und wieder heraus schoß um die Ecke einer der beiden Säulen eine braune oder besser bronzefarbene Hand – die Farbe toten Goldes, wie sie es auch schon andernorts gesehen hatten. Die Hand hatte so direkt zugeschlagen wie eine zuschlagende Schlange, so blitzartig wie das Flapp der langen Zunge eines Ameisenbärs. Doch hatte sie das Juwel aufgeschlappt. Die Steinplatte des Fenstersimses leuchtete leer im fahl verdämmernden Licht.

»Ich hab' ihn«, keuchte Tommy Hunter; »aber er setzt sich hart zur Wehr. Lauft ihr mal außen rum zu ihm – er kann es jedenfalls noch nicht losgeworden sein.«

Die anderen gehorchten, manche rasten den Gang hinab, und manche sprangen über die niedrige Mauer mit dem Ergebnis, daß eine kleine Gruppe aus Hardcastle, Lord Mounteagle, Father Brown und selbst dem unablösbaren Mr. Phroso von den Beulen bald den gefangenen Meister vom Berge umgaben, in dessen Kragen Hunter sich gewaltig mit einer Hand verklammert hatte und den er hin und wieder in einer Weise schüttelte, die wenig Verständnis für die Würde von Propheten als Gesellschaftsklasse erkennen ließ.

»Jedenfalls haben wir ihn jetzt«, sagte Hunter und ließ ihn mit einem Seufzer los. »Jetzt brauchen wir ihn nur noch zu durchsuchen. Das Ding muß hier sein.«

Eine Dreiviertelstunde später standen sich Hardcastle und Hunter, deren Zylinder und Krawatten, Handschuhe, Einstecktücher und Gamaschen ob der kürzlichen Taten etwas übler dran waren, im Klosterhof gegenüber und starrten einander an.

»Nun«, fragte Hardcastle mit Zurückhaltung, »haben Sie zu dem Geheimnis irgendeine Meinung?«

»Zum Teufel«, erwiderte Hunter, »Sie können das doch nicht ein Geheimnis nennen. Wir haben doch alle gesehen, wie er es genommen hat.«

»Ja«, erwiderte der andere, »aber wir haben alle nicht gesehen, wie er es verloren hat. Und das Geheimnis ist, wo hat er es denn verloren, daß wir es nicht finden können?«

»Irgendwo muß es sein«, sagte Hunter. »Haben Sie schon das Bassin abgesucht und alles rund um den verdammten alten Gott dort?«

»Ich hab' die kleinen Fische noch nicht seziert«, sagte Hardcastle, hob sein Einglas und sah sich den anderen an. »Denken Sie an den Ring des Polykrates?«

Offensichtlich brachte ihn die Überprüfung des runden Gesichtes vor ihm mittels Einglases zu der Überzeugung, daß es keinesfalls solcherlei Erwägungen der griechischen Legenden barg.

»Er hat's nicht bei sich, muß ich zugeben«, wiederholte Hunter plötzlich, »es sei denn, er hat's geschluckt.«

»Sollen wir den Propheten auch sezieren?« fragte der andere lächelnd. »Aber hier kommt unser Gastgeber.«

»Das ist eine höchst betrübliche Angelegenheit«, sagte Lord Mounteagle und zwirbelte seinen weißen Schnurrbart mit nervöser, fast zitternder Hand. »Schlimm genug, einen Diebstahl im Haus zu haben, ganz abgesehen davon, ihn mit einem Mann wie dem Meister in Beziehung zu bringen. Aber ich muß gestehen, daß ich mir aus der Weise, wie er darüber spricht, weder Reim noch Vers machen kann. Ich möchte, daß Sie mit ins Haus kommen und sich Ihre eigene Meinung bilden.«

Sie gingen zusammen hinein, wobei Hunter zurückblieb und mit Father Brown, der im Klosterhof rundherum marschierte, ein Gespräch begann.

»Sie müssen sehr stark sein«, sagte der Priester freundlich. »Sie haben ihn mit einer Hand gehalten, aber selbst als wir acht Hände hatten wie einer jener indischen Götter, setzte er sich noch energisch zur Wehr.«

Sie machten ein oder zwei Runden um den Klosterhof, während sie sich unterhielten; und dann gingen sie auch in den inneren Raum, wo der Meister vom Berge in seiner Eigenschaft als Gefangener, aber eher mit einem königlichen Ausdruck auf einer Bank saß.

Es stimmte, wie Lord Mounteagle gesagt hatte, daß sein Ausdruck und seine Ausdrucksweise nicht leicht zu verstehen waren. Er sprach aus einem heiteren und doch heimlichtuerischen Machtgefühl. Ihre Überlegungen, an welchem banalen Ort das Juwel versteckt sein mochte, schienen ihn zu amüsieren; und ganz gewißlich zeigte er keinerlei Verstimmung. Er schien auf eine unergründbare Weise zu lachen über ihre Anstrengungen, das aufzuspüren, was sie ihn alle hatten nehmen sehen.

»Sie lernen ein bißchen«, sagte er mit unverschämtem Wohlwollen, »über die Gesetze von Zeit und Raum; und da ist Ihre jüngste Wissenschaft noch tausend Jahre hinter unserer ältesten Religion zurück. Sie wissen nicht einmal, was das wirklich bedeutet, etwas zu verstecken. O nein, meine armen kleinen Freunde, Sie wissen nicht einmal, was es bedeutet, etwas zu *sehen*, denn sonst würden Sie es genauso deutlich sehen wie ich.«

»Sie wollen sagen, daß es hier ist?« fragte Hardcastle harsch.

»Auch *hier* ist ein Wort von mancherlei Bedeutung«, erwiderte der Mystiker. »Aber ich habe nicht gesagt, daß es hier sei. Ich habe nur gesagt, daß ich es sehen kann.«

Da war ein verwirrtes Schweigen, und er fuhr schläfrig fort:

»Wenn Sie absolut und unergründbar tief schwiegen, glauben Sie, Sie könnten einen Ruf vom anderen Ende der Welt vernehmen? Den Ruf eines Anbeters, allein in jenen Bergen, wo das Urbild sitzt, selbst wie ein Berg. Manche sagen, daß sogar Juden und Muslime jenes Bild verehren könnten, da es nicht von Menschen gemacht ward. Höret! Hören Sie den Schrei, mit dem er seinen Kopf hebt und in jener steinernen Höhlung, die seit Äonen leer ist, den einen roten und zornigen Mond sieht, der das Auge des Berges ist?«

»Wollen Sie wirklich sagen«, schrie Lord Mounteagle etwas erschüttert, »daß Sie es von hier zum Berg Meru übertragen haben? Ich habe zwar immer geglaubt, daß Sie große geistige Kräfte besitzen, aber ...«

»Vielleicht«, sagte der Meister, »besitze ich mehr, als Sie jemals glauben können.«

Hardcastle erhob sich ungeduldig und begann, die Hände in den Taschen, im Räume auf und ab zu gehen.

»Ich habe zwar niemals so viel geglaubt wie Sie; aber ich räume ein, daß Kräfte einer bestimmten Art möglicherweise ... Guter Gott!«

Seine hohe harte Stimme ward ihm in der Luft abgeschnitten, und er hörte auf zu starren, und das Augenglas fiel ihm aus dem Auge. Sie alle wandten ihre Gesichter in dieselbe Richtung; und auf jedem Gesicht schien dieselbe unterbrochene Lebhaftigkeit zu sein.

Der Rote Mond von Meru lag auf dem steinernen Fenstersims, genau so, wie sie ihn zuletzt gesehen hatten. Es hätte der rote Funken aus einem Freudenfeuer sein können, oder ein rotes Rosenblatt, herabgefallen aus einer zerbrochenen Rose, aber er war präzise auf dieselbe Stelle gefallen, auf die Hardcastle ihn gedankenlos gelegt hatte.

Diesmal versuchte Hardcastle nicht, ihn wieder aufzunehmen; doch sein Benehmen war irgendwie beachtenswert. Er wandte sich langsam um und begann erneut, im Raume herumzulaufen, doch in seinen Bewegungen war nun etwas Herrisches, wo zuvor nur Rastlosigkeit gewesen war. Schließlich blieb er vor dem sitzenden Meister stehen und verbeugte sich mit einem gewissermaßen sardonischen Lächeln.

»Meister«, sagte er, »wir alle schulden Ihnen eine Entschuldigung; was aber viel wichtiger ist, Sie haben uns eine Lektion erteilt. Glauben Sie mir, es wird uns zur Lehre dienen wie zum Witz. Ich werde mich immer der sehr bemerkenswerten Kräfte erinnern, die Sie wirklich besitzen, und wie unschädlich Sie sie eingesetzt haben. Lady Mounteagle«, fuhr er fort und wandte sich ihr zu, »Sie werden mir verzeihen, daß ich den Meister zuerst angesprochen habe, aber ich hatte die Ehre, Ihnen diese Erklärung bereits vor einiger Zeit vorgetragen zu haben. Ich darf sagen, daß ich es erklärt habe, bevor es geschah. Ich habe Ihnen gesagt, daß die meisten dieser Dinge durch irgendeine Art von Hypnotismus erklärt werden können. Manche sind davon überzeugt, daß das die Erklärung ist für all jene indischen Geschichten vom Mangobaum und vom Knaben, der an einem Seil in die Luft hochklettert. Das geschieht nicht wirklich, aber die Zuschauer werden in die Einbildung mesmerisiert, daß es geschehe. So sind auch wir alle in die Einbildung mesmerisiert worden, daß dieser Diebstahl geschehen sei. Jene braune Hand, die in das Fenster fuhr und das Juwel fortfegte, war eine momentane Selbsttäuschung; eine Hand in einem Traum. Nachdem wir nun aber den Stein verschwinden gesehen haben, haben wir nie mehr da nachgesehen, wo er sich zuvor befand. Wir sind in den Teich getaucht und haben jedes Blatt der Teichrosen umgedreht, und waren fast so weit, den Goldfischen ein Brechmittel zu geben. Der Rubin aber war die ganze Zeit da.«

Er blickte auf die schillernden Augen und den lächelnden bärtigen Mund des Meisters und sah, daß das Lächeln um eine Winzigkeit breiter geworden war. Darin lag etwas, das die anderen aufspringen ließ mit einem Ausdruck der plötzlichen Entspannung und der allgemeinen aufatmenden Erleichterung.

»Es ist das ein höchst glücklicher Ausgang für uns alle«, sagte Lord Mounteagle und lächelte ziemlich nervös. »Es kann nicht den geringsten Zweifel daran geben, daß es war, wie Sie sagen. Es war eine höchst schmerzliche Episode, und ich weiß nicht, welche Entschuldigung …«

»Ich habe keine Klagen«, sagte der Meister vom Berge, immer noch lächelnd. »Sie haben *mich* niemals auch nur angerührt.«

Während die anderen erfreut von dannen zogen, wobei Hardcastle der Held des Tages war, wanderte der Phrenologe mit dem Backenbart zurück zu seinem grotesken Zelt. Als er über die Schulter zurückblickte, sah er überrascht, daß Father Brown ihm folgte.

»Soll ich Ihre Höcker abtasten?« fragte der Fachmann auf seine mild sarkastische Weise.

»Ich glaube nicht, daß Sie wirklich noch welche abtasten wollen, oder?« sagte der Priester gutgelaunt. »Sie sind ein Detektiv, nicht wahr?«

»Ja«, erwiderte der andere. »Lady Mounteagle hat mich gebeten, ein Auge auf den Meister zu haben, da sie trotz all ihres Mystizismus keineswegs eine Närrin ist; und als er sein Zelt verließ, konnte ich ihm nur folgen, indem ich mich als Belästigung und wie ein Verrückter benahm. Wenn wirklich jemand in mein Zelt gekommen wäre, hätte ich im Lexikon unter Höcker nachschlagen müssen.«

»Höcker, Thro Mätt-ar: siehe unter Folklore«, bemerkte Father Brown träumerisch. »Na ja, aber Sie haben ganz gut zu dem lästigen Volk da gepaßt – auf dem Basar.«

»Komischer Fall, was?« stellte der falsche Phrenologe fest. »Verrückt, wenn man daran denkt, daß das Ding die ganze Zeit da war.«

»Sehr verrückt«, sagte der Priester.

Etwas in seiner Stimme ließ den anderen Mann stehenbleiben und ihn anstarren.

»Hören Sie!« rief er. »Was ist denn mit Ihnen los? Warum schauen Sie so merkwürdig drein? *Glauben* Sie etwa nicht, daß es die ganze Zeit da war?«

Father Brown blinzelte, als ob er eine Ohrfeige bekommen hätte. Dann sagte er langsam und zögernd: »Nein ... Tatsache ist .... ich kann, ich kann mich einfach nicht dazu bringen, das zu glauben.«

»Sie sind nicht der Typ«, sagte der andere pfiffig, »der so was ohne Grund sagt. Warum glauben Sie denn nicht, daß der Rubin die ganze Zeit über da war?«

»Nur weil ich ihn selbst zurückgelegt habe«, sagte Father Brown.

Der andere Mann blieb wie angewurzelt stehen und wie einer, dessen Haare zu Berge stehen. Er öffnete den Mund, doch fehlte ihm die Sprache.

»Oder vielmehr«, fuhr der Priester fort, »ich habe den Dieb überredet, es mich zurücklegen zu lassen. Ich habe ihm erzählt, was ich mir gedacht habe, und zeigte ihm, daß es noch Zeit zur Reue sei. Es macht mir nichts aus, es Ihnen in beruflicher Verschwiegenheit zu erzählen; außerdem glaube ich nicht, daß die Mounteagles jetzt noch Anzeige erstatten werden, wo sie das Ding doch zurückhaben, vor allem in Anbetracht dessen, wer es gestohlen hat.«

»Meinen Sie den Meister?« fragte der weiland Phroso.

»Nein«, sagte Father Brown, »der Meister hat es nicht gestohlen.«

»Aber ich verstehe nicht«, widersprach der andere. »Niemand war außerhalb des Fensters außer dem Meister; und ganz gewiß ist eine Hand von außen gekommen.«

»Die Hand kam von außen, aber der Dieb kam von innen«, sagte Father Brown.

»Wir scheinen wieder bei den Mystikern zu sein. Hören Sie, ich bin ein praktischer Mann. Ich wollte nur wissen, ob alles mit dem Rubin in Ordnung ist …«

»Ich wußte, daß alles falsch war«, sagte Father Brown, »noch bevor ich wußte, daß es einen Rubin gibt.«

Nach einer Pause fuhr er nachdenklich fort: »Schon während ihrer Streiterei bei den Zelten wußte ich, daß etwas schiefgehen würde. Die Leute behaupten, daß Theorien keine Rolle spielen und daß Logik und Philosophie unpraktisch seien. Glauben Sie ihnen nicht. Die Vernunft kommt von Gott, und wenn die Dinge unvernünftig werden, ist etwas los. Nun endete die ziemlich abstrakte Auseinandersetzung mit etwas Spaßigem. Bedenken Sie die Theorien. Hardcastle war ein bißchen überheblich und sagte, daß alle Dinge absolut möglich seien, aber daß sie meistens durch Mesmerismus oder Hellsicht allein getan würden; wissenschaftliche Namen für philosophische Rätsel, das übliche. Aber Hunter glaubte, es sei alles der schiere Betrug, und wollte das aufdecken. Nach dem Zeugnis von Lady Mounteagle zog er nicht nur herum, um Wahrsager und dergleichen aufs Kreuz zu legen, sondern war ausdrücklich zu dem Zweck hergekommen, um diesen einen anzugehen. Er ist nicht oft gekommen, er verstand sich nicht gut mit Mounteagle, von dem er sich immer Geld leihen wollte, da er ein Verschwender ist; aber als er hörte, der Meister komme, kam er schleunigst her. Na schön. Trotzdem aber war es Hardcastle, der hineinging, um den Zauberer zu konsultieren, und Hunter, der sich weigerte. Er sagte, er hätte keine Zeit auf solchen Unfug zu verschwenden, nachdem er offenbar eine Menge seines Lebens verschwendet hat, um es als Unfug nachzuweisen. Das erschien mir unlogisch. Er glaubte in diesem Fall, es handele sich um Wahrsagerei aus der Kristallkugel, aber er fand heraus, daß es um Handlinienlesen ging.«

»Meinen Sie damit, er habe das als Entschuldigung vorgebracht?« fragte ihn sein Gefährte verwirrt.

»Zuerst habe ich das gedacht«, erwiderte der Priester. »Jetzt weiß ich aber, daß das keine Entschuldigung, sondern ein Grund war. Er war durch die Entdeckung, daß es sich um einen Handlinienleser handelte, wirklich betroffen, denn …«

»Nun?« fragte der andere ungeduldig.

»Denn er wollte seinen Handschuh nicht ausziehen«, sagte Father Brown.

»Den Handschuh ausziehen?« wiederholte der Befrager.

»Wenn er das getan hätte«, sagte Father Brown milde, »hätten wir alle gesehen, daß seine Hand bereits mattbraun angemalt war … O ja, er ist tatsächlich ausdrücklich hergekommen, weil der Meister hier war. Er ist vollkommen vorbereitet gekommen.«

»Sie meinen«, schrie Phroso, »daß es Hunters Hand war, die da braun bemalt durchs Fenster kam? Wie denn, er war doch die ganze Zeit bei uns!«

»Gehen Sie hin, und versuchen Sie es an Ort und Stelle, und Sie werden herausfinden, daß es durchaus möglich ist«, sagte der Priester. »Hunter sprang nach vorne, lehnte sich aus dem Fenster, zog sich blitzschnell den Handschuh aus, krempelte den Ärmel hoch und schob seine Hand hinten um die andere Seite der Säule herum, während er den Inder mit der andern Hand packte und schrie, daß er den Dieb gefaßt habe. Mir fiel dabei auf, daß er den Dieb mit einer Hand hielt, während jeder vernünftige Mann beide gebraucht hätte. Aber die andere Hand steckte gerade das Juwel in seine Hosentasche.«

Da war eine lange Pause, und dann sagte der Ex-Phrenologe langsam: »Na, das ist ja phantastisch. Aber das Ding verblüfft mich immer noch. Zum einen erklärt das nicht das eigenartige Benehmen des alten Zauberers selbst. Wenn er vollständig unschuldig war, warum zum Teufel hat er das nicht gesagt? Warum war er nicht aufgebracht darüber, daß man ihn beschuldigte und durchsuchte? Warum saß er nur da und lächelte und deutete hinterlistig an, was für wilde und wunderbare Dinge er tun könne?«

»Ha!« rief Father Brown mit einem scharfen Klang in der Stimme. »Jetzt stehen Sie davor! Stehen vor allem, was diese Leute nicht verstehen und nie verstehen werden. Alle Religionen sind dasselbe, sagt Lady Mounteagle. Sind sie das, beim Himmel? Ich sage Ihnen, manche von ihnen sind so unterschiedlich, daß der beste Mensch des einen Glaubens gefühllos ist, wo der schlechteste eines anderen empfindsam sein wird. Ich sagte Ihnen, daß ich geistige Macht nicht mag, weil der Akzent auf dem Wort Macht liegt. Ich sage nicht, daß der Meister einen Rubin stehlen würde, sehr wahrscheinlich würde er nicht, sehr wahrscheinlich würde er es nicht für der Mühe wert halten, zu stehlen. Es wäre nicht gerade eine Versuchung für ihn, Juwelen zu stehlen, aber es würde für ihn eine Versuchung sein, den Ruhm für Wunder einzuheimsen, die ihm ebensowenig gehören wie die Juwelen. *Dieser* Art Versuchung, *dieser* Art des Stehlens hat er heute nachgegeben. Es gefiel ihm, daß wir glaubten, er habe wunderbare geistige Kräfte, mit denen er einen materiellen Gegenstand durch den Raum versetzen könnte, und selbst wenn er das nicht getan hatte, ließ er zu, daß wir das glaubten. Die Frage nach dem Privateigentum würde ihm zunächst einmal gar nicht in den Sinn kommen. Die Frage würde sich ihm nicht in der Form stellen: ›Soll ich diesen Kiesel *stehlen*?‹, sondern in der Form: ›Kann ich diesen Kiesel verschwinden und auf einem fernen Berg wieder auftauchen machen?‹ Die Frage, *wessen* Kiesel, würde ihm als bedeutungslos erscheinen. Das meine ich, wenn ich sage, die Religionen weisen Unterschiede auf. Er ist sehr stolz darauf, zu besitzen, was er geistige Kräfte nennt. Aber was er geistig nennt, ist nicht das, was wir moralisch nennen. Es bedeutet eher hirnlich; die Macht des Geistes über die Materie; der Zauberer, der die Elemente beherrscht. Nun sind wir so nicht, selbst dann, wenn wir nicht besser sind; selbst dann, wenn wir schlechter sind. Wir, deren Vorväter zumindest Christen waren und die wir unter diesen mittelalterlichen Bögen aufgewachsen sind, auch wenn wir sie mit allen Dämonen Asiens verschandeln – wir haben einen ganz entgegengesetzten Ehrgeiz und eine ganz entgegengesetzte Scham. Wir alle fürchten, daß jemand glaubte, wir hätten es getan. Er aber fürchtete, daß niemand glaube, er habe es getan – selbst wenn er es nicht getan hatte. Tatsächlich hat er den Ruhm des Stehlens gestohlen. Während wir alle das Verbrechen von uns schleuderten wie eine Schlange, lockte er es zu sich wie ein Schlangenbeschwörer. Aber in diesem Land sind Schlangen keine Kuscheltiere! Hier machen sich die Traditionen des Christentums unter einer solchen Prüfung sofort selbst bemerkbar. Sehen Sie sich zum Beispiel den alten Mounteagle an! Nun gut, Sie können so orientalisch und esoterisch sein, wie Sie wollen, und einen Turban tragen und wallende Gewänder und von Botschaften der Mahatmas leben, aber wenn Ihnen ein Stückchen Stein aus Ihrem Haus gestohlen wird und Ihre Freunde verdächtigt werden, dann werden Sie ganz schnell feststellen, daß Sie ein ganz normaler englischer Gentleman in einer Klemme sind. Der Mann, der es wirklich tat, hätte niemals gewollt, daß wir glaubten, er habe es getan, denn auch er ist ein englischer Gentleman. Er war außerdem noch etwas sehr viel Besseres: Er war ein christlicher Dieb. Und ich hoffe und glaube, daß er ein reuiger Dieb war.«

»Nach Ihrer Rechnung«, sagte sein Gefährte lachend, »bilden der christliche Dieb und der heidnische Betrüger wahre Gegensätze. Der eine bedauert, daß er es getan hat, und der andere, daß er es nicht getan hat.«

»Wir dürfen über beide nicht zu hart urteilen«, sagte Father Brown. »Andere englische Gentlemen haben schon früher gestohlen und wurden durch rechtliche und politische Protektion gestützt, und auch der Westen hat seine eigene Art, Diebstahl mit Haarspalterei zu verdecken. Schließlich ist der Rubin nicht die einzige Art wertvollen Steins auf Erden, der seinen Besitzer gewechselt hat. Das gilt auch von anderen wertvollen Steinen, manchmal wie Kameen geschnitten und wie Blumen bemalt.«

Der andere sah ihn fragend an; und der Finger des Priesters wies auf die gotischen Umrisse der großen Abtei.

»Ein großer geschnittener Stein«, sagte er, »und auch der ist gestohlen.«

Die Klage des Marquis von Marne

Ein greller Blitz bleichte die grauen Bäume und zeichnete all das runzlige Blätterwerk bis zum letzten gekräuselten Blatt nach, als sei jede Einzelheit mit Silberstift gezogen oder in Silber gestochen. Derselbe sonderbare Trick des Blitzes, durch den er in einem Zeitbruchteil Millionen der winzigsten Dinge aufzuzeichnen scheint, hob alles hervor, von dem eleganten Müll eines Picknicks, der unter dem sich ausbreitenden Baumgeäst ausgebreitet war, bis zu den fahlen Abschnitten einer sich windenden Straße, an deren Ende ein weißer Wagen wartete. In der Ferne schien ein melancholisches Herrenhaus mit vier Türmen wie eine Burg, die im grauen Abend nur ein undeutlicher und unnaher wirrer Haufen von Mauern wie eine zerkrümelnde Wolke war, in den Vordergrund zu springen und sich mit all seinen zinnenbewehrten Dächern und seinen leer starrenden Fenstern aufzurichten. Und darin zumindest hatte das Licht etwas von einer Offenbarung in sich. Denn für einige in jener Gruppe unter dem Baum war dieses Schloß in der Tat ein verblaßtes und fast vergessenes Ding, das jetzt seine Kraft beweisen sollte, um erneut in den Vordergrund ihres Lebens zu springen.

Das Licht hüllte für einen Augenblick auch mindestens eine menschliche Gestalt, die ebenso bewegungslos aufrecht stand wie die Türme, in die gleiche silberne Pracht. Es war die eines großen Mannes, der auf einem Abhang oberhalb der übrigen stand, die vorwiegend auf dem Rasen saßen oder sich bückten, um Picknickkorb und Steingutgeschirr einzusammeln. Er trug einen kurzen malerischen Umhang, den eine silberne Schnalle mit Kette schloß und die wie ein Stern aufflammte, als sie der Blitz berührte; und etwas Metallisches an seiner bewegungslosen Gestalt wurde dadurch betont, daß sein dichtgelocktes Haar von jenem schimmernden Gelb war, das man wirklich golden nennen kann und das jünger wirkte als sein Gesicht, das auf eine harte adlerhafte Weise schön war, aber in dem grellen Licht ein bißchen verrunzelt und verwittert aussah. Wahrscheinlich hatte es unter den Masken aus Make-up gelitten, denn Hugo Romaine war der größte Schauspieler seiner Zeit. Für diesen einen Augenblick der Erleuchtung ließen die goldenen Locken und die elfenbeinfarbene Maske und der silberne Schmuck seine Gestalt aufschimmern wie einen Ritter in Rüstung; im nächsten Augenblick war seine Gestalt eine dunkle und sogar schwarze Silhouette vor dem kränklichen Grau des regnerischen Abendhimmels.

Doch war da etwas an seiner Ruhe wie an der einer Statue, das ihn von der Gruppe zu seinen Füßen unterschied. All die anderen Gestalten um ihn herum hatten all die gewöhnlichen unwillkürlichen Bewegungen bei dem unerwarteten Lichtschock gemacht; denn obwohl der Himmel voller Regen hing, war es der erste Blitz des Sturmes. Die einzige anwesende Dame, die ihr graues Haar mit einer Anmut trug, als sei sie wirklich stolz darauf, was sie als eine Matrone aus den Vereinigten Staaten kennzeichnete, hatte ihre Augen ungekünstelt geschlossen und einen scharfen Schrei ausgestoßen. Ihr englischer Gatte, General Outram, ein unerschütterlicher Angloindien-Mann mit kahlem Kopf und schwarzem Schnurr- und Backenbart von altmodischer Form, blickte mit einer steifen Bewegung auf und wandte sich dann wieder seiner Beschäftigung des Aufräumens zu. Ein junger Mann namens Mallow, sehr groß und scheu und mit braunen Hundeaugen, ließ eine Tasse fallen und entschuldigte sich linkisch. Ein dritter Mann, sehr viel eleganter, mit einem entschlossenen Kopf wie ein wißbegieriger Terrier und grauem, streng zurückgebürstetem Haar, war kein anderer als der große Zeitungsverleger Sir John Cockspur. Er fluchte freimütig, aber nicht mit englischem Wortschatz oder Akzent, denn er kam aus Toronto. Der große Mann aber in dem kurzen Umhang stand aufrecht da, buchstäblich wie eine Statue im Zwielicht. Sein Adlerantlitz hatte im grellen Glanz wie die Büste eines römischen Kaisers ausgesehen, und seine gemeißelten Augenlider hatten nicht einmal gezuckt.

Einen Augenblick später durchkrachte Donner den dunklen Dom, und die Statue schien zum Leben zu erwachen. Er wandte den Kopf über die Schulter und sagte beiläufig:

»Ungefähr anderthalb Minuten zwischen Blitz und Donnerschlag, aber ich glaube, der Sturm kommt näher. Ein Baum wird zwar nicht als guter Schirm gegen den Blitz erachtet, aber wir werden ihn bald gegen den Regen brauchen. Ich glaube, es wird eine Sintflut.«

Der junge Mann warf einen etwas besorgten Blick auf die Dame und sagte: »Können wir nicht irgendwo Schutz suchen? Da drüben scheint es ein Haus zu geben.«

»Da drüben ist ein Haus«, bemerkte der General ziemlich grimmig, »aber es ist nicht gerade das, was Sie ein gastfreundliches Gasthaus nennen würden.«

»Eigenartig«, sagte seine Frau traurig, »daß wir in ein Gewitter geraten sind mit keinem anderen Haus in der Nähe als ausgerechnet diesem.«

Etwas in ihrer Stimme ließ den jungen Mann, der zugleich feinfühlig und verständnisvoll war, verstummen, aber nichts dergleichen entmutigte den Mann aus Toronto.

»Was ist denn damit los?« fragte er. »Sieht eher wie eine Ruine aus.«

»Das dort«, sagte der General trocken, »gehört dem Marquis von Marne.«

»Oha!« sagte Sir John Cockspur. »Von diesem Vogel hab' ich schon so ziemlich alles gehört; und ein reichlich komischer Vogel außerdem. Hab' im vorigen Jahr im ›Comet‹ aus ihm das Geheimnis einer Titelstory gemacht: ›Der Adelsherr, den Niemand Kennt.‹«

»Ja, ich habe auch von ihm gehört«, sagte der junge Mallow mit leiser Stimme. »Es scheint alle möglichen unheimlichen Geschichten darüber zu geben, warum er sich so versteckt. Ich habe sogar gehört, daß er eine Maske trägt, weil er Lepra hat. Und jemand anderes hat mir ganz ernsthaft erzählt, daß auf der Familie ein Fluch liege; ein Kind sei mit einer schrecklichen Mißbildung geboren worden, und man halte es in einem dunklen Zimmer.«

»Der Marquis von Marne hat drei Köpfe«, bemerkte Romaine sehr feierlich. »Alle dreihundert Jahre einmal schmückt ein dreiköpfiger Edelmann den Familienstammbaum. Kein menschliches Wesen wagt es, sich dem verfluchten Haus zu nahen, mit Ausnahme einer schweigenden Prozession von Hutmachern, die entsandt wurde, eine abnorme Anzahl von Hüten heranzuschaffen. Aber« – und seine Stimme nahm eine jener dunklen und schrecklichen Tönungen an, die im Theater solche Schauer zu verursachen vermögen – »meine Freunde, *diese Hüte sind nicht von menschlicher Gestalt.*«

Die amerikanische Dame sah ihn stirnrunzelnd und mit einem leichten Ausdruck des Mißtrauens an, als habe sie diese Stimmkunst gegen ihren Willen bewegt.

»Ich mag Ihre makabren Witze nicht«, sagte sie, »und außerdem wäre es mir lieb, wenn Sie hierüber gar keine Witze machten.«

»Ich höre und gehorche«, sagte der Schauspieler, »doch ist mir wie der Leichten Brigade verboten, sogar nach dem Grund zu fragen?«

»Der Grund«, sagte sie, »ist, daß er Der Adelsherr, den Niemand Kennt nicht ist. Ich kenne ihn, oder jedenfalls kannte ich ihn ziemlich gut, als er vor dreißig Jahren als Attaché in Washington diente und wir alle jung waren. Und er trug keine Maske, oder wenigstens trug er mir gegenüber keine Maske. Er litt nicht an Lepra, obwohl er fast genauso einsam war. Und er hatte nur einen Kopf und nur ein Herz, und das war gebrochen.«

»Unglückliche Liebesgeschichte, natürlich«, sagte Cockspur. »Würde ich gern für den ›Comet‹ haben.«

»Ich nehme an, es ist als Kompliment für uns gemeint«, sagte sie nachdenklich, »wenn Sie immer glauben, eines Mannes Herz werde durch eine Frau gebrochen. Aber es gibt auch andere Arten der Liebe und des Verlustes. Haben Sie niemals *In memoriam* gelesen? Haben Sie niemals von David und Jonathan gehört? Was den armen Marne gebrochen hat, war der Tod seines Bruders. Eigentlich war er nur sein Vetter, aber er war wie ein Bruder mit ihm aufgezogen worden und stand ihm näher, als es unter den meisten Brüdern der Fall ist. James Mair, wie der Marquis genannt wurde, als ich ihn kannte, war der ältere der beiden, spielte aber immer die Rolle des Anbeters, und Maurice Mair war der Gott. Und nach seinem Bericht war Maurice Mair wirklich ein Wunder. James war kein Narr und in seiner politischen Arbeit ausgezeichnet, aber offenbar konnte Maurice nicht nur das, sondern auch alles andere. Er war ein brillanter Maler und Amateurschauspieler und Musiker und alles übrige. James selbst sah sehr gut aus, groß und stark und energisch, mit einer Adlernase; obwohl ich vermute, daß die jungen Leute meinten, er sähe reichlich verschroben aus mit seinem zweigeteilten buschigen Backenbart nach der Mode jener viktorianischen Zeiten. Maurice aber war glatt rasiert und, nach den Portraits, die ich gesehen habe, wirklich schön; obschon er eher aussah wie ein Tenor, als wie ein Gentleman aussehen sollte. James hat mich immer und immer wieder gefragt, ob sein Freund nicht ein wahres Wunder sei, ob nicht jede Frau sich in ihn verlieben müsse und so weiter, bis es zur Plage wurde, die sich dann aber so plötzlich in eine Tragödie verwandelte. Sein ganzes Leben schien diese Vergötterung zu sein, doch eines Tages stürzte das Idol um und zerbrach wie eine Porzellanpuppe. Eine Erkältung am Meer, und alles war vorüber.«

»Und danach«, fragte der junge Mann, »hat er sich dermaßen abgeschlossen?«

»Zuerst ging er ins Ausland«, antwortete sie; »weit fort nach Asien und auf die Kannibaleninseln und Gott weiß wohin. Solche tödlichen Schläge treffen unterschiedliche Menschen auf unterschiedliche Weise. Ihn trieb es zu einer äußersten Absonderung von allem, sogar von der Tradition, und, soweit möglich, von der Erinnerung. Er konnte Hinweise auf die alte Bindung nicht ertragen, ein Portrait oder eine Anekdote oder selbst eine Gedankenverbindung. Er konnte den Pomp einer großen öffentlichen Beisetzung nicht ertragen. Er sehnte sich danach fortzukommen. Er blieb zehn Jahre fort. Ich habe Gerüchte gehört, daß er gegen Ende seines Exils wieder ein bißchen aufgelebt habe, aber als er in sein eigenes Haus zurückkam, brach er völlig zusammen. Er verfiel in religiöse Melancholie, und das ist praktisch der Wahnsinn.«

»Man sagt, die Priester hätten ihn in die Hand bekommen«, knurrte der alte General. »Ich weiß, daß er Tausende für die Gründung eines Klosters ausgegeben hat und selbst praktisch wie ein Mönch lebt – oder wenigstens wie ein Einsiedler. Kann nur nicht begreifen, was ihm das ihrer Meinung nach Gutes tun soll.«

»Gottverdammter Aberglaube«, schnaubte Cockspur, »so was sollte aufgedeckt werden. Da ist ein Mann, der dem Empire und der Welt hätte große Dienste leisten können, und diese Vampire kriegen ihn in die Klauen und saugen ihn aus. Ich wette, daß sie ihn bei ihren unnatürlichen Vorstellungen nicht einmal haben heiraten lassen.«

»Nein, er hat nie geheiratet«, sagte die Dame. »Als ich ihn kannte, war er zwar verlobt, aber ich glaube nicht, daß das für ihn je an erster Stelle stand, und ich glaube, das hörte auf wie der Rest, als für ihn alles andere aufhörte. Wie bei Hamlet und Ophelia – die Liebe entglitt ihm, als ihm das Leben entglitt. Aber ich kannte das Mädchen; und ich kenne sie zufälligerweise immer noch. Unter uns, es war Viola Grayson, die Tochter des alten Admirals. Auch sie hat nie geheiratet.«

»Das ist infam! Das ist infernalisch!« schrie Sir John und sprang auf. »Das ist nicht nur eine Tragödie, das ist ein Verbrechen. Ich habe gegenüber der Öffentlichkeit eine Pflicht, und ich werde dafür sorgen, daß dieser ganze aberwitzige Alptraum … im 20. Jahrhundert …«

Er erstickte fast an seinem eigenen Protestgeschrei, und dann sagte nach einem Schweigen der alte Soldat:

»Nun ja, ich behaupte nicht, daß ich viel von diesen Dingen verstehe, aber ich meine, diese religiösen Leute müßten mal einen Text studieren, in dem es heißt: ›Laßt die Toten ihre Toten begraben.‹«

»Nur scheint unglücklicherweise genau das zu geschehen«, sagte seine Frau mit einem Seufzer. »Das ist wie eine alte unheimliche Geschichte, in der ein toter Mann einen anderen toten Mann immer und immer wieder und auf ewig begraben muß.«

»Der Sturm ist über uns hinweggezogen«, sagte Romaine mit unergründlichem Lächeln. »Also brauchen Sie das ungastliche Haus auch nicht aufzusuchen.«

Plötzlich erschauerte sie.

»O nein, das werde ich nie wieder tun!« rief sie aus.

Mallow starrte sie an.

»Wieder! Haben Sie es denn schon einmal versucht?« rief er.

»Ja, einmal«, sagte sie obenhin, mit einem Hauch von Stolz, »aber auf das alles brauchen wir nicht zurückzukommen. Es regnet jetzt zwar nicht, aber ich glaube, wir sollten lieber zum Wagen zurückgehen.«

Als die Prozession abzog, bildeten Mallow und der General die Nachhut, und plötzlich sagte der letztere, wobei er seine Stimme senkte:

»Ich will nicht, daß dieser kleine Schuft Cockspur es hört, aber da Sie danach gefragt haben, sollten Sie es besser erfahren. Es ist das einzige, was ich Marne nicht vergeben kann, aber ich nehme an, die Mönche haben ihn so gedrillt. Meine Frau, die ihm der beste Freund war, den er je in Amerika hatte, kam gerade zu jenem Haus, als er im Garten herumging. Er blickte wie ein Mönch auf den Boden und verbarg sich in einer schwarzen Kapuze, die genauso lächerlich war wie eine Maske. Sie hatte ihre Karte hineingeschickt und stand ihm da genau im Weg. Und da ist er an ihr vorbeigegangen, ohne ein Wort, ohne einen Blick, als ob sie ein Stein sei. Er war nicht menschlich, er war wie ein schrecklicher Automat. Sie mag ihn wohl zu Recht einen toten Mann nennen.«

»Das ist alles sehr merkwürdig«, sagte der junge Mann ziemlich unbestimmt. »Das ist alles so anders ... anders, als ich es erwartet hätte.«

Als der junge Mallow von diesem ziemlich trübsinnigen Picknick zurückkam, machte er sich nachdenklich auf die Suche nach einem Freund. Er kannte keine Mönche, aber er kannte einen Priester, den er nur zu gerne mit den eigenartigen Enthüllungen konfrontieren wollte, die er an diesem Nachmittag erfahren hatte. Er wollte sehr gerne die Wahrheit über den grausamen Aberglauben erfahren, der über dem Hause Marne hing wie das schwarze Ungewitter, das er über ihm schweben gesehen hatte.

Nachdem man ihn von einem Ort zum anderen verwiesen hatte, gelang es ihm schließlich, seinen Freund Father Brown in dem Haus eines anderen Freundes aufzutreiben, eines römisch-katholischen Freundes mit einer großen Familie. Er trat ein bißchen unverhofft ein und fand Father Brown vor, wie er mit ernster Miene auf dem Boden saß und versuchte, den ziemlich grellen Hut einer Wachspuppe auf dem Kopf eines Teddybären zu befestigen.

Mallow empfand ein fernes Gefühl der Ungereimtheit, aber er war von seinem Problem viel zu erfüllt, als daß er imstande gewesen wäre, das Gespräch noch länger aufzuschieben. Er war überwältigt von einer Art Rückschlag in einem unterbewußten Prozeß, der sich bereits seit einiger Zeit abspielte. Er sprudelte die ganze Tragödie des Hauses Marne heraus, wie er sie von der Frau des Generals vernommen hatte, zusammen mit den meisten Anmerkungen des Generals und des Zeitungsverlegers. Eine neue Atmosphäre der Aufmerksamkeit schien durch die Nennung des Zeitungsverlegers zu entstehen.

Father Brown wußte jeweils weder, ob seine Haltung nun komisch oder alltäglich war, noch kümmerte er sich darum. Er blieb auf dem Boden sitzen, wo sein großer Kopf und seine kurzen Beine ihn einem Baby sehr ähnlich sehen ließen, das mit seinem Spielzeug spielt. Aber da kam in seine großen grauen Augen ein gewisser Ausdruck, der in den Augen von vielen Männern während vieler Jahrhunderte durch die ganze Geschichte der neunzehnhundert Jahre hindurch gesehen worden ist. Nur saßen diese Männer im allgemeinen nicht auf dem Boden, sondern an Beratungstischen, oder in Kapitelsitzen, oder auf den Thronen von Bischöfen und Kardinälen. Ein abwesender, wachsamer Blick, schwer von der Demut eines Amtes, das für Menschen zu groß ist. Etwas von diesem wachsamen und weit vorausreichenden Blick kann man in den Augen von Seeleuten finden und in denen jener, die das Schiff von Sankt Peter durch so viele Stürme gesteuert haben.

»Es ist sehr lieb von Ihnen, daß Sie mir das erzählt haben«, sagte er. »Ich bin Ihnen wirklich schrecklich dankbar, denn wahrscheinlich werden wir uns darum kümmern müssen. Wenn es sich nur um Leute wie Sie und den General handelte, könnte man das als Privatsache belassen, aber wenn Sir John Cockspur anfängt, in seinen Blättern eine Art Panikmache zu betreiben ... nun ja, er ist ein Katholikenfresser aus Toronto, und wir können uns da kaum raushalten.«

»Aber was sagen Sie denn dazu?« fragte Mallow unruhig.

»Das erste, was ich dazu sage«, sagte Father Brown, »ist, daß es so, wie Sie es erzählen, nicht nach dem Leben klingt. Nehmen wir um der Sache des Argumentes willen an, daß wir alle pessimistische Vampire sind, darauf aus, alle menschliche Glückseligkeit zu zerstören. Nehmen wir an, daß ich ein pessimistischer Vampir bin.« Er rieb seine Nase mit dem Teddybären, wurde sich der Ungereimtheit schwach bewußt und legte ihn weg. »Nehmen wir an, wir zerstörten alle menschlichen und familiären Bindungen. Warum sollten wir dann einen Menschen aufs neue in alte Familienbindungen verwickeln, gerade dann, wenn er Anzeichen zeigt, sich davon zu befreien? Es ist doch wohl etwas unfair, uns gleichzeitig der Zerstörung solcher Zuneigung und der Ermutigung solcher Betörung zu beschuldigen. Und ich kann nicht begreifen, warum selbst ein vom religiösen Wahn Befallener sich ausgerechnet solcher Monomanie hingeben sollte oder wie die Religion diese Manie noch steigern könnte, außer daß sie sie mit ein wenig Hoffnung aufhellte.«

Und nach einer Pause sagte er: »Ich würde mich gern einmal mit diesem Ihrem General unterhalten.«

»Es war seine Frau, die mir das erzählt hat«, sagte Mallow.

»Ja«, erwiderte der andere, »aber ich bin mehr an dem interessiert, was er Ihnen nicht erzählt hat, als an dem, was sie erzählt hat.«

»Glauben Sie, daß er mehr weiß als sie?«

»Ich glaube, daß er mehr weiß, als sie sagt«, antwortete Father Brown. »Sie erzählten mir, er habe einen Satz fallenlassen darüber, daß er alles zu vergeben bereit sei außer der Grobheit gegenüber seiner Frau. Was gibt es denn noch zu vergeben?«

Father Brown hatte sich erhoben, und schüttelte seine formlose Kleidung zurecht, und stand da, und schaute den jungen Mann mit zusammengekniffenen Augen und leicht fragendem

Ausdruck an. Im nächsten Augenblick hatte er sich umgewandt, und seinen ebenso unförmigen Schirm und seinen Hut aufgerafft, und stürmte nun die Straße hinab.

Er wanderte durch eine Vielzahl weiter Straßen und Plätze, bis er zu einem schönen altmodischen Haus im West End kam, wo er den Diener fragte, ob er General Outram sprechen könne. Nach einigem kleinem Hin und Her wurde er in ein Arbeitszimmer geführt, das weniger mit Büchern als mit Karten und Globen ausgestattet war und wo der kahlköpfige schwarzbrauige Angloindien-Mann saß, eine lange dünne schwarze Zigarre rauchte und mit Positionsnadeln auf einer Karte spielte.

»Tut mir leid, so einzudringen«, sagte der Priester, »und um so mehr, als ich nicht verhindern kann, daß dieses Eindringen wie eine Einmischung aussieht. Ich möchte mit Ihnen über eine Privatangelegenheit sprechen, aber nur in der Hoffnung, sie dadurch privat halten zu können. Unglücklicherweise gibt es Leute, die sie veröffentlichen könnten. Ich nehme an, General, daß Sie Sir John Cockspur kennen.«

Die Masse aus schwarzem Schnurrbart und Backenbart diente als eine Art Maske für die untere Hälfte des Gesichtes des alten Generals. Es war immer schwierig zu sehen, ob er lächelte, aber seine braunen Augen zeigten oft ein gewisses Zwinkern.

»Ich nehme an, daß jeder ihn kennt«, sagte er. »Ich kenne ihn nicht besonders gut.«

»Aber Sie wissen, daß jeder weiß, was er weiß«, sagte Father Brown lächelnd, »sobald er es für angebracht hält, es zu drucken. Und ich habe von meinem Freund Mr. Mallow, den Sie glaube ich kennen, erfahren, daß Sir John dabei ist, einige flammende antiklerikale Artikel zu veröffentlichen, die sich auf das stützen, was er das Mysterium der Marnes nennen würde. ›Mönche Machen Marquis Verrückt‹ und so weiter.«

»Wenn er das tut«, erwiderte der General, »dann begreife ich nicht, warum Sie deshalb ausgerechnet zu mir kommen. Ich muß Ihnen sagen, daß ich überzeugter Protestant bin.«

»Ich mag überzeugte Protestanten sehr«, sagte Father Brown. »Ich bin zu Ihnen gekommen, weil ich sicher bin, daß Sie mir die Wahrheit sagen werden. Ich hoffe, daß es nicht unbarmherzig gedacht ist, bei Sir John Cockspur weniger sicher zu sein.«

Die braunen Augen zwinkerten erneut, aber der General sagte nichts.

»General«, sagte Father Brown, »nehmen wir an, Cockspur oder seinesgleichen wollten in der ganzen Welt Märchen über Ihr Land und Ihre Fahne verbreiten. Nehmen wir an, er behauptete, Ihr Regiment sei in der Schlacht davongelaufen oder Ihr Stab stehe im Solde des Feindes. Würden Sie hinnehmen, daß irgendwas zwischen Ihnen und den Fakten stünde, mit denen Sie ihn widerlegen könnten? Würden Sie nicht ohne Rücksicht auf andere versuchen, die Wahrheit an den Tag zu bringen? Nun gut, ich führe ein Regiment, und ich gehöre zu einer Armee. Sie wird verleumdet durch eine Geschichte, von der ich sicher bin, daß sie erfunden ist, aber noch kenne ich die wahre Geschichte nicht. Können Sie es mir übelnehmen, daß ich versuche, sie herauszufinden?«

Der Soldat schwieg, und der Priester fuhr fort:

»Ich habe die Geschichte gehört, die Mallow gestern erzählt wurde, wie Marne sich mit gebrochenem Herzen zurückzog nach dem Tod seines Bruders, der ihm mehr als das war. Ich bin sicher, daß da noch mehr dran ist. Ich bin gekommen, um Sie zu fragen, ob Sie mehr wissen.«

»Nein«, sagte der General kurz, »ich kann Ihnen nicht mehr sagen.«

»General«, sagte Father Brown mit einem breiten Grinsen, »Sie hätten mich einen Jesuiten genannt, wenn ich diese Gleichsetzung verwendet hätte.«

Der Soldat lachte rauh und brummte dann sehr viel feindseliger:

»Na schön, ich werde Ihnen also nichts erzählen«, sagte er. »Und was sagen Sie dazu?«

»Ich sage nur«, sagte der Priester milde, »daß in diesem Fall ich es Ihnen erzählen muß.«

Die braunen Augen starrten ihn an, aber dieses Mal war da kein Zwinkern. Er fuhr fort:

»Sie zwingen mich dazu festzustellen, und vielleicht weniger verständnisvoll, als Sie das könnten, warum offensichtlich ist, daß da mehr dran ist. Ich bin ziemlich sicher, daß der Marquis bessere Gründe für sein Brüten und seine Heimlichtuerei hat als nur den Verlust eines alten Freundes. Ich bezweifle, daß Priester irgend etwas damit zu tun haben; ich weiß nicht einmal, ob er ein Konvertit ist oder nur ein Mann, der sein Gewissen mit Wohltätigkeit beruhigt; aber ich bin sicher, daß er mehr ist als nur der große

Klagende. Da Sie darauf bestehen, will ich Ihnen ein oder zwei der Dinge sagen, die mich zu dieser Überzeugung bringen.

Erstens wurde gesagt, daß James Mair verlobt war und heiraten wollte, sich aber nach dem Tode von Maurice Mair irgendwie wieder entlobte. Warum aber sollte ein ehrenwerter Mann seine Verlobung brechen, nur weil er durch den Tod einer dritten Person bedrückt war? Er hätte viel eher versucht, in ihr Trost zu finden; wie auch immer, zumindest der Anstand hätte ihn gezwungen, sie zu verwirklichen.«

Der General kaute auf seinem schwarzen Schnurrbart herum, und seine braunen Augen waren sehr wachsam und sogar etwas besorgt geworden, aber er antwortete nicht.

»Ein zweiter Punkt«, sagte Father Brown und starrte mit gerunzelter Stirn auf den Tisch. »James Mair hatte seine Freundin immer wieder gefragt, ob sein Vetter Maurice nicht faszinierend sei und ob die Frauen ihn nicht bewunderten. Ich weiß nicht, ob es der Dame klargeworden ist, daß diese Fragerei auch einen anderen Grund gehabt haben könnte.«

Der General stand auf und begann, im Zimmer umherzustapfen.

»O verflucht«, sagte er, doch ohne irgendeinen Ausdruck der Animosität.

»Der dritte Punkt«, fuhr Father Brown fort, »ist James Mairs eigenartige Weise zu trauern – alle Andenken zerstören, alle Portraits verhängen und so weiter. Ich gebe zu, daß das manchmal vorkommt, es könnte einen rein gefühlsmäßigen Verlust bedeuten. Aber es könnte auch etwas anderes bedeuten.«

»Zum Henker mit Ihnen«, sagte der andere. »Wie lange wollen Sie das noch weiter aufbauen?«

»Der vierte und der fünfte Punkt sind ziemlich überzeugend«, sagte der Priester ruhig, »besonders wenn man sie zusammen nimmt. Der erste ist, daß man Maurice Mair offenbar kein besonderes Begräbnis gegeben hat, obwohl er der jüngste Sproß einer großen Familie war. Man muß ihn hastig beerdigt haben; vielleicht gar heimlich. Und der letzte Punkt ist, daß James Mair sofort ins Ausland verschwunden ist; er floh tatsächlich bis an die Enden der Welt.

Und«, fuhr er immer noch mit der gleichen sanften Stimme fort, »wenn Sie also meine Religion anschwärzen wollen, um die reine und vollkommene Zuneigung zweier Brüder noch heller erstrahlen zu lassen, dann …«

»Stop!« schrie Outram mit einer Stimme wie ein Pistolenschuß. »Ich muß Ihnen mehr erzählen, oder Sie werden sich noch Schlimmeres einbilden. Lassen Sie mich Ihnen als erstes eines sagen. Es war ein fairer Kampf.«

»Aha«, sagte Father Brown und schien tief aufzuatmen.

»Es war ein Duell«, sagte der andere. »Es war vermutlich das letzte Duell, das in England ausgetragen wurde, und es ist jetzt lange her.«

»Das ist besser«, sagte Father Brown. »Gott sei Dank, das ist sehr viel besser.«

»Jedenfalls besser als die häßlichen Dinge, an die Sie gedacht haben, oder?« sagte der General rauh. »Na schön, für Sie mag es ja ganz gut sein, über die reine vollkommene Zuneigung zu spotten, aber trotz allem war sie echt. James Mair war seinem Vetter wirklich ergeben, der wie ein jüngerer Bruder mit ihm aufgewachsen war. Ältere Brüder und Schwestern widmen sich manchmal so einem Kind, vor allem wenn es ein Wunderkind ist. Aber James Mair hatte die Art von einfachem Charakter, in dem selbst Haß selbstlos ist. Ich will damit sagen, selbst wenn sich die Zuneigung in Zorn wandelt, bleibt dieser dennoch objektiv, nach außen auf das Objekt gerichtet, und er ist sich seiner nicht bewußt. Nun war der arme Maurice Mair genau das Gegenteil. Er war sehr viel freundlicher und beliebter; aber seine Erfolge ließen ihn in einem Haus aus Spiegeln leben. Er war erster in jeder Art von Sport und Kunst und Leistung; fast immer gewann er und nahm es freundlich hin. Wenn er aber einmal durch Zufall verlor, dann erschien da etwas nicht ganz so Freundliches; er war ein bißchen eifersüchtig. Ich brauche Ihnen nicht die ganze elende Geschichte zu erzählen, wie er auf die Verlobung seines Vetters mit ein bißchen Eifersucht reagierte, wie er seine ruhelose Eitelkeit nicht davon abhalten konnte, sich einzumischen. Es genügt zu sagen, daß eines der wenigen Dinge, in denen James Mair ihm anerkanntermaßen überlegen war, das Schießen mit der Pistole war; und damit endete die Tragödie.«

»Sie meinen, daß die Tragödie damit begann«, erwiderte der Priester. »Die Tragödie des Überlebenden. Ich habe mir gedacht, daß er keine mönchischen Vampire brauchte, um sich unglücklich zu machen.«

»Nach meiner Meinung ist er viel unglücklicher als nötig«, sagte der General. »Es war zwar, wie ich sagte, eine schreckliche

Tragödie, aber es war ein fairer Kampf. Und Jim war schlimm provoziert worden.«

»Woher wissen Sie das alles?« fragte der Priester.

»Ich weiß es, weil ich es gesehen habe«, antwortete Outram ungerührt. »Ich war James Mairs Sekundant, und ich sah Maurice Mair totgeschossen auf dem Sand vor meinen Augen.«

»Ich wollte, Sie würden mir mehr darüber erzählen«, sagte Father Brown nachdenklich. »Wer war Maurice Mairs Sekundant?«

»Er hatte sich eine würdigere Unterstützung ausgesucht«, erwiderte der General grimmig. »Hugo Romaine war sein Sekundant; der große Schauspieler, wissen Sie. Maurice war verrückt nach Schauspielerei und hatte sich Romaines angenommen (der damals ein schon aufsteigender, aber sich noch abquälender Mann war) und finanzierte den Burschen und seine Unternehmungen und bekam dafür von dem professionellen Schauspieler Unterricht in seinem eigenen Steckenpferd, der Laienschauspielerei. Damals aber war Romaine meiner Ansicht nach von seinem reichen Freund praktisch abhängig; obwohl er jetzt reicher ist als jeder Aristokrat. Daß er als Sekundant diente, bedeutete also nichts im Hinblick darauf, was er über den Streit dachte. Sie kämpften auf englische Art, jeder nur mit einem Sekundanten. Ich wollte wenigstens einen Arzt dabeihaben, aber Maurice hat das stürmisch abgelehnt und gesagt, je weniger davon wüßten, desto besser; und im schlimmsten Fall könnten wir sofort Hilfe bekommen. ›Es gibt einen Arzt im Dorf, keine halbe Meile entfernt‹, sagte er. ›Ich kenne ihn, und er hat das schnellste Pferd im Lande. Den könnte man blitzschnell herbringen; aber es ist nicht nötig, ihn herzuholen, bevor wir es nicht wissen.‹ Nun ja, wir alle wußten, daß Maurice das größere Risiko lief, da die Pistole nicht seine Waffe war; als er also jede Hilfe ablehnte, wollte niemand darum bitten. Das Duell wurde auf einem flachen Sandstrand an der Ostküste Schottlands ausgetragen, und sowohl sein Anblick wie sein Schall wurden vor den Weilern landeinwärts durch einen langen Schutzwall aus Dünen abgeschirmt, die stellenweise mit Flecken von üppigem Gras besetzt waren. Vielleicht Teile eines Golfplatzes, obwohl in jenen Tagen noch kein Engländer von Golf gehört hatte. Es gab da einen tiefen, winkligen Einschnitt in den Dünen, durch den wir hinaus auf die Sandfläche kamen, die ich immer noch vor mir sehe. Zuerst ein breiter Streifen von totem Gelb und dahinter ein schmalerer Streifen von dunklem

Rot, ein dunkles Rot, das bereits wie der lange Schatten einer blutigen Tat anmutete.

Die Sache selbst schien mit schrecklicher Schnelligkeit zu geschehen, als ob ein Wirbelsturm den Sand getroffen hätte. Schon beim Knall des Schusses wirbelte Maurice Mair wie ein Kreisel herum und stürzte wie ein Kegel aufs Gesicht. Und sonderbar genug, während ich mich die ganze Zeit um ihn gesorgt hatte, galt ab dem Augenblick, da er tot war, all mein Mitgefühl dem Mann, der ihn getötet hatte; und so ist es noch heute und zu dieser Stunde. Ich wußte, daß dadurch das riesige, schreckliche Pendel der lebenslangen Liebe meines Freundes zurückschwingen würde und daß, welche Gründe auch immer andere finden mochten, ihn zu entschuldigen, er sich nie und nimmer selbst vergeben würde. Und so ist denn das wirklich lebendige Ding, das Bild, das sich in meine Erinnerung so eingebrannt hat, daß ich es nicht vergessen kann, nicht das der Katastrophe, des Rauchs und des Blitzes und der stürzenden Gestalt. Das alles schien vorbei zu sein wie das Geräusch, das einen Mann aufweckt. Was ich sah und was ich immer sehen werde, ist der arme Jim, wie er zu seinem gefallenen Freund und Feind hinübereilte. Sein brauner Bart sah schwarz aus vor der gespenstischen Blässe seines Gesichtes, dessen edle Konturen sich gegen die See wie ausgeschnitten abhoben, und seine verzweifelten Gesten, mit denen er mir zuwinkte, ich solle in das Dörfchen hinter den Dünen um den Arzt laufen. Er hatte seine Pistole fallenlassen, während er rannte. In einer Hand hielt er einen Handschuh, und dessen lose und flatternde Finger schienen seine wilde Pantomime, mit der er umherzeigte oder um Hilfe winkte, noch zu vergrößern und zu betonen. Das ist das Bild, das wirklich in mir geblieben ist, und in diesem Bild gibt es sonst nichts außer dem gestreiften Hintergrund aus Sand und See und dem dunklen toten Körper, der da so still wie ein Stein lag, und der dunklen Gestalt des Sekundanten des toten Mannes, die da grimmig und bewegungslos vor dem Horizont stand.«

»Romaine stand bewegungslos?« fragte der Priester. »Ich hätte gedacht, er wäre noch schneller zu der Leiche gerannt.«

»Vielleicht ist er das, nachdem ich gegangen war«, erwiderte der General. »Ich hatte dieses unsterbliche Bild in einem Augenblick in mich aufgenommen, und im nächsten war ich zwischen die Dünen getaucht und war weit außer Sicht der anderen. Nun, der arme Maurice hatte mit dem Arzt eine gute Wahl getroffen; denn obwohl der Doktor zu spät kam, kam er doch rascher, als ich für möglich gehalten hätte. Dieser Dorfarzt war ein sehr bemerkenswerter Mann, rothaarig und zornmütig, aber von ungeheurer Schnelligkeit und Geistesgegenwart. Ich sah ihn nur wie einen Blitz, als er auf sein Pferd sprang und zur Szene des Todes fortdonnerte und mich weit hinter sich zurückließ. Doch in jenem Blitz empfand ich einen so starken Eindruck seiner Persönlichkeit, daß ich zu Gott wünschte, er wäre wirklich gerufen worden, bevor das Duell begann; denn bei meiner Seele, ich glaube, irgendwie hätte er es verhindert. So aber hatte er alles mit wunderbarer Schnelligkeit aufgeräumt. Lange ehe ich noch auf meinen beiden Füßen das Ufer wieder erreicht hatte, hatte er mit seinem ungestüm praktischen Wesen alles geregelt. Die Leiche war provisorisch in den Dünen begraben worden, und den unglücklichen Menschentöter hatte er überredet, das einzige zu tun, was er noch tun konnte – um sein Leben zu fliehen. Er schlüpfte die Küste entlang, bis er zu einem Hafen kam, von wo aus es ihm gelang, das Land zu verlassen. Den Rest wissen Sie; der arme Jim blieb viele Jahre im Ausland. Später, als die ganze Sache unter Schweigen verschwand oder vergessen wurde, kam er in sein trübsinniges Schloß zurück und erbte automatisch den Titel. Seit jenem Tag habe ich ihn bis heute nicht wiedergesehen, und doch weiß ich, was mit roten Buchstaben in die innerste Dunkelheit seines Gehirns geschrieben ist.«

»Ich habe gehört«, sagte Father Brown, »daß einige von Ihnen Versuche unternommen haben, ihn zu besuchen?«

»Meine Frau hat in ihren Bemühungen nie nachgelassen«, sagte der General. »Sie weigert sich anzuerkennen, daß ein solches Verbrechen einen Mann für immer ausschließe; und ich gebe zu, daß ich dazu neige, ihr zuzustimmen. Noch vor achtzig Jahren hätte man so was ganz normal gefunden, und es war ja auch viel eher Totschlag denn Mord. Meine Frau ist eine enge Freundin der unglücklichen Dame, die der Anlaß für den Streit war, und sie hat die Vorstellung, daß wenn Jim zustimmen würde, Viola Grayson noch einmal zu sehen und von ihr die Versicherung zu bekommen, die alten Streitigkeiten seien begraben, das seine Gesundheit wiederherstellen könnte. Meine Frau wird morgen eine Art Ratsversammlung alter Freunde einberufen. Sie ist sehr energisch.«

Father Brown spielte mit den Nadeln, die neben der Karte des Generals lagen, er schien eher abwesend zuzuhören. Er hatte jene Art Geist, der Dinge in Bildern sieht, und das Bild, das sogar den prosaischen Geist des praktischen Soldaten gefärbt hatte, nahm im mystischeren Geist des Priesters nur noch bedeutungsvollere und düsterere Tönungen an. Er sah die dunkelrote Verlassenheit des Strandes, die wahre Farbe des Feldes Aceldama, und den toten Mann, wie er da als ein dunkler Haufen lag, und den Mörder, der sich bückte, während er rannte, und mit dem Handschuh in verzweifelter Reue gestikulierte, und immer wieder kam seine Vorstellung zu jenem dritten Ding zurück, das er immer noch nicht in irgendein menschliches Bild einpassen konnte: dem Sekundanten des getöteten Mannes, wie er da regungslos und rätselhaft stand, eine dunkle Statue am Rande der See. Es mochte für gewisse wie ein belangloses Detail erscheinen, für ihn aber erhob sich jene starre Gestalt wie ein stures Fragezeichen.

Warum hatte Romaine sich nicht sofort bewegt? Es wäre das doch aus einfacher Menschlichkeit, von Freundschaft ganz zu schweigen, die natürlichste Sache für einen Sekundanten gewesen. Und selbst wenn es da ein Doppelspiel oder noch nicht begriffene dunklere Dinge geben mochte, sollte man doch meinen, daß er das wenigstens um des Anscheins willen getan hätte. Jedenfalls wäre es, nachdem die Sache vorbei war, für den Sekundanten natürlich gewesen, sich in Bewegung zu setzen, lange bevor der andere Sekundant hinter den Dünen verschwunden war.

»Bewegt sich dieser Mann Romaine sehr langsam?« fragte er.

»Sonderbar, daß Sie gerade das fragen«, antwortete Outram mit einem scharfen Blick. »Nein, er bewegt sich in der Tat sehr schnell, wenn er sich überhaupt bewegt. Ich habe eigenartigerweise eben daran gedacht, daß ich ihn heute nachmittag während des Gewittersturmes genau so habe dastehen sehen wie damals. Er stand da in seinem silberverschlossenen Umhang mit einer Hand auf der Hüfte, in jeder Einzelheit genau so, wie er einst auf jenem blutigen Sand gestanden hatte. Der Blitz blendete uns alle, er aber blinzelte nicht einmal. Als es wieder dunkel wurde, stand er immer noch still da.«

»Ich nehme an, daß er nicht immer noch dort steht?« fragte Father Brown. »Ich meine, ich nehme an, er hat sich irgendwann bewegt?«

»Nun, er hat sich sogar sehr schnell bewegt, als der Donner krachte«, erwiderte der andere. »Er scheint auf ihn gewartet zu haben, denn er nannte uns genau den Zeitunterschied ... Ist irgendwas los?«

»Ich habe mich nur an einer Ihrer Nadeln gestochen«, sagte Father Brown. »Ich hoffe, ich habe sie nicht kaputtgemacht.« Aber seine Augen hatten zugeschnappt, und sein Mund hatte sich plötzlich geschlossen.

»Sind Sie krank?« fragte der General und starrte ihn an.

»Nein«, antwortete der Priester; »ich bin nur nicht so stoisch wie Ihr Freund Romaine. Ich muß blinzeln, wenn ich Licht sehe.«

Er wandte sich um und raffte Hut und Schirm auf; aber als er zur Tür gegangen war, schien er sich an etwas zu erinnern und kehrte um. Er trat ganz nahe an Outram heran, er blickte in sein Gesicht hinauf mit einem recht hilflosen Ausdruck wie ein sterbender Fisch, und er machte eine Bewegung, als wolle er ihn bei der Weste packen.

»General«, flüsterte er fast, »lassen Sie um Gottes willen Ihre Frau und diese andere Dame nicht darauf bestehen, Marne noch einmal zu sehen. Lassen Sie schlafende Hunde in Frieden, oder Sie werden alle Hunde der Hölle loslassen.«

Der General blieb mit einem Ausdruck der Verwirrung in seinen braunen Augen zurück und setzte sich nieder, um weiter mit seinen Nadeln zu spielen.

Noch größer jedoch war die Verwirrung, die die aufeinanderfolgenden Etappen der wohlwollenden Verschwörung seitens der Frau des Generals begleitete, die ihre kleine Gruppe von Sympathisanten versammelt hatte, um das Schloß des Menschenfeindes zu stürmen. Die erste Überraschung, die ihr widerfuhr, war die unerklärliche Abwesenheit eines der Akteure in dieser antiken Tragödie. Als man sich verabredungsgemäß in einem ruhigen Hotel nahe dem Schloß versammelte, gab es keinerlei Zeichen von Hugo Romaine, bis man endlich durch ein verspätetes Telegramm eines Rechtsanwaltes davon unterrichtet wurde, daß der große Schauspieler plötzlich das Land verlassen habe. Die zweite Überraschung war – als sie die Bombardierung damit begannen, im Schloß dringend um eine Unterredung nachzusuchen – die Gestalt, die ihnen aus jenen dunklen Toren entgegentrat, um die Abordnung im Namen des edlen Eigentümers zu empfangen. Es war keineswegs eine Gestalt, wie sie sie jenen düsteren Alleen oder jenen fast feudalen Förmlichkeiten angemessen erachtet hätten. Es war kein stattlicher Haussteward oder Majordomus, nicht einmal ein würdevoller Butler oder hochgewachsener galonierter Lakai. Die einzige Gestalt, die ihnen aus der Höhle des Burgtores entgegenkam, war die kurze und schäbige Gestalt von Father Brown.

»Hören Sie zu«, sagte er in seiner einfachen verärgerten Art. »Ich hab' Ihnen doch gesagt, daß Sie ihn besser in Ruhe ließen. Er weiß, was er tut, und es würde alle nur unglücklich machen.«

Lady Outram, die von einer großen und zurückhaltend gekleideten Dame begleitet wurde, die immer noch sehr schön und vermutlich die ursprüngliche Miss Grayson war, blickte den kleinen Priester mit kalter Verachtung an.

»Also wirklich, Sir«, sagte sie; »es handelt sich um eine sehr private Angelegenheit, und ich begreife nicht, was Sie damit zu tun haben.«

»Um was kümmern sich denn Priester sonst als um private Angelegenheiten«, knurrte Sir John Cockspur wütend. »Wissen Sie denn nicht, daß die hinter der Szene leben, so wie die Ratten hinter der Täfelung hausen, und sich ihren Weg in jedermanns Privaträume wühlen? Sehen Sie doch, wie er sich schon in den Besitz des armen Marne gesetzt hat.« Sir John schmollte gewissermaßen, daß ihn seine aristokratischen Freunde überredet hatten, auf den großen Publikumsknüller zu verzichten, und ihm dafür das Privileg eingeräumt hatten, wirklich an einem Geheimnis der Gesellschaft teilzuhaben. Niemals aber kam es ihm in den Sinn, sich zu fragen, ob er nicht selbst wie eine Ratte hinter der Täfelung hause.

»Ach, das ist schon in Ordnung«, sagte Father Brown mit der Ungeduld der Besorgnis. »Ich habe alles mit dem Marquis und dem einzigen Priester durchgesprochen, mit dem er jemals zu tun gehabt hat, seine klerikalen Vorlieben sind heftig übertrieben worden. Ich sage Ihnen, er weiß, um was es für ihn geht, und ich flehe Sie alle an, ihn allein zu lassen.«

»Sie meinen, ihn diesem lebendigen Tod des Grübelns und dem Verrücktwerden in einer Ruine zu überlassen!« rief Lady Outram mit einer Stimme, die leicht bebte. »Und nur, weil er das Unglück hatte, einen Mann in einem Duell vor über einem Vierteljahrhundert zu erschießen. Nennen Sie das christliche Barmherzigkeit?«

»Ja«, antwortete der Priester ungerührt, »das nenne ich christliche Barmherzigkeit.«

»Geschwätz über christliche Barmherzigkeit ist so ziemlich das einzige, was Sie jemals aus einem dieser Priester herauskriegen«, rief Cockspur bitter. »Das ist ihre einzige Vorstellung, wie man einem armen Kerl für ein Stück Torheit vergibt: ihn lebendig einzumauern und ihn mit Fasten und Bußen und Bildern vom ewigen Höllenfeuer zu Tode zu hungern. Und nur, weil eine Kugel falsch geflogen ist.«

»Wirklich, Father Brown«, sagte General Outram, »glauben Sie ehrlich, daß er das verdient? Ist das Ihre Christlichkeit?«

»Sicher ist die wahre Christlichkeit«, plädierte seine Frau sanfter, »die, die alles versteht und alles verzeiht, die Liebe, die sich erinnern – und vergessen kann.«

»Father Brown«, sagte der junge Mallow sehr ernst, »im allgemeinen stimme ich mit dem überein, was Sie sagen; ich will aber gehängt werden, wenn ich Ihnen jetzt folgen kann. Ein Schuß in einem Duell, dem sofort die Reue folgte, ist schließlich keine so entsetzliche Sünde.«

»Ich räume ein«, sagte Father Brown stumpf, »daß ich seine Sünde sehr viel ernster sehe.«

»Gott möge Ihr hartes Herz erweichen«, sagte die fremde Dame, die zum ersten Mal sprach. »Ich werde gehen und mit meinem alten Freund reden.«

Und fast so, als habe ihre Stimme einen Geist in jenem großen grauen Haus erweckt, rührte sich darinnen etwas, und eine Gestalt stand in dem dunklen Torbogen oben auf der großen steinernen Freitreppe. Sie war in tiefstes Schwarz gekleidet, aber da war etwas Wildes in dem gebleichten Haar und etwas in den bleichen Zügen, das an die Trümmer einer Marmorstatue gemahnte.

Viola Grayson begann gelassen die große Treppe hinaufzusteigen, und Outram murmelte in seinen dichten schwarzen Schnurrbart: »Sie wird er nicht kalt schneiden wie meine Frau, glaube ich.«

Father Brown, der vor Resignation fast zusammenzubrechen schien, sah einen Augenblick lang zu ihm auf:

»Der arme Marne hat genug auf seinem Gewissen«, sagte er. »Wir wollen ihn deshalb von allem lossprechen, was wir können. Zumindest hat er Ihre Frau niemals geschnitten.«

»Was meinen Sie damit?«

»Er hat sie nie gekannt«, sagte Father Brown.

Während sie redeten, stieg die hochgewachsene Dame stolz die letzte Stufe empor und stand nun dem Marquis von Marne gegenüber. Seine Lippen bewegten sich, aber ehe er noch sprechen konnte, geschah etwas.

Ein Schrei erscholl in den offenen Raum und verklang in klagenden Echos entlang jener hohlen Mauern. Ob der Plötzlichkeit und Pein, mit der er sich von den Lippen der Frau gelöst hatte, hätte es auch ein wortloser Schrei sein können. Aber es war ein Wort, und sie alle hörten es mit furchtbarer Deutlichkeit.

»Maurice!«

»Was ist, Liebste?« rief Lady Outram und begann, die Treppe hinaufzuhasten, denn die andere schwankte, als ob sie die ganze steinerne Treppenflucht hinabstürzen würde. Dann sah sie sich um und begann herabzusteigen, gebeugt und geschrumpft und schaudernd. »O mein Gott«, sagte sie. »O mein Gott ... das ist überhaupt nicht Jim ... das ist Maurice!«

»Ich glaube, Lady Outram«, sagte der Priester tiefernst, »Sie sollten besser Ihre Freundin begleiten.«

Als sie sich umwandten, fiel eine Stimme vom oberen Ende der steinernen Treppe wie ein Stein auf sie nieder, eine Stimme, die aus einem offenen Grab hätte kommen können. Sie war heiser und unnatürlich, wie die Stimmen von Menschen, die man mit wilden Vögeln auf einsamen Eilanden allein gelassen hat. Es war die Stimme des Marquis von Marne, und sie sagte: »Halt!«

»Father Brown«, sagte er, »bevor Ihre Freunde sich verstreuen, erlaube ich Ihnen, ihnen all das zu erzählen, was ich Ihnen erzählt habe. Und vor dem, was daraus folgen mag, will ich mich nicht länger verbergen.«

»Sie haben recht«, sagte der Priester, »und es wird Ihnen angerechnet werden.«

»Ja«, sagte Father Brown später gelassen zu der fragenden Gesellschaft. »Er hat mir das Recht erteilt zu sprechen, aber ich werde es nicht erzählen, wie er es mir erzählt hat, sondern wie ich selbst es herausgefunden habe. Nun gut, ich wußte von Anfang an, daß der zerstörerische mönchische Einfluß Unfug aus Romanen war. Unsere Leute mögen manchmal unter bestimmten Umständen einen Mann ermutigen, in ein Kloster einzutreten, auf keinen Fall aber, sich in einem mittelalterlichen Schloß herumzutreiben. Ebenso würden sie ihn sicherlich nicht ermutigen, sich wie ein Mönch zu kleiden, wenn er kein Mönch ist. Dann aber fiel mir ein, daß er selbst vielleicht eine Mönchskapuze oder sogar eine Maske tragen wollte. Ich hatte von ihm als einem Trauernden gehört, und dann als einem Mörder, aber ich hatte schon einen schwachen Verdacht, daß die Gründe, aus denen er sich versteckte, vielleicht nicht nur mit dem zu tun hatten, was er war, sondern wer er war.

Dann kam die lebendige Beschreibung des Duells durch den General, und das lebendigste für mich darin war die Gestalt des Mr. Romaine im Hintergrund; sie war so lebendig, weil sie im Hintergrund war. Warum ließ der General hinter sich, auf dem Sand, einen toten Mann zurück, dessen Freund ein paar Meter von ihm entfernt dastand wie ein Stock oder ein Stein? Dann vernahm ich etwas eigentlich sehr Belangloses über eine Angewohnheit Romaines, nämlich ganz still dazustehen, wenn er darauf wartet, daß etwas geschieht, wie er auf den Donner wartete, daß er dem Blitz folge. Nun, in diesem Fall verriet diese Angewohnheit alles. Hugo Romaine wartete auch bei jener vergangenen Gelegenheit auf etwas.«

»Aber es war doch alles vorbei«, sagte der General. »Auf was hätte er da noch warten können?«

»Er wartete auf das Duell«, sagte Father Brown.

»Aber ich sage Ihnen, daß ich das Duell gesehen habe!« schrie der General.

»Und ich sage Ihnen, daß Sie das Duell nicht gesehen haben«, sagte der Priester.

»Sind Sie verrückt?« fragte der andere. »Oder warum sollten Sie glauben, daß ich blind wäre?«

»Weil man Sie geblendet hatte – damit Sie nicht sehen sollten«, sagte der Priester. »Weil Sie ein guter Mensch sind und Gott Erbarmen mit Ihrer Unschuld hatte, und so wandte er Ihr Gesicht von jenem unnatürlichen Kampf ab. Er setzte eine Wand aus Sand und Schweigen zwischen Sie und das, was sich an jenem entsetzlich roten Ufer wirklich abspielte, das den rasenden Geistern von Judas und Kain überlassen war.«

»Sagen Sie uns, was geschah!« keuchte die Dame ungeduldig.

»Ich werde es Ihnen erzählen, wie ich es herausgefunden habe«, fuhr der Priester fort. »Das nächste, was ich herausfand, war, daß Romaine den Schauspieler Maurice Mair in allen Kniffen der Schauspielerei unterrichtet hatte. Ich hatte einmal einen Freund, der sich mit Schauspielerei befaßte. Er erzählte mir sehr amüsant davon, daß die Übungen der ersten Woche ausschließlich darin bestanden, hinzufallen, zu lernen, wie man ohne zu stolpern flach hinfällt, als ob man mausetot sei.«

»Gott sei uns gnädig!« schrie der General und umkrampfte die Lehnen seines Sessels, als wolle er sich erheben.

»Amen«, sagte Father Brown. »Sie haben mir erzählt, wie schnell sich das abspielte, und wirklich ist Maurice gefallen, bevor die Kugel flog, und lag da vollkommen still und wartete. Und sein verruchter Freund und Lehrer stand ebenfalls im Hintergrund und wartete.«

»Wir alle warten«, sagte Cockspur, »und ich habe das Gefühl, daß ich nicht noch länger warten kann.«

»James Mair, den die Reue schon zerbrochen hatte, rannte hinüber zu dem gestürzten Mann und beugte sich vornüber, um ihn aufzuheben. Er hatte seine Pistole wie ein unrein Ding fortgeworfen, aber Maurices Pistole lag immer noch unter dessen Hand, und sie war nicht abgefeuert. Als dann der ältere Mann sich über den jüngeren beugte, stützte sich der jüngere auf seinem linken Arm auf und schoß den älteren durch den Körper. Er wußte, daß er kein guter Schütze war, aber auf diese Entfernung konnte er das Herz nicht verfehlen.«

Der Rest der Gesellschaft hatte sich erhoben und stand da und starrte mit bleichen Gesichtern auf den Erzähler hinab. »Sind Sie sich dessen sicher?« fragte schließlich Sir John mit belegter Stimme.

»Ich bin mir dessen sicher«, sagte Father Brown, »und jetzt überlasse ich Maurice Marne, den gegenwärtigen Marquis von Marne, Ihrer christlichen Barmherzigkeit. Sie haben mir heute etwas von christlicher Barmherzigkeit erzählt. Mir schien, Sie räumten ihr fast zuviel Platz ein, aber wie glücklich trifft es sich da für arme Sünder wie diesen Mann, daß Sie sich so sehr zur Seite der Gnade hin irren und bereit sind, sich mit allen Menschen zu versöhnen.«

»Zum Teufel«, explodierte der General, »wenn Sie sich einbilden, ich würde mich mit so einer dreckigen Viper wie der da versöhnen, sage ich Ihnen, daß ich nicht ein Wort sagen würde, um ihn damit vor der Hölle zu bewahren. Ich habe gesagt, ich könne ein ordentliches, anständiges Duell verzeihen, aber von allen verräterischen Meuchelmördern …«

»Er sollte gelyncht werden«, schrie Cockspur aufgeregt. »Er sollte lebendig brennen wie ein Nigger in den Staaten. Und wenn es so was gibt wie ewig brennen, dann verdammt noch mal soll er …«

»Ich würde ihn selbst mit einer Feuerzange nicht anfassen«, sagte Mallow.

»Es gibt Grenzen für die menschliche Barmherzigkeit«, sagte Lady Outram, die am ganzen Körper zitterte.

»Gibt es«, sagte Father Brown trocken, »und das ist der wirkliche Unterschied zwischen der menschlichen Barmherzigkeit und der christlichen Barmherzigkeit. Sie müssen mir vergeben, daß ich unter Ihrer Verachtung meiner Unbarmherzigkeit heute nicht ganz zusammengebrochen bin oder unter Ihren Vorlesungen über die Vergebung für jeden Sünder. Mir scheint es aber so zu sein, daß Sie nur die Sünden vergeben, die Sie in Wahrheit gar nicht für sündig halten. Sie vergeben Verbrechern nur dann, wenn sie begehen, was Sie gar nicht als Verbrechen ansehen, sondern eher als Konventionen. So tolerieren Sie ein konventionelles Duell, wie Sie eine konventionelle Scheidung tolerieren. Sie vergeben, weil da nichts zu vergeben ist.«

»Aber zum Teufel«, schrie Mallow, »Sie erwarten doch nicht von uns, daß wir imstande sind, eine solche Schändlichkeit zu vergeben?«

»Nein«, sagte der Priester, »aber *wir* müssen imstande sein, sie zu vergeben.«

Er stand plötzlich auf und sah sie alle nacheinander an.

»Wir müssen solche Menschen anfassen, nicht mit einer Feuerzange, sondern mit einer Segnung«, sagte er. »Wir müssen das Wort sagen, das sie vor der Hölle rettet. Wir allein bleiben übrig, sie vor der Verzweiflung zu retten, wenn Ihre menschliche Barmherzigkeit sie verlassen hat. Schreiten Sie also weiter auf dem breiten Pfad Ihres süßen Lebens, und vergeben Sie all Ihren Vorzugslastern, und seien Sie großmütig gegenüber Ihren modischen Verbrechen, und laßt uns in der Dunkelheit, uns, die Vampire der Nacht, um jene zu trösten, die wirklich Trost brauchen; die da wirklich unverzeihliche Dinge tun, Dinge, die weder die Welt noch sie selbst verteidigen können und die niemand als ein Priester vergeben wird. Laßt uns bei den Menschen, die die gemeinen und die abstoßenden und die wirklichen Verbrechen begehen, gemein wie Sankt Peter, als der Hahn krähte und es doch wieder Tag wurde.«

»Tag wurde«, wiederholte Mallow zweifelnd. »Wollen Sie damit sagen Hoffnung – für *ihn*?«

»Ja«, erwiderte der andere. »Lassen Sie mich Ihnen eine Frage stellen. Sie sind große Damen und Männer von Ehre und Ihrer selbst sicher; Sie können sich erzählen, daß Sie niemals aus einem so erbärmlichen Grund so tief herabsinken würden. Und nun sagen Sie mir eines. Wenn einer unter Ihnen so tief herabgesunken wäre, wer von Ihnen würde viele Jahre später, alt und reich und in Sicherheit, vom eigenen Gewissen oder vom Beichtvater sich getrieben fühlen, eine solche Geschichte über sich selbst zu erzählen? Sie sagen, Sie könnten ein so niedriges Verbrechen nicht begehen. Könnten Sie ein so niedriges Verbrechen beichten?«

Die anderen sammelten ihre Habseligkeiten auf und verließen schweigend zu zweit und zu dritt den Raum. Und Father Brown ging ebenfalls schweigend zurück in das melancholische Schloß der Marnes.

Flambeaus Geheimnis

»... an die Art der Morde, bei denen ich die Rolle der Mörder spielte«, sagte Father Brown und setzte das Weinglas ab. In diesem Augenblick war die Reihe roter Bilder des Verbrechens an ihm vorbeigezogen.

»Es ist allerdings wahr«, fuhr er nach einer kurzen Pause fort, »daß bereits vor mir ein anderer die Rolle des Mörders gespielt und mich so der wirklichen Erfahrung enthoben hatte. Ich war eine Art von Zweitbesetzung, immer in Bereitschaft, den Mörder zu spielen. Ich habe es mir zumindest immer zur Aufgabe gemacht, meine Rolle bis ins kleinste zu kennen. Was ich damit sagen will, ist, daß wenn ich versuchte, mir den Geisteszustand vorzustellen, in dem solch eine Tat getan würde, ich mir immer bewußt wurde, daß ich sie unter bestimmten geistigen Voraussetzungen ebenfalls getan haben könnte, aber nicht unter anderen, und nicht ganz generell unter den offensichtlichen. Und dann wußte ich natürlich, wer es wirklich getan hatte, und es war nicht immer die offensichtliche Person.

Zum Beispiel scheint es naheliegend zu sagen, daß der revolutionäre Dichter den alten Richter ermordet hat, der bei roten Revolutionären rot sah. Aber das ist wirklich kein Grund für einen revolutionären Dichter, ihn *umzubringen.* Ist es nicht, wenn Sie daran denken, was es wirklich bedeutet, ein revolutionärer Dichter zu sein. Nun machte ich mich gewissenhaft daran, ein revolutionärer Dichter zu sein. Ich meine jene besondere Art des pessimistischen anarchistischen Liebhabers des Aufstandes nicht als Reform, sondern eher als Zerstörung. Ich versuchte, meinen Geist von solchen Elementen geistiger Gesundheit und konstruktiver alltäglicher Vernunft zu reinigen, die ich glücklich genug war zu erlernen oder zu ererben. Ich schloß und verdunkelte alle Oberlichter, durch die das gute Tageslicht vom Himmel kommt. Ich stellte mir einen Verstand vor, den nur ein rotes Licht von unten erhellt, ein Feuer, das Steine zerreißt und Abgründe aufwärts spaltet. Aber selbst als die Vision am wildesten und übelsten war, konnte ich nicht begreifen, warum solch ein Visionär seine eigene Laufbahn verkürzen sollte, indem er mit einem einfachen Polizisten zusammenstößt, weil er einen von einer Million konventioneller alter Narren getötet hat, wie er sie nennen würde. Er würde es nicht tun, wie viele Gesänge über die Gewalt er auch immer schriebe. Er würde es nicht tun, *weil* er Gesänge über die Gewalt schrieb. Ein Mann, der sich in einem Lied ausdrücken kann, braucht sich nicht in einem Selbstmord auszudrücken. Ein Gedicht war ihm ein Ereignis, und von denen wollte er noch mehr haben. Dann dachte ich an eine andere Art Heiden; die Art, die die Welt nicht zerstört, sondern die vollständig von ihr abhängig ist. Ich dachte daran, daß ich ohne die Gnade Gottes ein Mann hätte sein können, für den die Welt der flammende Schein elektrischer Lichter ist, und nichts als äußerste Finsterheit um sie herum und jenseits von ihr. Der weltliche Mann, der wirklich nur für diese Welt lebt und an keine andere glaubt, dessen weltliche Erfolge und Freuden alles sind, was er sich je aus dem Nichts erraffen kann – *das* ist der Mann, der wirklich alles tun wird, wenn er in Gefahr ist, die ganze Welt zu verlieren und nichts zu retten. Nicht der revolutionäre Mensch, sondern der ehrbare Mensch wird jedes Verbrechen begehen, um seine Ehrbarkeit zu retten. Bedenken Sie, was eine Bloßstellung für einen Gesellschaftsmenschen wie den Rechtsanwalt bedeuten würde, und dann auch noch Bloßstellung wegen des einen Verbrechens, das seine Gesellschaftswelt wirklich haßt – Verrat am Patriotismus. Wenn ich an seiner Stelle gewesen wäre und nichts Besseres als seine Philosophie gehabt hätte, dann mag der Himmel allein wissen, was ich getan haben würde. Gerade deshalb aber ist diese kleine religiöse Übung so heilsam.«

»Manche Leute würden meinen, daß sie ziemlich morbide ist«, sagte Grandison Chace zweifelnd.

»Manche Leute«, sagte Father Brown ernst, »*sind* zweifellos der Meinung, daß Barmherzigkeit und Demut morbide sind. So vermutlich unser Freund der Dichter. Aber ich will nicht diese Fragen diskutieren, ich will nur Ihre Frage zu beantworten versuchen, wie ich im allgemeinen an die Arbeit gehe. Einige Ihrer Landsleute haben mir offenbar die Ehre erwiesen zu fragen, wie es mir gelungen ist, einige Justizirrtümer zu verhindern. Nun gut, Sie können zurückfahren und ihnen mitteilen, daß ich es durch Morbidität täte. Aber ganz bestimmt will ich nicht, daß sie glauben, ich täte es mit Magie.«

Chace sah ihn weiterhin mit nachdenklichem Stirnrunzeln an. Er war zu intelligent, als daß er den Gedanken nicht verstanden hätte. Er hätte auch gesagt, er habe einen zu gesunden Geist, um ihn zu mögen. Er fühlte sich, als spräche er zu einem Mann und doch zugleich zu hundert Mördern. Etwas Unheimliches umgab diese sehr kleine Gestalt, die da wie ein Kobold neben dem Koboldofen hockte, und das Gefühl, daß dieser runde Kopf eine solche Welt der wilden Unvernunft und der einbildungsreichen Ungerechtigkeit barg. Es war, als ob sich in der weiten Leere des Dunkels hinter ihm dunkle Riesengestalten drängelten, die Geister großer Verbrecher, die nur der magische Kreis des roten Ofens im Zaume hielt, die aber dennoch bereit waren, ihren Meister in Stücke zu reißen.

»Tut mir leid, aber ich halte es doch für morbide«, sagte er offen. »Und ich bin mir gar nicht sicher, ob es nicht ebensosehr morbide wie magisch ist. Ob nun aber Morbidität oder nicht, eines ist sicher: Es muß eine interessante Erfahrung sein.« Und nach einigem Nachdenken fügte er hinzu: »Ich weiß zwar nicht, ob Sie einen guten Verbrecher abgäben. Aber Sie müßten ein verdammt guter Romanschriftsteller sein.«

»Ich habe es nur mit wirklichen Vorgängen zu tun«, sagte Father Brown. »Aber manchmal ist es schwieriger, sich wirkliche Dinge vorzustellen als unwirkliche.«

»Vor allem«, sagte der andere, »wenn es sich um die großen Verbrechen in der Welt handelt.«

»Es sind nicht die großen Verbrechen, sondern die kleinen Verbrechen, die man sich wirklich nur schwer vorstellen kann«, erwiderte der Priester.

»Ich verstehe nicht ganz, was Sie damit meinen«, sagte Chace.

»Ich meine damit Alltagsverbrechen wie den Diebstahl von Juwelen«, sagte Father Brown; »wie die Affäre mit dem Smaragdhalsband oder dem Rubin von Meru oder den künstlichen Goldfischen. Die Schwierigkeit solcher Fälle besteht darin, daß man seinen Geist klein machen muß. Hohe und mächtige Betrüger, die mit großen Ideen handeln, begehen solche offenkundigen Dinge nicht. Ich war sicher, daß der Prophet sich den Rubin nicht genommen hatte, oder der Graf die Goldfische; obwohl ein Mann wie Bankes sich die Smaragde leicht hätte nehmen können. Für sie ist ein Edelstem ein Stück Glas: Und sie können durch das Glas hindurchsehen. Aber die kleinen prosaischen Leute nehmen ihn für seinen Marktwert.

Und dafür muß man einen kleinen Geist haben. Sich den zu machen ist furchtbar schwierig, wie eine immer genauere und schärfere Einstellung bei einer wackelnden Kamera. Aber manche

Dinge helfen, und sie werfen dann auch eine Menge Licht auf das Geheimnis. Zum Beispiel die Art von Mensch, die sich brüstet, falsche Zauberer oder armselige Quacksalber aller Art ›aufs Kreuz zu legen‹ – die hat *immer* einen kleinen Geist. Das ist die Art Mensch, die Landstreicher ›durchschaut‹ und sie beim Lügen ertappt. Ich wage zu behaupten, daß das manchmal eine schmerzliche Pflicht sein kann. Es ist ein ungewöhnlich niedriges Vergnügen. In dem Augenblick, in dem ich begriff, was ein kleiner Geist bedeutete, wußte ich, wo ich nach ihm zu suchen hatte – in dem Mann, der den Propheten bloßstellen wollte – und er war es, der den Rubin gestohlen hatte, in dem Mann, der die übersinnlichen Phantasien seiner Schwester verspottete – und er war es, der sich die Smaragde geschnappt hatte. Solche Männer sind immer auf der Suche nach Juwelen. Sie werden niemals wie die höheren Betrüger dazu aufsteigen, Juwelen zu *verachten*. Solche Verbrecher mit kleinem Geist sind immer reichlich konventionell. Sie werden aus reiner Konventionalität zu Verbrechern.

Es dauert aber natürlich ziemlich lange, bis man so unverfeinert fühlen kann. Es erfordert eine wilde Anstrengung der Einbildungskraft, so konventionell zu sein. Irgendeinen unbedeutenden kleinen Gegenstand dermaßen ernsthaft zu wollen. Aber man kann es schaffen ... Man kann sich dem nähern. Fangen Sie damit an, sich vorzustellen, Sie seien ein gieriges Kind, wie Sie sich in einem Laden Süßigkeiten stöhlen, wie es da eine bestimmte Süßigkeit gäbe, die Sie haben wollten ... und dann müssen Sie die kindliche Poesie abziehen, das Märchenlicht abschalten, das den Süßwarenladen bestrahlte, sich vorstellen, daß Sie die Welt und den Marktwert von Süßigkeiten wirklich kennen ... Sie ziehen Ihren Geist zusammen wie die Scharfeinstellung der Kamera ... das Ding nimmt Form an und wird dann immer schärfer ... und plötzlich ist es da!«

Er sprach wie ein Mann, der einst eine göttliche Vision gehabt hat.

Grandison Chace sah ihn immer noch mit einem Stirnrunzeln an, gemischt aus Mystifikation und Interesse. Es muß zugegeben werden, daß da einmal unter seinem strengen Stirnerunzeln ein Blick fast wie ein Alarm hervorblitzte. Es war, als ob der Schock des ersten eigenartigen Bekenntnisses des Priesters ihn immer noch schwach durchschauerte, wie das letzte Rollen eines Donnerschlags den Raum durchbebt. Unter der Oberfläche sagte er sich, daß das Mißverständnis nur auf eine zeitweilige Verrücktheit zurückzuführen sei, daß Father Brown natürlich nicht wirklich das Monster und der Mörder sein könne, wofür er ihn während jenes verblendenden und verwirrenden Augenblicks gehalten hatte. Aber stimmte da nicht doch etwas nicht mit dem Mann, der so ruhig darüber sprach, ein Mörder zu sein? War es möglich, daß der Priester ein bißchen verrückt war?

»Glauben Sie nicht«, sagte er plötzlich, »daß dieser Ihr Gedanke, man müsse versuchen, wie ein Verbrecher zu empfinden, dem Verbrechen gegenüber zu tolerant machen könnte?«

Father Brown setzte sich auf und begann eher abgehackt zu sprechen.

»Ich weiß, daß es gerade das Gegenteil bewirkt. Es löst das ganze Problem von Zeit und Sünde. Es gibt einem seine Gewissensbisse bereits vorher.«

Da war ein Schweigen; der Amerikaner blickte zu dem hohen und steilen Dach empor, das den Binnenhof halb überspannte. Sein Gastgeber starrte ins Feuer, ohne sich zu bewegen, und dann kam des Priesters Stimme mit einem anderen Klang, wie aus größeren Tiefen.

»Es gibt zwei Wege, dem Teufel zu widersagen«, sagte er, »und ihr Unterschied ist vielleicht der tiefste Riß durch die moderne Religion. Der eine ist, Grauen vor ihm zu empfinden, weil er so fern ist, und der andere, so zu empfinden, weil er so nah ist. Und keine Tugend und kein Laster sind mehr voneinander geschieden als diese beiden Tugenden.«

Sie antworteten nicht, und er fuhr mit demselben schweren Klang fort, so als ob er Worte wie geschmolzenes Blei fallen lasse.

»Sie mögen ein Verbrechen für entsetzlich halten, weil Sie es niemals selbst begehen könnten. Ich halte es für entsetzlich, weil ich es begehen könnte. Sie stellen sich das vor wie einen Ausbruch des Vesuvs; doch das wäre tatsächlich nicht so schrecklich, wie wenn dieses Haus Feuer finge. Wenn ein Verbrecher plötzlich in diesem Raum erschiene ...«

»Wenn ein Verbrecher plötzlich in diesem Raum erschiene«, sagte Chace lächelnd, »wären Sie, glaube ich, viel zu nachsichtig mit ihm. Wahrscheinlich würden Sie damit anfangen, daß Sie ihm erzählten, Sie seien selbst ein Verbrecher, und ihm erklärten, wie völlig natürlich es sei, daß er seines Vaters Taschen ausgeräumt oder seiner Mutter Kehle durchgeschnitten habe.

Offen gestanden finde ich das nicht praktisch. Ich glaube, der praktische Effekt davon wäre, daß sich kein Verbrecher jemals bessern würde. Es ist leicht genug zu theoretisieren und sich hypothetische Fälle vorzunehmen; aber dabei wissen wir alle, daß wir ins Blaue schwatzen. Während wir hier in M. Durocs nettem und behaglichem Haus sitzen und uns unserer Ehrbarkeit und so weiter bewußt sind, gibt es uns bloß einen Theaterschauer, über Diebe und Mörder zu reden und über die Geheimnisse ihrer Seelen. Aber die Leute, die wirklich mit Dieben und Mördern umgehen müssen, müssen mit ihnen ganz anders umgehen. Wir sitzen sicher am Kamin, und wir wissen, das Haus steht nicht in Flammen. Wir wissen, im Raum gibt es keinen Verbrecher.«

Da erhob sich der M. Duroc, auf den angespielt worden war, langsam von dem, was man seinen Kamin genannt hatte, und sein mächtiger Schatten, den das Feuer warf, schien alles zu verdecken und zu verdunkeln, selbst die Nacht über ihm.

»Es *gibt* einen Verbrecher in diesem Raum«, sagte er. »Ich bin einer. Ich bin Flambeau, und die Polizei zweier Hemisphären sucht mich noch immer.«

Der Amerikaner starrte ihn mit weitaufgerissenen, steinern glänzenden Augen an. Er schien unfähig zu sprechen oder sich zu bewegen.

»Es gibt nichts Mystisches oder Metaphorisches oder Nachempfundenes in meiner Beichte«, sagte Flambeau. »Ich habe zwanzig Jahre lang mit diesen beiden Händen gestohlen, ich bin vor der Polizei auf diesen beiden Füßen geflohen. Ich hoffe, Sie werden zugeben, daß meine Tätigkeiten handfest waren. Ich hoffe, Sie werden zugeben, daß meine Richter und Verfolger es wirklich mit dem Verbrechen zu tun hatten. Glauben Sie, ich kennte nicht alle ihre Methoden, das Verbrechen zu rügen? Habe ich nicht die Predigten der Gerechten gehört und den kalten Blick der Ehrbaren gesehen? Hat man mich nicht auf hochmütige und ferne Weise belehrt und mich gefragt, wie es denn für irgend jemanden nur möglich sei, so tief zu fallen, und mir gesagt, daß keine anständige Person von einer solchen Verkommenheit jemals auch nur hätte träumen können? Glauben Sie, daß das alles je etwas anderes bewirkt hätte, als mich lachen machen? Mein Freund hier aber sagte mir, daß er genau wisse, warum ich stehle, und seither habe ich nie wieder gestohlen.«

Father Brown machte eine abschwächende Bewegung, und Grandison Chace ließ endlich einen tiefen Atemzug wie ein Pfeifen entweichen.

»Ich habe Ihnen die volle Wahrheit gesagt«, sagte Flambeau, »und es steht Ihnen frei, mich der Polizei zu übergeben.«

Da war ein Augenblick der tiefsten Stille, in der schwach das verspätete Gelächter von Flambeaus Kindern in dem hohen dunklen Haus über ihnen und das Schmatzen und Grunzen der großen grauen Schweine in der Dämmerung zu hören war. Und dann ward sie von einer hohen Stimme gespalten, die bebte und etwas beleidigt klang, für jene sicherlich überraschend, die den empfindsamen amerikanischen Geist nicht kennen und nicht wissen, wie nahe er trotz aller alltäglichen Gegensätzlichkeiten manchmal der spanischen Ritterlichkeit kommen kann.

»Monsieur Duroc«, sagte er ziemlich förmlich. »Wir sind, wie ich hoffe, während einer beträchtlichen Zeit Freunde gewesen. Und es würde mich sehr schmerzen zu vermuten, daß Sie mich fähig wähnten, Ihnen einen solchen Streich zu spielen, während ich mich Ihrer Gastfreundschaft und der Gesellschaft Ihrer Familie erfreue, nur weil Sie sich entschlossen haben, mir aus eigenen Stücken ein bißchen aus Ihrer Biographie zu erzählen. Und wenn Sie lediglich zur Verteidigung Ihres Freundes gesprochen haben – nein, Sir, ich kann mir nicht vorstellen, daß ein Gentleman unter solchen Umständen einen anderen betröge. Es wäre verflucht viel besser, ein dreckiger Spitzel zu sein und anderer Menschen Blut für Geld zu verkaufen. Aber in einem solchen Fall …! Könnten Sie sich vorstellen, daß irgendein Mann ein solcher Judas wäre?«

»Ich könnte es versuchen«, sagte Father Brown.

Anmerkungen

Hinweis: Im Folgenden wird auf die area-Ausgabe *Father Browns Einfalt, Weisheit, Ungläubigkeit*, 2004, mit der Bezeichnung »Band 1« verwiesen.

FATHER BROWNS GEHEIMNIS
The Secret of Father Brown

S. 9: »Amerikaner« – wie fälschlich üblich sind hiermit immer wieder die weißen Einwohner der USA gemeint, auf die sich ebenso ausschließlich auch das Adjektiv »amerikanisch« bezieht (obwohl »Amerika« nach wie vor von Alaska bis Feuerland reicht und »amerikanisch« dementsprechend auf Nord-, Mittel- und Südamerika einschließlich der Karibik Bezug nimmt).
»Clapham Junction« – Clapham ist ein Stadtteil Londons und war einst eine ruhige Luxusvorstadt; C. J. ist ein bedeutender innerstädtischer Nahverkehrsknotenpunkt: Bahnhof C.; umgangssprachlich »the man on the Clapham omnibus«: der Mann auf dem Clapham-O. = der Mann auf der Straße, der Durchschnittsmensch.
S. 11: »Duroc« – frz. = der vom Felsen.
»Die Fackel« – Chesterton verwendet hier im Original die Bezeichnung »The Torch« = Flambeau, was nebst Wachsfackel auch Arm- oder Hängeleuchter bedeuten kann und es angesichts des andern Berufs von Father Brown zuläßt, an die Kerzenhalter am Altar zu denken und an das Licht, das ihre Kerzen den Vollzügen des Priesters spenden.
»nom de guerre« – frz. = Kriegsname.
S. 12: »Mondscheinmord« – es muß dem Scharfsinn der vieledlen Leserin, des klugen Lesers überlassen bleiben herauszufinden, welche seiner Geschichten Chesterton mit »the matter of the Moonshine Murder« gemeint haben mag.
»Dupin … Lecocq …« usw. – der Chevalier C. Auguste *Dupin* klärte 1841 in *The Murders in the Rue Morgue* den geheimnisvollen Doppelmord in Paris auf, den Edgar Allan Poe in jener berühmten Geschichte erzählt, in der das Wort Detektiv noch nicht bekannt ist, die dennoch als die erste Detektivgeschichte der Weltliteratur gilt und in welcher der erste Amateurdetektiv der

Weltliteratur zugleich den Topos seiner Überlegenheit über die Amtspolizei einführt; Monsieur *Lecocq*, ein französischer Polizeidetektiv, tritt 1866 erstmals in *L'affaire Lerouge* von Emile Gaboriau auf (danach noch in weiteren fünf Romanen), ist zwar Amtspolizist, hat es aber – wahrer Nachfahre Dupins – vor allem mit der Engstirnigkeit seiner Vorgesetzten schwer; zu Sherlock *Holmes* und seinem Adlatus und Stichwortgeber Dr. *Watson* seien Interessierte auf Sir Arthur Conan Doyles *Sherlock-Holmes-Werkausgabe* im Haffmans-Verlag verwiesen; Nicholas Carter hatte 1891 als »Nick Carter, Detective« seine Laufbahn als Dupin-Nachfahre angetreten, wurde aber als Serienheld aus der Feder vieler Autoren nach und nach immer gewalttätiger und brutaler, erreichte den Höhepunkt seiner Karriere als Agent der CIA, der im Kampf gegen »das Reich des Bösen« Reaganscher Imagination vor keiner Bluttat zurückschreckt und als immer noch lebender primitiver Urgroßvater von James Bond und naher Verwandter der »tough guys« der US-Krimi-Schule gelten darf.

S. 12: »Mord an Gallup ... Stein ...« – siehe *Der Geist von Gideon Wise* in Band 1, S. 597 ff.

S. 13: »am alten Merton« – siehe *Der Pfeil aus dem Himmel*, Band 1, S. 453 ff.

»an Richter Gwynne« – siehe *Der Spiegel des Richters*, nachstehend S. 19 ff.

»Doppelmord durch Dalmon« – siehe *Das Verschwinden von Vaudrey*, nachstehend S. 101 ff.

»Gedankenformen« – Chesterton läßt Chace hier von »Thought-Forms« sprechen. »Die Schwesternschaft vom Zweiten Gesicht in Indianapolis« – hat natürlich nicht das geringste mit Albert Vigoleis Thelens autobiographischem Roman *Die Insel des Zweiten Gesichts* zu tun.

S. 14: Papst Leo XIII. schuf während seines Pontifikats 1878–1903 als Gelehrter wie Politiker durch die Förderung der christlich-sozialen Bewegung und die Verpflichtung der katholischen Theologie und Philosophie auf die Lehre des hl. Thomas von Aquin (dessen Leben Chesterton in *Der stumme Ochse* behandelt hat) seiner Kirche einen gesicherten Standort in den anstehenden sozialen und weltanschaulichen Kämpfen.

S. 15: »Form seines ›kriminellen Schädels‹ ...« – die vom Arzt und Hirnforscher Franz Joseph Gall (1758–1828) begründete Phrenologie glaubte, die geistig-seelischen Eigenschaften des Menschen aus Formeigentümlichkeiten des Schädels erkennen zu können, wie die Physiognomik sie aus Formeigentümlichkeiten des Gesichts erkennen zu können glaubt.

DER SPIEGEL DES RICHTERS
The Mirror of the Magistrate

S. 19: »Revolver« – Chesterton verwendet die Ausdrücke Revolver und Pistole unbekümmert wie Synonyme, was für die Geschichten ohne Bedeutung ist, aber den Leser nicht zu falschen technischen Schlußfolgerungen verführen sollte.
S. 22: »St. Dominic« – die katholische Kirche kennt neun heilige Dominicus: D. von Besians (oder: von Spanien), D. de Calciata (oder: de la Calzada), D. von Caleruega (oder: de Guzman, den Begründer des Predigerordens der Dominikaner O. P. = lat. Ordinis Praedicatorium), D. von Gimel, D. a Matre Dei, D. Savio, D. von Silos, D. von Sora und D. Spadafora; welchen D. Chesterton hier meinte, ist unbekannt (vermutlich den Ordensgründer, obwohl gerade Father Brown auch der Dienst an der Kirche eines unbekannteren D. zuzutrauen wäre).
S. 24: »kleiner Palmenbaum« – S. 25 und 36 heißt es »die hohe Palme«, typisch Chestertonsche Unachtsamkeit hinsichtlich der sachlichen Details.
S. 25: »Green, obwohl er nicht so aussieht« – nämlich grün.
»die dichten Reihen großer ledergebundener Bände« – da das englische Recht (wie das schottische und weitgehend das der USA usw.) im wesentlichen auf Präzedenzentscheidungen beruht, bedarf jeder praktizierende Jurist einer umfangreichen Sammlung eben jener Präzedenzfälle und -entscheidungen, die meist in dikken ledergebundenen Bänden veröffentlicht wurden, bis das Anschwellen des Berufsstandes zur billigeren Hardcover-Ausgabe führte; sie waren sozusagen ein Berufskennzeichen.
S. 27: »Löwenzahn« – engl. »dandelion«, von frz. »dent de lion« = Zahn des Löwen.
S. 31: »De Quincey über Mr. Williams« – Thomas de Quincey (1785–1859) gilt als geistreicher und eleganter Essayist der englischen Romantik. In seinem Werk *On Murder considered as one of the Fine Arts (Der Mord als schöne Kunst betrachtet)*, 2 Teile 1827 und 1839, wird mit parodierender Gelehrsamkeit, stilistischer Eleganz

und unter Ausschaltung jeder moralischen Wertung eine Theorie der Perfektion des Bösen und des Verbrecherischen entwickelt, die durchaus ihre eigene Idealität besitzen könnte. Diesem Kabinettstück schwarzen Humors ließ de Quincey in seinem umfangreichen *Postscript* einen meisterhaften Dokumentarbericht über die sogenannten Ratcliffe-Morde folgen, die 1812 ein gewisser John Williams begangen hatte, der »sämtliche Mitglieder zweier Haushalte ausrottete und damit seine Überlegenheit über alle anderen Nachfahren Kains demonstrierte« (*Postscript* S. 74–118). Heute wirkt das *Postscript* wie ein Vorläufer von Truman Capotes Bericht über die Banalität eines vierfachen Mordes *In cold blood* von 1965.
S. 33: »konventionell« = sich an die Spielregeln der Gesellschaft haltend.

DER MANN MIT ZWEI BÄRTEN
The Man with Two Beards

S. 39: »Hagiologie … Hagelhexen« – Hagiologie ist die Wissenschaft von heiligen Dingen (Hagiographie die Lebensbeschreibung Heiliger); Chesterton spielt mit »hagiology« und »hag« = Hexe, daher »Hagelhexe«.
S. 41: »Kannibaleninseln« – die »Cannibal Islands« sind eigentlich die Karibischen Inseln. Das Wort »Kannibale/Cannibals« o. a. ist vom spanischen »canibales« abgeleitet, das wiederum aus »caribales« entstand und ursprünglich die Kariben bezeichnete, die von Spanien ausgemordeten Ureinwohner der Karibischen Inseln; die Selbstbezeichnung »caribe« bedeutete »die Tapferen, die Mutigen« und bezog sich ursprünglich nur auf die Kriegerkaste. Da die Kariben rituellen Verzehr von Menschenfleisch kannten und betrieben, wurde ihr Name zum Synonym für Menschenfresser. Umgangssprachlich auch Bezeichnung für ferne wilde Gegenden, etwa phantastische Südseeinseln usw.
S. 41: »Robin Hood oder Rob Roy« – *Robin Hood* ist ein Volksheld der englischen Sage und Literatur, der erstmals in *Version B* von Piers the Plowman ca. 1377 genannt wird, dann wieder ca. 1420 in der *Original Chronicle of Scotland* von Andrew of Wyntoun, zuletzt 1521 in John Mairs *Historia Majoris Britanniae tam Angliae quam Scotiae.* Daneben treten sehr früh Balladen um ihn auf, deren älteste in die Zeit Edwards II. (1284–1327) zurückreicht und mit zum

Wurzelstock der bedeutendsten gilt, *A Lytell Geste of Robyn Hode*, die erstmals 1495 gedruckt wurde. Die Gestalt spielte dann vor allem in den Dramen des elisabethanischen Zeitalters eine große Rolle: bei Shakespeare, Sidney, Ben Jonson, Drayton, Warner, A. Munday, Lamden, Stow, Braithwaite, Füller usw.; später vor allem bei Alfred Lord Tennyson und in Walter Scotts *Ivanhoe* (unter dem Namen Locksley). Eine umfangreiche Literatur hat versucht, R. H. als historische Gestalt nachzuweisen: Belegt ist sein Name in den Wakefield-Steuerakten als »Robyn Hod« und als »Robertus Hood«; dennoch halten die meisten ihn für Robert Fitzooth, Earl of Huntingdon (wenn man ihn nicht im Zuge der Entmythologisierungen des 19. Jahrhunderts überhaupt als reine Sagengestalt ohne historischen Hintergrund, dafür aber als Verkörperung altgermanischer, gar altindischer Naturgottheiten ansah). Seine Gestalt ist widersprüchlich insofern, als sein Name »Robin« die normannofranzösische Form des Namens Robert darstellt, seine Rolle aber die des letzten Kämpfers der Angelsachsen gegen die normannischen Usurpatoren ist. Hierbei spielt nun die eigentümliche »Leyenda negra« über John Lackland eine bedeutsame Rolle, die eindeutig von jenem Bericht des »Klerikers Robert« ihren Ausgang genommen hat, den Matthäus Paris in seine *Chronica Majora* zum Jahre 1213 aufgenommen hat, der aber einen realen Vorgang des Jahres 1209 beschreibt. Robert schildert John Lackland in all jenen düsteren Farben und mit all den Lastern, von denen die Zeitgenossen nichts wußten, die dann aber vor allem durch die Robin-Hood-Sage verfestigt wurden und schließlich den Rang einer historischen Wahrheit erhielten, an der die Wissenschaft erst in der letzten Zeit zu zweifeln beginnt. Ähnlich ist das strahlende Bild von Richard Löwenherz erheblich zu korrigieren. Richard, der Ritter und großherzige Freund der Barden (die in ihren Liedern sein Bild entsprechend strahlend zeichneten), war in Wirklichkeit einer der politisch unfähigsten englischen Throninhaber, der Thron und Reich durch seine Torheiten fast verspielt und seinem Bruder John ein wirtschaftlich zerstörtes und von Frankreichs König wie dem Papst als Beute begehrtes Land hinterlassen hat. John hinwiederum, zweifellos kein besonders liebenswürdiger Charakter, hat es auf unglaublich trickreiche Weise geschafft, diesen Doppelangriff abzuwehren, das Reich wirtschaftlich zu sanieren und die Krone zu behalten. Die »schwarze Legende« hat sich offenbar erst nach Abschluß der *Chronica Majora* und ihrem Be-

kanntwerden in der 2. Hälfte des 13. Jahrhunderts verbreitet und in dem Maße an Gewicht gewonnen, in dem die Nebenlinie Lancaster des Stammhauses Plantagenet gegen dieses zum Machtkampf antrat. Zu *Rob Roy* fand sich lediglich der folgende Satz in Walter Scotts Widmungsbrief zu *Ivanhoe*, den er als Laurence Templeton zeichnete: »Mit dem Namen Robin Hood sollte man bei sachgerechter Beschwörung einen Geist ebenso schnell herbeirufen wie mit dem Rob Roys; und den Patrioten Englands gebührt in unseren modernen Kreisen ihr Ruhm nicht weniger als den Bruces und Wallaces von Kaledonien«, also von Schottland. Hieraus läßt sich schließen, daß Rob Roy wohl ein schottisches Gegenstück zum angelsächsischen Robin Hood war, daß Chesterton wahrscheinlich die Namenskombination eben dieser Stelle bei Scott entnommen hat und daß in der Tatsache des schottischen Hintergrundes die Antwort darauf zu finden ist, warum in britischen Quellen wie der *Encyclopedia Britannica* das Stichwort *Rob Roy* nicht auftaucht, während das Stichwort *Robin Hood* ausführlich behandelt wird.
S. 42 »Springteufel-Jack« – im Original »Springheeled Jack«, vermutlich ein dem damaligen englischen Zeitungsleser wohlbekannter Gauner oder Gangster.
S. 44: »Thunder-Bolt« – Name eines frühen britischen Autotyps.
S. 53: »wie in tiefem Sinnen« – ist die sinngerechte Umsetzung des idiomatischen Begriffs »in a brown study«; den seltenen Ausdruck wählte Chesterton zweifellos als wortspielerische Ergänzung zum Namen Father Brown, die leider nicht übersetzbar ist.
S. 55: »Noch heute wirst du mit mir im Paradiese sein« – »Wahrlich, ich sage dir – heute noch wirst du mit mir im Paradiese sein.« So Jesus laut Lukas 23, 39–42, zum guten Schacher (eine Szene, die Matthäus wie Markus unbekannt ist, bei denen im Gegenteil beide Schacher Jesus verhöhnen).
S. 56: »Den singenden Schreinern …« – bei Shakespeare heißt es in *Henry V*, Akt 1, Szene 2, Zeile 187 f.: »The singing masons building roofs of gold.«

DAS LIED VOM FLIEGENDEN FISCH
The Song of the Flying Fish

S. 62: »die krummen Kurven und die brennenden Farben … orientalischer« Dinge haben Chesterton immer wieder beschäftigt:

siehe z. B. *Die falsche Form*, Band 1, S. 113 ff., und *Das Zeichen des gebrochenen Säbels*, Band 1, S. 183 ff., insbesondere S. 195.

S. 64: »Levitation« – Schweben infolge mystischer oder wunderbarer Aufhebung der Schwerkraft (von christlichen Heiligen ausreichend bekannt).

S. 67: »gefangener Raum« – Zimmer, das nur durch ein anderes hindurch betreten und verlassen werden kann, also keinen separaten Zugang besitzt.

S. 68: Auch »der Stoff, aus dem die Träume sind« ist durch Shakespeares Formulierung zum abendländischen Schlagwort geworden.

S. 70: »Over the land and over the sea
My flying fishes will come to me,
For the note is not of the world that wakes them,
But in ...«

»Burnus«: – Übergewand der Beduinen, weiter langer Umhang mit Kapuze.

»As the golden birds go back to the tree
My golden fishes return to me.
Return ...«

S. 75: »breit grinsender Rübengeist« – engl. »turnip ghost with a broad grin«: An Tagen wie Allerheiligen ist es in angelsächsischen Gebieten bis heute üblich, daß sich vor allem Kinder aus Rüben Laternen schnitzen, indem sie die Rüben aushöhlen, ihnen Augen, Nase, Mund einkerben und eine brennende Kerze hineinstellen; damit veranstalten sie dann Umzüge wie bei uns die Kinder mit ihren Papierfackeln zu St. Martin.

DIE SCHAUSPIELERIN UND DAS ALIBI
The Actor and the Alibi

S. 81: »Mandeville« – da Sir John Mandeville lange Zeit unangefochten als Vater der englischen Prosaliteratur galt und für manche noch bis heute gilt, obwohl seine Person bis heute nicht identifiziert werden konnte, wohl aber feststeht, daß er die Reisen seines Reisebuches aus dem 14. Jahrhundert nie gemacht und die dort beschriebenen Abenteuer nie erlebt hat, sondern sie ingeniös aus den Berichten wirklicher Reisender »kompilierte«, und da die Wissenschaft trotz der gegenteiligen Behauptung des Autors daran festhält, die Übersetzung ins Englische stamme auch nicht von ihm, ließ sich Chesterton wohl gerade hiervon zu diesem Namen anregen, dem dann alliterierend Mundon als Vorname zugefügt wurde – oder war es umgekehrt? Führte ihn ein Mundon zum alliterierenden Mandeville?

S. 82: »Komparse« – der altmodische englische Ausdruck ist »First Walking Gentleman«, was Chesterton in der Folge Anlaß zu einigen unübersetzbaren Wortspielen bot von der Art »walking gentleman … on the way«. (Komparse von ital. »comparsa«, zu »comparire« aus dem lat. »comparere« = erscheinen: Der Schauspieler, der nur in Erscheinung tritt, also stumme Nebenrollen hat.)

S. 83: »krausköpfiger Jüngling mit leicht semitischem Profil« – selbst der tolerante Chesterton läßt sich mit Hilfe solcher Formulierungen eines latenten Antisemitismus überführen.

S. 85: *»Die Lästerschule«* – *The Schoolfor Scandal* von Richard Brinsley Sheridan (1751–1816), Uraufführung im Drury Lane Theatre 1777, gehört zu den wenigen großen Komödien der englischen Theaterliteratur. In einem Club ruinieren die Mitglieder zu ihrem Vergnügen den Ruf unschuldiger Menschen durch raffinierte Lügenmärchen und perfektionieren den bösartigen Klatsch zur hohen Kunst. Ihn leitet Lady Sneerwell (= Höhnegut), deren Liebe zum jungen verschwenderischen, aber herzensguten Charles Surface (= Oberfläche) unerwidert bleibt und die darum beschließt, seine Beziehungen zu Maria, der Heldin, zu untergraben, weshalb sie die Bemühungen seines geldgierigen skrupellosen jüngeren Bruders Joseph um Maria unterstützt. Joseph trägt die Maske der Moral und der Empfindsamkeit und hofiert gleichzeitig Lady Teazle (= Fopperin), die junge hübsche Frau des alten eigensinnigen, aber sympathischen Lord Peter, dessen Eifersucht er auf Charles lenkt. Die Wahrheit erfährt Sir Peter in der berühmten *screen scene* (= Wandschirmszene), in der sich Lady Teazle in Josephs Wohnung hinter einem Wandschirm verbirgt, dort aber von ihrem Mann und Charles entdeckt wird. Lady Teazle hatte jedoch mit Joseph nur pro forma kokettiert, weil es in ihren Kreisen eben üblich ist, einen Galan zu haben. Insgesamt besteht der gutherzige Verschwender Charles die Probe, die der kaltherzige Moralheuchler Joseph nicht besteht, Charles bekommt Maria, und anders als bei Chesterton kann bei Sheridan Lady Teazle die menschliche Größe ihres Mannes anerkennen und sich zum Guten wandeln.

S. 91: »Fingerabdrücke« – Chesterton erwähnt hier, im Jahre 1927, erstmals auf diese so flüchtige Weise die kriminalistischen Möglichkeiten der Daktyloskopie, die 1851 B. Welker in die Anthropologie und 1901 E. R. Henry in die Kriminalistik eingeführt hatten.
S. 92: *»nil nisi bonum«* – heißt richtig »De mortuis nil nisi bene« = Über die Toten soll man nur Gutes reden (nach Chilon oder Solon, worin sich die uralte Furcht der Menschen vor den Geistern der Toten reflektiert, sie könnten – falls beleidigt oder unbefriedigt – aus dem Totenreich als Wiedergänger zurückkehren und den Lebenden Übles zufügen). Die Verkürzung besagt etwa das gleiche.
S. 100: »Wille zur Macht ...« – heute wird das »Recht auf Erfahrungen« als emanzipatorisches Grundrecht verhökert, von der Pflicht zur Nutzbarmachung gemachter Erfahrungen wird allgemein geschwiegen.

DAS VERSCHWINDEN VON VAUDREY
The Vanishing of Vaudrey

S. 102: »Dandy« – ein in Kleidung und Aufmachung allen Modeströmungen zugeneigter Mensch; Prototyp: Beau Brummel; siehe auch: Max Beerbohm, *Dandys & Dandys*. Zürich: Haffmans Verlag.
S. 108: »Lady Godiva« – eine Dame dieses Namens existierte im 11. Jahrhundert; sie soll – eine Sächsin – Gattin von Leofric, dem Earl von Mercia und Lord von Coventry, gewesen sein und sich bei ihrem Mann zugunsten der entsetzlich von der Steuer ausgequetschten Untertanen eingesetzt haben. Er erklärte sich zu Erleichterungen bereit, falls sie nackt durch die Stadt reite. Das tat sie, nur von ihrem lang herabwallenden Haar bedeckt. Leofric hob die Steuern auf. Spätere Ausschmückungen besagen, die Einwohner von Coventry hätten um der Schamhaftigkeit der Dame willen ihre Fenster und Türen verschlossen, bis auf einen Schneider, der ein Loch durch seinen Fensterladen bohrte; er wurde prompt blind und ging als der erste und originale »Peeping Tom« (vgl. »Peep Show«) in die Geschichte ein. Die historische Godiva hatte Leofric ca. 1040 als Witwe geheiratet; ihr Bruder war Thorold von Bucknall, Sheriff von Lincolnshire. Sie war Gründerin

und Mäzenin vieler Klöster. 1678 richtete man in Coventry eine Godiva-Prozession ein, die bis 1887 bestand.
»jungfräuliche Märtyrerinnen« – hierzu lese man die entsprechenden Passagen in der *Legenda Aurea* nach (wo man auch die Geschichte jener nachmaligen Heiligen findet, die sich zuerst von ihrem Betörer aufschwatzen ließ, nachts sehe Gott Liebesspiele nicht, dann aber bei Sonnenaufgang von Reue erfaßt wird und den Rest ihres Lebens als Mönch in einem Mönchskloster Buße tut: die heilige Theodora).
S. 114: »Gedankenverbindungen zu Sir Walter Raleigh« – Sir Walter (ca. 1552 bis 1618), Günstling Elisabeths I., Seefahrer, Beutepirat, Historiker und Dichter, hat die Kartoffel und den Tabak aus der Neuen Welt nach England gebracht.
S. 115: Wie in einem Zimmer, das »kürzlich gereinigt und aufgeräumt« worden ist, noch eine »staubige Ecke« vorhanden bleiben kann, gehört zu Chestertons Geheimnissen.
S. 116: »nach einer bestimmten Stunde geschlossen« – ein weiteres Argument für gesetzlich eingefrorene Ladenschlußzeiten.
S. 118: »Die halbe moderne Politik ...« – diese bescheidene Formulierung deutet auf eine Zeit hin, in der es den Parteien noch nicht gelungen war, sich widerrechtlich und verfassungswidrig den Staat ganz zu eigen zu machen und ihn gegen die besseren Interessen seiner Bürger in die Finanzierungsquelle ihrer Pfründenkungelei zu verwandeln.

DAS SCHLIMMSTE VERBRECHEN DER WELT
The Worst Crime in the World

S. 123: »der Zauber eines Basilisken« – dessen Blick ließ in der altgriechischen Mythologie das angeblickte Wesen versteinern.
S. 124: *»post obit«* – lat. = etwa: nach dem Exitus, also der Zeitpunkt, zu dem eine Erbschaft für den Erben verfügbar wird.
»Fideikommiß« – alter Rechtsbegriff, der festlegte, daß ein Besitz ungeteilt weiterzuvererben war; der jeweilige Inhaber war also sozusagen nur Nutznießer auf Zeit, ohne das Recht der freien Veräußerung oder der Vererbung an jemand anderen als den traditionell Erbberechtigten (fast immer der Erstgeborene).
»Mann bei Dickens« – dort gibt es so viele Männer, daß die Suche nach diesem bestimmten gar nicht erst aufgenommen wurde.

S. 128: »West Riding« – ursprünglich »Thrithing« oder »Thriding« = Drittelthing oder -ding = Drittelgericht(sbezirk). Nach skandinavischer Tradition wurden die Provinzen (Counties) für Rechts- und Verwaltungszwecke gedrittelt, ein Verfahren, das auch nach der normannischen Eroberung noch blühte und erst im 13. Jahrhundert verschwand. Die »Thrithings« wurden ausschließlich durch den Vorsatz von West, North, East, South voneinander unterschieden, so daß immer das anlautende »th« auf ein auslautendes »t« oder »th« stieß und davon aufgesogen wurde. So entstanden die »Ridings« (die also nichts mit »ridings« im Sinne von Grenzumreitungen zu tun haben). Vor allem Yorkshire war seit alters her in West, North, East Riding geteilt, die bis heute ihre eigenen Institutionen bewahrt haben, auch wenn sie durch den Local Government Act von 1888 in eigene Counties umgewandelt wurden. (Die Ridings von Lindsey in Lincolnshire sind in North, West, South R. gegliedert.)
»Grenzschloß ... Grenzkrieg« – es handelt sich um das Gebiet an der englisch-schottischen Grenze, an der es zuletzt 1603–1707 zu blutigen Grenzkriegen kam. Erst danach entstand das »Vereinigte Königreich«, in dem Schottland aber bis heute Eigenrechte bewahrt hat, die immer energischer vertreten werden. Der Widerstand Schottlands gegen die Vereinigung wurde und wird vor allem aus den eigenständigen Traditionen der keltischen Pikten und Skoten gespeist (nebst den dynastischen Fragen und Religionsproblemen).
»Grampians« – The Grampians sind ein zum Teil ziemlich wildes Gebirgsmassiv, das in Zentralschottland von Südwest nach Nordost bis an die Nordsee reicht. Die südlichen Teile, welche die Grenze zwischen Lowlands und Highlands bilden, sind sanfter geschwungen und weisen üppige Weidelandschaften auf. In den wilderen Gebirgswäldern lebten ursprünglich die nördlichen Pikten, die Kaledonier, die anno Domini 84 unter Galgacus gegen Roms Legionen unter Agricola unterlagen. Die Schlacht fand römischen Quellen zufolge am Mons Graupius statt, der bis heute nicht identifiziert werden konnte (kelt. »craupios« = Hügelrükken), durch Verlesung wurde daraus später Grampius, woher die Grampians ihren Namen haben.
S. 129: »Baronet« – 1611 von James I. eingeführte niederste Erbadelsklasse, mit der die Gentry anfängt (der eigentliche Adel hört beim Baron auf). Die Gentry entstand durch die Verschmelzung von niederem Landadel mit dem Großbürgertum.

»Die Geheimnisse von Udolpho« – *The Mysteries of Udolpho* von Anne Radcliffe (1764–1823), erschienen 1794, einer der berühmtesten englischen Schauerromane, der nach dem Muster von Horace Walpoles *Castle of Otranto* (1765) ein mittelalterliches, halbverfallenes Schloß in den Apenninen als Schauplatz hat. A. Radcliffe ließ es sich aber angelegen sein, alle Schauereffekte in Schloß Udolpho ausschließlich auf natürliche Weise erklären zu können, auch wenn die Wirkung als übernatürlich erscheint.

S. 130: »Wilhelm von Oranien ... jakobitische Märtyrer ... Eduard I. ... Eduard II. ... Eduard III. ... Gaveston ... Bruce« – zu diesem erstaunlichen Geschichtsbild des Sir John Musgrave sei angemerkt: *Wilhelm III. von Oranien* (1650–1702) war ab 1674 Erbstatthalter der Niederlande und Vorkämpfer gegen Ludwig XIV. von Frankreich und für den Protestantismus; seit 1677 mit Maria, der Tochter des späteren letzten Königs von Schottland Jakob II., verheiratet, dessen katholisierende frankreichfreundliche Politik 1686 die parlamentarische Opposition Englands zu Hilfegesuchen an Wilhelm veranlaßte, der 1688 mit Truppenmacht in England landete und nach der Flucht Jakobs, den er 1690 in Irland an der Boyne schlug, vom englischen Parlament zusammen mit seiner Frau die Krone übertragen erhielt. Als *jakobitische Märtyrer* gelten die vorwiegend katholischen Anhänger Jakobs, deren Verfolgung sowohl politische wie religiöse wie ethnische Gründe (Engländer gegen Schotten) hatte und sich trotz Wilhelms Bemühungen in den für solche mitbürgerlichen Verfolgungen typischen unmenschlichen Formen mit kräftiger Selbstbereicherung abspielte. *Eduard I.* (1230–1307) wurde 1273 König von England, focht für den Festlandbesitz (in Frankreich) und gegen Wales und Schottland; er gilt als einer der wenigen Throninhaber, die Gerechtigkeit liebten und ihr Wort hielten; gegen die Anmaßung des Hochadels verfolgte er die von Simon von Montfort (Earl of Leicester, 1200–1265, führte die Opposition der Barone gegen die zentralistische Politik Heinrichs III., wandelte das Parlament in eine ständige Institution um) begonnene Politik, die Machtvorstellung der Monarchie zu beschneiden und sich damit die wohlwollende Unterstützung der Bevölkerung zu erkaufen; er war ein ausgezeichneter Verwalter, ein kluger Außenpolitiker und jederzeit bereit, gute Ideen anderer zu verwirklichen; er hielt mühsam Frieden mit Frankreich, unterwarf Wales, scheiterte am schottischen Widerstand und vertrieb 1290 die Juden aus England. *Eduard II.* (1284–1327) war sein

4. Sohn mit Eleanor von Kastilien, wurde als erster englischer Kronprinz 1301 Prince of Wales (= Fürst von Wales); er war nicht lasterhaft, aber ein vergnügungssüchtiger Narr; unter ihm gelang es den Baronen, aus der Monarchie eine Oligarchie zu machen, die von 21 Familien beherrscht wurde. 1314 verlor er alle eroberten Teile Schottlands an Bruce, wurde 1326 von seiner Frau Isabella (Tochter Philipps des Schönen von Frankreich) und ihren Günstlingen gestürzt und brutal ermordet. Sein engster Jugendfreund von Kindheit an war *Piers Gaveston*, ein Ritterssohn aus der Gascogne, den sein Vater ihm als Spielgefährten an den Hof geholt hatte; Gaveston wurde Earl of Cornwall, war ungemein fähig, aber ebenso eitel, anmaßend und arrogant; der König verbannte ihn wegen seines schlechten Einflusses auf den Prinzen, der ihn nach des Vaters Tod zurückholte und mit Machtbefugnissen und Gunstbeweisen überschüttete; 1315 wurde er namens der Barone verhaftet und auf Befehl Guys de Beauchamp, Earl of Warwick, enthauptet. Die alte schottische Adelsfamilie der Bruce war normannischer Herkunft, aus Bruis zwischen Cherbourg und Vallonges; der erste, Robert de Bruis, kam mit Wilhelm dem Eroberer 1066 nach England; der achte war *Robert I. The Bruce* (1274–1329), der 1304 König von Schottland wurde, sein Reich bis 1314 gegen England sichern mußte, dann nach seinem Sieg über Eduard II. unangefochten regierte und eine vorzügliche Verwaltung aufbaute (deren Grundstrukturen bis heute tragen), um so Dynastie wie Staat zu sichern. *Eduard III.* (1312–1377) war der älteste Sohn Eduards II., wurde 1325 Herzog der Gascogne bzw. Aquitaniens, heiratete 1328 Philippa von Hennegau, hielt erbittert seine Ansprüche auf Teile Frankreichs aufrecht und schloß zu ihrer Förderung 1338 in Koblenz mit Ludwig dem Bayer ein Bündnis gegen Frankreich, woraus der Hundertjährige Krieg entstand; er wurde nie Prince of Wales, war freundlich und umgänglich und ein guter Verwalter; doch überließ er immer mehr Rechte seinen Untertanen, die ihm dafür Geld für seine Kriege gegen Frankreich und Schottland bewilligten; nach Bruces Tod baute er Windsor Castle neu, stiftete den Hosenbandorden zur Erneuerung der Ritterrunde König Artus' und kündigte 1366 die von John Lackland eingeräumte Suprematie des Papstes über England auf; als vollendeter Ritter führte er den glänzendsten Hof Europas; er drängte den kirchlichen Einfluß zurück sowie den der großen alten Familien, deren Titel und Besitzungen (Lan-

caster, Kent, Behun, Burgh, Mortimer) er seinen Söhnen übertrug, für die er den Titel Herzog (Duke) neu schuf; seine Söhne nannte er nach ihren Geburtsstädten: Lionel von Antwerpen (Duke of Clarence), John von Gaunt (= Gent, Duke of Lancaster), Edmund von Langley (Duke of York), Thomas von Woodstock (Duke of Gloucester); lediglich sein ältester Sohn wurde als The Black Prince (= der Schwarze Prinz) bekannt; John und Edmund begründeten die Rivalität der Häuser Lancaster und York, die zum Untergang der Plantagenets in den Rosenkriegen führte.

S. 131: »Douglas ... Marmion« – das schottische Adelshaus der *Douglas* (von gälisch dubh glas = Dunkelwasser oder dunkelblau) ist seit 1175 nachweisbar; der Hauptstamm der Schwarzen Douglas starb 1488 aus, die Herrschaft ging auf den Nebenstamm der Roten Douglas über; Stammsitz ist bis heute Douglasdale in Lanarkshire; die romantischste Gestalt war James (1286–1330), der Bruce entscheidend unterstützte, 70 Schlachten focht, in 54 siegte und schließlich bei dem Versuch, den letzten Wunsch von Bruce zu erfüllen – nämlich sein Herz in Palästina zu begraben, weil er sein Versprechen eines Kreuzzugs nicht habe verwirklichen können –, in Kämpfen mit den Mauren in Spanien fiel; seither führt das Haus ein Herz im Wappen; sein natürlicher Sohn Archibald der Grimme (1328–1400) wurde die Trägergestalt der wichtigsten Balladen um das Haus Douglas; Archibald VI., Earl of Angus (1489–1557), Vormund Jakobs V. und später verbannt, ist der Held der Ballade »A. D.« von Theodor Fontane ebenso wie der Dichtung *»Marmion: A Tale of Flodden Field« (Marmion: eine Erzählung über Flodden Field)* von Walter Scott (veröffentlicht 1808). Die Schlacht auf dem Flodden Field fand 1513 zwischen dem nicht anwesenden Heinrich VIII. und Jakob IV. von Schottland statt: Vom Titelhelden Marmion heißt es, er sei eine Mischung aus Schuftigkeit und Edelmut gewesen.

S. 133: »Henry Irving« – hieß eigentlich John Henry Brodribb (1838–1905), wurde 1895 als Sir H. I. geadelt, war einer der bedeutendsten Shakespeare-Interpreten aller Zeiten und führte als Schauspieler wie als Theaterdirektor eine bis dahin unbekannte Detailtreue auf der Bühne ein.

S. 136: »seinen Vater ermordet« – Vatermord gilt in den meisten Kulturen als das schlimmste Verbrechen überhaupt (man vgl. hierzu den Ödipus-Mythos).

»Pflanze … Scherz« – »plant« heißt die Pflanze usw., aber auch Kniff, Streich, Schwindel, Betrug; »to plant« dementsprechend pflanzen, anpflanzen usw., aber auch betrügen, übers Ohr hauen, an der Nase herumführen usw. (hierzu vgl. das österreichische »Wuist me pflonzn?«).

DER ROTE MOND VON MERU

The Red Moon of Meru

S. 140: »Meru« – in der indischen Mythologie der Weltberg, der Mittelpunkt der sieben Kontinente, die man sich ringförmig um ihn gelagert vorstellte, und damit des Universums.
»Phrenologie« – zur Phrenologie siehe die Anmerkung vorstehend zu S. 14 auf S. 218.
»Backenbart« – es handelt sich immer um »whiskers«, also jener Barttracht, die sozusagen aus überdimensionierten Koteletten besteht und zu denen noch ein Schnurrbart und ein Kinnbart treten müssen, damit ein Vollbart entstehe.
S. 141: »Mesmerismus« – der Arzt Franz Anton Mesmer (1734–1815) begründete die Lehre vom animalischen Magnetismus, wonach alle Körper von einem »Fluid« belebt werden, das mit einem den Kosmos durchdringenden Weltäther in Beziehung steht; seine verblüffend erfolgreiche Magnetotherapie gilt als Ursprung der Hypnosetherapie.
»Fakir« – von arab. »faqir« = arm; der wahre F. ist kein Gaukler – im englischen Original um des Wortspiels willen »faker« –, sondern ein bettelnder Asket muslimischen Glaubens; später auch der heimat- und besitzlos herumziehende hinduistische Asket; aus ursprünglich asketischen Übungen (Joga) zur Lösung aus den Bindungen der Sinnenwelt entwickelten Gaukler und Scharlatane Tricks der Massensuggestion, im schlimmsten Fall zur Ausübung gezielten Betrugs.
S. 142: »Schelmenstreich« – der Schelm entstammt einem althochdeutschen »skelmo« = Todeswürdiger (altnordisch »skalmir« = Teufel), mittelhochdeutschen »schelme« = Bösewicht und »schelm« = toter Tierkörper, weshalb »der Schelm« dann auch den Abdecker und den Henker meinte; der Begriff verblaßte immer mehr, bis er in die Nähe des Schalk (ursprünglich = Knecht: Marschall aus maroskalke = Pferdeknecht) geriet (der

laut Goethe »mit Heiterkeit und Schadenfreude jemandem einen Possen spielt«) – weshalb Schelmenstreich zur Übertragung des unübersetzbaren »practical joke« nicht ungeeignet erscheint.

S. 144: *»via media«* – lat. = Mittelweg.

S. 146: »Demiurg« – griechisch = Handwerker; bei Piaton der Weltbaumeister als Mittler zwischen der höchsten Gottheit und den Menschen; bei den Gnostikern der dem höchsten Gott untergeordnete böse Schöpfer der Sinnenwelt, die den Menschen ins Verderben verlocken soll.

»Mani« – etwa 216 bis 276, Stifter des Manichäismus in Persien und Indien; der Manichäismus geht von einem radikalen Dualismus aus: Dem Herrscher des Lichtreichs steht der König der Finsternis gleichberechtigt gegenüber, was zu einer ebenso radikalen Weltverneinung führt.

S. 150: »Ring des Polykrates« – von P., dem Tyrann von Samos (ca. 538 a. Chr. n. an die Macht gekommen, 522 ermordet), berichtet bereits Herodot, er sei von unermeßlichem Reichtum gewesen; um nun die Götter nicht durch den Glanz seines durch eine herausragende Bautätigkeit und die Protektion der bedeutendsten Künstler und Gelehrten strahlenden Hofes neidisch zu machen, habe er (in Schillers gleichnamiger Ballade besonders schön herausgearbeitet) seinen kostbarsten Ring als Weiheopfer ins Meer geworfen; als man den Ring kurz darauf im Magen eines für ihn gefangenen Speisefisches wiederfand, habe er gewußt, daß die Götter sein Opfer nicht angenommen, ihn also zum Untergang bestimmt hätten.

S. 152: »sardonisch« – ein bitteres, durch schmerzverzerrte Züge höhnisch erscheinendes Lachen.

S. 153: »Mangobaum« – der Trick gehört zu einer Gruppe gleichartiger, wobei vor den Augen des Publikums ein Samenkorn in die Erde gelegt wird, das nach Begießung mit Wasser und Zauberreden in Sekundenschnelle zu einem mächtigen Baum heranwächst, an dem manchmal sogar der Knabe in den Himmel klettert, wo er dann ebenso verschwindet wie der Baum anschließend, der sich vor den Augen des Publikums wieder in seinen Samen zurückverkriecht.

»Brechmittel« – in Raymond Chandlers Erzählung »Goldfish« hat der erfolgreiche Dieb die gestohlenen Leander-Perlen ebenfalls in Goldfischen versteckt; da aber Verdauungssäfte den Perlen hätten gefährlich werden können, hat er sie den Tieren einoperiert, wes-

halb ihm Brechmittel zur Wiedergewinnung nichts genutzt hätten.
S. 154: »Höcker, Thro Mätt-ar: siehe unter Folklore« – im Original »Bumps What Ho She; see Folk-Lore«. Im US-amerikanischen soll »Ho« ein Slangwort für Prostituierte sein, doch ist kaum anzunehmen, daß sich Chesterton dieser Bedeutung hätte bedienen wollen.
S. 157: »Mahatma« – Sanskrit für »dessen Seele groß ist«, indischer Ehrentitel für Weise und Heilige, der auch M. K. Ghandi beigelegt wurde.
S. 158: »auch der ist gestohlen« – Father Brown hat schon verschiedentlich darauf angespielt, daß ihm als katholischem Geistlichen alte Kirchen durchaus geläufig sind, waren sie doch vor der kirchlichen Sezession Heinrichs VIII. alle katholische Kirchen; hier formuliert er zum ersten Mal die Meinung Chestertons, daß alle vom Anglikanismus enteigneten Kirchenbauten der katholischen Kirche gestohlen worden seien und daher füglich zurückzugeben wären – wie es bereits auf S. 131 der erstaunliche Sir John Musgrave angedeutet hat.

DIE KLAGE DES MARQUIS VON MARNE
The Chief Mourner of Marne

S. 159: »Marquis« – im englischen Hochadel steht der Marquis (Marquess) nach dem Herzog (Duke) vor dem Grafen (Earl) an zweiter Stelle, ranggleich mit dem Fürsten der deutschen Adelsfolge (nach dem Herzog) und dem Herzog der romanischen Adelsfolge (nach dem Fürsten).
S. 160: »zwischen Blitz und Donnerschlag« – für alle praktischen Zwecke von Landwirten und Picknickern wird der Blitz unmittelbar sichtbar, während der Donner 333 Meter pro Sekunde zurücklegt = 1 000 Meter in 3 Sekunden oder 30 Kilometer in 1½ Minuten.
S. 161: »wie der Leichten Brigade verboten« – eine Anspielung auf jene legendäre Attacke der britischen Light Brigade (Einheit leichter Kavallerie) gegen die Festung Balaclava im Krim-Krieg 1853/56. Über den Wahnsinn des Einsatzes leichter Reiterei gegen eine mit Kanonen gespickte Festung dichtete Alfred Tennyson seine berühmte »Charge of the Light Brigade«, in der es in der zweiten Strophe heißt:

»Not though the soldier knew
Some one had blunder'd:
Theirs not to make reply,
Theirs not to reason why,
Theirs but to do and die:
Into the Valley of Death
Rode the six hundred.«

(Etwa: Die Soldaten wußten es nicht, aber jemand hatte einen Fehler begangen: Nicht ihr Recht war es zu widersprechen, Nicht ihr Recht, nach dem Warum zu fragen, Ihrs nur, zu handeln und zu sterben: In das Tal des Todes ritten die 600 – von denen angeblich nur 3 überlebten, nachdem die Light Brigade gesiegt hatte.) Das Thema des unmöglichen und unsinnigen Einsatzes von Truppen zur Vertuschung der Dummheit, der Unfähigkeit oder noch schlimmerer Verbrechen von Vorgesetzten spielt in der Literatur sicherlich eine viel seltenere Rolle als in der Wirklichkeit: vgl. hierzu *Das Zeichen des zerbrochenen Säbels*, Band 1, S. 183 ff.
S. 162: *»In memoriam«* – Dichtung von Alfred Tennyson 1850.
»David und Jonathan« – eine weitere Geschichte über eine Männerfreundschaft, im AT nachzulesen (2. Sam. 1, 19 ff.); dem entspricht in den homerischen Epen die Freundschaft des Achill zu Patroklos, den Hektor tötete, was Achill endlich zum Kampf gegen Troja aufreizte und zur Tötung des Hektor führte, weshalb ihn Apoll durch den Paris vermittelst eines Pfeilschusses in die Achillessehne ebenfalls töten ließ.
S. 163: »Kannibaleninsel« – siehe vorstehend die Anmerkung zu S. 41.
»Hamlet und Ophelia« – in *Hamlet* von Shakespeare.
»Laßt die Toten ihre Toten begraben« – NT, Lukas 9, 60.
S. 166: »Katholikenfresser« – im Original »Toronto Orangeman«: In Erinnerung an Wilhelm von Oranien und seinen (protestantischen) Sieg über (den katholischen König von Schottland) Jakob (siehe vorstehend die Anmerkung zu S. 130) bildete sich 1795 in Irland die ultraprotestantische Geheimgesellschaft der Orangemen; die Bezeichnung »Oranier« war seither einerseits ein Spottname für Anhänger der ultraprotestantischen Partei in Irland, und andererseits die Bezeichnung für »Katholikenfresser«.

S. 170: »Ältere Brüder und Schwestern« widmen sich nach neueren Erkenntnissen tatsächlich öfters solchen Kindern, aus Gen-Egoismus, der ihren unbewußten Antrieb bildet.
S. 171: »Golf« – ein bereits um 1100 in China unter dem Namen »chuiwan« schriftlich wie bildlich belegtes Spiel, dessen europäischer Name auf holländisches »kolf« = Keule zurückzuführen ist und das 1457 erstmals am Hofe Jakobs I. in Schottland erwähnt wird; es dürfte aus zentralasiatischen Reiterspielen entstanden und in der ausgebildeten chinesischen Form in der Folge des Mongolensturms nach Europa gelangt sein.
S. 174: »Aceldama« – seit Luther im Deutschen »Hakeldama/ch«: In der Apostelgeschichte 1, 19 heißt es »Hakeldamach ... das heißt Blutacker«, nämlich jenes Feld, das sich Judas für die 30 Silberlinge gekauft hatte, jedoch darauf »stürzte er kopfüber, barst mitten entzwei, und alle seine Eingeweide traten heraus«. Hingegen heißt es bei Matthäus XXVII, 5–8, Judas habe die 30 Silberlinge den Hohen Priestern vor die Füße geworfen, die davon den Töpferacker als Begräbnisplatz für die Fremden kauften, da es Blutgeld sei, das dem Tempelschatz nicht beigefügt werden dürfe, weshalb der Platz »Blutacker« heiße. Heute der Hak el-Dain im Süden von Jerusalem, am NO-Hang des Djebel Deir Abu Tor = Hügel des bösen Ratschlags, seit dem 6. Jahrhundert bis mindestens 1697 Friedhof dort gestorbener christlicher Pilger und Kreuzfahrer.

FLAMBEAUS GEHEIMNIS
The Secret of Flambeau

S. 183: »der revolutionäre Dichter« – siehe *Der Spiegel des Richters*, S. 18 ff.
S. 184: »wenn er in Gefahr ist ...« – Matthäus 16, 26: »Was hülfe es dem Menschen, so er die ganze Welt gewönne, und nähme doch Schaden an seiner Seele?«
»Patriotismus« – Chesterton sagt nicht: Vaterland.

G. K. Chesterton

Father Browns Skandal

Father Browns Skandal

Es wäre nicht richtig, die Abenteuer von Father Brown aufzuschreiben, ohne einzugestehen, daß er einst in einen schweren Skandal verwickelt war. Noch immer gibt es Menschen, vielleicht sogar aus seiner eigenen Gemeinschaft, die behaupten würden, auf seinem Namen sei ein Fleck verblieben. Die Sache ereignete sich in einem pittoresken mexikanischen Rasthaus von reichlich fragwürdigem Ruf, wie sich später herausstellte; und manchen scheint es, als habe diesmal der Priester einem romantischen Zug in ihm und seinem Mitgefühl für menschliche Schwächen gestattet, ihn zu fragwürdiger und unorthodoxer Handlungsweise zu verleiten. Die Geschichte selbst ist einfach; und vielleicht besteht das Überraschende daran in ihrer Einfachheit.

Das brennende Troja begann mit Helena; diese schmachvolle Geschichte begann mit der Schönheit von Hypatia Potter. Amerikaner besitzen die von Europäern nicht immer geschätzte große Gabe, Institutionen von unten herauf zu schaffen; nämlich durch Volksinitiative. Wie jede andere gute Sache hat auch diese ihre helleren Aspekte; eine davon ist, wie schon Mr. Wells und andere bemerkt haben, daß eine Person zur öffentlichen Institution werden kann, ohne eine amtliche Institution zu sein. Ein Mädchen von großer Schönheit oder Brillanz wird eine Art ungekrönter Königin sein, selbst wenn es kein Filmstar und kein Abbild eines Gibson Girls ist. Unter jenen, die das Glück – oder Unglück – hatten, auf diese Weise schön in der Öffentlichkeit zu existieren, war eine gewisse Hypatia Hard, die durch das Vorstadium blumiger Komplimente in den Gesellschaftsspalten der örtlichen Presse hindurch den Status einer Persönlichkeit erreicht hatte, die tatsächlich von echten Journalisten interviewt wird. Sie hatte mit einem bezaubernden Lächeln ihre Stellungnahmen zu Krieg und Frieden und Vaterlandsliebe und Prohibition und Evolution und Bibel abgegeben; und wenn derer keine den wirklichen Gründen ihres Rufs sehr nahezustehen schienen, so wäre es doch gleichermaßen schwierig zu sagen, was denn die Gründe ihres Rufs wirklich waren. Schön und die Tochter eines reichen Mannes zu sein sind in ihrem Lande nicht eben seltene Dinge; diesen aber fügte sie das hinzu, was auch immer das schweifende Auge des Journalismus anzieht. Fast keiner ihrer Bewunderer hatte sie je gesehen oder konnte auch nur hoffen, das je zu tun; und keiner von ihnen konnte auf irgendeine Weise irgendeinen schmutzigen Gewinn aus ihres Vaters Reichtum schlagen. Es war einfach eine Art von volkstümlicher Romanze, der moderne Ersatz für Mythen; und die legte die ersten Grundlagen für jene schwülstigere und stürmischere Romanze, in der sie später eine Rolle spielen sollte; und in der nach Ansicht mancher der gute Ruf von Father Brown, ebenso wie der anderer, zu Fetzen zerstob.

Jene, die amerikanische Satire als die Briefkastentanten der Rührseligkeit bezeichnet, hatten teils romantisch, teils resignierend hingenommen, daß sie bereits einen sehr würdigen und ehrbaren Geschäftsmann namens Potter geheiratet hatte. Es war sogar möglich, sie für einen Augenblick als Mrs. Potter anzusehen, aufgrund der allgemeinen Annahme, daß ihr Mann lediglich der Mann von Mrs. Potter war.

Dann kam der Große Skandal, durch den ihre Freunde wie ihre Feinde über ihre wildesten Hoffnungen hinaus mit Abscheu erfüllt wurden. Ihr Name wurde verbunden (wie die sonderbare Phrase lautet) mit einem in Mexiko lebenden Schriftsteller; dem Status nach ein Amerikaner, dem Geist nach aber ein sehr spanischer Amerikaner. Unglücklicherweise glichen seine Laster insofern ihren Tugenden, als sie gute Schlagzeilen lieferten. Er war keine geringere Persönlichkeit als der berühmte oder berüchtigte Rudel Romanes; jener Dichter, dessen Werke dadurch weltweit so bekannt wurden, daß die Bibliotheken sie ablehnten oder die Polizei sie gerichtlich belangte. Wie dem auch sei, ihr reiner und ruhiger Stern jedenfalls wurde in Konjunktion mit diesem Kometen gesehen. Er war von der Art, die man mit einem Kometen vergleichen kann, haarig und heiß; ersteres in seinen Porträts, letzteres in seiner Dichtung. Er war auch zerstörerisch; den Schweif des Kometen bildete eine Reihe von Scheidungen, die manche seinen Erfolg als Liebhaber nannten, andere sein andauerndes Scheitern als Ehemann. Es war schwer für Hypatia; es gibt Nachteile bei der Führung eines vollkommenen Privatlebens in der Öffentlichkeit; wie ein häusliches Interieur im Schaufenster. Interviewer berichteten über zweifelhafte Äußerungen in bezug auf »Der Liebe großzügiges Gesetz der vollkommenen Selbstverwirklichung«. Die Heiden klatschten Beifall. Die Briefkastentanten der Rührseligkeit erlaubten sich Töne romantischen Bedauerns; einige brachten sogar die abgebrühte Kühnheit auf, aus dem Gedicht von Maud Mueller zu zitieren, wonach von allen Worten der

Zunge oder der Feder die traurigsten seien »Es hätte können sein«. Und Agar P. Rock, der die Briefkastentanten der Rührseligkeit mit einem heiligen und gerechten Haß haßte, sagte, daß er in diesem Fall vollkommen mit Bret Hartes Erweiterung des Gedichtes übereinstimme:

»Noch trauriger ist, was wir täglich sehn;
Es ist, doch brauchte es nicht zu geschehn.«

Denn Mr. Rock war zutiefst und zu Recht überzeugt, daß eine sehr große Anzahl von Dingen nicht hätte geschehen müssen. Er war im »Minneapolis Meteor« der grimme Geißler nationalen Niedergangs und ein unerschrockener und redlicher Mann. Vielleicht hatte er sich zu sehr auf den Geist des Empörtseins spezialisiert, aber der hatte einen nur zu gesunden Ursprung in seiner Reaktion auf die schlampigen Versuche, im modernen Journalismus und Klatsch Recht und Unrecht durcheinanderzubringen. Er drückte das zunächst in der Form eines Protestes dagegen aus, daß Revolvermännern und Räubern ein unheiliger romantischer Heiligenschein verliehen wurde. Vielleicht neigte er in robuster Ungeduld zu sehr zu der Annahme, daß alle Verbrecher Dagos seien und alle Dagos Verbrecher. Doch waren seine Vorurteile, selbst wenn sie ein bißchen provinziell waren, geradezu erfrischend gegenüber einer bestimmten Art rührseliger und unmännlicher Heldenverehrung, die bereit war, in einem Berufsmörder einen Anführer von Lebensart zu sehen, solange die Journalisten berichteten, daß sein Lächeln unwiderstehlich sei oder sein Smoking vollendet sitze. Auf jeden Fall kochten die Vorurteile nicht weniger heftig im Busen von Mr. Rock, weil er sich tatsächlich im Lande der Dagos befand, da diese Geschichte begann; zornmütig strebte er einen Hügel jenseits der mexikanischen Grenze hinauf, auf das weiße Hotel zu, das von Zierpalmen gesäumt war und in dem sich die Potters angeblich aufhielten und die geheimnisvolle Hypatia jetzt hofhalte. Agar Rock war ein Prachtexemplar von einem Puritaner, sogar seinem Aussehen nach; er hätte noch eher ein viriler Puritaner des 17. Jahrhunderts sein können als einer der weicheren und weltklügeren des 20. Jahrhunderts. Wenn man ihm gesagt hätte, daß sein antiquierter schwarzer Hut, sein übliches finsteres Stirnrunzeln und seine feinen, harten Züge Düsternis über das sonnige Land der Palmen und Weinstöcke warfen, hätte ihn das sehr befriedigt. Er blickte nach rechts und nach links mit vor allgemeinen Verdächten leuchtenden Augen. Und während er das tat, erblickte er zwei Gestalten auf dem Grat über ihm, scharf vor dem klaren subtropischen Sonnenuntergang abgehoben; Gestalten in einer jähen Haltung, die selbst einen weniger mißtrauischen Mann dazu gebracht haben würde, mißtrauisch etwas zu vermuten.

Eine der Gestalten war schon an sich reichlich bemerkenswert. Sie reckte sich genau in der Beuge der Straßenkehre über dem Tal empor, als hätte sie einen besonderen Instinkt für die Stelle und für die Haltung einer Statue. Sie war à la Byron in einen weiten schwarzen Umhang gehüllt, und das Haupt, das sich darüber in bräunlicher Schönheit erhob, war ebenso bemerkenswert wie das Byrons. Dieser Mann besaß dasselbe gekräuselte Haar und dieselben gekräuselten Nüstern; und er schien etwas von demselben Hohn und derselben Verachtung wider die Welt zu schnauben. Er umfaßte mit der Hand fest ein ziemlich langes Rohr oder einen Spazierstock, der mit seiner Spitze nach der Art eines Bergstocks im Augenblick phantastisch an einen Speer gemahnte. Es wirkte das um so phantastischer, als zu ihm ein komischer Gegensatz entstand in der Gestalt des anderen Mannes, der einen Regenschirm trug. In der Tat war es ein neuer und sauber eingerollter Regenschirm, ganz anders zum Beispiel als Father Browns Regenschirm; und der Mann war, sauber wie ein Buchhalter, mit einem hellen Ferienanzug bekleidet; ein untersetzter, stämmiger, bärtiger Mann; aber der prosaische Regenschirm war erhoben, gar geschwungen in einem akuten Angriffswinkel. Der größere Mann stieß gegen ihn zurück, aber in einer hastigen, verteidigenden Weise; und dann brach die Szene sozusagen in eine Komödie zusammen; denn der Schirm öffnete sich von selbst, und sein Eigner schien fast hinter ihm zu versinken, während der andere Mann aussah, als stäche er mit seinem Speer durch einen großen grotesken Schild. Aber er trieb ihn, oder den Streit, nicht allzu weit vor; er zog die Spitze zurück, drehte sich ungeduldig um und strebte die Straße hinunter; während der andere, der seinen Schirm hob und sorgsam zusammenrollte, sich in die entgegengesetzte Richtung dem Hotel zuwandte. Rock hatte keines der Worte des Streites gehört, der diesem kurzen und ziemlich absurden körperlichen Angriff unmittelbar vorausgegangen sein mußte; doch als er auf den Spuren des kleineren Mannes mit dem Bart die Straße hinanschritt, erwog er mancherlei Dinge. Und der romantische Umhang wie das geradezu opernhaft gute Aussehen des einen Mannes in Verbindung mit der untersetzten Selbstgewißheit des anderen paßten genau in die ganze Geschichte, die herauszufinden er gekommen war; und er wußte, daß er jene beiden seltsamen Gestalten mit ihren Namen hätte benennen können: Romanes und Potter.

Seine Überzeugung wurde in jeder Weise bestätigt, als er das Säulenportal durchschritt; und die hocherhobene Stimme des bärtigen Mannes in heftiger Auseinandersetzung oder Befehlserteilung hörte. Er sprach offensichtlich zum Verwalter oder zum Personal des Hotels, und Rock hörte genug, um zu begreifen, daß er sie vor einem wilden und gefährlichen Charakter in der Nachbarschaft warnte.

»Wenn er tatsächlich schon im Hotel gewesen ist«, sagte der kleine Mann in Beantwortung eines Gemurmels, »dann kann ich nur sagen, daß Sie ihn besser nicht wieder hereinlassen. Ihre Polizei sollte nach einem solchen Kerl Ausschau halten, doch auf keinen Fall wünsche ich, daß die Dame durch ihn belästigt wird.«

Rock lauschte in grimmem Schweigen und wachsender Gewißheit; dann glitt er durch die Halle in eine Nische, in der er das Gästebuch sah, und als er die letzte beschriebene Seite aufschlug, sah er, daß »der Kerl« tatsächlich schon im Hotel gewesen war. Da stand der Name »Rudel Romanes«, jenes romantischen öffentlichen Charakters, in sehr großen und schwungvollen ausländischen Buchstaben; und nach einem Zwischenraum erschienen unter ihm, ziemlich eng beieinander, die Namen von Hypatia Potter und Ellis T. Potter, in einer korrekten und ruhigen amerikanischen Handschrift.

Agar Rock blickte sich übelgelaunt um und sah in seiner Umgebung und selbst in den kleinsten Dekorationen des Hotels alles, was er am meisten haßte. Es ist vielleicht unvernünftig, sich darüber zu beklagen, daß Orangen an Orangenbäumen wachsen, selbst in kleinen Kübeln; doch es wuchsen noch mehr von ihnen auf fadenscheinigen Vorhängen und verschossenen Tapeten als eine Art formalen Ornamentes. Für ihn allerdings waren jene roten und goldenen Monde, die sich dekorativ mit silbernen Monden abwechselten, in einer wunderlichen Weise die Quintessenz aller mondsüchtigen Schwindelhaftigkeit. Er sah in ihnen all jenen sentimentalen Niedergang, den seine Grundsätze an den modernen Manieren beklagten und den seine Vorurteile vage mit der Wärme und Sanftheit des Südens verbanden. Es ärgerte ihn sogar, ein Stück einer dunklen Leinwand zu erblicken, die einen Teil eines Watteauschen Schäfers mit Gitarre zeigte, oder eine blaue Wandkachel mit dem abgedroschenen Bild eines Cupido auf einem Delphin. Sein nüchterner Verstand könnte ihm sagen, daß er solche Dinge auch in einem Schaufenster an der Fifth Avenue hätte sehen können; aber da, wo sie waren, wirkten sie wie die lockenden Sirenenstimmen des mediterranen Heidentums. Und dann schien sich plötzlich der Anblick all dieser Dinge zu verändern, so wie ein ruhiger Spiegel aufflackern mag, wenn eine Gestalt für einen Augenblick an ihm vorüberhuscht, und er wußte, daß der ganze Raum voller herausfordernder Gegenwart war. Er wandte sich fast steif und gegen eine Art Widerstand um, und er wußte, daß er sich der berühmten Hypatia gegenüber fand, von der er seit so vielen Jahren gelesen und gehört hatte.

Hypatia Potter, *née* Hard, war einer jener Menschen, auf die das Wort »strahlend« so endgültig zutrifft, als sei es von ihnen abgeleitet. Mit anderen Worten, sie gestattete dem, was die Zeitungen ihre Persönlichkeit nannten, von ihr strahlenförmig auszuströmen. Sie würde genauso schön gewesen sein, und für manchen Geschmack noch anziehender, wenn sie zurückhaltend gewesen wäre; aber sie war immer dazu erzogen worden zu glauben, daß Zurückhaltung lediglich Selbstsucht sei. Sie würde gesagt haben, daß sie ihr Selbst im Dienst verloren hätte; es wäre vielleicht wahrer zu sagen, daß sich ihr Selbst im Dienst behauptet hat; auf jeden Fall aber war sie guten Glaubens, was den Dienst anging. Daher schlugen ihre außerordentlich strahlenden Augen wirklich zu wie in der alten Metapher, welche Augen zu Cupidos Pfeilen macht, die aus der Ferne töten; aber in einer abstrakten Vorstellung von Eroberung jenseits aller bloßen Koketterie. Ihr hellblondes Haar, obwohl zu einem wahren Heiligenschein arrangiert, sah fast wie elektrische Strahlung aus. Und als sie begriff, daß der Fremde vor ihr Agar Rock vom »Minneapolis Meteor« war, nahmen ihre Augen die Reichweite von langen Scheinwerfern an, die den Horizont der Staaten abtasten.

Doch darin irrte sich die Dame, was ihr manchmal passierte. Denn Agar Rock war nicht der Agar Rock vom »Minneapolis Meteor«. Er war in jenem Augenblick nur Agar Rock; in ihm war eine große und ernsthafte moralische Eingebung aufgebrandet, jenseits der groben Kühnheit des Interviewers. Ein Gefühl, das sich zutiefst zusammenmischte aus einem ritterlichen und nationalen Empfinden für Schönheit und aus einem unmittelbaren Verlangen nach entschiedener moralischer Aktion, das ebenfalls sehr national war, ermutigte ihn, einer großen Szene entgegenzutreten; und eine noble Beleidigung auszusprechen. Er erinnerte sich der ursprünglichen Hypatia, der wunderschönen Neoplatonikerin, und wie ihn als Knaben Kingsleys Romanze erregt hatte, in der der junge Mönch sie der Hurerei und Götzendienerei anklagt. Er trat ihr mit eiserner Feierlichkeit entgegen und sagte:

»Verzeihen Sie, Gnädige Frau, aber ich würde gerne privat ein Wort mit Ihnen reden.«

»Nun ja«, sagte sie und ließ ihr glorreiches Starren durch den Raum schweifen, »ich weiß nicht, ob Sie diesen Ort als privat ansehen.«

Auch Rock ließ seinen Blick durch den Raum schweifen und konnte außer dem Orangenbaum kein Anzeichen von höherem Leben erblicken, abgesehen von etwas, was wie ein großer schwarzer Pilz aussah, worin er den Hut irgendeines einheimischen Priesters erkannte, der gleichmütig eine schwarze einheimische Zigarre rauchte und im übrigen ebenso bewegungslos war wie irgendein Gemüse. Er blickte einen Augenblick lang in die schwarzen, ausdruckslosen Züge, bemerkte die Plumpheit jenes bäuerlichen Typs, der so oft in lateinischen und vor allem lateinamerikanischen Ländern die Priester stellt, und senkte seine Stimme ein bißchen, während er lachte.

»Ich kann mir nicht vorstellen, daß der mexikanische Padre unsere Sprache spricht«, sagte er. »Man erwische einmal diese Klumpen Faulheit dabei, wie sie eine andere Sprache als ihre eigene lernen. Natürlich kann ich nicht beschwören, daß er Mexikaner ist; Indianerbastard oder Niggerbastard, nehme ich an. Garantieren aber kann ich, daß er kein Amerikaner ist. Unsere Kirchen bringen diesen verkommenen Typ nicht hervor.«

»Eigentlich«, sagte der verkommene Typ und nahm die schwarze Zigarre aus dem Mund, »bin ich Engländer, und mein Name ist Brown. Aber ich will mich gerne zurückziehen, wenn Sie allein sein wollen.«

»Wenn Sie Engländer sind«, sagte Rock warm, »sollten Sie genügend normale nordische Instinkte haben, um gegen all diesen Unfug zu protestieren. Für jetzt mag es genügen zu sagen, daß ich in der Position bin zu bezeugen, daß ein ziemlich gefährlicher Kerl um dieses Haus herumschleicht; ein großer Kerl in einem Umhang wie auf einem der alten Bilder von verrückten Dichtern.«

»Nun ja, aber darauf kann man hier nicht viel geben«, sagte der Priester milde; »viele Leute hier tragen solche Umhänge, weil die Kälte nach Sonnenuntergang sehr plötzlich zuschlägt.«

Rock schoß ihm einen dunklen und zweifelnden Blick zu; als ob er Verdacht auf ein Ausweichen im Interesse von alldem hege, das ihm Pilzhüte und Mondscheinschwindel darstellten. »Es war nicht nur der Umhang«, knurrte er, »obwohl es teilweise die Art war, wie er ihn trug. Das ganze Äußere des Kerls war theatralisch bis hin zu seinem verdammten theatralisch guten Aussehen. Und wenn Sie mir vergeben wollen, Gnädige Frau, so rate ich Ihnen höchst entschieden, nichts mit ihm zu tun zu haben, falls er zu Belästigungen herkommt. Ihr Mann hat das Hotelpersonal bereits angewiesen, ihn nicht hereinzulassen ...«

Hypatia sprang auf und bedeckte mit einer sehr unüblichen Geste ihr Gesicht, wobei sie die Finger in ihr Haar steckte. Sie schien erschüttert, vielleicht von Schluchzern, doch kaum hatte sie sich wieder in der Gewalt, hatten die sich in eine Art wilden Gelächters verwandelt.

»Ach, Ihr seid zu komisch«, sagte sie, duckte sich auf eine für sie sehr unübliche Weise, schoß auf die Tür zu und verschwand.

»Bißchen hysterisch, wenn sie so lachen«, sagte Rock unbehaglich; dann, ziemlich verlegen und sich zu dem kleinen Priester umdrehend: »Wie ich schon sagte, wenn Sie Engländer sind, sollten Sie sich auf jeden Fall gegen diese Dagos auf meine Seite stellen. Oh, ich gehöre nicht zu denen, die Quatsch über die Angelsachsen verzapfen; aber es gibt doch so was wie Geschichte. Sie können immerhin Anspruch darauf erheben, daß Amerika seine Zivilisation von England bekam.«

»Und wir müssen, um unseren Stolz zu zügeln«, sagte Father Brown, »immerhin eingestehen, daß England seine Zivilisation von den Dagos erhielt.«

Und wieder glühte im Geist des anderen ein verzweifeltes Empfinden dafür auf, daß sein Gesprächspartner mit ihm focht, und auf der falschen Seite focht, auf eine geheimnisvolle und ausweichende Weise; und knapp gestand er sein Unvermögen ein, zu verstehen.

»Na ja, da gab es einen Dago, oder vielleicht auch 'nen Spaghettifresser namens Julius Caesar«, sagte Father Brown; »der wurde später bei 'ner Messerstecherei umgebracht; Sie wissen ja, diese Dagos verwenden immer Messer. Und dann gab es auch noch einen anderen namens Augustinus, der brachte das Christentum auf unsere kleine Insel; und ich glaube tatsächlich, daß wir ohne diese beiden nicht gerade viel Zivilisation hätten.«

»Aber das ist doch alles alte Geschichte«, sagte der etwas verwirrte Journalist, »ich aber bin sehr an moderner Geschichte interessiert. Was ich sehe, ist, daß diese Halunken das Heidentum in unser Land bringen und alle Christlichkeit zerstören, die es gibt. Alle alten Sitten, die ganze solide Sozialordnung, die Art und Weise, in der die Bauern, die unsere Väter und Großväter waren, es fertigbrachten, in der Welt zu leben, zerschmolzen zu einem heißen Brei aus Sensationen und Sinnlichkeiten bezüglich Filmstars, die jeden Monat oder so geschieden werden und törichte Mädchen dazu bringen zu glauben, daß die Heirat nur eine Möglichkeit ist, sich scheiden zu lassen.«

»Da haben Sie ganz recht«, sagte Father Brown. »Natürlich stimme ich Ihnen da zu. Aber man muß doch ein paar Zugeständnisse machen. Vielleicht neigen diese Südländer tatsächlich etwas zu dieser Art von Fehlern. Aber Sie sollten auch daran denken, daß Nordländer andere Arten von Fehlern haben. Vielleicht ermutigt diese Umgebung hier die Menschen dazu, einer einfachen Romanze zu große Bedeutung zuzumessen ...«

Die ganze eingefleischte Entrüstung aus Agar Rocks Leben stieg in ihm bei diesem Wort hoch.

»Ich hasse Romanzen«, sagte er und schlug auf den kleinen Tisch vor ihm. »Ich hab' bei den Zeitungen, für die ich arbeite, gegen diesen Höllenschlund gekämpft, seit 40 Jahren. Jeder Schuft, der mit 'nem Barmädchen durchbrennt, wird ein romantischer Entführer oder so was genannt; und jetzt könnte unsere eigene Hypatia Hard, die Tochter ehrbarer Leute, in irgend so einen verfluchten romantischen Scheidungsfall hereingezogen werden, der dann der ganzen Welt so glücklich ausposaunt wird, als sei es 'ne königliche Hochzeit. Dieser verrückte Dichter Romanes schwirrt um sie rum; und Sie können darauf wetten, daß die Scheinwerfer ihm folgen, als ob er irgend so 'n verkommener kleiner Dago wäre, den sie in den Filmen den Großen Liebhaber nennen. Ich hab ihn draußen gesehen; und er hat das richtige Gesicht für die Scheinwerfer. Meine Sympathien gehören aber dem Anstand und der Vernunft. Meine Sympathien gehören dem armen Potter, einem schlichten redlichen Makler aus Pittsburgh, der glaubt, er habe ein Recht auf ein eigenes Heim. Und dafür kämpft er. Ich hab' ihn gehört, wie er die Hotelverwaltung angebrüllt hat, man solle den Schuft draußen halten; und recht hat er. Die Leute hier scheinen ein verstohlener und verschlagener Haufen zu sein; aber ich hab' den Eindruck, daß er ihnen schon die Furcht Gottes eingetrieben hat.«

»Tatsächlich ist es so«, sagte Father Brown, »daß ich Ihnen im Hinblick auf den Hotelmanager und das Hotelpersonal zustimme; aber Sie dürfen nicht alle Mexikaner nach denen beurteilen. Außerdem habe ich den Eindruck, daß der Herr, von dem Sie sprechen, nicht nur gebrüllt, sondern auch genügend Dollars ausgeteilt hat, um das gesamte Personal auf seine Seite zu bringen. Ich habe sie Türen verschließen und höchst aufgeregt miteinander flüstern gesehen. Übrigens scheint Ihr schlichter redlicher Freund eine Menge Geld zu haben.«

»Ich habe keine Zweifel, daß seine Geschäfte gutgehen«, sagte Rock. »Er ist schon ein Musterexemplar von einem gesunden Geschäftsmann. Worauf wollen Sie raus?«

»Ich hab' mir vorgestellt, daß Sie das auf einen anderen Gedanken bringen könnte«, sagte Father Brown; und nachdem er sich mit reichlich gewichtiger Höflichkeit erhoben hatte, verließ er den Raum.

Rock beobachtete die Potters an jenem Abend beim Dinner sehr aufmerksam und gewann einige neue Eindrücke, wenngleich keine, die sein tiefes Gefühl für das Böse störten, das vermutlich den Frieden des Potterschen Heimes bedrohte. Potter selbst erwies sich einer etwas eingehenderen Betrachtung würdig; obwohl der Journalist ihn zunächst als prosaisch und anspruchlos angesehen hatte, bereitete es ihm ein Vergnügen, feinere Züge an dem zu entdecken, den er als Helden oder Opfer einer Tragödie betrachtete. Potter hatte tatsächlich ein eher nachdenkliches und vornehmes, obgleich bekümmertes und manchmal verdrießliches Gesicht. Rock bekam den Eindruck, daß der Mann sich von einer Krankheit erhole; sein fahles Haar war dünn, aber ziemlich lang, als ob es in der letzten Zeit vernachlässigt worden wäre, und sein ziemlich ungewöhnlicher Bart vermittelte dem Beobachter denselben Eindruck. Gewiß, er sprach seine Frau ein paarmal in einer ziemlich scharfen und bissigen Weise an und machte ein Getue um Tabletten oder andere Einzelheiten der Verdauungswissenschaft; aber seine wirkliche Sorge betraf zweifellos die Gefahr von außen. Seine Frau bemühte sich um ihn in der großartigen, wenngleich etwas herablassenden Art einer Geduldigen Griselda; zugleich aber schweiften ihre Augen ständig über die Türen und Fensterläden, als befürchte sie halbherzig eine Invasion. Rock hatte nach ihrem sonderbaren Ausbruch nur zu gute Gründe, zu fürchten, daß ihre Befürchtungen sich wirklich als nur halbherzig herausstellen könnten.

In der Mitte der Nacht trat dann das außerordentliche Ereignis ein. Rock, der sich einbildete, der letzte zu sein, der zu Bett ging, war überrascht, Father Brown immer noch in der Halle vorzufinden, unauffällig unter einem Orangenbaum sitzend und gelassen ein Buch lesend. Er erwiderte des anderen Gutenachtgruß ohne weitere Worte, und der Journalist hatte seinen Fuß auf der untersten Stufe der Treppe, als plötzlich die Außentür in ihren Angeln erbebte und rüttelte und schüttelte unter von außen geführten Stößen. Eine mächtige Stimme, lauter als die Stöße, ward gehört, wie sie drohend Zutritt forderte. Irgendwie war der Journalist sich sicher, daß die Stöße mit einem gespitzten Stock wie einem Alpenstock ausgeführt worden waren. Er blickte in das verdunkelte Erdgeschoß und sah die Bediensteten des Hotels, wie sie hierhin und dorthin glitten, um nachzusehen, ob die Türen verschlossen seien; sie schlossen sie nicht auf. Da stieg er langsam in sein Zimmer hinauf und setzte sich zornerfüllt hin, um seinen Bericht zu schreiben.

Er beschrieb die Belagerung des Hotels; die Atmosphäre des Bösen; den schäbigen Luxus des Hauses; das verschlagene Ausweichen des Priesters; vor allem aber jene schreckliche Stimme, die draußen schrie wie ein Wolf, der um das Haus streicht. Dann aber hörte er, während er schrieb, ein neues Geräusch und setzte sich augenblicklich aufrecht hin. Es war ein langes wiederholtes Pfeifen, und in seiner Stimmung haßte er es doppelt, denn es war wie das Zeichen eines Verschwörers und wie der Liebesruf eines Vogels. Ihm folgte absolutes Schweigen, während dem er steif dasaß; dann erhob er sich abrupt, denn er hatte noch ein weiteres Geräusch gehört. Es war ein schwaches Zischen, gefolgt von einem scharfen Klopfen oder Rattern; und er war sich fast sicher, daß jemand etwas gegen ein Fenster warf. Er stieg steif die Treppen hinab ins Erdgeschoß, das jetzt dunkel und verlassen war; oder fast verlassen. Denn der kleine Priester saß immer noch unter dem Orangenbaum, von einer niedrigen Lampe beleuchtet; und las immer noch in seinem Buch.

»Sie scheinen noch spät aufzusein«, sagte er schroff.

»Ein reichlich zügelloser Typ«, sagte Father Brown und blickte mit einem breiten Lächeln auf, »der zu den verrücktesten Nachtstunden *Economics of Usury* liest.«

»Das Haus ist abgeschlossen«, sagte Rock.

»Sehr gründlich abgeschlossen«, erwiderte der Priester. »Ihr Freund mit dem Bart scheint jede mögliche Vorsicht getroffen zu haben. Übrigens scheint Ihr Freund mit dem Bart etwas durcheinander zu sein; ich fand ihn während des Dinners reichlich mürrisch.«

»Nur zu natürlich«, knurrte der andere, »wenn er meint, daß an diesem wilden Ort Wilde darauf aus sind, sein häusliches Leben zu zerstören.«

»Wäre es nicht besser«, sagte Father Brown, »wenn ein Mann versuchte, sein häusliches Leben im Innern gemütlich zu gestalten, während er es vor den Dingen draußen beschützt?«

»Oh, ich weiß, Sie werden jetzt all die kasuistischen Entschuldigungen vorbringen«, sagte der andere; »vielleicht war er seiner Frau gegenüber etwas kurz angebunden; aber er hat das Recht auf seiner Seite. Hören Sie mal, Sie scheinen mir ein reichlich verschlagener Fuchs zu sein. Ich glaube, Sie wissen mehr davon, als Sie zugeben. Was zum Teufel geht an diesem Höllenort vor? Warum sitzen Sie die ganze Nacht auf, um darauf aufzupassen?«

»Nun«, sagte Father Brown geduldig, »ich nahm an, daß mein Schlafzimmer gebraucht würde.«

»Von wem?«

»Tatsächlich brauchte Mrs. Potter ein anderes Zimmer«, erklärte Father Brown mit müder Deutlichkeit. »Ich hab' ihr meins gegeben, weil ich dort das Fenster öffnen konnte. Gehen Sie hin und sehen Sie selbst nach, wenn Sie wollen.«

»Ich werde zunächst nach was anderem sehen«, sagte Rock und knirschte mit den Zähnen. »Sie können Ihre Affenspiele ja in diesem spanischen Affenhaus treiben, aber ich bin immer noch in Kontakt mit der Zivilisation.« Er strebte energisch in die Telephonkabine und rief seine Zeitung an; und schüttete die ganze

Geschichte von dem verruchten Priester aus, der dem verruchten Dichter half. Dann rannte er die Treppen hinauf in das Zimmer des Priesters, in dem der Priester gerade eine kurze Kerze angezündet hatte und auf die weit geöffneten Fenster wies.

Er kam gerade rechtzeitig, um zu beobachten, wie eine Art Strickleiter vom Fensterbrett losgehakt und auf dem Rasen unten von einem lachenden Gentleman zusammengerollt wurde. Der lachende Gentleman war ein großer, dunkler Gentleman, und ihn begleitete eine blonde, aber ebenfalls lachende Lady. Diesmal konnte Rock sich nicht einmal damit trösten, daß er ihr Lachen hysterisch nannte. Es war zu entsetzlich gesund; und schallte aus den weitläufigen Gartenpfaden zurück, während sie und ihr Troubadour in den dunklen Büschen verschwanden.

Agar Rock wandte seinem Gefährten ein Antlitz der endgültigen und schrecklichen Gerechtigkeit zu: wie am Tag des Jüngsten Gerichtes.

»Nun gut«, sagte er, »ganz Amerika wird davon hören. Mit einfachen Worten, Sie haben ihr geholfen, mit diesem gelockten Liebhaber durchzubrennen.«

»Ja«, sagte Father Brown, »ich habe ihr geholfen, mit diesem gelockten Liebhaber durchzubrennen.«

»Sie nennen sich selbst einen Priester Jesu Christi«, schrie Rock, »und rühmen sich eines Verbrechens.«

»Ich bin mit manchen Verbrechen in Berührung gekommen«, sagte der Priester sanft. »Glücklicherweise ist das hier eine Geschichte ohne Verbrechen. Ein einfaches Lagerfeueridyll, das in der Glut der Häuslichkeit endet.«

»Das mit einer Strickleiter endet statt mit einem Strick«, sagte Rock. »Ist sie etwa keine verheiratete Frau?«

»O ja«, sagte Father Brown.

»Gut, und sollte sie nicht bei ihrem Mann sein?« fragte Rock.

»Sie ist bei ihrem Mann«, sagte Father Brown.

Das ließ den anderen ärgerlich losbrechen. »Sie lügen«, sagte er. »Der arme kleine Mann schnarcht immer noch in seinem Bett.«

»Sie scheinen viel von seinen Privatangelegenheiten zu wissen«, sagte Father Brown traurig. »Sie könnten fast ein Leben des Mannes mit dem Bart schreiben. Das einzige, was Sie offenbar nie herausgefunden haben, ist sein Name.«

»Unfug«, sagte Rock. »Sein Name steht im Gästebuch.«

»Das weiß ich«, antwortete der Priester und nickte gravitätisch, »in sehr großen Buchstaben; der Name von Rudel Romanes. Hypatia Potter, die ihn hier traf, setzte ihren Namen kühn unter den seinen, als sie noch plante, mit ihm auf und davon zu gehen; und ihr Mann schrieb seinen Namen darunter, als er sie beide bis hierher verfolgt hatte. Er schrieb ihn übrigens sehr eng unter ihren, als Protest. Dann bestach Romanes (der als volkstümlicher Misanthrop, der haufenweise Geld hat, die Menschen verachtet) die miesen Bediensteten in diesem Hotel, es zu verbarrikadieren und zu versperren und den gesetzmäßigen Ehemann draußen zu halten. Und ich habe, wie Sie sehr richtig sagen, ihm geholfen hereinzukommen.«

Wenn einem Mann etwas erzählt wird, was die Dinge auf den Kopf stellt; daß der Schwanz mit dem Hund wedelt; daß der Fisch den Fischer gefangen hat; daß die Erde sich um den Mond dreht; braucht er eine kleine Weile, ehe er auch nur ernsthaft fragen kann, ob das wahr ist. Er gibt sich noch lange mit dem Bewußtsein zufrieden, daß es das Gegenteil des Offensichtlichen ist. Rock sagte schließlich: »Sie wollen doch wohl nicht behaupten, daß der kleine Kerl der romantische Rudel ist, über den wir andauernd lesen; und der lockige Kerl Mr. Potter aus Pittsburgh.«

»Ja«, sagte Father Brown. »Ich wußte es in dem Augenblick, in dem ich sie sah. Aber ich habe es später nachgeprüft.«

Rock grübelte eine Weile und sagte schließlich: »Ich nehme an, daß Sie vielleicht doch recht haben könnten. Aber wie sind Sie angesichts der Tatsachen auf diese Idee gekommen?«

Father Brown sah etwas verlegen aus; er sank in seinem Sessel zusammen und starrte ins Leere, bis ein schwaches Lächeln auf seinem runden und ziemlich törichten Gesicht aufzuleuchten begann.

»Na ja«, sagte er, »wissen Sie – die Wahrheit ist, daß ich kein Romantiker bin.«

»Ich weiß zum Teufel nicht, was Sie sind«, sagte Rock grob.

»Jetzt sind *Sie* romantisch«, sagte Father Brown hilfreich. »Zum Beispiel sehen Sie jemanden, der poetisch aussieht, und also nehmen Sie an, er sei ein Poet. Wissen Sie, wie die meisten Poeten aussehen? Was für eine wilde Verwirrung entstand durch den Zufall von drei gutaussehenden Aristokraten zu Beginn des 19. Jahrhunderts: Byron und Goethe und Shelley! Glauben Sie mir, normalerweise wird ein Mann schreiben: ›Schönheit hat ihre flammenden Lippen auf die meinen gelegt‹, oder was der Kerl auch immer geschrieben haben mag, ohne daß er selbst besonders schön wäre. Nebenbei, haben Sie sich mal klargemacht, wie *alt* ein Mann normalerweise zu der Zeit geworden ist, in der sein Ruhm die Welt erfüllt? Watts hat Swinburne mit einem Glorienschein aus Haaren gemalt; aber Swinburne war schon kahl, ehe noch die letzten seiner amerikanischen oder australischen Verehrer von seinen hyazinthenen Locken erfahren haben. So auch d'Annunzio. Romanes hat tatsächlich noch einen schönen Kopf, wie Sie bemerken werden, wenn Sie ihn sich aus der Nähe ansehen; er sieht wie ein Intellektueller aus; und er ist es. Unglücklicherweise ist er, wie so viele andere Intellektuelle, ein Narr. Er hat sich aus Selbstsucht und mit seinem Getue um seine Verdauung gehenlassen. Dermaßen, daß die ehrgeizige amerikanische Lady – die glaubte, mit einem Dichter durchzubrennen, sei wie mit den neun Musen auf den Olymp zu rauschen – herausfand, ein Tag oder so sei ausreichend für sie. Und deshalb war sie, als ihr Ehemann hinterherkam und aufs Feld stürmte, entzückt, zu ihm zurückzukehren.«

»Aber ihr Ehemann?« forschte Rock. »Ich bin immer noch wegen ihres Ehemanns verwirrt.«

»Ach, Sie haben zu viele von Ihren modernen erotischen Romanen gelesen«, sagte Father Brown; und schloß halb die Augen gegen das protestierende Starren des anderen. »Ich weiß, eine Menge Geschichten beginnen damit, daß eine berauschend schöne Frau mit einem ältlichen Schwein vom Aktienmarkt verheiratet ist. Aber warum? Darin sind moderne Romane, wie in den meisten Dingen, geradezu das Gegenteil von modern. Ich sage nicht, daß das niemals geschehe; aber heutzutage geschieht es praktisch nur, wenn sie das so will. Mädchen heiraten heute, wen sie wollen; besonders verzogene Mädchen wie Hypatia. Und wen heiraten sie? Ein wunderschönes, reiches Mädchen wie sie wird von einem Schwarm von Bewunderern umgeben sein; und wen wird sie sich aussuchen? Es steht hundert zu eins, daß sie sehr jung heiraten und den schönsten Mann wählen wird, der ihr bei einer Tanz- oder einer Tennisparty begegnet. Na ja, manchmal sind auch gewöhnliche Geschäftsleute schön. Ein junger Gott erschien (namens Potter), und es war ihr völlig gleichgültig, ob er ein Makler oder ein Räuber war. Aber angesichts der Umstände werden Sie zugeben, daß er wahrscheinlich ein Makler sein dürfte; und es ist ebenso wahrscheinlich, daß er sich Potter nannte. Wissen Sie, Sie sind so unheilbar romantisch, daß Ihr ganzer Fall auf der Idee basierte, ein Mann, der wie ein junger Gott aussieht, könne nicht Potter heißen. Glauben Sie mir, Namen sind so passend nicht verteilt.«

»Nun gut«, sagte der andere nach einer kurzen Pause, »und was ist Ihrer Meinung nach danach geschehen?«

Father Brown erhob sich ziemlich abrupt aus dem Sessel, in dem er zusammengesunken war; das Kerzenlicht warf den Schatten seiner kurzen Figur über Wand und Decke und erzeugte so einen sonderbaren Eindruck, als sei das Gleichgewicht im Raum verändert worden.

»Ah«, murmelte er, »das ist die Crux. Das ist die wirkliche Crux. Viel schlimmer als die Dämonen der alten Indianer in diesem Dschungel. Sie glaubten, ich setzte mich nur für die lockeren Sitten dieser Lateinamerikaner ein – nun ja, das Komische an Ihnen« – und er blinzelte den anderen durch seine Brille eulenhaft an – »das Komischste an Ihnen ist, daß Sie in einer gewissen Weise recht haben.

Sie sagen: nieder mit Romanzen. Ich sage, ich würde es durchaus auf mich nehmen, gegen die wirklichen Romanzen anzutreten – um so mehr, als es ihrer außer in den ersten feurigen Tagen der Jugend herzlich wenige gibt. Ich behaupte – räumen Sie die Intellektuellen Freundschaften beiseite; räumen Sie die Platonischen Verbindungen beiseite; räumen Sie die Höheren Gesetze der Selbstverwirklichung beiseite und das übrige, und dann will ich gerne die normalen Risiken meines Jobs auf mich nehmen. Räumen Sie die Liebe beiseite, die keine Liebe ist, sondern nur Stolz und Eitelkeit und Publizität und Aufsehenerregen; und wir werden es auf uns nehmen, die Liebe, welche Liebe ist, zu bekämpfen, falls sie bekämpft werden muß wie auch die Liebe, die Lustgier und Lüsternheit ist. Priester wissen, daß junge Menschen Leidenschaften haben werden, wie Ärzte wissen, daß sie die Masern bekommen werden. Aber Hypatia Potter ist mindestens vierzig, und ihr bedeutet der kleine Dichter nicht mehr, als wenn er ihr Verleger oder ihr Werbefachmann wäre. Und genau darum geht es – er war ihr Werbefachmann. Es sind Ihre Zeitungen, die sie ruiniert haben; es ist das Leben im Scheinwerferlicht; es ist der Wunsch, sich selbst in den Schlagzeilen zu sehen, sogar durch einen Skandal, wenn der nur ausreichend seelisch und erlesen ist.

Das ist der Wunsch, George Sand zu sein und ihren Namen auf ewig mit Alfred de Musset verbunden zu sehen. Als die wirkliche Romanze ihrer Jugend vorüber war, erfaßte sie die Sünde des mittleren Alters; die Sünde des intellektuellen Ehrgeizes. Sie besitzt keinen Intellekt, von dem zu sprechen sich lohnte; aber man braucht ja auch keinen Intellekt, um ein Intellektueller zu sein.«

»Ich würde aber doch sagen, daß sie auf eine Weise ganz schön gescheit ist«, bemerkte Rock nachdenklich.

»Ja, auf eine Weise«, sagte Father Brown. »Auf nur eine Weise. Auf eine geschäftliche Weise. Nicht auf irgendeine Weise, die irgend etwas mit den armen herumlungernden Dagos hier unten zu tun hat. Sie verfluchen die Filmstars und erzählen mir, daß Sie Romanzen hassen. Glauben Sie denn, daß der Filmstar, der zum fünftenmal verheiratet ist, durch irgendeine Romanze verführt wird? Solche Leute sind sehr praktisch; praktischer, als Sie es sind. Sie behaupten, Sie bewunderten den einfachen, soliden Geschäftsmann. Glauben Sie etwa, Rudel Romanes sei kein Geschäftsmann? Sehen Sie denn nicht, daß er genau so wie sie die Werbevorteile dieser letzten großen Affäre mit einer berühmten Schönheit erkannt hat? Außerdem wußte er sehr wohl, wie unsicher sein Zugriff war; daher sein Herumgetue und sein Bestechen des Personals, die Türen zu verschließen. Was ich aber zuerst und zuletzt sagen will, ist, daß es sehr viel weniger Skandale gäbe, wenn die Leute die Sünde nicht idealisierten und als Sünder posierten. Diese armen Mexikaner mögen manchmal den Anschein erwecken, als lebten sie wie Tiere, oder vielmehr, als sündigten sie wie Menschen; aber sie halten nichts von Idealen. Das wenigstens müssen Sie ihnen zugestehen.«

Er setzte sich ebenso abrupt wieder hin, wie er sich erhoben hatte, und lachte entschuldigend. »Alsdann, Mr. Rock«, sagte er, »das ist meine vollständige Beichte; die ganze schaurige Geschichte, wie ich eine romantische Entführung unterstützt habe. Damit können Sie jetzt machen, was Sie wollen.«

»In dem Fall«, sagte Rock und stand auf, »werde ich auf mein Zimmer gehen und ein paar Änderungen in meinem Bericht vornehmen. Aber vor allem muß ich meine Zeitung anrufen und denen da erzählen, daß ich ihnen 'nen Haufen Lügen erzählt habe.«

Es war kaum mehr als eine halbe Stunde vergangen zwischen dem Zeitpunkt, da Rock telephoniert und berichtet hatte, der Priester helfe dem Dichter, mit der Dame durchzubrennen, und dem Zeitpunkt, da er telephonierte und berichtete, daß der Priester den Dichter daran gehindert habe, genau das zu tun. Aber in dieser kurzen Zeitspanne war Father Browns Skandal geboren und vergrößert und in alle Winde gestreut worden. Die Wahrheit kommt immer eine halbe Stunde nach der Verleumdung; und niemand kann sicher sein, wann oder wo sie sie einholt. Die Geschwätzigkeit der Presseleute und die Ereiferung der Feinde hatten die erste Geschichte in der Stadt verbreitet, ehe sie noch in der ersten gedruckten Fassung erschienen war. Ihr wurde sofort von Rock widersprochen, indem er sie korrigierte und in einem zweiten Bericht festhielt, wie die Geschichte wirklich endete; aber es ist keineswegs sicher, daß dies die erste Geschichte erledigte. Eine wirklich unglaubliche Anzahl von Leuten scheint die erste Ausgabe der Zeitung gelesen zu haben, nicht aber die zweite. Immer und immer wieder erscheint in allen Weltgegenden wie eine Flamme, die aus schwarzer Asche aufschießt, die alte Story vom Brown-Skandal oder »Priester ruiniert Potters Heim«. Unermüdliche Verteidiger des Priesters achten darauf und jachtern geduldig mit Widersprüchen und Klarstellungen und Protestbriefen hinterher. Manchmal werden die Briefe in den Zeitungen veröffentlicht; und manchmal nicht. Aber immer noch weiß niemand, wie viele Menschen die Geschichte ohne die Gegendarstellung gehört haben. Es ist möglich, ganze Gruppen untadeliger und unschuldiger Menschen zu finden, die glauben, der mexikanische Skandal sei ein gewöhnlicher, überlieferter, historischer Zwischenfall wie die Schießpulververschwörung. Und dann bemüht sich jemand, diese einfachen Leute aufzuklären, nur um zu entdecken, daß die alte Geschichte unter einigen durchaus gebildeten Menschen erneut aufgelebt ist, die man für die letzten Menschen auf Erden halten würde, welche sich von ihr düpieren lassen würden. Und so jagen die beiden Fathers Brown einander für ewig um die Erde; der erste ein schamloser Verbrecher, der vor der Gerechtigkeit flieht; der zweite ein Märtyrer, den die Verleumdung gebrochen hat, in einem Heiligenschein der Rehabilitierung. Aber keiner von beiden ähnelt dem wirklichen Father Brown, der überhaupt nicht gebrochen ist, sondern mit seinem dicken Regenschirm weiter durchs Leben stampft und die meisten Menschen darin mag; und die Welt als seinen Begleiter annimmt, aber niemals als seinen Richter.

Der Schnelle

An die seltsame Geschichte der beiden nicht zueinander passenden Fremden erinnert man sich auf jenem Streifen der Sussex-Küste immer noch, wo das weitläufige und ruhige Hotel namens »The Maypole and Garland« über seine eigenen Gärten auf die See blickt. Zwei wahrhaft wunderlich assortierte Gestalten betraten an jenem sonnigen Nachmittag jenes ruhige Hotel; die eine im Sonnenschein auffällig und über den ganzen Strand hin sichtbar, weil sie einen glänzenden grünen Turban trug, der ein braunes Gesicht und einen schwarzen Bart umfing; die andere wäre manchen wohl noch wilder und sonderbarer erschienen, da sie einen weichen schwarzen Geistlichenhut zu einem gelben Schnurrbart und einer gelben Löwenmähne trug. Diesen Mann wenigstens hatte man oftmals auf den Sandstränden predigen oder mit einem kleinen Holzspaten Veranstaltungen der Kinder-gegen-den-Alkohol dirigieren sehen; ganz sicherlich aber hatte man ihn niemals in die Bar eines Hotels gehen sehen. Die Ankunft dieser wunderlichen Gefährten war der Höhepunkt der Geschichte, nicht ihr Anfang; und um eine reichlich rätselhafte Geschichte so klar wie nur möglich zu machen, ist es besser, mit dem Anfang anzufangen.

Eine halbe Stunde bevor diese beiden auffälligen Gestalten das Hotel betreten hatten und von jedermann gesehen worden waren, hatten es zwei andere sehr unauffällige Gestalten betreten und waren von niemandem gesehen worden. Der eine war ein großer und auf schwerfällige Weise sehr ansehnlicher Mann, der aber den Kniff heraushatte, sehr wenig Raum zu beanspruchen, wie ein Hintergrund; nur eine schon fast krankhaft mißtrauische Untersuchung seiner Stiefel würde jedem erzählt haben, daß er Polizeiinspektor in Zivil war; sehr in Zivil. Der andere war ein farbloser und unbedeutender kleiner Mann, ebenfalls in ziviler Kleidung, nur handelte es sich um die Kleidung eines Geistlichen; doch niemand hatte ihn je auf den Sandstränden predigen sehen.

Diese Reisenden also fanden sich in einer Art großen Rauchsalons mit Bar wieder, und zwar aus einem Grund, der all die Ereignisse jenes tragischen Nachmittags bestimmte. Die Wahrheit ist, daß das achtbare Hotel namens »The Maypole and Garland« so etwas wie »aufgemöbelt« wurde. Jene, die es in der Vergangenheit geliebt hatten, fühlten sich bewogen zu sagen, es werde herabgemöbelt; oder vielleicht gar zermöbelt. Das war die Meinung des örtlichen Knurrhahns, Mr. Raggley, jenes exzentrischen alten Gentlemans, der in einer Ecke Cherry Brandy trank und fluchte. Jedenfalls waren alle verstreuten Hinweise darauf, daß es einst ein englischer Gasthof gewesen war, sorgfältig entfernt worden; und es wurde geschäftig Meter um Meter und Zimmer um Zimmer in etwas verwandelt, das dem Schwindelpalast eines levantinischen Wucherers in einem amerikanischen Film ähnelte. Es wurde, kurz gesagt, »dekoriert«; doch der einzige Teil, in dem die Dekoration bereits abgeschlossen war und in dem man es Gästen dennoch behaglich machen konnte, war dieser große Raum, der von der Eingangshalle abging. Er war einst ehrbar als Bar Parlour bekannt gewesen, wurde jetzt rätselhafterweise als Saloon Lounge benannt und war neu »dekoriert« nach der Art eines asiatischen Diwans. Denn orientalische Ornamente durchwucherten das neue Muster; und wo einst eine Büchse an Haken gehangen hatte und Jagddrucke und ein ausgestopfter Fisch in einem Glaskasten gewesen waren, da gab es jetzt Girlanden aus östlichen Wandbehängen und als Trophäen fernöstliche Krummsäbel und indische Krummsäbel und türkische Krummsäbel, wie in unbewußter Vorbereitung auf die Ankunft des Herrn mit dem Turban. Der praktische Punkt jedoch war, daß die wenigen Gäste, die überhaupt kamen, in diese jetzt gefegte und geschmückte Lounge geführt werden mußten, weil alle gewöhnlicheren und feineren Teile des Hotels immer noch in einem Übergangszustand befindlich waren. Vielleicht war das auch der Grund dafür, weshalb selbst jene wenigen Gäste irgendwie vernachlässigt wurden, da der Manager und die anderen sonstwo mit Erklärungen oder Ermahnungen beschäftigt waren. Auf jeden Fall hatten die beiden ersten Reisenden, die da ankamen, eine ganze Weile ungeduldig mit den Hacken zu scharren, ehe man sich um sie kümmerte.

Die Bar war im Augenblick vollständig leer, und der Inspektor klingelte und klopfte ungeduldig auf den Tresen; aber der kleine Geistliche hatte sich bereits in einen Loungesessel fallen lassen und schien mit nichts in Eile. Tatsächlich bemerkte sein Freund, der Polizist, als er den Kopf wandte, daß das runde Gesicht des kleinen Geistlichen ganz leer geworden war, wie es das manchmal wurde; er schien durch seine mondähnlichen Brillengläser auf die neu dekorierte Wand zu starren.

»Ich könnte Ihnen genausogut einen Penny für Ihre Gedanken anbieten«, sagte Inspektor Greenwood und wandte sich mit einem Seufzer von der Bar ab, »da niemand sonst meine Pennies für irgendwas anderes haben zu wollen scheint. Offensichtlich ist dieser Raum der einzige hier im Haus, der nicht voller Leitern und Tünche ist; und er ist so leer, daß es nicht einmal einen Bierkellner gibt, mir einen Humpen Bier zu geben.«

»Oh ... meine Gedanken sind keinen Penny wert, geschweige denn einen Humpen Bier«, antwortete der Geistliche und rieb sich die Brillengläser, »ich weiß nicht, warum ..., aber ich dachte gerade daran, wie leicht es wäre, hier einen Mord zu begehen.«

»Das ist ja gut und schön für Sie, Father Brown«, sagte der Inspektor gutgelaunt. »Sie haben schließlich mehr Morde gehabt, als Ihnen fairerweise zusteht; und wir armen Polizisten sitzen während unseres ganzen Lebens herum und hungern sogar nach einem kleinen. Aber warum sagen Sie ... Oh, ich sehe, daß Sie all diese türkischen Dolche an der Wand betrachten. Da gibt es wirklich reichlich Gegenstände, *mit* denen man einen Mord begehen könnte, wenn es das ist, was Sie meinen. Aber auch nicht mehr als in jeder normalen Küche: Küchenmesser und Stockeisen und was nicht alles. Das ist es nicht, wo der Haken in einem Mord sitzt.«

Father Brown schien sich seine schweifenden Gedanken in einiger Verwirrung zurückzurufen; und sagte, das nehme er auch an.

»Mord ist immer einfach«, sagte Inspektor Greenwood. »Es kann kaum etwas geben, das einfacher als ein Mord wäre. Ich könnte Sie in dieser Minute ermorden – einfacher, als ich in dieser verdammten Bar etwas zu trinken bekommen kann. Die einzige Schwierigkeit ist, einen Mord so abzuliefern, daß man sich nicht zugleich als Mörder ausliefert. Es ist diese Scheu, sich zu einem Mord zu bekennen; es ist diese törichte Bescheidenheit von Mördern in bezug auf ihre eigenen Meisterwerke, die Schwierigkeiten macht. Die kleben an dieser außerordentlich fixen Idee, Menschen zu töten, ohne entdeckt zu werden; und das hält sie zurück, selbst in einem Zimmer voller Dolche. Andernfalls würde jeder Messerladen mit Leichen vollgestopft sein. Und das erklärt übrigens auch die eine Art Mord, die wirklich *nicht* verhindert werden kann. Weshalb man natürlich uns armen Polypen immer wieder vorwirft, ihn nicht verhindert zu haben. Wenn ein Verrückter einen König oder einen Präsidenten ermordet, kann das nicht verhindert werden. Man kann einen König nicht im Kohlenkeller leben lassen oder einen Präsidenten in einem Safe herumschleppen. Jeder kann ihn ermorden, wenn es ihn nicht stört, ein Mörder zu sein. Deshalb ist der Verrückte wie der Märtyrer – irgendwie nicht von dieser Welt. Ein wirklicher Fanatiker kann immer jeden töten, den er töten will.«

Bevor der Priester antworten konnte, brach eine fröhliche Bande von Handelsreisenden wie ein Schwarm Schnabelfische in den Raum; und das prachtvolle Gebell eines großen strahlenden Mannes mit einer ebenso großen und strahlenden Krawattennadel brachte den beflissenen und unterwürfigen Manager im Laufschritt herbei wie einen Hund die Pfeife des Herrchens und mit einer Geschwindigkeit, die die Polizei in Zivil vergeblich zu inspirieren versucht hatte.

»Tut mir wirklich furchtbar leid, Mr. Jukes«, sagte der Manager, der ein ziemlich aufgeregtes Lächeln trug und eine Welle oder ein Gelock von sehr lackiertem Haar quer über die Stirne. »Wir sind im Augenblick ziemlich unterbesetzt; und ich hatte mich im Hotel um etwas zu kümmern, Mr. Jukes.«

Mr. Jukes war großzügig, aber auf eine lärmige Weise; und er bestellte eine Runde Getränke, wobei er selbst dem fast kriechenden Manager eines zugestand. Mr. Jukes reiste für eine sehr berühmte und mondäne Wein- und Brändefirma; und mag sich wohl als der rechtmäßige Anführer an einem solchen Ort vorgekommen sein. Auf jeden Fall begann er einen dröhnenden Monolog, der dazu neigte, dem Manager klarzumachen, wie er sein Hotel zu managen habe; und die anderen schienen ihn als Autorität anzuerkennen. Der Polizist und der Priester hatten sich auf eine niedrige Bank an einem Tischchen im Hintergrund zurückgezogen, von wo aus sie die Vorgänge beobachteten bis zu jenem wahrhaft bemerkenswerten Augenblick, in dem der Polizist sehr entscheidend einzuschreiten hatte.

Denn das nächste Ereignis war, wie bereits berichtet, die erstaunliche Erscheinung eines braunen Asiaten in einem grünen Turban, begleitet von der (falls möglich) noch erstaunlicheren Erscheinung eines Freikirchenpriesters; Vorzeichen, wie sie vor einem Schicksalsschlag auftreten. In diesem Fall gab es keinen Zweifel an der Offenkundigkeit der Vorbedeutung. Ein schweigsamer, aber aufmerksamer Boy, der die Stufen während der letzten Stunde gereinigt hatte (ein gemächlicher Arbeiter), der dunkle fette massige Barkellner, selbst der diplomatische, aber abgelenkte Manager, sie alle waren Zeugen des Wunders.

Die Erscheinungen, wie Skeptiker sagen, waren Folge völlig natürlicher Ursachen. Der Mann mit der gelben Haarmähne und der halbpriesterlichen Kleidung war nicht nur als Prediger auf den Sandstränden bekannt, sondern auch als Propagandist in der ganzen modernen Welt. Er war kein Geringerer als Reverend David Pryce-Jones, dessen weit hinhallendes Schlagwort »Prohibition und Purifikation für Unser Land und die Briten in Übersee« lautete. Er war ein ausgezeichneter öffentlicher Redner und Organisator; und es war ihm ein Gedanke gekommen, der den Prohibitionisten schon vor langem hätte kommen sollen. Es war der einfache Gedanke, daß wenn Prohibition richtig ist, Ehre dem Propheten zu erweisen sei, der vielleicht der erste Prohibitionist war. Er hatte mit den Führern des mohammedanischen religiösen Denkens korrespondiert und schließlich einen distinguierten Moslem (einer seiner Namen lautete Akbar, und die übrigen waren eine unübersetzbare Anheulung Allahs mitsamt seiner Eigenschaften) bewogen, herzukommen und in England über das alte moslemische Weinveto zu lehren. Von beiden war mit Sicherheit keiner je zuvor in der Bar eines Restaurants gewesen; aber dahin waren sie durch den bereits beschriebenen Vorgang geraten; aus dem eleganten Teesalon vertrieben und in den neu dekorierten Salon getrieben. Vielleicht wäre alles gutgegangen, wäre der große Prohibitionist nicht in seiner Unschuld an den Tresen getreten und hätte er nicht ein Glas Milch bestellt.

Die Handelsreisenden stießen, obwohl eine freundliche Rasse, unwillkürliche Schmerzenslaute aus; ein Gemurmel unterdrückter Witze wurde gehört wie »Vorsicht vor dem Trog!« oder »Bring doch besser die ganze Kuh her«. Der großmütige Mr. Jukes aber, der sich bei seinem Reichtum und seiner Krawattennadel verpflichtet fühlte, einen feineren Humor hervorzubringen, fächerte sich Luft zu wie einer, der gleich ohnmächtig wird, und sagte pathetisch: »Die wissen, daß man mich mit einer Feder umhauen kann. Die wissen, daß ein Atemzug mich fortpusten wird. Die wissen, daß mein Arzt gesagt hat, ich dürfe mich solchen Schocks nicht aussetzen. Und dann kommen sie her und trinken vor meinen Augen kaltblütig kalte Milch.«

Reverend David Pryce-Jones, daran gewöhnt, sich mit Zwischenrufern bei öffentlichen Versammlungen auseinanderzusetzen, war so unklug, sich in dieser so ganz anderen und sehr viel volkstümlicheren Atmosphäre auf Gegenvorhaltungen und Gegenbeschuldigungen einzulassen. Der völlig enthaltsame Orientale enthielt sich der Rede ebenso wie der geistigen Getränke; und gewann so handelnd zweifellos an Würde. Tatsächlich trug die moslemische Kultur, soweit es ihn betraf, sicherlich einen schweigenden Sieg davon; er war so augenscheinlich so sehr viel mehr ein Herr als die Herren vom Handelsbetrieb, daß sich gegen seine aristokratische Abgehobenheit eine schwache Verärgerung zu erheben begann; und als Mr. Pryce-Jones begann, in seiner Argumentation gerade hierauf anzuspielen, wurde die Spannung in der Tat höchst akut.

»Ich frage Euch, Freunde«, sagte Mr. Pryce-Jones mit weit ausholenden Plattformgesten, »warum unser Freund hier uns Christen ein Beispiel in wahrer christlicher Selbstkontrolle und Brüderlichkeit setzt. Warum er hier steht als Vorbild der wahren Christlichkeit, der wirklichen Verfeinerung, des echten Verhaltens eines Gentleman, inmitten all der Zänkereien und Streitigkeiten an Orten wie diesem. Weil bei allen Differenzen in der Doktrin zwischen uns in seinem Heimatboden wenigstens niemals die Pflanze des Bösen, der verfluchte Hopfen oder Wein, ...«

Just in diesem kritischen Augenblick der Auseinandersetzung geschah es, daß John Raggley, der stürmische Sturmvogel in hundert kontroversen Stürmen, rotgesichtig und weißhaarig und den antiquierten Zylinder auf dem Hinterhaupt und seinen Spazierstock wie eine Keule schwingend das Haus wie eine Invasionsarmee betrat.

John Raggley wurde im allgemeinen als ein Spinner angesehen. Er gehörte zu jener Sorte Mann, die Briefe an die Zeitungen schreibt, in denen sie gewöhnlich nicht erscheinen; die aber später als Flugschriften erscheinen, auf eigene Kosten gedruckt (oder verdruckt); und an Hunderte von Papierkörben verteilt werden. Er hatte gleichermaßen mit den Tory-Landbesitzern wie mit den Landräten der Radikalen gestritten; er haßte Juden; und er mißtraute praktisch allem, was in Geschäften verkauft wird oder selbst in Hotels. Aber hinter seinen Torheiten steckten Tatsachen; er kannte jede Ecke und jede eigenartige Einzelheit des Landes; und er war ein scharfer Beobachter. Und selbst der Manager, ein gewisser Mr. Wills, empfand für Mr. Raggley den

Schatten eines Respektes, da er eine Nase für jene Art von Verrücktheiten besaß, die den Angehörigen des niederen Adels erlaubt ist; zwar keineswegs die kriecherische Ergebenheit, die er vor der jovialen Herrlichkeit des Mr. Jukes empfand, der im Handel wirklich ausgezeichnet war, aber doch wenigstens eine Neigung, Streitereien mit dem alten Knurrhahn zu vermeiden, teilweise vielleicht auch nur aus Angst vor der Zunge des alten Knurrhahns.

»Und für Sie das Übliche, Sir?« fragte Mr. Wills und lehnte sich anzüglich grinsend über den Tresen.

»Ist ja schließlich das einzige ehrliche Zeugs, was Sie noch haben«, höhnte Mr. Raggley und schmiß seinen wunderlichen und antiquierten Hut hin. »Verdammt, ich glaube manchmal, das einzige Englische, was es noch in England gibt, ist Kirschlikör. Kirschlikör schmeckt nach Kirschen. Können Sie mir irgendein Bier nennen, das nach Hopfen schmeckt, oder irgendeinen Apfelwein, der nach Äpfeln schmeckt, oder irgendeinen Wein, der auch nur die entferntesten Hinweise darauf enthält, daß er aus Weintrauben gemacht ist? Gegenwärtig geht ein höllischer Schwindel um in allen Kneipen des Landes, der in jedem anderen Land eine Revolution hervorrufen würde. Ich kann Ihnen nur sagen, ich hab' da ein oder zwei Dinge herausgefunden. Warten Sie ab, bis ich das gedruckt bekomme, und dann werden die Leute aufhorchen. Wenn ich Schluß damit machen könnte, daß unsere Leute mit all diesen üblen Getränken vergiftet werden ...«

Und hier zeigte der Reverend David Pryce-Jones wiederum einen gewissen Mangel an Takt; obwohl der eine Tugend war, die er geradezu verehrte. Er war so unklug, ein Bündnis mit Mr. Raggley zu versuchen, und zwar wegen einer leichten Verwirrung des Gedankens an schlechte Getränke mit dem Gedanken, daß Getränke schlecht sind. Und erneut unternahm er es, seinen steifen und statuarischen Freund aus dem Osten als einen verfeinerten Ausländer, der unseren groben englischen Sitten überlegen ist, in die Auseinandersetzung zu ziehen. Er war sogar so töricht, von einem weiteren theologischen Ausblick zu sprechen; und schließlich gar den Namen Mohammeds zu erwähnen, dem eine Art von Explosion wie ein Echo folgte.

»Gott verfluche Ihre Seele!« brüllte Mr. Raggley mit weniger weitem theologischem Ausblick. »Wollen Sie behaupten, Engländer dürften kein englisches Bier trinken, weil Wein in einer verfluchten Wüste von dem dreckigen alten Schwindler Mohammed verboten worden ist?«

Im nächsten Augenblick hatte der Inspektor der Polizei mit einem langen Schritt die Mitte des Raumes erreicht. Denn im Augenblick zuvor hatte sich im Verhalten des orientalischen Herrn, der bis dahin mit stetigen und schimmernden Augen vollkommen still dagestanden hatte, eine bemerkenswerte Veränderung vollzogen. Er machte sich jetzt daran, ein Beispiel wahrer christlicher Selbstkontrolle und Brüderlichkeit zu geben, wie sein Freund gesagt hatte, indem er mit einem Tigersprung die Wand erreichte, eines der schweren dort hängenden Messer herabriß und es losschleuderte wie einen Stein aus der Schlinge, so daß es bebend genau einen halben Zentimeter über Mr. Raggleys Ohr in der Wand steckenblieb. Es würde zweifellos in Mr. Raggley gesteckt haben, wenn Inspektor Greenwood nicht gerade noch rechtzeitig gekommen wäre, um an dem Arm zu zerren und so die Zielgenauigkeit zu stören. Father Brown verblieb auf seinem Sitz und betrachtete die Szene mit zusammengekniffenen Augen und einem Kniff fast wie ein Lächeln in den Mundwinkeln, als ob er etwas jenseits der augenblicklichen Gewalttätigkeit des Streites sähe.

Und dann nahm der Streit eine eigenartige Wendung, die nicht eben jeder verstehen wird, solange Männer wie Mr. John Raggley nicht besser verstanden werden, als sie sind. Denn der rotgesichtige alte Fanatiker stand auf und lachte brüllend los, als handele es sich um den besten Witz, den er je hörte. All seine bissigen Schmähungen und all seine Bitterkeit schienen ihn verlassen zu haben; und er betrachtete den anderen Fanatiker, der gerade versucht hatte, ihn zu ermorden, mit einer Art lärmigen Wohlwollens.

»Verdammt seien Ihre Augen«, sagte er, »aber Sie sind der erste Mann, den ich seit zwanzig Jahren getroffen habe!«

»Erheben Sie Anklage gegen diesen Mann, Sir?« fragte der Inspektor und sah zweifelnd drein.

»Anklage? Natürlich nicht«, sagte Raggley. »Ich würde ihm 'nen Drink ausgeben, wenn ihm Getränke erlaubt wären. Ich hatte kein Recht, seine Religion zu beleidigen; und ich wünschte bei Gott, Ihr Stinktiere hättet nur den Mut, einen Mann zu töten, weil er, ich will nicht sagen, Eure Religion beleidigt, denn Ihr habt keine, aber: weil er irgendwas beleidigt – selbst Euer Bier.«

»Jetzt hat er uns alle Stinktiere genannt«, sagte Father Brown zu Greenwood, »Frieden und Harmonie scheinen wiederhergestellt zu sein. Ich wollte, daß der Enthaltsamkeitsapostel sich selbst auf das Messer seines Freundes spießte; denn er hat all dieses Unheil angerichtet.«

Während er sprach, begannen sich die merkwürdigen Gruppen im Raum bereits aufzulösen; es hatte sich als möglich herausgestellt, das Verhandlungszimmer für die Handelsreisenden zu räumen, und sie begaben sich dorthin, und der Schankkellner trug ihnen eine weitere Runde Getränke auf einem Tablett hinterher. Father Brown stand einen Augenblick lang da und starrte auf die auf dem Tresen stehengelassenen Gläser; und erkannte sofort das Glas mit Milch voll übler Vorbedeutung und ein anderes, das nach Whisky roch; und wandte sich dann gerade noch rechtzeitig um, um den Abschied jener beiden wunderlichen Gestalten zu beobachten, der Fanatiker des Westens und des Ostens. Raggley war immer noch von wilder Herzlichkeit; und immer noch war da etwas Verdunkelndes und Düsteres um den Moslem, das vielleicht natürlich war; aber er verneigte sich tief mit gewichtigen Gesten würdevoller Versöhnlichkeit; und es gab alle Anzeichen dafür, daß der Ärger wirklich vorüber war.

Einige Bedeutung jedoch haftete – zumindest im Geiste Father Browns – der Erinnerung und der Auslegung jener letzten höflichen Grüße zwischen den Kombattanten an. Denn seltsamerweise fand Father Brown, als er sehr früh am nächsten Morgen herabkam, um seinen geistlichen Pflichten in der Nachbarschaft nachzukommen, die lange Salonbar mit ihrer phantastischen asiatischen Ausschmückung vom toten weißen Licht des Tagesanbruchs erfüllt, in dem jedes Detail scharf hervortrat; und eines dieser Details war der tote Körper von John Raggley, der gekrümmt in eine Ecke des Raumes gequetscht war, den krummen Dolch mit dem schweren Griff ins Herz gerammt.

Father Brown stieg die Treppen sehr leise wieder hinauf und rief seinen Freund, den Inspektor, herbei; und dann standen beide neben der Leiche, in einem Haus, in dem sich niemand sonst schon rührte.

»Wir müssen das Offensichtliche weder annehmen noch übersehen«, sagte Greenwood nach einem Schweigen, »aber ich glaube, daß es gut ist, sich an das zu erinnern, was ich Ihnen gestern nachmittag gesagt habe. Übrigens ist es eigentlich merkwürdig, daß ich es wirklich gesagt habe – gestern nachmittag.«

»Ich weiß«, sagte der Priester mit eulenhaftem Starren.

»Ich sagte«, bemerkte Greenwood, »daß die einzige Art von Mord, die wir nicht verhindern können, die durch jemanden wie einen religiösen Fanatiker ist. Dieser braune Knabe glaubt vermutlich, daß er unmittelbar ins Paradies eingeht, wenn er gehängt wird, weil er die Ehre des Propheten verteidigt hat.«

»Das ist natürlich so«, sagte Father Brown. »Es wäre sozusagen sehr vernünftig von unserem muslimischen Freund gewesen, wenn er ihn erstochen hätte. Und Sie können auch sagen, daß wir bisher von niemand anderem wissen, der ihn überhaupt vernünftigerweise erstochen haben könnte. Aber ... aber ich denke gerade ...« Und plötzlich wurde sein rundes Gesicht wieder leer, und alle Rede erstarb auf seinen Lippen.

»Was ist denn jetzt los?« fragte der andere.

»Na ja, ich weiß, es klingt komisch«, sagte Father Brown mit verlorener Stimme. »Aber ich denke ... ich denke, daß es in gewisser Weise keine große Rolle spielt, wer ihn erstochen hat.«

»Ist das die Neue Moralität?« fragte sein Freund. »Oder vielleicht die Alte Kasuistik? Setzen sich die Jesuiten tatsächlich für Mord ein?«

»Ich habe nicht gesagt, es spiele keine Rolle, wer ihn ermordet hat«, sagte Father Brown. »Natürlich könnte der Mann, der ihn erstochen hat, auch der Mann sein, der ihn ermordet hat. Aber es könnte auch ein ganz anderer Mann sein. Auf jeden Fall geschah es zu verschiedenen Zeiten. Ich nehme an, Sie werden den Griff auf Fingerabdrücke hin bearbeiten wollen; aber nehmen Sie die nicht zu ernst. Ich kann mir andere Gründe für andere Leute vorstellen, dieses Messer in den armen alten Knaben zu stecken. Nicht sehr erbauliche Gründe, natürlich, aber doch sehr unterschiedliche von Mord. Sie werden noch ein paar Messer mehr in ihn hineinstecken müssen, ehe Sie das herausfinden werden.«

»Sie meinen ...«, begann der andere und beobachtete ihn scharf.

»Ich meine die Autopsie«, sagte der Priester, »um die wirkliche Todesursache herauszufinden.«

»Ich glaube, Sie haben ganz recht«, sagte der Inspektor, »was das Gesteche angeht jedenfalls. Wir müssen auf den Doktor warten; aber ich bin ziemlich sicher, daß er Ihnen recht geben wird.

Da ist nicht genug Blut. Dieses Messer ist in die Leiche gestochen worden, als sie schon seit Stunden kalt war. Aber warum?«

»Vermutlich, um den Mohammedaner zu belasten«, antwortete Father Brown. »Ziemlich niederträchtig, gebe ich zu, aber nicht notwendigerweise Mord. Ich stelle mir vor, daß es hier Leute gibt, die versuchen, Geheimnisse zu bewahren, ohne aber notwendigerweise die Mörder zu sein.«

»Auf dieser Linie hab' ich überhaupt noch nicht überlegt«, sagte Greenwood. »Was hat Sie denn darauf gebracht?«

»Was ich gestern gesagt habe, als wir zuerst in diesen scheußlichen Raum kamen. Ich sagte, es wäre leicht, hier einen Mord zu begehen. Aber dabei dachte ich nicht an diese blöden Waffen, obwohl Sie glaubten, ich täte es, sondern an etwas ganz anderes.«

Während der nächsten Stunden führten der Inspektor und sein Freund eine eingehende und gründliche Untersuchung des Kommens und Gehens aller während der letzten vierundzwanzig Stunden durch, der Art, in der die Drinks ausgegeben worden waren, der Gläser, die bereits gespült oder noch ungespült waren, und einer jeden anderen Einzelheit im Hinblick auf jede einzelne der beteiligten oder allem Anschein nach nicht beteiligten Personen. Man hätte annehmen können, sie dächten, nicht nur einer, sondern dreißig Menschen seien vergiftet worden.

Sicher schien zu sein, daß niemand das Gebäude sonstwie betreten hatte als durch den Haupteingang neben der Bar; alle anderen Zugänge waren auf die eine oder andere Weise durch die Reparaturarbeiten blockiert. Ein Boy hatte die Treppe vor diesem Eingang gereinigt; aber er hatte nichts Eindeutiges zu berichten. Bis zu dem erstaunlichen Auftritt des Türken im Turban mit seinem abstinenzlerischen Prediger schien es überhaupt nicht viel Kundschaft irgendeiner Art gegeben zu haben, mit Ausnahme der Handlungsreisenden, die hereingekommen waren, um »einen auf die Schnelle« zu nehmen; und sie schienen sich alle gemeinsam bewegt zu haben wie Wordsworth' Wolke; es gab einen kleinen Meinungsunterschied zwischen dem Boy draußen und den Männern drinnen, ob dabei nicht einer von ihnen besonders schnell gewesen sei, einen auf die Schnelle zu bekommen, und selbst auf die Treppe vor dem Eingang herausgekommen sei; aber weder der Manager noch der Barmann konnten sich an ein solches unabhängiges Individuum erinnern. Der Manager und der Barmann kannten die Reisenden ziemlich gut, und hinsichtlich ihrer Bewegungen insgesamt gab es keine Zweifel. Sie hatten schwatzend und trinkend an der Bar gestanden; sie waren durch ihren herrischen Anführer Mr. Jukes in eine nicht allzu ernsthafte Auseinandersetzung mit Mr. Pryce-Jones verwickelt worden; und dann waren sie Zeugen der jähen und sehr ernsthaften Auseinandersetzung zwischen Mr. Akbar und Mr. Raggley geworden. Dann war ihnen mitgeteilt worden, sie könnten sich in das Verhandlungszimmer begeben, was sie auch taten, während ihnen ihre Getränke wie Trophäen nachgetragen wurden.

»Es gibt reichlich wenig, von dem wir ausgehen könnten«, sagte Inspektor Greenwood. »Natürlich mußte ein Haufen von übereifrigen Dienstboten seine Arbeit wie üblich tun und alle Gläser auswaschen; einschließlich des Glases vom alten Raggley. Wenn nicht alle anderen so effizient wären, könnten wir Detektive ziemlich effizient sein.«

»Ich weiß«, sagte Father Brown, und sein Mund nahm wieder jenes verzerrte Lächeln an. »Ich glaube manchmal, daß die Verbrecher die Hygiene erfunden haben. Oder vielleicht haben Hygienereformer das Verbrechen erfunden; sie sehen danach aus, zumindest einige. Jeder redet von fauligen Löchern und dreckigen Slums, in denen das Verbrechen sich frei austoben kann; aber es ist genau umgekehrt. Man nennt sie nicht verfault, weil da Verbrechen begangen werden, sondern weil man da Verbrechen entdeckt. Frei austoben kann sich das Verbrechen an gepflegten fleckenlosen, sauberen und aufgeräumten Orten; kein Schmutz, um darin Fußabdrücke zu hinterlassen; kein Bodensatz, der Gift enthält; freundliche Dienstboten, die alle Spuren des Mordes auswaschen; und der Mörder tötet und verbrennt seine sechs Frauen, und nur, weil ein bißchen christlicher Schmutz fehlt. Vielleicht drücke ich mich etwas zu hitzig aus – aber sehen Sie sich das hier an. Zufällig erinnere ich mich an ein Glas, das seither sicherlich gereinigt worden ist, aber ich würde gerne mehr darüber wissen.«

»Sie meinen das Glas von Raggley?« fragte Greenwood.

»Nein; ich meine das Glas von Niemand«, erwiderte der Priester. »Es stand nahe bei dem Glas mit Milch und enthielt noch drei oder vier Zentimeter Whisky. Nun, Sie und ich hatten keinen Whisky. Ich erinnere mich, daß der Manager, als ihn der joviale Jukes aushielt, ›einen Tropfen Gin‹ nahm. Ich hoffe nicht, daß Sie andeuten wollen, unser Moslem sei ein durch den grünen Turban maskierter Whisky-Trinker gewesen; oder daß der Reverend David Pryce-Jones es fertiggebracht hat, Milch und Whisky zugleich zu trinken, ohne es zu bemerken.«

»Die meisten der Handlungsreisenden haben Whisky genommen«, sagte der Inspektor. »Tun sie normalerweise.«

»Ja; und normalerweise achten sie darauf, daß sie ihn auch bekommen«, antwortete Father Brown. »In diesem Fall haben sie ihn sich sorgsam in ihren Raum nachtragen lassen. Dieses Glas aber ist zurückgeblieben.«

»Ein Zufall, nehme ich an«, sagte Greenwood zweifelnd. »Der Mann hätte sich hinterher im Verhandlungszimmer leicht ein anderes geben lassen können.«

Father Brown schüttelte den Kopf. »Sie müssen die Menschen sehen, wie sie sind. Nun also diese Sorte hier – na schön, manche nennen sie vulgär und manche gewöhnlich; aber das sind Fragen von Vorlieben und Vorurteilen. Ich würde mich damit begnügen zu sagen, daß sie größtenteils einfache Menschen sind. Viele von ihnen sind gute Menschen, höchst zufrieden, wenn sie zu ihren Frauen und ihren Kindern zurückfahren können; manche von ihnen mögen Schufte sein; mögen mehrere Geliebte gehabt; oder sogar mehrere Geliebte ermordet haben. Aber die meisten von ihnen sind einfache Menschen; und, wohlgemerkt, nur ein ganz klein bißchen angetrunken; nicht sehr; mancher Herzog oder mancher Herr Professor zu Oxford ist betrunkener; wenn aber diese Art Menschen diesen Grad der angeheiterten Geselligkeit erreicht hat, dann kann sie nicht anders, als Dinge zu bemerken, und zwar sehr laut zu bemerken. Haben Sie noch nie beobachtet, wie der kleinste Zwischenfall sie zum Reden zwingt; wenn das Bier überschäumt, schäumen sie mit ihm über und müssen sagen ›Hoppla, Emma‹ oder ›Mit mir hast du's ja gut vor!‹ Nun möchte ich behaupten, es ist einfach unmöglich, daß fünf dieser feierfröhlichen Wesen um einen Tisch im Verhandlungszimmer herumsitzen und nur vier Gläser vor sich haben, so daß der fünfte Mann leer ausgeht, ohne daß darüber ein Geschrei entstünde. Wahrscheinlich würden sie alle miteinander schreien. Sicherlich aber würde *er* ein Geschrei erheben. Er würde nicht wie ein Engländer aus einer anderen Klasse abwarten, bis er später unauffällig einen Drink bekommen würde. Die Luft würde dröhnen von ›Und was ist mit mir Armem?‹ oder ›He, George, bin ich etwa den Temperenzlern beigetreten?‹ oder ›Siehst du in meinem Turban irgendwo Grünes, George?‹ Aber der Barmann hat keine Klagen dieser Art gehört. Deshalb nehme ich als sicher an, daß das stehengelassene Glas Whisky von jemand anderem fast geleert worden ist; jemand, an den wir bisher noch nicht gedacht haben.«

»Aber können Sie sich denn so jemanden vorstellen?« fragte der andere.

»Nur weil der Manager und der Barmann von so einer Person nichts wissen wollen, verwerfen Sie das einzige unabhängige Beweisstück; das Zeugnis des Boys, der draußen die Stufen kehrte. Er sagt, daß ein Mann, der durchaus ein Handlungsreisender hätte sein können, der sich aber in Wirklichkeit nicht den andern anschloß, reingegangen ist und fast sofort danach wieder rauskam. Der Manager und der Barmann haben ihn nicht gesehen; oder sagen, sie hätten ihn nicht gesehen. Aber irgendwie hat er an der Bar ein Glas Whisky bekommen. Wir wollen ihn um des Argumentes willen ›Den Schnellen‹ nennen. Nun wissen Sie, daß ich mich nicht oft in Ihre Angelegenheiten einmische, die Sie nach meiner Kenntnis besser beherrschen als ich oder als ich es möchte. Ich habe niemals irgendwas damit zu tun gehabt, die Polizeimaschine in Tätigkeit zu setzen oder Verbrecher zu jagen oder irgendwas dieser Art. Aber zum erstenmal in meinem Leben möchte ich das jetzt tun. Ich möchte, daß Sie Den Schnellen aufspüren; daß Sie Dem Schnellen bis ans Ende der Welt folgen; daß Sie die ganze teuflische amtliche Maschinerie in Gang setzen, wie ein Schleppnetz quer durch die Nationen, und Den Schnellen schleunigst schnappen. Denn der ist der Mann, den wir suchen.«

Greenwood machte eine verzweifelte Geste. »Hat er ein Gesicht oder eine Gestalt oder irgendeine sichtbare Eigenschaft außer der der Schnelligkeit?« fragte er.

»Er trug einen Mantel mit Schulterumhang nach Inverness-Art«, sagte Father Brown, »und er sagte dem Boy draußen, er müsse am nächsten Morgen in Edinburgh sein. Das ist alles, an was sich der Junge erinnert. Aber ich weiß, daß Ihre Organisation Leute schon aufgrund geringerer Hinweise aufgestöbert hat.«

»Sie scheinen darauf sehr scharf zu sein«, sagte der Inspektor etwas verwirrt.

Der Priester sah auch so aus, als ob ihn seine eigenen Gedanken etwas verwirrt hätten; er saß da mit gerunzelter Stirn und sagte dann abrupt: »Sehen Sie, es ist so einfach, mißverstanden zu werden. Alle Menschen sind von Bedeutung. Sie sind von Bedeutung. Ich bin von Bedeutung. Daran zu glauben ist das Schwierigste in der Theologie.«

Der Inspektor starrte ihn verständnislos an; aber er fuhr fort: »Wir sind für Gott von Bedeutung – Gott allein weiß warum. Aber das ist die einzige mögliche Rechtfertigung für die Existenz von Polizisten.« Der Polizist schien hinsichtlich seiner eigenen kosmischen Rechtfertigung nicht eben erleuchtet. »Begreifen Sie denn nicht, das Gesetz hat in gewisser Weise schließlich recht. Wenn alle Menschen von Bedeutung sind, sind alle Morde von Bedeutung. Das, was Er so geheimnisvoll geschaffen hat, dürfen wir nicht geheimnisvoll zerstören lassen. Aber ...«

Er sprach das letzte Wort scharf aus wie einer, der eine weitere Entscheidung trifft.

»*Aber* wenn ich einmal von dieser mystischen Ebene der Gleichheit herabsteige, dann kann ich nicht sehen, weshalb die meisten Ihrer bedeutenden Morde besonders bedeutend wären. Sie erzählen mir immer wieder, daß dieser oder jener Fall bedeutend ist. Als einfacher praktischer Mann von Welt muß ich begreifen, daß es der Ministerpräsident ist, der ermordet wurde. Als einfacher praktischer Mann von Welt glaube ich nicht, daß der Ministerpräsident von irgendeiner Bedeutung ist. Unter dem Blickwinkel menschlicher Bedeutung würde ich sagen, daß er sozusagen gar nicht vorhanden ist. Glauben Sie, daß, wenn er und all die anderen Männer der Öffentlichkeit morgen erschossen würden, andere Männer nicht aufstünden und erklärten, alle nur möglichen Zusammenhänge würden erforscht, oder daß die Regierung die Angelegenheit aufs ernsthafteste erwöge? Die Beherrscher der modernen Welt sind ohne Bedeutung. Sogar die wirklichen Beherrscher sind nicht von großer Bedeutung. Kaum jemand, von dem Sie je in den Zeitungen lesen, ist von irgendeiner Bedeutung.«

Er stand auf und schlug leicht auf den Tisch: eine seiner seltenen Gesten; und wieder veränderte sich seine Stimme.

»Aber Raggley war von Bedeutung. Er war einer aus einer großen Linie von vielleicht einem halben Dutzend Männern, die England hätten retten können. Sie stehen aufrecht, stark und dunkel, wie unbeachtete Wegweiser, entlang der ganzen, sanft herabführenden Straße, die in diesem Sumpf des reinen wirtschaftlichen Zusammenbruchs geendet hat. Dekan Swift und Dr. Johnson und der alte William Cobbett; sie alle hatten ausnahmslos den Ruf, bärbeißig oder weise zu sein, und sie alle wurden von ihren Freunden geliebt, und sie alle verdienten das. Haben Sie denn nicht gesehen, wie dieser alte Mann mit dem Herzen eines Löwen aufgestanden ist und seinem Gegner vergeben hat, wie nur Kämpfer vergeben können? Er hat genau das *getan*, wovon der Temperenzprediger redete; er hat uns Christen ein Beispiel gegeben und war ein Muster der Christlichkeit. Und wenn es einen faulen und geheimen Mord an einem solchen Mann gibt – dann ist das, glaube ich, von Bedeutung, von so großer Bedeutung, daß sogar der moderne Polizeiapparat zu einem Ding wird, dessen sich jede redliche Person bedienen wird … Ach, sagen Sie es nicht. Und deshalb möchte ich für einmal wirklich Gebrauch von Ihnen machen.«

Und so könnten wir über eine gewisse Spanne jener sonderbaren Tage und Nächte fast behaupten, daß die kleine Gestalt Father Browns all die Armeen und Maschinerien der Polizeistreitkräfte der Krone vor sich her in Aktion trieb, wie die kleine Gestalt Napoleons die Batterien und Schlachtreihen jener weitgespannten Strategie vor sich her trieb, die Europa überspannte. Polizeiposten und Postämter arbeiteten Tag und Nacht; der Verkehr wurde aufgehalten, Korrespondenzen wurden abgefangen, Nachforschungen wurden an Hunderten von Stellen durchgeführt, um die flüchtige Spur jener geisterhaften Gestalt ohne Gesicht oder Namen in einem Umhangmantel nach Inverness-Art und mit Fahrschein nach Edinburgh zu verfolgen.

In der Zwischenzeit wurden die anderen Nachforschungslinien natürlich nicht vernachlässigt. Der vollständige Autopsiebericht lag noch nicht vor; aber jedermann schien sicher zu sein, daß es sich um einen Fall von Vergiftung handele. Das warf natürlich den Hauptverdacht auf den Kirschlikör; und das wiederum warf natürlich den Hauptverdacht auf das Hotel.

»Höchstwahrscheinlich der Hotelmanager«, sagte Greenwood grummelnd. »Mir erscheint er als ein widerlicher kleiner Wurm. Natürlich könnte es auch was mit jemandem vom Personal zu tun haben, etwa dem Barmann; der scheint ein reichlich übellauniger Bursche zu sein, und Raggley könnte ihn bei seinem aufflammenden Temperament ein bißchen verflucht haben, obwohl er hinterher immer reichlich großzügig war. Aber trotz allem sage ich, daß die erste Verantwortlichkeit und damit auch der erste Verdacht beim Manager bleibt.«

»Oh, ich wußte, daß der erste Verdacht beim Manager bleiben würde«, sagte Father Brown. »Deshalb habe ich ihn nicht verdächtigt. Sehen Sie, ich stelle mir eher vor, daß ein anderer gewußt hat, es werde der erste Verdacht beim Manager bleiben; oder beim Personal des Hotels. Deshalb habe ich gesagt, es würde leicht sein, in diesem Hotel jemanden zu ermorden ... Aber ich nehme an, es wäre besser, Sie gingen hin und brächten das mit ihm ins reine.«

Der Inspektor ging hin; aber er kam nach einem erstaunlich kurzen Gespräch zurück und fand seinen geistlichen Freund vor, wie der einige Papiere durchsah, die eine Art Dossier der stürmischen Karriere John Raggleys darzustellen schienen.

»Das lief ulkig«, sagte der Inspektor. »Ich dachte, ich müßte Stunden damit verbringen, diese schlüpfrige kleine Kröte in die Zange zu nehmen, denn wir haben rechtlich praktisch nichts gegen ihn in der Hand. Statt dessen aber brach er sofort zusammen und hat mir, wie ich wirklich glaube, aus schierem Schiß alles berichtet, was er weiß.«

»Ich weiß«, sagte Father Brown. »Genau so ist er auch zusammengebrochen, als er Raggleys Leiche fand, der offenbar im Hotel vergiftet worden war. Deshalb hat er dermaßen den Kopf verloren, daß er etwas so Ungeschicktes tat, wie die Leiche mit einem türkischen Dolch zu verzieren, um den Verdacht auf den Nigger zu lenken, wie er sagen würde. Mit dem ist außer Schiß nichts los; der ist wirklich der allerletzte, der jemals wirklich ein Messer in einen lebenden Menschen stecken würde. Ich vermute, er mußte sich sogar zusammenreißen, um eines in einen toten Menschen zu stekken. Aber er ist der allerletzte, der Angst davor hat, einer Sache wegen angeklagt zu werden, die er nicht getan hat; und der sich deshalb selbst zum Narren macht, was er denn auch getan hat.«

»Ich nehme an, ich muß auch den Barmann sprechen«, bemerkte Greenwood.

»Ich nehme das auch an«, antwortete der andere. »Ich glaube zwar nicht, daß es irgendeiner vom Hotelpersonal war – na ja, weil es so arrangiert wurde, als ob es einer von den Hotelleuten gewesen sein *müßte* ... Aber schauen Sie mal her, haben Sie sich irgendwas von diesem Material angesehen, das sie über Raggley zusammengetragen haben? Er hatte wirklich ein interessantes Leben; ich frage mich, ob nicht irgendwer seine Biographie schreiben wird.«

»Ich hab' mir Notizen über alles gemacht, was eine solche Angelegenheit möglicherweise betreffen könnte«, sagte der Beamte. »Er war ein Witwer; aber er hat mal einen Streit mit einem Mann wegen seiner Frau gehabt; einem schottischen Grundstücksmakler in dieser Gegend; und Raggley scheint recht gewalttätig geworden zu sein. Man behauptet, er habe die Schotten gehaßt; vielleicht war das der Grund ... Oh, ich weiß, worüber Sie grimmig lächeln. Ein Schotte ... Vielleicht ein Mann aus Edinburgh.«

»Vielleicht«, sagte Father Brown. »Es ist sehr wahrscheinlich, von allen privaten Gründen abgesehen, daß er Schotten nicht mochte. Das ist ein merkwürdiges Ding, aber dieses ganze Volk von Tory-Radikalen oder wie immer Sie sie nennen wollen, die sich gegen die Wirtschaftsbewegung der Whigs stemmten, sie alle mochten die Schotten nicht. Cobbett nicht; Dr. Johnson nicht; Swift beschrieb ihren Akzent in einer seiner tödlichsten Passagen; und selbst Shakespeare ist dieses Vorurteils angeklagt worden. Aber die Vorurteile großer Männer haben im allgemeinen etwas mit Grundsätzen zu tun. Und ich glaube, daß es da einen Grund gibt. Der Schotte entstammt einem armen Agrarland, das dann zu einem reichen Industrieland wurde. Er ist begabt und fleißig; er glaubte, er bringe die Industriezivilisation aus dem Norden; er hat einfach nicht gewußt, daß es im Süden bereits seit Jahrhunderten eine ländliche Zivilisation gab. Das Land seiner eigenen Vorfahren war höchst ländlich, aber nicht zivilisiert ... Na gut, na gut, ich nehme an, wir können nur auf weitere Nachrichten warten.«

»Ich kann mir kaum vorstellen, daß Sie die neuesten Nachrichten aus Shakespeare oder Dr. Johnson herausbekommen«, grinste der Polizeibeamte. »Was Shakespeare über die Schotten dachte, ist nicht unbedingt ein Beweis.«

Father Brown zog eine Augenbraue hoch, als ob ihn ein neuer Gedanke überrascht hätte. »Wo ich jetzt so darüber nachdenke«, sagte er, »könnte es noch bessere Beweise sogar aus Shakespeare geben. Er hat nicht oft von Schotten gesprochen. Aber er hat es geliebt, über die Waliser zu spotten.«

Der Inspektor musterte das Gesicht seines Freundes; denn ihm war so, als erkenne er eine bestimmte Wachsamkeit hinter seinem gesetzten Ausdruck.

»Beim Zeus«, sagte er. »Bisher hat niemand daran gedacht, den Verdacht in diese Richtung zu lenken.«

»Nun ja«, sagte Father Brown in toleranter Ruhe, »Sie haben davon angefangen, über Fanatiker zu sprechen; und daß ein Fanatiker alles tun könne. Und ich nehme an, wir hatten die Ehre, gestern in dieser Bierschenke einen der größten und lautesten und verstocktesten Fanatiker der modernen Welt zu Gast zu haben. Wenn die Tatsache, ein verstockter Idiot mit nur einem Gedanken zu sein, der Weg zum Mord ist, dann erhebe ich darauf Anspruch für meinen Amtsbruder Pryce-Jones, den Prohibitionisten, und gebe ihm den Vorzug vor allen Fakiren Asiens, und, wie ich Ihnen schon sagte, ist es absolut zutreffend, daß sein entsetzliches Milchglas auf dem Tresen Seite an Seite mit dem rätselhaften Whiskyglas gestanden hat.«

»Von dem Sie annehmen, daß es in den Mord verwickelt war«, sagte Greenwood starrenden Blicks. »Sagen Sie mal, ich weiß nicht, ob Sie das wirklich ernst meinen oder nicht.«

Noch während er stetig seines Freundes Gesicht fixierte, in dessen Ausdruck er etwas immer noch Unergründliches entdeckte, begann hinter der Bar das Telephon schrill zu klingen. Inspektor Greenwood hob die Klappe im Tresen hoch, glitt rasch hindurch, hob den Hörer ab, lauschte für einen Augenblick und stieß dann einen Schrei aus; nicht an seinen Gesprächspartner gerichtet, sondern ans Universum im allgemeinen. Dann lauschte er noch aufmerksamer und sagte mit Zwischenpausen explosiv: »Ja, ja … Kommen Sie sofort rüber; bringen Sie ihn wenn möglich her … Gutes Stück Arbeit … Gratuliere Ihnen.«

Dann kam Inspektor Greenwood in den Schankraum zurück wie ein Mann, dessen Jugend wiederhergestellt worden war, setzte sich breit auf seinen Platz, die Hände auf die Knie gestützt, starrte seinen Freund an und sagte:

»Father Brown, ich weiß nicht, wie Sie das machen. Sie scheinen schon gewußt zu haben, daß er ein Mörder war, ehe alle anderen auch nur wußten, daß er ein Mensch ist. Er war niemand; er war nichts; er war eine leichte Störung in den Beweisen; niemand im Hotel sah ihn; der Boy auf der Treppe könnte kaum auf ihn schwören; er war nichts als der feine Schatten eines Verdachtes, der sich auf ein schmutziges Extraglas stutzte. Aber wir haben ihn, und er ist der Mann, den wir haben wollten.«

Father Brown hatte sich aus einem Gefühl für den Höhepunkt heraus erhoben und umkrampfte mechanisch all jene Papiere, die bestimmt waren, für den Biographen Mr. Raggleys so wertvoll zu sein; und stand da und starrte seinen Freund an. Vielleicht war es diese Geste, die seines Freundes Geist zu weiteren Bestätigungen bewog.

»Ja, wir haben Den Schnellen gefaßt. Und sehr schnell, wie Quecksilber, war er auch beim Vorbereiten seiner Flucht; wir haben ihn erst im letzten Augenblick aufhalten können – auf einem Angeltrip zu den Orkneys, sagte er. Aber er ist schon der richtige Mann; er ist der schottische Grundstücksmakler, der mit Raggleys Frau eine Affäre hatte; er ist der Mann, der in dieser Bar Whisky getrunken hat und dann einen Zug nach Edinburgh nahm. Und niemand würde davon gewußt haben ohne Sie.«

»Nun ja, aber was ich meinte«, begann Father Brown in einem gewissermaßen verstörten Ton; und in diesem Augenblick hörte man vor dem Hotel das Rattern und Rumpeln schwerer Autos; und zwei oder drei weitere untergeordnete Polizisten blockierten die Bar durch ihre Anwesenheit. Einer von ihnen, den sein Vorgesetzter eingeladen hatte, sich zu setzen, tat das in einer ausgreifend-behäbigen Weise wie einer, der zugleich glücklich und müde ist; und auch er betrachtete Father Brown mit bewundernden Blicken.

»Hab' den Mörder erwischt, Sir, o ja«, sagte er, »ich weiß, daß er 'n Mörder is, denn fast hat er mich auch umgebracht. Ich hab' schon früher manchen harten Burschen geschnappt; aber nie einen wie den – schlug mir in 'n Magen wie 'n Pferdehuf und hat sich fast von fünf Männern losgerissen. O ja, diesmal haben Se 'nen richtigen Killer erwischt, Inspektor.«

»Wo ist er?« fragte Father Brown starräugig.

»Draußen im Wagen, in Handschellen«, erwiderte der Polizist, »und wenn Sie klug sind, lassen Sie ihn da – für den Augenblick.«

Father Brown sank in einer Art milden Zusammenbruchs in einen Sessel; und die Papiere, die er krampfhaft festgehalten hatte, flatterten um ihn und schossen und schlitterten über den Fußboden wie Schollen brechenden Eises. Nicht nur sein Gesicht, sein ganzer Körper vermittelte den Eindruck eines durchlöcherten Ballons.

»Oh ... Oh«, wiederholte er, als ob jeder andere Fluch unangemessen sei. »Oh ... Ich hab' es wieder getan.«

»Wenn Sie damit meinen, daß Sie wieder den Verbrecher gefangen haben«, begann Greenwood, aber sein Freund hielt ihn mit einer schwachen Explosion wie entfauchendes Sodawasser auf.

»Ich meine«, sagte Father Brown, »daß das immer wieder geschieht; und tatsächlich weiß ich nicht warum. Ich versuche immer zu sagen, was ich meine. Aber alle anderen verstehen so viel mehr, als ich sage.«

»Was in aller Welt ist denn jetzt los?« schrie Greenwood, plötzlich verzweifelt.

»Also, ich sage Dinge«, sagte Father Brown mit schwacher Stimme, die schon allein die Schwäche der Worte vermitteln konnte. »Ich sage Dinge, aber alle anderen scheinen zu wissen, daß sie mehr bedeuten, als sie sagen. Einmal habe ich einen zerbrochenen Spiegel gesehen und gesagt: ›Etwas ist geschehen‹, und alle anderen antworteten: ›Ja, ja, wie Sie so richtig feststellen, haben zwei Männer miteinander gerungen, und einer ist in den Garten gerannt‹ und so weiter. Ich verstehe das nicht. ›Etwas ist geschehen‹ und ›Zwei Männer haben miteinander gerungen‹ erscheint mir überhaupt nicht wie das gleiche; aber ich wage dennoch zu behaupten, daß ich alte Bücher über die Logik gelesen habe. Und hier ist es genau so. Sie alle scheinen sich sicher zu sein, daß dieser Mann ein Mörder ist. Aber ich habe niemals gesagt, daß er ein Mörder sei. Ich habe gesagt, er sei der Mann, den wir haben wollten. Er ist es. Ich wollte ihn unbedingt haben. Ich wollte ihn ganz dringend haben. Ich wollte ihn haben als das einzige Ding, das wir in diesem ganzen scheußlichen Fall nicht haben – als Zeugen.«

Sie alle starrten ihn an, aber auf eine stirnrunzelnde Weise wie Männer, die sich bemühen, einer scharfen neuen Wendung in der Argumentation zu folgen; und er war es, der die Argumentation wieder aufnahm.

»Von der ersten Minute an, als ich diese große leere Bar oder den Salon betrat, wußte ich, daß die Eigenart dieser ganzen Vorgänge die Leerheit war; die Einsamkeit; zu viele Möglichkeiten für jeden, allein zu sein. Mit einem Wort: die Abwesenheit von Zeugen. Das einzige, was wir wußten, war, daß weder Manager noch Barmann in der Bar waren, als wir hereinkamen. Aber wann *waren* sie in der Bar? Was brachte es, irgendeine Art von Zeittafel darüber aufzustellen, wann irgendwer irgendwo war? Die ganze Sache blieb aus Mangel an Zeugen leer. Ich nehme an, daß der Barmann oder sonst jemand unmittelbar vor unserer Ankunft in der Bar gewesen ist; und so hat der Schotte seinen schottischen Whisky bekommen. Er hat ihn ganz gewiß nicht bekommen, nachdem wir eingetroffen waren. Wir können aber nicht anfangen nachzuforschen, ob irgendwer vom Hotel den Kirschlikör des armen Raggley vergiftet hat, solange wir nicht wirklich wissen, wer in der Bar war und wann. Nun möchte ich, daß Sie mir einen weiteren Gefallen tun trotz dieses dämlichen Kuddelmuddels, das vermutlich ganz allein meine Schuld ist. Ich möchte, daß Sie all die betroffenen Leute hier in diesem Raum versammeln – ich glaube, daß sie alle noch zur Verfügung stehen, es sei denn, der Asiate wäre nach Asien zurückgekehrt –, und dann befreien Sie den armen Schotten von seinen Handschellen und bringen ihn hier herein, und er soll uns erzählen, wer ihm den Whisky serviert hat, und wer in der Bar war, und wer sonst noch im Raum war, und all das übrige. Er ist der einzige Mensch, dessen Zeugnis eben jene Zeitspanne überbrücken kann, in der das Verbrechen geschah. Und ich sehe nicht den geringsten Grund, an seinen Worten zu zweifeln.«

»Aber hören Sie«, sagte Greenwood. »Damit sind wir doch wieder bei den Hotelleuten; und ich dachte, Sie seien auch der Meinung, daß der Manager der Mörder nicht ist? Ist es der Barmann, oder was?«

»Ich weiß es nicht«, sagte der Priester ausdruckslos. »Ich bin mir nicht einmal hinsichtlich des Managers sicher. Ich weiß gar nichts über den Barmann. Ich könnte mir vorstellen, daß der Manager ein bißchen ein Verschwörer sein könnte, selbst wenn er kein Mörder ist. Aber ich weiß, daß es einen einzigen Zeugen auf Erden gibt, der etwas gesehen haben könnte; und deshalb habe ich all Eure Polizeihunde bis ans Ende der Erde auf seine Spur gesetzt.«

Der geheimnisvolle Schotte war, als er endlich vor der so versammelten Gesellschaft erschien, gewiß eine bemerkenswerte Erscheinung; groß, mit schwerem Schritt, einem langen, sardonischen, scharf geschnittenen Gesicht und mit Büscheln roten Haares; und er trug nicht nur ein Inverness-Cape, sondern auch eine Glengarry-Schottenmütze. Er mochte wegen einer einigermaßen bissigen Haltung entschuldigt sein; aber jedermann konnte sehen, daß er von jener Art war, die sich jeder Verhaftung widersetzt, auch mit Gewalt. Es war nicht überraschend, daß er mit einem kämpferischen Burschen wie Raggley handgemein geworden war. Es war nicht einmal überraschend, daß die Polizei allein durch die Einzelheiten seiner Festnahme davon überzeugt wurde, er sei ein harter und typischer Killer. Aber er behauptete, ein vollkommen rechtschaffener Bauer in Aberdeenshire zu sein, James Grant mit Namen, und irgendwie war nicht nur Father Brown, sondern war auch Inspektor Greenwood, ein gewiefter Mann mit einer großen Erfahrung, ziemlich rasch davon überzeugt, daß die Wildheit des Schotten eher der Zorn der Unschuld als der Schuld war.

»Was wir von Ihnen wollen, Mr. Grant«, sagte der Inspektor ernst und fiel ohne weiteres Herumgerede in einen höflichen Ton, »ist einfach Ihre Aussage zu einer sehr wichtigen Tatsache. Das Mißverständnis, unter dem Sie zu leiden hatten, tut mir sehr leid, aber ich bin sicher, daß Sie bereit sind, der Gerechtigkeit zu dienen. Ich glaube, Sie sind in diese Bar gekommen, unmittelbar nachdem sie geöffnet hatte, um halb sechs, und bekamen ein Glas Whisky serviert. Wir sind nicht sicher, welcher Bedienstete des Hotels, ob der Barmann oder der Manager oder ein anderer Untergebener, zu der Zeit in der Bar war. Würden Sie sich bitte umsehen und mir sagen, ob derjenige, der Sie an der Bar bediente, gegenwärtig hier ist.«

»Aye, der ist da«, sagte Mr. Grant und lächelte ingrimmig, nachdem er die Gruppe mit scharfem Auge überflogen hatte. »Ich würde ihn überall wiedererkennen; und Sie werden mir zustimmen, daß er groß genug ist, um gesehen zu werden. Sind all Eure Kneipenkellner so groß wie der?«

Das Auge des Inspektors blieb hart und stetig und seine Stimme farblos und fortlaufend; das Gesicht Father Browns war leer; aber auf manchen anderen Gesichtern lagerte eine Wolke; der Barmann war nicht besonders umfangreich und keinesfalls groß; und der Manager war entschieden klein.

»Wir möchten nur den Barmann identifiziert haben«, sagte der Inspektor ruhig. »Natürlich kennen wir ihn; aber wir möchten, daß Sie das unabhängig bestätigen. Sie meinen …?« Und plötzlich hielt er inne.

»Nuuu, da steht er doch deutlich genug«, sagte der Schotte erschöpft; und machte eine Geste, und zu dieser Geste erhob sich der riesige Jukes, der Fürst der Handlungsreisenden, wie ein trompetender Elefant; und drei Polizisten hatten sich wie der Blitz an ihn gehängt, wie Hetzhunde an ein wildes Tier.

»Nun, das war alles einfach genug«, sagte Father Brown hinterher zu seinem Freund. »Wie ich Ihnen gesagt habe, war in dem

Augenblick, in dem ich den leeren Barraum betrat, mein erster Gedanke, daß wenn der Barmann seine Bar so unbewacht verließ, nichts in der Welt Sie oder mich oder sonstwen daran hindern könnte, die Klappe hochzunehmen und durchzugehen und Gift in eine beliebige Flasche zu schütten, die da stand und auf Kunden wartete. Natürlich würde ein erfahrener Vergifter es wahrscheinlich so tun, wie Jukes es tat, nämlich eine vergiftete Flasche gegen eine normale austauschen; das konnte im Handumdrehen geschehen. Es war leicht genug für ihn, der in Flaschen reiste, eine vorbereitete Flasche Kirschlikör von derselben Art mitzubringen. Natürlich bedurfte es einer bestimmten Voraussetzung; aber das ist eine ziemlich gewöhnliche Voraussetzung. Es würde nichts nutzen, damit zu beginnen, das Bier oder den Whisky zu vergiften, wovon die Leute am meisten trinken; das würde ein Massenmord werden. Aber wenn bekannt ist, daß ein Mann nur eine ganz bestimmte Sache trinkt wie Kirschlikör, der nicht allzu verbreitet getrunken wird, dann ist es, wie ihn zu Hause zu vergiften. Nur ist es eine ganze Menge sicherer. Denn praktisch fällt der gesamte Verdacht sofort auf das Hotel oder auf jemanden, der mit dem Hotel zu tun hat; und es gibt auf Erden keinerlei Argument zu begründen, daß es einer unter den Hunderten von Gästen getan hat, die in die Bar kommen mochten; sogar dann, wenn den Leuten klar wird, daß ein Kunde es hätte tun können. Es war nahezu ein so absolut anonymer und verantwortungsloser Mord, wie ihn ein Mann nur begehen kann.«

»Und warum genau hat ihn nun der Mörder begangen?« fragte sein Freund.

Father Brown erhob sich und sammelte gravitätisch die Papiere ein, die er zuvor in einem Augenblick der Ablenkung verstreut hatte.

»Darf ich Ihre Aufmerksamkeit«, sagte er lächelnd, »auf die Unterlagen lenken, die mit dem vorauszusehenden *Leben und Briefe des verblichenen John Raggley* zu tun haben? Oder zum Beispiel auch auf seine eigenen gesprochenen Worte? Er sagte genau in dieser Bar, daß er einen Skandal in der Geschäftsführung von Hotels ans Tageslicht bringen wolle; und der Skandal war der sehr gewöhnliche einer korrupten Vereinbarung zwischen Hotelbesitzern und einem Verkäufer, der insgeheim Kommissionen nahm und gab, so daß sein Geschäft ein Monopol für alle im Haus verkauften Getränke hatte. Es war nicht einmal offene Sklaverei wie bei gewöhnlich gebundenen Häusern; es war ein Schwindel zu Lasten aller, die der Manager eigentlich zu bedienen hatte. Es war ein Gesetzesbruch. Also war der erfindungsreiche Jukes im ersten Augenblick, in dem die Bar leer war wie so oft, hineingegangen und hatte die Flaschen ausgetauscht; unglücklicherweise kam in eben diesem Augenblick ein Schotte im Inverness-Cape herein und verlangte schroff Whisky. Jukes erkannte seine einzige Chance darin, so zu tun, als sei er der Barmann, und den Kunden zu bedienen. Er war sehr erleichtert, daß der Kunde Ein Schneller war.«

»Ich denke, daß Sie selbst Ein Reichlich Schneller sind«, bemerkte Greenwood; »wenn Sie sagen, daß Sie von Anfang an etwas gewittert haben, in der puren Luft eines leeren Raumes. Haben Sie Jukes von Anfang an verdächtigt?«

»Nun ja, er klang irgendwie reich«, antwortete Father Brown vage. »Sie wissen doch, wenn ein Mann eine reiche Stimme hat. Und ich hab' mich sozusagen selbst gefragt, warum er eine so ekelhaft reiche Stimme haben sollte, wo doch all diese ehrlichen Burschen ziemlich arm sind. Aber ich glaube, ich wußte schon, daß er ein Schwindler ist, als ich diese große schimmernde Krawattennadel sah.«

»Sie meinen, weil sie ein Schwindel war?« fragte Greenwood zweifelnd.

»O nein; weil sie echt war«, sagte Father Brown.

Der Fluch des Buches

Professor Openshaw verlor jedesmal mit einem lauten Knall die Fassung, wenn ihn jemand einen Spiritisten nannte; oder einen Anhänger des Spiritismus. Das aber erschöpfte seine explosiven Elemente keineswegs; denn er verlor auch die Fassung, wenn ihn jemand einen Nichtanhänger des Spiritismus nannte. Es war sein Stolz, sein ganzes Leben der Erforschung psychischer Phänomene gewidmet zu haben; es war auch sein Stolz, niemals einen Hinweis darauf gegeben zu haben, ob er sie wirklich für psychisch oder lediglich für phänomenal hielt. An nichts erfreute er sich mehr, als in einem Kreis gläubiger Spiritisten zu sitzen und niederschmetternde Geschichten davon zu erzählen, wie er Medium nach Medium bloßgestellt und Schwindel nach Schwindel aufgedeckt habe; denn tatsächlich war er ein Mann von hohen detektivischen Gaben und Einsichten, sobald er nur seine Blicke auf ein Objekt gerichtet hatte, und er richtete sie immer auf ein Medium als höchst verdächtiges Objekt. Es gab da die Geschichte, wie er einen spiritistischen Schwindler in drei verschiedenen Verkleidungen erspäht hatte: als Frau verkleidet, als weißbärtiger alter Mann und als Brahmane von einem satten Schokoladebraun. Solche Erzählungen machten die wahren Gläubigen reichlich ruhelos, was ja auch die Absicht war; doch konnten sie sich darüber kaum beschweren, denn kein Spiritist leugnet die Existenz falscher Medien; nur des Professors strömende Erzählung mochte wohl anzudeuten scheinen, daß alle Medien falsch seien.

Aber wehe dem arglosen und unschuldigen Materialisten (und Materialisten als Rasse sind reichlich unschuldig und arglos), der es – die Tendenz solcher Erzählung voraussetzend – wagen sollte, die These vorzutragen, daß Geister gegen die Naturgesetze seien, oder daß solcherlei Dinge lediglich alter Aberglaube seien, oder daß das alles Quatsch sei, oder alternativ Humbug. Den pflegte der Professor unter jäher Umkehr all seiner wissenschaftlichen Batterien mit einer Kanonade unanzweifelbarer Fälle und unerklärbarer Phänomene vom Felde zu fegen, von denen der unselige Materialist nie in seinem Leben gehört hatte, und unter Angabe aller Daten und Details, und unter Zitierung aller versuchten und verworfenen Erklärungen; alles gab er in der Tat an, abgesehen davon, ob er, John Oliver Openshaw, an Geister glaube oder nicht; und weder Spiritisten noch Materialisten konnten sich jemals rühmen, das herausgefunden zu haben.

Professor Openshaw, eine hagere Gestalt mit fahler Löwenmähne und hypnotischen blauen Augen, stand mit Father Brown, der einer seiner Freunde war, auf den Stufen vor dem Hotel, in dem sie an jenem Morgen gefrühstückt und in der Nacht zuvor geschlafen hatten, und wechselte einige Worte mit ihm. Der Professor war reichlich spät von einem seiner großen Experimente in allgemeiner Erregung zurückgekommen und bebte immer noch von dem Kampf, den er immer allein und gegen beide Parteien zu führen pflegte.

»Ihnen nehm' ich das nicht übel«, sagte er lachend. »Sie glauben ja nicht einmal dann daran, wenn es wahr ist. Aber all diese Leute fragen mich ständig, was ich denn versuchte zu beweisen. Sie scheinen nicht zu begreifen, daß ich ein Mann der Wissenschaft bin. Und ein Mann der Wissenschaft versucht nicht, etwas zu beweisen. Er versucht herauszufinden, was sich selbst beweist.«

»Aber er hat es bisher noch nicht herausgefunden«, sagte Father Brown.

»Nun ja, ich habe da gewisse eigene kleine Vorstellungen, die gar nicht so negativ sind, wie die meisten Leute annehmen«, antwortete der Professor nach einem Augenblick stirnrunzelnden Schweigens. »Jedenfalls habe ich begonnen mir vorzustellen, daß, wenn überhaupt etwas herausgefunden werden kann, man es auf falschen Wegen sucht. Das ist alles zu theatralisch; dieses ganze Getue mit ihrem leuchtenden Ektoplasma und den Trompeten und den Stimmen und dem übrigen Drum und Dran; alles nach dem Muster der alten Melodramen und verschimmelter historischer Romane ums Familiengespenst. Wenn man sich an die Historie hielte statt an historische Romane, dann – beginne ich zu glauben – könnte man wirklich was finden. Aber keine Erscheinungen.«

»Schließlich sind«, sagte Father Brown, »Erscheinungen nur Anscheine. Ich nehme an, Sie würden sagen, daß das Familiengespenst nur den Schein wahrt.«

Das Starren des Professors, das gewöhnlich von leicht abwesender Art war, konzentrierte und sammelte sich plötzlich, wie es das bei einem zweifelhaften Medium tat. Es sah fast so aus, als ob sich der Mann ein starkes Vergrößerungsglas ins Auge klemme. Natürlich meinte er keineswegs, daß der Priester auch nur im geringsten ein zweifelhaftes Medium sei; aber daß seines Freundes Gedanken seinen eigenen so eng folgten, hatte seine Aufmerksamkeit aufgerüttelt.

»Anscheine!« murmelte er. »Verdammt, aber es ist schon komisch, daß Sie das gerade jetzt sagen. Je mehr ich erfahre, desto klarer wird mir, daß man verliert, wenn man nur auf Erscheinungen achtet. Wenn man sich ein bißchen mehr ums Verschwinden kümmerte ...«

»Eben«, sagte Father Brown, »schließlich handeln ja die wirklichen Elfenmärchen gar nicht so sehr vom Erscheinen berühmter Elfenwesen; vom Heraufbeschwören Titanias oder der Bloßstellung Oberons durchs Mondenlicht. Aber es gibt ungezählte Märchen vom *Verschwinden* von Leuten, weil sie von den Elfen gestohlen wurden. Sind Sie Kilmeny auf der Spur oder Thomas dem Reimer?«

»Ich bin auf der Spur von gewöhnlichen modernen Leuten, über die Sie in den Zeitungen gelesen haben«, antwortete Openshaw. »Wundern Sie sich ruhig; aber gerade das ist jetzt mein Jagdwild; und dem bin ich schon seit langem hinterher. Offen gestanden glaube ich, daß eine Menge von psychischen Erscheinungen wegerklärt werden könne. Aber das Verschwinden kann ich nicht erklären, es sei denn ein psychisches. Diese Leute in den Zeitungen, die verschwinden und nie mehr gefunden werden – wenn Sie die Einzelheiten so kennten wie ich ... Und erst heute morgen habe ich eine Bestätigung erhalten; einen außergewöhnlichen Brief von einem alten Missionar, einem höchst ehrbaren alten Knaben. Er will mich heute morgen in meinem Büro aufsuchen. Vielleicht möchten Sie mit mir zu Mittag essen oder so; dann könnte ich Ihnen die Ergebnisse berichten – im Vertrauen.«

»Danke; ich möchte – es sei denn«, sagte Father Brown bescheiden, »daß mich die Elfen bis dahin gestohlen haben.«

Damit trennten sie sich, und Openshaw ging um die Ecke zu einem kleinen Büro, das er in der Nachbarschaft gemietet hatte; hauptsächlich zum Zweck der Herausgabe einer dünnen Zeitschrift für psychische und psychologische Anmerkungen der trockensten und agnostischsten Art. Er hatte nur einen Sekretär, der im äußeren Büro an einem Schreibtisch saß und Zahlen und Fakten zum Zweck der Veröffentlichung zusammenstellte; und der Professor blieb stehen und fragte, ob Mr. Pringle gekommen sei. Der Sekretär antwortete mechanisch negativ und fuhr mechanisch fort, Zahlen zu addieren; und der Professor wandte sich dem inneren Raum zu, der sein Arbeitszimmer war. »Ach übrigens, Berridge«, setzte er noch hinzu, ohne sich umzudrehen, »wenn Mr. Pringle kommt, schicken Sie ihn direkt zu mir rein. Sie brauchen dazu Ihre Arbeit nicht zu unterbrechen; ich würde diese Notizen gerne heute abend fertig haben, wenn möglich. Sie können sie mir für morgen auf den Schreibtisch legen, wenn ich später komme.«

Und er ging in sein Arbeitszimmer und brütete immer noch über dem Problem, das der Name Pringle aufgeworfen hatte; oder das er vielmehr, vielleicht, in seinem Geiste ratifiziert und bestätigt hatte. Selbst der abgeklärteste Agnostiker ist irgendwo menschlich; und es ist möglich, daß der Brief des Missionars um so größeres Gewicht haben mochte, da er versprach, seine private und noch tastende Hypothese zu stützen. Er setzte sich in seinen breiten und bequemen Sessel gegenüber dem Stich von Montaigne; und las erneut den kurzen Brief von Hochwürden Luke Pringle, der die Verabredung für diesen Morgen betraf. Niemand kannte die Merkmale eines Briefs von einem Verrückten besser als Professor Openshaw; die Überfülle an Einzelheiten; die spinnwebartige Schrift; überflüssige Länge und Wiederholungen. Nichts davon fand sich in diesem Brief; nur eine kurze und geschäftsmäßig getippte Erklärung, daß der Schreiber Zeuge einiger sonderbarer Fälle von Verschwinden gewesen sei, die in den Arbeitsbereich des Professors als Erforscher psychischer Probleme zu fallen schienen. Der Professor war günstig beeindruckt; auch empfing er keinen ungünstigen Eindruck, als er aufblickte und sah, daß Hochwürden Luke Pringle sich bereits im Zimmer befand.

»Ihr Sekretär hat mir gesagt, ich solle sofort eintreten«, sagte Mr. Pringle entschuldigend, aber mit einem breiten und ziemlich angenehmen Grinsen. Das Grinsen wurde teilweise von den Massen seines rötlich-grauen Bartes und Backenbartes verdeckt, ein wahrer Dschungel von Bart, wie ihn sich manchmal Weiße wachsen lassen, die im Dschungel leben; aber die Augen über der Stupsnase hatten nicht das geringste Wilde oder Exotische in sich. Openshaw hatte sofort den gebündelten Scheinwerfer oder das Brennglas seiner skeptischen Musterung auf sie gerichtet, wie er es bei vielen Männern tat, um zu sehen, ob sie Schwindler oder Narren seien; in diesem Fall hatte er ein sehr ungewöhnliches Gefühl der Beruhigung. Der wilde Bart mochte einem Narren gehören, aber die Augen straften den Bart vollständig Lügen; sie waren voll von jenem sehr offenen und freundlichen Lachen, das man niemals in den Gesichtern jener findet, die entweder ernsthafte Betrüger oder ernsthafte Verrückte sind. Von einem Mann mit solchen Augen erwartete er, ein Philister zu sein, ein heiterer Skeptiker, ein Mann, der seine oberflächliche, aber herzhafte Verachtung für Geister und Gespenster laut herausruft; auf jeden Fall aber konnte sich kein berufsmäßiger Schwindler leisten, dermaßen leichtfertig auszusehen. Der Mann war bis zur Kehle in ein schäbiges altes Cape eingeknöpft, und nur sein breitkrempiger weicher Hut deutete den Kleriker an; aber schließlich bemühen sich Missionare aus wilden Gegenden nicht immer darum, sich wie Geistliche zu kleiden.

»Sie nehmen vermutlich an, Herr Professor, daß das ein weiterer Schwindel ist«, sagte Mr. Pringle in einer gewissen abstrakten Erheiterung, »und ich hoffe, Sie werden mir vergeben, daß ich über Ihren sehr natürlichen Ausdruck der Mißbilligung gelacht habe. Dennoch, ich muß meine Geschichte jemandem erzählen, der Bescheid weiß, weil sie wahr ist. Und allen Scherz beiseite, sie ist nicht nur wahr, sondern auch tragisch. Nun ja, um es kurz zu machen, ich war Missionar in Nya-Nya, einer Station in Westafrika, im dichtesten Urwald, wo fast der einzige andere weiße Mann der Befehlshaber im Distrikt war, ein Hauptmann Wales; und er und ich standen ziemlich dick miteinander. Nicht daß er Missionare liebte; er war, wenn ich so sagen darf, auf vielerlei Weise dick; einer dieser dickschädeligen, breitschultrigen Männer der Tat, die kaum zu denken brauchen, geschweige denn zu glauben. Das macht ja alles nur noch sonderbarer. Eines Tages kehrte er nach einem kurzen Urlaub zu seinem Zelt im Dschungel zurück und sagte, er habe ein reichlich komisches Erlebnis gehabt und wisse nicht, was er jetzt machen solle. Er hielt ein abgeschabtes altes, in Leder gebundenes Buch in den Händen, und er legte es auf einen Tisch neben seinen Revolver und ein altes arabisches Schwert, das er vielleicht als Kuriosität aufbewahrte. Er sagte, dieses Buch habe einem Mann auf dem Schiff gehört, von dem er gerade komme; und der Mann habe felsenfest daran geglaubt, daß niemand das Buch öffnen oder hineinsehen dürfe; sonst werde ihn der Teufel holen oder er würde verschwinden oder so was Ähnliches. Wales sagte natürlich, das sei alles Unsinn; und darüber stritten sie sich; und das Ergebnis davon war, daß dieser Mann, dem man Feigheit oder Aberglauben vorwarf, tatsächlich in das Buch sah; und es sofort fallen ließ; zur Seite des Schiffes ging ...«

»Einen Augenblick«, sagte der Professor, der sich ein oder zwei Notizen gemacht hatte, »bevor Sie mir Weiteres erzählen: Hat dieser Mann Wales erzählt, woher er das Buch hatte oder wem es ursprünglich gehörte?«

»Ja«, antwortete Pringle, jetzt vollkommen ernst. »Er hat wohl gesagt, er bringe es Dr. Hankey zurück, dem Orientreisenden, der jetzt in England lebe, dem es ursprünglich gehört und der ihn vor den geheimnisvollen Kräften des Buches gewarnt habe. Nun, dieser Hankey ist ein fähiger Mann und ein Mann von reichlich nörglerischer und höhnischer Art; was das alles noch sonderbarer macht. Aber die Pointe von Wales' Geschichte ist viel einfacher. Sie lautet, daß der Mann, der in das Buch geblickt hatte, schlicht über Bord ging und niemals wieder gesehen wurde.«

»Das glauben Sie selbst?« fragte Openshaw nach einer Pause.

»Ja, tue ich«, antwortete Pringle. »Ich glaube es aus zwei Gründen. Erstens, weil Wales ein vollständig phantasieloser Mensch ist; und er hat etwas hinzugefügt, das nur ein phantasiereicher Mensch hätte hinzufügen können. Er sagte, daß der Mann an einem stillen und ruhigen Tag über Bord gegangen sei; aber es habe keinen Platscher gegeben.«

Der Professor sah einige Sekunden lang seine Notizen schweigend durch; und sagte dann: »Und Ihr anderer Grund, daran zu glauben?«

»Mein anderer Grund«, antwortete Hochwürden Luke Pringle, »ist das, was ich selbst gesehen habe.«

Es gab ein weiteres Schweigen; bis er auf die gleiche sachliche Weise fortfuhr. Was immer er hatte, er hatte nichts von jenem Eifer, mit dem der Spinner, oder auch der Gläubige, andere zu überzeugen sucht.

»Ich habe Ihnen erzählt, daß Wales das Buch auf den Tisch neben das Schwert legte. Es gab nur einen einzigen Eingang ins Zelt; und es fügte sich so, daß ich darin stand und hinaus in den Urwald blickte, den Rücken meinem Gefährten zugekehrt. Der stand beim Tisch und knurrte und murrte über die ganze Geschichte; und sagte, es sei Narretei, sich im 20. Jahrhundert davor zu fürchten, ein Buch zu öffnen; und fragte, warum zum Teufel er es nicht selber aufschlagen sollte. Da regte sich irgendein Instinkt in mir, und ich sagte, er solle das besser nicht tun, es würde besser Dr. Hankey zurückgegeben. ›Welchen Schaden könnte das denn anrichten?‹ fragte er unruhig. ›Welchen Schaden hat es denn getan?‹ erwiderte ich hartnäckig. ›Was ist Ihrem Freund auf dem Schiff denn geschehen?‹ Er antwortete nicht, und ich wußte in der Tat nicht, was er hätte antworten können; doch trieb ich meinen logischen Vorteil aus purer Eitelkeit weiter. ›Apropos‹, sagte ich, ›wie erklären Sie sich denn, was wirklich auf dem Schiff geschehen ist?‹ Er antwortete immer noch nicht; und ich sah mich um und sah, daß er nicht da war.

Das Zelt war leer. Das Buch lag auf dem Tisch; aufgeschlagen, aber mit dem Rücken nach oben, als habe er es umgedreht. Und das Schwert lag auf dem Boden auf der anderen Seite des Zeltes; und die Leinwand des Zeltes wies einen großen Schlitz auf, als ob jemand sich seinen Weg hinaus mit dem Schwert freigehauen habe. Die klaffende Spalte im Zelt gaffte mich an; zeigte aber draußen nur den dunklen Schimmer des Waldes. Und als ich hinüberging und durch den Riß blickte, konnte ich mir nicht klar darüber werden, ob das Durcheinander von hohen Pflanzen und Unterwuchs nun gebogen oder gebrochen worden war; auf keinen Fall weiter als wenige Meter. Seit jenem Tag habe ich Hauptmann Wales weder gesehen noch von ihm gehört.

Ich habe das Buch in Packpapier gewickelt und sehr darauf geachtet, es nicht anzusehen; und ich habe es nach England zurückgebracht und zunächst beabsichtigt, es Dr. Hankey zurückzugeben. Dann las ich einige Anmerkungen in Ihrer Zeitschrift, die eine Hypothese zu diesen Dingen andeuteten; und ich beschloß, auf dem Weg haltzumachen und Ihnen die Angelegenheit vorzulegen; da Sie im Ruf stehen, gelassenen Gemütes und offenen Geistes zu sein.«

Professor Openshaw legte seinen Füllfederhalter nieder und blickte stetig auf den Mann an der anderen Seite des Tisches; und konzentrierte in diesem Starren seine ganze lange Erfahrung mit vielen unterschiedlichen Arten von Schwindlern und sogar einigen exzentrischen und ungewöhnlichen Arten von rechtschaffenen Männern. Normalerweise würde er von der gesunden Grundannahme ausgegangen sein, daß die Geschichte ein Haufen Lügen sei. Insgesamt neigte er dazu anzunehmen, daß sie ein Haufen Lügen sei. Und doch paßte ihm der Mann nicht zu der

Geschichte; und sei es nur, weil er sich einen solchen Lügner nicht vorstellen konnte, der eine solche Lüge erzählte. Der Mann versuchte nicht, nach außen ehrbar zu erscheinen, wie die meisten Schwindler und Betrüger es tun; irgendwie erschien es geradezu umgekehrt: als sei der Mann ehrlich trotz irgend etwas anderem, das sich nur außen befand. Er dachte an einen ehrlichen Mann mit einer unschuldigen Verblendung; aber wiederum entsprachen dem die Symptome nicht; es gab da sogar eine Art männlichen Unbeteiligtseins; als ob der Mann besonderen Wert auf seine Verblendung lege, wenn es denn eine Verblendung war.

»Mr. Pringle«, sagte er scharf, wie ein Anwalt, der einen Zeugen aufschrecken will, »wo ist denn das Buch jetzt?«

Das Grinsen erschien wieder auf dem bärtigen Gesicht, das während des Berichtes ernst geworden war.

»Ich hab' es draußen liegen gelassen«, sagte Mr. Pringle. »Ich meine, im äußeren Büro. Das war vielleicht ein Risiko; aber das kleinere von den beiden.«

»Was meinen Sie damit?« fragte der Professor. »Warum haben Sie es denn nicht sofort mit reingebracht?«

»Weil ich wußte«, sagte der Missionar, »daß Sie es in dem Augenblick öffnen würden, in dem Sie es sähen – und ehe Sie die Geschichte gehört hätten. Und ich hielt es für möglich, daß Sie sich das mit dem Öffnen noch einmal überlegen würden – nachdem Sie die Geschichte gehört hätten.«

Nach einem Schweigen fügte er noch hinzu: »Da draußen war niemand außer Ihrem Sekretär; und der sah wie ein ziemlich stumpfes gemächliches Wesen aus, vollständig in Geschäftsberechnungen versunken.«

Openshaw lachte herzlich. »Oh, Babbage«, rief er, »vor dem ist Ihr Zauberbuch sicher, das versichere ich Ihnen. Eigentlich heißt er Berridge – aber ich nenne ihn oft Babbage; weil er so genau einer Rechenmaschine entspricht. Kein menschliches Wesen, wenn man ihn denn ein menschliches Wesen nennen kann, wäre weniger geneigt, anderer Leute Päckchen in Packpapier zu öffnen. Na schön, gehen wir jetzt und holen es herein; aber ich will Ihnen versichern, daß ich es mir sehr ernsthaft überlegen werde, was damit zu tun ist. Ich will Ihnen offen gestehen«, wieder starrte er den Mann an, »daß ich mir tatsächlich nicht sicher bin, ob wir es hier und jetzt öffnen oder es an diesen Dr. Hankey senden sollten.«

Die beiden waren zusammen aus dem inneren in das äußere Büro gegangen; und noch während sie das taten, stieß Mr. Pringle einen Schrei aus und rannte zum Schreibtisch des Sekretärs. Denn der Schreibtisch des Sekretärs war da; nicht aber der Sekretär. Auf dem Schreibtisch des Sekretärs lag ein verblaßter alter Lederband, aus seiner braunen Verpackung herausgerissen. Er lag geschlossen da, aber so, als ob er eben noch geöffnet gewesen wäre. Der Schreibtisch des Sekretärs stand vor dem großen Fenster zur Straße hin; und das Fenster war zerschmettert mit einem großen gezackten Loch in der Scheibe; als ob ein menschlicher Körper hindurch in die Welt draußen geschossen worden wäre. Eine andere Spur von Mr. Berridge gab es nicht.

Die beiden im Büro hinterlassenen Männer standen still wie Statuen; und dann war es der Professor, der langsam wieder zum Leben erwachte. Er sah noch kritischer aus denn je zuvor in seinem Leben, als er sich langsam umwandte und dem Missionar seine Hand hinstreckte.

»Mr. Pringle«, sagte er, »ich bitte Sie um Vergebung. Ich erbitte Ihre Vergebung nur für die Gedanken, die ich gehabt habe; auch wenn es nur halbe Gedanken waren. Aber niemand könnte sich einen Mann der Wissenschaft nennen und einer solchen Tatsache nicht ins Auge sehen.«

»Ich nehme an«, sagte Pringle nachdenklich, »daß wir einige Nachforschungen anstellen müssen. Können Sie nicht bei ihm anrufen und feststellen, ob er nach Hause gegangen ist?«

»Ich weiß nicht, ob er ein Telephon hat«, antwortete Openshaw ziemlich geistesabwesend; »er lebt irgendwo in Richtung Hampstead, nehme ich an. Aber ich denke, daß irgendwer hier nachfragen wird, wenn seine Freunde oder seine Familie ihn vermissen.«

»Könnten wir eine Beschreibung liefern«, fragte der andere, »wenn die Polizei eine haben will?«

»Die Polizei!« sagte der Professor und schrak aus seiner Träumerei hoch. »Eine Beschreibung ... Nun ja, er sieht allen anderen schrecklich ähnlich, fürchte ich, bis auf die Brille. Einer von diesen glattrasierten Knaben. Aber die Polizei ... hören Sie, was *sollen* wir denn in dieser verrückten Sache tun?«

»Ich weiß, was ich tun sollte«, sagte Hochwürden Mr. Pringle bestimmt, »ich werde dieses Buch direkt zu dem einzigen ursprünglichen Dr. Hankey tragen und ihn fragen, um was es zum

Teufel bei all dem geht. Er lebt nicht weit von hier, und ich werde sofort zurückkommen und Ihnen berichten, was er gesagt hat.«

»Nun ja, sehr gut«, sagte der Professor schließlich, während er sich reichlich erschöpft hinsetzte; vielleicht erleichtert, für den Augenblick der Verantwortlichkeit enthoben zu sein. Aber noch lange, nachdem die energischen und hallenden Schritte des kleinen Missionars in der Straße verklungen waren, saß der Professor in derselben Haltung und starrte ins Leere wie ein Mann in Trance.

Er saß noch immer im selben Sessel und fast in derselben Haltung, als dieselben energischen Schritte auf der Pflasterung draußen wieder zu hören waren und der Missionar eintrat, diesmal, wie ihm ein Blick versicherte, mit leeren Händen.

»Dr. Hankey«, sagte er ernst, »möchte das Buch für eine Stunde behalten und die Frage erwägen. Danach bittet er uns beide, zu ihm zu kommen, und dann will er uns seine Entscheidung mitteilen. Er wünscht besonders, Herr Professor, daß Sie mich bei diesem zweiten Besuch begleiten.«

Openshaw starrte weiter schweigend vor sich hin; dann sagte er plötzlich: »Wer zum Teufel ist Dr. Hankey?«

»Sie klingen so, als glaubten Sie, er sei der Teufel«, sagte Pringle lächelnd, »und ich nehme an, daß das schon manche Leute gedacht haben. Er hat auf Ihrem eigenen Gebiet einen beachtlichen Ruf; aber den gewann er vor allem in Indien, wo er örtlichen Zauber und dergleichen studierte, und deshalb ist er hier vielleicht nicht so bekannt. Er ist ein gelbhäutiger magerer kleiner Teufel mit einem lahmen Bein und einem fragwürdigen Temperament; aber er scheint sich hier eine ganz gewöhnliche, respektable Arztpraxis aufgebaut zu haben, und ich weiß nichts wirklich Nachteiliges über ihn – es sei denn, es wäre nachteilig, die einzige Person zu sein, die möglicherweise irgend etwas über diese ganze verrückte Angelegenheit weiß.«

Professor Openshaw erhob sich schwerfällig und ging ans Telephon; er rief Father Brown an, änderte die Verabredung zum Mittagessen in eine zum Abendessen ab, damit er frei sei für diese Expedition zum Haus des angloindischen Arztes; und danach setzte er sich wieder nieder, brannte sich eine Zigarre an und versank erneut in seinen unergründlichen Gedanken.

Father Brown begab sich zu dem Restaurant, das man für das Abendessen vereinbart hatte, und vertrat sich dort in einer Vorhalle voller Spiegel und Palmen in Kübeln eine ganze Weile die Beine; er war über Openshaws Nachmittagsverabredung unterrichtet worden und vermutete, als der Abend sich dunkel und stürmisch um Glas und grüne Pflanzen schloß, daß sich daraus etwas Unerwartetes und unüblich Verlängertes ergeben habe. Er fragte sich sogar einen Augenblick lang, ob der Professor überhaupt auftauchen würde; aber als der Professor das schließlich tat, wurde klar, daß seine allgemeineren Vermutungen berechtigt gewesen waren. Denn es war ein Professor mit sehr verstörtem Blick und sogar mit gesträubtem Haar, der schließlich mit Mr. Pringle von der Expedition in den Norden Londons zurückfuhr; wo die Vorstädte immer noch von unbebautem Heideland und Fetzen von Gemeindeland umgeben sind und deshalb im stürmischen Sonnenuntergang um so düsterer aussehen. Dennoch hatten sie dem Anschein nach schließlich das Haus gefunden, das ein wenig abseits, aber doch in Rufweite von anderen Häusern stand; sie hatten sich des Messingschildes mit der ordnungsgemäßen Gravierung »J. I. Hankey, MD, MRCS« vergewissert. Nur fanden sie J. I. Hankey, MD, MRCS nicht. Sie fanden nur, worauf sie das Geflüster eines Albtraumes bereits im Unterbewußten vorbereitet hatte: ein gewöhnliches Wartezimmer mit dem verfluchten Buch auf dem Tisch, das da lag, als ob es gerade eben erst gelesen worden wäre; und dahinter eine aufgebrochene Hintertür sowie eine schwache Spur von Schritten, die ein kleines Stück einen so steilen Gartenweg hinauflief, daß es unmöglich erschien, ein lahmer Mann habe so leichtfüßig hinaufrennen können. Aber es war ein lahmer Mann, der da gerannt war; denn in diesen wenigen Schritten befand sich der unförmige ungleichmäßige Abdruck eines orthopädischen Stiefels; dann zwei Abdrücke dieses Stiefels alleine (als ob das Geschöpf gehüpft sei), und danach nichts. Es war nichts weiter von Dr. J. I. Hankey zu erfahren, außer daß er seine Entscheidung gefällt hatte. Er hatte das Orakel gelesen und sein Schicksalslos empfangen.

Als die beiden in den Eingang unter den Palmen traten, warf Pringle das Buch plötzlich auf einen kleinen Tisch, als verbrenne es ihm die Finger. Der Priester warf einen neugierigen Blick darauf, auf dem Deckel stand in ungefügen Buchstaben bloß ein Zweizeiler:

Die da mit diesem Buch gespaßt,
Die hat der Fliegende Schrecken gefaßt

und darunter standen, wie er später entdeckte, ähnliche Warnungen in Griechisch, Lateinisch und Französisch. Die beiden anderen hatten sich, einem natürlichen Impuls ihrer Erschöpfung und Verstörung folgend, den Getränken zugewendet; und Openshaw hatte den Kellner gerufen, der auf einem Tablett Cocktails herbeibrachte.

»Sie werden doch mit uns essen, hoffe ich«, sagte der Professor zum Missionar; aber Mr. Pringle schüttelte freundlich den Kopf.

»Ich bitte um Vergebung«, sagte er, »ich werde mich irgendwohin zurückziehen und mit diesem Buch und dieser ganzen Angelegenheit ringen. Ob ich wohl Ihr Büro für eine Stunde oder so benutzen könnte?«

»Ich nehme an – ich fürchte, es ist abgeschlossen«, sagte Openshaw einigermaßen überrascht.

»Sie vergessen, da ist ein Loch im Fenster.« Hochwürden Luke Pringle grinste das breiteste seiner breiten Grinsen und verschwand in der Dunkelheit draußen.

»Trotz allem ein reichlich komischer Bursche, der«, sagte der Professor stirnrunzelnd.

Er stellte ziemlich überrascht fest, daß Father Brown sich mit dem Kellner unterhielt, der die Cocktails gebracht hatte, offenbar über die privatesten Angelegenheiten des Kellners; denn da war die Rede von einem Baby, das jetzt außer Gefahr sei. Er kommentierte diese Tatsache mit einiger Überraschung und fragte, wie es denn dazu gekommen sei, daß der Priester den Mann kenne; aber der sagte nur: »Oh, ich esse hier alle zwei oder drei Monate zu Abend, und ich habe mich dann und wann mit ihm unterhalten.«

Der Professor, der hier etwa fünfmal die Woche zu Abend aß, wurde sich der Tatsache bewußt, daß er niemals daran gedacht hatte, mit dem Mann zu sprechen; aber seine Gedanken wurden durch ein schrilles Klingeln und einen Ruf zum Telephon unterbrochen. Die Stimme am Telephon behauptete, sie sei Pringle; es war eine ziemlich gedämpfte Stimme, aber sie mochte wohl durch all jene Büsche aus Bart und Backenbart gedämpft sein. Ihre Botschaft reichte aus, um ihre Identität sicherzustellen.

»Professor«, sagte die Stimme, »ich kann es nicht länger aushalten. Ich werde jetzt selbst hineinblicken. Ich rufe aus Ihrem Büro an, und das Buch liegt vor mir. Wenn mir irgend etwas zustößt, dann ist das mein Aufwiedersehn. – Nein – es hat keinen Sinn, mich zurückhalten zu wollen. Außerdem würden Sie doch nicht mehr rechtzeitig eintreffen. Ich öffne jetzt das Buch. Ich ...«

Openshaw glaubte, so etwas wie eine Art bibbernden oder flatternden, jedoch kaum hörbaren Krachens zu vernehmen; dann schrie er immer wieder den Namen von Pringle; aber er vernahm nichts mehr. Er legte den Hörer auf und ging – mit wiedererlangter überlegener, akademischer Ruhe, fast wie mit der Ruhe der Verzweiflung – zurück und nahm ruhig seinen Platz an der Dinnertafel ein. Und dann erzählte er so kühl, als berichte er vom Scheitern irgendeines kleinen törichten Tricks bei einer Seance, dem Priester jede Einzelheit dieses monströsen Mysteriums.

»Jetzt sind fünf Männer auf diese unmögliche Weise verschwunden«, sagte er. »Jeder Fall ist außerordentlich; und doch ist der eine, über den ich nicht hinwegkomme, der meines Sekretärs Berridge. Und gerade weil er das ruhigste aller Geschöpfe war, ist er der merkwürdigste Fall.«

»Ja«, erwiderte Father Brown, »es war schon merkwürdig für Berridge, so was zu tun. Er war unglaublich gewissenhaft. Und er war stets so sehr darauf bedacht, alle Geschäftsangelegenheiten säuberlich von all seinen privaten Vergnügungen getrennt zu halten. Es hat ja auch kaum jemand gewußt, daß er privat ein großer Spaßvogel war und ...«

»Berridge!« schrie der Professor. »Wovon in aller Welt reden Sie denn? Haben Sie ihn überhaupt gekannt?«

»O nein«, sagte Father Brown sorglos, »nur so, wie Sie sagen, ich kennte den Kellner. Ich mußte manchmal lange in Ihrem Büro warten, bis Sie erschienen; und dann habe ich mir natürlich zusammen mit dem armen Berridge die Zeit vertrieben. Er war schon ein rechter Spaßvogel. Ich erinnere mich, wie er einmal sagte, er würde gerne wertlose Dinge sammeln, wie Sammler das mit den lächerlichen Dingen tun, die sie für wertvoll halten. Sie kennen doch die alte Geschichte von der Frau, die wertlose Dinge gesammelt hat.«

»Ich glaube nicht, daß mir bekannt ist, wovon Sie reden«, sagte Openshaw. »Aber selbst wenn mein Sekretär exzentrisch war (und ich habe nie jemanden gekannt, von dem ich das noch weniger gedacht hätte), erklärt das immer noch nicht, was ihm zugestoßen ist; und noch weniger würde es die anderen erklären.«

»Welche anderen?« fragte der Priester.

Der Professor starrte ihn an und sprach besonders deutlich, wie zu einem Kind: »Mein lieber Father Brown, *fünf* Männer sind verschwunden.«

»Mein lieber Professor Openshaw, keine Männer sind verschwunden.«

Father Brown starrte seinen Gastgeber ebenso stetig an und sprach mit ebensolcher Deutlichkeit. Dennoch bat der Professor, daß die Worte wiederholt würden, und sie wurden ebenso deutlich wiederholt.

»Ich sage, daß keine Männer verschwunden sind.«

Und nach einem Augenblick des Schweigens fügte Father Brown hinzu: »Ich glaube, am allerschwierigsten ist es, jemanden davon zu überzeugen, daß $0 + 0 + 0 = 0$ ist. Menschen glauben die sonderbarsten Dinge, wenn die sich in einer Reihe befinden; deshalb hat Macbeth den drei Hexen die drei Worte geglaubt; obwohl das erste etwas war, das er selbst wußte; und das letzte etwas, das nur er selbst tun konnte. Aber in Ihrem Fall ist das Mittelglied das schwächste.«

»Was wollen Sie damit sagen?«

»Sie haben niemanden verschwinden sehn. Sie haben nicht gesehen, wie der Mann von dem Schiff verschwand. Sie haben nicht gesehen, wie der Mann aus dem Zelt verschwand. Alles das beruht lediglich auf den Worten Mr. Pringles, die ich im Augenblick nicht diskutieren möchte. Aber Sie werden mir eines zugeben; Sie selbst hätten niemals seinen Worten geglaubt, *wenn* Sie sie nicht durch das Verschwinden Ihres Sekretärs bestätigt gesehen hätten; ebenso wie Macbeth niemals geglaubt hätte, er würde König werden, wenn er nicht in dem Glauben bestärkt worden wäre, er würde Thane von Cawdor sein.«

»Das mag wohl sein«, sagte der Professor und nickte langsam. »Aber *als* es bestätigt wurde, wußte ich, es war die Wahrheit. Sie sagen, ich hätte nichts selbst gesehen. Aber ich habe; ich sah meinen eigenen Sekretär verschwinden. Berridge ist verschwunden.«

»Berridge ist nicht verschwunden«, sagte Father Brown. »Im Gegenteil.«

»Was zum Teufel meinen Sie mit ›Im Gegenteil‹?«

»Ich meine«, sagte Father Brown, »daß er niemals verschwunden ist. Er ist erschienen.«

Openshaw starrte seinen Freund an, aber schon hatte sich der Ausdruck seiner Augen verändert, wie das geschah, wenn er sich auf eine neue Betrachtungsweise eines Problems konzentrierte.

Der Priester fuhr fort: »Er erschien in Ihrem Arbeitszimmer, maskiert durch einen buschigen roten Bart und in ein unförmiges Cape eingeknöpft, und kündigte sich selbst als Hochwürden Luke Pringle an. Und Sie haben sich Ihren eigenen Sekretär niemals genau genug angesehen, um ihn in einer so groben Maskierung wiederzuerkennen.«

»Aber sicher …«, begann der Professor.

»Könnten Sie ihn der Polizei beschreiben?« fragte Father Brown. »Sie nicht. Sie wußten vielleicht, daß er glattrasiert ist und getönte Brillengläser hat; und nur diese Gläser abzunehmen war eine bessere Maskierung, als sonst irgend etwas aufzusetzen. Sie haben seine Augen ebensowenig gesehen wie seine Seele; fröhlich lachende Augen. Er hat sein absurdes Buch und alle anderen Requisiten vorbereitet; dann hat er seelenruhig das Fenster zerschlagen, den Bart an- und das Cape umgelegt und ist in Ihr Arbeitszimmer gekommen; wohl wissend, daß Sie ihn in Ihrem ganzen Leben nie angeblickt haben.«

»Aber warum sollte er mir einen solchen verrückten Streich spielen?« fragte Openshaw.

»Eben *weil* Sie ihn in Ihrem ganzen Leben nie angeblickt haben«, sagte Father Brown; und seine Hand schloß sich fest, als ob er auf den Tisch hätte schlagen wollen, wenn er zu solchen Gesten geneigt hätte. »Sie haben ihn die Rechenmaschine genannt, weil das alles war, wofür Sie ihn jemals benutzt haben. Sie haben nie herausgefunden, was jeder Fremde, der in Ihr Büro kam, in einem Fünfminutenschwätzchen herausfinden konnte: daß er ein Charakter ist; daß er voller Kaspereien steckt; daß er seine eigenen Ansichten über Sie und Ihre Theorien und Ihren Ruf als Entlarver hat. Können Sie sich nicht vorstellen, wie es ihn reizte, Ihnen zu beweisen, daß Sie nicht einmal Ihren eigenen Sekretär entlarven konnten? Er hatte eine Menge ausgefallener Einfälle. Nutzlose Dinge zu sammeln, zum Beispiel. Kennen Sie denn nicht die Geschichte von der Frau, die die beiden nutzlosesten Dinge auf Erden kaufte: eines alten Doktors Messingschild und ein Holzbein? Damit hat Ihr einfallsreicher Sekretär den

Charakter des bemerkenswerten Dr. Hankey erschaffen; ebenso leicht wie den visionären Hauptmann Wales. Indem er sie an seinem eigenen Haus verwendete ...«

»Wollen Sie sagen, daß der Ort, den wir jenseits von Hampstead besuchten, Berridges eigenes Haus war?« fragte Openshaw.

»Haben Sie denn sein Haus *gekannt* – oder auch nur seine Adresse?« gab der Priester zurück. »Hören Sie, glauben Sie bitte nicht, daß ich respektlos von Ihnen und Ihrer Arbeit spräche. Sie sind ein bedeutender Diener der Wahrheit, und Sie wissen, daß ich davor niemals respektlos sein könnte. Sie haben eine Menge Lügner durchschaut, wenn Sie das wollten. Aber blicken Sie doch nicht *nur* auf Lügner. Blicken Sie doch, nur so ab und zu, einmal auf rechtschaffene Menschen – wie den Kellner.«

»Wo ist Berridge jetzt?« fragte der Professor nach einem langen Schweigen.

»Ich habe nicht den geringsten Zweifel«, sagte Father Brown, »daß er wieder in Ihrem Büro ist. Tatsächlich ist er genau in jenem Augenblick in Ihr Büro zurückgekommen, als Hochwürden Luke Pringle in dem entsetzlichen Band las und sich dann ins Nichts auflöste.«

Es gab ein weiteres langes Schweigen, und dann lachte Professor Openshaw; mit dem Gelächter eines Mannes, der groß genug ist, um einmal klein zu erscheinen. Dann sagte er abrupt: »Ich nehme an, ich habe das verdient; dafür, daß ich nicht einmal meine nächsten Helfer bemerkt habe. Aber Sie müssen zugeben, die Häufung von Indizien war reichlich eindrucksvoll. Haben Sie *niemals* auch nur vorübergehend Entsetzen vor dem entsetzlichen Buch empfunden?«

»Oh, das«, sagte Father Brown. »Ich habe es in dem Augenblick aufgeschlagen, in dem ich es da liegen sah. Es besteht nur aus leeren Seiten. Wissen Sie, ich bin nicht abergläubisch.«

Der Grüne Mann

Ein junger Mann in Knickerbockers mit einem eifrigen, lebhaften Gesicht spielte auf dem Platz, der parallel zu den Sandstränden und der See lag, die im Dämmerlicht alle ins Graue gerieten, Golf gegen sich selbst. Er schlug den Ball nicht unbekümmert vor sich her, sondern übte vielmehr in einer Art mikroskopischen Zorns ganz besondere Schläge; wie ein adretter und ordentlicher Wirbelwind. Er hatte schon manches Spiel schnell erlernt, doch hatte er eine Neigung, sie ein bißchen schneller zu erlernen, als man sie erlernen kann. Er war gewissermaßen vorbestimmt, ein Opfer so bemerkenswerter Aufforderungen zu werden, dank deren ein Mann Geigenspielen in sechs Lektionen lernen – oder sich eine vollkommene Aussprache des Französischen per Fernkurs aneignen kann. Er lebte in der windigen Atmosphäre solcher hoffnungsvollen Anzeigen und Abenteuer. Er war zur Zeit Privatsekretär von Admiral Sir Michael Craven, dem das große Haus hinter dem Park gehörte, der bis an den Golfplatz reichte. Er war ehrgeizig und hatte nicht die Absicht, für immer und ewig irgend jemandes Privatsekretär zu bleiben. Aber er war auch vernünftig; und er wußte, daß der beste Weg dazu, kein Sekretär mehr sein zu müssen, der war, ein guter Sekretär zu sein. Folglich war er ein sehr guter Sekretär; und behandelte die ständig wachsenden Rückstände der Korrespondenz des Admirals mit der gleichen schnellen zentripetalen Konzentration, die er dem Golfball widmete. Er hatte gegenwärtig allein und nach eigenem Gutdünken mit der Korrespondenz zu kämpfen; denn der Admiral war seit sechs Monaten auf seinem Schiff; und wurde, obwohl jetzt auf der Rückreise, noch auf Stunden oder vielleicht auch auf Tage hinaus nicht erwartet.

Mit athletischem Schritt erstieg der junge Mann, dessen Name Harold Harker war, den Gipfel jener Rasenböschung, die den Golfplatz begrenzte, und als er über die Sanddünen hinaus auf die See blickte, bot sich ihm ein seltsamer Anblick. Er sah es nicht sehr deutlich; denn die Dämmerung dunkelte von Minute zu Minute unter den stürmischen Wolken; aber ihm erschien es in einer Art momentaner Sinnestäuschung wie ein Traum aus längst vergangenen Tagen oder ein Drama, das Geister aus einem anderen Zeitalter der Geschichte aufführten.

Die letzten Strahlen des Sonnenuntergangs lagen als lange Bänder aus Kupfer und Gold über dem letzten dunklen Streifen der See, die eher schwarz als blau erschien. Doch schwarzer noch hoben sich vor diesem Glanz im Westen wie Figuren in einer Schattenpantomime die Umrisse zweier dahinschreitender Männer mit Dreispitz und Degen ab; als ob sie gerade von einem der hölzernen Schiffe Nelsons an Land gegangen seien. Es war keineswegs jene Art von Halluzinationen, die Mr. Harker natürlich überkommen hätten, wäre er für Halluzinationen empfänglich gewesen. Er gehörte zu jener Art, die gleichzeitig oberflächlich und wissenschaftlich ist; und würde sich eher Flugschiffe der Zukunft als Kampfschiffe der Vergangenheit ertagträumen. Er kam deshalb vernünftigerweise zu dem Schluß, daß sogar ein Zukunftsgläubiger seinen Augen trauen kann.

Seine Sinnestäuschung währte nicht länger als einen Augenblick. Auf den zweiten Blick war das, was er sah, zwar ungewöhnlich, aber nicht unglaublich. Die beiden Männer, die da hintereinander über den Sand schritten, der eine etwa fünfzehn Meter hinter dem anderen, waren gewöhnliche moderne Marineoffiziere; jedoch Marineoffiziere, die jene reichlich extravagante Gala-Uniform trugen, die Marineoffiziere niemals tragen, wenn sie es irgendwie vermeiden können; nur zu großen zeremoniellen Anlässen wie einem Besuch des königlichen Hauses. An dem Mann, der voraufschritt und der sich des hinter ihm schreitenden Mannes kaum bewußt zu sein schien, erkannte Harker sofort die Hakennase und den Spitzbart seines Arbeitgebers, des Admirals. Den anderen Mann, der in seinen Spuren folgte, kannte er nicht. Aber er wußte einiges über die Umstände des zeremoniellen Anlasses. Er wußte, daß des Admirals Schiff, wenn es im nahegelegenen Hafen vor Anker ging, offiziell von einer hochgestellten Persönlichkeit besucht werden sollte; was einerseits völlig ausreichte zu erklären, warum die Offiziere in Gala-Uniform waren. Aber er kannte auch die Offiziere; oder auf jeden Fall den Admiral. Und was den Admiral bewogen haben mochte, in diesem Aufzug an Land zu gehen, obwohl man darauf schwören konnte, daß er sich fünf Minuten Zeit nehmen würde, um in Zivil oder wenigstens in seine normale Uniform zu steigen, war mehr, als sein Sekretär sich vorzustellen vermochte. Irgendwie erschien es als das allerletzte, was er tun würde. Und es sollte auch noch für viele Wochen eines der größten Mysterien dieser mysteriösen Angelegenheit bleiben. Jedenfalls gemahnten die Umrisse dieser phantastischen Hofuniformen vor der leeren Landschaft, von der dunklen See und dem dunklen Sand gestreift, suggestiv an eine komische Oper; und erinnerten den Beobachter an *Pinafore*.

Die zweite Gestalt war noch sehr viel eigentümlicher; einigermaßen eigentümlich in der Erscheinung, trotz der korrekten Leutnantsuniform, und noch ungewöhnlicher im Benehmen. Sie bewegte sich auf eine sonderbar unregelmäßige und unbehagliche Weise; manchmal schnell und manchmal langsam; als ob sie sich nicht entscheiden könne, den Admiral einzuholen oder nicht. Der Admiral war ziemlich taub und hatte die Schritte hinter sich in dem weichen Sand sicherlich nicht gehört; aber die Spuren hinter ihm hätten, wenn man sie nach Art der Detektive verfolgte, Anlaß zu zwanzig verschiedenen Schlußfolgerungen vom Hinken bis zum Tanzen geboten. Das Gesicht des Mannes war sowohl gebräunt wie auch von Schatten verdunkelt, und hin und wieder rollten die Augen dann herum und leuchteten auf, wie um seine Erregung zu betonen. Einmal begann er zu laufen und fiel dann jäh wieder in eine großspurige Langsamkeit und Unbekümmertheit zurück. Und dann tat er etwas, was sich Mr. Harker von einem gewöhnlichen Marineoffizier im Dienst Seiner Britannischen Majestät niemals hätte vorstellen können, daß er es täte, selbst nicht in einem Irrenhaus. Er zog seinen Säbel.

Es geschah auf dem Höhepunkt dieses wunderlichen Aufzugs, daß die beiden schreitenden Gestalten hinter einer Landzunge der Küste verschwanden. Der starrende Sekretär hatte gerade noch Zeit zu bemerken, wie der braune Fremde in neuerlicher Sorglosigkeit einer Stranddistel mit seiner glitzernden Klinge den Kopf abschlug. Er schien jeden Gedanken daran aufgegeben zu haben, den anderen Mann einzuholen. Aber Mr. Harold Harkers Gesicht wurde doch sehr nachdenklich; und er stand noch einige Zeit überlegend da, bevor er sich gravitätisch ins Binnenland wendete, auf die Straße zu, die hinter den Toren des großen Hauses entlang und dann in einer langen Biegung hinab zur See lief.

Auf dieser gebogenen Straße von der Küste herauf konnte man den Admiral erwarten, wenn man die Richtung erwog, in die er geschritten war, und die natürliche Annahme traf, daß er auf dem Wege zu seiner eigenen Tür sei. Der Pfad durch die Dünen unterhalb des Golfplatzes wandte sich gerade jenseits der Landzunge landeinwärts und verfestigte sich zu einer Straße, die nach Craven House zurücklief. Diese Straße hinab also schoß der Sekretär mit seinem charakteristischen Ungestüm, um seinen heimkehrenden Patron zu treffen. Doch kehrte der Patron allem Anschein nach nicht heim. Und was noch eigentümlicher war, auch der Sekretär kehrte nicht heim; zumindest erst viele Stunden später; eine Verzögerung, die lang genug war, um in Craven House Alarm und Verwirrung auszulösen.

Hinter den Pilastern und Palmen jenes eigentlich zu palastähnlichen Landhauses ging die Erwartung tatsächlich nach und nach in Unbehagen über. Gryce, der Butler, ein dicker mürrischer Mann, der sowohl in den Herrschaftsräumen wie in den Dienstbotengemächern unnormal schweigsam war, zeigte eine gewisse Unruhe, während er sich durch die Haupthalle bewegte und ab und zu aus den Seitenfenstern des Eingangs hinaus auf die weiße Straße blickte, die hinab zur See strich. Des Admirals Schwester Marion, die ihm den Haushalt führte, hatte ihres Bruders Hakennase mit einem verächtlicheren Ausdruck; sie war von weitschweifender Geschwätzigkeit, nicht ohne Humor, und zu plötzlichen schrillen Ausbrüchen fähig wie ein Papagei. Des Admirals Tochter Olive war dunkel, und verträumt, und für gewöhnlich geistesabwesend schweigend, vielleicht melancholisch; so daß ihre Tante im allgemeinen das Gespräch bestritt, und zwar ohne Hemmungen. Aber das Mädchen hatte auch die Gabe, plötzlich loszulachen, was sehr anziehend wirkte.

»Ich kann mir nicht denken, warum sie noch nicht hier sind«, sagte die ältere Dame. »Der Briefträger hat mir ausdrücklich gesagt, er habe den Admiral den Strand entlangkommen sehen; zusammen mit dieser schrecklichen Kreatur Rook. Warum in aller Welt sie ihn Leutnant Rook nennen …«

»Vielleicht«, regte die melancholische junge Dame in einem momentanen Aufleuchten an, »vielleicht nennen sie ihn Leutnant, weil er Leutnant ist.«

»Ich kann mir nicht denken, warum der Admiral ihn behält«, schnaubte ihre Tante, als spräche sie von einem Dienstmädchen. Sie war sehr stolz auf ihren Bruder und sprach von ihm immer als dem Admiral; aber ihre Vorstellungen von den Stellungen im Offiziersdienst waren ungenau.

»Nun ja, Roger Rook ist unfreundlich und ungesellig und so«, erwiderte Olive, »aber das hindert ihn doch nicht daran, ein brauchbarer Seemann zu sein.«

»Seemann!« schrillte ihre Tante in einem ihrer ziemlich aufschreckenden Papageientöne. »Der entspricht aber gar nicht meiner Vorstellung von einem Seemann. Das Mädchen, das den Seemann liebt – wie man in meiner Jugend zu singen pflegte ... Nun stell dir das bloß vor! Er ist doch nicht fröhlich und frei und dingsda. Er singt keine Shanties und tanzt keinen Hornpipe.«

»Nun ja«, bemerkte ihre Nichte ernsthaft, »der Admiral tanzt auch nicht oft den Hornpipe.«

»Ach du weißt doch, was ich meine – er ist nicht fröhlich oder leichtherzig oder sonstwas«, erwiderte die alte Dame. »Sogar der Bursche von Sekretär könnte das besser.«

Olives ziemlich tragisches Gesicht wurde von einer Welle ihres guten und verjüngenden Lachens verwandelt.

»Ich bin sicher«, sagte sie, »daß Mr. Harker für dich einen Hornpipe tanzen und sagen würde, er habe das binnen einer halben Stunde aus einem Lehrbuch gelernt. Er lernt andauernd solche Sachen.«

Sie hörte plötzlich auf zu lachen und blickte in das angespannte Gesicht ihrer Tante.

»Ich kann mir nicht denken, warum Mr. Harker nicht kommt«, setzte sie hinzu.

»Ich kümmere mich keinen Deut um Mr. Harker«, erwiderte die Tante, erhob sich und sah aus dem Fenster.

Der Abendschein hatte sich schon lange von Gelb zu Grau gewandelt und wandelte sich jetzt unter dem aufsteigenden Mondlicht über der weiten flachen Landschaft an der Küste fast zu Weiß; durch keine Formen unterbrochen, außer durch eine Gruppe seewindzerzauster Bäume um einen Tümpel und weiter draußen, ziemlich verlassen und dunkel vor dem Horizont, die schäbige Fischerkneipe an der Küste, die den Namen »Der Grüne Mann« trug. Und Straße wie Landschaft waren leer von jedem lebenden Wesen. Niemand hatte die Gestalt im Dreispitz gesehen, die früher am Abend gesichtet worden war, als sie an der See entlangging; oder die andere und eigenartigere Gestalt, die erblickt worden war, wie sie ihr nachzog. Und niemand hatte auch nur den Sekretär gesehen, der sie gesehen hatte.

Mitternacht war bereits vorüber, als der Sekretär endlich hereinplatzte und den Haushalt aufschreckte; und sein Gesicht, geisterbleich, sah um so bleicher aus vor dem Hintergrund des unbewegten Gesichtes und der massigen Gestalt eines riesigen Polizeiinspektors. Irgendwie wirkte dieses rote, schwere, ungerührte Gesicht – noch mehr als das weiße und entsetzte – wie eine Maske des Schicksals. Die Neuigkeit wurde den beiden Frauen mit aller nur möglichen Vorsicht und Verschleierung beigebracht. Die Neuigkeit aber war, daß man den Körper des Admirals Craven aus dem fauligen Tang und dem Schaum des Tümpels unter den Bäumen gefischt hatte; und daß er ertrunken und tot war.

Jedermann, der Mr. Harold Harker, den Sekretär, kennt, mochte feststellen, daß er trotz all seiner Aufgeregtheit am Morgen in der Stimmung war, ganz ungeheuer dazusein. Er drängte den Inspektor, den er in der Nacht zuvor unten an der Straße beim »Grünen Mann« getroffen hatte, zum Zweck privater und praktischer Beratungen in ein anderes Zimmer. Er fragte den Inspektor aus, wie der Inspektor einen Dorftrottel ausgefragt haben würde. Aber Inspektor Burns war ein unerschütterlicher Charakter; und entweder zu dumm oder zu klug, um sich über solche Kleinigkeiten aufzuregen. Und bald schien es, als ob er keineswegs so dumm sei, wie er aussah; denn er behandelte Harkers Fragen auf eine Weise, die zwar langsam, aber methodisch und vernünftig war.

»Also«, sagte Harker (den Kopf voller Handbücher mit Titeln wie *Der vollkommene Detektiv in 10 Tagen*), »also, wir haben da das alte Dreieck, nehme ich an. Unfall, Selbstmord oder Mord.«

»Ich kann nichts sehen, was wie ein Unfall aussieht«, antwortete der Polizist. »Es war noch nicht einmal dunkel, und der Teich liegt fünfzig Meter von der geraden Straße, die er wie seine eigene Türschwelle kannte. Er hatte sich ebensowenig in den Tümpel begeben, wie er sich sorgfältig in eine Pfütze inmitten der Straße gelegt hätte. Was Selbstmord angeht, so ist es eine ziemliche Verantwortung, so etwas auszusprechen, und außerdem ziemlich unwahrscheinlich. Der Admiral war ein sehr lebendiger und erfolgreicher Mann und furchtbar reich, tatsächlich fast ein Millionär; obwohl das natürlich überhaupt nichts beweist. In seinem privaten Leben scheint er außerdem ziemlich normal gewesen zu sein und sich wohlgefühlt zu haben; er wäre der letzte Mann, von dem ich annähme, daß er sich selbst ertränkte.«

»Und damit kommen wir«, sagte der Sekretär und senkte die Stimme vor Spannung, »ich nehme an, damit kommen wir zu der dritten Möglichkeit.«

»Wir wollen in diesem Punkt nichts übereilen«, sagte der Inspektor zum großen Mißvergnügen Harkers, der es in allem eilig hatte. »Aber natürlich gibt es da ein oder zwei Dinge, die man gerne wüßte. Man wüßte zum Beispiel gerne etwas über seinen Besitz. Wissen Sie, wer den wohl erben wird? Sie waren sein Privatsekretär; wissen Sie etwas über sein Testament?«

»So sehr war ich nun auch nicht sein Privatsekretär«, antwortete der junge Mann. »Seine Rechtsanwälte sind die Herren Willis, Hardman und Dyke, drüben in der High Street in Suttford; und ich glaube, die heben auch sein Testament auf.«

»Na, dann werde ich wohl besser rübergehen und bald mit ihnen reden«, sagte der Inspektor.

»Dann wollen wir rübergehen und sofort mit ihnen reden«, sagte der ungeduldige Sekretär.

Er wanderte ein paarmal unruhig im Zimmer auf und ab und explodierte dann an einer neuen Stelle.

»Was haben Sie wegen der Leiche unternommen, Inspektor?« fragte er.

»Dr. Straker untersucht sie jetzt auf dem Polizeirevier. Sein Bericht sollte in etwa einer Stunde fertig sein.«

»Er kann gar nicht früh genug fertig sein«, sagte Harker. »Es würde Zeit sparen, wenn wir ihn bei den Rechtsanwälten treffen könnten.« Dann hielt er inne, und sein ungestümer Tonfall wechselte jäh in den einer gewissen Verlegenheit.

»Hören Sie«, sagte er. »Ich sollte ... wir sollten die junge Dame berücksichtigen, die Tochter des Admirals, und zwar gerade jetzt soviel wie möglich. Sie hatte einen Einfall, der zwar vollständiger Unsinn sein mag, aber ich würde sie nicht enttäuschen wollen. Da hält sich einer ihrer Freunde derzeit in der Stadt auf, den sie um Rat fragen möchte. Ein Mann namens Brown; irgendein Priester oder Pastor; sie hat mir seine Adresse gegeben. Ich mach' mir nicht viel aus Priestern oder Pastoren, aber ...«

Der Inspektor nickte. »Ich mach' mir auch nicht viel aus Priestern oder Pastoren; aber ich mach' mir sehr viel aus Father Brown«, sagte er. »Ich hab' zufällig mal in einem eigenartigen Juwelenfall in der Gesellschaft mit ihm zu tun gehabt. Er sollte Polizist sein statt Pastor.«

»Oh, na schön«, sagte der atemlose Sekretär, als er aus dem Zimmer verschwand. »Dann lassen Sie auch ihn zu den Rechtsanwälten kommen.«

So geschah es, daß, als sie in die Nachbarstadt eilten, um Dr. Straker im Büro der Rechtsanwälte zu treffen, sie Father

Brown bereits dort sitzend vorfanden, die Hände über seinen schweren Regenschirm gefaltet und freundlich mit dem einzigen verfügbaren Mitglied der Firma schwatzend. Dr. Straker war ebenfalls bereits eingetroffen, aber offenbar erst im gleichen Augenblick, denn er legte gerade sorgsam seine Handschuhe in seinen Zylinder und seinen Zylinder auf ein Beistelltischchen. Und der milde und strahlende Ausdruck auf des Priesters mondähnlichem Gesicht mit Brille zeigte – zusammen mit dem lautlosen Kichern des fröhlichen alten ergrauten Rechtsanwalts, mit dem er sich unterhielt – zur Genüge, daß der Doktor seinen Mund noch nicht geöffnet hatte, um die Botschaft des Todes zu überbringen.

»Nach allem ein schöner Morgen«, sagte Father Brown gerade. »Dieser Sturm scheint über uns hinweggezogen zu sein. Da gab es ein paar große schwarze Wolken, aber ich habe keinen einzigen Tropfen Regen fallen gesehn.«

»Keinen Tropfen«, bestätigte der Rechtsanwalt und spielte mit einer Feder; er war der dritte Partner, Mr. Dyke; »und jetzt gibt es keine einzige Wolke am Himmel. Genau die Art Tag für einen Ferientag.« Dann bemerkte er die Neuankömmlinge, blickte auf, legte den Füllfederhalter nieder und erhob sich. »Ah, Mr. Harker, wie geht es Ihnen? Ich habe gehört, daß man den Admiral bald zu Hause erwartet.« Dann sprach Harker, und seine Stimme klang hohl durch den Raum.

»Es tut mir leid zu sagen, daß wir Überbringer schlechter Nachrichten sind. Admiral Craven ist ertrunken, bevor er zu Hause eintraf.«

Es geschah eine Veränderung in der eigentlichen Luft in dem stillen Büro, wenngleich nicht in den Haltungen der bewegungslosen Gestalten; beide starrten den Sprecher an, als sei ihnen ein Witz auf den Lippen gefroren. Beide wiederholten das Wort »ertrunken« und sahen einander an, und dann wieder auf den Berichterstatter. Dann gab es ein kleines Durcheinander von Fragen.

»Wann ist es geschehen?« fragte der Priester.

»Wo wurde er gefunden?« fragte der Rechtsanwalt.

»Er wurde«, sagte der Inspektor, »in dem Tümpel nahe der Küste gefunden, nicht weit vom ›Grünen Mann‹, und dermaßen von grünem Schaum und Tang bedeckt herausgezogen, daß er fast nicht zu erkennen war. Aber Dr. Straker hier hat ... was ist denn los, Father Brown? Ist Ihnen nicht gut?«

»Der Grüne Mann«, sagte Father Brown mit einem Schaudern. »Tut mir so leid … Ich bitte um Entschuldigung, daß ich mich so aufrege.«

»Was regt Sie denn auf?« fragte der starrende Beamte.

»Daß er mit grünem Schaum bedeckt war, nehme ich an«, sagte der Priester mit einem reichlich zittrigen Lachen. Dann fügte er entschieden fester hinzu: »Ich habe gedacht, es wäre Seegras gewesen.«

Inzwischen blickten alle auf den Priester mit dem nicht abwegigen Verdacht, er sei verrückt geworden; und dennoch sollte die nächste entscheidende Überraschung nicht von ihm kommen. Nach einem tödlichen Schweigen war es der Doktor, der sprach.

Dr. Straker war ein bemerkenswerter Mann, schon in seinem Äußeren. Er war sehr groß und eckig und förmlich und berufsmäßig in seiner Kleidung, wobei er sich aber an eine Mode hielt, die seit der mittleren viktorianischen Periode kaum mehr bekannt war. Obwohl er noch verhältnismäßig jung war, trug er seinen braunen Bart sehr lang und über die Weste gebreitet; im Gegensatz dazu waren seine Züge, gleichermaßen schroff wie schön, auffallend blaß. Sein gutes Aussehen wurde auch noch durch etwas in seinen tiefen Augen vermindert, das kein Schielen war, aber doch wie der Schatten eines Schielens.

Jedermann nahm alles das an ihm wahr, denn in dem Augenblick, da er sprach, strömte er eine unbeschreibliche Autorität aus. Und doch war alles, was er sagte: »Da gibt es, wenn Sie zu den Einzelheiten kommen, nur noch eine Sache dazu zu sagen, daß Admiral Craven ertrunken ist.« Dann fügte er nachdenklich hinzu: »Admiral Craven ist nicht ertrunken.«

Der Inspektor wandte sich ihm mit einer völlig neuen Schnelligkeit zu und schoß eine Frage ab.

»Ich habe die Leiche gerade untersucht«, sagte Dr. Straker, »die Todesursache war ein Stich durchs Herz mit einer spitzen Klinge wie bei einem Stilett. Die Leiche wurde erst nach dem Tod, und zwar einige Zeit danach, in dem Tümpel versteckt.«

Father Brown betrachtete Dr. Straker mit sehr lebhaften Augen, wie er sie nur selten jemandem zuwandte; und als die Gruppe im Büro aufzubrechen begann, gelang es ihm, sich dem Mann der Medizin für eine weitere kleine Unterhaltung anzuschließen, während sie die Straße hinab zurückgingen. Es hatte nicht sehr viel mehr gegeben, sie festzuhalten, außer der eigentlich nur formellen Frage nach dem Testament. Die Ungeduld des jungen Sekretärs war durch die berufliche Etikette des alten Rechtsanwaltes auf eine harte Probe gestellt worden. Doch wurde der schließlich, und mehr durch den Takt des Priesters als durch die Autorität des Polizisten, dazu bewogen, nicht länger ein Geheimnis aus etwas zu machen, das kein Geheimnis mehr war. Mr. Dyke gab lächelnd zu, daß des Admirals Testament ein sehr normales und gewöhnliches Dokument sei, das alles seinem einzigen Kind Olive hinterließ; und daß es wirklich keinen besonderen Grund gebe, diese Tatsache zu verschweigen.

Der Doktor und der Priester schritten langsam die Straße hinab, die aus der Stadt hinaus Richtung Craven House führte. Harker war mit all seinem angeborenen Eifer, irgendwo hinzukommen, vorausgestürzt; aber die beiden Zurückbleibenden schienen mehr an ihrer Rede als an ihrer Richtung interessiert zu sein.

Und es war ein eher rätselhafter Ton, in dem der lange Doktor den kurzen Geistlichen an seiner Seite fragte: »Nun, Father Brown, was denken Sie denn von einer solchen Sache?«

Father Brown sah ihn einen Augenblick lang sehr aufmerksam an und sagte dann: »Also, ich habe begonnen, an ein oder zwei Dinge zu denken; aber mein Hauptproblem ist, daß ich den Admiral nur flüchtig gekannt habe; obwohl ich seine Tochter des öfteren gesehen habe.«

»Der Admiral«, sagte der Doktor mit grimmer Unbeweglichkeit seines Gesichtes, »gehörte zu jener Art Mann, von der man behauptet, sie habe keine Feinde auf Erden.«

»Ich nehme an, Sie meinen«, antwortete der Priester, »daß es etwas anderes gibt, was nicht gesagt wird.«

»Oh, das ist nicht meine Angelegenheit«, sagte Straker hastig, aber ziemlich harsch. »Er hatte seine Launen, nehme ich an. Er hat mir einmal wegen einer Operation mit einer Anzeige gedroht; aber ich glaube, er hat dann seine Meinung geändert. Ich kann mir vorstellen, daß er mit seinen Untergebenen ziemlich rauh umgesprungen ist.«

Father Browns Blicke hefteten sich an die Gestalt des weit vorauseilenden Sekretärs; und als er so hinsah, erkannte er den besonderen Grund für dessen Eile. Etwa fünfzig Meter weiter voraus schlenderte des Admirals Tochter die Straße entlang dem Haus des Admirals zu. Der Sekretär holte sie bald ein; und während der restlichen Zeit beobachtete Father Brown das schweigende Drama zweier menschlicher Rücken, die in die Entfernung entschwanden. Der Sekretär war offensichtlich wegen etwas sehr erregt; doch wenn der Priester erriet, um was es ging, dann behielt er es für sich. Als er zu der Ecke kam, an der der Weg zum Hause des Doktors abging, sagte er nur kurz: »Ich weiß nicht, ob Sie uns sonst noch etwas zu sagen haben.«

»Warum sollte ich?« antwortete der Doktor recht schroff; und während er davonschritt, ließ er offen, ob er fragte, warum er etwas zu sagen haben sollte oder warum er es sagen sollte.

Father Brown stapfte allein auf der Spur der beiden jungen Leute weiter; aber als er zum Eingang und zu den Wegen des Parks kam, ließ ihn die Handlung des Mädchens innehalten, das sich plötzlich umdrehte und direkt auf ihn zukam; ihr Antlitz war ungewöhnlich blaß, und ihre Augen glänzten von einer neuen und dennoch namenlosen Erregung.

»Father Brown«, sagte sie mit leiser Stimme, »ich muß so schnell wie möglich mit Ihnen sprechen. Sie müssen mich anhören, ich kann keinen anderen Ausweg sehen.«

»Aber gewiß doch«, erwiderte er so gelassen, als habe ihn ein Straßenjunge nach der Zeit gefragt. »Wohin sollen wir gehen, um zu reden?«

Das Mädchen führte ihn eher wahllos zu einer der halbverfallenen Lauben im Park; und da ließen sie sich hinter einer Abschirmung aus großen gezackten Blättern nieder. Sie begann sofort, als müsse sie sich von ihren Gefühlen erleichtern oder ohnmächtig werden.

»Harold Harker«, sagte sie, »hat mir Dinge erzählt. Schreckliche Dinge.«

Der Priester nickte, und das Mädchen fuhr hastig fort. »Über Roger Rook. Wissen Sie von Roger?«

»Man hat mir erzählt«, antwortete er, »daß seine Mitseeleute ihn den Jolly Roger nennen, weil er niemals fröhlich ist; und wie der Schädel des Piraten mit den gekreuzten Knochen aussieht.«

»Er war nicht immer so«, sagte Olive mit leiser Stimme. »Etwas sehr Eigenartiges muß ihm zugestoßen sein. Ich kannte ihn gut, als wir Kinder waren; wir pflegten drüben in den Dünen zu spielen. Er war sehr leichtsinnig und sprach immer davon, Pirat zu werden; fast möchte ich sagen, er gehörte zu jener Sorte, von der man sagt, sie gerate ins Kriminelle durch das Lesen von Reißern; aber in seiner Art von Seeräuberphantasien war etwas Poetisches. Damals war er wirklich ein Jolly Roger. Ich glaube, er war der letzte Junge, der an der alten Legende festhielt, eines Tages aufs Meer durchzubrennen; und schließlich mußte seine Familie zustimmen, daß er zur Marine ging. Nun ja ...«

»Ja?« sagte Father Brown geduldig.

»Nun ja«, gab sie zu und geriet in einen ihrer seltenen Augenblicke der Heiterkeit, »ich nehme an, daß der arme Roger es enttäuschend fand. Marineoffiziere haben so selten Messer zwischen den Zähnen oder schwenken blutige Entermesser oder schwarze Flaggen. Aber das erklärt die Veränderung in ihm nicht. Er wurde einfach steif; wurde stumpf und stumm, wie ein Toter, der noch umhergeht. Er weicht mir aus; aber das spielt keine Rolle. Ich nahm an, daß irgendein großer Kummer, der mich nichts angeht, ihn zerbrochen hat. Und jetzt – nun ja, wenn das, was Harold gesagt hat, wahr ist, dann besteht der Kummer in nicht mehr und nicht weniger als darin, verrückt zu werden oder von einem Teufel besessen zu sein.«

»Und was hat Harold gesagt?« fragte der Priester.

»Es ist so entsetzlich, daß ich es kaum sagen kann«, antwortete sie. »Er schwört, er habe Roger gesehen, wie er in jener Nacht hinter meinem Vater herschlich; zögerte und dann seinen Säbel zog ... und der Doktor sagt, Vater sei mit einer Stahlspitze erstochen worden ... Ich *kann* nicht glauben, daß Roger Rook irgendwas damit zu tun gehabt hat. Seine mürrische Laune und Vaters Temperament haben manchmal zu Streitereien geführt; aber was sind schon Streitereien? Ich kann nicht einmal behaupten, ich setzte mich für einen alten Freund ein; denn er ist nicht einmal mehr freundlich. Aber man kann einfach nicht verhindern, sich einiger Dinge ganz sicher zu sein; selbst was einen alten Bekannten angeht. Und doch schwört Harold ...«

»Harold scheint viel zu schwören«, sagte Father Brown.

Es gab ein plötzliches Schweigen; danach sagte sie mit anderer Stimme: »Je nun, er schwört tatsächlich auch andere Dinge. Gerade eben hat Harold Harker mir einen Heiratsantrag gemacht.«

»Darf ich Ihnen gratulieren oder vielmehr ihm?« erkundigte sich ihr Begleiter.

»Ich habe ihm gesagt, er müsse warten. Aber warten ist nicht seine Stärke.« Wieder wurde sie von einer Welle ihres unpassenden Sinnes für das Komische erfaßt: »Er sagte, ich sei sein Ideal und sein Ehrgeiz und so weiter. Er hat in den Staaten gelebt; aber irgendwie erinnere ich mich nie daran, wenn er von Dollars spricht; nur wenn er von Idealen spricht.«

»Und ich nehme an«, sagte Father Brown sehr sanft, »weil Sie sich wegen Harold entscheiden müssen, wollen Sie die Wahrheit über Roger wissen.«

Sie erstarrte und runzelte die Stirn, und dann lächelte sie ebenso abrupt und sagte: »Oh, Sie wissen zu viel.«

»Ich weiß sehr wenig, besonders von dieser Angelegenheit«, sagte der Priester ernst. »Ich weiß nur, wer Ihren Vater ermordet hat.« Sie fuhr hoch und starrte kreidebleich auf ihn hinab. Father Brown schnitt eine Grimasse, als er fortfuhr: »Ich habe einen Narren aus mir gemacht, als es mir zum erstenmal klarwurde; als sie gerade gefragt hatten, wo man ihn gefunden habe, und von grünem Schaum und dem Grünen Mann sprachen.«

Dann erhob er sich ebenfalls; und während er seinen unhandlichen Regenschirm in neuer Entschlossenheit umklammerte, redete er das Mädchen mit neuer Ernsthaftigkeit an.

»Es gibt noch etwas, das ich weiß und das der Schlüssel zu all Ihren Rätselfragen ist; aber das werde ich Ihnen noch nicht erzählen. Ich nehme an, es sind schlechte Nachrichten, aber keineswegs so übel wie die Dinge, die Sie sich eingebildet haben.« Er knöpfte seinen Mantel zu und wandte sich zum Tor. »Ich gehe jetzt und spreche mit diesem Ihrem Mr. Rook. In einer Hütte nahe der Küste, ungefähr da, wo Mr. Harker ihn gehen gesehn hat. Ich nehme an, daß er da wohnt.« Und damit eilte er geschäftig in Richtung Strand von dannen.

Olive war ein phantasiebegabtes Persönchen; vielleicht zu phantasiebegabt, um sie allein über solchen Hinweisen brüten zu lassen, wie ihr Freund sie ihr zugeworfen hatte; er aber war dermaßen in Eile, das beste Mittel gegen ihr Brüten herbeizuschaffen. Die rätselhafte Verbindung zwischen Father Browns erstem Schock der Erleuchtung und dem zufälligen Gerede über Tümpel und Kneipe durchstürmte ihre Phantasie in hundert Formen von häßlicher Bedeutung. Der Grüne Mann wurde zu einem Geist, der widerliche Algen hinter sich herschleppte und das Land unter dem Mond durchstreifte; das Kneipenschild des

»Grünen Mannes« wurde zu einer menschlichen Gestalt, die wie von einem Galgen herabhing; und der Tümpel selbst wurde zu einer Taverne, einer dunklen Unterwassertaverne für tote Seeleute. Und doch hatte er die schnellste Methode gewählt, um all solche Nachtmahre durch eine Explosion blendenden Tageslichtes über den Haufen zu werfen, das noch rätselhafter erschien als die Nacht.

Noch bevor die Sonne untergegangen war, war etwas in ihr Leben zurückgekommen, das ihre Welt ein weiteres Mal auf den Kopf stellte; etwas, von dem sie kaum gewußt hatte, wie sehr sie es begehrte, bis es plötzlich in Erfüllung ging; etwas, das wie ein Traum alt und bekannt ist und doch unverständlich und unglaublich bleibt. Denn Roger Rook war über die Dünen herbeigeeilt, und noch als er ein Punkt in der Ferne war, wußte sie schon, daß er sich gewandelt hatte; und als er näher und näher kam, sah sie, daß sein dunkles Gesicht vor Lachen und Frohlocken lebendig war. Er kam geradenwegs auf sie zu, als ob sie sich niemals getrennt hätten, und ergriff ihre Schultern und sagte: »Jetzt kann ich mich endlich um dich kümmern, Gott sei Dank.«

Sie wußte kaum, was sie antwortete; aber sie hörte sich ziemlich stürmisch fragen, warum er denn so verändert und so glücklich erscheine.

»Weil ich glücklich bin«, antwortete er. »Ich habe die schlechte Nachricht gehört.«

Alle Beteiligten, einschließlich einiger, die eher unbeteiligt schienen, fanden sich auf dem Parkweg versammelt, der zum Craven House führte, um der Formalität, der nun wirklich formalen Testamentsverlesung durch den Rechtsanwalt, zuzuhören; und der zu erwartenden und praktischeren Folge von Ratschlägen des Rechtsanwaltes in der Krise. Neben dem grauhaarigen Rechtsgelehrten selbst, der mit dem Dokument des Testamentes bewaffnet war, befand sich der Inspektor, bewaffnet mit unmittelbarerer Autorität betreffend das Verbrechen, und Leutnant Rook, der unverhüllt der Dame den Hof machte; einige waren ziemlich erstaunt, als sie die lange Gestalt des Doktors erblickten, andere lächelten etwas, als sie die plumpe Gestalt des Priesters sahen. Mr. Harker, dieser fliegende Götterbote, war zum Parktor hinabgeschossen, um sie zu begrüßen, geleitete sie zurück auf den Rasen und schoß wiederum vor ihnen her, um ihren Empfang zu organisieren. Er sagte, er werde im Handumdrehen zurück sein; und jeder, der diesen Dampfkolben an Energie beobachtete, konnte das wohl glauben; für den Augenblick aber waren sie auf dem Rasen außerhalb des Hauses gewissermaßen gestrandet zurückgelassen worden.

»Erinnert mich an jemanden, der beim Cricket seinen Lauf hat«, sagte der Leutnant.

»Dieser junge Mann«, sagte der Rechtsanwalt, »ist darüber verärgert, daß das Gesetz sich nicht so schnell bewegen kann wie er. Glücklicherweise versteht Miss Craven unsere professionellen Schwierigkeiten und Verzögerungen. Sie hat mir freundlich versichert, daß sie immer noch Zutrauen zu meiner Langsamkeit habe.«

»Ich wollte«, sagte der Doktor plötzlich, »daß ich so viel Zutrauen in seine Schnelligkeit hätte.«

»Wie, was meinen Sie?« fragte Rook und zerknitterte seine Stirn. »Meinen Sie, daß Harker zu schnell sei?«

»Zu schnell und zu langsam«, sagte Dr. Straker in seiner reichlich rätselhaften Weise. »Ich kenne zumindest eine Gelegenheit, bei der er gar nicht so sehr schnell war. Warum hing er fast die halbe Nacht beim Tümpel und bei dem ›Grünen Mann‹ herum, ehe der Inspektor kam und die Leiche fand? Weshalb begegnete er dem Inspektor? Wieso hätte er erwarten können, den Inspektor vor dem ›Grünen Mann‹ zu treffen?«

»Ich verstehe Sie nicht«, sagte Rook. »Wollen Sie sagen, daß Harker nicht die Wahrheit gesagt hat?«

Dr. Straker schwieg. Der graue Rechtsanwalt lachte in einer grimmig guten Laune.

»Ich habe nichts Ernsthafteres gegen den jungen Mann vorzubringen«, sagte er, »als daß er einen prompten und lobenswerten Versuch unternommen hat, mich meinen Beruf zu lehren.«

»Was das angeht, so hat er auch versucht, mich den meinen zu lehren«, sagte der Inspektor, der sich gerade der vorderen Gruppe angeschlossen hatte. »Aber das spielt keine Rolle. Wenn aber Dr. Straker mit seinen Hinweisen irgend etwas sagen wollte, dann spielen sie eine Rolle. Ich muß Sie also auffordern, offen zu sprechen, Doktor. Es könnte meine Pflicht sein, ihn sofort zu befragen.«

»Nun, da kommt er«, sagte Rook, als die flinke Gestalt des Sekretärs erneut im Eingang erschien.

In diesem Augenblick überraschte Father Brown, der bisher schweigend und unauffällig am Ende der Prozession geblieben war, jedermann zutiefst; besonders vielleicht jene, die ihn kannten. Er ging nicht nur schnell nach vorne, sondern er wandte sich der ganzen Gruppe mit einem so aufhaltenden und fast bedrohlichen Ausdruck zu wie ein Feldwebel, der seine Soldaten zum Stehen bringt.

»Stop!« sagte er fast streng. »Ich bitte alle um Vergebung; aber es ist absolut notwendig, daß ich Mr. Harker zuerst spreche. Ich habe ihm etwas zu sagen, das ich weiß; und was, glaube ich, sonst niemand weiß; etwas, das er hören muß. Es könnte später ein sehr tragisches Mißverständnis um jemanden verhindern.«

»Was in aller Welt meinen Sie?« fragte Dyke, der alte Rechtsanwalt.

»Ich meine die schlechte Nachricht«, sagte Father Brown.

»Also, hören Sie«, begann der Inspektor unwirsch; und dann fing er plötzlich den Blick des Priesters auf und erinnerte sich sonderbarer Dinge, die er an anderen Tagen gesehen hatte. »Na schön, wenn es irgend sonst jemand außer Ihnen wäre, würde ich sagen, diese höllische Unverschämtheit ...«

Aber da war Father Brown bereits außer Hörweite und stürzte sich im nächsten Augenblick im Eingang mit Harker ins Gespräch. Sie gingen zusammen ein paar Schritte hin und her und verschwanden dann im dunklen Inneren. Etwa zwölf Minuten später kam Father Brown allein heraus.

Zu ihrer Überraschung zeigte er keinerlei Neigung, das Haus wieder zu betreten, jetzt, da die ganze Gesellschaft schließlich bereit war, sich hineinzubegeben. Er warf sich auf den reichlich wackligen Sitz in der blättrigen Laube und zündete, als die Prozession durch den Eingang verschwand, seine Pfeife an und machte sich daran, abwesend auf die langen gezackten Blätter über seinem Kopf zu starren und den Vögeln zuzuhören. Es gab niemanden, der einen herzhafteren und dauerhafteren Appetit aufs Nichtstun hatte.

Er befand sich augenscheinlich in einer Rauchwolke und einem Traum der Entrücktheit, als die Eingangstür erneut aufflog und zwei oder drei Gestalten holterdiepolter herausgestürzt kamen und auf ihn zurannten, in welchem Rennen die Tochter des Hauses und ihr junger Anbeter, Mr. Rook, mühelos Gewinner wurden. Ihre Gesichter leuchteten vor Erstaunen; und das Gesicht von Inspektor Burns, der hinter ihnen schwerfälliger heranrückte wie ein Elefant, der den Garten erschüttert, war ebenfalls entflammt, aber aus Entrüstung.

»Was *kann* das alles bedeuten?« rief Olive, als sie keuchend stehenblieb. »Er ist verschwunden!«

»Ausgebüxt!«, sagte der Leutnant explosiv. »Harker hat es gerade noch geschafft, einen Koffer zu packen, und ist dann ausgebüxt! Glatt durch die Hintertür und über die Gartenmauer, Gott weiß wohin. Was *haben* Sie ihm gesagt?«

»Sei nicht so dumm!« sagte Olive jetzt mit bekümmerterem Ausdruck. »Natürlich haben Sie ihm erzählt, daß Sie ihn entlarvt haben, und jetzt ist er fort. Ich würde niemals geglaubt haben, daß er so schlecht sein könnte!«

»Also!« keuchte der Inspektor und brach in ihre Mitte ein. »Was haben Sie jetzt angestellt? Warum haben Sie mir das angetan?«

»Also«, wiederholte Father Brown, »was habe ich getan?«

»Sie haben einen Mörder entfliehen lassen«, schrie Burns mit einer Entschlossenheit, die in dem stillen Garten wie ein Donnerkeil wirkte. »Sie haben einem Mörder *geholfen* zu entfliehen. Wie ein Narr habe ich Sie ihn warnen lassen; und jetzt ist er meilenweit weg.«

»Ich habe in meiner Zeit wirklich einigen Mördern geholfen«, sagte Father Brown; dann fügte er in sorgsamer Unterscheidung hinzu: »Nicht, wie Sie verstehen werden, den Mord zu begehen.«

»Aber Sie haben es die ganze Zeit gewußt«, beharrte Olive. »Sie haben es von Anfang an erraten, daß er es sein mußte. Das haben Sie damit gemeint, als Sie sich so über die Geschichte von der Auffindung der Leiche aufregten. Das hat der Doktor gemeint, als er sagte, daß ein Untergebener meinen Vater hätte nicht mögen können.«

»Darüber beklag' ich mich ja«, sagte der Beamte unwirsch. »Sie haben sogar da gewußt, daß er der ...«

»Sie haben sogar da gewußt«, beharrte Olive, »daß der Mörder ...«

Father Brown nickte gewichtig. »Ja«, sagte er, »ich habe sogar da gewußt, daß der Mörder der alte Dyke ist.«

»*Wer* ist?« wiederholte der Inspektor und hielt inne inmitten eines tödlichen Schweigens, das nur vom gelegentlichen Zwitschern der Vögel durchbrochen wurde.

»Ich meine Mr. Dyke, den Rechtsanwalt«, erklärte Father Brown wie einer, der einer Kinderklasse etwas Elementares erklärt. »Jenen Herrn mit den grauen Haaren, der angeblich das Testament verlesen soll.«

Sie alle standen da wie Statuen und starrten ihn an, während er sorgfältig seine Pfeife neu stopfte und ein Streichholz anzündete. Schließlich versammelte Burns die Kräfte seiner Stimme, um das erstickende Schweigen mit einer Anstrengung zu durchbrechen, die einer Gewalttat ähnelte.

»Aber im Namen des Himmels, *warum*?«

»Aha, warum?« sagte der Priester und erhob sich nachdenklich, während er seine Pfeife paffte. »Also, warum er es getan hat ... Nun ja, ich glaube, daß die Zeit gekommen ist, um Ihnen oder denen unter Ihnen, die es noch nicht wissen, die Tatsache mitzuteilen, die der Schlüssel zu dieser ganzen Geschichte ist. Es ist das ein großes Unglück; und es ist ein großes Verbrechen; aber es ist nicht der Mord an Admiral Craven.«

Er blickte Olive voll ins Gesicht und sagte sehr ernsthaft: »Ich werde Ihnen die schlechte Nachricht ohne Umschweife und in kurzen Worten sagen; weil ich glaube, daß Sie tapfer genug sind und vielleicht auch glücklich genug, um sie gut aufzunehmen. Sie haben die Möglichkeit, und ich glaube auch die Kraft, um so etwas wie eine große Frau zu sein. Sie sind keine große Erbin.«

Inmitten des Schweigens, das folgte, war er es, der mit seiner Erklärung fortfuhr.

»Das meiste Geld Ihres Vaters ist, ich muß das leider sagen, verschwunden. Es ist infolge der finanziellen Geschicklichkeit jenes grauhaarigen Herrn namens Dyke verschwunden, der (ich bedaure, das sagen zu müssen) ein Betrüger ist. Admiral Craven wurde ermordet, um ihn zum Schweigen zu bringen über die Art und Weise, in der er betrogen worden war. Die Tatsache, daß er ruiniert war und Sie ohne Erbe sind, ist der einfache, einzige Schlüssel nicht nur zum Mord, sondern zu all den anderen Geheimnissen in dieser Angelegenheit.« Er paffte ein- oder zweimal und fuhr dann fort.

»Ich habe Mr. Rook gesagt, daß Sie ohne Erbe dastünden, und er eilte sofort herbei, um Ihnen zu helfen. Mr. Rook ist eine sehr bemerkenswerte Persönlichkeit.«

»Ach Quatsch«, sagte Mr. Rook auf feindselige Art.

»Mr. Rook ist ein Monstrum«, sagte Father Brown mit wissenschaftlicher Gelassenheit. »Er ist ein Anachronismus, ein Atavismus, ein brutales Überbleibsel aus der Steinzeit. Wenn es denn einen barbarischen Aberglauben gibt, von dem wir alle angenommen haben, daß er in diesen Tagen völlig ausgerottet und tot sei, so war es der von der Idee der Ehre und der Unabhängigkeit. Aber ich habe es ja mit so vielen toten Aberglauben zu tun. Mr. Rook also ist ein ausgestorbenes Wesen. Er ist ein Plesiosaurus. Er wollte nicht von seiner Frau leben oder eine Frau haben, die ihn einen Mitgiftjäger nennen könnte. Deshalb wurde er auf geradezu groteske Weise mürrisch und kam erst wieder ins Leben, als ich ihm die gute Nachricht brachte, daß Sie ruiniert seien. Er wollte für seine Frau arbeiten und nicht von ihr ausgehalten werden. Abstoßend, oder? So wollen wir uns denn dem freundlicheren Thema Mr. Harker zuwenden.

Ich habe Mr. Harker gesagt, daß Sie ohne Erbe dastünden, und er eilte in einer Art Panik von dannen. Urteilen Sie nicht zu hart über Mr. Harker. Er begeisterte sich wirklich für Besseres wie für Schlechteres; aber ihm ging alles durcheinander. Es ist nicht schlimm, Ehrgeiz zu haben; aber er hatte Ehrgeiz und nannte ihn Ideale. Das alte Gefühl der Ehre hat Männer gelehrt, dem Erfolg zu mißtrauen; zu sagen: ›Das ist ein Vorteil; es könnte eine Bestechung sein.‹ Der neue neunmalverfluchte Unfug vom Richtigmachen lehrt die Menschen, Gutsein mit Geldmachen zu identifizieren. Das war alles, was mit ihm los war; in jeder anderen Hinsicht war er ein durch und durch anständiger Kerl, und solche wie ihn gibt es Tausende. In die Sterne träumen und in der Welt emporkommen ist beides für sie Streben nach dem Höheren. Eine gute Frau heiraten und eine reiche Frau heiraten ist beides für sie Richtigmachen. Aber er war kein zynischer Schurke; sonst wäre er einfach zurückgekommen und hätte Ihnen je nach Lage den Laufpaß gegeben oder Sie geschnitten. Er konnte Ihnen nicht ins Gesicht sehen; solange Sie da waren, blieb die Hälfte seines zerbrochenen Ideals zurück.

Ich habe dem Admiral nichts gesagt; aber jemand anderer. Irgendwie hat er während der letzten großen Parade an Bord erfahren, daß sein Freund, der Familienanwalt, ihn betrogen habe. Er kochte dermaßen vor Zorn, daß er tat, was er bei Sinnen niemals getan haben würde; er ging direkt in Dreispitz und Goldstikkerei an Land, um den Verbrecher zu fangen; er telegraphierte dem Polizeirevier, und deshalb wanderte der Inspektor um den ›Grünen Mann‹ herum. Leutnant Rook folgte ihm am Ufer, weil er irgendwelche Familienprobleme vermutete und halb hoffte, er könne behilflich sein und dadurch ins Recht kommen. Daher sein zögerliches Verhalten. Was nun sein Ziehen des Säbels angeht, als er zurückfiel und sich allein glaubte, nun, das ist eine Frage der Einbildungskraft. Er ist ein Romantiker, der von Säbeln geträumt hat und zur See durchgebrannt ist; und er fand sich in einem Dienst, wo es ihm nicht gestattet war, seinen Säbel zu tragen, außer etwa alle drei Jahre einmal. Er glaubte sich ganz allein in den Dünen, in denen er als Knabe gespielt hatte. Wenn Sie nicht verstehen, was er tat, dann kann ich nur mit Stevenson sagen: ›Du wirst nie ein Seeräuber sein.‹ Und du wirst nie ein Dichter sein; und du bist nie ein Knabe gewesen.«

»Das bin ich nie«, sagte Olive ernsthaft, »und doch glaube ich zu verstehen.«

»Fast jeder Mann«, fuhr der Priester nachdenklich fort, »wird mit allem herumspielen, was wie ein Degen oder ein Dolch geformt ist, selbst wenn es nur ein Papiermesser ist. Deshalb fand ich es so bemerkenswert, als der Rechtsanwalt das nicht tat.«

»Was meinen Sie damit?« fragte Burns. »Hat was nicht getan?«

»Wie, haben Sie das nicht bemerkt?« antwortete Brown. »Bei jenem ersten Treffen in seinem Büro spielte der Rechtsanwalt mit einer Feder und nicht mit einem Papiermesser; obwohl er ein wunderschönes schimmerndes stählernes Papiermesser in der Form eines Stiletts besaß. Die Federn waren verstaubt und mit Tinte bekleckst; aber das Messer war gerade erst gereinigt worden. Doch er spielte nicht mit ihm herum. Es gibt Grenzen selbst für die Ironie von Mördern.«

Nach einem Schweigen sagte der Inspektor wie einer, der aus einem Traum erwacht: »Hören Sie mal ... Ich weiß nicht, ob ich auf meinem Kopf oder auf meinen Füßen stehe; ich weiß nicht, ob Sie glauben, schon am Ende zu sein; aber ich bin noch nicht einmal am Anfang. Wo haben Sie all dieses Zeugs über den Rechtsanwalt her? Was hat Sie auf diese Fährte gesetzt?«

Father Brown lachte kurz und ohne Heiterkeit auf.

»Der Mörder hat am Anfang einen Fehler gemacht«, sagte er, »und ich begreife nicht, warum niemand sonst ihn bemerkt hat. Als Sie die erste Nachricht von dem Tod ins Büro des Rechtsanwaltes brachten, konnte da niemand etwas davon wissen, außer daß der Admiral zu Hause erwartet wurde. Als Sie sagten, er sei ertrunken, habe ich gefragt wann, und Mr. Dyke fragte, wo man die Leiche gefunden habe.«

Er hielt einen Augenblick lang inne, um seine Pfeife auszuklopfen, und fuhr dann nachdenklich fort: »Nun, wenn man Ihnen von einem Seemann auf dem Rückweg von der See einfach sagt, daß er ertrunken sei, ist es ganz natürlich anzunehmen, daß er auf See ertrunken sei. Auf jeden Fall ist zu vermuten, daß er auf See ertrunken sein könnte. Wenn er über Bord gespült worden wäre, oder mit seinem Schiff untergegangen wäre, oder wenn sein Körper ›Der Tiefe übergeben‹ worden wäre, würde es keinen Grund geben zu erwarten, daß sein Leichnam überhaupt je gefunden wurde. In dem Augenblick, in dem der Mann fragte, wo er gefunden worden sei, war ich sicher, er wußte, wo man ihn gefunden hatte. Weil er ihn dahin getan hatte. Niemand außer dem Mörder hatte an etwas so Ungewöhnliches denken können, daß ein Seemann in einem Binnenlandtümpel wenige hundert Meter von der See entfernt ertrunken sei. Deshalb fühlte ich mich plötzlich schlecht und wurde grün, wie ich zu behaupten wage; so grün wie Der Grüne Mann. Ich *kann* mich einfach nicht daran gewöhnen, mich selbst plötzlich neben einem Mörder sitzend zu finden. Deshalb mußte ich ablenken, indem ich in Parabeln sprach; aber die Parabel bedeutet nach all dem etwas. Ich habe gesagt, daß die Leiche mit grünem Schaum bedeckt sei, aber daß sie ebensogut mit Seegras hätte bedeckt sein können.«

Ein Glück, daß die Tragödie die Komödie niemals umbringt und daß die beiden Seite an Seite bestehen können; denn während der einzige aktive Partner im Geschäft der Herren Willis, Hardman und Dyke sich das Gehirn auspustete, als der Inspektor das Haus betrat, um ihn zu verhaften, riefen Olive und Roger einander am Abend über die Dünen zu, wie sie es als Kinder getan hatten.

Die Verfolgung von Mr. Blue

An einem sonnigen Nachmittag bewegte sich entlang einer Seepromenade eine Person mit dem niederdrückenden Namen Muggleton in angemessener Düsterheit. Seine Stirn zeigte einen Pferdehuf aus Besorgnis, und die zahlreichen Gruppen und Grüppchen von Unterhaltungskünstlern, die sich unten entlang des Strandes hinzogen, sahen vergeblich um Applaus zu ihm empor. Pierrots wandten ihre bleichen Mondgesichter wie die weißen Bäuche toter Fische empor, ohne sein Gemüt aufzuheitern; Neger mit vor schmutzigem Ruß vollkommen grauen Gesichtern waren gleichermaßen erfolglos, seine Phantasie mit helleren Dingen zu füllen. Er war ein trauriger und enttäuschter Mann. Seine übrigen Gesichtszüge waren, abgesehen von der kahlen Stirn mit der tiefen Furche, zurückweichend und fast versunken; und eine gewisse zweifelhafte Feinheit, die von ihnen ausging, ließ den einzigen aggressiven Schmuck seines Antlitzes um so unpassender erscheinen. Das war ein hervorstechender und borstiger militärischer Schnurrbart; und er sah verdächtig nach einem falschen Schnurrbart aus. Es ist in der Tat möglich, daß es ein falscher Schnurrbart war. Es ist andererseits möglich, daß er wo nicht falsch, so doch hervorgezwungen war. Er hätte fast in Hast aufgesprossen sein können, durch einen reinen Willensakt; so sehr war er Teil eher seiner Arbeit denn seiner Persönlichkeit.

Die Wahrheit nämlich ist, daß Mr. Muggleton ein kleiner Privatdetektiv war, und die Wolke auf seiner Stirn verdankte er einem großen Patzer in seiner beruflichen Laufbahn; auf jeden Fall stand sie mit etwas Düstererem in Verbindung als nur dem Besitz eines solchen Familiennamens. Er hätte auf obskure Weise sogar stolz auf seinen Namen sein können; denn er stammte von armen, aber ehrlichen Nonkonformisten ab, die eine gewisse Beziehung zum Gründer der Muggletonier beanspruchten, dem einzigen Mann, der bisher den Mut hatte, mit diesem Namen in der Geschichte der Menschheit aufzutreten.

Der legitimere Grund seiner Verdrießlichkeit (zumindest, wie er sie erklärte) war, daß er soeben der blutigen Ermordung eines weltbekannten Millionärs beigewohnt hatte und gescheitert war, sie zu verhindern, obwohl er für ein Gehalt von 5 Pfund die Woche eingestellt worden war, das zu tun. Und damit können wir die Tatsache erklären, daß selbst der sehnsuchtsvolle Gesang des Songs »Willst du nicht mein Lollipoppi-Tag sein?« scheiterte, ihn mit der Freude des Lebens zu erfüllen.

Was die betrifft, so gab es andere am Strand, die sehr viel mehr Sympathie für sein mörderisches Thema und die Muggletonier-Tradition aufbringen mochten. Seebäder sind ausgesuchte Tummelplätze nicht nur für Pierrots, die an die amourösen Emotionen appellieren, sondern auch für Prediger, die sich oftmals auf einen entsprechend düsteren und schwefligen Predigtstil zu spezialisieren scheinen. Es gab da einen alten Geiferer, den man kaum übersehen konnte, so durchdringend waren die Rufe, um nicht zu sagen Schreie religiöser Prophetie, die sich hoch über alle Banjos und Kastagnetten erhoben. Es war dies ein langer, formloser, schlurfender alter Mann, bekleidet mit etwas einem Fischerpullover Ähnlichem; dazu aber unpassend ausgestattet mit einem Paar jener sehr langen und schlaff herabhängenden Backenbärte, die seit dem Verschwinden gewisser sportiver mittviktorianischer Dandies nicht mehr gesehen wurden. Und wie es Sitte aller Schwindler am Strand war, irgend etwas vorzuführen, als wollten sie es verkaufen, führte auch der alte Mann ein reichlich verrottetes Fischernetz vor, das er im allgemeinen einladend über den Sand ausbreitete, als ob es ein Teppich für Königinnen sei, das er gelegentlich aber auch wild um seinen Kopf wirbelte mit einer fast ebenso schrecklichen Geste wie ein römischer Retiarius, bereit, Menschen auf seinen Dreizack zu spießen. Und er hätte Menschen wohl in der Tat aufspießen mögen, hätte er nur einen Dreizack gehabt. Seine Worte wiesen immer strikt zur Strafe; seine Hörer hörten nichts außer Bedrohungen des Leibes oder der Seele; er befand sich so sehr in der gleichen Stimmung wie Mr. Muggleton, daß er sehr wohl hätte ein wahnsinniger Henker sein können, der sich an einen Haufen Mörder wendete. Die Jungs nannten ihn Alter Schwefler; aber neben den rein theologischen hatte er noch andere Exzentrizitäten. Eine seiner Exzentrizitäten war es, in das Nest aus Eisenträgern unter der Pier hinaufzuklettern und von dort aus sein Netz durch das Wasser zu ziehen und zu erklären, er gewönne seinen Lebensunterhalt durchs Fischen; doch ist es zweifelhaft, ob ihn jemals jemand Fische fangen gesehen hat. Weltliche Ausflügler allerdings fuhren manchmal zusammen ob einer Stimme in ihren Ohren, die ihnen wie aus einer Donnerwolke das Gericht androhte, in Wirklichkeit aber von der Hühnerstange unter dem Eisendach kam, auf der – wütend funkelnd – der alte Monomane saß und an dem seine phantastischen Backenbärte wie grauer Seetang herabhingen.

Der Detektiv aber hätte sich mit dem Alten Schwefler sehr viel eher abfinden können als mit dem anderen Pastor, dem zu begegnen seine Bestimmung war. Um diese zweite und gewichtigere Begegnung zu erklären, muß darauf hingewiesen werden, daß Muggleton nach seiner bemerkenswerten Erfahrung in Sachen Mord prompt alle seine Karten auf den Tisch gelegt hatte. Er hatte seine Geschichte der Polizei erzählt und dem einzigen verfügbaren Vertreter von Braham Bruce, dem toten Millionär, nämlich dessen sehr adretten Sekretär, einem Mr. Anthony Taylor. Der Inspektor war mitfühlender als der Sekretär; aber die Konsequenz seines Mitgefühls war das letzte, was Muggleton normalerweise mit einem Polizeiratschlag in Verbindung gebracht haben würde. Der Inspektor hatte nach einigem Nachdenken Mr. Muggleton dadurch zutiefst überrascht, daß er ihm riet, einen begabten Amateur zu konsultieren, von dem er wußte, daß er sich in der Stadt befand. Mr. Muggleton hatte Reportagen und Romanzen über den Großen Kriminologen gelesen, der wie eine intellektuelle Spinne in seiner Bibliothek sitzt und die theoretischen Fäden eines Netzes auswirft, so weit wie die Welt. Er war darauf vorbereitet, zu dem einsamen Schloß geführt zu werden, in dem der Experte einen purpurnen Hausmantel trägt, in seine Mansarde, darinnen er von Opium und Akrostichen lebt, in das weitläufige Laboratorium oder den einsamen Turm. Zu seiner Verblüffung wurde er an den äußersten Rand des bevölkerten Strandes bei der Pier geführt, um dort einem untersetzten kleinen Kirchenmann zu begegnen, mit breitem Hut und breitem Grinsen, der in jenem Augenblick mit einem Haufen Armenkinder in den Dünen herumsprang; und aufgeregt mit einem sehr kleinen Holzspaten winkte.

Nachdem der kriminologische Kirchenmann, dessen Name sich als Brown herausstellte, sich schließlich von den Kindern gelöst hatte, nicht aber von dem Spaten, schien er Muggleton immer unbefriedigender zu werden. Er hing hilflos in den idiotischen kleinen Schaubuden des Strandbetriebs herum, schwatzte über Zufallsthemen und beschäftigte sich besonders angelegentlich mit jenen Reihen von Automaten, die an solchen Stellen aufgestellt sind; gab feierlich Penny um Penny aus, um jene Stellvertreterspiele in Golf, Fußball und Cricket durchzuspielen, die von Uhrwerkfiguren ausgeführt werden; und gab sich endlich mit der Miniaturdarstellung eines Rennens zufrieden, in dem die eine metallene Puppe lediglich hinter der anderen herzurennen und herzuhüpfen hatte. Und dennoch lauschte er während der ganzen Zeit aufmerksam der Geschichte, die der besiegte Detektiv vor ihn hinsprudelte. Nur seine Art, die Rechte nicht wissen zu lassen, was die Linke tat mit den Pennies, ging dem Detektiv sehr auf die Nerven.

»Können wir nicht irgendwo hingehen und uns setzen«, sagte Muggleton ungeduldig. »Ich hab' da einen Brief, den Sie unbedingt sehen müssen, wenn Sie überhaupt etwas von diesem Geschäft verstehen wollen.«

Father Brown wandte sich mit einem Seufzer von den springenden Puppen ab, ging hin und setzte sich mit seinem Gefährten auf einen eisernen Sitz am Strand; sein Begleiter hatte den Brief bereits entfaltet und reichte ihn ihm schweigend.

Es war eine abrupte und sonderbare Art von Brief, dachte Father Brown. Er wußte, daß Millionäre sich nicht immer auf gute Manieren spezialisieren, vor allem nicht im Umgang mit Abhängigen wie Detektiven; doch schien es da in dem Brief noch mehr zu geben als reine Schroffheit.

> »*Lieber Muggleton*
> Ich habe nie geglaubt, daß es mit mir so weit heruntergehen würde, daß ich die Sorte Hilfe brauchen würde; aber ich bin am Ende meines Lateins. Während der letzten zwei Jahre ist es immer unerträglicher geworden. Ich glaube, alles was Sie von dieser Geschichte wissen müssen, ist dieses: Es gibt da einen schmutzigen Schurken, einen Vetter, wie ich zu meiner Schande eingestehen muß. Er hat Renntips verkauft, war Landstreicher, Quacksalber, Schauspieler und so weiter; er hat sogar die Unverschämtheit besessen, unter unserem Namen aufzutreten und sich Bertrand Bruce zu nennen. Ich nehme an, er hat entweder einen bedeutungslosen Job beim hiesigen Theater, oder er sucht einen. Sie können mir aber glauben, daß der Job nicht sein wirklicher Job ist. Sein wirklicher Job ist es, mich zu finden und umzulegen, wenn er kann. Es ist eine alte Geschichte,

die niemanden etwas angeht; es gab eine Zeit, da wir gemeinsam starteten und uns ein Rennen in Sachen Ehrgeiz lieferten – und außerdem eines in dem, was man Liebe nennt. War es mein Fehler, daß er ein Versager ist und ich ein Mann bin, dem alles gelingt? Aber der schmutzige Teufel schwört, daß er doch noch Erfolg haben werde, mich abzuknallen und durchzubrennen mit meiner – ist ja egal. Ich nehme an, er ist eine Art Verrückter, aber er wird sehr bald versuchen, eine Art von Mörder zu sein.

Ich werde Ihnen 5 Pfund pro Woche geben, wenn Sie mich im Sommerhaus am Ende der Pier treffen, gleich nachdem die Pier heute abend schließt – und meinen Auftrag annehmen. Das ist der einzig sichere Platz für ein Treffen – wenn überhaupt noch was sicher ist.

J. Braham Bruce«

»Du liebe Güte«, sagte Father Brown milde. »Du liebe Güte. Ein ziemlich hastiger Brief.«

Muggleton nickte; und begann nach einer Pause mit seiner eigenen Geschichte; in einer eigenartig kultivierten Stimme, die im Gegensatz zu seinem unbeholfenen Äußeren stand. Dem Priester waren die geheimen Neigungen zu verborgener Kultiviertheit mancher schäbiger Menschen der Unter- wie der Mittelklasse bekannt; aber selbst er war überrascht von der erwählten, nur einen Hauch zu pedantischen Wortfolge; der Mann redete wie ein Buch.

»Ich traf an dem kleinen Rundbau am Ende der Pier ein, bevor es noch irgendein Anzeichen von meinem erlauchten Klienten gab. Ich öffnete die Tür und trat ein in dem Gefühl, daß er es vorzöge, wenn ich ebenso wie er selbst so unauffällig wie nur möglich sei. Nicht, daß das eine große Rolle gespielt hätte; denn die Pier war viel zu lang, als daß jemand uns vom Strand oder der Promenade aus hätte sehen können, und als ich auf meine Uhr blickte, sagte mir die Zeit, daß der Eingang zur Pier inzwischen geschlossen worden sein mußte. Es war in gewisser Weise schmeichelhaft, wie er auf diese Art sicherstellen wollte, daß wir bei unserem Treffen allein sein würden, da dies zeigte, daß er sich wirklich auf meine Hilfe oder meinen Schutz verließ. Auf jeden Fall war es sein Einfall gewesen, daß wir uns auf der Pier nach der Schließung treffen sollten, und also war ich dazu völlig bereit. Es gab zwei Stühle in dem kleinen Rundpavillon, oder wie immer Sie ihn nennen wollen; also nahm ich mir einfach den einen und wartete. Ich brauchte nicht lange zu warten. Er war berühmt für seine Pünktlichkeit, und wirklich, als ich zu dem einzigen kleinen Rundfenster mir gegenüber aufblickte, sah ich ihn langsam vorübergehen, als vollziehe er eine Vorbesichtigung des Platzes.

Ich hatte bisher nur Porträts von ihm gesehen, und das vor langer Zeit; und natürlich war er sehr viel älter als auf den Porträts, aber an der Ähnlichkeit gab es keinen Zweifel. Das Profil, das an dem Fenster vorüberkam, war von jener Art, die man nach dem Adlerschnabel adlerartig nennt; er erinnerte aber eher an einen grauen und ehrwürdigen Adler; einen Adler im Ruhestand; einen Adler, der schon vor langer Zeit seine Schwingen geschlossen hat. Es gab aber keinen Zweifel an jenem Ausdruck der Autorität oder des stillen Stolzes aus der Befehlsgewohnheit heraus, der schon immer Menschen kennzeichnete, die wie er große Systeme organisiert haben und denen man gehorcht hat. Er war, soweit ich das erkennen konnte, ruhig gekleidet; besonders verglichen mit der Masse der Strandbesucher, die so viel von meinem Tag gefüllt hatten; aber ich stellte mir vor, daß sein Mantel von jener besonders eleganten Art war, die auf die Figur maßgeschneidert ist; an den Aufschlägen wies er einen Streifen von Astrachanfütterung auf. Das alles nahm ich mit einem Blick wahr, denn natürlich war ich schon auf den Beinen und unterwegs zur Tür. Ich streckte die Hand aus und empfing den ersten Schock jenes entsetzlichen Abends. Die Tür war verschlossen. Jemand hatte mich eingeschlossen.

Für einen Augenblick stand ich steinern und starrte weiterhin auf das runde Fenster, aus dem das sich bewegende Profil inzwischen natürlich verschwunden war, und dann erblickte ich plötzlich die Erklärung. Ein anderes Profil schoß, vorgeschoben wie das eines hetzenden Hundes, in den Sichtkreis wie in einen runden Spiegel. In dem Augenblick, da ich es sah, wußte ich, wer es war. Es war der Rächer; der Mörder oder Möchtegern-Mörder, der den alten Millionär so lange über Land und Meer verfolgt hatte und ihm nun bis in diese Sackgasse einer eisernen Pier gefolgt war, die zwischen Meer und Land hing. Und ich wußte natürlich, daß es der Mörder war, der die Tür verschlossen hatte.

Der Mann, den ich zuerst gesehen hatte, war groß, aber sein Verfolger war noch größer; ein Eindruck, der nur dadurch vermindert wurde, daß er seine Schultern sehr hoch hinaufzog und Hals und Kopf vorwärtsreckte wie ein wahres Raubtier. Der Eindruck dieser Kombination gab ihm fast das Aussehen eines riesigen Buckligen. Aber etwas von den Blutsbanden, die diesen Schlagetot mit seinem berühmten Anverwandten verbanden, zeigte sich in den beiden Profilen, wie sie da durch den Glaskreis glitten. Auch der Verfolger hatte eine Nase wie der Schnabel eines Vogels; doch sein allgemeines Aussehen verlumpten Niedergangs deutete eher den Geier als den Adler an. Er war unrasiert, fast wie ein Bärtiger, und die Buckelform seiner Schultern wurde noch durch die Wulstschlingen eines groben Wollschals verstärkt. Alles dieses sind Trivialitäten und können keinen Eindruck von der gemeinen Energie jenes Umrisses geben noch von dem Gefühl rächenden Schicksals in jener vorwärtsgebeugten und voranstrebenden Gestalt. Haben Sie jemals William Blakes Zeichnung gesehen, die manchmal mit gewisser Leichtfertigkeit ›Der Geist des Flohs‹ genannt wird, aber auch mit größerer Hellsichtigkeit ›Eine Vision von Blutschuld‹ oder so etwas Ähnliches? Das ist genauso eine Nachtmahr von einem verstohlenen Giganten mit hochgezogenen Schultern, der Messer und Schale trägt. Dieser Mann trug keines davon, aber als er zum zweitenmal am Fenster vorüberglitt, sah ich mit meinen eigenen Augen, daß er einen Revolver aus den Falten seines Schals löste und ihn fest und gezielt in seiner Hand hielt. Die Augen in seinem Kopf schweiften und schimmerten im Mondenschein, und das auf eine sehr unheimliche Weise; sie schossen in Blitzessprüngen vorwärts und zurück; fast so, als könne er sie wie Leuchtfühler hervorschießen, wie das bestimmte Reptilien tun.

Dreimal kamen Verfolgter und Verfolger hintereinander an dem Fenster vorüber und durchmaßen ihren engen Kreis, ehe ich ganz zur Notwendigkeit irgendeiner noch so verzweifelten Handlung erwachte. Ich schüttelte die Tür mit ratternder Gewalt; als ich das nächste Mal das Antlitz des ahnungslosen Opfers sah, schlug ich wild gegen das Fenster; und dann versuchte ich, das Fenster zu zerbrechen. Aber es war ein Doppelfenster aus außergewöhnlich dickem Glas, und so tief war es eingelassen, daß ich bezweifle, ob ich das äußere Fenster überhaupt hätte erreichen können. Auf jeden Fall nahm mein erlauchter Klient keine Notiz von meinem Gelärme und meinen Zeichen; und diese sich drehende Schattenpantomime jener beiden Masken des Schicksals fuhr um mich herum fort und fort, bis ich mich fast ebenso schwindelig wie übel befand. Dann hörten sie plötzlich auf wiederzuerscheinen. Ich wartete; und ich wußte, daß sie nicht wiederkommen würden. Ich wußte, daß die Krise gekommen war.

Mehr brauche ich Ihnen nicht zu erzählen. Sie können sich den Rest sicherlich vorstellen; so, wie ich da hilflos saß und versuchte, ihn mir vorzustellen; oder versuchte, ihn mir nicht vorzustellen. Es genügt zu sagen, daß es in jenem entsetzlichen Schweigen, in dem alle Geräusche von Schritten erstorben waren, neben den murrenden Nebengeräuschen des Meeres nur noch zwei andere Geräusche gab. Das eine war das laute Geräusch eines Schusses und das zweite das dumpfere Geräusch eines Aufplatschens.

Mein Klient war wenige Meter entfernt von mir ermordet worden, und ich konnte keine Zeichen geben. Ich will Sie nicht mit dem behelligen, was ich darob empfand. Aber selbst wenn ich mich auch von dem Mord erholen sollte, so bin ich doch immer noch mit dem Mysterium konfrontiert.«

»Ja«, sagte Father Brown sehr sanft, »welchem Mysterium?«

»Dem Mysterium, wie es dem Mörder gelang zu entkommen«, antwortete der andere. »Im gleichen Augenblick, in dem am nächsten Morgen die Leute wieder auf die Pier gelassen wurden, wurde ich aus meinem Gefängnis befreit und raste zurück zu den Eingangspforten, um zu erkunden, wer die Pier verlassen habe, seit sie geöffnet wurde. Ohne Sie mit den Einzelheiten zu belästigen, kann ich doch erklären, daß es sich aufgrund eines ungewöhnlichen Arrangements um vollgültige Eisentore handelt, die jedermann aus- (oder ein-)gesperrt halten, bis sie geöffnet werden. Die Bediensteten dort hatten niemanden zurückkommen sehen, der auch nur im entferntesten dem Mörder ähnelte. Und er war wirklich eine unverkennbare Person. Selbst wenn er sich irgendwie verkleidet haben würde, hätte er doch kaum seine ungewöhnliche Größe verbergen oder sich der Familiennase entledigen können. Es ist außerordentlich unwahrscheinlich, daß er versucht haben sollte, ans Ufer zu schwimmen, denn die See war sehr rauh; und es gibt da bestimmt keinerlei Spuren irgendeines Anlandens. Und nachdem ich das Gesicht jenes Höllenfeindes auch nur einmal gesehen hatte, geschweige denn etwa sechsmal, gibt mir irgendwas die überwältigende Überzeugung, daß er in der Stunde seines Triumphes nicht einfach irgendwie ertrunken ist.«

»Ich verstehe durchaus, was Sie damit meinen«, erwiderte Father Brown. »Außerdem paßte das auch gar nicht zu dem Ton seines ursprünglichen Drohbriefes, in dem er sich doch alle möglichen Gewinne aus dem Verbrechen versprach ..., und es gibt da noch einen anderen Punkt, den zu verifizieren es sich lohnte. Was ist mit der Unterstruktur der Pier? Piere werden oftmals über einem ganzen Gitterwerk aus eisernen Verstrebungen errichtet, durch die ein Mann klettern könnte, wie ein Affe durch den Urwald klettert.«

»Ja, daran habe ich auch gedacht«, erwiderte der private Nachforscher; »aber unglücklicherweise ist diese Pier in mehr als einer Weise ungewöhnlich gebaut. Sie ist ungewöhnlich lang, und es gibt da diese Eisensäulen mit dem ganzen Gewirr aus Eisenträgern, nur stehen sie sehr weit auseinander, und ich kann keinen Weg erkennen, wie ein Mann von der einen zur anderen klettern könnte.«

»Ich habe das nur erwähnt«, sagte Father Brown nachdenklich, »weil dieser sonderbare Fisch mit den langen Backenbärten, der alte Mann, der in den Dünen predigt, oft auf den am nächsten liegenden Eisenträger klettert. Ich glaube, er sitzt da und fischt, wenn die Flut kommt. Und er ist ein äußerst eigenartiger Fisch, um fischen zu gehn.«

»Wieso, was meinen Sie damit?«

»Nun ja«, sagte Father Brown sehr langsam, und drehte an einem Knopf, und starrte abwesend hinaus auf das tiefe grüne Wasser, das da im letzten Abendschein nach dem Sonnenuntergang glitzerte. »Nun ja ... ich hab' versucht, mich mit ihm sozusagen freundlich zu unterhalten – freundlich und nicht zu witzig, wenn Sie verstehen – darüber, wie er die alten Werke des Fischens und des Predigens miteinander verbindet; ich glaube, ich habe die übliche Anspielung gemacht auf den Text, der sich auf das Angeln lebender Seelen bezieht. Und er antwortete sehr eigenartig und barsch, als er sich auf seine Hockstange zurückschwang: ›Na ja, wenigstens angle ich nach toten Körpern.‹«

»Guter Gott!« rief der Detektiv aus und starrte ihn an.

»Ja«, sagte der Priester. »Das erschien mir als eine eigenartige Bemerkung, gemacht in einem Schwätzchen gegenüber einem Fremden, der in den Dünen mit Kindern spielt.«

Nach einem weiteren starrenden Schweigen stieß sein Gefährte schließlich hervor: »Sie wollen doch nicht sagen, daß Sie glauben, er habe irgendwas mit diesem Tod zu tun?«

»Ich glaube«, antwortete Father Brown, »er könnte einiges Licht darauf werfen.«

»Nun, das geht über meinen Horizont«, sagte der Detektiv. »Es geht über meinen Horizont zu glauben, daß irgendwer da irgendein Licht draufwerfen kann. Es ist wie ein Wirbel wilden Wassers im Pechschwarzen; die Art von Wasser, in das er ... in das er gestürzt ist. Das alles ist einfach blanke Unsinnigkeit; ein großer Mann verschwindet wie eine Blase; niemand könnte wirklich ... Hören Sie mal!« Er hielt plötzlich inne und starrte den Priester an, der sich nicht bewegt hatte, aber immer noch an dem Knopf drehte und auf die Brecher hinausstarrte. »Was meinen Sie eigentlich? Wonach schauen Sie so aus? Sie wollen doch nicht sagen, daß Sie ... daß Sie da Hand und Fuß ausmachen können?«

»Es wäre sehr viel besser, wenn es Unsinn bliebe«, sagte Father Brown mit leiser Stimme. »Nun gut, wenn Sie mich so direkt fragen – ja, ich glaube, ich kann da wohl Hand und Fuß ausmachen.«

Es gab ein langes Schweigen, und dann sagte der Nachforschungsagent mit reichlich seltsamer Abruptheit: »Oh, da kommt der Sekretär des alten Mannes aus dem Hotel. Ich muß los. Ich glaube, ich werde mal runtergehn und mich mit Ihrem verrückten Fischer unterhalten.«

»*Post hoc propter hoc?*« fragte der Priester mit einem Lächeln.

»Nun ja«, sagte der andere mit ruckartiger Offenheit, »der Sekretär mag mich nicht, und ich glaube nicht, daß ich ihn mag. Der hat haufenweise mit Fragen rumgestochert, die uns meiner Meinung nach überhaupt nicht weiterbringen, außer auf 'nen Streit zu. Vielleicht ist er eifersüchtig, weil der alte Mann 'nen anderen reingezogen hat und mit den Ratschlägen seines eleganten Sekretärs nicht zufrieden war. Bis nachher.«

Und er drehte sich um und pflügte durch den Sand bis zu jener Stelle, wo der exzentrische Prediger bereits sein marines Nest erklommen hatte; und in dem grünlichen Dämmer wie ein riesiger Polyp oder eine stechende Qualle aussah, die ihre giftigen Fäden durch die phosphoreszierende See schleppt.

In der Zwischenzeit hatte der Priester feierlich das feierliche Nahen des Sekretärs beobachtet; selbst aus der Ferne in jener volkstümlichen Menge war er auffällig durch die büromäßige Adrettheit und Nüchternheit seines Zylinders und seines Schwalbenschwanzes. Ohne jede Neigung, sich an irgendeiner Auseinandersetzung zwischen dem Sekretär und dem Nachforschungsagenten zu beteiligen, empfand Father Brown doch eine schwache Neigung irrationaler Sympathie für die Vorurteile des letzteren. Mr. Anthony Taylor, der Sekretär, war ein ausnehmend präsentabler junger Mann, in der Haltung ebenso wie in der Kleidung; und die Haltung war ebenso energisch und intellektuell wie auch nur gut aussehend. Er war blaß, mit dunklem Haar, das ihm an den Seiten des Kopfes so herunterkam, als weise es auf mögliche Backenbärtchen; er hielt die Lippen enger zusammengepreßt als die meisten Menschen. Das einzige aber, was Father Browns Einbildungskraft sich als Rechtfertigung sagen konnte, klang seltsamer, als es tatsächlich aussah. Er hatte die Vorstellung, daß der Mann mit seinen Nüstern rede. Irgendwie brachte das starke Zusammenpressen seines Mundes etwas abnorm Sensitives und Flexibles in jene Bewegungen an den Flanken seiner Nase, so daß er zu kommunizieren und das Leben zu dirigieren schien durch Schnüffeln und Schnobern, mit erhobenem Kopf, wie das ein Hund tut. Und irgendwie paßte es zu den anderen Zügen, daß, wenn er sprach, er mit solch schnarrender Schnelligkeit wie ein Maschinengewehr sprach, die bei einer so glatten und gewandten Gestalt beinahe häßlich klang.

Diesmal eröffnete er das Gespräch, indem er sagte: »Keine Leichen angeschwemmt, nehme ich an.«

»Keine sind jedenfalls bisher bekannt gemacht worden«, sagte Father Brown.

»Keine riesige Leiche des Mörders mit dem Schal«, sagte Mr. Taylor.

»Keine«, sagte Father Brown.

Mr. Taylors Mund bewegte sich im Moment nicht mehr; aber seine Nüstern sprachen mit so flinker und flickernder Verachtung für ihn, daß man sie fast geschwätzig hätte nennen können.

Als er nach einigen höflichen Gemeinplätzen des Priesters wieder sprach, war es, um kurz zu sagen: »Hier kommt der Inspektor; ich nehme an, Sie haben England nach dem Schal durchsiebt.«

Inspektor Grinstead, ein Mann mit braunem Gesicht und grauem Spitzbart, sprach Father Brown sehr viel respektvoller an, als es der Sekretär getan hatte.

»Ich nehme an, Sie würden gerne erfahren, Sir«, sagte er, »daß es absolut keine Spur von jenem Mann gibt, der als von der Pier entkommen beschrieben wurde.«

»Oder vielmehr nicht als von der Pier entkommen beschrieben wurde«, sagte Taylor. »Die Pier-Bediensteten, die einzigen Leute, die ihn hätten beschreiben können, haben nie jemanden, den sie hätten beschreiben können, gesehen.«

»Nun gut«, sagte der Inspektor, »wir haben alle Bahnhöfe angerufen und alle Straßen überwacht, und es wird für ihn nahezu unmöglich sein, aus England zu entkommen. Für mich sieht es wirklich so aus, als ob er auf diesem Wege nicht hätte herauskommen können. Er scheint nirgendwo zu sein.«

»Er ist nie irgendwo gewesen«, sagte der Sekretär mit plötzlich kratzender Stimme, die klang, als löse sich an jener einsamen Küste ein Schuß.

Der Inspektor sah verständnislos aus; aber im Gesicht des Priesters leuchtete nach und nach ein Licht auf, bis er schließlich mit fast betonter Unbekümmertheit sagte:

»Wollen Sie sagen, daß der Mann ein Mythus ist? Oder vielleicht eine Lüge?«

»Aha«, sagte der Sekretär und inhalierte durch seine hochmütigen Nüstern, »also haben Sie zuletzt auch daran gedacht.«

»Ich habe daran zuerst gedacht«, sagte Father Brown. »Das ist das erste, an das jeder denken würde, wenn er von einem Fremden eine durch nichts belegte Geschichte über einen fremden Mörder auf einer einsamen Pier hört, oder nicht? In einfachen Worten, Sie glauben, daß der kleine Muggleton nie jemanden den Millionär ermorden gehört hat. Vielleicht glauben Sie, daß der kleine Muggleton ihn selbst ermordet hat.«

»Nun ja«, sagte der Sekretär, »Muggleton sieht mir wie ein schäbiger abgewirtschafteter Bursche aus. Es gibt nur seine Geschichte über das, was sich auf der Pier abgespielt hat; und seine Geschichte besteht aus einem Riesen, der verschwunden ist; eine schöne Märchenerzählung. Nicht eben eine glaubwürdige Erzählung, selbst so nicht, wie er sie erzählt. Er hat seinen Fall nach seinem eigenen Zugeständnis versiebt und zugelassen, daß sein Auftraggeber wenige Meter entfernt getötet worden ist. Er ist nach seinem eigenen Bekenntnis ein ziemlich verkommener Narr und Nichtsnutz.«

»Ja«, sagte Father Brown. »Ich mag eigentlich Leute, die Narren und Nichtsnutze nach ihrem eigenen Bekenntnis sind.«

»Ich verstehe nicht, was Sie meinen«, schnappte der andere.

»Vielleicht«, sagte Father Brown versonnen, »weil es so viele Narren und Nichtsnutze ganz ohne Bekenntnis gibt.«

Und dann fuhr er nach einer Pause fort: »Aber selbst wenn er ein Narr und ein Nichtsnutz ist, beweist das noch nicht, daß er ein Lügner und ein Mörder ist. Und Sie haben vergessen, daß es ein Stück externer Evidenz gibt, das seine Geschichte wirklich stützt. Ich meine den Brief des Millionärs, der die ganze Geschichte von seinem Vetter und dessen Rache erzählt. Solange Sie nicht beweisen, daß dieses Dokument selbst eine Fälschung ist, müssen Sie zugeben, daß es einige Wahrscheinlichkeit für eine Verfolgung von Bruce durch irgend jemanden gab, der ein wirkliches Motiv hatte. Oder ich sollte besser sagen, das einzige tatsächlich zugestandene und aufgezeichnete Motiv.«

»Ich bin nicht ganz sicher, daß ich Sie verstehe«, sagte der Inspektor, »was das Motiv betrifft.«

»Mein lieber Freund«, sagte Father Brown, erstmals von seiner Ungeduld zu einem familiären Ton angestachelt, »jedermann hat irgendwie ein Motiv. Angesichts der Art, wie Bruce sein Geld machte, angesichts der Art, wie die meisten Millionäre ihr Geld machen, hätte fast jeder auf Erden etwas so völlig Natürliches tun können, wie ihn ins Meer schmeißen. Bei vielen, so könnte man sich fast vorstellen, wäre das beinahe automatisch geschehen. Bei fast allen muß dieser Gedanke irgendwann einmal gekommen sein. Mr. Taylor hätte es tun können.«

»Was ist los?«, schnappte Mr. Taylor, und seine Nüstern blähten sich sichtlich.

»Ich hätte es tun können«, fuhr Father Brown fort, »*nisi me constringeret ecclesiae auctoritas*. Jedermann hätte, gäbe es die einzige wahre Moral nicht, versucht sein können, eine so offensichtliche, so einfache soziale Lösung anzunehmen. Ich hätte es tun können; Sie hätten es tun können; der Bürgermeister oder der Brötchenbäcker hätten es tun können. Der einzige Mensch auf dieser Erde, der es nach meiner Meinung wahrscheinlich nicht getan hat, ist der private Nachforschungsagent, den Bruce gerade für 5 Pfund die Woche eingestellt hatte und der noch keinen Pfennig seines Geldes bekommen hat.«

Der Sekretär schwieg eine Weile; dann schnaubte er und sagte: »Wenn das das Angebot in dem Brief ist, dann sollten wir besser überprüfen, ob der eine Fälschung ist. Denn tatsächlich wissen wir nicht, ob nicht die ganze Geschichte ebenso falsch ist wie eine Fälschung. Der Bursche gibt doch selbst zu, daß das Verschwinden seines buckligen Riesen äußerst unglaubwürdig und unerklärlich ist.«

»Ja«, sagte Father Brown, »das mag ich gerade an Muggleton. Er gibt Dinge zu.«

»Dennoch«, beharrte Taylor, und seine Nüstern vibrierten vor Erregung, »dennoch geht es doch einzig und allein darum: Er kann nicht beweisen, daß dieser große Mann mit Schal jemals existiert hat oder noch existiert; und jede einzelne von der Polizei und den Zeugen aufgetane Tatsache beweist, daß er nicht existiert. Nein, Father Brown. Es gibt nur einen einzigen Weg, wie Sie diesen kleinen Taugenichts, von dem Sie so viel zu halten scheinen, rechtfertigen können. Und das ist, indem Sie seinen imaginären Mann beibringen. Und genau das ist es, was Sie nicht tun können.«

»Übrigens«, fragte der Priester abwesend, »ich nehme an, Sie sind aus dem Hotel gekommen, in dem Bruce seine Zimmer hat, Mr. Taylor?«

Taylor sah ein bißchen bestürzt aus und schien fast zu stottern. »Nun ja, er hatte immer diese Zimmer; sie sind praktisch sein Eigentum. Ich hab' ihn da aber tatsächlich diesmal nicht gesehen.«

»Ich nehme an, Sie sind mit ihm im Auto hergefahren«, bemerkte Brown, »oder sind Sie beide mit dem Zug gekommen?«

»Ich bin mit dem Zug gekommen und habe das Gepäck mitgebracht«, sagte der Sekretär ungeduldig. »Irgendwas hat ihn wohl aufgehalten. Ich habe ihn tatsächlich nicht mehr gesehen, seit er vor ein oder zwei Wochen Yorkshire allein verlassen hat.«

»Demnach sieht es so aus«, sagte der Priester sehr sanft, »daß, wenn nicht Muggleton ihn als letzter vor den wilden Meereswellen gesehen hat, Sie ihn als letzter auf den ebenso wilden Yorkshire-Mooren gesehen haben.«

Taylor wurde kreidebleich, aber er zwang seine kratzende Stimme zur Stetigkeit: »Ich habe niemals gesagt, daß Muggleton *Bruce* nicht auf der Pier gesehen hätte.«

»Nein; und warum haben Sie nicht?« fragte Father Brown. »Wenn er den einen Mann auf der Pier erfunden hat, warum sollte er dann nicht beide Männer auf der Pier erfinden? Natürlich wissen wir, daß Bruce existiert hat; aber wir scheinen nicht zu wissen, was ihm in den letzten Wochen zugestoßen ist. Vielleicht hat man ihn in Yorkshire zurückgelassen.«

Die reichlich schrille Stimme des Sekretärs steigerte sich fast zu einem Kreischen. Sein ganzer Lack gesellschaftlicher Gewandtheit schien abgegangen.

»Sie weichen nur aus! Sie kneifen ja nur! Sie versuchen ja nur, verrückte Andeutungen gegen mich an den Haaren herbeizuzerren, weil Sie einfach meine Frage nicht beantworten können.«

»Lassen Sie mal sehen«, sagte Father Brown, sich erinnernd. »Was war doch noch Ihre Frage?«

»Sie wissen gut genug, was sie war; und Sie wissen, daß die Sie verdammt in die Klemme gebracht hat. Wo ist der Mann mit dem Schal? Wer hat ihn gesehen? Wer hat je von ihm gehört oder gesprochen, außer diesem Ihrem kleinen Lügner? Wenn Sie uns überzeugen wollen, müssen Sie ihn herbeischaffen. Wenn er jemals existiert hat, dann könnte er sich auf den Hebriden verstecken oder nach Callao geflohen sein. Aber Sie müssen ihn herbeischaffen, und ich weiß, daß er nicht existiert. Alsdann! Wo ist er?«

»Ich glaube, daß er da drüben ist«, sagte Father Brown und spähte und blinzelte in die näheren Wellen, die rund um die eisernen Pfeiler der Pier wuschen; wo sich die beiden Gestalten des Agenten und des alten Fischers und Predigers immer noch dunkel vor dem grünen Glühen des Wassers abhoben. »Ich meine in dieser Art von Netz, das da im Meer herumtreibt.«

Wie verblüfft auch immer, Inspektor Grinstead ergriff blitzschnell die Initiative und strebte zum Strand hinab.

»Wollen Sie sagen«, schrie er, »daß die Leiche des Mörders sich in dem Netz des alten Burschen befindet?«

Father Brown nickte, während er den kiesigen Abhang hinab folgte; und noch während sie sich vorwärtsbewegten, wandte sich Klein Muggleton, der Agent, um und begann, denselben Abhang hinaufzuklimmen, sein ganzer dunkler Umriß eine einzige Pantomime der Verblüffung und der Entdeckung.

»Es ist trotz allem, was wir gesagt haben, wahr«, keuchte er. »Der Mörder hat versucht, ans Ufer zu schwimmen, und ist bei dem Wetter natürlich ertrunken. Oder aber er hat wirklich Selbstmord begangen. Auf jeden Fall ist er tot ins Fischernetz vom Alten Schwefler getrieben, und das hat der alte Irre gemeint, als er sagte, er angle nach toten Männern.«

Der Inspektor rannte das Ufer hinab mit einer Behendigkeit, die sie alle übertraf, und wurde gehört, wie er Befehle schrie. In wenigen Augenblicken hatten die Fischer und einige Müßiggänger mit Hilfe der Polizisten das Netz eingeholt und rollten es mit seiner Last auf den nassen Sand, der im Licht des Sonnenunterganges schimmerte. Der Sekretär blickte auf das, was da im Sand lag, und die Worte erstarben ihm auf den Lippen. Denn was da auf dem Sand lag, war in der Tat der Körper eines riesigen Mannes in Lumpen, mit etwas buckligen mächtigen Schultern und einem knochigen Adlergesicht; und ein großer roter zerfetzter Wollschal erstreckte sich über den Sonnenuntergangssand wie ein großer Blutfleck. Aber Taylor starrte nicht auf den blutbesudelten Schal oder die märchenhafte Gestalt, sondern auf das Gesicht; und sein eigenes Gesicht war ein Kampfplatz von Ungläubigkeit und Mißtrauen.

Der Inspektor wandte sich Muggleton sofort mit einer neuen Miene der Höflichkeit zu.

»Das bestätigt allerdings Ihre Geschichte«, sagte er. Und bis er den Tonfall dieser Worte vernahm, hatte Muggleton niemals geahnt, daß seiner Geschichte fast überall nicht geglaubt worden war. Niemand hatte ihm geglaubt. Niemand außer Father Brown.

Deshalb machte er, als er sah, daß Father Brown sich von der Gruppe davonstahl, eine Bewegung, um in seiner Gesellschaft zu verschwinden; aber sogar da ließ ihn die Entdeckung fast stocken, daß der Priester erneut von der tödlichen Anziehungskraft der spaßigen kleinen Automaten fortgezogen wurde. Er sah sogar den ehrwürdigen Herrn nach einem Penny fummeln. Er hielt jedoch mit der Münze zwischen Zeigefinger und Daumen inne, als der Sekretär zum letztenmal mit seiner lauten, mißtönenden Stimme sprach.

»Und ich nehme an, wir können hinzufügen«, sagte er, »daß die monströsen und dämlichen Vorwürfe gegen mich ebenfalls erledigt sind.«

»Mein lieber Herr«, sagte der Priester, »ich habe niemals Vorwürfe gegen Sie erhoben. Ich bin kein solcher Narr, anzunehmen, daß Sie zuerst Ihren Arbeitgeber in Yorkshire ermordeten und dann herkamen, um wie ein Narr mit seinem Gepäck herumzumachen. Alles, was ich gesagt habe, war, daß ich einen viel besseren Fall gegen Sie aufbauen könnte, als Sie das so energisch gegen den armen Mr. Muggleton taten. Dennoch kann ich Ihnen, wenn Sie wirklich die Wahrheit über diese Angelegenheit erfahren wollen (und ich versichere Ihnen, daß die Wahrheit keineswegs schon allgemein erfaßt wird), einen Hinweis sogar aus Ihren eigenen Angelegenheiten geben. Es *ist* eine reichlich komische und bedeutungsvolle Sache, daß Mr. Bruce, der Millionär, an keinem seiner üblichen Aufenthaltsorte seit Wochen gesehen wurde, bevor er wirklich getötet wurde. Und da Sie ein vielversprechender Amateurdetektiv zu sein scheinen, rate ich Ihnen, in dieser Richtung zu arbeiten.«

»Was meinen Sie damit?« fragte Taylor scharf.

Aber er bekam keine Antwort von Father Brown, der sich aufs neue vollständig darauf konzentrierte, den Handgriff der kleinen Maschine zu führen, der zuerst eine Puppe herausspringen und dann eine andere hinterherspringen machte.

»Father Brown«, sagte Muggleton, dessen alter Ärger schwach wieder auflebte, »würden Sie mir wohl sagen, warum Sie dieses dämliche Ding so sehr lieben?«

»Aus einem einzigen Grunde«, erwiderte der Priester und spähte aufmerksam in den Glaskasten der Puppenschau. »Weil er das Geheimnis dieser Tragödie enthält.«

Dann richtete er sich plötzlich auf und sah seinen Gefährten ernsthaft an.

»Ich habe die ganze Zeit über gewußt«, sagte er, »daß Sie die Wahrheit erzählten und das Gegenteil der Wahrheit.«

Muggleton konnte ob der Wiederkehr all der Rätsel nur erstaunt starren.

»Es ist ganz einfach«, fügte der Priester hinzu und senkte seine Stimme. »Die Leiche da drüben mit dem blutroten Schal ist die Leiche von Braham Bruce, dem Millionär. Und es wird keine andere geben.«

»Aber die beiden Männer«, begann Muggleton, und dann blieb ihm der Mund offen stehen.

»Ihre Beschreibung der beiden Männer war bewunderungswürdig lebhaft«, sagte Father Brown. »Ich versichere Ihnen, ich werde sie bestimmt so schnell nicht vergessen. Sie haben, wenn ich so sagen darf, literarische Talente; vielleicht würde Ihnen der Journalismus mehr Spielraum geben als das Detektivsein. Ich glaube, ich erinnere mich an praktisch jede Einzelheit einer jeden Person. Nur hat mich, wissen Sie, jeder Punkt sonderbarerweise genau entgegengesetzt angesprochen wie Sie. Beginnen wir mit dem ersten, den Sie erwähnten. Sie sagten, daß der erste Mann, den Sie gesehen haben, einen unbeschreiblichen Ausdruck von Autorität und Würde zeigte. Und da sagten Sie zu sich selbst: ›Das ist der Trustmagnat, der große Kaufmannskönig, der Beherrscher der Märkte.‹ Als aber ich von diesem Ausdruck der Würde und der

Autorität hörte, sagte ich zu mir selbst: ›Das ist der Schauspieler; alles an ihm ist Schauspieler.‹ Einen solchen Ausdruck bekommen Sie nicht, wenn Sie Präsident der Chain Store Amalgamation Company sind. Diesen Ausdruck bekommen Sie, wenn Sie der Geist von Hamlets Vater sind, oder Julius Caesar, oder König Lear, und Sie werden ihn nie wieder ganz verlieren. Sie konnten von seiner Kleidung nicht genug sehen, um sagen zu können, ob sie wirklich abgerissen war, aber Sie haben einen Streifen Pelz gesehen und einen einigermaßen modischen Schnitt erkannt; und wieder sagte ich zu mir: ›Der Schauspieler.‹ Als nächstes, und bevor wir in die Einzelheiten des anderen Mannes gehen, bemerkten Sie das eine Ding an ihm, das sich augenscheinlich an dem ersten Mann nicht befand. Sie haben gesagt, der zweite Mann sei nicht nur zerlumpt gewesen, sondern auch unrasiert, fast wie ein Bärtiger. Nun haben wir alle abgerissene Schauspieler gesehen, schmutzige Schauspieler, betrunkene Schauspieler, aufs übelste beleumundete Schauspieler. Aber ein stoppelbärtiger Schauspieler, mit Job oder gar auf der Suche nach einem, ist etwas, was man auf dieser Erde kaum je erblickt hat. Andererseits ist das Rasieren fast immer das erste, was ein Herr oder ein wohlhabender Exzentriker aufgibt, der sich wirklich aufgibt. Nun haben wir allen Grund anzunehmen, daß unser Freund, der Millionär, sich wirklich aufgegeben hat. Sein Brief war der Brief eines Mannes, der sich schon aufgegeben hatte. Aber es war nicht nur Vernachlässigung, die ihn armselig und schäbig aussehen ließ. Begreifen Sie denn nicht, daß der Mann sich praktisch verkroch? Deshalb ist er nicht in sein Hotel gegangen; und deshalb hat ihn sein eigener Sekretär seit Wochen nicht mehr gesehen. Er war ein Millionär; aber sein einziges Ziel war es, ein vollkommen verkleideter Millionär zu sein. Haben Sie je *Die Frau in Weiß* gelesen? Erinnern Sie sich nicht daran, daß der modische und luxusliebende Graf Fosco, der vor einer Geheimgesellschaft um sein Leben floh, in der blauen Bluse eines einfachen französischen Arbeiters erstochen aufgefunden wurde? Kommen wir nun für einen Augenblick auf das Benehmen dieser beiden Männer zurück. Sie sahen den ersten Mann ruhig und gesammelt und sagten zu sich: ›Das ist das unschuldige Opfer‹; obwohl der Brief des unschuldigen Opfers alles andere als ruhig und gesammelt war; und ich sagte zu mir: ›Das ist der Mörder.‹ Warum sollte der auch etwas anderes als ruhig und gesammelt sein? Er wußte, was er zu tun vorhatte.

Er hatte sich schon vor langer Zeit entschlossen, es zu tun; wenn er jemals einen Anflug von Zögern oder von Reue gehabt hat, so hatte er sich dagegen schon verhärtet, ehe er die Szene betrat – oder wie wir in diesem Fall sagen könnten, die Bühne. Es war nicht anzunehmen, daß er besonderes Lampenfieber haben würde. Er zog seine Pistole nicht hervor und wedelte nicht damit umher; warum hätte er sollen? Er behielt sie in der Tasche, bis er sie brauchte; sehr wahrscheinlich schoß er durch die Tasche. Der andere Mann fummelte mit seiner Pistole herum, weil er so nervös wie eine Katze war und sehr wahrscheinlich niemals zuvor eine Pistole gehabt hat. Er tat das aus demselben Grund, aus dem er mit den Augen rollte; und ich erinnere daran, daß selbst in Ihrer unbewußten Zeugenaussage ausdrücklich festgehalten wird, daß er sie *rückwärts* rollte. Tatsächlich blickte er hinter sich. Tatsächlich war er nicht der Verfolger, sondern der Verfolgte. Aber weil Sie zufällig den ersten Mann zuerst gesehen haben, konnten Sie nicht anders als annehmen, der andere Mann komme hinter ihm her. Nach der reinen Mathematik und der reinen Mechanik rannte jeder von ihnen hinter dem anderen her – genau wie die anderen.«

»Welche anderen?« erkundigte sich der verwirrte Detektiv.

»Was denn, diese hier«, schrie Father Brown und schlug mit dem kleinen hölzernen Spaten, der während dieser ganzen mörderischen Mysterien so unpassend in seiner Hand verblieben war, auf die Maschine. »Diese kleinen Uhrwerkpuppen, die einander auf ewig rundherum jagen. Wir wollen sie nach den Farben ihrer Jacken Mr. Blue und Mr. Red nennen. Ich hatte zufällig mit Mr. Blue angefangen, und also sagten die Kinder, Mr. Red renne hinter ihm her; es würde aber genau andersherum ausgesehen haben, wenn ich mit Mr. Red begonnen hätte.«

»Ja, ich fange an zu verstehen«, sagte Muggleton; »und ich vermute, daß alles übrige dazu paßt. Die Familienähnlichkeit richtet sich natürlich nach beiden Seiten, und sie haben den Mörder die Pier nicht verlassen sehen …«

»Sie haben niemals nach dem Mörder gesucht, der die Pier verließ«, sagte der andere. »Niemand hat ihnen gesagt, nach einem ruhigen, sauber rasierten Herrn im Astrachanmantel Ausschau zu halten. Das ganze Geheimnis seines Verschwindens hing an Ihrer Beschreibung eines mächtigen Kerls mit rotem Halsschal. Die einfache Wahrheit aber war, daß der Schauspieler im Astrachanmantel den Millionär in den roten Lumpen ermordete, und da liegt die Leiche des armen Kerls. Es ist wie mit der roten und der blauen Puppe; und nur weil Sie den einen zuerst sahen, rieten Sie falsch, was rot vor Rache war und was blau vor Angst.«

An diesem Punkt begannen zwei oder drei Kinder über die Dünen zu krabbeln, und der Priester winkte ihnen mit dem hölzernen Spaten zu und pochte dabei theatralisch auf den Automaten. Muggleton erriet, daß das hauptsächlich geschah, um sie davon abzuhalten, zu dem entsetzlichen Haufen auf dem Strand zu strolchen.

»Noch ein einziger Penny übrig in der Welt«, sagte Father Brown, »und dann müssen wir zum Tee nach Hause. Weißt du, Doris, ich mag diese Drehspiele, die einfach herum und herum gehen wie das Maulbeerbaumspiel. Schließlich hat Gott all die Sonnen und die Sterne gemacht, damit sie Maulbeerbaum spielen. Aber all diese anderen Spiele, bei denen einer den anderen einholen muß, bei denen die Läufer Rivalen sind und Kopf an Kopf rennen und sich einander ausstechen wollen, na ja – es scheint, als ob sich noch viel üblere Dinge ereigneten. Ich mag es, mir vorzustellen, wie Mr. Red und Mr. Blue stets mit ungedämpftem Spaß springen, beide frei und gleich; und keiner tut je dem anderen weh. ›Zärtlicher Liebhaber, niemals, niemals wirst du küssen – oder töten.‹ Glücklicher, glücklicher Mr. Red!

›Er kann sich nicht verwandeln; und obwohl
du dein Glück nicht hast,
Wirst du auf ewig springen; und er wird Blue sein.‹«

Und nachdem er dieses bemerkenswerte Zitat von Keats mit einigem Gefühl vorgetragen hatte, schob sich Father Brown den kleinen Spaten unter den einen Arm, gab zweien von den Kindern die Hand und stapfte mit ihnen feierlich das Ufer hinan, teewärts.

Das Verbrechen des Kommunisten

Drei Männer kamen unter den niedriggeschwungenen Tudorarkaden in der lieblichen Fassade des Mandeville College heraus in das starke Sonnenlicht eines Sommertages, der niemals enden zu wollen schien; und in jenem Sonnenlicht sahen sie etwas, das sie wie ein Blitzschlag traf; wohl geeignet, der Schock ihres Lebens zu sein.

Noch ehe ihnen etwas in der Art einer Katastrophe klar wurde, wurden sie sich eines Gegensatzes bewußt. Sie selbst stimmten auf sonderbar ruhige Weise mit ihrer Umgebung überein. Obwohl die Tudorarkaden, die wie ein Kreuzgang um die Collegegärten liefen, vor vierhundert Jahren erbaut worden waren, zu jenem Zeitpunkt, da die Gotik aus dem Himmel zurückstürzte und sich über die gemütlicheren Gemächer des Humanismus und der Wiederbelebung des Lernens beugte oder geradezu duckte – obwohl sie selbst moderne Kleidung trugen (also Kleidung, deren Häßlichkeit jedes der vier Jahrhunderte verblüfft haben würde) –, war da doch etwas im Geist des Ortes, der sie alle zu einem machte. Die Gärten waren so sorgfältig gepflegt, daß sie den höchsten Triumph feierten, unbesorgt auszusehen; die Blumen selbst schienen schön durch Zufall, wie elegante Unkräuter; und die moderne Kleidung wies zumindest all jenes Pittoreske auf, das durch Unordentlichkeit hervorgerufen werden kann. Der erste der drei, ein großer, kahler, bärtiger Maibaum von einem Mann, war mit Barett und Talar eine bekannte Erscheinung im Binnenhof; der Talar glitt ihm von einer seiner hängenden Schultern. Der zweite war sehr breitschultrig, klein und massiv, mit einem ziemlich fröhlichen Grinsen, normal mit Jackett bekleidet, den Talar über dem Arm. Der dritte war noch kleiner und in seiner schwarzen klerikalen Kleidung sehr viel schäbiger. Doch sie alle schienen zum Mandeville College zu passen; und zu der unbeschreiblichen Atmosphäre der beiden alten und einzigartigen Universitäten Englands. Sie paßten dazu, und sie gingen in ihr auf; was dort als das Passendste betrachtet wird.

Die beiden Männer, die da auf Gartenstühlen an einem kleinen Tischchen saßen, bildeten eine Art brillanten Schmutzflecks in dieser grau-grünen Landschaft. Sie waren fast vollständig in Schwarz gekleidet, und doch glitzerten sie vom Kopf bis zu den Füßen, von ihren glänzenden Zylindern bis zu ihren perfekt polierten Stiefeletten. Es wurde undeutlich als Frevel empfunden, daß jemand sich so wohlbekleidet in der so wohlerzogenen Freiheit des Mandeville College bewegte. Die einzige Entschuldigung war, daß sie Ausländer waren. Der eine war ein Amerikaner, ein Millionär namens Hake, gekleidet auf die makellose und glänzende Herrenweise, die lediglich die Reichen New Yorks beherrschen. Der andere, der zu alldem auch noch den Frevel eines Astrachanüberziehers hinzufügte (von dem Paar üppiger Backenbärte ganz zu schweigen), war ein deutscher Graf von immensem Reichtum, dessen Name mit seinem kürzesten Teil von Zimmern lautete. Das Rätsel dieser Geschichte ist jedoch nicht das Rätsel, warum sie da waren. Sie waren da aus jenem Grund, der gemeinhin das Zusammentreffen von unvereinbaren Dingen erklärt; sie wollten dem College Geld stiften. Sie waren zur Unterstützung eines Planes erschienen, den eine Reihe von Finanziers und Magnaten aus vielen Ländern unterstützte, nämlich einen neuen Lehrstuhl für Wirtschaft im Mandeville College zu gründen. Sie hatten sich das College mit jener unermüdlich gewissenhaften Besichtigungsweise angesehen, zu der kein Sohn Evas fähig ist außer dem Amerikaner und dem Deutschen. Und nun erholten sie sich von ihren Anstrengungen und betrachteten feierlich die Collegegärten. So weit, so gut.

Die drei anderen Männer, die ihnen bereits begegnet waren, gingen mit flüchtigem Gruß vorüber; doch dann blieb einer von ihnen stehen; der kleinste der drei, in der schwarzen Klerikerkleidung.

»Ich muß sagen«, sagte er mit dem Ausdruck eines ziemlich erschreckten Kaninchens, »mir gefällt der Anblick dieser Männer gar nicht.«

»Guter Gott! Wem sollte er?« stieß der große Mann hervor, der zufällig der Master von Mandeville College war. »Wir wenigstens haben einige reiche Männer, die nicht wie Schneiderpuppen aufgeputzt herumlaufen.«

»Ja«, zischte der kleine Kleriker, »das meine ich ja. Wie Schneiderpuppen.«

»Warum, was meinen Sie denn?« fragte der kürzere der beiden anderen Männer scharf.

»Ich meine, sie sehen aus wie scheußliche Wachspuppen«, sagte der Kleriker mit schwacher Stimme. »Ich meine, sie bewegen sich nicht. Warum bewegen sie sich nicht?«

Plötzlich brach er aus seiner undeutlichen Zurückhaltung aus, schoß quer durch den Garten und berührte den deutschen Freiherrn am Ellbogen. Der deutsche Freiherr fiel um, mit Stuhl und allem, und die behosten Beine, die in die Luft ragten, waren so steif wie die Beine des Stuhls.

Mr. Gideon P. Hake fuhr fort, mit glasigen Augen in die Collegegärten zu starren; und die Ähnlichkeit mit einer Wachspuppe bestätigte den Eindruck, daß sie wie Augen aus Glas aussahen. Irgendwie verstärkten das reiche Sonnenlicht und der bunte Garten den unheimlichen Eindruck einer förmlich gekleideten Puppe; einer Marionette auf einer italienischen Bühne. Der kleine Mann in Schwarz, der ein Priester namens Brown war, berührte versuchsweise die Schulter des Millionärs, und der Millionär fiel zur Seite, scheußlich in einem Stück, wie eine Holzskulptur.

»*Rigor mortis*«, sagte Father Brown, »und so rasch. Aber da gibt es große Unterschiede.«

Der Grund dafür, daß die drei Männer sich den beiden anderen Männern so spät (um nicht zu sagen zu spät) angeschlossen hatten, wird am besten verstanden werden, wenn man zur Kenntnis nimmt, was sich innerhalb des Gebäudes gerade hinter den Tudorarkaden ereignet hatte, nur kurze Zeit, bevor sie herauskamen. Sie hatten alle zusammen im Speisesaal an der Hohen Tafel gegessen; aber die beiden ausländischen Philantropen, Sklaven der Pflicht, alles zu sehen, waren feierlich zurück in die Kapelle geschritten, von der ein Säulengang und ein Treppenaufgang noch ununtersucht geblieben waren, mit dem Versprechen, die anderen im Garten zu treffen, um dann ebenso ernsthaft die Collegezigarren zu untersuchen. Die anderen hatten sich in ehrfurchtsvollerem und rechtgläubigerem Geist wie üblich an die lange schmale Eichentafel zurückgezogen, um die der Nachtischwein kreiste, nach bestem Wissen aller, seit das College im Mittelalter von Sir John Mandeville gegründet worden war, zur Förderung des Erzählens von Geschichten. Der Master mit dem üppigen blonden Bart und der kahlen Stirn nahm Platz am Kopfende der Tafel, und der untersetzte Mann in der eckigen Jacke saß zu seiner Linken; denn er war der Quästor oder Geschäftsverwalter des College. Neben ihm auf jener Seite der Tafel saß ein sonderbar aussehender Mann mit einem Gesicht, das man nur krumm nennen kann, denn die dunklen Büschel des Schnurrbarts und der Augenbrauen, die sich in entgegengesetzte Winkel neigten, schufen eine Art Zickzack, als ob sein Gesicht zur Hälfte gekräuselt oder gelähmt wäre. Sein Name war Byles; er war Lektor für Römische Geschichte, und seine politischen Ansichten gründeten auf denen Coriolans, von Tarquinius Superbus ganz zu schweigen. Dieses saure Torytum und diese rabiat reaktionäre Sicht auf alle aktuellen Probleme ist unter der eher altmodisch gesonnenen Art von Dozenten nicht eben unbekannt; doch im Falle von Byles gab es Andeutungen, daß sie eher das Ergebnis denn der Grund seiner Bitterkeit waren. Mehr als ein scharfer Beobachter hatte den Eindruck gewonnen, daß mit Byles wirklich etwas nicht stimmte; daß irgendein Geheimnis oder irgendein großes Unglück ihn verbittert hatte; als ob jenes halbverwitterte Gesicht tatsächlich zerschmettert worden sei wie ein vom Sturm zerfetzter Baum. Wiederum neben ihm saß Father Brown und am Ende der Tafel ein Professor der Chemie, groß und blond und gleichgültig, mit Augen, die schläfrig waren und vielleicht ein bißchen verschlagen. Es war wohl bekannt, daß dieser Naturphilosoph die anderen Philosophen von klassischerer Tradition als verknöcherte Mummelgreise ansah. Auf der anderen Seite der Tafel befand sich gegenüber von Father Brown ein schweigsamer junger Mann von sehr dunklem Teint mit einem schwarzen Spitzbart, der eingeführt worden war, weil jemand darauf bestanden hatte, daß es einen Lehrstuhl für Persisch gebe; gegenüber dem düsteren Byles gab es einen sehr milde blickenden kleinen Kaplan mit einem Kopf wie ein Ei. Gegenüber dem Quästor und zur Rechten des Masters gab es einen leeren Sessel; und von den Anwesenden waren viele froh, ihn leer zu sehen.

»Ich weiß nicht, ob Craken kommen wird«, sagte der Master, nicht ohne einen nervösen Blick zu dem Sessel hin, der in Widerspruch zu seinem üblichen trägen Verhalten stand. »Ich bin selbst dafür, den Leuten möglichst lange Leine zu geben; aber ich gestehe, daß ich den Punkt erreicht habe, an dem ich froh bin, wenn er hier ist, weil er dann wenigstens nirgendwo anders sein kann.«

»Weiß nie, was er als nächstes anstellt«, sagte der Quästor fröhlich, »vor allem, wenn er die Jungen unterrichtet.«

»Brillanter Kerl, aber natürlich voll feuriger Leidenschaften«, sagte der Master und fiel geradezu abrupt in seine Zurückhaltung zurück.

»Feuerwerk ist feurig, und auch brillant«, grummelte der alte Byles, »aber ich lege keinen Wert darauf, in meinem Bett zu verbrennen, nur damit Craken als ein wirklicher Guy Fawkes auftreten kann.«

»*Glauben* Sie wirklich, er würde sich einer Revolution der physischen Gewalt anschließen, wenn es denn eine gäbe?« fragte der Quästor lächelnd.

»Nun, *er* jedenfalls glaubt, er würde«, sagte Byles scharf. »Hat doch einem ganzen Saal voller Studenten dieser Tage vorgeredet, jetzt könne nichts mehr verhindern, daß der Klassenkampf in einen wirklichen Kampf umschlage, mit Töten in den Straßen der Stadt; und das spiele auch keine Rolle, solange es nur im Kommunismus und dem Sieg der Klasse der Werktätigen ende.«

»Der Klassenkampf«, murmelte der Master nachdenklich mit einer gewissen durch Abstand gemilderten Abneigung; denn er hatte vor langer Zeit William Morris gekannt und war mit den künstlerischeren und gemächlicheren Sozialisten vertraut genug gewesen. »Ich werde das mit diesem ganzen Klassenkampf nie verstehen. Als ich jung war, ging man davon aus, der Sozialismus behaupte, daß es keine Klassen gebe.«

»Nur 'ne andere Art zu sagen, daß Sozialisten keine Klasse haben«, sagte Byles mit saurem Vergnügen.

»Natürlich müssen Sie ihnen feindseliger gegenüberstehen als ich«, sagte der Master nachdenklich, »aber ich nehme an, daß mein Sozialismus wohl fast ebenso altmodisch ist wie Ihr Torytum. Frage mich nur, was unsere jüngeren Freunde wirklich denken. Was denken Sie, Baker?« fragte er abrupt den Quästor zu seiner Linken.

»Oh, ich denke *nicht*, wie man vulgär sagt«, sagte der Quästor lachend. »Sie sollten daran denken, daß ich eine sehr vulgäre Person bin. Ich bin kein Denker. Ich bin nur Geschäftsmann; und als Geschäftsmann denke ich, daß das alles Quatsch ist. Man kann die Menschen nicht gleichmachen, und es ist 'ne verdammt schlechte Geschäftsführung, sie gleich zu bezahlen; vor allem all die, die es überhaupt nicht wert sind, bezahlt zu werden. Worum es auch immer geht, Sie müssen den praktischen Ausweg nehmen, weil es der einzige Ausweg ist. Ist ja schließlich nicht unser Fehler, wenn die Natur alles als Durcheinander angerührt hat.«

»Darin stimme ich Ihnen zu«, sagte der Professor der Chemie mit einem Lispeln, das bei einem so großen Mann kindisch wirkte. »Der Kommunismus gibt sich ach so modern; aber ist es nicht. Rückfall in den Aberglauben von Mönchen und primitiven Stämmen. Eine wissenschaftliche Regierung mit einer wirklich ethischen Verantwortung gegenüber der Nachwelt würde immer nach der Linie des Versprechens und des Fortschritts suchen; nicht danach, alles einzuebnen und wieder in den Schlamm zurückzudrücken. Sozialismus ist Sentimentalismus; und gefährlicher als die Pest, denn die würden wenigstens die Geeignetsten überleben.«

Der Master lächelte ein wenig traurig. »Sie wissen, daß Sie und ich niemals die gleiche Meinung über Meinungsverschiedenheiten haben werden. Hat nicht irgendwer hier über das Spazierengehen mit einem Freund am Fluß gesagt: ›Nicht viel Meinungsunterschied, außer in den Ansichten.‹ Ist nicht das das Motto einer Universität? Hunderte von Meinungen zu haben und nicht meinungsstarr zu sein? Wenn Leute hier stürzen, dann durch das, was sie sind, und nicht durch das, was sie denken. Vielleicht bin ich ein Überbleibsel des 18. Jahrhunderts, aber ich neige der alten sentimentalen Häresie zu: ›Um Glaubensformen mögen ohne Grazie Zeloten fechten; nicht irre geht, deß Leben ist im Rechten.‹ Was halten Sie davon, Father Brown?«

Er blickte etwas boshaft zu dem Priester hinüber und schrak leicht zusammen. Denn bisher hatte er den Priester immer fröhlich und liebenswürdig und angenehm im Umgang gefunden; und sein rundes Gesicht war meistens voller guter Laune. Aus irgendwelchen Gründen aber war des Priesters Gesicht in diesem Augenblick von einem sehr viel düstereren Unbehagen durchrunzelt, als je einer der Gesellschaft zuvor auf ihm erblickt hatte; so, daß für einen Augenblick jenes gewöhnliche Aussehen tatsächlich düsterer und ominöser wirkte als das sorgenverzerrte Gesicht von Byles. Einen Augenblick später schien indes die Wolke vorübergezogen zu sein; doch Father Brown sprach immer noch mit einer gewissen Nüchternheit und Festigkeit.

»Ich halte davon überhaupt nichts«, sagte er kurz. »Wie kann sein Leben im Rechten sein, wenn seine ganze Ansicht vom Leben falsch ist? Das ist ein moderner Wirrwarr, daraus entstanden, weil die Leute keine Ahnung haben, wie sehr sich die Ansichten vom Leben unterscheiden können. Baptisten und Methodisten wußten, daß sie sich in Fragen der Moral nicht sehr unterscheiden; aber sie unterschieden sich schließlich auch nicht sehr in Fragen der Religion oder der Philosophie. Ganz anders wird das, wenn man von den Baptisten zu den Anabaptisten kommt; oder von den Theosophisten zu den Thugs. Häresien verändern immer die Moralität, wenn sie nur häretisch genug sind. Ich nehme an, daß ein Mann ehrlich glauben kann, Diebstahl sei nichts Falsches. Aber welchen Sinn hat es zu sagen, daß er ehrlich an die Unehrlichkeit glaubt?«

»Verflucht richtig«, sagte Byles mit einer wilden Verzerrung seines Gesichts, von der manche glaubten, sie sei als freundliches Lächeln gedacht. »Und deshalb bin ich gegen die Einrichtung eines Lehrstuhls für Theoretisches Stehlen an diesem College.«

»Na ja, natürlich sind Sie alle sehr gegen den Kommunismus«, sagte der Master mit einem Seufzen. »Aber glauben Sie wirklich, daß darin genug stecke, um dagegen zu sein? Erscheinen Ihnen diese Häresien wirklich groß genug, um gefährlich zu sein?«

»Ich glaube, sie sind schon so groß geworden«, sagte Father Brown gewichtig, »daß sie in manchen Kreisen bereits als selbstverständlich erachtet werden. Sie sind tatsächlich unbewußt. Das heißt ohne Gewissen.«

»Und die Folge davon«, sagte Byles, »wird der Ruin dieses Landes sein.«

»Die Folge davon wird etwas viel Schlimmeres sein«, sagte Father Brown.

Ein Schatten schoß oder glitt rasch über die gegenüberliegende holzgetäfelte Wand, dem ebenso rasch die Gestalt folgte, die ihn geworfen hatte; eine große, aber gebeugte Gestalt mit einem undeutlichen Umriß wie ein Greifvogel; betont noch durch die Tatsache, daß ihr plötzliches Erscheinen und ihr rasches Vorübergleiten dem eines aufgeschreckten und aus dem Busch auffliegenden Vogels glich. Es war nur die Gestalt eines langgliedrigen, hochschultrigen Mannes mit lang herabhängendem Schnurrbart und ihnen allen eigentlich vertraut genug; aber irgendwas in diesem Dämmerlicht und Kerzenlicht und in dem flüchtigen und dahinstreifenden Schatten verband es auf sonderbare Weise mit des Priesters unbewußten Schicksalsworten; für alle Welt, als ob jene Worte tatsächlich ein Vorzeichen gewesen wären, im altrömischen Sinn; und ihr Zeichen der Flug eines Vogels. Vielleicht hätte Mr. Byles eine Vorlesung über solche römischen Vorzeichen geben können; und besonders über jenen Vogel von übler Vorbedeutung.

Der große Mann schoß wie sein eigener Schatten an der Wand entlang, bis er in den leeren Sessel zur Rechten des Masters sank und hinüber auf den Quästor und die übrigen mit hohlen und tiefliegenden Augen blickte. Seine herabhängenden Haare waren ebenso wie sein herabhängender Schnurrbart ziemlich blond, aber seine Augen lagen so tief in ihren Höhlen, daß sie schwarz hätten sein können. Jeder wußte, oder konnte erraten, wer der Neuankömmling war; aber es erfolgte sofort ein Zwischenfall, der die Situation ausreichend beleuchtete. Der Professor für Römische Geschichte erhob sich steif auf seine Füße, stolzierte steifbeinig aus dem Raum und deutete so mit wenig *finesse* seine Gefühle darüber an, mit dem Professor für Theoretischen Diebstahl – anders ausgedrückt dem Kommunisten –, Mr. Craken, an einem Tisch zu sitzen.

Der Master von Mandeville überspielte die unbehagliche Situation mit nervösem Takt. »Ich habe Sie verteidigt, mein lieber Craken, oder wenigstens einige Ihrer Ansichten«, sagte er lächelnd, »obwohl ich sicher bin, daß Sie an mir nichts Verteidigungswürdiges finden würden. Aber ich kann nicht vergessen, daß die alten Sozialistenfreunde meiner Jugend ein sehr schönes Ideal von Brüderlichkeit und Kameradschaft hatten. William Morris hat das in einem Satz zusammengefaßt: ›Kameradschaftlichkeit ist der Himmel; und Mangel an Kameradschaftlichkeit ist die Hölle.‹«

»Dozenten als Demokraten; siehe die Überschrift«, sagte Mr. Craken reichlich unangenehm. »Und wird Hartkern-Hake den neuen Wirtschaftsstuhl der Erinnerung an William Morris widmen?«

»Nun«, sagte der Master und hielt immer noch eine verzweifelte Freundlichkeit aufrecht, »ich hoffe doch, wir können in einem gewissen Sinn sagen, daß alle unsere Lehrstühle Lehrstühle der guten Kameradschaftlichkeit sind.«

»Ja; das ist die akademische Version der Morris-Maxime«, grummelte Craken. »Eine Inhaberschaft ist der Himmel; und Mangel an Inhaberschaft die Hölle.«

»Seien Sie doch nicht so widerspenstig, Craken«, mischte sich der Quästor munter ein. »Nehmen Sie sich einen Port. Tenby, geben Sie Mr. Craken den Port.«

»Na schön, ich werde mir ein Glas nehmen«, sagte der Kommunisten-Professor ein wenig weniger unfreundlich. »Ich bin tatsächlich runtergekommen, um im Garten zu rauchen. Aber dann habe ich aus dem Fenster geschaut und gesehen, daß Ihre beiden wertvollen Millionäre zur Zeit im Garten blühen; frische, unschuldige Knospen. Es könnte trotz allem der Mühe wert sein, ihnen einiges von meinen Gedanken zu vermitteln.«

Der Master hatte sich unter dem Deckmantel seiner letzten konventionellen Kordialität erhoben und war nur zu froh, es dem Quästor zu überlassen, sein Bestes bei dem Wilden Mann auszurichten. Auch andere hatten sich erhoben, und die Gruppen um die Tafel begannen aufzubrechen, und der Quästor und Mr. Craken blieben mehr oder weniger allein am Ende der langen Tafel zurück. Nur Father Brown saß weiterhin da und starrte mit reichlich umwölktem Ausdruck ins Leere.

»Ach, was das angeht«, sagte der Quästor, »ich bin sie selbst herzlich leid, um die Wahrheit zu sagen; ich habe den größeren Teil des Tages damit verbracht, mit ihnen Fakten und Zahlen und den ganzen Geschäftskram um diese neue Professur durchzugehen. Aber hören Sie mal, Craken«, und er lehnte sich über die Tafel und sprach in einer Art sanfter Nachdrücklichkeit, »Sie brauchen wegen dieser neuen Professur wirklich nicht so grob zu werden. Die berührt Ihr Thema doch wirklich nicht. Sie sind der einzige Professor für Politische Ökonomie im Mandeville, und obwohl ich nicht behaupten will, mit Ihren Überlegungen übereinzustimmen, weiß doch jeder, daß Sie einen europäischen Ruf haben. Das hier ist ein Sonderthema, das sie Angewandte Ökonomie nennen. Na ja, wie ich Ihnen schon gesagt habe, habe ich heute mehr als reichlich Angewandte Ökonomie gehabt. Mit anderen Worten, ich mußte mit zwei Geschäftsleuten Geschäfte besprechen. Würde es Ihnen besonderen Spaß machen, das zu tun? Würden Sie darauf neidisch sein? Würden Sie das durchstehen? Ist das nicht Beweis genug, daß es sich um ein eigenes Thema handelt und deshalb durchaus einen eigenen Lehrstuhl verdient?«

»Guter Gott«, rief Craken in der intensiven Anrufung des Atheisten aus. »Glauben Sie denn, ich wollte die Ökonomie nicht anwenden? Aber wenn wir sie anwenden, nennen Sie sie roter Ruin und Anarchie; und wenn Sie sie anwenden, nehme ich mir die Freiheit, das Ausbeutung zu nennen. Wenn Ihr Kerle nur bereit wäret, die Ökonomie anzuwenden, dann wäre es vielleicht möglich, daß die Menschen etwas zu essen bekommen. Wir sind die praktischen Leute; und deshalb habt Ihr Angst vor uns. Deshalb müßt Ihr Euch zwei schmierige Kapitalisten beschaffen, um eine neue Professur zu starten, nur weil ich die Katze aus dem Sack gelassen habe.«

»Eher eine wilde Katze«, sagte der Quästor lächelnd, »die Sie da aus dem Sack gelassen haben, oder nicht?«

»Und eher ein Goldsack«, sagte Craken, »in den Sie die Katze wieder einschnüren wollen, oder nicht?«

»Na schön, ich nehme nicht an, daß wir uns jemals über all dieses einig werden«, sagte der andere. »Aber diese Burschen sind aus der Kapelle in den Garten gegangen; und wenn Sie da rauchen wollen, kommen Sie jetzt besser mit.« Er beobachtete mit einiger Erheiterung, wie sein Gefährte in all seinen Taschen herumkramte, bis er seine Pfeife herausbrachte; dann erhob sich Craken und starrte sie mit abwesender Miene an, aber selbst darob schien er sich erneut überall abzutasten. Mr. Baker, der Quästor, beendete die Auseinandersetzung mit einem glücklichen Versöhnungslachen. »Ihr seid die praktischen Leute, und Ihr wollt die ganze Stadt mit Dynamit in die Luft jagen. Nur werdet Ihr vermutlich das Dynamit vergessen, wie Sie – ich wette – auch Ihren Tabak vergessen haben. Tut nichts, hier, nehmen Sie von meinem. Streichhölzer?« Er warf den Tabaksbeutel mit Zubehör über die Tafel; damit ihn Mr. Craken mit jener Geschicklichkeit auffangen konnte, die ein Cricketspieler niemals verlernt, selbst wenn er sich Ansichten zulegt, die allgemein als nicht cricketgemäß angesehen werden. Die beiden Männer standen zusammen auf; aber Baker konnte sich die Bemerkung nicht verkneifen: »Seid Ihr wirklich die einzigen praktischen Leute? Gibt es nicht doch etwas zugunsten der Angewandten Ökonomie zu sagen, die daran denkt, einen Tabaksbeutel zunebst der Pfeife mitzuführen?«

Craken sah ihn mit glühenden Augen an; und sagte schließlich, nachdem er langsam den Rest seines Weines ausgetrunken hatte: »Wollen wir sagen, es gibt noch eine andere Art des Praktischseins. Ich gebe zu, daß ich Einzelheiten vergesse und so weiter. Was ich möchte, das Sie verstünden, ist –«, er gab den Tabaksbeutel automatisch zurück; aber seine Augen waren weit weg und funkelten tiefschwarz, geradezu schrecklich, »weil das Innere unseres Intellekts sich geändert hat, weil wir wirklich eine neue Vorstellung von Recht haben, werden wir Dinge tun, die Sie wirklich für falsch halten. Und es werden sehr praktische Dinge sein.«

»Ja«, sagte Father Brown, der plötzlich aus seiner Versunkenheit auftauchte. »Das ist genau das, was ich gesagt habe.«

Er blickte mit einem glasigen und eher verzerrten Lächeln zu Craken hinüber und sagte: »Mr. Craken und ich sind in voller Übereinstimmung.«

»Gut«, sagte Baker, »Craken will rausgehen und mit den Plutokraten eine Pfeife rauchen; aber ich bezweifle, daß es eine Friedenspfeife sein wird.«

Er wandte sich ziemlich abrupt um und rief einen bejahrten Bediensteten aus dem Hintergrund herbei. Mandeville war eines der letzten der sehr altmodischen Colleges; und Craken war gar einer der ersten Kommunisten; vor dem Bolschewismus von heute. »Das erinnert mich daran«, hörte man den Quästor sagen, »da Sie Ihre Friedenspfeife nicht herumgehen lassen werden, müssen wir unseren erlauchten Gästen Zigarren nach draußen schicken. Wenn sie Raucher sind, werden sie nach einem Zug giepern; denn sie haben seit der Fütterung in der Kapelle herumgeschnüffelt.«

Craken brach in ein wildes und kreischendes Gelächter aus. »Oh, ich werde ihnen ihre Zigarren schon raustragen«, sagte er. »Ich bin ja bloß ein Proletarier.«

Baker und Brown und der Bedienstete waren alle Zeugen der Tatsache, daß der Kommunist wütend in den Garten strebte, um den Millionären entgegenzutreten; doch ward von ihnen nichts weiter gesehen oder gehört, bis Father Brown sie, wie bereits berichtet, tot auf ihren Stühlen fand.

Es wurde vereinbart, daß der Master und der Priester zurückbleiben sollten, um die Szene der Tragödie zu bewachen, während der Quästor, jünger und von rascheren Bewegungen, losrannte, um Ärzte und Polizisten herbeizuholen. Father Brown trat an den Tisch heran, auf dem eine der Zigarren bis auf einen oder zwei Zentimeter abgebrannt war, die andere war aus der Hand geglitten und auf dem Mosaikfußboden in sterbende Funken zerstoben. Der Master von Mandeville setzte sich ziemlich zittrig auf einen ausreichend entfernten Sitz und vergrub seine kahle Stirn in seinen Händen. Dann sah er zuerst etwas erschöpft auf; und dann sah er reichlich verstört aus und brach die Stille des Gartens mit einem Wort wie eine kleine Explosion des Entsetzens.

Es gab da eine gewisse Eigenschaft in Father Brown, die einem manchmal das Blut stocken ließ. Er dachte immer an das, was er gerade tat, und niemals daran, ob man etwas Derartiges üblicherweise tat; er konnte die widerlichsten oder schrecklichsten oder unwürdigsten oder schmutzigsten Dinge ebenso gelassen tun wie ein Chirurg. Es gab da in seinem simplen Gemüt eine gewisse Leere von all jenen Dingen, die man gewöhnlich mit abergläubisch oder sentimental verbindet. Er setzte sich auf den Stuhl, von dem die Leiche herabgefallen war, nahm die Zigarre auf, die die Leiche teilweise geraucht hatte, klopfte sorgfältig die Asche ab, untersuchte den Stummel und steckte ihn sich dann in den Mund und brannte ihn an. Es sah aus wie eine obszöne und groteske Hanswurstiade, um den Toten lächerlich zu machen; und dabei erschien es ihm als die gewöhnlichste Vernünftigkeit. Eine Wolke trieb aufwärts wie der Rauch eines wilden Opfers und Götzendienstes; und dabei erschien es Father Brown als eine vollkommen selbstverständliche Tatsache, daß der einzige Weg, herauszufinden, wie eine Zigarre schmeckt, der ist, sie zu rauchen. Auch verminderte es das Entsetzen seines alten Freundes, des Masters von Mandeville, keineswegs, daß er undeutlich, aber klug erriet, Father Brown riskiere angesichts der Möglichkeiten des Falles sein eigenes Leben.

»Nein; ich glaube, das ist in Ordnung«, sagte der Priester und legte den Stummel wieder nieder. »Verdammt gute Zigarren. Ihre Zigarren. Keine amerikanischen oder deutschen. Ich glaube nicht, daß es mit den Zigarren irgendwas auf sich hat; aber man sollte sich um die Asche kümmern. Diese Männer wurden irgendwie mit der Art von Zeugs vergiftet, das den Körper rasch steif werden läßt ... Übrigens, da geht jemand, der davon mehr weiß als wir.«

Der Master setzte sich mit einem eigenartig unbehaglichen Ruck aufrecht; denn in der Tat ging der große Schatten, der über den Gartenpfad gefallen war, einer Gestalt vorauf, die, wie gewichtig auch immer, fast ebenso leichtfüßig war wie ein Schatten. Professor Wadham, der eminente Inhaber des Lehrstuhls für Chemie, bewegte sich trotz seiner Größe immer sehr leise, und daran, daß er durch den Garten schlenderte, war nichts Seltsames; und doch schien in seinem Auftauchen just zu dem Augenblick, da die Chemie genannt wurde, etwas unnatürlich Elegantes zu liegen.

Professor Wadham brüstete sich mit seiner Gelassenheit; manche würden es seine Gefühllosigkeit nennen. Er zuckte mit keinem Härchen auf seinem geglätteten Flachskopf, sondern stand da und blickte auf die toten Männer hinab mit so etwas wie einem Schatten der Gleichgültigkeit auf seinem breiten Froschgesicht. Nur als er die Zigarrenasche ansah, die der Priester aufgehoben hatte, berührte er sie mit einem Finger; danach schien er noch ruhiger als zuvor dazustehen; doch im Schatten seines Gesichtes schienen seine Augen für einen Augenblick teleskopisch hervorzuschießen wie eines seiner Mikroskope. Er hatte sicherlich etwas begriffen oder erkannt; aber er sagte nichts.

»Ich habe keine Ahnung, wo man in dieser Angelegenheit anfangen sollte«, sagte der Master.

»Ich würde«, sagte Father Brown, »damit anfangen zu fragen, wo sich diese unglücklichen Männer heute die meiste Zeit aufgehalten haben.«

»Sie haben sich während einer langen Zeit in meinem Laboratorium herumgetrieben«, sagte Wadham und redete zum erstenmal. »Baker kommt oft zu einem Schwätzchen rauf, und diesmal brachte er die beiden Kerle mit, um sich meine Abteilung anzusehen. Ich glaube aber, sie haben sich überall herumgetrieben; richtige Touristen. Ich weiß, daß sie in die Kapelle gegangen sind und sogar in den Tunnel unter der Krypta, wo man sich Kerzen anstecken muß; statt ihr Essen wie vernünftige Menschen zu verdauen. Baker hat sie scheint's überall hingebracht.«

»Waren sie in Ihrer Abteilung an irgendwas besonders interessiert?« fragte der Priester. »Was haben Sie da gerade gemacht?« Der Professor der Chemie murmelte chemische Formeln vor sich hin, die mit »Sulphat« begannen und mit etwas endeten, das wie »Silenium« klang; unverständlich für seine beiden Zuhörer. Dann wanderte er müde von dannen, und setzte sich auf eine entfernte Bank in die Sonne, und schloß die Augen, wandte aber sein breites Gesicht mit schwerer Vorbedeutung empor.

In diesem Augenblick überquerte als scharfer Gegensatz eine lebhafte Gestalt den Rasen, die so schnell und so geradenwegs wie eine Kugel daherschoß; und Father Brown erkannte die adrette schwarze Kleidung und das kluge hundeähnliche Gesicht eines Polizeiarztes, dem er bereits in den ärmeren Vierteln der Stadt begegnet war. Dr. Blake traf als erster vom amtlichen Kontingent ein.

»Hören Sie«, sagte der Master zum Priester, ehe der Arzt in Hörweite war, »ich muß etwas wissen. Meinten Sie wirklich, was Sie gesagt haben, nämlich daß der Kommunismus eine wirkliche Gefahr sei und zu Verbrechen führe?«

»Ja«, sagte Father Brown und lächelte reichlich grimmig, »ich habe die Verbreitung bestimmter kommunistischer Verhaltensweisen und Einflüsse wirklich wahrgenommen; und dies ist auf gewisse Art ein kommunistisches Verbrechen.«

»Danke«, sagte der Master. »Dann muß ich gehen und mich sofort um etwas kümmern. Sagen Sie den Behörden, ich werde in 10 Minuten zurücksein.«

Der Master war gerade in dem Augenblick in einem der Tudorbögen verschwunden, als der Polizeiarzt den Tisch erreichte und fröhlich Father Brown erkannte. Auf dessen Anregung hin, man solle sich an dem tragischen Tischchen niederlassen, warf Dr. Blake einen scharfen und unschlüssigen Blick auf den großen, gleichgültigen und offenbar schläfrigen Chemiker, der einen weiter entfernten Sitz besetzte. Er wurde pflichtgemäß von des Professors Identität unterrichtet und von dem, was bisher aus des Professors Zeugenschaft einzusammeln gewesen war; und lauschte dem schweigend, während er eine vorläufige Untersuchung der Leichen vornahm. Natürlich konzentrierte er sich mehr auf die tatsächlichen Leichen als auf das Zeugnis vom Hörensagen, bis ihn eine Einzelheit plötzlich völlig von der Wissenschaft der Anatomie ablenkte.

»Woran hat der Professor gearbeitet, sagte er?« erkundigte er sich.

Father Brown wiederholte geduldig die chemische Formel, die er nicht verstand.

»*Was?*« explodierte Dr. Blake wie ein Pistolenschuß. »Mannomann. Das ist ganz schön scheußlich!«

»Weil es Gift ist?« fragte Father Brown.

»Weil es Quatsch ist«, erwiderte Dr. Blake. »Das ist einfach Unsinn. Der Professor ist ein ziemlich berühmter Chemiker. Warum redet ein berühmter Chemiker absichtlich Unsinn?«

»Nun, ich glaube, darauf weiß ich die Antwort«, sagte Father Brown milde. »Er redet Unsinn, weil er lügt. Er verbirgt etwas; und er wollte es vor allem vor diesen beiden Männern und ihren Vertretern verbergen.«

Der Doktor hob seinen Blick von den beiden Männern und blickte hinüber zu der fast unnatürlich unbeweglichen Gestalt des großen Chemikers. Er hätte wohl eingeschlafen sein können; ein Schmetterling hatte sich auf ihm niedergelassen und schien seine Bewegungslosigkeit in die eines steinernen Götzenbildes zu verwandeln. Die großen Falten in seinem Froschgesicht erinnerten den Doktor an die schlaffe Haut eines Nashorns.

»Ja«, sagte Father Brown mit sehr leiser Stimme. »Er ist ein verruchter Mensch.«

»Verdammt noch mal!« schrie der Doktor, jählings bis in sein tiefstes Innere aufgestört. »Wollen Sie damit sagen, daß ein großer Wissenschaftler wie der da sich mit Mord abgibt?«

»Heikle Kritiker würden bemäkeln, wie er sich mit Mord abgibt«, sagte der Priester leidenschaftslos. »Ich könnte auch nicht behaupten, daß mir Leute besonders liegen, die sich auf diese Weise mit Mord abgeben. Aber was viel wichtiger ist – ich bin sicher, daß *diese* armen Kerle zu seinen heiklen Kritikern gehörten.«

»Sie glauben, die haben sein Geheimnis herausgefunden und er hat sie zum Schweigen gebracht?« sagte Blake stirnrunzelnd. »Aber was beim Teufel ist denn sein Geheimnis? Wie kann ein Mann an einem Ort wie diesem in großem Maßstab morden?«

»Ich habe Ihnen sein Geheimnis erzählt«, sagte der Priester. »Es ist ein Geheimnis der Seele. Er ist ein schlechter Mann. Nun glauben Sie um Himmels willen nicht, ich sagte das, weil er und ich gegensätzlichen Schulen oder Traditionen angehören. Ich habe eine Menge wissenschaftlicher Freunde; und die meisten unter ihnen sind geradezu heroisch uninteressiert. Selbst von den skeptischsten würde ich höchstens sagen, sie seien ziemlich irrational uninteressiert. Hin und wieder aber begegnet man einem Menschen, der Materialist ist, im tierischen Sinn. Ich wiederhole, er ist ein schlechter Mensch. Und noch viel schlimmer …« Und Father Brown schien um ein Wort zu zögern.

»Meinen Sie, noch viel schlimmer als der Kommunist?« regte der andere an.

»Nein; ich meine viel schlimmer als der Mörder«, sagte Father Brown.

Er erhob sich ziemlich abwesend; und nahm kaum wahr, daß sein Begleiter ihn anstarrte.

»Aber wollten Sie denn nicht sagen«, fragte Blake schließlich, »daß dieser Wadham der Mörder ist?«

»O nein«, sagte Father Brown fröhlicher. »Der Mörder ist eine viel sympathischere und verständlichere Person. Er war wenigstens verzweifelt; und er hat die Entschuldigung des jähen Zorns und der Verzweiflung.«

»Nun«, schrie der Doktor, »glauben Sie, es war schließlich doch der Kommunist?«

Und genau in diesem Augenblick erschienen, angemessen genug, die Polizeibeamten mit einer Bekanntmachung, die den Fall in der entschiedensten und zufriedenstellendsten Weise abzuschließen schien. Ihre Fahrt zum Ort des Verbrechens war durch die einfache Tatsache ziemlich verzögert worden, daß sie den Verbrecher bereits gefaßt hatten. Tatsächlich hatten sie ihn fast vor den Toren ihrer eigenen offiziellen Residenz gefaßt. Sie hatten bereits Gründe gehabt, den Tätigkeiten von Craken, dem Kommunisten, während verschiedener Unruhen in der Stadt zu mißtrauen; als sie von der Freveltat erfuhren, hielten sie es für sicherer, ihn zu verhaften; und fanden die Verhaftung vollkommen gerechtfertigt. Denn, wie Inspektor Cook den Dozenten und Doktoren auf dem Rasen des Mandeville-Gartens strahlend erklärte, kaum wurde der notorische Kommunist durchsucht, als man auch schon herausfand, daß er eine Schachtel mit vergifteten Streichhölzern bei sich trug.

In dem Augenblick, da Father Brown das Wort »Streichhölzer« hörte, sprang er auch schon von seinem Platz auf, als ob man unter ihm ein Streichholz angezündet hätte.

»Ah«, rief er in einer Art allgemeinen Strahlens, »und jetzt ist alles klar.«

»Was meinen Sie mit ›alles klar‹?« fragte der Master von Mandeville, der in allem Pomp seines eigenen Amtes zurückgekehrt war, um dem Pomp der Polizeibeamten zu begegnen, die das College jetzt wie eine siegreiche Armee besetzt hielten. »Meinen Sie, daß Sie jetzt davon überzeugt sind, der Fall gegen Craken sei klar?«

»Ich meine, daß Craken geklärt ist«, sagte Father Brown fest, »und daß der Fall gegen Craken weggeklärt ist. Glauben Sie wirklich, Craken sei der Mann, der herumläuft und Menschen mit Streichhölzern vergiftet?«

»Das ist ja alles ganz schön«, erwiderte der Master mit jenem sorgenvollen Ausdruck, den er seit dem Eintreten der ersten Sensation nie mehr verloren hatte. »Aber Sie selbst haben doch gesagt, daß Fanatiker mit falschen Grundsätzen verruchte Dinge tun könnten. Und Sie selbst waren es auch, der gesagt hat, daß der Kommunismus sich überall erhebe und daß kommunistische Bräuche sich verbreiteten.«

Father Brown lachte auf eine ziemlich kleinlaute Weise.

»Was diesen letzten Punkt angeht«, sagte er, »muß ich mich wohl bei Ihnen allen entschuldigen. Mir scheint, ich bringe die Dinge immer durch meine kleinen törichten Späßchen durcheinander.«

»Späßchen!« wiederholte der Master und sah reichlich empört aus.

»Nun ja«, erklärte der Priester und rieb sich den Kopf. »Als ich davon sprach, daß sich ein kommunistischer Brauch ausbreite, meinte ich nur einen Brauch, den ich sogar heute zwei- oder dreimal bemerkt habe. Es ist ein kommunistischer Brauch, der aber keineswegs nur auf Kommunisten beschränkt ist. Es ist der außergewöhnliche Brauch von vielen Männern, vor allem auch englischen Männern, sich die Streichholzschachteln anderer Leute in die eigene Tasche zu stecken, ohne daran zu denken, sie zurückzugeben. Natürlich scheint es eine schrecklich törichte kleine Belanglosigkeit zu sein, um darüber überhaupt zu sprechen. Aber es ist nun einmal so, daß das Verbrechen auf diese Weise verübt wurde.«

»Für mich klingt das völlig verrückt«, sagte der Doktor.

»Nun ja, wenn fast jeder Mann vergißt, Streichhölzer zurückzugeben, dann können Sie Ihre Stiefel darauf wetten, daß auch Craken vergessen würde, sie zurückzugeben. Also spielte der Giftmörder die vorbereiteten Streichhölzer Craken zu, einfach indem er sie ihm lieh und nicht zurückbekam. Ein wirklich bewunderungswürdiger Weg, die Verantwortung loszuwerden; denn Craken selbst würde vollkommen unfähig sein, sich vorzustellen, von wem er sie hat. Als er sie aber ganz unschuldig benutzte, um unseren beiden Besuchern die Zigarren anzubrennen, die er ihnen angeboten hatte, verfing er sich in einer offenkundigen Falle; in einer jener zu offenkundigen Fallen. Er war der kühne böse Revolutionär, der zwei Millionäre ermordete.«

»Gut, aber wer sonst hätte sie denn ermorden wollen?« brummte der Doktor.

»Aha, ja wer wohl?« erwiderte der Priester; und seine Stimme wurde sehr viel ernster. »Damit kommen wir zu der anderen Sache, die ich Ihnen erzählt habe; und die ist, lassen Sie mich das sagen, kein Spaß. Ich habe Ihnen erzählt, daß Häresien und falsche Doktrinen allgemein geworden und angenommen sind; daß jedermann sich an sie gewöhnt hat; daß niemand sie noch wirklich wahrnimmt. Haben Sie gedacht, ich hätte den *Kommunismus* gemeint, als ich das gesagt habe? Nein, es war genau anders herum. Sie sind dem Kommunismus gegenüber alle nervös wie die Katzen; und Sie haben Craken wie einen Wolf beobachtet. Natürlich, der Kommunismus ist eine Häresie; aber er ist keine Häresie, die Ihr Leute hinnehmt. Ihr nehmt den Kapitalismus hin; oder vielmehr die Laster des Kapitalismus in der Verkleidung eines toten Darwinismus. Erinnern Sie sich daran, was Sie alle im Speisesaal sagten, daß das Leben nur ein einziges Durcheinander sei und die Natur das Überleben der Geeignetsten fordere und daß es keine Rolle spiele, ob die Armen gerecht bezahlt werden oder nicht? Nun, *das* ist die Häresie, an die Ihr Euch alle gewöhnt habt, meine Freunde; und sie ist Strich für Punkt eine ebensolche Häresie wie der Kommunismus. Es ist diese antichristliche Moralität oder Immoralität, die Ihr für ganz natürlich nehmt. Und das ist die Immoralität, die einen Mann heute zu einem Mörder gemacht hat.«

»Welchen Mann?« schrie der Master, und seine Stimme brach in jäher Schwäche.

»Lassen Sie es mich andersherum angehen«, sagte der Priester gelassen. »Sie alle reden so, als sei Craken davongelaufen; ist er aber nicht. Als die beiden Männer umfielen, rannte er die Straße hinab, alarmierte den Doktor, indem er einfach durchs Fenster schrie, und versuchte kurz danach, die Polizei zu alarmieren. So kam es, daß er festgenommen wurde. Aber fällt Ihnen dabei nicht auf, wenn man darüber nachdenkt, wie lange der Quästor, Mr. Baker, braucht, um die Polizei zu rufen?«

»Was tut er denn dann?« fragte der Master scharf.

»Ich nehme an, daß er Papiere vernichtet; oder vielleicht die Zimmer dieser Männer durchsucht, ob sie uns nicht vielleicht einen Brief hinterlassen haben. Oder vielleicht hat es etwas mit unserem Freund Wadham zu tun. Was aber spielt der hier für eine Rolle? Das ist wirklich ganz einfach, und außerdem auch eine Art Witz. Mr. Wadham experimentiert mit Giften für den nächsten Krieg; und hat da etwas, von dem ein Hauch in einer Flamme einen Mann in den Tod erstarren läßt. Natürlich hat er nichts mit der Tötung dieser Männer zu tun; aber er hat sein chemisches Geheimnis aus einem ganz einfachen Grund verborgen. Der eine von ihnen war ein puritanischer Yankee und der andere ein kosmopolitischer Jude; und diese beiden Typen sind oftmals fanatische Pazifisten. Sie hätten es die Vorbereitung zu Morden genannt und sich wahrscheinlich geweigert, dem College zu helfen. Aber Baker war ein Freund von Wadham, und für ihn war es einfach, Streichhölzer in das neue Material zu tauchen.«

Eine andere Eigenschaft des kleinen Priesters bestand darin, daß sein Geist aus einem Guß war, und er selbst war sich vieler Unvereinbarkeiten nicht bewußt; er konnte das Thema seines Gesprächs ohne jede Verlegenheit von etwas sehr Öffentlichem zu etwas sehr Privatem machen. Bei dieser Gelegenheit ließ er die meisten der Anwesenden vor Verblüffung erstarren, indem er mit einer Person zu sprechen begann, nachdem er gerade zu zehn gesprochen hatte; völlig unberührt durch die Tatsache, daß lediglich diese eine Person eine Vorstellung davon haben konnte, worüber er sprach.

»Tut mir leid, Doktor, wenn ich Sie durch meine ausschweifende metaphysische Abschweifung über den Mann der Sünde in die Irre geführt habe«, sagte er entschuldigend. »Natürlich hatte das mit dem Mord nichts zu tun; die Wahrheit ist, daß ich den Mord für den Augenblick völlig vergessen hatte. Ich hatte alles vergessen, wissen Sie, mit Ausnahme einer Vision von jenem Burschen mit seinem weiten unmenschlichen Gesicht, wie er da zwischen den Blumen kauerte wie ein blindes Monster aus der Steinzeit. Und ich dachte daran, daß manche Männer recht monströs sind, wie Steinzeitmenschen; das war aber alles unwichtig. Im Inneren verkommen zu sein hat sehr wenig damit zu tun, im Außenleben Verbrechen zu verüben. Die übelsten Verbrecher haben nie ein Verbrechen verübt. Der praktische Punkt ist, warum hat der praktische Verbrecher dieses Verbrechen verübt? Warum wollte Baker, der Quästor, diese Männer ermorden? Das allein geht uns jetzt etwas an. Die Antwort ist die Antwort auf die Frage, die ich zweimal gestellt habe. Wo haben diese Männer den größten Teil ihrer Zeit verbracht, abgesehen davon, daß sie in der Kapelle oder in den Laboratorien herumschnüffelten? Nach dem eigenen Bericht des Quästors haben sie mit dem Quästor Geschäftliches besprochen.

Nun, bei allem Respekt vor den Toten, vor dem Intellekt dieser beiden Finanziers krieche ich nicht gerade im Staub. Ihre Ansichten über Wirtschaft und Ethik waren heidnisch und herzlos. Ihre Ansichten über Frieden waren Blech. Ihre Ansichten über

Portwein waren noch beklagenswerter. Aber etwas verstanden sie; und das waren Geschäfte. Und sie brauchten nur eine bemerkenswert kurze Zeit, um herauszufinden, daß der für die Fonds dieses Colleges verantwortliche Geschäftsmann ein Schwindler war. Oder sollte ich vielleicht besser sagen, ein wahrer Anhänger der Doktrin von dem unbegrenzten Kampf ums Leben und vom Überleben des Geeignetsten.«

»Wollen Sie damit sagen, daß sie ihn bloßstellen wollten und er sie umbrachte, ehe sie sprechen konnten?« sagte der Doktor stirnrunzelnd. »Es gibt da eine Menge Einzelheiten, die ich nicht begreife.«

»Es gibt da einige Einzelheiten, bei denen ich mir selbst nicht sicher bin«, sagte der Priester freimütig. »Ich vermute, daß dieses ganze Getue um die Kerzen unter der Erde etwas damit zu tun hatte, den Millionären ihre Streichhölzer wegzunehmen oder vielleicht sicherzustellen, daß sie keine eigenen Streichhölzer hatten. Sicher bin ich mir aber hinsichtlich der Hauptgeste, der fröhlichen und unbesorgten Geste, mit der Baker dem unbesorgten Craken seine Streichhölzer zuwarf. Diese Geste war der Todesstreich.«

»Es gibt da eine Sache, die ich nicht verstehe«, sagte der Inspektor. »Woher wußte Baker, daß Craken sich nicht selbst da an der Tafel sofort eine anbrennen und so eine unerwünschte Leiche werden würde?«

Das Gesicht von Father Brown wurde von Vorwürfen fast schwer; und seine Stimme trug in sich eine Art trauervoller, doch hochherziger Wärme.

»Ach zum Teufel«, sagte er, »er war doch nur ein Atheist.«

»Ich fürchte, ich verstehe nicht, was Sie meinen«, sagte der Inspektor höflich.

»Er wollte doch nur Gott abschaffen«, erklärte Father Brown mit gemäßigter und vernünftiger Stimme. »Er wollte doch nur die Zehn Gebote zerstören und all die Religion und die Zivilisation ausreißen, die ihn geformt haben, und alles vernünftige Verständnis für Eigentum und Ehre fortspülen; und mag seine Kultur, mag sein Land danach von Wilden von den Rändern der Erde plattgemacht werden. Das ist alles, was er wollte. Sie haben kein Recht, ihm irgend etwas darüber hinaus vorzuwerfen. Zum Teufel, schließlich zieht jeder irgendwo seine Grenze! Und da kommen Sie her und wagen es, ruhig anzudeuten, daß ein Mandeville-Mann der alten Generation (denn Craken war unbeschadet seiner Ansichten von der alten Generation) angefangen hätte zu rauchen oder auch nur ein Streichholz anzuzünden, während er noch den College-Portwein schlürfte, den vom Jahrgang 1908 – nein, o nein; kein Mensch ist so vollständig ohne Gesetz und Grenzen! Ich war da; ich habe ihn gesehen; er hatte seinen Wein noch nicht ausgetrunken, und Sie fragen mich, warum er nicht *geraucht* habe! Noch nie hat eine so anarchische Frage die Gewölbe vom Mandeville College erschüttert ... Komischer Ort, dieses Mandeville College. Komischer Ort, dieses Oxford. Komischer Ort, dieses England.«

»Haben Sie denn irgendeine besondere Beziehung zu Oxford?« fragte der Doktor neugierig.

»Ich habe Beziehungen zu England«, sagte Father Brown. »Ich komme da her. Und das Komischste daran ist, daß selbst wenn Sie es lieben und dazugehören, Sie doch nie Hand oder Fuß daraus machen können.«

Die Spitze einer Nadel

Father Brown hat immer behauptet, daß er dieses Problem im Schlaf gelöst habe. Und das ist richtig, obwohl auf eine reichlich sonderbare Weise; denn es geschah zu einer Zeit, da sein Schlaf reichlich gestört war. Er wurde sehr früh am Morgen gestört durch das Gehämmere, das in dem großen Gebäude – oder Halbgebäude – begann, welches sich gegenüber seiner Wohnung im Zustand der Errichtung befand; ein riesiger Stapel von Stockwerken, immer noch weitgehend verdeckt von Baugerüsten und Tafeln, die die Herren Swindon & Sand als Erbauer und Eigentümer bekanntgaben. Das Gehämmere wurde in regelmäßigen Abständen erneuert und war leicht zu begreifen: die Herren Swindon & Sand spezialisierten sich nämlich auf irgendein neues amerikanisches System von Zementfußböden, die – trotz ihrer daraus entstehenden Glätte, Solidität, Undurchlässigkeit und dauerhaften Behaglichkeit (so in den Werbeanzeigen beschrieben) – an bestimmten Stellen doch mit wuchtigem Werkzeug festgeschlagen werden mußten. Father Brown gelang es jedoch, daraus einen bescheidenen Trost zu ziehen; und sagte, es wecke ihn immer rechtzeitig für die früheste Frühmesse und sei daher fast etwas von der Art eines Glockenspiels. Denn schließlich, sagte er, sei es für Christenmenschen fast ebenso poetisch, durch Hämmer wie durch Glocken aufgeweckt zu werden. Tatsache ist aber, daß ihm die Bauarbeiten dennoch etwas auf die Nerven gingen, wenngleich aus einem anderen Grund. Denn über dem halbfertigen Wolkenkratzer hing wie eine Wolke die Möglichkeit einer Arbeitskrise, die die Zeitungen hartnäckig als Streik zu bezeichnen beliebten. Tatsächlich aber würde es, wenn es denn je dazu kommen sollte, eine Aussperrung sein. Aber er sorgte sich sehr darum, ob es denn wirklich eintreten würde. Und es mag fraglich sein, ob Gehämmere mehr an den Nerven zerrt, weil es für ewig andauern oder weil es jeden Augenblick aufhören könnte.

»Aus Gründen des Geschmacks und der Vorstellungskraft allein«, sagte Father Brown und starrte durch seine eulenhafte Brille zu dem Gebäude hinauf, »wünschte ich mir eher, es würde aufhören. Ich wollte, man würde an allen Häusern aufhören, solange die Gerüste noch stehen. Eigentlich ist es fast schade, daß Häuser jemals fertig werden. Sie sehen so frisch und hoffnungsfroh aus mit all dem feinen Filigran aus weißem Holz, so leicht und leuchtend in der Sonne; und die Menschen stellen so oft ein Haus nur dadurch fertig, daß sie es in ein Grab verwandeln.«

Als er sich von dem Objekt seiner Betrachtung abwandte, rannte er beinahe in einen Mann hinein, der gerade über die Straße auf ihn zugeschossen kam. Es war ein Mann, den er nur flüchtig, aber doch ausreichend kannte, um ihn (unter den obwaltenden Umständen) als einen Vogel übler Vorbedeutung anzusehen. Mr. Mastyk war ein vierschrötiger Mann mit einem viereckigen Schädel, der gar nicht europäisch aussah, kleidete sich aber mit solcher Stutzerhaftigkeit, daß es fast zu bewußt europäisch wirkte. Brown hatte ihn aber kürzlich mit dem jungen Sand von der Baufirma reden gesehen; und er mochte das gar nicht. Dieser Mann Mastyk war der Leiter einer in der englischen Industriepolitik ziemlich neuartigen Organisation; von Extremen auf beiden Seiten hervorgerufen; einer ganzen Armee von nicht der Gewerkschaft angehörenden und meistens ausländischen Arbeitern, die in kleinen Mannschaften an die verschiedenen Firmen vermietet wurden; und hier hing er offensichtlich herum in der Hoffnung, sie auch an diese vermieten zu können. Kurz, er mochte irgend etwas aushandeln, um die Gewerkschaft auszumanövrieren und die Baustelle mit Streikbrechern zu überschwemmen. Father Brown war in einige der Auseinandersetzungen hineingezogen worden, gewissermaßen von beiden Seiten angerufen. Und da die Kapitalisten alle behaupteten, er sei ihrer sicheren Kenntnis nach Bolschewist; und da die Bolschewisten alle bezeugten, er sei als Reaktionär streng der *bourgeoisen* Ideologie verpflichtet – mag daraus geschlossen werden, daß er sozusagen mit der Stimme der Vernunft gesprochen hatte, ohne irgendeine merkliche Wirkung auf irgend jemanden. Die Nachricht jedoch, die Mr. Mastyk überbrachte, war geeignet, jedermann aus den üblichen Gleisen der Auseinandersetzung zu reißen.

»Die wollen, daß Sie sofort rüberkommen«, sagte Mr. Mastyk in unbeholfen akzentuiertem Englisch. »Es gibt da eine Morddrohung.«

Father Brown folgte seinem Führer schweigend über eine Reihe von Treppen und Leitern hinauf auf eine Plattform des unfertigen Gebäudes, auf der die mehr oder weniger bekannten Gestalten der führenden Männer des Baugewerbes versammelt waren. Unter ihnen sogar, was einstmals ihrer aller Oberhaupt gewesen war; obwohl das Haupt seit einiger Zeit eher ein Haupt in den Wolken war. Es war zumindest in einer Adelskrone, die es wie eine Wolke vor menschlichen Blicken verbarg, Lord Stanes mit anderen Worten, der sich nicht nur aus dem Geschäftsleben zurückgezogen hatte, sondern der vom Oberhaus eingefangen worden und der darin verschwunden war. Seine seltenen Auftritte waren gelangweilt und irgendwie trübselig; doch dieser, im Zusammenhang mit dem von Mastyk, erschien darum nicht weniger bedrohlich. Lord Stanes war ein hagerer, langschädliger, hohläugiger Mann mit sehr dünnem blondem Haar, das sich in Glatzköpfigkeit auflöste; und er war die ausweichendste Person, die der Priester jemals getroffen hatte. Er entbehrte seinesgleichen, wenn es um das wahre Oxforder Talent ging zu sagen »Sicherlich haben Sie recht«, und dabei so zu klingen, als sage er »Sicherlich glauben Sie, daß Sie recht haben«, oder lediglich zu bemerken »Meinen Sie?« und dabei den bissigen Zusatz »Typisch« einzuschließen. Doch hatte Father Brown das Gefühl, der Mann sei nicht nur gelangweilt, sondern auch leicht verbittert, obwohl schwierig zu erraten war, ob wegen der Tatsache, daß man ihn vom Olymp herabgerufen hatte, um solches Gewerkschaftsgezänk unter Kontrolle zu bringen, oder weil er es in der Tat längst nicht mehr kontrollierte.

Insgesamt zog Father Brown eher die *bourgoisere* Gruppe von Partnern vor, Sir Hubert Sand und seinen Neffen Henry; obwohl er privat bezweifelte, daß sie tatsächlich überhaupt irgendwelchen Ideologien nahestanden. Gewiß, Sir Hubert Sand hatte in den Zeitungen beachtliche Berühmtheit gewonnen; sowohl als Sportmäzen wie als Patriot in mancherlei Krisen während und nach dem Großen Krieg. Für einen Mann in seinen Jahren hatte er in Frankreich bemerkenswerte Auszeichnungen errungen und war nach dem Krieg als triumphierender Industriekapitän herausgestellt worden, dem es gelungen war, Schwierigkeiten mit den Munitionsarbeitern zu überwinden. Man hatte ihn einen Starken Mann genannt; aber das lag nicht an ihm. In Wirklichkeit war er ein gewichtiger herzhafter Engländer; ein großer Schwimmer; ein ausgezeichneter Gutsherr; ein bewunderungswürdiger Oberst der Reserve. Und wirklich durchdrang etwas, das man nur als militärisches Make-up bezeichnen kann, sein Äußeres. Er wurde dick, hielt sich aber in den Schultern straff; sein gelocktes Haar und sein Schnurrbart waren noch braun, während die Farbe seines Gesichtes bereits welkte und schwand.

Sein Neffe war ein stämmiger junger Mann von der schubsenden oder besser drängelnden Art, mit einem relativ kleinen Kopf, den er auf einem dicken Nacken vorstieß, als ob er die Dinge mit gesenktem Kopf anginge; eine Haltung, die durch den Zwicker, der auf seiner kampflustigen Stupsnase balancierte, ziemlich komisch und jungenhaft wirkte.

Father Brown hatte alle diese Dinge schon früher angesehen; und in jenem Augenblick schaute jedermann auf etwas vollständig Neues. In der Mitte der Holzverschalung war ein großer flappender Papierfetzen aufgenagelt worden, auf den in groben und fast verrückten Großbuchstaben etwas gekritzelt war, als ob der Schreiber entweder nahezu Analphabet sei oder Analphabetentum vortäusche oder parodiere. Die Worte aber lauteten: »Der Arbeiterrat warnt Hubert Sand, daß er auf eigene Gefahr die Löhne senkt und Arbeiter aussperrt. Falls die Entlassungen morgen hinausgehen, wird er durch die Volksjustiz tot sein.«

Lord Stanes trat gerade von seiner Untersuchung des Stücks Papier zurück und sagte, indem er zu seinem Partner hinüberblickte, mit merkwürdiger Betonung: »Alsdann, Sie sind es, den sie umbringen wollen. Ich bin offenbar des Umbringens nicht für wert erachtet worden.«

Einer jener lautlosen elektrischen Schläge der Phantasie, die manchmal Father Browns Geist in einer fast sinnlosen Weise erregten, durchzuckte ihn in jenem bestimmten Augenblick. Er hatte eine eigenartige Vorstellung, daß der Mann, der da sprach, nicht mehr ermordet werden könne, weil er bereits tot sei. Es war, wie er heiter einräumte, eine vollkommen sinnlose Idee. Doch gab es da in der kalten, illusionslosen Gleichgültigkeit des adligen Seniorpartners etwas, das ihn immer schaudern machte; in seiner leichenhaften Blässe und seinen unwirtlichen Augen. »Der Bursche«, dachte er in der gleichen wunderlichen Stimmung, »hat grüne Augen und sieht aus, als hätte er grünes Blut.«

Jedenfalls aber war sicher, daß Sir Hubert Sand kein grünes Blut hatte. Sein Blut, das in jedem Sinn rot genug war, kroch mit all jener warmen Fülle des Lebens in seine verwelkten oder verwitterten Wangen, die zur natürlichen und unschuldigen Empörung der Gutherzigen gehört.

»In meinem ganzen Leben«, sagte er mit starker Stimme und doch leicht zittrig, »hat man mir gegenüber so was weder gesagt noch getan. Ich mag anderer Meinung …«

»Keiner von uns kann hierin anderer Meinung sein«, mischte sich sein Neffe ungestüm ein. »Ich hab' versucht, mit ihnen klarzukommen, aber das ist denn doch zu stark.«

»Sie glauben doch nicht wirklich«, begann Father Brown, »daß Ihre Arbeiter ...«

»Ich sagte, wir mögen unterschiedlicher Meinung gewesen sein«, sagte der alte Sand, immer noch leicht zitternd, »und Gott weiß, daß ich den Gedanken, englischen Arbeitern mit billigeren Arbeitskräften zu drohen, nie gemocht habe ...«

»Keiner von uns hat das gemocht«, sagte der junge Mann, »aber so, wie ich dich kenne, Onkel, ist die Sache hiermit entschieden.«

Nach einer Pause fügte er dann hinzu: »Ich glaube, wir waren, wie du gesagt hast, in den Einzelheiten uneinig; aber was die politische Linie ...«

»Mein lieber Junge«, sagte sein Onkel beruhigend. »Ich habe immer gehofft, daß es da niemals wirkliche Meinungsverschiedenheiten geben würde.« Woraus jeder, der die englische Nation versteht, rechtens den Schluß ziehen kann, daß es da sehr erhebliche Meinungsverschiedenheiten gegeben hatte. Tatsächlich unterschieden sich Onkel und Neffe fast ebenso wie ein Engländer und ein Amerikaner. Der Onkel hing dem englischen Ideal an, aus dem Geschäftsleben auszusteigen und sich in einer Art Alibi als Landedelmann niederzulassen. Der Neffe hing dem amerikanischen Ideal an, in das Geschäftsleben hineinzusteigen; hineinzukriechen in dessen Mechanismus selbst, wie ein Mechaniker. Und tatsächlich hatte er mit den meisten Mechanikern gearbeitet und war mit den meisten Verfahrensweisen und Kniffen des Geschäfts vertraut. Und auch darin war er wiederum Amerikaner, daß er das zum Teil als Arbeitgeber tat, um seine Leute zu Höchstleistungen anzuhalten, in einer gewissen undeutlichen Weise aber auch als ein Gleicher oder zumindest mit einem gewissen Stolz darauf, sich selbst als ein Arbeiter zu zeigen. Aus diesem Grunde war er oftmals fast wie ein Vertreter der Arbeiter aufgetreten, in technischen Fragen, die himmelweit von seines Onkels volkstümlichem Ruhm auf dem Gebiet des Sports oder der Politik entfernt waren. Die Erinnerung an jene zahlreichen Gelegenheiten, bei denen der junge Henry praktisch in Hemdsärmeln aus den Werkstätten gekommen war, um irgendwelche Konzessionen hinsichtlich der Arbeitsbedingungen zu fordern, verlieh seiner jetzigen gegensätzlichen Reaktion eine besondere Kraft und sogar Gewalttätigkeit.

»Verdammt nochmal«, schrie er, »diesmal haben sie sich selbst ausgesperrt. Nach einer solchen Drohung bleibt doch einfach nichts anderes übrig, als ihnen entgegenzutreten. Es bleibt nichts anderes übrig, als sie jetzt alle rauszuschmeißen; sofort; auf der Stelle. Sonst machen wir uns vor aller Welt lächerlich.«

Der alte Sand runzelte gleichermaßen empört die Stirn, begann aber langsam: »Man wird mich heftig kritisieren ...«

»Kritisieren!« schrie der junge Mann schrill. »Kritisieren, wenn Du einer Morddrohung entgegentrittst! Hast Du denn eine Vorstellung davon, wie man Dich kritisieren wird, wenn Du ihr nicht entgegentrittst? Wie würden Dir denn dann die Schlagzeilen gefallen ›Großkapitalist terrorisiert‹ – ›Arbeitgeber gibt Morddrohung nach‹?«

»Besonders«, sagte Lord Stanes mit leicht unangenehmem Unterton, »besonders, wo er doch in so vielen Schlagzeilen bereits ›Der Starke Mann Des Stahlbaus‹ war.«

Sand wurde wieder sehr rot, und seine Stimme kam dick unter seinem dicken Schnurrbart hervor. »Natürlich haben Sie da recht. Wenn diese Bestien glauben, ich fürchtete mich ...«

An dieser Stelle gab es eine Unterbrechung im Gespräch der Gruppe; ein schlanker junger Mann kam schnell auf sie zu. Das erste, was an ihm auffiel, war, daß er zu jenen gehörte, von denen Männer – und auch Frauen – meinen, daß sie ein klein wenig zu gut aussähen, um gut auszusehen. Er hatte prächtiges dunkles lokkiges Haar und einen seidigen Schnurrbart, und er sprach wie ein Gentleman, aber mit einem fast zu kultivierten und zu genau modulierten Akzent. Father Brown erkannte ihn sofort als Rupert Rae, den Sekretär von Sir Hubert, den er oftmals in Sir Huberts Haus hatte herumhantieren sehen; niemals aber mit solcher Ungeduld in seinen Bewegungen oder solchen Runzeln auf der Stirn.

»Tut mir leid, Sir«, sagte er zu seinem Arbeitgeber, »aber da drüben hängt ein Mann herum. Ich habe mein Bestes getan, um ihn loszuwerden. Er hat nur einen Brief, aber er schwört, er müsse ihn an Sie persönlich aushändigen.«

»Wollen Sie sagen, daß er zuerst zu meinem Haus gekommen ist?« sagte Sand und warf seinem Sekretär rasch einen Blick zu. »Ich nehme doch an, daß Sie sich den ganzen Morgen über dort aufgehalten haben.«

»Ja, Sir«, sagte Mr. Rupert Rae.

Es gab ein kurzes Schweigen; und dann deutete Sir Hubert Sand kurz an, daß es besser sei, den Mann herzubringen; und der Mann erschien prompt.

Niemand, nicht einmal die anspruchsloseste Dame, würde gesagt haben, daß der Neuankömmling zu gut aussähe. Er hatte sehr große Ohren und ein Gesicht wie ein Frosch, und er starrte mit fast gespenstischer Starrheit vor sich hin, was Father Brown der Tatsache zuschrieb, daß er ein Glasauge hatte. Tatsächlich war seine Phantasie versucht, den Mann mit zwei Glasaugen auszustatten, mit einem so glasigen Starren betrachtete er die Gesellschaft. Aber des Priesters Erfahrung, von seiner Phantasie verschieden, war in der Lage, eine Anzahl natürlicher Gründe für dieses unnatürliche Wachspuppenstarren anzugeben; einer davon war der Mißbrauch der göttlichen Gabe vergorener Getränke. Der Mann war klein und heruntergekommen und trug in der einen Hand einen großen Hut vom Typ Melone und in der anderen einen großen versiegelten Brief.

Sir Hubert Sand sah ihn an; und sagte dann gelassen genug, aber mit einer Stimme, die sonderbar klein erschien, wie sie da aus der Fülle seiner körperlichen Gegenwart kam: »Oh – Sie sind es.«

Er streckte die Hand nach dem Brief aus und sah sich dann mit bereitem Finger entschuldigend um, ehe er ihn aufriß und las. Nachdem er ihn gelesen hatte, schob er ihn in seine Innentasche und sagte hastig und ein bißchen harsch: »Na ja, ich glaube, daß diese ganze Geschichte jetzt erledigt ist, wie du gesagt hast. Jetzt sind keine Verhandlungen mehr möglich; außerdem könnten wir die Löhne, die sie fordern, gar nicht bezahlen. Aber ich will noch mal mit dir sprechen, Henry, über ... über die Abwicklung der Dinge insgesamt.«

»In Ordnung«, sagte Henry, vielleicht ein bißchen schmollend, als ob er es vorgezogen hätte, sie ganz allein abzuwickeln. »Ich werde nach dem Mittagessen oben in Nr. 188 sein; muß wissen, wie weit sie da gekommen sind.«

Der Mann mit dem Glasauge, wenn es denn ein Glasauge war, stapfte steif von dannen; und das Auge Father Browns (das keineswegs ein Glasauge war) folgte ihm nachdenklich, wie er sich zwischen den Leitern hindurchwand und dann in der Straße verschwand.

Es war am folgenden Morgen, als Father Brown die ungewöhnliche Erfahrung machte zu verschlafen; oder zumindest aus dem Schlaf hochzuschrecken mit der subjektiven Überzeugung, daß er sich sehr verspätet habe. Das war teilweise darauf zurückzuführen, daß er sich der Tatsache erinnerte, wie sich ein Mann an einen Traum erinnern mag, zu einer ordentlicheren Zeit halb aufgewacht, dann aber wieder in den Schlaf gesunken zu sein; für die meisten von uns ein durchaus gewöhnlicher Vorfall, für Father Brown aber ein sehr ungewöhnlicher Vorfall. Und er war später mit jener mystischen Seite seines Wesens, die normalerweise der Welt abgewandt war, sonderbar davon überzeugt, daß auf jener losgelösten Insel des Traumlandes zwischen den beiden Erwachen wie ein vergrabener Schatz die Wahrheit dieser Geschichte liege.

Er sprang jedenfalls umgehend auf, stürzte sich in seine Kleider, griff sich seinen großen knubbeligen Schirm und hastete hinaus in die Straße, wo sich der öde weiße Morgen wie splitterndes Eis an dem hohen schwarzen Gebäude ihm gegenüber brach. Es überraschte ihn, daß die Straßen in dem kalten kristallenen Licht fast leer schimmerten; und dieser Anblick sagte ihm, daß es kaum so spät sein könne, wie er befürchtet hatte. Dann wurde die Stille plötzlich durch die pfeilartige Geschwindigkeit eines langen grauen Wagens gespalten, der vor dem großen verlassenen Wohnblock anhielt. Lord Stanes entfaltete sich aus dem Inneren und näherte sich der Tür, wobei er (ziemlich kraftlos) zwei große Koffer trug. Im gleichen Augenblick öffnete sich die Tür, und dann schien jemand rückwärts zurückzutreten, statt heraus auf die Straße. Stanes rief dem Mann im Innern zweimal etwas zu, bevor diese Person ihre ursprüngliche Absicht auszuführen schien und auf die Türschwelle heraustrat; dann führten die beiden eine kurze Unterredung, die damit endete, daß der Adlige seine Koffer treppauf trug und der andere ins volle Tageslicht herauskam, wobei er die schweren Schultern und den spähenden Kopf des jungen Henry Sand enthüllte.

Father Brown dachte über diese reichlich sonderbare Begegnung nicht weiter nach, bis der junge Mann zwei Tage später in seinem eigenen Auto neben ihm anhielt und den Priester anflehte einzusteigen. »Etwas Schreckliches ist passiert«, sagte er, »und darüber möchte ich lieber mit Ihnen als mit Stanes sprechen. Wissen Sie, Stanes ist neulich mit dem verrückten Einfall angekommen, in einem der Apartments zu kampieren, das gerade fertig geworden war. Deshalb mußte ich so früh hingehen und ihm die Tür öffnen. All das hat aber Zeit. Ich möchte, daß Sie jetzt sofort mit zum Haus meines Onkels kommen.«

»Ist er krank?« erkundigte sich der Priester rasch.

»Ich glaube, er ist tot«, antwortete der Neffe.

»Was soll das heißen, Sie glauben, daß er tot ist?« fragte Father Brown ein bißchen scharf. »Haben Sie einen Arzt gerufen?«

»Nein«, antwortete der andere. »Ich habe weder einen Arzt noch einen Patienten … Es hat keinen Sinn, einen Arzt zu holen, um die Leiche zu untersuchen; denn die Leiche ist weggelaufen. Aber ich fürchte, ich weiß, wo sie hingelaufen ist … die Wahrheit ist – wir haben es für zwei Tage im dunkeln gelassen; aber er ist verschwunden.«

»Wäre es nicht besser«, sagte Father Brown sanft, »wenn Sie mir von Anfang an erzählten, was wirklich geschehen ist?«

»Ich weiß«, antwortete Henry Sand; »es ist eine höllische Schande, so leichtfertig über den armen alten Burschen zu reden; aber die Leute werden so, wenn sie aufgeregt sind. Ich kann Dinge nicht gut geheimhalten; der langen Rede kurzer Sinn ist – na ja, ich werde Ihnen die lange Rede jetzt nicht halten. Sie wäre das, was manche Leute eine vage Vermutung nennen würden; willkürlich Verdächtigungen herumschmeißen und so. Aber der kurze Sinn ist, daß mein unglücklicher Onkel Selbstmord begangen hat.«

Zu diesem Zeitpunkt sausten sie im Wagen durch die letzten Ausläufer der Stadt und die ersten Ausläufer von Wald und Park hinter ihr; die Pforten zu Sir Hubert Sands kleinem Landgut befanden sich etwa einen Kilometer weiter, inmitten der immer dichter werdenden Reihen von Rotbuchen. Das Landgut bestand vor allem aus einem kleinen Park und einem großen Ziergarten, der in Terrassen von einem gewissen Gepränge genau bis ans Ufer des Hauptflusses des Bezirks hinabführte. Sobald sie an dem Haus ankamen, führte Henry den Priester ziemlich hastig durch die alten georgianischen Räume und auf der anderen Seite hinaus; wo sie schweigend den Abhang hinunterstiegen, einen ziemlich steilen Abhang, der von Blumen eingefaßt war, und von wo aus sie den fahlen Fluß fast so flach wie aus der Vogelperspektive vor sich gespreitet sehen konnten. Sie umrundeten gerade eine Biegung des Pfades unter einer riesigen klassischen Urne, die von einer ziemlich unpassenden Girlande aus Geranien gekrönt war, als Father Brown in den Büschen und dünnen Bäumen gerade unter ihm eine Bewegung bemerkte, die so schnell wie die Bewegung aufgeschreckter Vögel erschien.

In dem Gewirr dünner Bäume am Fluß schienen sich zwei Gestalten zu trennen oder auseinanderzuhuschen; die eine von ihnen glitt schnell in den Schatten, und die andere trat hervor und kam ihnen entgegen; und brachte sie zum Halten und zu einem jähen und unerklärlichen Schweigen. Dann sagte Henry Sand in seiner schwerfälligen Weise. »Ich nehme an, du kennst Father Brown ... Lady Sand.«

Father Brown kannte sie; aber in jenem Augenblick hätte er fast sagen können, er kennte sie nicht. Die Blässe und Erstarrung ihres Gesichtes war wie eine tragische Maske; sie war sehr viel jünger als ihr Gatte, aber in jenem Augenblick sah sie irgendwie älter aus als alles in diesem alten Haus und seinem alten Garten. Und der Priester erinnerte sich mit einem unterbewußten Erschauern, daß sie in der Tat nach Art und Abstammung älter und die wirkliche Besitzerin des Gutes war. Denn ihre eigene Familie hatte es als verarmte Adlige besessen, ehe sie seinen Wohlstand wiederherstellte, indem sie einen erfolgreichen Geschäftsmann heiratete. Wie sie so dastand, hätte sie ein Ahnengemälde oder sogar ein Ahnengespenst sein können. Ihr blasses Gesicht war von jenem spitzen, jedoch ovalen Schnitt, den man auf einigen alten Bildern von Maria, der Königin von Schottland, sieht; und sein Ausdruck schien fast noch über die natürliche Unnatürlichkeit einer Situation hinauszugehen, in der ihr Gatte unter dem Verdacht des Selbstmordes verschwunden war. Father Brown fragte sich in derselben unterbewußten Geistesbewegung, mit wem sie dort unter den Bäumen gesprochen haben mochte.

»Ich nehme an, Sie kennen die ganze schreckliche Nachricht schon«, sagte sie in untröstlicher Fassung. »Der arme Hubert muß unter all diesen revolutionären Verfolgungen zusammengebrochen und bis in den Wahnsinn getrieben worden sein, sich selbst das Leben zu nehmen. Ich weiß nicht, ob Sie irgend etwas tun können oder ob man diese scheußlichen Bolschewiken dafür verantwortlich machen kann, ihn in den Tod gehetzt zu haben.«

»Ich bin zutiefst erschüttert, Lady Sand«, sagte Father Brown. »Und zugleich, wie ich gestehen muß, auch etwas verwirrt. Sie reden von Verfolgungen; glauben Sie, daß irgend jemand ihn nur dadurch in den Tod hätte hetzen können, indem er jenes Papier an die Wand heftete?«

»Ich vermute«, sagte sie mit düsterer werdendem Blick, »daß es außer dem Papier auch noch andere Verfolgungen gegeben hat.«

»Das zeigt, welche Fehler man machen kann«, sagte der Priester traurig. »Ich hätte niemals gedacht, daß er so unlogisch wäre zu sterben, um dem Tod zu entgehen.«

»Ich weiß«, antwortete sie und blickte ihn ernsthaft an. »Ich hätte es auch nie geglaubt, wenn es nicht mit seiner eigenen Handschrift niedergeschrieben gewesen wäre.«

»Was?« schrie Father Brown mit einem kleinen Hüpfer wie ein Kaninchen, auf das geschossen wird.

»Ja«, sagte Lady Sand gelassen. »Er hat ein Geständnis seines Selbstmordes hinterlassen; deshalb gibt es, fürchte ich, keinerlei Zweifel.« Und sie stieg allein den Abhang hinauf, in all jener unantastbaren Unzugänglichkeit eines Familiengespenstes.

Die Brille Father Browns war in stummer Frage dem Zwicker von Mr. Henry Sand zugewandt. Und dieser Gentleman sprach nach einem Augenblick des Zögerns erneut in seiner eher unbesonnenen und stürmischen Art: »Ja, sehen Sie, jetzt scheint ziemlich klar zu sein, was er getan hat. Er war immer ein großer Schwimmer und pflegte jeden Morgen in seinem Bademantel herabzukommen, um in den Fluß einzutauchen. Gut, er ist wie üblich runtergekommen und hat seinen Bademantel am Ufer liegengelassen; der liegt immer noch da. Aber er hat auch eine Botschaft hinterlassen, daß er zu seinem letzten Schwimmen gehe und dann in den Tod, oder so ähnlich.«

»Wo hat er die Botschaft hinterlassen?« fragte Father Brown.

»Er hat sie in den Baum da gekratzt, der über das Wasser hängt, wohl der letzte Gegenstand, den er erfaßt hat; genau unterhalb des Bademantels. Kommen Sie und sehen Sie selbst.«

Father Brown rannte den letzten kurzen Abhang zum Ufer hinab und spähte unter den überhängenden Baum, dessen Blattfedern fast in den Fluß tauchten. Und richtig, er sah in die glatte Rinde auffällig und unmißverständlich die Worte eingeritzt: »Noch einmal schwimmen und dann ertrinken. Lebt wohl. Hubert Sand.« Father Browns Blick wanderte langsam das Ufer entlang, bis er an einem prächtigen Stück Bekleidung hängenblieb, ganz rot und gelb mit goldenen Quasten. Es war der Bademantel, und der Priester hob ihn auf und begann, ihn umzudrehen. Und eben während er das tat, wurde ihm bewußt, daß eine Gestalt durch sein Gesichtsfeld gehuscht war; eine große dunkle Gestalt, die von einer Baumgruppe zur anderen glitt, als ob sie der Spur der verschwindenden Lady folge. Er hatte kaum Zweifel, daß es sich um jenen Gefährten handelte, von dem sie sich jüngst erst getrennt hatte. Er hatte noch weniger Zweifel, daß es der Sekretär des toten Mannes war, Mr. Rupert Rae.

»Schon möglich, daß ihm als letztes der Gedanke kam, diese Botschaft zu hinterlassen«, sagte Father Brown, ohne aufzusehen, den Blick auf das rot-goldene Gewand geheftet. »Wir haben alle schon von Liebesbotschaften gehört, die in Bäume geritzt wurden; und also nehme ich an, daß es auch Todesbotschaften gibt, die in Bäume geritzt werden.«

»Na ja, er wird ja sonst nichts in den Taschen seines Bademantels gehabt haben«, sagte der junge Sand. »Und da könnte ein Mann seine Botschaft natürlich schon in einen Baum kratzen, wenn er weder Feder noch Tinte, noch Papier bei sich hat.«

»Hört sich an wie eine Französischübung«, sagte der Priester düster. »Aber daran hab' ich gar nicht gedacht.« Und nach einem Schweigen sagte er mit veränderter Stimme: »Um die Wahrheit zu sagen, ich habe darüber nachgedacht, ob ein Mann nicht ganz natürlich seine Botschaft in einen Baum ritzt, selbst wenn er Haufen von Federn, Liter von Tinte, und ein ganzes Ries Papier bei sich hat.«

Henry sah ihn mit reichlich verblüffter Miene an, sein Zwicker saß ihm krumm auf der Stupsnase. »Und was wollen Sie damit sagen?« fragte er scharf.

»Nun ja«, sagte Father Brown langsam, »ich will nicht gerade sagen, daß Briefträger Briefe in der Form von Baumstämmen austragen oder daß Sie jemals einem Freund eine Nachricht schicken, indem Sie eine Briefmarke an eine Fichte kleben. Es wäre schon eine besondere Art von Lage nötig – in der Tat wäre auch eine besondere Art von Person nötig, die tatsächlich diese Art von bäumlicher Korrespondenz bevorzugte. Aber angesichts der Lage und der Person wiederhole ich, was ich gesagt habe. Er würde immer noch auf einen Baum schreiben, selbst wenn, wie es im Liede heißt, die ganze Welt papieren wär' und alles Meer aus Tinte; wenn dieser Fluß voll unlöschbarer Tinte flösse oder alle diese Bäume ein Wald aus Federn oder Füllfederhaltern wären.«

Es war offensichtlich, daß es Sand angesichts der phantasievollen Bilderwelt des Priesters unheimlich wurde; ob nun, weil er sie unverständlich fand oder weil er zu verstehen begann.

»Sehn Sie«, sagte Father Brown und drehte den Bademantel langsam um, während er sprach, »man erwartet von einem Mann nicht, daß er in seiner schönsten Handschrift schreibt, wenn er sie in einen Baum hackt. Und wenn der Mann nicht der Mann wäre, falls Sie verstehen, was ich meine ... Hallo!«

Er blickte auf den roten Bademantel hinab, und für einen Augenblick schien es, als habe etwas von dem Rot auf seinen Finger abgefärbt; aber beide Gesichter, die nun darauf blickten, waren bereits um einen Schatten blasser geworden.

»Blut!« sagte Father Brown; und für einen Augenblick war da eine tödliche Stille, abgesehen von den melodischen Geräuschen des Flusses.

Henry Sand klärte Kehle und Nase mit Geräuschen, die keineswegs melodisch waren. Dann fragte er ziemlich rauh: »Wessen Blut?«

»Oh, meins«, sagte Father Brown, aber er lächelte nicht.

Einen Augenblick später sagte er: »Da war eine Nadel in diesem Ding, und ich hab' mich selbst gestochen. Aber ich glaube nicht, daß Ihnen die Spitze ganz klar ist ... die Spitze der Nadel; mir wohl«; und er saugte an seinem Finger wie ein Kind.

»Sehn Sie«, sagte er nach einem weiteren Schweigen, »der Bademantel war zusammengefaltet und zusammengesteckt; und niemand hätte ihn auseinanderfalten können – zumindest nicht, ohne sich zu stechen. Mit anderen Worten, Hubert Sand hat diesen Bademantel nie *getragen*. Ebensowenig wie Hubert Sand je auf jenen Baum geschrieben hat. Oder sich selbst in diesem Fluß ertränkt hat.«

Der Zwicker, der auf Henrys fragender Nase kippelte, fiel mit einem Klick herab; davon abgesehen war er bewegungslos, wie vor Überraschung erstarrt.

»Und damit«, fuhr Father Brown heiter fort, »sind wir wieder bei jemandes Vorliebe, seine Privatkorrespondenz in Bäume zu ritzen wie Hiawatha mit seiner Bilderschrift. Sand hatte jede beliebige Zeit, bevor er sich ertränkte. Warum hat er da seiner Frau keine Nachricht hinterlassen wie ein vernünftiger Mensch? Oder sollen wir sagen ... Warum hat der Andere Mann keine Nachricht für die Frau hinterlassen wie ein vernünftiger Mensch? Weil er dann die Handschrift des Gatten hätte fälschen müssen; besonders heikel, seit die Fachleute da so gerne dran rumschnüffeln. Aber man kann von niemandem erwarten, daß er auch nur seine eigene Handschrift nachmachen kann, geschweige denn die eines anderen, wenn er Großbuchstaben in die Rinde eines Baumes ritzt. Dies ist kein Selbstmord, Mr. Sand. Wenn überhaupt etwas, ist es ein Mord.«

Farne und Büsche des Unterholzes brachen und krachten, als der große junge Mann aus ihnen auftauchte wie ein Leviathan und vornübergebeugt dastand, den dicken Hals vorwärtsgestreckt.

»Ich eigne mich nicht dazu, Dinge geheimzuhalten«, sagte er, »und halb und halb hab' ich so was vermutet – Sie könnten fast sagen, seit langem erwartet. Um die Wahrheit zu sagen, ich konnte zu dem Burschen kaum höflich sein – übrigens zu ihnen beiden nicht.«

»Was genau wollen Sie damit sagen?« fragte der Priester und blickte ihm ernst voll ins Gesicht.

»Ich will damit sagen«, sagte Henry Sand, »daß Sie mir den Mord gezeigt haben, und ich glaube, ich könnte Ihnen die Mörder zeigen.«

Father Brown schwieg, und der andere fuhr reichlich fahrig fort.

»Sie haben gesagt, daß die Leute manchmal Liebesbotschaften in Bäume ritzen. Nun, es gibt davon tatsächlich einige in jenem Baum; es gibt da zwei Sorten von Monogrammen, die da oben unter den Blättern ineinandergeschlungen sind – ich nehme an, Sie wissen, daß Lady Sand die Erbin dieses Gutes war, lange bevor sie heiratete; und schon damals kannte sie diesen verdammten Fatzke von einem Sekretär. Ich nehme an, daß sie sich hier zu treffen pflegten und ihre Liebesschwüre in den Treffbaum ritzten. Sie scheinen den Treffbaum später für einen anderen Zweck benutzt zu haben. Vielleicht aus Sentimentalität, vielleicht aus Sparsamkeit.«

»Das müssen ganz entsetzliche Menschen sein«, sagte Father Brown.

»Hat es denn in der Geschichte keine entsetzlichen Menschen gegeben, oder in den Polizeinachrichten?« fragte Sand in ziemlicher Erregung. »Hat es denn da nicht Liebesleute gegeben, die Liebe entsetzlicher als Haß aussehen ließ? Wissen Sie denn nichts von Bothwell und von all den blutigen Legenden über jene Liebesleute?«

»Ich kenne die Legende über Bothwell«, antwortete der Priester. »Und ich weiß auch, daß es nur eine Legende ist. Aber natürlich ist es wahr, daß Ehemänner manchesmal auf so eine Weise aus dem Weg geräumt wurden. Übrigens, wohin hat man ihn geräumt? Ich meine, wo haben sie die Leiche versteckt?«

»Ich nehme an, sie haben ihn ertränkt oder ihn ins Wasser geschmissen, nachdem er tot war«, schnaubte der junge Mann ungeduldig.

Father Brown blinzelte nachdenklich und sagte dann: »Ein Fluß ist ein guter Ort, um eine eingebildete Leiche zu verstecken. Er ist ein verdammt schlechter Ort, um eine wirkliche zu verstekken. Ich meine, es ist leicht zu sagen, man hat sie reingeworfen, weil sie ja ins Meer gespült werden könnte. Wenn man sie aber wirklich reinwirft, steht es hundert gegen eins, daß sie es nicht wird; die Wahrscheinlichkeit, daß sie irgendwo angeschwemmt wird, ist ungeheuer groß. Ich meine, sie müssen einen besseren Plan als den gehabt haben, die Leiche zu verstecken – oder die Leiche wäre inzwischen schon gefunden worden. Und wenn es da irgendwelche Spuren von Gewalt gäbe ...«

»Ach, pfeif doch aufs Versteck der Leiche«, sagte Henry einigermaßen gereizt; »haben wir denn nicht Beweise genug in der Schrift auf ihrem eigenen teuflischen Baum?«

»Die Leiche ist der Hauptbeweis bei jedem Mord«, antwortete der Andere. »Das Verstecken der Leiche ist in neun von zehn Fällen das praktische Problem, das gelöst werden muß.«

Es gab ein Schweigen; und Father Brown fuhr damit fort, den roten Bademantel umzudrehen und ihn auf dem schimmernden Gras am sonnigen Ufer auszubreiten; er sah nicht auf. Aber ihm war schon seit einiger Zeit bewußt geworden, daß sich für ihn die ganze Landschaft durch die Anwesenheit einer dritten Partei verändert hatte; die so still dastand wie eine Statue im Garten.

»Übrigens«, sagte er und senkte seine Stimme, »wie erklären Sie den kleinen Kerl mit dem Glasauge, der Ihrem armen Onkel neulich einen Brief gebracht hat? Mir schien es so, als sei er durch dessen Lektüre völlig verändert worden; deshalb war ich durch den Selbstmord nicht überrascht, als ich noch dachte, es sei ein Selbstmord. Der Bursche ist ein ganz fieser Privatdetektiv, wenn ich mich nicht irre.«

»Nun«, sagte Henry in einer zögerlichen Weise, »nun ja, könnte er sein – Eheleute setzen manchmal bei solchen häuslichen Tragödien Detektive ein, oder nicht? Ich nehme an, er hatte die Beweise für ihre Intrige aufgetrieben; und sie also …«

»Ich würde nicht zu laut reden«, sagte Father Brown, »denn Ihr Detektiv beobachtet uns in diesem Augenblick aus einer Distanz von etwa einem Meter hinter diesen Büschen.«

Sie sahen beide auf, und richtig, da stand der Gnom mit dem Glasauge, und fixierte sie mit jener unangenehmen Optik, und sah um so grotesker aus, wie er da in den weißen wächsernen Blumen des klassischen Gartens stand.

Henry Sand rappelte sich mit einer für jemanden von seiner Massigkeit atemberaubenden Geschwindigkeit wieder auf und fragte den Mann höchst ärgerlich und abrupt, was er da treibe, und erklärte ihm zugleich, er solle sofort verschwinden.

»Lord Stanes«, sagte der Gnom des Gartens, »wäre Father Brown sehr verbunden, wenn er ins Haus kommen und mit ihm sprechen würde.«

Henry Sand wandte sich wütend ab, aber der Priester schrieb seine Wut der Feindseligkeit zu, von der bekannt war, daß sie zwischen ihm und dem fraglichen Edelmann herrschte. Als sie sich anschickten, den Abhang hinaufzusteigen, blieb Father Brown für einen Augenblick stehen, als verfolge er Spuren auf dem glatten Baumstamm, blickte einmal empor zu den dunkleren und verborgeneren Hieroglyphen, die angeblich Zeichen einer Romanze waren; und starrte dann auf die größeren und ausladenderen Lettern des Geständnisses oder angeblichen Geständnisses eines Selbstmordes.

»Erinnern Sie diese Lettern nicht an etwas?« fragte er. Und als sein mürrischer Begleiter den Kopf schüttelte, fügte er hinzu: »Mich erinnern sie an die Schrift auf jenem Plakat, das ihm die Rache der Streikenden androhte.«

»Das ist das härteste Rätsel und die verquerste Geschichte, die ich je anzupacken hatte«, sagte Father Brown einen Monat später, als er Lord Stanes in dem eben erst eingerichteten Apartment in Nr. 188 gegenübersaß, der Wohnung am Ende des Blocks, die als letzte vor dem Interregnum des Lohnstreits und der von der Gewerkschaft verschobenen Arbeit fertiggestellt worden war. Sie war behaglich eingerichtet; und Lord Stanes präsidierte über Grog und Zigarren, als der Priester mit einer Grimasse sein Geständnis ablegte. Lord Stanes war auf eine kühle und lässige Art überraschend freundlich geworden.

»Das will bei Ihrem Ruf einiges heißen«, sagte Stanes, »aber die Detektive, einschließlich unseres verführerischen Freundes mit dem Glasauge, scheinen wirklich keine Lösung sehen zu können.«

Father Brown legte seine Zigarre hin und sagte behutsam: »Es geht nicht darum, daß sie die Lösung nicht sehen können. Es geht darum, daß sie das Problem nicht sehen können.«

»Aha«, sagte der andere, »vielleicht kann auch ich das Problem nicht sehen.«

»Das Problem ist aus folgendem Grunde allen anderen Problemen unähnlich«, sagte Father Brown. »Es sieht so aus, als habe der Verbrecher absichtlich zwei unterschiedliche Dinge getan, deren jedes einzeln hätte erfolgreich sein können; die aber, wenn gemeinsam betrieben, sich gegenseitig nur unwirksam machen konnten. Ich setze voraus und bin fest davon überzeugt, daß es der Mörder war, der gleichermaßen die Proklamation annagelte, mit der eine Art bolschewistischen Mordes angedroht wurde, und das Geständnis eines gewöhnlichen Selbstmordes in den Baum ritzte. Nun können Sie immerhin sagen, es sei nach allem möglich, daß die Proklamation eine proletarische Proklamation war; daß irgendwelche extremistischen Arbeiter ihren Arbeitgeber töten wollten und ihn getötet haben. Selbst wenn das wahr wäre, würde alles an dem Geheimnis hängen, warum sie, oder sonst jemand, eine gegenläufige Spur der privaten Selbstzerstörung hinterließen. Aber es ist ganz sicher nicht wahr. Keiner von diesen Arbeitern, wie verbittert auch immer, würde so was getan haben. Ich kenne sie recht gut, ich kenne ihre Führer ganz gut. Sich vorzustellen, daß ein Tom Bruce oder Hogan jemanden umbringen würden, den sie in den Zeitungen anprangern und dem sie auf alle möglichen Arten Schaden zufügen könnten, ist jene Art von Psychologie, die vernünftige Leute Wahnsinn nennen. Nein; es gibt da jemanden, der nicht ein empörter Arbeiter war, der zuerst die Rolle eines empörten Arbeiters spielte und dann die Rolle eines selbstmörderischen Arbeitgebers. Aber im Namen alles Wundersamen, warum? Wenn er glaubte, er könne es glatt als Selbstmord hinbiegen, warum hat er sich das dann zuallererst dadurch verdorben, daß er eine Morddrohung veröffentlichte?

Nun könnten Sie sagen, es handele sich bei dem Gedanken, es als einen Selbstmord auszugeben, um einen Nachgedanken, weil das weniger provokativ wäre als die Mordgeschichte. Aber es war *nach* der Mordgeschichte nicht weniger provokativ. Er muß gewußt haben, daß er unsere Gedanken bereits auf Mord gerichtet hatte, als es sein einziges Anliegen hätte sein müssen, unsere Gedanken davon fernzuhalten. Wenn es ein Nachgedanke war, dann war es der Nachgedanke einer sehr gedankenlosen Person. Und ich habe so eine Ahnung, als ob dieser Mörder eine sehr gedankenvolle Person sei. Können Sie sich aus all dem einen Reim machen?«

»Nein; aber ich verstehe, was Sie meinen«, sagte Stanes, »wenn Sie sagen, daß ich nicht einmal das Problem sähe. Es geht nicht nur darum, wer Sand tötete; es geht darum, warum jemand einen anderen der Tötung Sands beschuldigt und dann Sand beschuldigt, sich selbst getötet zu haben.«

Father Browns Gesicht war verkniffen, und die Zigarre war zwischen seine Zähne geklemmt; ihr Ende glühte rhythmisch auf und wurde wieder dunkel wie das Signal eines brennenden Impulses im Gehirn.

»Wir müssen dem sehr dicht und sehr deutlich folgen. Es ist, als müsse man Denkstränge voneinander trennen; so was Ähnliches. Weil die Mordanklage tatsächlich die Selbstmordanklage so ziemlich verdarb, würde er die Mordanklage normalerweise nicht erhoben haben. Aber er hat sie erhoben; also hatte er irgendeinen anderen Grund, sie zu erheben. Es war ein so starker Grund, daß er ihn vielleicht sogar damit versöhnen konnte, seine andere Verteidigungslinie zu schwächen: daß es Selbstmord sei. Mit anderen Worten, die Mordanklage war gar keine wirkliche Mordanklage. Ich will sagen, er verwendete sie gar nicht als Mordanklage; er handelte nicht deshalb so, um die Schuld am Mord einem anderen zuzuschieben; er handelte so aus einem ureigensten ungewöhnlichen Grund. Sein Plan mußte die Proklamation enthalten, daß Sand ermordet werden würde, gleichgültig, ob dadurch andere in Verdacht gerieten oder nicht. Aus irgendeinem Grunde war die Proklamation selbst nötig. Aber warum?«

Er schmauchte und schwelte mit der gleichen vulkanischen Energie ganze fünf Minuten vor sich hin, bevor er wieder sprach.

»Was könnte eine Mordproklamation bewirken, außer anzudeuten, daß die Streikenden die Mörder seien? Was *hat* sie bewirkt? Eines ist offensichtlich; sie bewirkte unausweichlich das

Gegenteil von dem, was sie sagte. Sie sagte zu Sand, er solle seine Leute nicht aussperren; und das war vielleicht das einzige auf Erden, was ihn dazu bringen konnte, es wirklich zu tun. Man muß dabei an die Art dieses Mannes und die Art seines Rufes denken. Wenn in unserer saudummen Sensationspresse ein Mann ein Starker Mann genannt worden ist, wenn er von all den hervorragendsten Eseln Englands liebevoll als Sportsmann angesehen wird, dann kann er nicht einfach nachgeben, weil man ihn mit der Pistole bedroht hat. Das wäre, als ob er in Ascot mit einer weißen Feder an seinem absurden weißen Hut herumliefe. Es würde jenes innere Idol oder Ideal von sich selbst zerbrechen, das jeder Mann, der nicht ein ausgesprochener Feigling ist, dem Leben vorzieht. Und Sand war kein Feigling; er war mutig; er war auch impulsiv. Es wirkte auf der Stelle wie ein Zauber; sein Neffe, der sich ja mit den Arbeitern mehr oder weniger eingelassen hatte, schrie auf der Stelle, daß man der Bedrohung absolut und augenblicklich entgegentreten müsse.«

»Ja«, sagte Lord Stanes, »das ist mir aufgefallen.« Sie sahen sich einen Augenblick lang an, und dann fügte Stanes achtlos hinzu: »Sie glauben also, das, was der Verbrecher wirklich wollte, war …«

»Die Aussperrung!« schrie der Priester energisch. »Den Streik, oder wie immer Sie das nennen wollen; auf jeden Fall die Einstellung der Arbeit. Er wollte, daß die Arbeit sofort aufhöre; vielleicht, daß die Streikbrecher sofort übernähmen; auf jeden Fall, daß die Gewerkschaftsmitglieder sofort abzögen. Das ist es, was er wirklich wollte; Gott weiß warum. Und ich glaube, er brachte das fertig, ohne sich viel um die Folgerung der Existenz bolschewistischer Meuchelmörder zu kümmern. Dann aber … ich glaube, dann ging etwas schief. Hier kann ich nur herumraten und ganz langsam herumtasten; aber die einzige Erklärung, die ich mir ausdenken kann, ist die, daß irgend etwas begann, die Aufmerksamkeit auf den wahren Ort seiner Schwierigkeiten zu lenken; auf den Grund, was immer das war, der ihn wünschen ließ, die Bauarbeiten zum Stillstand zu bringen. Und dann versuchte er – verspätet, verzweifelt und reichlich inkonsequent –, die andere Spur zu legen, die zum Fluß führte, einzig und allein, weil sie von den Apartments fortführte.«

Er sah durch seine mondähnlichen Brillengläser auf und nahm die ganze Qualität des Hintergrundes und der Einrichtung wahr; den zurückhaltenden Luxus eines gelassenen Mannes von Welt;

und verglich ihn mit den beiden Koffern, mit denen der Bewohner kürzlich in einem gerade erst fertiggestellten und noch unmöblierten Apartment eingetroffen war. Dann sagte er reichlich abrupt: »Kurz, der Mörder ängstigte sich vor irgend etwas oder irgend jemandem in den Wohnungen. Übrigens, warum sind Sie eigentlich hier eingezogen? ... Und bei dieser Gelegenheit, der junge Henry hat mir erzählt, Sie hätten sich mit ihm sehr früh verabredet, als Sie eingezogen sind. Stimmt das?«

»Keineswegs«, sagte Stanes. »Ich habe den Schlüssel am Abend zuvor von seinem Onkel bekommen. Ich habe keine Ahnung, warum Henry an jenem Morgen hergekommen ist.«

»Aha«, sagte Father Brown, »aber dann habe ich eine Ahnung, warum er hergekommen ist ... Ich habe mir schon *gedacht*, Sie hätten ihn dadurch aufgeschreckt, als Sie gerade hereinkamen, als er hinauskam.«

»Und dennoch«, sagte Stanes, der mit einem Glitzern in seinen graugrünen Augen herüberblickte, »meinen Sie, daß ich ebenfalls ein Geheimnis habe.«

»Ich meine, daß Sie zwei Geheimnisse haben«, sagte Father Brown. »Das erste ist, warum Sie sich ursprünglich aus Sands Geschäften zurückgezogen haben. Das zweite ist, warum Sie danach zurückgekommen sind, um in Sands Gebäuden zu wohnen.«

Stanes rauchte nachdenklich, klopfte die Asche ab und läutete eine Glocke auf dem Tisch vor ihm. »Wenn Sie erlauben«, sagte er, »werde ich noch zwei zu unserer Beratung hinzuziehen. Jackson, der kleine Detektiv, von dem Sie bereits wissen, achtet auf die Glocke; und ich habe Henry Sand gebeten, etwas später herzukommen.«

Father Brown erhob sich aus seinem Sessel, ging durch den Raum und starrte stirnrunzelnd in den offenen Kamin.

»Inzwischen«, fuhr Stanes fort, »will ich Ihnen gerne beide Fragen beantworten. Ich habe Sands Geschäft verlassen, weil ich überzeugt war, daß es da faulen Zauber gab und jemand das ganze Geld beiseite brachte. Ich bin zurückgekommen und habe mir diese Wohnung genommen, weil ich an Ort und Stelle nach der Wahrheit über den Tod des alten Sand Ausschau halten wollte.«

Father Brown blickte sich um, als der Detektiv den Raum betrat; er stand da, und starrte auf den Kaminvorleger, und wiederholte: »An Ort und Stelle.«

»Mr. Jackson wird Ihnen berichten«, sagte Stanes, »daß Sir Hubert ihn beauftragt hatte herauszufinden, wer der Dieb war, der die Firma beraubte; und er brachte ihm eine Notiz über seine Entdeckungen am Tag, bevor der alte Hubert verschwand.«

»Ja«, sagte Father Brown, »und jetzt weiß ich auch, wohin er verschwunden ist. Ich weiß jetzt, wo seine Leiche ist.«

»Wollen Sie damit sagen ...?« begann sein Gastgeber hastig.

»Sie ist hier«, sagte Father Brown und stampfte auf den Kaminvorleger. »Hier, unter diesem eleganten Perserteppich, in diesem behaglichen und bequemen Raum.«

»Wie in aller Welt haben Sie denn das herausgefunden?«

»Ich habe mich gerade daran erinnert«, sagte Father Brown, »daß ich das in meinem Schlaf gefunden habe.«

Er schloß die Augen, als versuche er, sich einen Traum vorzustellen, und fuhr träumerisch fort: »Das ist eine Mordgeschichte, die sich um die Frage dreht: Wie verstecke ich die Leiche? Und ich habe sie in meinem Schlaf gefunden. Ich wurde jeden Morgen vom Gehämmere aus diesem Gebäude aufgeweckt. An jenem Morgen wachte ich nur halb auf, schlief wieder ein und erwachte erneut in der Annahme, es sei schon spät; aber das war es nicht. Warum? Weil es an jenem Morgen Gehämmere *gegeben* hatte, obwohl die ganze übliche Arbeit eingestellt worden war; kurzes eiliges Gehämmere in den frühen Morgenstunden gerade vor Tagesanbruch. Ein schlafender Mensch rührt sich bei solch vertrautem Geräusch automatisch. Aber er schläft wieder ein, weil das übliche Geräusch nicht zur üblichen Stunde stattfindet. Warum wollte nun ein bestimmter geheimer Verbrecher, daß die gesamte Arbeit plötzlich eingestellt würde; und nur neue Arbeiter übernähmen? Weil die alten Arbeiter, wären sie am nächsten Tag hereingekommen, festgestellt hätten, daß während der Nacht ein neues Stück Arbeit getan worden war. Die alten Arbeiter hätten gewußt, wo sie aufgehört hatten; und sie hätten den ganzen Fußboden dieses Raumes bereits festgehämmert vorgefunden. Festgehämmert von einem Mann, der wußte, wie man das tut; nachdem er sich oft genug unter die Arbeiter gemischt und ihre Verfahren gelernt hatte.«

Während er redete, wurde die Tür aufgestoßen und ein Kopf mit einer stoßenden Bewegung hereingesteckt; ein kleiner Kopf auf einem dicken Hals und ein Gesicht, das sie durch Gläser anblinzelte.

»Henry Sand sagte«, bemerkte Father Brown und starrte auf die Decke, »daß er sich nicht dazu eigne, Dinge geheimzuhalten. Aber ich glaube, da war er ungerecht gegen sich selbst.«

Henry Sand drehte sich um und bewegte sich rasch den Korridor hinab.

»Er hat nicht nur jahrelang seine Unterschlagungen ziemlich erfolgreich vor seinem Onkel geheimgehalten«, fuhr der Priester mit abwesender Miene fort, »sondern hat auch, als sein Onkel sie entdeckte, seines Onkels Leiche auf eine vollkommen neue und originelle Weise versteckt.«

Im gleichen Augenblick läutete Stanes erneut eine Glocke mit einem langen schrillen stetigen Klingeln; und der kleine Mann mit dem Glasauge schoß geradezu durch den Korridor hinter dem Fliehenden her, mit ähnlich rotierenden Bewegungen wie die einer mechanischen Gestalt in einem Stroboskop. Im gleichen Augenblick schaute Father Brown aus dem Fenster, wozu er sich über einen kleinen Balkon lehnte, und erblickte fünf oder sechs Männer, die unten in der Straße hinter Büschen und Zäunen hervorkamen und sich gleichermaßen mechanisch wie ein Fächer oder ein Netz ausbreiteten, das sich zu dem Fliehenden hin öffnete, der wie eine Kugel aus der Vordertür herausgeschossen war. Father Brown sah nur das Muster der Geschichte, die sich niemals aus diesem Raum entfernt hatte; wo Henry Hubert erwürgt und seine Leiche unter dem undurchlässigen Fußboden versteckt und dafür die ganze Arbeit an dem Gebäude aufgehalten hatte. Eine Nadelspitze hatte sein eigenes Mißtrauen erweckt; aber nur, um ihm zu sagen, daß man ihn die lange Schlinge einer Lüge hinabgeleitet hatte. Die spitze Pointe der Nadel war, daß sie keine Pointe hatte.

Er bildete sich ein, er verstehe endlich Stanes, und er liebte es, eigenartige Menschen zu sammeln, die schwierig zu verstehen waren. Er begriff, daß in diesem müden Gentleman, den er einst beschuldigt hatte, grünes Blut zu haben, tatsächlich eine Art kalter grüner Flamme der Gewissenhaftigkeit und der konventionellen Ehre brannte, die ihn zunächst dazu bewogen hatte, sich aus einem zweifelhaften Geschäft zurückzuziehen, und sich dann zu schämen, es anderen aufgebürdet zu haben; und als gelangweilter fleißiger Detektiv zurückzukommen; sein Lager eben da an Ort und Stelle aufzuschlagen, wo die Leiche vergraben worden war; so daß der Mörder, als er ihn so nahe der Leiche herumschnüffeln fand, in Panik das Gegendrama mit dem Bademantel und dem Ertrunkenen aufführte. Das alles war jetzt klar genug, aber ehe er seinen Kopf von der Nachtluft und den Sternen zurückzog, warf Father Brown noch einen Blick an der mächtigen schwarzen Masse des zyklopischen Baues empor, der sich da so hoch in die Nacht häufte und an Ägypten und Babylon und alles erinnerte, was am Werk des Menschen zugleich ewig und ephemer ist.

»Ich hatte recht mit dem, was ich zuallererst gesagt habe«, sagte er. »Das erinnert einen an Coppées Gedicht über den Pharao und die Pyramiden. Dieses Haus soll hundert Häuser sein; und doch ist dieses ganze Gebirge von Bauwerk nur das Grab eines einzigen Mannes.«

Das unlösbare Problem

Dieser eigenartige Vorfall, in mancher Hinsicht vielleicht der eigenartigste der vielen, die ihm begegneten, widerfuhr Father Brown in jener Zeit, da sein französischer Freund Flambeau den Beruf des Verbrechers aufgegeben und mit viel Eifer und Erfolg den Beruf des Verbrechensaufklärers ergriffen hatte. Nun war es so, daß sich Flambeau sowohl als Dieb wie als Diebsfänger ziemlich auf Juwelendiebstähle spezialisiert hatte, wobei er als Fachmann anerkannt war, sowohl in der Frage, Juwelen zu identifizieren, wie in der ebenso praktischen Frage, Juwelendiebe zu identifizieren. Und es geschah im Zusammenhang mit seinen speziellen Kenntnissen auf diesem Gebiet wie auch mit einem Auftrag, den sie ihm eingebracht hatten, daß er an jenem Morgen, an dem diese Geschichte beginnt, seinen Freund, den Priester, anrief.

Father Brown war entzückt, die Stimme seines alten Freundes zu hören, sogar am Telephon; aber im allgemeinen, und zumal in jenem besonderen Augenblick, mochte Father Brown das Telephon gar nicht sehr. Er zog es bei weitem vor, die Gesichter der Menschen zu beobachten und soziale Atmosphären zu empfinden, und er wußte sehr wohl, daß ohne diese Dinge Wortmitteilungen sehr leicht in die Irre führen können, vor allem solche von völlig Fremden. Und es schien, als habe an jenem besonderen Morgen ein Schwarm von völlig Fremden seine Ohren mit mehr oder weniger unverständigen Wortmitteilungen vollgesummt; das Telephon schien von einem Dämon der Trivialität besessen. Die vielleicht eindeutigste Stimme war eine, die ihn fragte, ob er nicht gegen Zahlung nach einem in seiner Kirche aufgehängten regulären Tarif reguläre Erlaubnisscheine für Mord und Diebstahl ausstelle; und da der Fremde das Gespräch, nachdem er unterrichtet worden war, dem sei nicht so, mit einem hohlen Gelächter beendete, kann wohl angenommen werden, daß er nicht überzeugt worden war. Dann rief eine aufgeregte und ziemlich inkonsequente weibliche Stimme an, die ihn aufforderte, sofort zu einem bestimmten, ihm bekannten Hotel, etwa 45 Meilen auf der Straße zu einer benachbarten Kathedralstadt, zu kommen; welcher Forderung unmittelbar darauf von derselben Stimme der Widerruf folgte, die noch aufgeregter und noch inkonsequenter mitteilte, es spiele keine Rolle mehr und er werde nicht mehr gewünscht. Dann kam als Zwischenspiel der Anruf einer Presseagentur, die ihn fragte, ob er etwas zu dem zu sagen habe, was eine Filmschauspielerin über Schnurrbärte für Männer gesagt habe; und schließlich noch eine dritte Wiederkehr der aufgeregten und inkonsequenten Dame in dem Hotel, die mitteilte, daß er jetzt doch gewünscht werde. Er hatte eine vage Vermutung, daß dadurch einiges von jenen Zögerlichkeiten und panischen Ängsten gekennzeichnet werde, die jenen nicht unbekannt sind, die sich vage in Richtung zur Wahrheit wenden, doch er bekannte sich zu einer beträchtlichen Erleichterung, als die Stimme Flambeaus die Reihe von Anrufen mit der herzhaften Drohung beendete, sofort zum Frühstück zu erscheinen.

Father Brown zog es eindeutig vor, mit einem Freund in bequemen Sesseln bei einer Pfeife zu plaudern, doch wurde sehr bald deutlich, daß sein Besucher auf dem Kriegspfad und voller Energie war, und fest entschlossen, sich des kleinen Priesters zu bemächtigen und ihn auf eine für ihn wichtige Expedition mitzuschleppen. Es trifft zu, daß ein bestimmter Umstand mitspielte, von dem man annehmen durfte, daß er des Priesters Aufmerksamkeit beanspruchen würde. Flambeau war in jüngster Zeit wiederholt dadurch hervorgetreten, daß er den Diebstahl berühmter wertvoller Steine verhindert hatte; er hatte dem Banditen die Tiara der Duchess of Dulwich aus der Hand gerissen, während er durch den Garten stürmte. Er hatte für jenen Kriminellen, der geplant hatte, das berühmte Saphirhalsband zu stehlen, eine so geniale Falle aufgestellt, daß der fragliche Künstler tatsächlich mit jener Kopie abzog, die er als Ersatz zurückzulassen geplant hatte.

Das waren zweifellos die Gründe, die dazu geführt hatten, daß man ihn aufforderte, die Ablieferung einer ganz anderen Art von Schatz zu überwachen; vielleicht dem Materialwert nach noch kostbarer, zugleich aber auch von einer ganz anderen Art von Wert. Ein weltberühmtes Reliquiar, das angeblich eine Reliquie der heiligen Märtyrerin Dorothea enthielt, sollte im katholischen Kloster einer Kathedralstadt abgeliefert werden; und einer der berühmtesten internationalen Juwelendiebe sollte angeblich ein Auge darauf geworfen haben; oder wahrscheinlich eher auf das Gold und die Rubine der Fassung als auf ihre rein hagiographische Bedeutung. Vielleicht gab es irgend etwas in dieser Assoziation von Gedanken, das Flambeau glauben machte, der Priester wäre bei diesem Abenteuer ein besonders geeigneter Gefährte, aber wie auch immer, er stürzte sich auf ihn und war ganz Feuer und Flamme und äußerst gesprächig hinsichtlich seiner Pläne, den Diebstahl zu verhindern.

Flambeau betrat auf wahrhaftig gewaltige Art des Priesters Heim und ganz in der alten großspurigen Manier des Musketiers seinen großen Schnurrbart zwirbelnd.

»Sie können das nicht«, schrie er und spielte auf die 65 Straßenmeilen bis nach Casterbury an, »Sie können doch nicht zulassen, daß ein so gotteslästerlicher Raub unmittelbar vor Ihrer eigenen Nase stattfindet.«

Die Reliquie sollte das Kloster erst am Abend erreichen; und daher gab es keine Notwendigkeit für ihre Verteidiger, früher einzutreffen; denn in der Tat würde die Autofahrt den größeren Teil des Tages beanspruchen. Darüber hinaus bemerkte Father Brown beiläufig, daß da ein Gasthaus an der Straße liege, in dem er gerne zu Mittag essen würde, da er bereits gebeten worden sei, dort so bald wie möglich hereinzuschauen.

Während sie durch eine dicht bewaldete, aber kaum bewohnte Landschaft fuhren, in der Gasthäuser und andere Gebäude seltener und seltener zu werden schienen, begann das Tageslicht in der Mittagshitze den Charakter eines stürmischen Zwielichts anzunehmen; und dunkelpurpurne Wolken sammelten sich über den dunkelgrauen Wäldern. Und wie das gewöhnlich in der fahlen Ruhe dieser Art von Licht geschieht, gewannen alle Farben in der Landschaft eine Art geheimnisvollen Glühens, das man bei Objekten im vollen Sonnenschein nicht findet; und zackige rote Blätter oder goldene oder orangene Pilze schienen in einem dunklen Feuer aus sich heraus zu brennen. In solchem Halblicht kamen sie zu einer Waldlichtung wie ein großer Riß in einer grauen Mauer und sahen hinter ihr und oberhalb der Lücke das große und ziemlich fremdartige Gasthaus, das den Namen »Grüner Drache« trug.

Die beiden alten Gefährten waren schon oft zusammen bei Gasthäusern und anderen menschlichen Behausungen angekommen und hatten dort nicht eben übliche Umstände vorgefunden; selten aber hatten sich die Zeichen des Unüblichen so früh bemerkbar gemacht. Denn noch während ihr Auto einige hundert Meter von der dunkelgrünen Tür entfernt war, die den dunkelgrünen Fensterläden des hohen und schmalen Gebäudes entsprachen, wurde die Tür heftig aufgerissen, und eine Frau mit einem wilden Wust roter Haare stürzte ihnen entgegen, als sei sie bereit, das Fahrzeug in voller Fahrt zu besteigen. Flambeau brachte den Wagen zum Halten, aber fast noch ehe er das getan hatte, stieß sie ihr weißes und tragisches Gesicht durch das Fenster und rief: »Sind Sie Father Brown?« und dann fast im gleichen Atemzug: »Wer ist der Mann da?«

»Der Name dieses Herrn ist Flambeau«, sagte Father Brown gelassen, »und was kann ich für Sie tun?«

»Kommen Sie ins Gasthaus«, sagte sie mit einer selbst unter diesen Umständen außerordentlichen Abruptheit. »Es ist ein Mord geschehen.«

Sie stiegen schweigend aus dem Wagen und folgten ihr zu der dunkelgrünen Tür, die sich nach innen zu einer Art dunkelgrüner Allee öffnete, gebildet aus Latten und Pfählen, umschlungen von Wein und Efeu, die eckige Blätter in Schwarz und Rot und vielen dunklen Farben zeigten. Diese wiederum führte durch eine innere Tür in eine Art großen Salons, in dem rostige Ritterwaffen hingen und dessen Möblierung sehr altmodisch und wild durcheinander erschien wie in einer Rumpelkammer. Einen Augenblick lang schraken sie zusammen; denn es schien so, als ob sich ein großes Stück Gerümpels erhebe und sich auf sie zu bewege; so verstaubt und schäbig und linkisch war der Mann, der solchermaßen verließ, was wie ein Zustand immerwährender Bewegungslosigkeit aussah.

Merkwürdigerweise schien der Mann eine gewisse höfliche Behendigkeit zu besitzen, sobald er sich einmal bewegte; selbst wenn sie an die hölzernen Scharniere einer höfischen Trittleiter oder eines unterwürfigen Handtuchhalters erinnerte. Sowohl Flambeau wie Father Brown fühlten, daß sie kaum je zuvor einem Mann begegnet waren, der so schwierig einzuordnen war. Er war nicht, was man einen Gentleman nennt; doch besaß er etwas von der staubigen Verfeinerung eines Gelehrten; da war etwas leicht Anrüchiges oder *déclassé* um ihn; und doch roch er eher nach Büchern als nach Boheme. Er war dünn und bleich, mit einer spitzen Nase und einem dunklen Spitzbart, er hatte eine kahle Stirn, aber hinten waren seine Haare lang und glatt und strähnig, und der Ausdruck seiner Augen wurde fast vollständig von einer blauen Brille verborgen. Father Brown fühlte, daß er irgend etwas dieser Art schon irgendwo und vor langer Zeit getroffen hatte;

aber er konnte dem inzwischen keinen Namen mehr beilegen. Das Gerümpel, darinnen er saß, war zum größten Teil literarisches Gerümpel; vor allem Bündel von Flugschriften aus dem 17. Jahrhundert.

»Habe ich die Dame richtig verstanden«, fragte Flambeau feierlich, »daß hier ein Mord geschehen ist?«

Die Dame nickte ziemlich ungeduldig mit ihrem roten zerrauften Kopf; abgesehen von diesen flammenden Elfenlocken hatte sie etwas von ihrem wilden Aussehen verloren; ihr dunkles Kleid war von einer gewissen Würde und Adrettheit; ihre Züge waren stark und gut geschnitten; und es umgab sie etwas, das auf jene doppelte Stärke des Körpers wie des Geistes hinweist, die Frauen mächtig macht, vor allem im Gegensatz zu Männern wie dem Mann mit der blauen Brille. Und dennoch war er es, der die einzige artikulierte Antwort gab, indem er sich mit einer gewissen grotesken Galanterie einmischte.

»Es ist wahr, daß meine unglückliche Schwägerin«, erklärte er, »fast in diesem Augenblick einen höchst entsetzlichen Schock erlitten hat, den wir alle ihr erspart zu sehen gewünscht hätten. Ich wollte nur, daß ich selbst die Entdeckung gemacht hätte und nur den weiteren Schmerz hätte erleiden müssen, die schreckliche Nachricht zu überbringen. Unglücklicherweise war es Frau Flood selbst, die ihren hochbetagten Großvater, seit langem krank und in diesem Hotel bettlägrig, tot im Garten fand; unter Umständen, die nur zu deutlich auf Gewalt und Überfall zeigen. Sonderbare Umstände, möchte ich sagen, in der Tat sehr sonderbare Umstände.« Und er hüstelte leise, als ob er sich dafür entschuldigen wolle.

Flambeau verneigte sich vor der Dame und drückte ihr sein aufrichtiges Mitgefühl aus; dann sagte er zu dem Mann: »Ich denke, Sir, daß Sie sagten, Sie seien Frau Floods Schwager.«

»Ich bin Dr. Oscar Flood«, erwiderte der andere. »Mein Bruder, der Gatte dieser Dame, weilt gegenwärtig geschäftlich auf dem Kontinent, und sie führt das Hotel. Ihr Großvater war teilweise gelähmt und schon sehr hoch betagt. Man hat ihn niemals sein Schlafzimmer verlassen sehen; so daß diese außerordentlichen Umstände tatsächlich …«

»Haben Sie nach einem Arzt oder der Polizei geschickt?« fragte Flambeau.

»Ja«, erwiderte Dr. Flood, »wir haben angerufen, nachdem wir die entsetzliche Entdeckung gemacht hatten; aber sie können erst in einigen Stunden hier sein. Dieses Rasthaus steht so entlegen. Es steigen hier nur Leute ab, die nach Casterbury oder sogar noch weiter reisen. Deshalb dachten wir, wir könnten Sie um Ihre wertvolle Hilfe bitten, bis ...«

»Wenn wir von irgendeiner Hilfe sein sollen«, sagte Father Brown, der auf eine viel zu abwesende Weise unterbrach, um unhöflich zu erscheinen, »sollten wir lieber gleich gehen und uns die Umstände ansehen.«

Er ging beinahe mechanisch auf die Tür zu und rannte beinahe in einen Mann, der sich gerade seinen Weg hereinbahnte; ein großer, schwerer junger Mann mit ungebürstetem und unordentlichem Haar, der dennoch ganz gut ausgesehen hätte, wäre da nicht eine leichte Verunstaltung eines Auges gewesen, die ihm ein ziemlich unheimliches Aussehen gab.

»Was zum Teufel tut Ihr denn da?« platzte er heraus. »Erzählt jedem Dahergelaufenen ... Ihr solltet wenigstens auf die Polizei warten.«

»Die Polizei übernehme ich«, sagte Flambeau mit einer gewissen Großartigkeit und dem plötzlichen Gebaren, als habe er den Befehl über alles übernommen. Er schritt auf die Tür zu, und da er noch viel größer als der große junge Mann war und da seine Schnurrbartspitzen so furchteinflößend wie die Hörner eines spanischen Stieres waren, trat der große junge Mann vor ihm beiseite, mit dem folgewidrigen Ausdruck von jemandem, den man hinausgeworfen hat, und blieb zurück, als die Gruppe hinaus in den Garten stürmte und den mit Steinplatten belegten Pfad hinan zur Maulbeerpflanzung. Und nur Flambeau hörte, wie der kleine Priester zu dem Doktor sagte: »Er scheint uns nicht sehr zu mögen, oder? Übrigens, wer ist er?«

»Sein Name ist Dünn«, sagte der Doktor mit einer gewissen Zurückhaltung. »Meine Schwägerin hat ihm die Verwaltung des Gartens übertragen, weil er im Krieg ein Auge verloren hat.«

Als sie durch die Maulbeerbüsche gingen, bot die Landschaft des Gartens jenen reichen, aber unheilschwangeren Effekt dar, den man antrifft, wenn das Land tatsächlich heller als der Himmel ist. In dem von hinten kommenden gebrochenen Sonnenlicht standen die Baumwipfel vor ihnen wie blaßgrüne Flammen vor einem Himmel, den Sturmwetter durch alle Schattierungen von Purpur und Violett hindurch immer schwärzer machte. Dasselbe Licht trieb Streifen über Rasen und

Gartenbeere, und was immer es beleuchtete, schien auf noch rätselhaftere Weise düster und geheimnisvoll. Das Gartenbeet war mit Tulpen übersät, die wie Tropfen dunklen Blutes aussahen, und von einigen hätte man geschworen, daß sie wahrhaft schwarz seien; und die Reihe endete angemessen mit einem Tulpenbaum; den Father Brown als das zu identifizieren geneigt war – wenngleich teilweise durch eine verwirrte Erinnerung –, was man gemeinhin den Judasbaum nennt. Was der Gedankenverbindung Beistand leistete, war die Tatsache, daß von einem der Äste wie eine vertrocknete Frucht der vertrocknete dünne Körper eines alten Mannes mit einem langen Bart herabhing und der da grotesk im Wind baumelte.

Darauf lag mehr als nur der Schrecken der Dunkelheit; der Schrecken des Sonnenlichtes, denn die launische Sonne färbte Baum und Mann in den fröhlichsten Farben wie eine Bühnendekoration; der Baum stand in Blüte, und der Leichnam hing da in einem verschossenen pfauengrünen Morgenmantel und hatte auf seinem wackelnden Kopf ein scharlachrotes Hauskäppchen. Auch trug er rote Pantoffeln, deren einer abgefallen war und auf dem Rasen lag wie ein Blutfleck.

Doch weder Flambeau noch Father Brown sahen sich dies vorderhand an. Sie starrten beide auf einen sonderbaren Gegenstand, der mitten aus dem zusammengeschrumpften Körper des Mannes herauszuragen schien; und den sie nach und nach als den schwarzen, aber reichlich rostigen Eisengriff eines Schwertes aus dem 17. Jahrhundert erkannten, das den Körper vollständig durchbohrt hatte. Sie beide blieben fast bewegungslos, während sie es anstarrten; bis den unruhigen Dr. Flood ihre Unerschütterlichkeit ziemlich ungeduldig zu machen schien.

»Was *mir* am unerklärlichsten ist«, sagte er und schnalzte nervös mit den Fingern, »ist der gegenwärtige Zustand des Körpers. Und doch hat er mir bereits eine Idee eingetragen.«

Flambeau war an den Baum herangetreten und untersuchte den Schwertgriff durch ein Vergrößerungsglas. Doch seltsamerweise hatte sich der Priester im gleichen Augenblick aus reiner Perversität wie ein Kreisel herumgedreht, wandte der Leiche den Rücken zu und blickte spähend genau in die entgegengesetzte Richtung. Er tat dies gerade zur rechten Zeit, um am fernen Ende des Gartens den roten Kopf von Frau Flood einem dunklen jungen Mann zugewandt zu sehen, in der Entfernung zu undeutlich, um identifiziert zu werden, der in diesem Augenblick ein Motorrad bestieg, verschwand und hinter sich nur das ersterbende Getöse dieses Vehikels ließ. Dann wandte sich die Frau um und begann, quer durch den Garten auf sie zuzugehen, eben als sich auch Father Brown umwandte und begann, sorgfältig den Schwertgriff und den hängenden Leichnam zu untersuchen.

»Wenn ich recht verstehe, haben Sie ihn erst vor etwa einer halben Stunde gefunden«, sagte Flambeau. »War irgendwer unmittelbar vorher hier? Ich meine, irgendwer in seinem Schlafzimmer, oder in jenem Teil des Hauses, oder in diesem Teil des Gartens – sagen wir etwa eine Stunde zuvor?«

»Nein«, sagte der Doktor entschieden. »Das ist doch der so tragische Zufall. Meine Schwägerin war in der Vorratskammer, einer Art Nebengebäude auf der anderen Seite; dieser Mann Dünn war im Küchengarten, der auch in jener Richtung liegt; und ich selbst stöberte in Büchern herum, in einem Raum genau hinter dem, in dem Sie mich gefunden haben. Es gibt zwei weibliche Dienstboten, aber die eine war zur Post gegangen, und die andere befand sich auf dem Dachboden.«

»Und stand irgendeine dieser Personen«, fragte Flambeau sehr ruhig, »ich sagte *irgendeine* dieser Personen auf irgendwie schlechtem Fuß mit dem armen alten Herrn?«

»Er war der Gegenstand von fast allgemeiner Zuneigung«, erwiderte der Doktor feierlich. »Wenn es irgendwelche Mißverständnisse gab, dann waren sie belanglos und von einer in modernen Zeiten gewöhnlichen Art. Der alte Mann hing an den alten religiösen Gebräuchen; und vielleicht hatten seine Tochter und sein Schwiegersohn etwas freiere Ansichten. Alles das kann aber mit einer so gräßlichen und phantastischen Ermordung wie dieser nichts zu tun haben.«

»Das hängt davon ab, um wieviel freier die modernen Ansichten sind«, sagte Father Brown, »oder um wieviel enger.«

In diesem Augenblick hörten sie Frau Flood, während sie näher kam, hallo und ihren Schwager mit einer gewissen Ungeduld zu sich rufen. Er hastete zu ihr hin und war bald außer Hörweite; doch als er ging, winkte er entschuldigend mit der Hand und wies noch mit einem langen Finger auf den Boden.

»Sie werden die Fußabdrücke sehr beunruhigend finden«, sagte er; mit demselben sonderbaren Gesichtsausdruck wie ein Leichenbitter.

Die beiden Amateurdetektive sahen einander an. »Ich finde eine ganze Menge anderer Dinge beunruhigend«, sagte Flambeau.

»O ja«, sagte der Priester und starrte ziemlich töricht das Gras an.

»Ich frage mich«, sagte Flambeau, »warum sie einen Mann am Hals aufhängen, bis er tot ist, und sich dann die Mühe machen, ihn mit einem Schwert zu durchbohren.«

»Und ich frage mich«, sagte Father Brown, »warum sie einen Mann mit einem Schwertstoß durchs Herz töten und sich dann die Mühe machen, ihn am Hals aufzuhängen.«

»Ach, Sie wollen einfach nur widersprechen«, protestierte sein Freund. »Ich kann auf einen Blick sehen, daß sie ihn nicht lebend erstochen haben. Er würde stärker geblutet und die Wunde sich nicht so geschlossen haben.«

»Und ich konnte auf einen Blick sehen«, sagte Father Brown und spähte bei seiner kurzen Gestalt und seiner Kurzsichtigkeit recht linkisch empor, »daß sie ihn nicht lebend aufgehängt haben. Wenn Sie sich den Knoten der Schlinge anschauen, werden Sie sehen, daß er ungeschickt geknüpft worden ist und ein Teil des Stricks sie vom Halse fernhält, so daß sie einen Mann überhaupt nicht erdrosseln könnte. Er war tot, bevor sie ihm die Schlinge umlegten, und er war tot, bevor sie das Schwert durch ihn hindurchstachen. Und wie ist er wirklich getötet worden?«

»Ich glaube«, sagte der andere, »wir sollten besser ins Haus zurückgehen und uns sein Schlafzimmer ansehen – und andere Dinge.«

»Das tun wir«, sagte Father Brown. »Aber unter anderen Dingen sollten wir uns vielleicht diese Fußabdrücke ansehen. Vielleicht sollten wir besser am anderen Ende anfangen, bei seinem Fenster. Schön, auf dem gepflasterten Pfad sind keine Fußspuren, obwohl da welche sein könnten oder wiederum auch nicht. Aha, das hier ist der Rasen genau unter seinem Schlafzimmerfenster. Und hier sind seine Fußabdrücke deutlich zu sehn.«

Er blinzelte die Fußabdrücke bedenklich an; und begann dann, sorgsam den Weg zum Baum zurückzugehen, und bückte sich hin und wieder auf eine unwürdige Weise, um irgendwas auf dem Boden anzusehen. Schließlich kehrte er zu Flambeau zurück und sagte im Plauderton:

»Alsdann, kennen Sie die Geschichte, die da ganz klar aufgeschrieben ist? Obwohl es gar keine klare Geschichte ist.«

»Ich wäre nicht damit zufrieden, sie klar zu nennen«, sagte Flambeau. »Ich würde sie sehr häßlich nennen.«

»Nun«, sagte Father Brown, »die Geschichte, die da sehr klar mit den genauen Abdrücken der Pantoffeln des alten Mannes in die Erde gestampft ist, ist folgende. Der bejahrte Gelähmte sprang aus dem Fenster und rannte über die Beete neben dem Pfad her, höchst begierig auf den Spaß, erhängt und erstochen zu werden, so begierig, daß er vor lauter Freude auf einem Bein hüpfte; und gelegentlich sogar Purzelbäume schlug ...«

»Halt!« rief Flambeau ärgerlich. »Was zur Hölle soll denn diese höllische Pantomime?«

Father Brown zog nur die Augenbrauen hoch und wies milde auf die Hieroglyphen im Staub. »Ungefähr auf der Hälfte des Weges gibt es nur die Abdrücke von einem Pantoffel; und an manchen Stellen den Abdruck einer Hand, der ganz von allein dahin gekommen ist.«

»Kann er denn nicht gehinkt haben und dann gefallen sein?« fragte Flambeau.

Father Brown schüttelte den Kopf. »Dann hätte er wenigstens versucht, beide Hände und Füße oder Knie und Ellenbogen zu benutzen, um wieder hochzukommen. Andere Abdrücke irgendwelcher Art gibt es nicht. Natürlich ist der mit Steinplatten belegte Pfad sehr nahe, und auf dem gibt es keine Abdrücke; obwohl auf dem Boden in den Ritzen welche sein könnten: Die Platten sind verrückt unregelmäßig verlegt.«

»Bei Gott, ein verrücktes Pflaster; und ein verrückter Garten; und eine verrückte Geschichte!« Und Flambeau blickte düster über den düsteren und sturmgepeitschten Garten, durch den gekrümmte, zusammengestückelte Pfade liefen, die dem wunderlichen alten englischen Adjektiv eine sonderbare Berechtigung verliehen.

»Und jetzt«, sagte Father Brown, »wollen wir raufgehn und uns sein Zimmer ansehn.« Sie traten durch eine Tür nahe dem Schlafzimmerfenster ein, und der Priester blieb einen Augenblick lang stehen, um sich den gewöhnlichen Stiel eines Gartenbesens zum Zusammenfegen von Blättern anzusehen, der an der Wand lehnte. »Haben Sie das gesehen?«

»Das ist ein Besenstiel«, sagte Flambeau mit heftiger Ironie.

»Das ist ein Schnitzer«, sagte Father Brown; »der erste Schnitzer, den ich in diesem komischen Komplott entdeckt habe.«

Sie stiegen die Treppe hinauf und betraten das Schlafzimmer des alten Mannes; und ein Blick hinein ließ die Haupttatsachen sehr klar werden, sowohl die für die Begründung der Familie wie auch die für ihre Uneinigkeit. Father Brown hatte vom ersten Moment an gespürt, daß er sich in einem Haus befand, das katholisch war, oder gewesen war, aber wenigstens teilweise von abgefallenen oder sehr lauen Katholiken bewohnt wurde. Die Bilder und Skulpturen im Zimmer des Großvaters machten klar, daß sich praktisch auf ihn beschränkte, was an positiver Frömmigkeit verblieben war; und daß seine Familie, aus welchen Gründen auch immer, wieder heidnisch geworden war. Aber er gab zu, daß das eine hoffnungslos unangemessene Erklärung selbst für einen gewöhnlichen Mord war; von einem so besonders ungewöhnlichen Mord wie diesem ganz zu schweigen. »Beim Henker«, brummte er vor sich hin, »der Mord ist wirklich der am wenigsten ungewöhnliche Teil des Ganzen.« Aber noch während er diesen Zufallsausdruck verwendete, begann langsam ein Licht auf seinem Gesicht aufzudämmern.

Flambeau hatte sich auf einen Stuhl neben dem Tischchen gesetzt, das beim Bett des toten Mannes stand. Er runzelte über den drei oder vier weißen Pillen und Kügelchen, die auf einem kleinen Tablett neben einer Wasserflasche lagen, nachdenklich die Stirn.

»Der Mörder oder die Mörderin«, sagte Flambeau, »hatte den einen oder anderen unverständlichen Grund dafür, uns glauben machen zu wollen, daß der tote Mann erdrosselt oder erstochen wurde oder beides. Er wurde weder erdrosselt noch erstochen, noch sonst was von der Art. Warum also wollten sie das vortäuschen? Die einzige logische Erklärung ist, daß er auf eine so eigenartige Weise gestorben ist, die aus sich heraus auf einen Zusammenhang mit einer bestimmten Person hinweisen würde. Nehmen wir beispielsweise an, er wäre vergiftet worden. Und nehmen wir weiter an, jemand sei in die Sache verwickelt, der mehr als alle anderen wie ein Giftmischer aussieht.«

»Schließlich«, sagte Father Brown sanft, »ist unser Freund mit der blauen Brille Arzt.«

»Ich werde mir diese Pillen verdammt sorgfältig ansehn«, fuhr Flambeau fort. »Aber ich will sie auch nicht unnütz verschwenden. Sie sehen aus, als wären sie in Wasser löslich.«

»Es könnte Sie einige Zeit kosten, damit irgendwas Wissenschaftliches anzustellen«, sagte der Priester, »und der Polizeiarzt könnte schon vorher eintreffen. Also würde ich Ihnen ganz bestimmt raten, sie nicht zu verschwenden. Wenn Sie überhaupt auf den Polizeiarzt warten wollen.«

»Ich werde hierbleiben, bis ich das Problem gelöst habe«, sagte Flambeau.

»Dann werden Sie für immer hierbleiben«, sagte Father Brown und sah ruhig aus dem Fenster. »Ich glaube jedenfalls nicht, daß ich in diesem Zimmer bleiben werde.«

»Wollen Sie sagen, daß ich das Problem nicht lösen werde?« fragte sein Freund. »Warum sollte ich das Problem denn nicht lösen?«

»Weil es nicht in Wasser löslich ist. Nein, und auch nicht in Blut«, sagte der Priester; und er stieg die dunkle Treppe hinunter in den dunkelnden Garten. Da sah er erneut, was er bereits durch das Fenster gesehen hatte.

Die Hitze und das Gewicht und die Dunkelheit des Unwetterhimmels schienen noch drückender auf der Landschaft zu liegen; die Wolken hatten die Sonne überwältigt, die da oben in einer sich verengenden Himmelslichtung bleicher als der Mond stand. Es lag das Beben des Donners in der Luft, aber kein Wind, kein Lüftchen regte sich mehr; und selbst die Farben des Gartens erschienen nur noch wie reichere Schattierungen der Dunkelheit. Eine Farbe aber glühte immer noch mit einer gewissen düsteren Lebhaftigkeit, und das war das rote Haar der Frau des Hauses, die da irgendwie versteift stand, starrend, die Hände in ihr Haar vergraben. Diese Szene der Finsternis, zusammen mit etwas, das sich tief in seinen Zweifeln an ihrer Bedeutung rührte, brachten die Erinnerung an einige quälende und mystische Zeilen an die Oberfläche; und er fand sich selbst murmeln: »Geheimer Ort, so wild und so verzaubert, als je unter dem Wandelmond von einer Frau begangen ward, die klagend nach dem Teufelsbuhlen rief.« Sein Gemurmel wurde aufgeregter. »Heilige Mutter Gottes, bitte für uns Sünder … das ist es; das ist es entsetzlich genau; *klagend nach dem Teufelsbuhlen rief.*«

Er zögerte und zitterte fast, als er sich der Frau näherte; aber er sprach in seiner üblichen ruhigen Haltung. Er blickte sie sehr stetig an, als er ihr ernstlich zuredete, sich von den rein zufälligen Beigaben der Tragödie in all ihrer verrückten Gräßlichkeit nicht in Wahnvorstellungen treiben zu lassen. »Die Bilder im Zimmer

Ihres Großvaters werden ihm viel gerechter als das gräßliche Bild, das wir gesehen haben«, sagte er ernst. »Etwas sagt mir, daß er ein guter Mensch war; und es spielt keine Rolle, was seine Mörder mit seinem Körper trieben.«

»Oh, mich machen seine Bilder und Statuen von Heiligen krank!« sagte sie und wandte ihren Kopf ab. »Warum verteidigen sie sich nicht selbst, wenn sie sind, was Sie behaupten? Krawallbrüder können der Gebenedeiten Jungfrau den Kopf abschlagen, und nichts geschieht ihnen. Was ist das Gute? Sie können uns nicht verurteilen, Sie wagen nicht, uns zu verurteilen, weil wir herausgefunden haben, daß der Mensch stärker ist als Gott.«

»Sicherlich«, sagte Father Brown sehr sanft, »ist es nicht eben großmütig, sogar Gottes Geduld mit uns zu einem Argument gegen ihn zu machen.«

»Gott mag geduldig sein und der Mensch ungeduldig«, antwortete sie, »und nehmen wir an, daß uns die Ungeduld lieber ist. Sie können es Gotteslästerung nennen; aber Sie können es nicht aufhalten.«

Father Brown tat einen komischen kleinen Hüpfer. »Gotteslästerung!« sagte er; und wandte sich plötzlich mit einem neuen frischen Ausdruck der Entschlossenheit der Tür zu. Im gleichen Augenblick erschien Flambeau bleich vor Erregung in der Tür, mit einem Papiertütchen in der Hand. Father Brown hatte schon den Mund geöffnet, um zu reden, aber sein ungestümer Freund kam ihm zuvor.

»Endlich bin ich auf der richtigen Spur!« schrie Flambeau. »Diese Pillen sehen die eine wie die andere aus, aber in Wirklichkeit sind es verschiedene. Und wissen Sie was? Im selben Augenblick, in dem ich darauf gekommen bin, hat dieses einäugige Vieh von Gärtner sein weißes Gesicht ins Zimmer geschoben; und er hatte eine große Sattelpistole bei sich. Ich hab' sie ihm aus der Hand geschlagen und ihn die Treppe runtergeworfen, aber ich fange an, alles zu begreifen. Wenn ich noch ein oder zwei Stunden hierbleibe, werde ich meine Arbeit getan haben.«

»Dann werden Sie sie nie tun«, sagte der Priester mit einem Klang in der Stimme, den man bei ihm wirklich nur sehr selten hörte. »Wir werden hier keine weitere Stunde bleiben. Wir werden hier keine weitere Minute bleiben. Wir müssen diesen Ort sofort verlassen!«

»Was!« schrie der verblüffte Flambeau. »Jetzt, wo wir uns der Wahrheit nähern! Ja, man kann sehen, daß wir uns der Wahrheit nähern, weil sie Angst vor uns haben.«

Father Brown sah ihn mit steinernem und undurchdringlichem Gesicht an und sagte: »Sie haben keine Angst vor uns, wenn wir hier sind. Sie werden nur Angst vor uns haben, wenn wir nicht hier sind.«

Es war ihnen beiden bewußt geworden, daß die zappelige Gestalt von Dr. Flood in dem düsteren Dunst herumlungerte; jetzt stürzte sie mit den wildesten Gesten vorwärts.

»Halt! Hören Sie!« schrie der erregte Doktor. »Ich habe die Wahrheit entdeckt!«

»Dann können Sie die Ihrer eigenen Polizei erklären«, sagte Father Brown kurz. »Die müßte bald eintreffen. Wir aber müssen gehen.«

Der Doktor schien in einen Wirbelstrom der Gefühle gestürzt und tauchte dann schließlich mit einem verzweifelten Schrei wieder an die Oberfläche. Er breitete die Arme wie ein Kreuz aus und versperrte ihnen den Weg.

»So sei es denn!« schrie er. »Ich will Sie jetzt nicht betrügen, indem ich sage, ich habe die Wahrheit entdeckt. Ich will die Wahrheit nur beichten.«

»Dann beichten Sie sie Ihrem eigenen Priester«, sagte Father Brown und strebte dem Gartentor zu, gefolgt von seinem starräugigen Freund. Bevor er das Tor erreichte, hatte sich ihm eine andere Gestalt wie der Wind entgegengestürzt; und Dünn, der Gärtner, schrie ihm irgendwelche unverständlichen Spottreden über Detektive zu, die vor ihrer Aufgabe davonlaufen. Dann duckte sich der Priester gerade rechtzeitig weg, um einem Hieb mit der Sattelpistole zu entgehen, die wie eine Keule geführt wurde. Aber Dünn duckte sich gerade nicht rechtzeitig weg, um einem Fausthieb Flambeaus zu entgehen, der wie die Keule des Herkules war. Die beiden ließen Mr. Dünn flach auf dem Pfad ausgestreckt hinter sich, und durchschritten das Tor, und gingen hinaus, und bestiegen schweigend ihr Auto. Flambeau stellte nur eine kurze Frage, und Father Brown antwortete nur: »Casterbury.«

Schließlich bemerkte der Priester nach einem langen Schweigen: »Fast möchte ich glauben, daß der Sturm nur in jenen Garten gehört und aus dem Sturm in einer Seele kam.«

»Mein Freund«, sagte Flambeau, »ich kenne Sie jetzt seit langem, und wenn Sie bestimmte Zeichen der Bestimmtheit zeigen, folge ich Ihrer Führung. Aber ich hoffe, Sie wollen mir nicht erzählen, daß Sie mich von jener faszinierenden Arbeit wegholten, nur weil Ihnen die Atmosphäre nicht gefiel.«

»Nun, es war ganz bestimmt eine schreckliche Atmosphäre«, erwiderte Father Brown gelassen. »Schauerlich und leidenschaftlich und bedrückend. Und das Schauerlichste von allem war – daß es da nirgends Haß gibt.«

»Irgendwer«, regte Flambeau an, »scheint aber doch eine kleine Abneigung gegen Großpapa gehabt zu haben.«

»Niemand hatte eine Abneigung gegen irgendwen«, sagte Father Brown mit einem Seufzer. »Das war ja das Schauerliche in jener Dunkelheit. Es war Liebe.«

»Komische Weise, Liebe zu zeigen – jemanden zu erdrosseln und mit dem Schwert zu durchbohren«, bemerkte der andere.

»Es war Liebe«, wiederholte der Priester, »und sie erfüllte das Haus mit Entsetzen.«

»Erzählen Sie mir nur nicht«, protestierte Flambeau, »daß jene wunderschöne Frau diese Brillenspinne liebt.«

»Nein«, sagte Father Brown und seufzte wieder. »Sie liebt ihren Mann. Das ist entsetzlich.«

»Das ist ein Stand der Dinge, den ich Sie oftmals habe empfehlen hören«, erwiderte Flambeau. »Das können Sie nicht gesetzlose Liebe nennen.«

»Gesetzlos nicht in diesem Sinn«, antwortete Father Brown; dann drehte er sich scharf auf seinem Ellbogen um und sprach mit neuer Wärme. »Glauben Sie, ich wüßte nicht, daß die Liebe zwischen einem Mann und einer Frau das erste Gebot Gottes war und auf ewig herrlich ist? Sind Sie einer von jenen Idioten, die glauben, wir bewunderten Liebe und Ehe nicht? Müssen Sie mir vom Garten Eden und der Hochzeit zu Kana erzählen? Gerade weil die Kraft in dem Ding die Kraft Gottes ist, kann es mit dieser furchtbaren Energie toben, sogar wenn es sich von Gott losreißt. Wenn der Garten zum Dschungel wird, doch immer noch zu einem herrlichen Dschungel; wenn die zweite Gärung den Wein von Kana in den Essig von Golgatha verwandelt. Glauben Sie, ich wüßte das alles nicht?«

»Ich bin sicher, Sie wissen es«, sagte Flambeau, »aber ich weiß immer noch nicht viel über mein Mordproblem.«

»Der Mord kann nicht gelöst werden«, sagte Father Brown.

»Und warum nicht?« fragte sein Freund.

»Weil es keinen Mord zu lösen gibt«, sagte Father Brown.

Flambeau schwieg vor reiner Verblüffung; und es war sein Freund, der in ruhigem Ton fortfuhr: »Ich will Ihnen etwas Merkwürdiges erzählen. Ich habe mit jener Frau gesprochen, als sie vor Verzweiflung ganz verstört war; aber sie hat kein einziges Mal von Mord gesprochen. Sie hat Mord nicht erwähnt, sie hat nicht einmal auf Mord angespielt. Was sie wiederholt erwähnte, war Gotteslästerung.«

Und dann fügte er mit einem weiteren Sprung der verbalen Zusammenhanglosigkeit hinzu: »Haben Sie je von Tiger Tyrone gehört?«

»Ob ich was habe?« schrie Flambeau. »Das ist doch der Mann, der angeblich hinter dem Reliquiar her ist und den zu überlisten ich den ausdrücklichen Auftrag übernahm. Er ist der gewaltsamste und waghalsigste Gangster, der je dieses Land heimgesucht hat; Ire, natürlich, aber von jener Art, die geradezu verrückt antiklerikal ist. Vielleicht hat er sich in diesen Geheimgesellschaften auch ein bißchen mit Satanismus beschäftigt, jedenfalls hat er den makabren Geschmack, alle Arten von wilden Tricks auszuspielen, die übler aussehen, als sie sind. Sonst ist er der Übelste nicht; er tötet selten, und nie aus Grausamkeit; aber er liebt es über alles, die Leute zu schockieren, vor allem seine eigenen; Kirchen ausrauben, oder Skelette ausgraben, oder was nicht alles.«

»Ja«, sagte Father Brown, »das paßt alles zusammen. Ich hätte das von Anfang an sehen müssen.«

»Ich kann nicht sehen, wie wir nach nur einer Stunde Untersuchung irgendwas hätten sehen sollen«, sagte der Detektiv defensiv.

»Ich hätte es sehen müssen, bevor es noch etwas zu untersuchen gab«, sagte der Priester. »Ich hätte es wissen müssen, bevor Sie heute morgen eingetroffen sind.«

»Was in aller Welt meinen Sie damit?«

»Das zeigt nur, wie falsch Stimmen am Telephon klingen«, sagte Father Brown nachdenklich. »Ich habe heute morgen alle drei Phasen der Angelegenheit gehört; und ich hielt sie für Belanglosigkeiten. Zuerst rief mich eine Frau an und bat mich, so schnell wie möglich zu jenem Gasthaus zu kommen. Was bedeutete das? Natürlich bedeutete das, daß der alte Großvater im Sterben lag. Dann rief sie wieder an und sagte, jetzt brauchte ich nicht mehr zu kommen. Was bedeutete das? Natürlich bedeutete das, daß der alte Großvater tot war. Er war ganz friedlich in seinem Bett gestorben; vermutlich an Herzversagen, schlicht aus hohem Alter. Und dann rief sie ein drittes Mal an und sagte, ich solle jetzt doch kommen. Was bedeutete das? Ah, das ist sehr viel interessanter!«

Nach einer kleinen Pause fuhr er fort: »Tiger Tyrone, dessen Frau ihn anbetet, hatte einen seiner verrückten Einfälle, und doch war es auch ein gerissener Einfall. Er hatte gerade gehört, daß Sie hinter ihm her sind, daß Sie ihn und seine Methoden kennen und daß Sie kämen, das Reliquiar zu retten; er mag auch gehört haben, daß ich Ihnen manchmal ein bißchen helfen konnte. Er wollte uns unterwegs aufhalten; und sein Trick, das zu tun, bestand darin, einen Mord vorzutäuschen. Es war eine ziemlich scheußliche Sache; aber es war kein Mord. Seine Frau hat er wahrscheinlich mit brutaler Vernunft eingeschüchtert, indem er behauptete, er könne einer Zuchthausstrafe nur dadurch entgehen, daß er eine Leiche benutze, die sowieso keinerlei Schmerzen ob solcher Nutzung mehr empfinden könne. Seine Frau würde ohnedies alles für ihn tun; aber dennoch empfand sie die ganze unnatürliche Scheußlichkeit dieser Hängefarce; und deshalb hat sie von Gotteslästerung gesprochen. Sie dachte an die Entweihung der Reliquie; aber auch an die Entweihung des Totenbettes. Der Bruder ist einer von jenen fragwürdigen ›wissenschaftlichen‹ Rebellen, die an Blindgängern herumbasteln, ein ins Kraut geschossener Idealist. Aber er ist Tiger ergeben; und so auch der Gärtner. Vielleicht ist das ein Punkt zu seinen Gunsten, daß ihm so viele Leute ergeben zu sein scheinen.

Eine Kleinigkeit hat mich sehr früh auf die richtige Spur gebracht. Unter den alten Büchern, zwischen denen der Doktor herumstöberte, war ein Bündel Flugschriften aus dem 17. Jahrhundert; und da habe ich einen Titel mitbekommen: *Wahrhafter Bericht über Prozeß und Hinrichtung von My Lord Stafford.* Nun wurde Stafford im Rahmen der Jesuitenverschwörung hingerichtet, die mit einer der großen Detektivgeschichten der Geschichte begann; dem Tod von Sir Edmund Berry Godfrey. Godfrey wurde tot in einem Graben aufgefunden, und ein Teil des Rätsels war, daß er Spuren der Erdrosselung aufwies, aber zugleich mit seinem eigenen Schwert durchbohrt worden war. Ich habe sofort daran gedacht, daß jemand im Haus den Einfall daher haben könnte. Aber er kann ihn nicht als Mittel zu einem Mord gewollt haben. Er kann ihn nur als Mittel zur Erschaffung eines Rätsels gewollt haben. Dann begriff ich, daß das auch auf all die anderen frevlerischen Einzelheiten zutraf. Sie waren teuflisch genug; aber es war nicht nur bloße Teufelei; da gab es Spuren von Schabernack; weil sie das Rätsel so widersprüchlich und kompliziert wie nur möglich machen mußten, um sicherzustellen, daß wir lange Zeit brauchten, es zu lösen – oder besser, es zu durchschauen. Also zerrten sie den armen alten Mann von seinem Totenbett und ließen die Leiche hüpfen und Purzelbäume schlagen und alles Mögliche tun, das sie *nicht getan* haben konnte. Sie mußten uns ein unlösbares Problem vorwerfen. Sie fegten ihre eigenen Spuren vom Pfad ab, aber vergaßen den Besen. Glücklicherweise haben wir das rechtzeitig durchschaut.«

»Sie haben es rechtzeitig durchschaut«, sagte Flambeau. »Ich hätte wohl noch ein wenig länger über der zweiten Spur herumgelungert, die sie, bestreut mit ausgesuchten Pillen, hinterlassen haben.«

»Na, wie auch immer, wir sind davongekommen«, sagte Father Brown gemütlich.

»Und das, nehme ich an«, sagte Flambeau, »ist der Grund, weshalb ich jetzt in diesem Tempo über die Straße nach Casterbury fahre.«

In jener Nacht kam es in Kloster und Kirche zu Casterbury zu Ereignissen, die darauf berechnet waren, die klösterliche Abgeschiedenheit ins Wanken zu bringen. Das Reliquiar der Heiligen Dorothea – in einem prachtvollen Schrein aus Gold und Rubinen – war zeitweilig in einem Nebenraum nahe der Kapelle des Klosters untergebracht worden, um nach der Segnung in feierlicher Prozession zu einer besonderen Messe hereingebracht zu werden. Es wurde für den Augenblick von einem Mönch bewacht, der es gespannt und wachsam beobachtete, denn er und seine Mitbrüder wußten alles über den Schatten der Gefahr, die vom beutegierig herumschnurrenden Tiger Tyrone ausging. So geschah es, daß der Mönch blitzartig auf den Beinen war, als er sah, wie sich eines der unten vergitterten Fenster langsam zu öffnen begann und ein dunkles Objekt wie eine schwarze Schlange durch den Spalt kroch. Er stürzte heran, ergriff es und entdeckte Arm und Ärmel eines Mannes, die in einer schönen Manschette und einem eleganten dunkelgrauen Handschuh endeten. Er umklammerte sie und schrie nach Hilfe, und während er das noch tat, schoß ein Mann durch die Tür hinter seinem Rücken in den Raum und schnappte sich den Schrein, den er hinter sich auf dem Tisch hatte stehenlassen. Fast im gleichen Augenblick löste sich der im Fenster festgeklemmte Arm, und er stand da und hielt das ausgestopfte Glied einer Puppe in der Hand.

Tiger Tyrone hatte den Trick schon früher verwendet, aber für den Mönch war er neu. Glücklicherweise gab es wenigstens eine Person, der die Tricks des Tigers nicht neu waren; und diese Person erschien, mit kampfschnaubendem Schnurrbart und gewaltig vom Türstock umrahmt, in gerade dem Augenblick, in dem Tiger Tyrone durch ihn entwischen wollte. Flambeau und Tiger Tyrone sahen einander mit steten Blicken an und tauschten einen fast militärischen Salut aus.

In der Zwischenzeit war Father Brown in die Kapelle geschlüpft, um ein Gebet für einige der in diese ungehörigen Ereignisse verwickelten Personen zu sprechen. Doch zeigte er eher ein Lächeln als etwas anderes, und er war, um die Wahrheit zu sagen, hinsichtlich des Herrn Tyrone und seiner beklagenswerten Familie keineswegs ohne Hoffnung, vielmehr sehr viel hoffnungsvoller, als er für viele sehr viel ehrenwertere Personen war. Dann weiteten sich seine Gedanken mit den größeren Perspektiven von Ort und Anlaß. Vor dem schwarzen und grünen Marmor am Ende der Rokokokapelle hoben sich die dunkelroten Meßgewänder zu Ehren des Festes eines Märtyrers und dienten ihrerseits als Hintergrund eines noch feurigeren Rots; eines Rots wie rotglühende Kohle: die Rubine des Reliquiars; die Rosen der Heiligen Dorothea. Und erneut hatte er einen Gedanken, der zurückwies auf die sonderbaren Ereignisse des Tages und auf die Frau, der es schauderte ob der Gotteslästerungen, bei denen sie geholfen hatte. Schließlich hatte, dachte er, auch die Heilige Dorothea einen heidnischen Liebhaber; aber er hatte sie weder beherrscht noch ihren Glauben zerstört. Sie war frei und für den Glauben in den Tod gegangen, und dann hatte sie ihm Rosen aus dem Paradies zugesandt ...

Er hob den Blick und sah durch den Schleier des Weihrauchs und der flackernden Kerzen, daß der Segen sich seinem Ende zuneigte, während die Prozession wartete. Ein Gefühl für die angehäuften Reichtümer aus Zeit und Tradition zog an ihm vorüber wie eine Menge, die Reihe um Reihe einzog, durch niemals endende Jahrhunderte; und hoch über ihnen allen flammte wie eine Girlande aus unvergänglichen Flammen, wie die Sonne unserer sterblichen Mitternacht, die große Monstranz gegen die Dunkelheit der gewölbten Schatten, genau so, wie sie gegen das schwarze Rätsel des Universums flammte. Denn einige sind überzeugt, daß dieses Rätsel ebenfalls ein unlösbares Problem ist. Und andere besitzen die gleiche Sicherheit, daß es nur eine Lösung gibt.

Der Dorfvampir

An der Biegung eines Weges durch die Hügel, an der zwei Pappeln wie Pyramiden aufragten und das winzige Dörfchen Potter's Pond zwergenhaft erscheinen ließen, ein Häufchen nur von Häusern, da wanderte einst ein Mann daher in einer Bekleidung höchst auffälligen Zuschnitts und ebensolcher Farben, trug er doch einen Überwurf aus lebhaftem Magentarot und einen weißen Hut, den er sich schräg auf seine ambrosischen schwarzen Locken gestülpt hatte, die in einer Art byroneskem Schnörkel von Backenbart endeten.

Das Rätsel, warum er solch phantastisch altmodische Kleider anhatte, sie aber dennoch mit einer Miene der modischen Sicherheit und sogar des stolzen Auftretens trug, ist nur eines der vielen Rätsel, die schließlich mit der Lösung des Geheimnisses seines Schicksals gelöst wurden. Hier geht es darum, daß er, nachdem er an den Pappeln vorüber war, verschwunden zu sein schien; so als ob er in die abnehmende und aufhellende Dämmerung geschwunden sei oder vom Morgenwind davongetragen worden wäre.

Nur etwa eine Woche später wurde sein Körper etwa eine Viertelmeile entfernt gefunden, zerschellt auf dem steilen Steingarten einer terrassierten Gartenanlage, die zu einem verlassenen und verschlossenen Gebäude hinaufführte, das man »The Grange« nannte. Unmittelbar vor seinem Verschwinden hatte man zufällig mitgehört, wie er sich offenbar mit irgendwelchen Herumstehenden stritt und dabei insbesondere ihr Dorf als »mieses kleines Kaff« beschimpfte; und es wurde angenommen, er habe so Exzesse des Lokalpatriotismus ausgelöst und sei diesen schließlich zum Opfer gefallen. Zumindest bezeugte der Dorfarzt, daß der Schädel einen derart heftigen Hieb erlitten habe, daß er den Tod hätte herbeigeführt haben können, wenngleich wohl nur durch eine Art Knüttel oder Keule beigefügt.

Das wiederum paßte ausgezeichnet zu der Vorstellung eines Angriffs durch wild gewordene Bauerntölpel. Doch hatte nie jemand einen Weg gefunden, irgendeinen bestimmten Bauerntölpel zu ermitteln; und die Totenschau erbrachte den Spruch: Mord durch Unbekannt.

Ein oder zwei Jahre später wurde die Frage auf eine merkwürdige Weise neu eröffnet; durch eine Reihe von Ereignissen, die einen gewissen Dr. Mulborough, den seine Freunde in annehmbarer Anspielung auf etwas Sattes und Fruchtiges in seiner dunklen Rundlichkeit und eher purpurnen Gesichtsfarbe Maulbeer nannten, dazu brachten, per Zug nach Potter's Pond zu reisen, und zwar mit einem Freund, den er schon oft bei Problemen dieser Art konsultiert hatte. Trotz seines etwas portweinseligen und massigen Äußeren hatte der Doktor einen scharfen Blick und war in der Tat ein Mann von beachtlichem Verstand, den er seiner Meinung nach dadurch bewies, daß er einen kleinen Priester namens Brown konsultierte, dessen Bekanntschaft er vor langer Zeit anläßlich eines Giftmordes gemacht hatte. Der kleine Priester saß ihm gegenüber mit der Miene eines geduldigen Kleinkindes, das Anweisungen aufnimmt; und der Doktor erklärte ausführlich die wirklichen Gründe für diese Reise.

»Ich kann mit dem Herrn im Magentamantel nicht übereinstimmen, daß Potter's Pond nur ein mieses kleines Kaff sei. Aber es ist gewißlich ein sehr abgelegenes und abgeschiedenes Dorf; so daß es reichlich fremdartig wirkt, wie ein Dorf von vor hundert Jahren. Die alten Jungfern sind wirklich alte Jungfern – verdammt, man kann sie sich fast am Spinnrad vorstellen. Die Damen sind nicht nur Damen. Sie sind Edelfrauen; und ihr Drogist ist kein Drogist, sondern ein Apotheker, ausgesprochen Poteka. Sie lassen die Existenz eines gewöhnlichen Arztes, wie ich es bin, gerade mal zu, damit er dem Apotheker assistiere. Doch werde ich als eine ziemlich jugendliche Neuerung betrachtet, weil ich erst siebenundfünfzig bin und erst seit achtundzwanzig Jahren in der Grafschaft lebe. Der Rechtsanwalt sieht aus, als kennte er sie schon seit achtundzwanzigtausend Jahren. Dann gibt es da den alten Admiral, der wie eine Illustration zu Dickens ist; mit einem Haus voller Entermesser und Tintenfischen und ausgestattet mit einem Teleskop.«

»Ich nehme an«, sagte Father Brown, »daß es immer eine bestimmte Anzahl von Admirälen gibt, die am Ufer angeschwemmt werden. Aber ich habe nie verstanden, warum sie so weit im Binnenland stranden.«

»Sicherlich wäre keiner dieser halbtoten Flecken in den Tiefen des Landes vollständig ohne eines dieser kleinen Geschöpfe«, sagte der Doktor. »Und dann gibt es da natürlich die angemessene Art Kirchenmann; Tory und Hochkirche jener muffigen Art aus der Zeit des Erzbischofs Laud; mehr altes Weib als jedes alte

Weib. Ein weißhaariger gelehrter alter Vogel, leichter zu schokkieren als die alten Jungfern. Tatsächlich sind die Edeldamen, obwohl dem Grundsatz nach puritanisch, in ihrer Rede reichlich deutlich; wie es die wahren Puritanner waren. Ein- oder zweimal habe ich erlebt, wie die alte Miss Carstairs-Carew so deftige Ausdrücke verwendete wie nur je die Bibel. Der liebe alte Kirchenmann liest unverdrossen in der Bibel; aber ich stelle mir fast vor, wie er die Augen schließt, wenn er an jene Stellen kommt. Nun wissen Sie ja, daß ich nicht allzu modern bin. Ich finde keinen Gefallen an dem Herumgewirbel und den Spritztouren der Hellen Jungen Leute ...«

»Die Hellen Jungen Leute finden auch keinen Gefallen daran«, sagte Father Brown. »Das ist die wirkliche Tragödie.«

»Nun stehe ich natürlich in engerem Kontakt mit der Welt als die Leute in diesem prähistorischen Dorf«, fuhr der Doktor fort. »Und ich war an einem Punkt angelangt, wo ich den Großen Skandal fast willkommen geheißen habe.«

»Nun sagen Sie bloß nicht, die Hellen Jungen Leute hätten Potter's Pond schließlich doch gefunden«, bemerkte der Priester lächelnd.

»Ach, sogar unser Skandal bewegt sich entlang altüberkommener melodramatischer Linien. Muß ich sagen, daß der Sohn unseres Kirchenmannes unser Problem zu werden verspricht? Es wäre ja fast unordentlich, wenn der Sohn des Kirchenmannes ganz ordentlich wäre. Soweit ich das überblicken kann, ist er nur ganz milde und sozusagen lendenlahm unordentlich. Er wurde zunächst gesehen, wie er außerhalb des ›Blauen Löwen‹ Ale getrunken hat. Und dann scheint er ein Dichter zu sein, was in dieser Gegend fast schon an einen Wilderer grenzt.«

»Aber sicher«, sagte Father Brown, »kann das selbst in Potter's Pond nicht den Großen Skandal darstellen.«

»Nein«, erwiderte der Doktor ernst. »Der Große Skandal fing so an. In dem Haus namens ›The Grange‹, das am äußersten Ende von ›The Grove‹ liegt, lebt eine Dame. Eine Einsame Dame. Sie nennt sich selbst Frau Maltravers (wie wir das sehen); sie ist aber erst vor ein oder zwei Jahren gekommen, und niemand weiß irgendwas über sie. ›Ich kann mir überhaupt nicht denken‹, sagt Miss Carstairs-Carew, ›warum sie hier leben möchte; wir besuchen sie doch überhaupt nicht.‹«

»Vielleicht möchte sie deshalb hier leben«, sagte Father Brown.

»Na gut, jedenfalls wird ihre Abgeschiedenheit mit Argwohn betrachtet. Sie ärgert sie durch ihr gutes Aussehen und sogar durch das, was man guten Stil nennt. Und alle jungen Männer werden vor ihr als einem Vamp gewarnt.«

»Menschen, die ihre christliche Nächstenliebe verlieren, verlieren im allgemeinen auch ihre Logik«, bemerkte Father Brown. »Es ist reichlich lächerlich, sich darüber zu beschweren, daß sie für sich bleibt; und sie dann anzuklagen, die gesamte männliche Bevölkerung zu becircen.«

»Das stimmt«, sagte der Doktor. »Und doch ist sie tatsächlich eine ziemlich verwirrende Person. Ich habe sie gesehen und sie irritierend gefunden; eine jener brünetten Frauen, groß und elegant und auf schöne Weise häßlich, wenn Sie verstehen, was ich meine. Sie ist ziemlich witzig, und obwohl noch jung genug, hat sie mir doch den Eindruck vermittelt, daß sie, nun ja, Erfahrung hat. Was die alten Damen eine Vergangenheit nennen.«

»Während all die alten Damen erst in diesem Augenblick geboren wurden«, bemerkte Father Brown. »Ich vermute, ich darf annehmen, daß sie angeblich den Sohn des Pastors becirct hat.«

»Ja, und das scheint für den armen alten Pastor ein scheußliches Problem zu sein. Man hält sie für eine Witwe.«

Father Browns Gesicht zeigte ein Aufblitzen und Aufzucken einer bei ihm sehr seltenen Irritation. »Man hält sie für eine Witwe, und man hält den Sohn des Pastors für den Sohn des Pastors, und man hält den Rechtsanwalt für einen Rechtsanwalt, und man hält Sie für einen Arzt. Warum zum Donnerwetter sollte sie denn keine Witwe sein? Haben die denn auch nur eine Spur eines Beweises *prima facie* dafür, anzuzweifeln, daß sie ist, was sie sagt, sie sei?«

Dr. Mulborough straffte abrupt seine breiten Schultern und setzte sich aufrecht.

»Natürlich haben Sie wieder recht«, sagte er. »Aber wir sind immer noch nicht zu dem Skandal gekommen. Nun also, der Skandal ist, daß sie eine Witwe ist.«

»Oh«, sagte Father Brown, und sein Gesicht veränderte sich, und er sagte sanft und leise etwas, das fast ein »Mein Gott!« hätte sein können.

»Zunächst«, sagte der Doktor, »haben sie etwas über Frau Maltravers herausgefunden. Sie ist eine Schauspielerin.«

»Das dachte ich mir«, sagte Father Brown. »Egal warum. Ich hatte mir über sie noch etwas anderes gedacht, das sogar noch unwesentlicher aussehen würde.«

»Nun, in diesem Augenblick war es Skandal genug, daß sie eine Schauspielerin ist. Dem lieben alten Kirchenmann ist natürlich das Herz bei der Vorstellung gebrochen, daß seine weißen Haare von einer Schauspielerin und Abenteurerin betrauert zu Grabe getragen werden sollten. Die alten Jungfern quieken im Chor. Der Admiral räumt ein, daß er in der Stadt manchmal ein Theater besucht hat; widersetzt sich aber solchen Dingen in dem, was er ›unsere Mitte‹ nennt. Na schön, ich selbst habe natürlich keine besonderen Einwände dieser Art. Diese Schauspielerin ist sicherlich eine Dame, wenn auch ein bißchen von einer Dunklen Dame, in der Art der Sonette; der junge Mann liebt sie sehr; und ich bin zweifellos ein sentimentaler alter Narr, daß ich eine verstohlene Sympathie für den mißgeleiteten Jungen hege, der sich verstohlen um das ›Umwallte Grange‹ schleicht; und ich geriet geradezu in einen ländlichen Gemütszustand ob dieser Idylle, als plötzlich der Donnerschlag niederfuhr. Und ich, die einzige Person, die je irgendwelche Sympathie mit diesen Leutchen hatte, werde als Bote des Unheils hingeschickt.«

»Ja«, sagte Father Brown, »und warum hat man Sie hingeschickt?«

Der Doktor antwortete sozusagen stöhnend: »Frau Maltravers ist nicht nur eine Witwe, sie ist auch noch die Witwe von Herrn Maltravers.«

»So, wie Sie das sagen, klingt es wie eine schockierende Enthüllung«, räumte der Priester ernsthaft ein.

»Und Herr Maltravers«, fuhr sein medizinischer Freund fort, »war der Mann, der offenbar in eben diesem Dorf vor ein oder zwei Jahren ermordet wurde; von dem man annimmt, daß ihm einer der einfachen Dörfler heftig auf den Kopf schlug.«

»Ich erinnere mich, daß Sie mir das erzählt haben«, sagte Father Brown. »Der Arzt, oder irgendein Arzt, hat gesagt, daß er wahrscheinlich an einem Hieb mit einem Knüttel auf den Kopf gestorben sei.«

Dr. Mulborough schwieg einen Augenblick in stirnrunzelndem Unbehagen und sagte dann barsch: »Hund frißt nicht Hund, und Ärzte beißen nicht Ärzte, selbst wenn es verrückte Ärzte sind. Ich würde niemals daran denken, meinem eminenten

Vorgänger in Potter's Pond auch nur einen einzigen Gedanken zu widmen, wenn ich es vermeiden könnte; aber ich weiß, daß Geheimnisse bei Ihnen wirklich sicher sind. Alsdann im Vertrauen, mein eminenter Vorgänger in Potter's Pond war ein verdammter Narr; ein betrunkener alter Quacksalber und absolut unfähig. Ich wurde ursprünglich vom Chief Constable der Grafschaft gebeten (denn ich habe lange in der Grafschaft gelebt, wenn auch erst kurze Zeit in dem Dorf), die ganze Sache durchzusehen; die Vernehmungsprotokolle und die Berichte der Totenschau und so weiter. Und da besteht überhaupt keine Frage. Maltravers mag einen Schlag auf den Kopf bekommen haben, er war ein Schauspieler, der auf einer Wanderung durch das Dorf kam; und in Potter's Pond hält man es vermutlich für ganz natürlich, daß man solchen Leuten auf den Kopf hauen sollte. Aber wer ihm auch immer auf den Kopf gehauen hat, getötet hat er ihn nicht; für eine Verletzung wie die beschriebene ist es einfach unmöglich, mehr zu bewirken, als ihn für einige Stunden bewußtlos zu machen. Aber unlängst ist es mir gelungen, einige andere Tatsachen auszugraben, die in Beziehung zu der Angelegenheit stehen; und das Ergebnis davon ist ziemlich grausig.«

Er saß da und starrte finster in die Landschaft, wie sie vor dem Fenster vorbeiglitt, und sagte dann noch barscher: »Ich bin hergekommen und habe um Ihre Hilfe gebeten, weil es eine Exhumierung geben wird. Es besteht der starke Verdacht auf einen Giftmord.«

»Und hier sind wir im Bahnhof«, sagte Father Brown heiter. »Ich nehme an, Sie stellen sich vor, daß das Vergiften des armen Mannes ganz natürlich unter die Haushaltspflichten seiner Frau gefallen ist.«

»Nun, es scheint niemals jemand anderen hier gegeben zu haben, der in irgendeiner besonderen Beziehung zu ihm stand«, erwiderte Mulborough, als sie aus dem Zug stiegen. »Es gibt aber zumindest einen kauzigen alten Freund von ihm, einen heruntergekommenen Schauspieler, der hier herumlungert; aber die Polizei wie der Anwalt am Ort scheinen davon überzeugt zu sein, daß er ein haltloser Wichtigtuer ist; mit einer *idée fixe* von einem Streit mit einem Schauspieler, der sein Feind war; der aber ganz sicher nicht Maltravers war. Ein wandernder Zufall sozusagen, der aber ganz gewiß nichts mit dem Problem des Giftes zu tun hat.«

Father Brown hatte damit die Geschichte vernommen. Aber ihm war bekannt, daß er eine Geschichte niemals kannte, ehe er die Personen der Geschichte nicht kannte. Die nächsten zwei oder drei Tage verbrachte er damit, seine Runden zu ziehen und mit der einen oder anderen höflichen Entschuldigung die Hauptpersonen des Dramas zu besuchen. Seine erste Unterredung mit der geheimnisvollen Witwe war kurz, aber erhellend. Er trug daraus wenigstens zwei Tatsachen mit sich von dannen; die eine, daß Frau Maltravers manchmal in einer Weise redete, die das viktorianische Dorf zynisch nennen würde; und die zweite, daß sie – wie nicht eben wenige Schauspielerinnen – seiner eigenen religiösen Gemeinschaft angehörte.

Er war nicht so unlogisch (und erst recht nicht so orthodox), daraus allein zu folgern, sie sei an dem behaupteten Verbrechen unschuldig. Er war sich wohl bewußt, daß sich seine alte religiöse Gemeinschaft einer ganzen Reihe ausgezeichneter Giftmörder rühmen konnte. Aber er hatte keine Schwierigkeit damit, in dieser Art von Fällen ihre Verbindung mit einer gewissen intellektuellen Liberalität zu begreifen, die diese Puritaner als Lockerheit bezeichnen würden; und die diesem beschränkten Fleckchen eines älteren England sicherlich als geradezu weitläufig erscheinen mußte. Auf jeden Fall war er sicher, daß ihr große Bedeutung zukam, sei es im guten oder im schlechten. Ihre braunen Augen waren tapfer bis zur Kampfbereitschaft, und ihr rätselhafter Mund, humorvoll und ziemlich groß, deutete an, daß ihre Absichten im Hinblick auf des Pastors poetischen Sohn, was immer sie sein mochten, auf jeden Fall sehr tief wurzelten.

Des Pastors poetischer Sohn selbst, interviewt inmitten weitläufigen Dorfgeklatsches auf einer Bank vor dem »Blauen Löwen«, vermittelte den Eindruck puren Schmollens. Hurrel Horner, ein Sohn von Reverend Samuel Horner, war ein breitschultriger junger Mann in einem blaßgrauen Anzug mit einem Anhauch von etwas Künstlerischem in Gestalt einer blaßgrünen Krawatte, und ansonsten vor allem bemerkenswert ob seiner Mähne kastanienbraunen Haares und seines ständig finsteren Blickes. Father Brown hatte aber seine eigene Art, Menschen dazu zu bringen, ausführlich zu erklären, warum sie sich weigerten, auch nur ein einziges Wort zu sagen. Über das allgemeine Geklatsche im Dorf begann der junge Mann recht freizügig zu fluchen. Er fügte sogar seinerseits ein wenig Geklatsche hinzu. Er bezog sich bitterlich auf einige angeblich der Vergangenheit angehörende Liebeleien zwischen der Puritanerin Miss Carstairs-Carew und dem Anwalt Herrn Carver. Er beschuldigte diesen Rechtsvertreter sogar des Versuches, Frau Maltravers seine Bekanntschaft aufzuzwingen. Doch als er auf seinen eigenen Vater zu sprechen kam, schnappte er, ob nun aus saurer Sittsamkeit oder aus Ehrfurcht, oder weil sein Zorn zu tief saß für die Sprache, nur einige Worte heraus.

»Also, das ist so. Er denunziert sie Tag und Nacht als angemalte Abenteurerin; eine Art Bardame mit goldenem Haar. Ich sage ihm, sie ist das nicht; Sie haben sie selbst getroffen, und Sie wissen, daß sie das nicht ist. Aber er will sie nicht einmal treffen. Er will sie nicht einmal auf der Straße ansehen oder sie sich aus dem Fenster anschauen. Eine Schauspielerin würde sein Haus und sogar seine heilige Anwesenheit beschmutzen. Wenn man ihn einen Puritaner nennt, dann sagt er, er sei stolz darauf, ein Puritaner zu sein.«

»Ihr Vater«, sagte Father Brown, »hat ein Recht darauf, seine Ansichten respektiert zu sehen, was immer sie auch sein mögen; es sind dies keine Ansichten, die ich selbst sehr gut verstünde. Ich stimme aber zu, daß er kein Recht darauf hat, eine Dame zu verurteilen, die er nie gesehen hat, und sich dann auch noch zu weigern, sie anzusehen, um zu sehen, ob er recht hat. Das ist unlogisch.«

»Das ist seine unbeugsamste Position«, erwiderte der junge Mann. »Nicht einmal eine flüchtige Begegnung. Natürlich wettert er genauso gegen meine anderen Theaterinteressen.«

Father Brown folgte flink dieser neuen Eröffnung und erfuhr vieles, das er zu wissen wünschte. Die unterstellte Poesie, die einen solchen Fleck auf dem Charakter des jungen Mannes darstellte, stellte sich als überwiegend dramatische Dichtung heraus. Er hatte Tragödien in Versen geschrieben, die von guten Kritikern bewundert wurden. Er war kein bloßer bühnenversessener Narr; er war in der Tat überhaupt kein Narr. Er hatte einige wirklich originelle Ansichten über die Aufführung von Shakespeare; es war leicht zu verstehen, wie betört und beglückt er gewesen war, die brillante Dame in »The Grange« vorzufinden. Und des Priesters intellektuelle Sympathie vermochte schließlich den Rebellen von Potter's Pond so weit zu erweichen, daß er beim Abschied tatsächlich lächelte.

Es war dieses Lächeln, das Father Brown plötzlich enthüllte, wie elend sich der junge Mann in Wirklichkeit fühlte. Solange er finster blickte, mochte alles reines Schmollen sein; doch als er lächelte, war das eine viel deutlichere Darbietung seines Kummers.

Etwas an dieser Unterredung mit dem Poeten fuhr fort, an dem Priester zu nagen. Ein innerer Instinkt bestätigte, daß den kraftvollen jungen Mann von innen heraus ein Kummer größer noch zerfraß als die konventionelle Geschichte von konventionellen Eltern, die dem Fortgang wahrer Liebe Hindernis sind. Es war dies um so mehr der Fall, als es keine ersichtlichen anderen Gründe gab. Der Junge war als Literat und Dramatiker bereits ziemlich erfolgreich; von seinen Büchern konnte man sagen, daß sie sich vorzüglich verkauften. Auch trank er nicht, noch verschleuderte er seinen wohlerworbenen Wohlstand. Seine berüchtigten Ausschweifungen im »Blauen Löwen« schrumpften auf ein Glas helles Ale; und er schien mit seinem Geld eher sorgfältig umzugehen. Father Brown überdachte eine andere mögliche Komplikation im Zusammenhang mit Hurrels großen Einkünften und kleinen Ausgaben; und seine Stirn verfinsterte sich.

Das Geplaudere von Miss Carstairs-Carew, die er als nächste aufsuchte, war bestimmt darauf berechnet, des Pastors Sohn in den düstersten Farben zu pinseln. Doch da es ganz dem Bemühen gewidmet war, ihn durch all die besonderen Laster zu verfluchen, von denen Father Brown ganz sicher war, daß der junge Mann sie nicht besaß, schob er das einem gewöhnlichen Gemenge von Puritanismus und Dorfklatsch zu. Die Dame war aber, obwohl hochmütig, auch sehr huldvoll und bot dem Besucher ein kleines Glas Portwein und ein Stück Mohnkuchen nach der Art von jedermanns allerältesten Großtanten an, ehe es ihm gelang, einer Predigt über den allgemeinen Verfall von Moral und Manieren zu entkommen.

Sein nächster Anlaufhafen stellte einen erheblichen Gegensatz dar; denn er verschwand in einer dunklen und dreckigen Seitengasse, wohin Miss Carstairs-Carew ihm auch nur in Gedanken zu folgen verweigert haben würde, und dann in einem engen Mietshaus, das durch eine hohe und deklamierende Stimme in einer Dachkammer lauter wurde ... Daraus tauchte er mit einem reichlich verdutzten Ausdruck wieder auf, bis aufs Pflaster verfolgt von einem sehr aufgeregten Mann mit blauem Kinn und schwarzem Gehrock, zu Flaschengrün verblaßt, der streitlustig schrie: »Er ist nicht verschwunden! Maltravers ist niemals verschwunden! Er ist erschienen: Er ist tot erschienen, und ich bin lebendig erschienen. Aber wo ist die ganze übrige Gesellschaft geblieben? Wo ist jener Mann geblieben, jenes Monstrum, das mir absichtlich meine Zeilen stahl, meine besten Szenen verpatzte und meine Laufbahn zerstörte? Ich war der beste Tubal, der je die Bretter betrat. Er spielte den Shylock – den brauchte er nicht sehr zu spielen! Und das bei der größten Gelegenheit meiner Laufbahn. Ich könnte Ihnen Presseausschnitte über meine Darbietungen des Fortinbras zeigen ...«

»Ich bin sicher, daß sie ausgezeichnet und wohlverdient waren«, keuchte der kleine Priester. »Ich hatte es so verstanden, daß die Truppe das Dorf bereits verlassen hatte, bevor Maltravers gestorben ist. Aber es ist gut so, es ist sehr gut so.« Und er hub an, die Straße wieder hinabzuhasten.

»Er sollte den Polonius geben«, fuhr der unstillbare Redner hinter ihm fort. Father Brown blieb wie vom Blitz getroffen stehen.

»Oh«, sagte er sehr langsam, »er sollte den Polonius geben.«

»Dieser Schurke Hankin!« kreischte der Schauspieler. »Verfolgen Sie dessen Spur. Verfolgen Sie ihn bis ans Ende der Welt! Natürlich hat er das Dorf verlassen; das dürfen Sie ihm zutrauen. Verfolgen Sie ihn – finden Sie ihn; und dann mögen die Flüche ...« Aber wieder hastete der Priester die Straße hinab von dannen.

Zwei sehr viel prosaischere und vielleicht praktischere Unterredungen folgten auf diese melodramatische Szene. Zunächst ging der Priester in die Bank, in der er sich für zehn Minuten mit dem Manager einschloß; und dann stattete er dem alten und liebenswürdigen Kirchenmann einen sehr geziemenden Besuch ab. Hier erneut erschien ihm alles wie beschrieben, unverändert und anscheinend unveränderlich; eine Spur oder zwei der Verehrung herberer Traditionen in dem schmalen Kreuz an der Wand, in der mächtigen Bibel auf dem Buchpult und in des alten Herrn Eröffnungsklage über die zunehmende Mißachtung des Sonntags; das alles aber mit einem Beigeschmack von Vornehmheit, der nicht ohne seine kleinen Verfeinerungen und verblichenen Üppigkeiten war.

Auch der Kirchenmann bot seinem Gast ein Glas Portwein an; begleitet aber von einem altmodischen britischen Biskuit statt von Mohnkuchen. Und wieder hatte der Priester das unheimliche

Gefühl, alles sei fast zu vollkommen und daß er sich ein Jahrhundert vor seiner Zeit befinde. Nur in einem Punkt weigerte sich der liebenswürdige alte Pastor, sich zu einer weiteren Liebenswürdigkeit erweichen zu lassen; sanft, doch fest bestand er darauf, daß sein Gewissen ihm nicht gestatte, mit einer Schauspielerin zusammmenzutreffen. Father Brown aber setzte sein Portglas mit dem Ausdruck der Anerkennung und des Dankes nieder; und ging davon, seinen Freund den Arzt verabredungsgemäß an der Ecke der Straße zu treffen; von wo aus beide das Büro von Mr. Carver, dem Anwalt, aufsuchen wollten.

»Ich nehme an, daß Sie die trübselige Runde gegangen sind«, begann der Doktor, »und es ein sehr trostloses Dorf gefunden haben.«

Father Browns Erwiderung klang scharf und fast schrill.

»Nennen Sie Ihr Dorf nicht trostlos. Ich versichere Ihnen, es ist in der Tat ein ungemein ungewöhnliches Dorf.«

»Ich habe mich mit der einzigen ungewöhnlichen Sache befaßt, die sich hier jemals ereignet hat, glaube ich«, bemerkte Dr. Mulborough. »Und selbst die widerfuhr jemandem von außerhalb. Ich darf Ihnen sagen, daß man gestern abend die Exhumierung ungestört vorgenommen hat; und ich habe heute morgen die Autopsie vorgenommen. In einfachen Worten, wir haben eine Leiche ausgebuddelt, die bis obenhin mit Gift vollgestopft war.«

»Eine Leiche mit Gift vollgestopft«, wiederholte Father Brown ziemlich abwesend. »Glauben Sie mir, Ihr Dorf enthält viel Ungewöhnlicheres als das.«

Es gab ein jähes Schweigen, gefolgt von einem ebenso jähen Zerren an dem altmodischen Klingelzug im Portal des Anwaltshauses; und bald wurden sie in die Präsenz jenes Gentleman vom Gesetz geführt, der sie seinerseits einem weißhaarigen, gelbgesichtigen Gentleman mit einer Narbe präsentierte, welcher sich als der Admiral herausstellte.

Zu diesem Zeitpunkt war die Dorfatmosphäre bereits sozusagen ins Unterbewußte des kleinen Priesters abgesunken; doch war er sich bewußt, daß der Anwalt tatsächlich die Art von Anwalt war, die als Berater von Leuten wie Miss Carstairs-Carew geeignet sind. Doch obwohl er ein archaischer alter Kauz war, schien er mehr als nur ein Fossil zu sein. Vielleicht war es die Einheitlichkeit des Hintergrundes; aber der Priester hatte erneut das komische Gefühl, er selbst sei eher in das frühe 19. Jahrhundert zurückversetzt worden, als daß der Anwalt bis in das frühe 20. überlebt habe. Kragen und Krawatte gelang es, fast wie ein Stehkragen auszusehen, als er sein langes Kinn in sie bettete; aber sie waren ebenso sauber wie sauber geschnitten; und es umgab ihn sogar etwas von einem sehr vertrockneten alten Dandy. Kurz, er war das, was man wohlerhalten nennt, wenn auch durch teilweise Versteinerung.

Der Anwalt und der Admiral, und sogar der Doktor, zeigten sich einigermaßen überrascht, als sie entdeckten, daß Father Brown eher dazu neigte, des Pastors Sohn gegen die örtlichen Klagelieder zugunsten des Pastors zu verteidigen.

»Ich selbst habe unseren jungen Freund ziemlich anziehend gefunden«, sagte er. »Er ist ein guter Redner, und ich möchte annehmen, auch ein guter Dichter; und Frau Maltravers, der es zumindest darin sehr ernst ist, sagt, er sei auch ein sehr guter Schauspieler.«

»Aha«, sagte der Anwalt. »Potter's Pond hingegen neigt, abgesehen von Frau Maltravers, eher zu der Frage, ob er ein guter Sohn ist.«

»Er ist ein guter Sohn«, sagte Father Brown. »Das ist das Ungewöhnliche.«

»Verdammt noch mal«, sagte der Admiral. »Wollen Sie sagen, daß er seinen Vater wirklich gern hat?«

Der Priester zögerte. Dann sagte er: »Darüber bin ich mir nicht so sicher. Das ist das andere Ungewöhnliche.«

»Was zum Teufel wollen Sie damit sagen?« fragte der Seemann mit nautischer Ruchlosigkeit.

»Ich will damit sagen«, sagte Father Brown, »daß der Sohn von seinem Vater immer noch auf eine harte und unversöhnliche Weise spricht; aber trotz allem scheint er ihm gegenüber mehr als nur seine Pflicht erfüllt zu haben. Ich habe mich mit dem Bankmanager unterhalten, und da wir im Auftrag der Polizei vertraulich ein schweres Verbrechen untersuchen, hat er mir die Tatsachen berichtet. Der alte Kirchenmann hat sich von der Gemeindearbeit zurückgezogen; tatsächlich aber ist das niemals wirklich seine Gemeinde gewesen. Wer von der Bevölkerung, die reichlich heidnisch ist, überhaupt zur Kirche geht, geht nach Dutton-Abbot, nicht ganz eine Meile entfernt. Der alte Mann hat keinerlei eigene Einkünfte, aber der Sohn verdient gutes Geld;

und für den alten Mann wird gut gesorgt. Er hat mir einen Portwein von absolut erstklassigem Jahrgang angeboten, ich habe davon reihenweise verstaubte alte Flaschen gesehen; und ich verließ ihn, als er sich zu einem kleinen Mahl niederließ, das auf eine altmodische Weise recht *recherché* war. Das alles muß aus dem Geld des jungen Mannes kommen.«

»Welch ein vorbildlicher Sohn«, sagte Carver mit einem Hauch von Hohn.

Father Brown nickte, runzelte die Stirn, als grüble er über einem nur ihm bekannten Geheimnis; und sagte dann: »Ein vorbildlicher Sohn. Aber ein ziemlich mechanisches Vorbild.«

In diesem Augenblick brachte ein Schreiber einen unfrankierten Brief für den Anwalt; einen Brief, den der Anwalt nach einem einzigen Blick darauf ungeduldig zerriß. Als er auseinanderfiel, sah der Priester eine spinnenhafte, mosaikhaft zusammengeballte Art von Handschrift und die Unterschrift »Phoenix Fitzgerald«; und äußerte eine Vermutung, die der andere schroff bestätigte.

»Das ist dieser melodramatische Schauspieler, der uns ständig belästigt«, sagte er. »Er liegt in irgendeiner Dauerfehde mit irgendeinem Toten und Verschwundenen seiner Mitmimen, die mit unserem Fall nicht das geringste zu tun haben kann. Wir alle weigern uns, ihn zu empfangen, mit Ausnahme des Doktors, der mit ihm gesprochen hat; und der Doktor sagt, er ist verrückt.«

»Ja«, sagte Father Brown und spitzte nachdenklich die Lippen. »Ich würde sagen, daß er verrückt ist. Aber es kann natürlich keinen Zweifel geben, daß er recht hat.«

»Recht?« schrie Carver scharf. »Recht womit?«

»Damit, daß das hier mit der alten Theatertruppe in Zusammenhang steht«, sagte Father Brown. »Wissen Sie, was mich als erstes an dieser Geschichte stutzig gemacht hat? Das war jene Vorstellung, Maltravers sei von Dörflern erschlagen worden, weil er ihr Dorf beleidigt habe. Es ist schon ungewöhnlich, was amtliche Leichenbeschauer die Geschworenen glauben machen können; und Journalisten sind natürlich ganz unglaublich leichtgläubig. Sie können nicht viel von englischen Landmenschen wissen. Ich selbst bin ein englischer Landmensch; zumindest bin ich mit anderen Bauerntrampeln zusammen in Essex aufgewachsen. Können Sie sich einen englischen Landarbeiter vorstellen, wie der sein Dorf idealisiert und personifiziert wie einst die Bürger eines alten griechischen Stadtstaates; und sein Schwert zieht für sein geheiligtes Banner wie ein Mann in der winzigen mittelalterlichen Republik einer italienischen Stadt? Können Sie einen fröhlichen alten Dorfopa sagen hören: ›Nur Blut allein kann einen solchen Flecken vom Wappenschild von Potter's Pond abwaschen?‹ Beim heiligen Georg und seinem Drachen, ich wünschte mir, er sagte so was! Tatsache aber ist, daß ich ein praktischeres Argument für eine andere Vorstellung habe.«

Er hielt einen Augenblick inne, als wolle er seine Gedanken sammeln, und fuhr dann fort: »Man hat die Bedeutung jener wenigen letzten Worte mißverstanden, die man den armen Maltravers sagen hörte. Er erzählte nicht den Dörflern, daß ihr Dorf nur ein Kaff sei. Er sprach mit einem Schauspieler; sie bereiteten eine Aufführung vor, in der Fitzgerald den Fortinbras geben sollte, der unbekannte Hankin den Polonius und Maltravers zweifellos den Prinzen von Dänemark. Vielleicht wollte jemand anders die Rolle haben oder hatte zumindest eine andere Auffassung von der Rolle; und Maltravers hat ärgerlich gesagt: ›Du wärst ein miserabler kleiner Hamlet.‹ Das ist alles.«

Dr. Mulborough starrte vor sich hin; er schien diese Vermutung langsam, aber ohne Schwierigkeiten zu verdauen. Schließlich sagte er, noch ehe die anderen sprechen konnten: »Und was sollten wir nach Ihrer Meinung jetzt tun?«

Father Brown erhob sich reichlich abrupt; aber er sprach höflich genug. »Wenn diese Herren uns für einen Augenblick entschuldigen würden, schlage ich vor, daß Sie und ich, Doktor, sofort hinüber zu den Horners gehen. Ich weiß, daß der Pastor und sein Sohn gerade jetzt da sein werden. Und was ich tun möchte, Doktor, ist dieses. Ich glaube, daß bisher niemand im Dorf von Ihrer Autopsie und deren Ergebnissen weiß. Ich möchte, daß Sie einfach beiden, dem Pastor und seinem Sohn, während sie dort beisammen sind, die exakten Tatsachen des Falles erzählen; daß Maltravers an Gift und nicht an einem Schlag gestorben ist.«

Dr. Mulborough sollte Gelegenheit haben, seine Ungläubigkeit angesichts der Behauptung, es handele sich um ein ungewöhnliches Dorf, zu überdenken. Die Szene, die folgte, nachdem er tatsächlich des Priesters Programm durchgeführt hatte, gehörte wahrlich zu der Sorte, bei der ein Mann, wie man so sagt, seinen Augen kaum glauben mag.

Der Reverend Samuel Horner stand da in seiner schwarzen Soutane, die das Silber seines ehrwürdigen Hauptes noch hervorhob; seine Hand ruhte in jenem Augenblick auf dem Lesepult, an dem er so oft stand, um die Heiligen Schriften zu studieren, jetzt möglicherweise nur zufällig; aber das gab ihm einen größeren Anschein der Würde. Und ihm gegenüber saß sein aufrührerischer Sohn in einen Stuhl gefläzt und rauchte eine billige Zigarette zu ungewöhnlich finsteren Blicken; ein lebhaftes Bild jugendlicher Respektlosigkeit.

Der alte Mann winkte Father Brown höflich zu einem Sitz, den er sich nahm und wo er schweigend saß und ausdruckslos gegen die Decke starrte. Irgend etwas aber ließ Mulborough spüren, daß er seine bedeutsamen Neuigkeiten beeindruckender stehend vortragen könne.

»Ich bin der Ansicht«, sagte er, »daß Sie als in gewissem Sinne der geistige Vater dieser Gemeinschaft davon unterrichtet werden sollten, daß eine schreckliche Tragödie in ihrer Geschichte eine neue Bedeutung gewonnen hat; vermutlich eine noch schrecklichere. Sie werden sich der traurigen Angelegenheit des Todes von Maltravers erinnern, der nach dem Urteil der Totenschau durch den Schlag eines Knüppels getötet wurde, den vermutlich ein ländlicher Feind geschwungen hat.«

Der Kirchenmann machte mit bebender Hand eine Geste. »Gott verhüte«, sagte er, »daß ich irgend etwas sage, was mörderische Gewalt in irgendeinem Fall zu beschönigen schiene. Wenn aber ein Schauspieler seine Verworfenheit in dieses unschuldige Dorf schleppt, dann fordert er den Richtspruch Gottes heraus.«

»Vielleicht«, sagte der Doktor ernst. »Auf jeden Fall aber fiel der Urteilsspruch nicht auf diese Weise. Ich bin gerade erst beauftragt worden, an der Leiche ein *post mortem* durchzuführen; und ich kann Ihnen erstens versichern, daß der Schlag auf den Kopf unmöglich den Tod verursacht haben kann; und daß zweitens der Leichnam voller Gift steckte, das unzweifelhaft den Tod verursacht hat.«

Der junge Hurrel Horner schleuderte seine Zigarette von sich und war mit der Behendigkeit und Geschwindigkeit einer Katze auf den Füßen. Sein Sprung trug ihn bis auf knapp einen Meter an das Lesepult heran.

»Sind Sie dessen sicher?« keuchte er. »Sind Sie absolut sicher, daß der Schlag den Tod nicht verursacht hat?«

»Absolut sicher«, sagte der Doktor.

»Gut«, sagte Hurrel, »fast wünschte ich, daß dieser es täte.«

Und blitzschnell schlug er, noch ehe jemand einen Finger rühren konnte, dem Pastor einen betäubenden Hieb über den Mund, der ihn wie eine verrenkte schwarze Puppe rückwärts gegen die Tür schleuderte.

»Was tun Sie da?« schrie Mulborough und erzitterte von Kopf bis Fuß von dem Schock und dem bloßen Geräusch des Hiebes. »Father Brown, was tut dieser Irre?«

Father Brown aber hatte sich nicht gerührt, er starrte immer noch friedlich gegen die Decke.

»Ich habe darauf gewartet, daß er das tut«, sagte der Priester friedlich. »Ich habe mich schon gefragt, warum er das nicht früher getan hat.«

»Guter Gott«, schrie der Doktor. »Ich weiß, wir haben uns gedacht, es sei ihm auf irgendeine Weise Unrecht widerfahren; aber seinen Vater zu schlagen; einen Kirchenmann und Nichtkombattanten zu schlagen ...«

»Er hat seinen Vater nicht geschlagen; und er hat keinen Kirchenmann geschlagen«, sagte Father Brown. »Er hat einen erpresserischen Schuft von Schauspieler geschlagen, der sich als Kirchenmann verkleidet hat und seit Jahren wie ein Blutegel von ihm lebt. Jetzt, da er weiß, daß er von der Erpressung befreit ist, hat er zugeschlagen; und ich kann nicht behaupten, daß ich ihn deshalb tadelte. Insbesondere, da ich den starken Verdacht hege, daß der Erpresser zugleich auch der Giftmörder ist. Ich glaube, Mulborough, Sie rufen besser die Polizei an.«

Sie verließen das Zimmer, von den beiden anderen ungehindert, deren einer immer noch benommen und schwankend, deren anderer immer noch blind und schnaubend und keuchend vor leidenschaftlicher Erleichterung und Wut war. Als sie aber an ihm vorübergingen, wandte Father Brown kurz sein Gesicht dem jungen Mann zu; und der junge Mann war eines der wenigen menschlichen Wesen, die jenes Gesicht je unnachgiebig gesehen haben.

»Er hatte darin völlig recht«, sagte Father Brown. »Wenn ein Schauspieler seine Verworfenheit in dieses unschuldige Dorf schleppt, dann fordert er den Richtspruch Gottes heraus.«

»Nun gut«, sagte Father Brown, als er und der Doktor wieder in einem Eisenbahnwaggon Platz genommen hatten, der im Bahnhof von Potter's Pond stand. »Wie Sie sagen, es ist eine sonderbare Geschichte; aber ich glaube nicht, daß es immer noch eine rätselhafte Geschichte ist. Wie dem auch sei, die Geschichte scheint sich mir in groben Zügen so zugetragen zu haben. Maltravers kam mit einem Teil seiner Tourneetruppe hier an; einige von ihnen gingen direkt nach Dutton-Abbot, wo sie alle zusammen irgendein Melodram über das frühe 19. Jahrhundert aufführen wollten; er selbst lungerte aus irgendwelchen Gründen in seinem Bühnenkostüm herum, in dem sehr auffälligen Anzug eines Dandys jener Zeit. Eine andere Bühnengestalt war ein altmodischer Pastor, dessen dunkler Anzug weniger auffällig war und als nur altmodisch durchgehen konnte. Diese Rolle hatte ein Mann übernommen, der meistens alte Männer spielte; der Shylock gespielt hatte und später den Polonius spielen sollte.

Eine dritte Gestalt in dem Drama war unser dramatischer Dichter, der auch noch ein dramatischer Schauspieler war und sich mit Maltravers herumstritt, wie man den *Hamlet* geben sollte, mehr noch aber auch über persönliche Dinge. Ich halte es für sehr wahrscheinlich, daß er schon damals in Frau Maltravers verliebt war; ich glaube nicht, daß es damals irgend etwas Unrechtes zwischen ihnen gab; und ich hoffe, daß es jetzt zwischen ihnen zum Rechten kommt. Aber er mag sehr wohl Maltravers sein eheliches Verhalten verübelt haben; denn Maltravers war ein Tyrann und liebte es, Streitereien vom Zaun zu brechen. In irgendeinem solchen Streit fochten sie mit Stöcken, und der Poet hieb Maltravers sehr hart über den Schädel und hatte im Lichte der Totenschau allen Grund anzunehmen, er habe ihn getötet.

Eine dritte Person war bei dem Zwischenfall zugegen oder wenigstens ihr Mitwisser, der Mann, der den alten Pastor spielte; und er begann, den vermeintlichen Mörder zu erpressen, und erzwang sich von ihm die Kosten für ein Leben in einigem Luxus als zurückgetretener Kirchenmann. Es war das die offensichtliche Maskerade für solch einen Mann an solch einem Ort, einfach damit fortzufahren, seine Bühnengarderobe als zurückgetretener Kirchenmann zu tragen. Aber er hatte seine eigenen Gründe, ein sehr zurückgetretener Kirchenmann zu sein. Denn die wahre Geschichte von Maltravers Tod ist, daß er in einen tiefen Unterwuchs von Farnkraut rollte, nach und nach wieder zu sich kam, versuchte, ein Haus zu erreichen, und schließlich nicht von dem Schlag überwältigt wurde, sondern von der Tatsache, daß der wohlwollende Kirchenmann ihm etwa eine Stunde zuvor Gift gereicht hatte, vermutlich in einem Glas Portwein. Ich begann, mich mit diesem Gedanken vertraut zu machen, als ich ein Glas vom Port des Pastors trank. Das machte mich etwas nervös. Die Polizei arbeitet jetzt nach dieser Theorie; aber ob sie imstande sein wird, diesen Teil der Geschichte zu beweisen, weiß ich nicht. Sie wird das ganze Motiv herausfinden müssen; aber es ist ganz offensichtlich, daß es in diesem Verein von Schauspielern vor Streitereien nur so summte und Maltravers reichlich verhaßt war.«

»Die Polizei mag jetzt manches beweisen, nachdem sie den Verdacht hat«, sagte Dr. Mulborough. »Was ich aber nicht verstehe, ist, wieso Sie überhaupt je Verdacht geschöpft haben. Warum in aller Welt sollten Sie diesen makellosen schwarzberockten Herrn verdächtigen?«

Father Brown lächelte schwach. »Ich vermute gewissermaßen«, sagte er, »daß es sich um eine Frage der speziellen Kenntnisse handelte; sozusagen eine Berufsfrage, aber in einem ganz besonderen Sinn. Wie Sie wissen, beklagen unsere Polemiker immer wieder, daß es ein Großteil Unwissen über das gebe, was unsere Religion wirklich ist. Aber es ist wirklich noch komischer als das. Es ist wahr und keineswegs unnatürlich, daß England nicht viel über die Kirche von Rom weiß. Aber England weiß auch nicht viel über die Kirche von England. Nicht einmal soviel wie ich. Sie würden erstaunt darüber sein, wie wenig die allgemeine Öffentlichkeit von den anglikanischen Kontroversen begreift; viele von ihnen wissen nicht einmal, was es mit einem Mann der Hochkirche oder einem Mann der Niederkirche auf sich hat, weder betreffend die besonderen Punkte der Praxis noch die beiden Theorien von Geschichte und Philosophie dahinter. Sie können dieses Unwissen in jeder Zeitung sehen; in jedem einigermaßen populären Roman und in jedem Theaterstück.

Nun fiel mir als erstes auf, daß dieser ehrwürdige Kleriker die ganze Sache unglaublich durcheinanderwarf. Kein anglikanischer Pastor hätte sich in jedem anglikanischen Problem dermaßen irren können. Er sollte angeblich ein alter Tory der Hochkirche sein; und dann brüstete er sich damit, ein Puritaner zu sein. Ein solcher Mann mag persönlich reichlich puritanisch sein; aber er würde sich niemals einen Puritaner nennen. Er bekundete Abscheu vor der Bühne; er wußte nicht, daß Männer der Hochkirche diese spezielle Abscheu gar nicht haben, wohl aber Männer der Niederkirche. Er sprach wie ein Puritaner über den Sabbat; und dann hatte er ein Kruzifix in seinem Zimmer. Er hatte offenkundig gar keine Ahnung davon, wie ein sehr frommer Pastor sein müßte, abgesehen davon, daß er sehr feierlich und ehrwürdig sein sollte und die Freuden der Welt ablehnend.

Während dieser ganzen Zeit bewegte sich eine unbewußte Ahnung in meinem Kopf; etwas, das ich in meiner Erinnerung nicht festmachen konnte; und dann überkam es mich plötzlich. Das ist ein Bühnenpastor. Das ist genau der undeutlich ehrwürdige alte Narr, den sich ein volkstümlicher Schauspielschreiber oder Schauspieler der alten Schule als äußerste Annäherung an etwas so Absonderliches wie einen Mann der Religion vorstellen könnte.«

»Um von einem Arzt der alten Schule ganz zu schweigen«, sagte Mulborough gutgelaunt, »der aber auch nicht vorgibt, viel vom Wesen eines Mannes der Religion zu wissen.«

»Tatsächlich«, fuhr Father Brown fort, »gab es noch einen einfacheren und auffälligeren Grund zum Mißtrauen. Der betraf die Dunkle Dame von ›The Grange‹, die man für den Dorfvampir hielt. Ich gewann sehr früh den Eindruck, daß dieser dunkle Fleck viel eher die helle Stelle im Dorf war. Sie wurde als ein Geheimnis behandelt; tatsächlich aber gab es an ihr nichts Geheimnisvolles. Sie war vor ganz kurzer Zeit ganz offen unter ihrem eigenen Namen hergezogen, um bei den neuen Untersuchungen über ihren Mann behilflich zu sein. Er hatte sie nicht allzu gut behandelt; aber sie hat Grundsätze, die darauf hinwiesen, daß sie ihrem Ehenamen und der allgemeinen Gerechtigkeit verpflichtet sei. Aus demselben Grund wohnte sie in dem Haus, vor dem ihr Mann tot aufgefunden worden war. Der andere unschuldige und offene Fall neben dem des Dorfvampirs war der des Dorfskandals, des Pastors liederlichem Sohn. Auch er verhehlte seinen Beruf ebensowenig wie seine früheren Beziehungen zur Schauspielwelt. Deshalb habe ich ihn nicht verdächtigt, wie ich es mit dem Pastor tat. Aber Sie haben sicherlich bereits den wirklichen und wichtigen Grund dafür erraten, den Pastor zu verdächtigen.«

»Ja, ich glaube, ich sehe ihn«, sagte der Doktor, »und deshalb haben Sie den Namen der Schauspielerin hereingezogen.«

»Ja, ich meine seine fanatische Festigkeit, die Schauspielerin nicht sehen zu wollen«, bemerkte der Priester. »Eigentlich hatte er nichts dagegen, sie zu sehen. Er hatte etwas dagegen, von ihr gesehen zu werden.«

»Ja, das begreife ich«, stimmte der andere zu.

»Wenn sie Reverend Samuel Horner erblickt hätte, würde sie ihn sofort als den sehr unehrwürdigen Schauspieler Hankin erkannt haben, verkleidet als falscher Pastor mit einem sehr üblen Charakter hinter der Verkleidung. Na ja, ich denke, das ist wohl die ganze Geschichte dieser einfachen Dorfidylle. Aber Sie werden mir zugestehen, daß ich mein Versprechen gehalten habe; ich habe Ihnen in dem Dorf etwas gezeigt, das sehr viel grausiger als eine Leiche ist; selbst als eine mit Gift vollgestopfte Leiche. Der schwarze Rock eines Pastors, ausgestopft mit einem Erpresser, ist zumindest bemerkenswert, und mein lebender Mann ist um etliches tödlicher als Ihr toter.«

»Ja«, sagte der Doktor und kuschelte sich komfortabel in die Kissen. »Wenn es sich um eine kleine gemütliche Gesellschaft während einer Eisenbahnfahrt handelt, ziehe ich die Leiche vor.«

Die Donnington-Affäre
(Max Pemberton präsentiert das Rätsel der Donnington-Affäre)

Die folgende Darstellung der Donnington-Affäre wurde nach den Originalnotizen des Hilfspfarrers in der Gemeinde Borrow-in-the-Vale geschrieben.

John Barrington Cope war vom King's College in Cambridge zu einer Zeit nach Sussex gekommen, als der alte Vikar nicht einmal mehr die angenehmen Pflichten jenes ländlichen Amtes alleine zu bewältigen vermochte.

Er befand sich bereits fast zwei Jahre in Borrow, als sich die Tragödie ereignete. Als Mann von beachtlicher Gelehrsamkeit scheint er sofort die Tiefe des Geheimnisses erfaßt und ohne jeden Zeitverlust eine ordentliche Darstellung der Tatsachen niedergelegt zu haben, wie sie sich ihm darboten.

Als anerkannter Verehrer von Evelyn Donningtons Schwester Harriet genoß er die Großzügigkeit von Borrow Close und befand sich fast täglich im Hause. Auf seine Anregung hin wurde »ein anderer« aus London herbeigerufen, um einen Fall zu untersuchen, der bereits in einem frühen Stadium sowohl die Aufmerksamkeit der Polizei wie die Neugier des Publikums zu verblüffen versprach.

Die Notizen von Mr. Cope wurden hauptsächlich zum Zwecke der sorgfältigen Prüfung durch Father Brown geschrieben. Ihre Erweiterung scheint der schnellste Weg, um das lesende Publikum in den Besitz der hervorstechendsten Merkmale dieses erstaunlichen Vorfalls zu setzen.

I

Mein Name ist John Barrington Cope, und ich bin seit 21 Monaten Hilfspfarrer in der Gemeinde Borrow-in-the-Vale.

Ich habe Evelyn Donnington zuletzt lebend am Sonntagabend um Viertel nach 10 gesehen. Ich hatte in Borrow Close zu Abend gegessen, wie das mein Privileg an fast jedem Sonntagabend ist, seit ich in die Gemeinde gekommen bin. Die Tatsache, daß meine Verlobte, Harriet Donnington, in Bath war und ist, machte da keinen Unterschied.

Sir Borrow Donnington hat wenige Freunde. Er ist nicht der Mann, der die Gesellschaft anderer Männer mag, aber auch nicht die von Frauen. Es kann sein, daß ich ihn ein bißchen besser verstehe als seine Standesgenossen. Ich bin in Borrow Close willkommen, und es gibt kein anderes Haus, das einen vorrangigen Anspruch auf mich hätte.

Ich sah Evelyn Donnington lebendig und wohlauf um ein Viertel nach 10 am Abend des letzten Sonntags, dem 24. Tag im Juli. Sie begleitete mich zum Portal, um mir von einem Brief zu erzählen, den sie am Vortag von Harriet erhalten hatte, und dort sagte ich ihr gute Nacht.

Das Pfarrhaus steht etwa eine drittel Meile quer durch den Park entfernt und ist am besten über einen schmalen Reitweg durch das sogenannte Adams-Dickicht zu erreichen. Der Weg ist dunkel und von den herrlichen Buchen eingefaßt, für die Borrow berühmt ist. Als ich zum Pfarrhaus zurückkehrte, habe ich nichts Lebendiges gesehen noch irgendeinen verdächtigen Laut gehört.

Zwei Stunden später weckte mich ein Lakai vom Close auf, um mir zu sagen, daß Evelyn tot sei. »Ermordet, Sir!« keuchte er, und ohne ein weiteres Wort rannte er schnurstracks weiter zum Haus des Doktors.

Ich war in einen leichten Schlaf gesunken, als mich das Läuten dieses Mannes aufweckte. Seit ich in die Gemeinde gekommen war, hatte es in Borrow Close mancherlei Schwierigkeiten gegeben. Der Welt ist deren Natur wohlbekannt, und sie weiß viel von der Schande, die über die Donnington-Familie gekommen ist. Welche Sympathien sie aber auch immer Sir Borrow Donnington selbst vorenthalten haben mag, sie hat sie freigiebig über seine Töchter ausgegossen.

Für mich war Evelyn bereits wie eine Schwester. Ich hätte Harriet im September heiraten sollen, obwohl Gott allein weiß, was uns jetzt bevorstehen mag.

Menschen verlachen Vorzeichen, obwohl sie oftmals nichts anderes sind als ein Kriegszug der Logik des Geistes wider unseren Optimismus. Obwohl die Affäre um Southby Donnington durch seine Verurteilung und Inhaftierung entschieden zu sein schien, habe ich doch von Anfang an gefürchtet, daß das nicht ihr Ende sein konnte; und von Southby Donnington, Sir Borrows einzigem Sohn, hatte ich geträumt, als der Lakai mich aus meinem Schlaf aufweckte.

Welch ein sardonisches Kapitel in der Geschichte der menschlichen Natur! Ein einziger Sohn – ein reicher Vater! Auf der einen Seite eine fast beispiellose Verschwendungssucht, auf der anderen Seite ein in seiner ironischen Selbstsucht verblüffender Geiz.

Southby Donnington war zunächst nach Eton und dann als Offiziersanwärter auf das Trinity College in Cambridge geschickt worden. Eine häßliche Affäre in einer Spielhölle zu London, mit dem nachfolgenden Erscheinen vor einem Polizeigericht, hatte seine Universitätslaufbahn bereits während seines ersten Semesters beendet. Nun konnte er sich nicht einmal mehr der trivialen Prüfung stellen, die man jetzt für Sandhurst verlangt. Er wollte sich für keinen anderen Beruf entscheiden. Der Mann verkam in den gefährlichen Seen der Londoner Unterwelt. Vergeblich flehten seine Schwestern Sir Borrow an. Der Baronet hatte mit seinem Sohn Schluß gemacht. Als Mann von eiserner Entschlossenheit, die nichts zu beugen vermochte, hatte er geschworen, daß Southby niemals wieder sein Haus betreten solle. Dem folgte die Katastrophe.

Wir vernahmen, daß der Junge in London wegen einer Anklage auf Fälschung verhaftet worden war. Man machte ihm den Prozeß, ihn verteidigte das Geld, das seine Schwestern für ihn aufbringen konnten, er stand in Old Bailey vor Gericht, er wurde verurteilt. Das Urteil lautete auf drei Jahre Zuchthaus. Wir erfuhren, daß man ihn nach Wormwood Scrubs gebracht habe, und neun Monate später, daß er in Parkhurst sei.

Es ist hier nicht der Ort, von den Geheimnissen des schwergeprüften Hauses zu berichten oder von den Nachwirkungen dieses fürchterlichen Sturzes.

Borrow Close ist ein alter Landsitz, der zwischen Ashdown Forest und Crowborough liegt. Er war immer fern von den Menschen und ihren Angelegenheiten, und es gibt in ganz Südengland kein Herrengut, das in seiner Einsamkeit so wunderbar ist.

Um ihn herum liegt der Wald. Der Park selbst ist urtümlicher Wald; hier quillt er von so dichtem Unterwuchs über, daß des Menschen Fuß noch niemals hineingesetzt worden sein kann; dort kennzeichnen ihn sumpfige Tümpel und Wäldchen so dicht, daß in ihnen der Mittag nur der Schimmer eines widersträubenden Lichtes ist. Wenige nur wurden selbst in jenen Tagen im Haus empfangen, in denen Lady Donnington die Hausherrin war. Seit ihrem Tode ist es in seiner Abgeschlossenheit mittelalterlich geworden. Der alte Baronet hatte nichts gemein mit seinen

Nachbarn; seine Töchter hatten ihn immer gefürchtet, und sie gehen durchs Leben wie auf Zehenspitzen und befürchten, daß, wenn sie lauter als mit einem Flüstern sprächen, sie die Neugier der Welt außerhalb der eigenen Tore erwecken würden.

Es ist wahr, daß Southby der Heiligkeit dieser Abgeschiedenheit spottete, trotz des Mißfallens des Baronets. Gruppen von wilden Studenten machten während der Ferien die »schreiende Runde«; der Ruf der Schönheit Evelyns und Harriets war in den Universitätshöfen von Cambridge nicht unbekannt. Wenige der Jungen hatten aber den Mut zur Beharrlichkeit, und ich glaube, daß selbst Southby überrascht war, als Hauptmann Willy Kennington plötzlich auf der Szene erschien als Bewerber um Evelyns Hand und nicht einmal durch Sir Borrows wüste Entmutigungen zurückgeschlagen werden konnte.

Hauptmann Kennington hatte Evelyn im Haus ihrer Tante in Kensington etwa drei Monate vor dem Niedergang kennengelernt. Ihre weiblichen Gaben würden einen jeden Mann angezogen haben, der mit ihnen vertraut wurde, und ich wundere mich nicht, daß der junge Soldat sich dem Zauber ergab.

Sehr einfach in all ihren Gedanken, nicht wenig geängstigt durch die Welt, doch begabt mit einer Einbildungskraft, die Jahre der einsamen Lektüre angeregt hatten, schien sie gleichzeitig Frau und Kind zu sein; weise über ihr Alter hinaus, und doch von jenen Idealen bewegt, für die Frauen oftmals so teuer bezahlen müssen. Die Furcht vor ihrem Vater verbot die unmittelbare Annahme der Bewerbung des Soldaten, die ihr Herz ihr befahl. Sie kehrte nach Borrow Close zurück, wohin ihr kurz danach der Hauptmann selbst folgte.

Wie groß war mein Erstaunen, ein paar Tage später zu hören, daß Sir Borrow jedes Gespräch über diese Frage zurückgewiesen und in einem jener wüsten Ausbrüche seines Temperamentes, die weder Gott noch Mensch zu ergründen vermögen, den Hauptmann des Hauses verwiesen hatte.

Southby hat, um ihm Gerechtigkeit widerfahren zu lassen, in dieser Angelegenheit seinen Mann gestanden. Er trat warm für seine Schwester ein und war zu diesem Zweck sogar aus Südafrika zurückgekommen. Der Szene zwischen Vater und Sohn erinnert man sich im Close als des Höhepunktes einer Entfremdung, die für den einen wie den anderen gleichermaßen unrühmlich ist. Leidenschaft beherrschte sie und verlieh ihr Endgültigkeit. Zwischen diesen beiden Männern wurde bis zum Ende kein Wort mehr gesprochen.

Drei Monate später war Southby ein Häftling, und ich blieb der einzige Mann, der den Baronet in den Tagen seiner Schande besuchte.

II

Es waren dies die Geschehnisse vor sechzehn Monaten. Ich habe bereits jede Absicht bestritten, bei den intimen Tagen des Kummers zu verweilen, die darauf folgten. »Die Übeltat der Menschen überlebt sie«, und während für die Welt die Tragödie lediglich ein neuntägiges Verwundern war, lastete sie schwer auf dem Hause Borrow. Der alte Baronet empfing die Besuche seiner wenigen Freunde, die bisher im Close zugelassen waren, nicht mehr. Er verschloß seine Tür gleichermaßen vor der alten wie vor der neuen Welt. Seine Töchter sahen niemanden außer der Dienerschaft und mir. Ihrerseits zogen sich seine Nachbarn vor ihm zurück. Die Menschen waren dazu gekommen zu sagen, daß die Gier nach Gold Southby zu dem Verbrechen getrieben habe, und zu glauben, daß der Sohn weniger schuldig sei als der Vater.

Der einzige Mann, der zu der heimgesuchten Familie stand, war Hauptmann Kennington, der dem Baronet gar wenig schuldete. Jetzt kam er in der dunkelsten Stunde zurück, um aufs neue um Evelyns Hand zu bitten. Es versteht sich von selbst, daß sie ihn nicht erhörte. Ihrem seltenen Typus von Weiblichkeit war schon die Tatsache, daß sie ihn liebte, eine Schranke zwischen ihnen. Nichts, empfand sie, würde jemals die Schande des Ereignisses auslöschen oder seine Konsequenzen mindern können. Die Ernte der Sünde ward nicht im Parkhurst Prison eingefahren, sondern hier in dem alten Haus, in dem die Frauen mit den Sicheln der Tränen ernteten.

Meine eigenen Beziehungen zu Harriet wurden, Gott sei gepriesen, durch den Sturz von Southby nur oberflächlich berührt. Wir hatten einander bereits so gut kennengelernt, bevor die Schwierigkeiten kamen, daß sie unser gegenseitiges Gefühl der Hilfe und der Hingabe lediglich besiegelten, und obwohl ich wußte, daß sie mich jetzt nicht sofort heiraten würde, überließ ich es der Zukunft, uns nach ihrem Belieben zu leiten. Sir Donnington selbst schien in meiner Gesellschaft den einzigen Trost seiner abnehmenden Jahre zu finden. Er ging nicht zur Kirche, aber ich besuchte die Familie zu einer Morgenmesse an jedem Sonntag früh und kam immer, wenn ich mich im Pfarrhaus befand, ins Close zum Abendessen.

So strömten die Monate dahin, und die Zeit, die Heilerin, kam uns zu Hilfe. Die Bitterkeit von Furcht und Zweifel war versunken und hatte einem mutigen Versuch, der Zukunft entgegenzusehen, Platz gemacht. Wir schmiedeten allerlei Pläne für Southby nach seiner Entlassung und waren entschlossen, ihn auf einer Farm in Südafrika neu beginnen zu lassen, wenn wir könnten. Kennington ging so weit, das Gefängnis aufzusuchen und den Verurteilten zu sprechen. Der Zufall wollte es, daß sein eigener Vater einer der Kontrollinspekteure war, und so wurde ihm dieser Vorzug eingeräumt.

Er berichtete uns, daß er Southby ganz in sein Schicksal ergeben gefunden habe, und er sprach von ihm als von einem Mann, der überzeugt war, kein Verbrechen begangen zu haben, sondern das Opfer jener geworden zu sein, die ihn verraten hatten, nachdem sie entdeckt hatten, daß aus dem Baronet nichts herauszupressen war.

Parkhurst, scheint es, ist ein Gefängnis für Gentlemen, und Southby befand sich dort in aristokratischer Gesellschaft. Ich gestehe, daß diese Mitteilung nicht ohne erleichternden Humor war und einige Erwägungen über die Dauerhaftigkeit jener gesellschaftlichen Ambitionen gestattete, die Menschen selbst noch in einem Gefängnis heimsuchen können. Besser, so scheint es, mit einem Lord Werg zupfen, als sich ein ehrliches Leben unter Plebejern verdienen.

Kennington sprach von Heiterkeit und Zufriedenheit, später aber erinnerte ich mich eines Satzes in seinem Brief, der mir als bedeutungsvoll hätte auffallen sollen. Das Gefängnis schafft sonderbare Genossen, und soweit ein Mann in der Gefangenschaft einen Vertrauten haben kann, hatte Southby einen in einem Mann namens Mester gefunden.

»Dieser Bursche«, sagte Kennington, »ist die denkbar fröhlichste Seele. Er hat in Frankreich eine gute Erziehung genossen, erlebte dann aber schlimme Zeiten. Danach wurde er Fahrer eines österreichischen Barons, trat in eine Autofabrik in Suresnes ein, wandte sich in Issy der Fliegerei zu und wurde schließlich angeklagt, einen rohen Überfall mit versuchtem Raub auf eine alte

Dame in Dover begangen zu haben, die gerade dabei war, ihm dort ein Automobilgeschäft einzurichten.«

Mester beteuerte bis zum Schluß, das Verbrechen sei das Werk anderer gewesen. Er erklärte, daß er ein Opfer der Umstände sei und daß die Indizien, aufgrund derer die Polizei ihn überführte, gefälscht seien. Dennoch aber wurde er für schuldig befunden und am Tag nach Southbys Schuldigsprechung zu vier Jahren Zuchthaus verurteilt.

Zwischen diesen Männern entwickelte sich eine sonderbare Freundschaft. Jeder glaubte sich zu Unrecht verurteilt; jeder konnte mit dem anderen mitfühlen. Und so wie Mester erklärte, er werde den alten Baronet zur Vernunft bringen, sobald er herauskomme, so konnte Southby sich für Mesters Geschichte interessieren und gewisse ehemalige Freunde bei der Presse beschwören, sie zu untersuchen.

Wie wir wissen, hat sich bereits ein großer Romancier mit der Angelegenheit beschäftigt und ist von der Unschuld des Mannes überzeugt. Obwohl er zugegebenermaßen ein Mensch von unstetem Charakter ist und unfraglich der Genosse von Dieben, scheint es dennoch einen Zweifel zu geben, ob das schwerere Verbrechen begangen worden ist, und eine recht vernünftige Vermutung, daß sich die Polizei geirrt haben könnte.

Mester selbst zögerte nicht zu bekräftigen, daß wenn er auf einen Monat frei wäre, er seine Unschuld über allen Zweifel hinaus beweisen würde. Davon war er so überzeugt, daß er Southby ganz offen gesagt zu haben scheint, daß er aus Parkhurst fliehen werde, sobald sich die Gelegenheit biete.

Ich habe mir zu jener Zeit über diese Angelegenheit keine Gedanken gemacht, und tatsächlich muß diese Drohung oftmals von solchen Gefangenen ausgestoßen werden, für die das Verbrechen noch keine Gewohnheit und die Zelle kein Zufluchtsort geworden ist. Doch gestehe ich, daß das Wort Erstaunen nicht ausreichte, als ich einige Wochen später beim Aufschlagen meiner Morgenzeitung las, daß zwei Männer aus Parkhurst ausgebrochen seien und sich trotz aller Bemühungen der Polizei noch in Freiheit befänden.

»Southby und Mester«, sagte ich mir. Ich irrte mich nicht, wie Sie sogleich vernehmen werden.

III

Dies war, wenn Sie so wollen, eine Überraschung, und zwar eine, die mich mit der Kunde nach Close rennen ließ. Sir Borrow selbst wollte ich sie nicht erzählen, da ich Auswirkungen dieser Neuigkeit auf einen so verwirrten Geist befürchtete; aber Evelyn und Harriet lauschten mir begierig, und ich bekam den Verdacht, daß die erstere bereits im Besitz der Geschichte war. Diese Tatsache beeindruckte mich zunächst nicht so sehr, wie sie es hätte tun sollen. Ein Brief, dachte ich mir, muß von Southby selbst gekommen sein, doch hätte ich darüber nachgedacht, wäre mir aufgegangen, daß das unter den gegebenen Umständen kaum möglich sein konnte.

Der Mann war erst gestern entsprungen, und selbst wenn ein Brief am Vorabend von der Isle of Wight oder auf dem Festland aufgegeben worden wäre, würde er Borrow Close nicht um 9 Uhr erreicht haben. Später entdeckte ich ganz zufällig, daß Hauptmann Kennington eine solche Möglichkeit in einem Brief andeutete, der am Vortag eingetroffen war, doch welche Gedanken auch immer diese Entdeckung nahelegte, ich hielt sie striktest für mich. Unmittelbare Tatsachen waren die Aufregung, welche die Neuigkeiten im Close verursachten, und die Ereignisse von großer Tragweite, die folgen mußten.

Ich für meinen Teil war schnell zu der Auffassung gelangt, daß die Flüchtigen rasch eingeholt würden und daß dies das Ende der Angelegenheit sein werde. Ihre Flucht, über die in den Zeitungen kurz berichtet wurde, war bewunderungswürdig entworfen worden. Sie hatten eine hohe Mauer offenbar in eben dem Augenblick überklettert, in dem ein schwerer Nebel vom Festland her über die Insel zog, danach eine Einfriedung durchquert, in der andere Häftlinge bei der Arbeit waren, sodann eine zweite Mauer mit Hilfe einer seidenen Strickleiter überstiegen, die sie zurückließen, und so ihren Weg zur See erreicht.

Die Behörden glaubten, daß ihre Flucht da ein Ende fand und daß sie das Festland nicht zu erreichen vermochten; ein anderer Bericht aber sprach von einem geheimnisvollen Motorboot, das jüngst vor St. Catherine's Point gesehen worden war, und in Erinnerung an Mesters Bekanntschaft mit der Motorenbruderschaft und deren weniger wünschenswerten Charakteren war der Verfasser des Berichts anscheinend der Meinung, daß dies in irgendeinem Zusammenhang mit der Angelegenheit stehen könnte. Das hinwiederum, muß ich gestehen, erschien mir eine einleuchtende Schlußfolgerung. Diese fliegenden Leute sind ungewöhnlich schlau. Sie sind von erprobter Kühnheit, und ihre Hilfsmittel sind zahlreich. Jetzt entdeckte ich die Bedeutung der Freundschaft Southbys für diesen unerwünschten Mechaniker, und ich begriff, daß die Männer sich verpflichtet hatten, die Flucht gemeinsam zu unternehmen. Für den Augenblick sah es so aus, als wären sie erfolgreich.

Kurz vor 9 Uhr kam ich im Close an und ging erst wieder nach dem Mittagessen. Wie üblich verbrachte Sir Borrow den Morgen in seinen Gärten, und behielt mich einige Zeit bei sich, und redete über diese oder jene Pflanze, womit ich stets vertraut war, erwähnte aber niemals den Sohn, der einst diese großartige Erbschaft antreten würde. Als er sich um 12 Uhr in sein Arbeitszimmer zurückzog, nahm ich die Mädchen beiseite und führte eine Unterhaltung fort, die für uns alle so voller Bedeutung war. Natürlich stellten wir einander viele Fragen, die wir nicht beantworten konnten. Wohin würde Southby gehen, wenn er das Festland erreichte? Könnte er an Geld kommen? Würde er nach Borrow zurückkehren?

»Wenn er hierherkommt«, sagte ich, »ist er verloren! Dies hier wird die erste Stelle sein, die die Polizei überwachen wird!«

Harriet stimmte mir darin bei. Doch wohin sonst könnte er mit Aussicht auf Geld gehen, durch das allein endgültiger Erfolg gesichert werden könnte?

Wir dachten an viele Orte, doch nur an einen mit Überzeugung. Sir Borrows Schwester, die alte Lady Rosmar, lebte damals in Bath. Sie hatte getreu zu dem Jungen gestanden, soweit es ihr ihre Mittel erlaubten, und würde ihm wohl in einem Notfall wie diesem immer noch freundschaftlich zugetan sein. Wir beschlossen, daß Harriet unverzüglich nach Bath gehen sollte, für den Fall, daß sie dort von Hilfe sein könnte. Evelyn und ich würden in der Zwischenzeit in Borrow warten und wachen. Gott weiß, was wir zu tun hofften, sollte der Junge herkommen, aber ich glaube, daß wir beide für sein Kommen beteten.

Es erschien als eine solche Unmöglichkeit, daß er der lärmenden Verfolgung entgehen könnte, die seine Flucht zur Folge haben mußte. Doch wenn er ihr entginge, müßten dann nicht wir seine Bürde übernehmen und ihm in jenes neue Leben helfen, darin soviel erreicht werden mochte, falls die Lektion wirklich gelernt worden war? Töricht mag die Hoffnung gewesen sein, doch kam sie ganz natürlich zu jenen, die so viel gelitten hatten und über denen die Gefängnistore immer das Zeichen eines entsetzlichen Kummers waren. Wir glaubten daran, daß Southby kommen würde, und nach zehn Tagen wurde unser Glaube gerechtfertigt. Er war da in Borrow Close, die Polizei auf seinen Fersen, sein eigener Vater unwissend, daß das Haus ihn barg. Von so schrecklichen Dingen habe ich nun in der folgenden Geschichte zu berichten.

IV

Ich habe gesagt, daß wir annahmen, das Haus werde von der Polizei überwacht, und darin hatten wir uns nicht geirrt.

Häufig hatte ich in den wenigen Tagen unmittelbar vor Southbys Rückkehr fremde Männer im Park gesehen, und mehr als einmal war ich unter einem müßigen Vorwand angehalten und nach Sir Borrow und seinen Angelegenheiten gefragt worden. Eine solche List würde niemanden getäuscht haben, und glücklicherweise war ich imstande, mit den Männern ganz offen umzugehen.

»Sie sind ein Polizeibeamter«, sagte ich zu einem von ihnen.

Und er leugnete es nicht.

»Der Bursche wird sicherlich herkommen, Sir«, war seine Antwort, »und wenn er das tut, werden wir ihn schnappen. Es gibt innerhalb von zehn Meilen keine Straße, die wir nicht beobachten.«

Wir sprachen über anderes und vor allem über die Flucht. Offiziell dachte die Polizei, daß es auf der Seite der Aufseher irgendein stillschweigendes Einverständnis gegeben haben müsse, aber davon wußte ich natürlich nichts.

»Diese jungen Leute haben einen Haufen Freunde«, sagte der Detektiv, »und was Lionel Mester angeht, so kennt der die Hälfte aller Gauner Europas!«

Ich erwiderte, daß in einem solchen Fall die fraglichen Freunde ihre Kameraden vermutlich verstecken würden.

»Und deshalb«, sagte ich, »ist es müßig, daß Sie hier nach Ihren Männern suchen. Sicherlich wissen Sie von den Beziehungen zwischen Sir Borrow und seinem Sohn?«

Daran war er sehr interessiert und fragte mich genau aus – ein Vorgehen, gegen das ich unter diesen Umständen nichts einzuwenden hatte. Einige Tage später hielten mich im Park eine amerikanische Dame und ihre Tochter an, die vorgaben, sehr an dem alten Landsitz interessiert zu sein, und mich fragten, ob es nicht möglich sei, die Erlaubnis zu bekommen, ihn zu besichtigen. Auch in ihnen erkannte ich Agentinnen der Polizei und wies sie mit allen mir möglichen Entschuldigungen ab; wenngleich es zu jener Zeit keine Rolle gespielt haben würde, denn Southby war damals noch nicht zurückgekehrt. Er sollte erst drei Tage später kommen, in der tiefsten Nacht, und die beiden, die von seiner Ankunft erfahren sollten, wären für ihn vor nichts zurückgeschreckt. Es waren dies seine Schwester Evelyn und Wellman, der Butler, der Southby wie seinen eigenen Sohn liebte.

Von Wellman selbst erfuhr ich am darauffolgenden Morgen um 9 Uhr die Nachricht. Er kam und brachte mir ein angebliches Schreiben von Sir Borrow, und nicht ehe wir in meinem Arbeitszimmer waren und die Türe hinter uns geschlossen hatten, wagte er frei zu sprechen.

»Mr. Southby ist zu Hause, Sir«, sagte er flüsternd. »Er ist in der Priesterkammer.«

Ich fürchtete mich einen Augenblick lang zu sprechen. Sofort standen mir Visionen des gejagten Jungen vor Augen, wie er von Dickicht zu Dickicht durch den Wald floh, den er so gut kannte, und schließlich jenes enge Tal gewann, darin sich der unterirdische Eingang zum Close befindet. Daß er daran gedacht hatte, als sich niemand von uns dessen erinnerte! Natürlich würde die Polizei davon nichts wissen. Selbst die Dienerschaft, mit der einzigen Ausnahme von Wellman, weiß nichts von diesem Durchschlupf, und im Ort glaubt man, daß er schon vor langer Zeit zusammengebrochen ist. Sir Borrow ließ sie das glauben.

Es war eine seiner Launen, den Durchgang von jenen Ingenieuren wieder öffnen zu lassen, die aus London kamen, um ihm seinen artesischen Brunnen zu bauen. Er liebte es, nach seinem Belieben zu kommen und zu gehen und seine Bediensteten zu überraschen, wenn sie ihn am wenigsten erwarteten. Und in diesem Sinn benutzte er die Priesterkammer, oder hatte sie benutzt, bis sich die Tragödie ereignete. Danach interessierte ihn nichts mehr. Die geheime Kammer blieb ungeöffnet, nachdem Southby verurteilt worden war. Wir übrigen hatten, glaube ich, ihre Existenz schon fast vergessen.

Die Kammer liegt am Westende der langen Galerie. Dort steht ein achteckiger Turm, in dessen Mauern raffiniert eine alte Steintreppe eingebaut ist. Den Zugang zu ihr gewinnt man von der Galerie aus, indem man ein Paneel auf der rechten Seite des kleineren Kamins öffnet. Die Kammer liegt am Fuße einer Treppenflucht und wird durch zwei schmale Fenster beleuchtet, die auf die Brustwehr hinausgehen. Sie weisen Glasmalereien aus dem 14. Jahrhundert auf, die frühere Äbte von Borrow in Albe und Kasel zeigen. Die Kammer selbst ist groß und bequem und hat eine Feuerstelle und einen Alkoven für das Bett. Die von dort aus in den Wald gehen wollen, steigen die Treppe weiter hinab, bis sie sich in der alten Krypta befinden, die aus der Zeit der Sachsen stammt. Der unterirdische Durchgang führt von da aus zum Adams-Dickicht, wo er in einen alten Brunnen eintritt, seit langem schon ausgetrocknet und jetzt nur noch ein Loch voller Gras und Dornengestrüpp. Ich hegte keinen Zweifel, daß Southby den Wald auf Umwegen erreicht und dann seinen Weg über einen jener Pfade genommen hatte, die ein Fremder niemals entdecken würde. Und so war er stracks in die Priesterkammer gegangen und von dort in Evelyns Schlafzimmer.

»Er hat sie gegen 1 Uhr heute morgen aufgeweckt«, sagte Wellman, der immer noch vor Aufregung über diese Neuigkeit zu zittern schien. »Man wollte Sie es nicht früher wissen lassen, Sir, aus Angst vor der Polizei. Miss Evelyn hat schreckliche Angst, daß der Squire es herausfinden könnte, und deshalb bin ich sofort zu Ihnen gekommen. Ein Glück für uns ist, daß erst gestern Superintendent Matthews das Close vom Dachboden bis zum Keller durchsucht hat. Er muß Wind davon bekommen haben, daß Mr. Southby auf dem Weg war.«

Ich war erstaunt, das zu hören.

»Superintendent Matthews – gestern!« rief ich aus. »Ist das denn möglich, und Miss Evelyn hat mir nichts davon erzählt? Aber natürlich mag es schwierig gewesen sein, nach mir zu schikken. Weiß er irgendwas von dem Priesterloch, Wellman? Sie befürchten dies doch nicht etwa?«

Er, ein Mann von ungewöhnlicher Vorsicht, schüttelte den Kopf. »Die wissen heutzutage viel zu viel, Sir – um so schlimmer. Die Frage ist, was sollen wir mit dem jungen Herrn machen, denn Miss Evelyn ist mit ihrem Latein am Ende. Es würde sie sehr freuen, Sie im Close zu sehen, und ob. Das ist 'ne harte

Aufgabe für 'ne junge Dame, wie Sie sich wohl vorstellen können, Sir.«

Ich stimmte zu, setzte mir den Hut auf und ging sofort mit ihm hinüber. Unser Weg führte uns durch das Adams-Dickicht, und ich gestehe, daß ich ziemlich alarmiert war, als auf dem Pfad vor uns, kaum hundert Schritte von dem alten Bassin entfernt, durch das man den Durchschlupf erreicht, ein Fremder auftauchte. Es war ein kleiner, stämmiger Mann, der einen Serge-Anzug, schwarze Lederbeinlinge und eine spitze Kappe trug, und als er uns sah, blieb er jäh stehen, wandte uns dann den Rücken zu und tat so, als entzünde er sich eine Zigarette, während wir vorbeigingen.

»Das ist kein Polizist«, sagte ich zu Wellman, als der Fremde außer Hörweite war. Der alte Diener stimmte mir zu.

»Er könnte aber ein Nachforschungsagent sein, Sir. Ich hab' in London von den Tricks erzählen gehört, die sie mit der Kleidung treiben. Trauen Sie ihm nur nicht zu sehr.«

»Ich traue ihm überhaupt nicht«, sagte ich. »Der Bursche sah mir so aus, als ob er ein Chauffeur wäre.«

»Ein übles Pack, glauben Sie mir, Sir. Es gibt nur noch sehr wenige ehrliche Männer auf Rädern, seit sie uns unsere Pferde geraubt haben. Ein Mann muß die Nase eines Setters haben, wenn er so einem auf der Spur bleiben will. Von denen würde ich keinem auch nur 'ne versilberte Suppenkelle anvertrauen, auf mein Wort nich.«

Ich sagte ihm, er sei ein *laudator temporis acti*, doch da ihm das nichts übermittelte, gingen wir weiter und fanden Evelyn in ihrem Boudoir.

Sie war furchtbar aufgeregt, aber da Sir Borrow bei ihr war, konnte zwischen uns kein Wort über die Angelegenheit gewechselt werden. Der Baronet dachte offensichtlich, daß seine Tochter hysterisch geworden sei, und als ich mit ihm allein war, deutete er an, sie müsse wohl Nachricht von jenem v........n Schuft bekommen haben.

»Was auch immer«, fügte er hinzu, »ich will nichts davon oder von ihm hören. Für mich wäre es ein großer Tag, wenn der Bursche sechs Fuß unter der Erde wäre, und ich hoffe bei Gott, daß er das bald sein wird. Das ist die Wahrheit, Cope, und nichts von Ihrer Philosophie kann daran etwas ändern. Ich habe keinen Sohn mehr; ich versuche zu vergessen, daß ich jemals einen hatte.«

Ich wich vor seinem Zorn zurück, da ich wohl wußte, wie wenig solch ein Mann eine Zurechtweisung leiden würde. Glücklicherweise fuhr er fast unmittelbar danach in die Stadt, und Evelyn und ich machten uns sofort auf den Weg zum Priesterloch und sprachen mit Southby. Ich muß sagen, daß er sich in einem traurigen Zustand befand, Gesicht und Hände von den Dornen des Dickichts zerrissen, seine Kleidung mit Schmutz bespritzt, unrasiert und mit blutunterlaufenen Augen. Ich glaube, wohl auch ein bißchen delirierend aus Mangel an Nahrung und wegen des Ausgesetztseins, und er redete zusammenhanglos von Schiffen und der See, von Männern, die ihn verraten hätten, und von anderen, die seine Freunde seien. Nach und nach erzählte er mir, als er ruhiger geworden war, die Schmach des Gefängnisses habe ihn dermaßen belastet, daß er verrückt geworden wäre, wäre er in Parkhurst geblieben.

»Ich konnte nicht, Cope, bei Gott, ich konnte nicht«, sagte er. »Du weißt nicht, was das für einen Mann bedeutet, der so gelebt hat wie ich. Ich mußte da raus, oder es wäre mit mir zu Ende gewesen. Wenn sie mich fassen, werde ich mich erschießen. Das ist ein Schwur, und den werde ich halten.«

»Aber«, rief ich, »was willst du denn tun, Southby? Du weißt doch, wir können dich hier nicht lange schützen.«

Er lachte trotzig und strich sich auf die alte Art das schwarze Haar aus der Stirn.

»Lionel wird es tun«, sagte er. »Ich vertraue auf Lionel. Er hat mich rausgebracht; er wird dafür sorgen, daß ich nicht wieder reinkomme. Du solltest Lionel kennenlernen. Er ist durch und durch ein anständiger Kerl, und das Gefängnis, das ihn halten könnte, müßte erst noch gebaut werden. Schließlich war es ja auch seine Idee mit dem Motorboot – wer sonst würde wohl daran gedacht haben? – er und sein Freund in Hendon. Sie haben uns im Versteck bei Hochflut abgeholt, und wir sind schon vor dem Morgen bei Hayling Island gelandet. Ich wußte, daß wir es schaffen würden, als Lionel es in die Hand nahm.«

»Dann«, rief ich ins Blaue hinaus, »hat Hauptmann Kennington nichts davon gewußt?«

Seine Stirn wurde düster. Er sah Evelyn sonderbar an und schien Angst zu haben, offen zu reden.

»Nein, ich traue Kennington nicht – nicht sehr. Paß auf, Evelyn, was du mit ihm anfängst. Kennington ist keine 30 Cents wert – denk daran.«

Darob brauste sie auf, ein Mädchen voller Feuer und ein gutes Herz.

»Sag du kein Wort gegen Hauptmann Kennington!« schrie sie. »Er ist der einzige von all deinen Freunden, der immer zu dir gehalten hat. Du solltest ihm dankbar sein.«

Er aber beharrte darauf, wenngleich mit schwindender Entschlossenheit. »Das mag so sein oder nicht. Nach meiner Meinung hat er versucht, uns zu verkaufen, und dabei bleibe ich. Und jetzt beschaff mir um Himmels willen was zu trinken. Ich bin so ausgetrocknet wie ein Kamel.«

Sie holte ihm einen Brandy-Soda, und er trank ihn begierig. Es war bereits gefährlich, über die lange Galerie hin und her zu gehen, und ich begann die Gefahr der Situation zu begreifen. Sobald es die Dienstboten wüßten, würde die Nachricht früher oder später ins Dorf gelangen und von dort zur Polizei. Als wir das offen miteinander besprachen, schien es nur eine einzige Lösung zu geben. Evelyn mußte erkranken, und Harriet mußte aus Bath zurückgerufen werden, um sich um sie zu kümmern. In der Zwischenzeit mußte Wellman jemand Vertrauenswürdigen haben, und niemand schien für diesen Zweck besser geeignet als Turner, das oberste Hausmädchen. Früher oder später würde diese Frau uns entdecken. Wir beschlossen, daß es früher sein sollte, und legten, nachdem wir sie zu der Konferenz beigezogen hatten, unser Schicksal in ihre Hände. Gute Frau, sie hatte selbst einen Bruder, und alle liebten sie Evelyn.

Wir schmiedeten unsere Pläne, und für den Augenblick waren sie erfolgreich.

Harriet konnte unglücklicherweise nicht aus Bath zurückkommen, da ihre Tante schwer erkrankt war und ihren Beistand wirklich brauchte. Evelyn aber schützte sehr geschickt ein Unwohlsein vor, und obwohl mich das in einige Gewissensschwierigkeiten brachte, gestattete ich mir, an das größere Wohl dieser unglücklichen Familie zu denken und mich zu fügen. Dennoch begriff ich wohl, daß das nur ein kurzer Aufschub war. Die Gefährlichkeit der Situation war offenkundig. Jeder Tag, jede Stunde mochte uns aufdecken, und wir begannen, wie jene herumzugehen, die ihren eigenen Schatten fürchten.

Vielleicht waren meine Befürchtungen verantwortlich für eine Täuschung, aber es gab da Augenblicke, in denen ich dachte, daß Sir Borrow uns verdächtigte. Sein Verhalten wurde plötzlich aggressiv, und er befragte mich schärfer, als er das seit langer Zeit getan hatte. Ob ich von diesem seinem v........n Sohn gehört hätte? Ob Evelyn sich um »diesen wertlosen Schurken« sorge? Auf all das antwortete ich, was immer mein Witz mir eingab, obwohl Gott weiß, daß meine Lage schwierig war. Später entdeckte ich ihn in Evelyns Schlafzimmer, und am gleichen Abend sprach er nach dem Abendessen von Kennington. Merkwürdigerweise war seine Meinung über jenen tapferen Soldaten die gleiche wie die seines Sohnes. Er traute ihm nicht, bezweifelte seine Vergangenheit und brandmarkte ihn höchst ungerecht als mittellosen Abenteurer. Da der Hauptmann nach meiner Kenntnis im Besitz eines Einkommens von 800 Pfund pro Jahr ist, ärgerte mich die Verleumdung, und ich fürchtete mich nicht, meine Meinung auszusprechen. Das Ergebnis war eine scharfe Auseinandersetzung und auf seiner Seite schließlich eine schäbige Entschuldigung, die mich unter anderen Umständen bei weitem nicht zufriedengestellt hätte. Doch wie die Dinge lagen, hatte ich ihn zu ertragen und ihm zuzuhören, wie er mir erzählte, daß er, was immer auch geschehen möge, Kennington niemals mehr im Haus haben wolle. Danach ging er in sein Arbeitszimmer und ich ins Priesterzimmer, um ihnen von meinen Verdächten zu berichten.

Southby hatte schon immer Angst vor seinem Vater gehabt. Meine Neuigkeiten alarmierten ihn, und er zögerte nicht zu bestätigen, daß der alte Mann ihn der Polizei ausliefern würde, sollte er im Close entdeckt werden. Evelyn selbst schien der gleichen Meinung zu sein, und als wir allein waren, gestand sie das Entsetzliche ihrer Lage ein.

»Hauptmann Kennington wird am Wochenende herkommen«, sagte sie.

Ich erzählte ihr, was Sir Borrow gesagt hatte, und das erschreckte sie nur noch mehr.

»Manchmal wünsche ich, ich wäre tot«, erklärte sie.

Und ich, der ich wußte, wieviel diese sanfte Seele gelitten hatte, betete zu Gott, daß ihr Stärke zuteil werden möge.

Am folgenden Abend sollte ich Lionel Mester im Dickicht begegnen und eine noch schmerzlichere Erfahrung machen als alle, die ich bisher in dieser jammervollen Angelegenheit erlitten hatte.

Es war der Sabbatabend, und ich kehrte vom Close zu Chorproben in unsere herrliche alte Gemeindekirche zurück. Hundert

Meter vor dem Brunnentopf, in dem der geheime Eingang ist, begegnete ich erneut dem kleinen, stämmigen Mann, von dem Wellman behauptet hatte, er sei ein Detektiv. Diesmal blieb er stehen, und nachdem er mich gebeten hatte, mit ihm seitwärts ins Dickicht zu treten, stellte er sich sofort vor.

»Sie werden von mir gehört haben, Sir – Lionel Mester, Mr. Southbys Kumpel.«

»Ja«, sagte ich, »ich habe von Ihnen gehört. Warum sind Sie an diesen gefährlichen Ort gekommen?«

»Weil es etwas gibt, was Southby wissen muß und auf keinem anderen Weg erfahren kann. Sie sehen ihn jeden Tag und können ihm diesen Brief bringen. Ich hab' hier fast eine Woche herumgehangen und versucht, ihn abzuliefern. Gewöhnlich traue ich Teufeltricksern nicht – nicht sehr. Aber Sie tragen 'ne anständige Visage mit sich, und da werde ich Ihnen halt trauen. Bringen Sie ihm diesen Brief und sagen Sie ihm, wenn er danach handelt, ist es gut und es wird rundgehn. Sonst schieb ich 'ne Doppelwache, und zum Teufel damit! Gott, ich hab' seit 'ner Woche auf Brennesseln geschlafen, und das reicht mir so ziemlich! Sagen Sie das Southby, und Sie werden mich nicht mehr wiedersehn.«

Er drückte mir einen dicken Brief in die Hand und wollte noch etwas sagen, als wir das Geräusch von Schritten hörten und er sofort mit der Behendigkeit einer Wildkatze im Unterwuchs verschwand. Er trug, wie ich sah, Schuhe mit Gummisohlen und führte einen beachtlichen Knüttel mit sich; doch war das Überraschende die Geschwindigkeit seiner Bewegungen, und indem er nur das eine Wort »Polizei« äußerte, verschwand er aus meiner Sicht. Ich meinesteils schob den Brief in die Innentasche meines Rocks und gelangte unverzüglich wieder auf den Pfad. Fünfzig Schritte weiter begegnete ich Superintendent Matthews und tauschte einen Gutenabendgruß mit ihm aus. Er schien in Eile und schritt der Halle zu. Also blieb er nicht stehen, um sich mit mir zu unterhalten, wie er das gewöhnlich tat, und dafür war ich dankbar.

Man wird verstehen, daß diese unerwartete Wendung mich reichlich verwirrte. Ich hatte erwartet, daß Lionel Mester früher oder später nach Borrow kommen würde, doch jetzt, da er gekommen war, begriff ich, welch große Gefahr er für uns alle sein mußte. Ich konnte es mir nicht länger verhehlen, daß ich selbst ein Opfer dieser unglückseligen Familie werden könnte und mich dann vor dem Gesetz für die Rolle, die ich spielte, würde verantworten müssen. Soviel ich auch um einer Frau willen zu tun bereit war, jetzt, da uns die Entdeckung auf den Fersen war und all die Schande und all das Leiden des Ausgesetztseins in den Schatten über jenem alten Hause schwebten, verließ mich fast, ich bekenne es, mein Mut. Der Brief erschien mir wie ein verdammendes Dokument, das mich in jedem Gericht überführen würde. Doch entschloß ich mich, ihn abzuliefern, und an jenem Abend gegen 10 Uhr ging ich zur Halle hinauf und drückte ihn Evelyn in die Hände. Während meiner Rückkehr folgte mir ein unbekannter Mann durch das Dickicht und beobachtete mich, bis ich das Pfarrhaus betrat. Ich glaube, daß es ein Polizeibeamter war, obwohl es kaum noch eine Rolle spielte, ob er es war oder nicht, da ja der Brief abgeliefert war.

In jener Nacht schlief ich nur schlecht, und hatte Angst vor so vielen Dingen, und befürchtete die Gefahren einer Lage, die nahezu unerträglich geworden war. Der nächste Tag war der Sabbat, fast vollständig den Schulklassen und der Kirche gewidmet, und erst als wir uns zum Abendessen im Close niedersetzten, hörte ich von Evelyn die Neuigkeit. Sie hatte verlauten lassen, daß es ihr ein bißchen besser gehe und daß sie sich zu uns setzen wolle. Die wenigen Worte, die wir unterm Portal austauschten, als ich ihr gute Nacht sagte, waren von erheblicher Bedeutung, wenngleich nicht unerwartet.

»Southby geht heut' nacht«, sagte sie.

Ich antwortete: »Gott sei Dank«, denn ich wußte, daß keiner von uns die Belastung noch viel länger ertragen könnte.

Und so trennten wir uns, und ich sollte sie lebend nicht mehr sehen. So tapfer, so sanft war sie, wahrlich gebenedeit unter den Frauen, ein Opfer der Sünde des Menschen, eine Märtyrerin, für die der Menschen Tränen strömen sollten. Sie hörten im Haus kurz vor Mitternacht einen lauten Schrei. Sir Borrow war wach und als erster zur Stelle. Sie fanden sie zu Füßen der Wendeltreppe liegen, die von der langen Galerie hinab zu dem geheimen Zimmer führt. Offenbar hatte es einen Kampf gegeben. Eine verbogene Eisenstange lag auf den Stufen zu ihren Füßen. Die Lampe, die sie getragen hatte, war zerschmettert; und sogar das Fenster in der Ecke des Achtecks war zerbrochen, und die Splitter lagen herum. Nicht wenig bemerkenswert war die Entdeckung von 9 Pfund in Gold, in einen gelben Ziegenlederhandschuh gewickelt, von genau der gleichen Form und Farbe jener Handschuhe, die Hauptmann Kennington immer trug.

Sie war, wie ich Ihnen noch berichten sollte, in ein langes Nachthemd gekleidet und trug darüber einen Morgenmantel. Die Tür zu dem Geheimzimmer stand offen, aber niemand war darinnen zu erblicken. Southby war aus dem Haus geflohen. Sir Borrow und Wellman allein beugten sich nieder, um der verwundeten Frau beizustehen.

Sie war tot, eine schreckliche Wunde durch die Kehle hatte sie fast auf der Stelle des Lebens beraubt. Natürlich wurde die Polizei sofort herbeigerufen, und sie verlor nicht einen einzigen Augenblick. Treiber begannen, jedes Dickicht im Wald rundum zu durchsuchen; Autos fuhren alle Straßen ab. Doch wurde nichts entdeckt, nicht einmal der Schatten eines Anhaltspunktes gefunden. Selbst Hauptmann Kennington konnte keinerlei Hinweis liefern. Ich entdeckte zu meiner Überraschung, daß er, wie versprochen, am Samstagabend nach Borrow gekommen war, sich aber, nachdem er Evelyns Geschichte gehört, zum Schlafen in die Stadt begeben hatte. Die lärmende Verfolgungsjagd weckte ihn – zu einem Morgen, wie ihn zu durchleben nur wenigen Menschen auferlegt ist.

Und also ist hier dieses schreckliche Verbrechen begangen worden, und es gibt niemanden, den man dafür der Gerechtigkeit übergeben könnte. Gott schicke uns Erleuchtung, auf daß der Schuldige bestraft werden möge!

(Father Brown löst das Rätsel der Donnington-Affäre)

Es kam uns ganz natürlich vor, daran zu denken, eine fachmännische Meinung zu der Tragödie einzuholen; oder wenigstens etwas Scharfsinnigeres als den üblichen Streifenpolizisten. Doch konnte ich praktisch an keinen denken, den privat zu konsultieren von Nutzen hätte sein können. Ich erinnerte mich an einen Ermittler, der einiges Interesse an Southbys ursprünglichen Schwierigkeiten genommen hatte; vor allem, weil ich mich an seinen sonderbaren Familiennamen Shrike erinnerte; aber dann erfuhr ich, daß er inzwischen reich geworden sei, sich zur Ruhe gesetzt habe und derzeit unerreichbar zwischen den Inseln im Pazifik herumsegle.

Mein alter Freund Brown, der katholische Priester in Cobhole, der mir oftmals guten Rat in kleinen Problemen gegeben hatte, kabelte mir, daß er leider nicht herkommen könne, nicht einmal für eine Stunde. Er fügte nur noch hinzu – was ich, wie ich gestehen muß, für unlogisch hielt –, daß man den Schlüssel in dem Satz »Mester ist die denkbar fröhlichste Seele« finden könne.

Superintendent Matthews gilt immer noch viel bei jeder vernünftigen Person, die wirklich mit ihm gesprochen hat; aber er ist natürlich in den meisten Fällen amtlich zurückhaltend und in manchen Fällen amtlich langsam.

Sir Borrow schien durch diese letzte Tragödie erstarrt zu sein; bei einem sehr alten Mann nur zu verständlich, der, was immer seine Fehler waren, nichts als Tragödie über Tragödie von seinem eigenen Blut und Namen erfahren hat.

Wellman kann man alles bis hin zu den Kronjuwelen anvertrauen; nur nicht eine Idee. Harriet ist eine viel zu gute Frau, als daß sie eine gute Detektivin wäre. So blieb ich mit meinem unbefriedigten Hunger nach fachmännischem Rat allein. Ich glaube, die anderen teilten ihn in gewissem Maße; ich glaube, wir wünschten uns, ein Mann ganz anders als wir alle käme ins Zimmer, ein Mann aus der Welt da draußen, ein Mann von weiterer Erfahrung, ein Mann von – wenn möglich – so weiter Erfahrung, daß er sogar einen dem unseren ähnlichen Fall kennte. Aber sicherlich hatte keiner von uns auch nur die geringste Ahnung, wer dieser Mann sein würde.

Ich habe erklärt, daß die arme Evelyn, als ihre Leiche gefunden wurde, einen Morgenmantel trug, als ob sie plötzlich aus ihrem Zimmer gerufen worden sei, und daß die Tür zum Priesterzimmer offenstand. Ich hatte sie aus ich weiß nicht welchem Impuls heraus geschlossen; und soweit ich weiß, wurde sie nicht mehr geöffnet, bis sie von innen geöffnet wurde. Ich gestehe, daß dieses Öffnen für mich schrecklich war.

Sir Borrow, Wellman und ich waren allein in dem Zimmer des Blutbades. Zumindest waren wir so lange allein, bis ein vollkommen Fremder in das Zimmer schlenderte, ohne auch nur die spitze Kappe zu ziehen. Er war ein stämmiger Mann, von der Reise beschmutzt, besonders seine Beinlinge, die mit Lehm und Schlamm aus unzähligen Gräben bedeckt waren. Aber er war völlig unbefangen, was mehr ist, als ich von mir sagen kann. Denn trotz seines zusätzlichen Schmutzes und trotz seiner zusätzlichen Unverschämtheit erkannte ich ihn als den flüchtigen Sträfling Mester, dessen Brief ich so töricht an seinen Mitsträfling weitergegeben hatte. Er betrat das Zimmer mit den Händen in den Taschen und pfiff. Dann hörte das Pfeifen auf, und er sagte: »Sie haben die Tür offenbar wieder geschlossen. Ich nehme an, Sie wissen, daß es nicht leicht ist, sie von dieser Seite wieder zu öffnen.«

Durch das zerbrochene Fenster, das zum Garten ging, konnte ich Superintendent Matthews sehen, wie er da unbeweglich zwischen den Büschen stand, seinen breiten Rücken dem Haus zugekehrt. Ich ging zum Fenster und pfiff ebenfalls, aber aus sehr viel praktischeren Gründen. Und doch wüßte ich nicht, warum ich sie praktisch nennen sollte, denn der Superintendent, der mich gehört haben mußte, wandte weder den Kopf noch zuckte er auch nur mit einer Schulter.

»Ich würde den armen alten Matthews nicht beunruhigen«, sagte der Mann mit der spitzen Kappe in freundlichem Ton, »er ist einer der Besten im Dienst, und er muß entsetzlich müde sein. Ich nehme an, ich kann Ihnen fast alle Fragen beantworten, die er beantworten könnte.« Und er zündete sich seine Zigarette aufs neue an.

»Mr. Mester«, erwiderte ich mit einiger Hitze, »ich habe nach dem Superintendenten schicken wollen, damit er Sie verhafte!«

»So ist es«, antwortete er und warf sein Wachsstreichholz aus dem Fenster. »Na schön, er will nicht!«

Er blickte mich mit ernster Unbeweglichkeit an. Und doch bilde ich mir ein, daß der Ernst in seinem vollen Gesicht auf mich weniger Wirkung zeitigte als der breite ungerührte Rücken des Polizisten.

Der Mann namens Mester begann wieder. »Ich glaube, daß meine Stellung hier vielleicht nicht ganz die ist, die Sie sich vorstellen. Wahr genug, daß ich dem jungen Burschen geholfen habe zu fliehen; aber ich kann mir nicht vorstellen, daß Sie wissen, warum. Es ist eine alte Regel in unserem Gewerbe …«

Bevor er ausreden konnte, hatte ich einen Schrei ausgestoßen.

»Halt!« schrie ich. »Wer ist das hinter der Tür?«

Ich konnte an der Bewegung von Mesters Mund sehen, daß er gerade antworten wollte: »Welche Tür?« Aber bevor sich seine Lippen noch bewegen konnten, ward auch ihm geantwortet. Und hinter der versiegelten Tür des geheimen Zimmers erklang das Geräusch von etwas Lebendigem, wenn es denn nicht menschlich war, oder von etwas sich Bewegendem, wenn es denn nicht lebendig war.

»Was ist da in dem Priesterzimmer?« schrie ich und sah mich nach irgend etwas um, damit die Tür aufzubrechen. Ich hatte zu diesem Zweck die verbogene Eisenstange schon halb aufgehoben. Aber dann überwältigte mich die Erinnerung an die furchtbare Rolle, die sie in jener Nacht gespielt hatte, und erneut sank ich gegen die Tür, und schlug mit schwachen Händen gegen sie, und wiederholte nur: »Was ist da in dem Priesterzimmer?« Und es ist entsetzliche Tatsache, daß eine Stimme, zwar undeutlich, aber menschlich, hinter der geschlossenen Tür antwortete: »Der Priester.«

Die schwere Tür wurde sehr langsam geöffnet, offenbar von einer Hand, die nicht stärker war als meine. Und die gleiche Stimme, die »Der Priester« gesagt hatte, sagte in viel einfacherem Ton: »Wen sonst haben Sie denn erwartet?« Die Tür schwang langsam bis ins volle Maß ihrer Angeln aus und enthüllte die schwarze Silhouette einer untersetzten, schüchternen Person mit großem Hut und schlechtem Schirm. Es war in jeder Weise eine sehr unromantische und unpassende Person, um im Priesterzimmer zu sein, abgesehen von der zufälligen Einzelheit, ein Priester zu sein.

Er kam direkt auf mich zu, noch ehe ich rufen konnte: »Also sind Sie doch noch gekommen!«

Er schüttelte mir die Hand und sah mich, ehe er sie losließ, mit einem steten und sonderbaren Ausdruck an, traurig, und doch eher ernsthaft als traurig. Ich kann nur sagen, es war das ein Gesicht, wie wir es bei der Beerdigung von jemandem tragen, der uns teuer ist wie ein Freund, nicht wie wir es am Sterbelager von jemandem tragen, der uns unmittelbar lieb ist.

»Wenigstens kann ich *Ihnen* Glück wünschen«, sagte Father Brown.

Ich glaube, ich fuhr mit der Hand wild durch mein Haar. Ich bin sicher, daß ich antwortete: »Und wozu kann man mir in dieser Nachtmahr Glück wünschen?«

Er antwortete mir mit demselben festen Gesicht: »Zur Unschuld der Frau, die Ihre Frau sein wird.«

»Niemand«, schrie ich empört, »hat versucht, sie mit der Angelegenheit in Zusammenhang zu bringen.«

Er nickte ernst, als stimme er zu.

»Das war zweifellos die Gefahr«, sagte er mit einem leichten Seufzer, »aber jetzt ist sie Gott sei Dank wohlauf. Oder nicht?«

Und als ob er dem ganzen Drunter und Drüber noch den letzten Pfiff geben wolle, wandte er sich mit dieser Frage an den Mann mit der spitzen Kappe.

»O ja, sie ist jetzt in Sicherheit!« sagte der Mann namens Mester.

Ich kann nicht ableugnen, daß von meinem Herzen plötzlich eine Last genommen wurde, von der ich nicht einmal gewußt hatte, daß sie da war. Aber ich mußte dem Problem weiter nachgehen.

»Wollen Sie sagen, Father Brown«, fragte ich, »daß Sie wissen, wer die schuldige Person ist?«

»In gewissem Sinne ja«, antwortete er. »Aber Sie müssen daran denken, daß in einem Mordfall die schuldigste Person nicht immer der Mörder ist.«

»Nun, dann eben die schuldigste Person«, rief ich ungeduldig. »Wie können wir die schuldigste Person ihrer Strafe zuführen?«

»Die schuldigste Person ist bereits bestraft«, sagte Father Brown.

Da war ein langes Schweigen in dem zwielichtigen Turm, und mein Geist quälte sich mit Zweifeln, die zu groß für ihn waren.

Schließlich sagte Mester barsch, aber nicht ohne eine gewisse Gutherzigkeit: »Ich meine, Ihr beiden hochwürdigen Herren ginget besser und unterhieltet Euch irgendwo. Über den Hades etwa, oder über Betkissen, oder über was Ihr Euch sonst unterhaltet. Um diese Angelegenheit muß ich mich selbst kümmern. Mein Name ist übrigens Stephen Shrike; Sie haben vielleicht von mir gehört.«

Ehe noch solche Phantasien von meiner plötzlichen Angst ob der Bewegungen in dem geheimen Zimmer verschlungen worden waren, hatte ich der aufrüttelnden Möglichkeit ins Auge geblickt, daß dieser entflohene Sträfling in Wirklichkeit ein Detektiv sei. Aber nicht im Traume hatte ich daran gedacht, daß er ein so berühmter sei. Der Mann, der sich um Southby gekümmert hatte und seither so gewaltiges Prestige gewonnen hat, trug in dem Fall einige Verantwortung; und ich folgte Brown, der bereits zum Eingang in den Garten hinabschlenderte.

»Der Unterschied zwischen Hades und Betkissen …«, begann Father Brown.

»Spielen Sie doch nicht den Narren!« sagte ich reichlich grob.

»... ist nicht ohne philosophischen Wert«, fuhr der kleine Priester in unerschütterlich guter Laune fort. »Die menschlichen Schwierigkeiten sind vorwiegend von zweierlei Art. Da ist die zufällige Art, die man nicht erkennen kann, weil sie einem zu nahe ist, so daß man über sie stolpert wie über ein Betkissen. Und da ist die andere Art von Übel, die wirkliche Art. Und die wird ein Mann suchen, wo immer sie auch sein mag – hinab, hinab, in den verlorenen Abgrund.« Und mit seinem plumpen Finger wies er unbewußt auf das Gras hinunter, das mit Gänseblümchen übersät war.

»Es ist lieb von Ihnen, daß Sie doch noch gekommen sind«, sagte ich; »aber ich wünschte mir, ich könnte in dem, was Sie sagen, mehr Sinn finden.«

»Na schön«, erwiderte er geduldig, »haben Sie Sinn in dem einen gefunden, das ich gesagt habe, bevor ich hierher kam?«

»Nun, Sie haben da eine wilde Behauptung aufgestellt«, erwiderte ich, »daß der Schlüssel zur Geschichte Mesters Fröhlichkeit sei, aber ... oh, bei meiner Seele, das ist ja in gewisser Weise tatsächlich der Schlüssel!«

»Bisher nur der Schlüssel«, sagte mein Gefährte, »aber meine erste Vermutung scheint richtig gewesen zu sein. Es ist nicht sehr gewöhnlich, daß man solch sprühende Fröhlichkeit bei Leuten findet, die eine Zuchthausstrafe absitzen, vor allem, wenn sie durch eine falsche Anklage ruiniert wurden. Daher erschien es mir, als ob Mesters Optimismus ein bißchen übertrieben sei. Ich hegte auch den Verdacht, daß seine Fliegerei und all das übrige, ob nun wahr oder falsch, einfach zu dem Zweck diente, Southby denken zu lassen, daß eine Flucht machbar sei. Wenn aber Mester solch ein Teufel im Entfliehen war, warum entfloh er dann nicht allein? Warum war er dann so scharf darauf, einen jungen Gentleman mit sich zu schleppen, der allem Anschein nach von keinem großen Nutzen für ihn war? Und als ich mich darüber wunderte, fiel mein Blick auf einen anderen Satz in Ihrem Manuskript.«

»Und welcher war das?« fragte ich.

Er zog einen Schnipsel Papier hervor, auf dem etwas mit Bleistift gekritzelt war, und las vor: »›Sie haben sodann eine Einfriedung durchquert, in der andere Häftlinge bei der Arbeit waren.‹«

Nach einer weiteren Pause begann er wieder: »Das war natürlich offenkundig genug. Was für eine Art von Zuchthaus soll das sein, in der Häftlinge arbeiten, ohne daß Aufseher sie überwachen oder herumgehen? Was für eine Art von Aufsehern ist das, die da zwei Häftlingen gestattet, zwei Mauern zu überklettern und abzuziehen wie zu einem Picknick? Das alles ist offenkundig. Und die Schlußfolgerung wird aus manchen anderen Sätzen noch offenkundiger. ›Es erschien als eine solche Unmöglichkeit, daß er der lärmenden Verfolgung entgehen könnte, die seine Flucht zur Folge haben mußte.‹ Sie wäre unmöglich gewesen, wenn es eine lärmende Verfolgung gegeben *hätte*. ›Evelyn und Harriet lauschten mir begierig, und ich bekam den Verdacht, daß die erstere bereits im Besitz der Geschichte war.‹ Wie konnte sie tatsächlich so früh in deren Besitz sein, wenn nicht Polizeiautos und Telephone mithalfen, Nachricht von Southby zu übermitteln? Hätten die Häftlinge ein Kamel oder einen Strauß einfangen können? Und sehen Sie sich das Motorboot an. Wachsen Motorboote auf Bäumen? Nein, das alles ist ganz einfach. Nicht nur war der Gefährte bei der Flucht ein Polizeidetektiv, sondern der ganze Fluchtplan war ein Polizeiplan, von den höchsten Behörden der Haftanstalt in die Wege geleitet.«

»Aber warum?« fragte ich verwirrt. »Und was hatte Southby damit zu tun?«

»Southby hatte nichts damit zu tun«, antwortete er. »Ich glaube, er versteckt sich jetzt in irgendeinem Graben oder Gehölz in dem festen Glauben, daß er ein gejagter Flüchtiger sei. Aber sie werden ihn überhaupt nicht mehr behelligen. Er hat ihre Arbeit für sie getan. Er ist unschuldig. Es war wesentlich, daß er unschuldig ist.«

»Oh, ich verstehe das alles nicht!« rief ich ungeduldig.

»Ich verstehe auch nur die Hälfte«, sagte Father Brown. »Es gibt da allerhand Schwierigkeiten, nach denen ich Sie später fragen werde. Sie kannten die Familie. Ich will nur sagen, daß der Satz über die Fröhlichkeit sich doch noch als ein Schlüsselsatz herausgestellt *hat*. Und jetzt möchte ich, daß Sie Ihre Aufmerksamkeit auf einen anderen Schlüsselsatz richten. ›Wir beschlossen, daß Harriet unverzüglich nach Bath gehen sollte, für den Fall, daß sie dort von Hilfe sein könnte.‹ Beachten Sie, daß dies kurz nach dem Ausdruck Ihres Erstaunens darüber kommt, daß jemand sich so früh mit Evelyn in Verbindung gesetzt haben sollte. Nun, ich nehme an, keiner von uns glaubt, daß der Direktor des Gefängnisses ihr gedrahtet hat: ›Habe Flucht Ihres Bruders geplant, Häftling 99.‹ Die Botschaft muß aber auf jeden Fall in Southbys Namen gekommen sein.«

Ich grübelte und betrachtete die Woge der Dünen, wie sie sich durch jede Lücke zwischen den Gartenbäumen hob und wiederholte; und sagte dann: »Kennington?«

Mein alter Freund sah mich einen Augenblick lang mit einem Blick an, den ich für dieses Mal nicht analysieren konnte.

»Hauptmann Kenningtons Rolle in dem Geschäft ist nach meiner Erfahrung ganz einzigartig«, sagte er, »und ich glaube, wir sollten besser später auf ihn zurückkommen. Für jetzt ist es genug, daß Ihrem eigenen Bericht zufolge Southby ihm kein Vertrauen schenkte.«

Ich blickte erneut auf die Dünenausschnitte, und sie sahen größer, aber grauer aus, als mein Gefährte fortfuhr wie einer, der die Dinge nur in die richtige Ordnung bringen kann.

»Ich meine, hier ist das Argument knapp, aber klar. Wenn sie irgendeine geheime Botschaft ihres Bruders über seine Flucht hatte, warum sollte sie dann nicht auch eine Botschaft darüber haben, wohin die Flucht gehen sollte? Warum sollte sie ihre Schwester nach Bath fortschicken, wenn man ihr doch genausogut mitgeteilt haben konnte, daß ihr Bruder dort nicht hingehen würde? Sicherlich hätte doch ein junger Herr sehr viel ungefährdeter in einem Privatbrief mitteilen können, daß er nach Bath ginge, als daß er aus dem Gefängnis entfliehe? Jemand oder etwas muß Southby dahin beeinflußt haben, sein Ziel unbestimmt zu lassen. Und wer hätte Southby beeinflussen können außer dem Gefährten seiner Flucht?«

»Der nach Ihrer Theorie für die Polizei arbeitete.«

»Nein. Nach seinem Bekenntnis.« Nach einer Art schnaubenden Schweigens sagte Brown mit einem Nachdruck, wie ich ihn an ihm nie erlebt hatte, und indem er sich auf einen Gartenstuhl warf: »Ich sagte Ihnen, daß diese ganze Geschichte mit den beiden Fluchtstädten – diese ganze Geschichte, daß Harriet nach Bath gehen sollte – eine Anregung war, die zwar von Southby kam, aber von Mester, oder von Shrike, oder wie immer er heißen mag, stammte und der Schlüssel zu dem Polizeiplan ist.«

Er hatte sich mit dem Gesicht zu mir auf dem Stuhl niedergelassen und die Hände über dem großen Griff seines Regenschirms in einer trotzigeren Weise übereinandergeschlagen, als für ihn typisch war. Aber ein Abendmond stieg über dem kleinen Wäldchen auf, unter dem er saß, und als ich sein einfaches Gesicht wieder ansah, sah ich, daß es milde war wie der Mond.

»Aber warum«, fragte ich, »sollten sie solch einen Plan gemacht haben?«

»Um die Schwestern voneinander zu trennen«, sagte er. »Das ist der Schlüssel.«

Ich antwortete rasch: »Die Schwestern konnten nicht wirklich getrennt werden.«

»Doch, konnten sie«, sagte Father Brown, »ganz einfach, und deshalb ...« Hier versagte seine Einfachheit, und er zögerte.

»Deshalb?« insistierte ich.

»Deshalb kann ich Ihnen Glück wünschen«, sagte er schließlich.

Wieder sank für eine kleine Weile Schweigen herab, und ich könnte die Verärgerung nicht definieren, mit der ich antwortete: »Oh, ich nehme an, Sie wissen alles darüber?«

»Nein, keineswegs!« sagte er und lehnte sich vorwärts, als wolle er sich gegen den Vorwurf einer Ungerechtigkeit verteidigen. »Die ganze Geschichte verwirrt mich. Warum haben die Aufseher sie nicht früher gefunden? Warum haben sie sie überhaupt gefunden? War sie im Futter versteckt? Oder ist die Handschrift wirklich so schlecht? Ich weiß, daß man das Ding da herrenmäßig betreibt; aber sie werden ihm doch sicherlich seine Kleider weggenommen haben! Wie kann die Botschaft gekommen sein? Es *muß* das Futter gewesen sein.«

Sein Gesicht war so redlich aufwärts gewendet wie ein treibender Plattfisch, und ich konnte mit entsprechender Milde sagen: »Ich weiß wirklich nicht, wovon Sie da reden, Sie und Ihr Futter. Wenn Sie aber meinen, wie Southby seine Botschaft sicher zu seiner Schwester hatte schicken können ohne ein Risiko, daß sie abgefangen wird, dann – würde ich sagen – dürfte es keine anderen Menschen geben, die das mit größerer Wahrscheinlichkeit erfolgreich hätten durchführen können. Der Junge und das Mädchen sind von Kindheit an die besten Freunde gewesen und besaßen nach meiner Kenntnis eine jener Geheimsprachen, wie sie Kinder oft haben, die später leicht hätte in eine Art Chiffre umgewandelt werden können. Und jetzt, da ich daran denke ...«

Der Regenschirm mit dem schweren Griff glitt vom Stuhl und schlug auf dem Kies auf, und der Priester stand aufrecht da.

»Was bin ich doch für ein Trottel!« sagte er. »Natürlich hätte jeder sofort an eine Chiffre denken können! Das ist ein Punkt für Sie, mein Freund. Ich nehme an, jetzt wissen Sie alles darüber?«

Ich bin sicher, er begriff nicht, daß er ernsthaft wiederholte, was ich ironisch gesagt hatte.

»Nein«, antwortete ich ernsthaft; »ich weiß nicht alles darüber, aber ich halte es für möglich, daß Sie es tun. Erzählen Sie mir die Geschichte.«

»Es ist keine gute Geschichte«, sagte er in ziemlich steinerner Weise, »das einzig Gute daran ist, daß sie vorüber ist. Doch lassen Sie mich zuallererst sagen, was ich zuallerletzt sagen möchte – was Sie wohl wußten. Ich habe viel über eine gewisse Art der intellektuellen englischen Dame nachgedacht, besonders wenn sie gleichzeitig aristokratisch und provinziell ist. Ich glaube, man beurteilt sie viel zu leicht. Oder vielleicht sollte ich sagen, viel zu hart; weil sie angeblich zu den Leidenschaften und Versuchungen der Sterblichen unfähig ist. Man lasse sie Champagner zum Abendessen ablehnen, man lasse sie schön sein und wissen, was man unter würdevoller Kleidung versteht, man lasse sie ganz viele Bücher lesen und über hohe Ideale reden, und schon nehmen Sie alle an, daß sie als einzige ihrer Art nicht lüstern sein oder lügen könne; daß ihre Ideen immer einfach seien und ihre Ideale immer verwirklicht. Aber in Wirklichkeit und in Wahrheit, mein Freund, ist nach Ihrem eigenen Bericht ihr Charakter sehr viel gemischter gewesen. ›Evelyn schützte sehr geschickt ein Unwohlsein vor.‹ Wenn man annimmt, sie sei makellos, dann kann ich nicht verstehen, warum sie etwas vorschützen mußte. Auf jeden Fall ist das kaum eine jener Fähigkeiten, die den Heiligen gegeben sind. Ihnen ›kam der Verdacht‹, daß Evelyn bereits von der Flucht wußte. Warum hat sie Ihnen denn nicht *erzählt*, daß sie bereits davon wußte? Sie waren erstaunt, daß Superintendent Matthews gekommen war und sie darüber geschwiegen hatte; aber Sie nahmen an, es sei zu schwierig gewesen, jemanden zu schicken. Warum hätte es schwierig sein sollen, jemanden zu schicken? Man scheint nach Ihnen geschickt zu haben, wann immer man Sie wirklich brauchte. Nein; ich will versuchen, von dieser Frau zu sprechen als von einer, für deren Seele ich beten werde und deren wahre Verteidigung ich niemals hören werde. Aber solange es lebende Menschen gibt, deren Ehre unverdientermaßen in grausamer Gefahr ist, weigere ich mich schlicht, mit der Vermutung zu beginnen, daß Evelyn Donnington nichts Böses hätte tun können.«

Die noblen Hügel von Sussex sahen so trostlos aus wie die Moore von Yorkshire, als er schwer fortfuhr und dazu mit seinem Schirm in der Erde herumstocherte.

»Die ersten Tatsachen für ihre Verteidigung, wenn sie den einer bedürfte, sind, daß ihr Vater ein Geizkragen ist, daß sie ein heftiges Temperament hatte in Verbindung mit einer geradezu puritanischen Art des Familienstolzes; und vor allem, daß sie Angst vor ihm hatte. Nehmen wir nun einmal an, daß sie wirklich Geld brauchte, vielleicht für einen guten Zweck; oder aber vielleicht auch nicht. Sie und ihr Bruder hatten, wie Sie mir erzählt haben, immer schon geheime Sprachen und Pläne; die sind bei eingeschüchterten und terrorisierten Kindern durchaus üblich. Ich selbst bin fest davon überzeugt, daß sie in irgendeiner verzweifelten Klemme einen Schritt weiter ging und daß sie wirklich und verbrecherisch verantwortlich war für das gefälschte Dokument, mit dem ihr Bruder finanzielle Hilfe gesucht zu haben scheint. Wir wissen, daß es bei Handschriften oftmals eine Familienähnlichkeit gibt, die fast bis zum Faksimile gehen kann. Ich kann deshalb nicht sehen, warum es eine solche Familienähnlichkeit nicht auch bei den Fehlern geben soll, anhand derer die Experten eine Fälschung entdecken. Auf alle Fälle hatte der Bruder einen schlechten Ruf, was bei der Polizei ein viel größeres Gewicht hat, als es eigentlich sollte; und also wurde er ins Zuchthaus geschickt. Ich glaube, Sie werden mir zustimmen, daß er jetzt einen sehr guten Ruf hat.«

»Wollen Sie damit sagen«, fragte ich, durch eben seine zurückhaltende Ausdrucksweise sonderbar erregt, »daß Southby während der ganzen Zeit lieber litt als redete?«

»Frohlocke nicht über mich, Satan, mein Feind«, sagte Father Brown, »denn wo ich stürze, werde ich steigen. Dieser Teil der Geschichte ist wirklich gut.«

Und nach einem Schweigen fuhr er fort: »Als er festgenommen wurde, hatte er, darüber bin ich mir jetzt fast sicher, einen Brief oder eine Nachricht seiner Schwester bei sich. Ich hoffe und glaube, daß es irgendeine Art von Reuebotschaft war. Was immer es aber war, es muß zwei Dinge enthalten haben – irgendein Eingeständnis oder eine Anspielung, wodurch ihre eigene Schuld klar wurde, und eine dringende Bitte, daß ihr Bruder sofort zu ihr kommen solle, sobald er frei sei, das zu tun. Am wichtigsten von allem, er war nicht mit einem Taufnamen unterzeichnet, sondern lediglich mit ›Deine unglückliche Schwester‹.«

»Aber guter Mann«, rief ich, »Sie reden, als ob Sie den Brief gelesen hätten!«

»Ich lese ihn in seinen Folgen«, antwortete er. »Die Freundschaft mit Mester, der Streit mit Kennington, die Schwester in Bath und der Bruder im Priesterzimmer kamen alle aus jenem Brief und keinem anderen Brief.

Der Brief aber war in einer Chiffre; und zudem einer, die schwer zu knacken war, da sie von Kindern erfunden wurde. Kommt Ihnen das paradox vor? Wissen Sie denn nicht, daß die am schwierigsten zu knackenden Zeichen die willkürlichen sind? Und wenn zwei Kinder sich darauf verständigen, daß ›grunk‹ Schlafengehenszeit bedeutet und ›splosch‹ Onkel Willy, dann würde es einen Experten erheblich viel mehr Zeit kosten dahinterzukommen, als jedes beliebige System von vertauschten Buchstaben oder Zahlen aufzudecken. Entsprechend brauchte die Polizei, nachdem sie das Papier gefunden hatte, natürlich fast die Hälfte von Southbys Strafzeit, um sich einen Reim daraus zu machen. Dann wußte sie, daß eine von Southbys Schwestern schuldig und daß er unschuldig war; und zu dieser Zeit hatte sie Verstand genug zu begreifen, daß er die Wahrheit niemals verraten werde. Der Rest war, wie ich gesagt habe, einfach und logisch. Die einzige andere Möglichkeit, die sie hatte, war, sich der Tatsache zu bedienen, daß Southby aufgefordert worden war, stracks zu seiner schuldigen Korrespondentin zu kommen. Es wurde ihm jede Gelegenheit geboten, so rasch wie möglich auszubrechen und Kontakt aufzunehmen, solange die Polizei die Trennung der Schwestern sicherstellen konnte, indem Mester eine von ihnen nach Bath schaffte. Das vorausgesetzt, mußte die Schwester, zu der Southby kam, die schuldige sein. Und wenn sich während jener furchtbaren Nächte die Polizei rund um Sie versammelte dicht wie ein Wolfspack und leise wie eine Geisterschar – sie wartete nicht auf Southby.«

»Aber warum hat sie überhaupt auf jemanden gewartet?« fragte ich plötzlich nach einem Schweigen. »Wenn sie sicher war, warum hat sie dann nicht verhaftet?«

Er nickte und seufzte: »Vielleicht haben Sie recht. Vielleicht ist es das Beste, sich jetzt den Fall Kennington vorzunehmen. Natürlich wußte er von innen über alles Bescheid. Sie selbst haben bemerkt, daß er in jenem Gefängnis Privilegien genoß. Es wird Sie als gesetzestreue Person schmerzen zu erfahren, daß er seine ganze Kraft einsetzte, um zu verhindern, was beschlossen worden war. Man kann ein Gutteil tun, indem man Verabredungen verpaßt. Ein Gutteil mehr kann getan werden, indem man Leute nicht verpaßt – vulgär bekannt als sie niederschlägt. Er nahm jede Chance war, zu Recht oder zu Unrecht die Verhaftung zu verzögern. Eine der tausend kleinen verzweifelten Verzögerungen war es, ›Unwohlsein vorzuschützen‹.«

»Warum hat Southby ihn denn einen Verräter genannt?« fragte ich mißtrauisch.

»Aus überaus guten Gründen«, sagte mein Freund. »Nehmen wir an, Sie wären in aller Unschuld aus dem Gefängnis ausgebrochen, und Ihr Freund schickte Ihnen seinen Wagen, und der brächte Sie dahin zurück? Nehmen wir an, Ihr Freund böte Ihnen an, Sie auf seiner Yacht fortzuschaffen, und die schlüge einen falschen Kurs ein, bis ein Motorboot sie überholt? Nehmen wir an, Southby versuchte, nach Sussex zu kommen, und Kennington bemühte sich ständig, ihn nach Cornwall oder Irland oder nach der Normandie abzudrängen, wie würde Southby ihn nach Ihrer Meinung wohl nennen?«

»Schön«, sagte ich, »und wie würden Sie ihn nennen?«

»Oh«, sagte Father Brown, »ich nenne ihn einen Helden.«

Ich blickte durch das Zwielicht des Mondes in sein eigentlich nichtssagendes Gesicht; und dann stand er plötzlich auf und wanderte auf dem Pfad mit der Ungeduld eines Schuljungen herum.

»Wenn ich nur schreiben könnte, dann würde ich hierüber die schönste Abenteuergeschichte schreiben, die je geschrieben wurde. Wann hat es jemals eine solche Situation gegeben? Southby wurde zwischen zwei sehr fähigen und sehr energischen Männern so ahnungslos wie ein Fußball rückwärts und vorwärts gespielt, von denen der eine wollte, daß die Fußspuren auf die schuldige Schwester wiesen, während der andere die Füße an jeder Biegung ablenken wollte. Und Southby glaubte, der Freund seines Hauses sei sein Feind, und der Zerstörer seines Hauses sein Freund. Die beiden, die wußten, mußten schweigend kämpfen, denn Mester konnte nicht reden, ohne Southby zu warnen, und Kennington konnte nicht reden, ohne Evelyn bloßzustellen. Aus

Southbys Worten über falsche Freunde und die See ist es klar, daß Kennington Southby schließlich auf einer Yacht entführt hat, aber Gott allein weiß, in wie vielen verfilzten Wäldern oder Flußinseln oder Pfaden ins Nirgendwo der gleiche Kampf gekämpft worden ist; der Flüchtling und Detektiv versucht, die Spur zu halten, der Verräter und wahrhaft Liebende versucht, sie zu verwischen. Als Mester gewonnen hatte und seine Männer sich rund um dieses Haus versammelten, konnte der Hauptmann nicht mehr tun, als herzukommen und seine Hilfe anzubieten, aber Evelyn wollte ihm die Tür nicht öffnen.«

»Aber warum denn nicht?«

»Weil ihr die schöne Seite der Angst ebenso eignete wie die böse«, sagte Father Brown. »›Nicht wenig vom Leben geängstigt‹, haben Sie mit großer Eindringlichkeit gesagt. Sie hatte Angst, ins Gefängnis zu gehen; aber sie hatte, zu ihrer Ehre, auch Angst zu heiraten. Diesen Typus bringen all diese Verfeinerungen hervor. Mein Freund, ich möchte Ihnen und Ihrer ganzen modernen Welt ein Geheimnis erzählen. Sie werden das Gute in den Menschen niemals erreichen, solange Sie nicht durch das Böse in ihnen hindurch sind.«

Nach einem Augenblick fügte er hinzu, wir sollten ins Haus zurückkehren, und schritt noch energischer in jene Richtung aus.

»Natürlich«, bemerkte er währenddessen, »war das Bündel Banknoten, das Sie Southby brachten, nur als Hilfe gedacht, Southby wegzubekommen und ihm Evelyns Verhaftung zu ersparen. Mester ist für einen Cop kein schlechter Bursche. Sie aber begriff ihre Gefahr und versuchte, in das Priesterzimmer zu gelangen.«

Ich brütete immer noch über dem sonderbaren Fall Kennington.

»Hat man nicht den Handschuh gefunden?« fragte ich.

»Hat man nicht das Fenster zerbrochen?« fragte er zurück.

»Eines Mannes Handschuh, ordentlich zusammengedreht und mit 9 Pfund in Gold beladen, und vermutlich auch noch einem Brief, wird fast jedes Fenster zerbrechen, wenn er von einem Mann geschleudert wird, der Wurfmann beim Cricket war. Natürlich hat es einen Brief gegeben. Und natürlich war der Brief unklug. Er brachte Geld für die Flucht, und er brachte die Beweise, vor denen sie floh.«

»Und was geschah dann mit ihr?« fragte ich stumpf.

»Etwas von dem, was Ihnen geschehen ist«, sagte er. »Auch Sie fanden die geheime Tür schwierig zu öffnen von außen. Auch Sie hoben jene verbogene Vorhangstange oder Fenstersprosse auf, um damit gegen sie zu schlagen. Auch Sie sahen, wie sich die Tür langsam von innen öffnete. Aber Sie haben nicht gesehen, was sie gesehen hat.«

»Und was hat sie gesehen?« fragte ich zuletzt.

»Sie sah den Mann, dem sie das meiste Unrecht zugefügt hatte«, sagte Father Brown.

»Meinen Sie Southby?«

»Nein«, sagte er, »Southby hat heroische Tugend gezeigt und ist glücklich. Der Mann, dem sie das meiste Unrecht zugefügt hat, war ein Mann, der niemals mehr als eine Tugend besaß oder zu besitzen versucht hatte – eine Art beißender Gerechtigkeit. Und sie hatte ihn während seines ganzen Lebens ungerecht sein lassen – hatte ihn die schlimme Frau verhätscheln und den gerechten Mann ruinieren lassen. Sie haben mir in Ihren Notizen berichtet, daß er sich oftmals im Priesterzimmer verbarg, um herauszufinden, wer getreu und wer ungetreu war. Diesmal kam er heraus und hielt ein Schwert, das aus jenen Tagen, da Menschen meine Religion jagten, in diesem Raum geblieben war. Er hatte den Brief gefunden, aber natürlich hat er ihn vernichtet, nachdem er getan hatte – was er getan hat. Ja, alter Freund, ich kann das Entsetzen auf Ihrem Gesicht spüren, ohne es zu sehen. Aber Ihr modernen Leute wißt wirklich nicht, wie viele Arten von Menschen es auf der Erde gibt. Ich spreche nicht von Zustimmung, aber von Mitgefühl – der Art von Mitgefühl, die ich für Evelyn Donnington habe. Haben Sie etwa *kein* Mitgefühl mit solch kalter barbarischer Gerechtigkeit oder mit den furchtbaren Befriedigungen eines solchen intellektuellen Hungers? Haben Sie *kein* Mitgefühl mit jenem Brutus, der seinen Freund tötete? Haben Sie *kein* Mitgefühl mit jenem Monarchen, der seinen Sohn tötete? Haben Sie *kein* Mitgefühl mit Virginius, der ... Aber ich glaube, wir müssen jetzt reingehen.«

Wir erstiegen die Treppe schweigend, aber meine wogende Seele erwartete irgendeine Szene, die alle Szenen in jenem Turm überstiege. Und in gewissem Sinn bekam ich sie. Das Zimmer war leer, abgesehen von Wellman, der ebenso unbeweglich hinter einem leeren Sessel stand, als wären da tausend Gäste gewesen.

»Man hat nach Dr. Browning geschickt, Sir«, sagte er mit tonloser Stimme.

»Was meinen Sie damit?« rief ich. »Gab es denn noch Fragen wegen des Todes?«

»Nein, Sir«, sagte er mit einem leichten Hüsteln; »Dr. Browning verlangte, daß man einen anderen Arzt aus Chichester schicke, und sie haben Sir Borrow mit sich genommen.«

Anmerkungen

FATHER BROWNS SKANDAL
The Scandal of Father Brown

S. 213: »Hypatia Potter« – in Lemprière's Wörterbuch ist unter »Hypatia« eingetragen: »Einwohnerin von Alexandrien, berühmt wegen ihrer Schönheit, ihrer Tugend, ihrer großen Gelehrsamkeit und ihrer Schriften über Algebra. Sie wurde AD 415 von christlichen Fanatikern ermordet.« Sie lehrte als erste Frau in Alexandrien die platonische Philosophie; da über ihre Ermordung durch den Pöbel lediglich eine arianische Tradition bekannt ist, kann man über die Gründe ihres Endes nichts sagen. Es ist zu vermuten, daß auch solche Quellen Gilbert Keith Chesterton Anlaß zu seinen oftmals bizarr anmutenden Personennamen geliefert haben.
»Mr. Wells« – gemeint ist Herbert George Wells (1866–1946).
»Gibson Girls« – damals berühmte Truppe von Revue-Girls.
S. 214: »Rudel Romanes« – fiktive Gestalt. Möglicherweise hat GKC in ihr den britischen Naturphilosophen George John Romanes verspotten wollen, der 1873 *Christian Prayer and General Laws* veröffentlichte, 1878 *A Candid Examination of Theism* – worin er sich als strenger orthodoxer Christ zeigte, 1882 *Fallacy of Materialism* – die ihn als Monisten ausweist, 1893 *Darwin and after Darwin* und 1895 *Thoughts on Religion* – die wieder der reinen orthodoxen Lehre zuzurechnen sind.
»Maud Mueller« – es war nicht zu eruieren, ob es sich um eine reale oder eine fiktive Dame handelt.
S. 215: »Bret Harte« – Francis Brett Harte (1836–1902), US-Journalist und bedeutender Vertreter der angelsächsischen Short Story; lebte ab 1885 in London.
»Dagos« – angelsächsisches Schimpfwort für Angehörige aller romanischen Völker mit Ausnahme der Franzosen, die man Froschfresser schimpft, und der Italiener, die auch »whops« = Spaghettifresser heißen (entstanden aus Sankt Jakob zu spanisch Santiago zum Vornamen Diego = spanisch Jakob, verangelsächsischt zum Schimpfwort Dago; etwa wie »Fritz« als Schimpfwort für die Deutschen, oder später »Krauts« = Sauerkrautfresser).
S. 219: »Kingsleys Romanze« – Charles K. (1819–1875), englischer Kleriker, Dichter und Novellist; veröffentlichte 1853 als

Novelle »Hypatia«, in der er als unübertroffen geltende Beschreibungen der ägyptischen Wüste aus der Phantasie schuf.
S. 221: »Spaghettifresser« – im Original »whops«.
»Augustinus« – gemeint ist der Benediktiner A. (gest. 604), der, von Papst Gregor I. 596 als Abt nach England entsandt, 597 Bischof und 601 Primas mit Sitz in Canterbury wurde; gilt als Apostel der Angelsachsen.
S. 223: »Geduldige Griselda« – Griselda soll die Frau des Grafen Walter von Saluzzo im 11. Jahrhundert gewesen sein; Boccaccio (Decamerone, 10. Tag) und Petrarca betrachteten die Unglücke ihres Lebens als historische Tatsachen, als sie über sie schrieben: Boccaccio um 1350 (wohl bereits nach einem provenzalischen *fabliau*), Petrarca in einem lateinischen Brief 1373, der ca. 1470 erstmals gedruckt und als »La Patience de Griselidis« ins Französische übersetzt wurde. Die Geschichte wurde bereits 1395 dramatisiert, Chaucer verwendete sie nach der Petrarca-Version in seinen *Canterbury Tales*. Es liegen zahlreiche Sammlungen der Griseldis-Balladen, -Volkserzählungen, -Volksbücher usw. vor allem im Französischen und Englischen vor.
S. 224: »*Economics of Usury*« *(Wirtschaftlichkeit der Zinswirtschaft)* – der Titel war bisher nicht zu ermitteln.
S. 227: »Watts« – George Frederick W. (1817–1904), englischer Maler und Bildhauer vorwiegend von mythologischen und allegorischen Themen. (GKC veröffentlichte 1904 über ihn eine Monographie.)
»hyazinthene Locken« – zu Hyazinth vgl. nachstehend in der Anmerkung zu S. 312.
S. 230: »Schießpulververschwörung« – das Gunpowder Plot sollte am 5. November 1605 König James I. und das britische Parlament in die Luft sprengen, um eine befürchtete Rekatholisierung in der Folge unklug eifernder jesuitischer Emissäre vom Kontinent und ihrer geringen, aber fanatisierten Gefolgschaft zu verhindern. Die Durchführung des Attentats war Guy Fawkes anvertraut.

DER SCHNELLE
The Quick One

S. 231: »Kinder-gegen-den-Alkohol« – im Original »Band of Hope Services«: Um 1847 bildeten sich im Vereinigten Königreich Children's Temperance Societies, unter der Führung militanter Antialkoholiker bzw. Temperenzler organisierte Kinder- und Jugendgruppen, die gegen den damals wahrhaft fürchterlichen Alkoholmißbrauch (vorwiegend allerdings Elendsalkoholismus) antraten; sie schlossen sich 1855 mit anderen Temperenzler-Organisationen zu der »Band of Hope Union« zusammen.

»in Zivil war; sehr in Zivil … zivile Kleidung« – GKCs Wortspiel ist kaum wiederzugeben: Einmal handelt es sich um »Zivil« bzw. »Zivilkleidung« im Gegensatz zu Polizei- oder Militäruniformen, zum anderen um unauffälliges, höflich-bescheidenes, also zivilisiertes Auftreten.

S. 232: »asiatischer Diwan« – im Sinne von Beratungszimmer.

»Krummsäbel …« – im Original »scimitars, tulwards and yataghans«.

S. 234: »Freikirchenpriester« – Priester einer anglikanischen, aber nicht der amtlichen Hochkirche angeschlossenen Gemeinschaft.

S. 241: »Wordsworth' Wolke« – unter den Wolkendichtungen von William W. (1770–1850) kommen in Frage: aus der Ode »Intimations of Immortality« (1803/6) Teil V: »But trailing clouds of glory do we come from God who is our home …« (etwa: Nur nachschleppende Wolken des Ruhmes sind wir, die wir von Gott kommen, der unsere Heimat ist …); wahrscheinlicher noch »To the clouds« (1842): »Army of clouds! … What seek ye, or what shun ye? Of the gale companions, fear ye to be left behind, or racing o'er your ethereal field contend ye with each other? …« (etwa: Heer der Wolken! … Was sucht ihr, oder was scheut ihr? Gefährten des Sturmes, fürchtet ihr euch, zurückgelassen zu werden, oder rast ihr über euer blaues Ätherfeld und seid dabei im Miteinander zufrieden? …) Doch mag GKG auch eine ganz andere Anspielung im Sinne gehabt haben.

S. 242: »Der Mörder tötet und verbrennt seine sechs Frauen« – leider war es bisher unmöglich, herauszufinden, ob GKC hier einen bestimmten Fall im Auge hatte (und wenn ja, welchen), oder ob er Father Brown das Beispiel um des Beispiels halber erfinden ließ.

S. 245: »Dekan Swift … Dr. Johnson … William Cobbett« – gemeint sind Jonathan *Swift* (1667–1745), angloirischer anglikanischer Geistlicher (ab 1713 Dekan der St. Patricks-Kathedrale in

Dublin), bedeutender Verfechter der irischen Sache gegen Großbritannien, Pamphletist und Satiriker (vor allem *Gullivers Reisen*); Dr. Samuel *Johnson* (1709–1784), englischer Journalist, Schriftsteller und Enzyklopädist *(Dictionary of the English language)*; William *Cobbett* (1766–1835), englischer Politiker und politischer Schriftsteller, dessen gesammelte Zeitschriftenaufsätze 100 Bände umfassen (sein meistgebrauchtes Pseudonym war Peter Porcupine = Stachelschwein, die bekannteste seiner Zeitschriften hieß »Porcupine's Gazette«, bis 1801, der 1802 das »Weekly Political Register« folgte).

S. 248: »Swift ... in einer seiner tödlichsten Passagen« – leider war trotz fleißigen Suchens diese »tödlichste Passage« bisher nicht zu finden; wem sie bekannt ist, der wird hiermit gebeten, sie freundlichst mitzuteilen.

S. 251: »einen zerbrochenen Spiegel« – FB spielt hier auf seine Abenteuer in *Der Spiegel des Richters*, S. 18 ff., an.

S. 252: »Inverness-Cape ... Glengarry-Schottenmütze« – »Inverness cape« = Mantel mit abnehmbarem Schulterumhang, aus Inverness, einer Stadt im schottischen Hochland; »Glengarry bonnet« = gilt als typische Kopfbedeckung der Hochlandschotten, stammt aus Glengarry in Inverness(shire); ein »Glengarry« allein ist eine schottische Jacke mit steifem hochstehendem Kragen.

S. 255: »gewöhnlich gebundene Häuser« – gemeint sind solche, die durch Knebelverträge an einen Monopolisten gebunden sind.

DER FLUCH DES BUCHES
The Blast of the Book

S. 258: »Titania ... Oberon« – hier Feengestalten aus Shakespeares *Sommernachtstraum.*

»Kilmeny ... Thomas der Reimer« – *das Mädchen Kilmeny* ist die Hauptgestalt des Gesangs des 13. Barden in *The Queens Wake* (1813) von James Hogg (1770–1835). Hogg läßt darin Maria, Königin von Schottland, ihre (Toten-)Wache in Holyrood abhalten, während der ihr 17 Barden im Wettstreit ihre Gesänge singen: martialische, komische, schauerliche, mystische. Als berühmtester Gesang gilt der von Kilmeny, die – ins Gebirge gestiegen – nicht zurückkam und als tot betrauert wurde. In Wirklichkeit war sie von den Elfen aus dem menschlichen Jammertal in »ein Land der Liebe und des Lichtes« entführt worden, in dem sie Visionen von Krieg und Sünde in der Menschenwelt hat. Auf ihre Bitten darf sie einmal zurückkehren, in Schönheit und Heiligkeit verwandelt, um ihren Freunden von den Visionen zu berichten; doch nach einem Monat und einem Tag verschwindet sie wieder auf immer in der Anderwelt. *Thomas der Reimer* (Thomas oder Tom the Rhymer, Thomas of Erceldoune, True Tom oder Thomas, auch Thomas of Learmont) war einerseits eine historische Gestalt (ca. 1220–ca. 1297), belegt als Landbesitzer in Berwickshire und berühmter Dichter, dem die bedeutendste englische Version der Tristan-Sage in anglonormannischer Sprache zugeschrieben wird, die Sir Walter Scott 1804 veröffentlichte (und die vermutlich auf einer französischen Fassung beruht), sowie als Urheber einer Reihe von Vorhersagen: daher der Beiname True Tom (= der die Wahrheit sagt). Er soll u. a. den Tod des Königs Alexander III. von Schottland, die Schlacht von Bannockburn usw. richtig vorausgesagt haben. Andererseits wurde er rasch zu einer literarischen Gestalt: Er erhielt seine Sehergabe von der Elfenkönigin, die er in ihr unterirdisches Reich begleitet hatte, wo er furchtbare Prüfungen bestehen mußte. Im 15. Jahrhundert entstand eine ganze Reihe von Dichtungen über die Romanze zwischen True Tom und der »ladye gaye«, der fröhlichen Dame, der Elfenkönigin, von denen Walter Scott die wichtigsten Balladen in seinem »Minstrelsy of the Scottish Border« sammelte. Das Thema wurde einerseits von bedeutenden Dichtern behandelt, so u. a. von Rudyard Kipling in »The Last Rhyme of True Thomas« (1894; in: *Rudyard Kipling – die Ballade von Ost und West – selected poems/ausgewählte Gedichte*; übersetzt und herausgegeben von Gisbert Haefs, Haffmans Verlag, Zürich 1992), in dem die zweite Bedeutung des »true« gefeiert wird: Loyalität sich selbst gegenüber gegen große Gegenmächte; andererseits in einer ganzen Reihe von Volkssagen und Volksmärchen, wobei allerdings keineswegs klar ist, ob hier Wanderthemen sich der Ballade von True Tom angeschlossen haben oder ob nicht sogar die Ballade über ihn schon ein Konkokt aus früheren Wandersagen war. Das Hauptthema dieser Märchen ist, daß etwa ein Musiker, arm und häßlich (oder bucklig) so schön spielt, daß ihn die Elfen in ihr Reich holen, aus dem er als schöner reicher Jüngling zurückkommt (z. B. in *Die Rheinlandsagen* die Geschichte *Der bucklige Geiger von Andernach*; in Grimms Kinder- und Hausmärchen

Die Geschenke des kleinen Volkes; die irische Variante *The Piper of Ennis* – Der (Dudelsackpfeifer von Ennis wird in deutschen Sammlungen, etwa in der Nacherzählung von Jürg Bauer, oft als »Fingerhütchen« bezeichnet, nach der Übersetzung der Brüder Grimm irischer Elfenmärchen, in der es sich aber um einen buckligen Korbflechter handelt). Die Ländereien des historischen Thomas sind heute noch in Earlston zu identifizieren. Am Rande der Eildon Hills (wohl aus gälisch »aill« = Fels und »dun« = Hügel; ca. 1130 Eldunun, später Eldune) liegt an der Straße der mächtige Eildon Tree Stone, der die Stelle markiert, an der Thomas von der Elfenkönigin abgeholt und in ihr unterirdisches Reich im Herzen der Hügel geführt wurde; eine halbe Meile westwärts sind die Huntly Banks, an denen Tom die »ladye gaye« erwartete; das nahegelegene Rhymer's Glen (etwa: die Schlucht des Reimers) wurde erst von Sir Walter Scott so genannt. Eine Familie Learmont, die sich als Abkömmlinge Toms bezeichnete, starb 1840 aus; der russische Dichter Lermontow behauptete, über diese Familie ebenfalls mit True Tom verwandt zu sein.

S. 263: »Babbage« – Charles B. (1792–1871), englischer Mathematiker, konstruierte 1833 eine Rechenmaschine, erfand 1847 den Augenspiegel.

S. 265: »angloindischen Arztes« – im Original »Anglo-Indian Doctor«; bezeichnet im deutschen Sprachgebrauch einen Mischling aus englischen und indischen Eltern, während hier ein Engländer gemeint ist, der in der Zeit des angloindischen Imperiums in Indien tätig gewesen war.

S. 266: »MD, MRCS« – Medicinae Doctor = Arzt; Member of the Royal College of Surgeons = Mitglied des Königlichen Kollegiums der Chirurgen. (Den Namen »J. I. Hankey« könnte man GKCs Wortspielliebe folgend so deuten: J wie Joint = aus einem Haschischrausch entstanden, I wie I in der Mathematik = imaginäre Einheit wie $\sqrt{-1}$, Hankey nach *hanky-panky* = Hokuspokus, Schwindel usw.; der Name »Pringle« könnte dann vom Verb *to prink* = sich herausputzen usw. abgeleitet sein.)

DER GRÜNE MANN
The Green Man

S. 274: »Pinafore« – gemeint ist *H.M.S. Pinafore or The Lass that Loved a Sailor (Ihrer Majestät Schiff Schlabberlatz oder Die Maid, die einen Seemann liebte*), nautische komische Oper in zwei Akten, Text von (Sir) William Schwenck Gilbert (1836–1911), Musik von (Sir) Arthur Seymour *Sullivan* (1842–1900); satirische Erfolgsoperette gegen das ausgepichte Klassensystem Großbritanniens und dessen überseeischen Imperialismus zunebst seines menschenverachtenden Ausbeutertums zugunsten Londons (wie einst im römischen Reich zugunsten Roms).

S. 276: »Shanties ... Hornpipe« – Seemannslieder, Seemannstanz.

S. 277: »Millionär« – der Besitzer von 1 Million Pfund in den 20ern müßte wohl heute rund 50 Mill. Euro schwer sein: beachtlich selbst für einen britischen Admiral dieses Jahrhunderts!

S. 282: »Jolly Roger« = der fröhliche R. – Spitzname für die alte Piratenflagge: weißer Totenschädel mit gekreuzten weißen Knochen auf schwarzem Grund.

DIE VERFOLGUNG VON MR. BLUE
The Pursuit of Mr. Blue

S. 293: »Muggleton« – Lodowicke M. (1609–1698), englischer Sektierer, der 1651 sich selbst und seinen Vetter John Reeve als die beiden in der Offenbarung (XI, 3) genannten Zeugen proklamierte und seine Visionen niederzuschreiben begann (1652 *The Transcendent Spirituall Treatise*, 1656 *The Divine Looking-Glass*). Grundlehre: die Dreieinigkeit sei lediglich nominal, Gott habe einen wirklichen menschlichen Körper, und als er zur Erde hinabstieg, um am Kreuz zu sterben, habe er Elias als seinen Vizeregenten im Himmel zurückgelassen. Seine stets kleine Anhängerschaft, die »Muggletonians«, dürfte um 1850 – soweit feststellbar – ausgestorben sein, nachdem 1846 *Die göttliche Lupe* zuletzt aufgelegt worden war.

S. 294: »römischer Retiarius« – von lat. »rete« = das Netz, also etwa: Netzkämpfer; die von den Etruskern übernommene Einrichtung der Gladiatoren (von lat. »gladius« = das Schwert, also etwa: Schwertkämpfer) gliedert sich nach ihren besonderen Waffen in Untergruppen; die Retiarier kämpften normalerweise ausschließlich mit einem Schleudernetz, in das sie ihre Gegner zu verwickeln trachteten, und trugen zum Selbstschutz nur einen Helm. In verkommeneren Zeiten führten sie später manchmal auch einen Dreizack oder ersetzten das Netz durch eine Art Lasso.

S. 295: »sehr adrette ... Mr.Taylor« – wieder ein hübsches Beispiel für GKGs Lust an Sprachspielereien, auch bei der Namengebung: »tailor« = Schneider.
»Akrostichen« – griech., Akrostichon bezeichnet hintereinander zu lesende Anfangsbuchstaben, -silben oder -wörter aufeinanderfolgender Verse, Strophen, Abschnitte oder Kapitel, die ein Wort, einen Namen oder einen Satz ergeben. Die Bezeichnung A. wird auch für das Gedicht selbst verwendet. Seine Funktion war der Hinweis auf Autor oder Empfänger und Schutz gegen spätere Einschiebungen oder Auslassungen.
S. 299: »William Blake« – englischer Dichter, Maler und Kupferstecher (1757–827), der ein sehr eigenständiges und eigenartiges mystisches Weltbild entwarf, dichterisch beschrieb und illustrierte, wozu er eine selbstentwickelte Technik der handkolorierten Kupfer- oder Zinkätzung verwendete; seine mit hinreißender Sprachgewalt und mit großer Bilderkühnheit dargestellten Visionen und Gedanken wurden zunächst verkannt und mißachtet und erst um die Mitte des 19. Jahrhunderts von den Präraffaeliten erkannt, verstanden und aufgegriffen. Eine einigermaßen gerechte oder gar gültige Deutung seines gewaltigen Werks steht bis heute aus. In seiner Mystik war er stark von Swedenborg und Jakob Böhme beeinflußt.
S. 302: *»Post hoc propter hoc?«* – lat., wörtlich »nach dem wegen dem«. Klassisch knappe Zusammenfassung komplexer philosophischer Diskussionen, ob das Nacheinander zweier Vorgänge nur als eine im tieferen Sinn bedeutungslose temporale Aufeinanderfolge eher zufälliger Art oder aber als Ausdruck einer tiefen Notwendigkeit im Rahmen einer Kausalität aufzufassen sei.
S. 305: *»nisi me constringeret ecclesiæ auctoritas«* – lat. = wenn mich nicht die Autorität der Kirche zurückhielte.
S. 310: *»Die Frau in Weiß«* – einer der berühmtesten englischen Kriminalromane, von William Wilkie Collins (1824–1899); man streitet sich, ob seine spannenden und oftmals melodramatischen Erzählungen bereits Kriminalromane sind oder noch als deren Vorläufer zu gelten haben (*The woman in white* 1860).
S. 312: »das Maulbeerbaumspiel« – ein Kinderspiel, bei dem zu einer Art Ringelreigen ein Liedchen (= ditty) gesungen wird, das so beginnt: »Here we go round the mulberrybush« (= hier tanzen wir um den Maulbeerbaum), und in dem anschließend jedes Kind einen eigenen Vers singt, etwa der Art »... und putz' mir so

die Zähne« oder »... und wasch' mir so die Hände« usw. Wie das Spiel zu seinem Namen gekommen ist, ist unbekannt. Zu vermuten ist ein letztes Echo eines nicht mehr erkennbaren Fruchtbarkeitsritus. »... und keiner tut je einem anderen weh. ›Zärtlicher Liebhaber ... und er wird Blue sein.‹ Und nachdem er dieses bemerkenswerte Zitat von Keats mit einigem Gefühl vorgetragen hatte ...« – GKC tat gut daran, Father Brown die Zeilen wenigstens mit einigem Gefühl vortragen zu lassen, da sich andernfalls Keats vermutlich im Grabe heulend aufgerichtet hätte. Selten hat sich GKC dermaßen große Freiheiten mit einem klassischen Text genommen. Hier zunächst die Passage in GKCs Originalversion: »... and never hurting each other. ›Fond lover, never, never, wilt thou kiss – or kill.‹ Happy, happy Mr. Red!

›He cannot change; though thou hast not thy bliss,
For ever wilt thou jump; and he be Blue.‹

Reciting this remarkable quotation from Keats, with some emotion, ...«

Father Brown hat hier drei der vier letzten Verse aus der 2. Strophe der 41. Ode von Keats recht frei den Bedürfnissen jener Stunde an der Pier und seiner Geschichte angepaßt. Keats Strophe lautet:

Heard melodies are sweet, but those unheard
Are sweeter; therefore, ye soft pipes, play on;
Not to the sensual ear, but, more endear'd,
Pipe to the spirit ditties of no tone:
Fair youth, beneath the trees, thou canst not leave
Thy song, nor ever can those trees be bare;
Bold Lover, never, never canst thou kiss,
Though winning near the goal – yet, do not grieve;
She cannot fade, though thou hast not thy bliss,
For ever wilt thou love, and she be fair!

(Etwa: Gehörte Melodien sind süß, doch süßer noch sind die ungehörten; darum, ihr süßen Flöten, spielt weiter; Nicht für das sinnliche Ohr, sondern, noch gewinnender, spielt für den Geist Liedchen, die tonlos sind: Schöner Jüngling unter den Bäumen, du kannst mit deinem Gesang nicht aufhören, wie jene Bäume niemals kahl sein können; *Kühner Liebhaber, niemals, niemals kannst du küssen,* obwohl du fast den Preis gewannest – doch gräme dich nicht; *Sie kann nicht schwinden, und obwohl du dein Glück nicht hast, Wirst du auf ewig lieben, und sie wird schön sein!*)

Der Titel dieser fünfstrophigen Ode lautet »Ode on a Grecian Urn« (Ode auf eine griechische Urne); der bewußt antikisierenden Sprache der Ode entspricht auch der Titel: Heute würde er lauten »Ode to a Greek Urn«, da im Gebrauch der Präposition ein leichter Wandel eingetreten ist und da das Adjektiv »Grecian« bereits um die Jahrhundertwende in diesem Sinne nicht mehr gebräuchlich war; heute wird Grecian noch gebraucht etwa in Grecian architecture = (klassische) griechische Architektur, Grecian profile = klassisches Profil, Grecian gift = Danaergeschenk; auf sehr gehobener Stilebene für Grieche oder Griechin, aber auch für Hellenist und für Gräzist.
Die »ditties« (= Liedchen) der 4. Zeile in der 2. Strophe verweisen auf die »ditties« beim Maulbeerbaumspiel (siehe Anmerkung zu S. 312).
John Keats (1795–1821) gilt als einer der bedeutendsten Lyriker der englischen Romantik; seine starke Sinnlichkeit führte ihn schon früh auf den Weg in die antike Mythenwelt, die er nachzuerleben und neuzugestalten wußte: in Verserzählungen (*Endymion* 1818, *Hyperion* 1819) und in einigen seiner bedeutendsten Oden wie »Ode on a Grecian Urn« (1820), die zugleich aber auch von einer geradezu fieberhaften Sinnlichkeit durchglüht sind.
Lehrmeister von Keats wie den übrigen englischen Romantikern auf dem Weg zurück in die Antike war John Lemprière (1765?–1824) mit seinem *Classical Dictionary of Proper Names mentioned in Ancient Authors* (Klassisches Wörterbuch von Eigennamen, die bei antiken Autoren erwähnt werden). Die »Ode auf eine griechische Urne« (oder »... an ...«?) gilt als der bedeutendste Beweis für die Beeinflussung der englischen Romantik durch Lemprière: Colvin berichtet in seiner Keats-Biographie, daß der Lyriker das Wörterbuch auswendig gekannt habe; die Ode gilt als poetische Umsetzung des Wörterbuchartikels zum Stichwort »HYACINTHIA, eine jährliche Feier zu Amyclae in Lakonien zu Ehren von Hyazinth und Apollo. Sie dauerte drei Tage, während welcher Zeit die Trauer des Volkes wegen des Todes von Hyazinth so groß war, daß sie während des Festes ihr Haar nicht mit Girlanden schmückten und kein Brot aßen, sondern nur Süßigkeiten. Sie sangen nicht einmal Päane zu Ehren Apollos oder beachteten irgendeine sonstige Feierlichkeit, die bei anderen Opferfeiern üblich waren. Am zweiten Tag gab es unterschiedliche Vorführungen. Jugendliche, die sich ihre Kleidung umgürteten, unterhielten die Zuschauer mit

Spielen auf der Flöte oder auf der Harfe oder sangen mit lauten widerhallenden Stimmen anapästische Gesänge zu Ehren Apolls. Andere ritten auf reich aufgezäumten Pferden durchs Theater, und gleichzeitig kamen Chöre junger Männer auf die Bühne und sangen ihre unkeuschen ländlichen Lieder, und sie wurden begleitet von Personen, die zu Vokal- und Instrumentalmusik entsprechend den alten Bräuchen tanzten. Einige Jungfrauen wurden auf hölzernen Wagen vorgeführt, die oben bedeckt und herrlich geschmückt waren. Andere erschienen in Rennwagen. Danach begann die Stadt sich mit Freuden zu füllen und ungeheure Mengen von Menschen wurden auf den Altären Apolls geopfert, und die Opfernden unterhielten großzügig ihre Freunde und Sklaven. Während des letzten Teils der Festlichkeiten waren alle begierig, bei den Spielen anwesend zu sein, so daß die Stadt praktisch menschenleer zurückblieb.

HYACINTHUS, ein Sohn von Amyclas und Diomede, wurde von Apollo wie von Zephyr heiß geliebt. Er erwiderte die Liebe Apolls, und Zephyr, ob der Kälte und Gleichgültigkeit ihm gegenüber entflammt, beschloß, seinen Rivalen zu strafen. Als Apollo, dem die Erziehung des Hyazinth anvertraut war, einst mit seinem Schüler mit der Wurfscheibe spielte, blies Zephyr die Scheibe, sobald sie von Apoll geschleudert war, auf das Haupt des Hyazinth, so daß sie ihn tötete. Apollo war über den Tod des Hyazinth so untröstlich, daß er dessen Blut in eine Blume verwandelte, die seinen Namen trägt, und seinen Körper unter die Sterne versetzte. Die Spartaner richteten jährliche Feste zu Ehren des Neffen ihres Königs ein.«

Heute leitet man den Namen aus dem indogermanischen *suogen-t-os = selbstgezeugt ab und sieht in ihm einen vorgriechischen Vegetationsgott. Er wurde vor allem in den dorischen Gebieten verehrt und war der Heros von Amyklai bei Sparta; dort wurde er ursprünglich bärtig dargestellt; auf attischen Vasen taucht er später als schöner Schwanenritter auf; die Eifersucht des Zephyr (= Westwind) scheint eine späte alexandrinische Zugabe zu sein. In dem ganzen Mythos scheint sich ein weiteres Stück der Unterjochung vorgriechischer Bevölkerungen mit ihren Kulten durch die neu einwandernden Griechen zu spiegeln, welche die alten Kulte als unterjochte Niedersysteme in ihr Pantheon aufnahmen (wie später das frühe Christentum oftmals heidnische Gestalten und Feste).

Die klassische Darstellung lieferte Ovid in seinen Metamorphosen, Buch X, Vers 162–219. Dort wird auch geschildert, daß Apollo der Blume, die den Namen des Geliebten trug, sein »Wehe« (griechisch Ai Ai) auf die Blätter schrieb. Deshalb neigt man dazu, in dieser »Hyazinthe« eher eine Gladiole oder eine Iris- oder Delphinium-Art zu sehen, da die Zeichnung auf deren Blütenblätter eher einem »Ai Ai« entspricht.
Ob sich GKC selbst durch die Metamorphosen direkt oder durch Lemprières Wörterbuchartikel oder aber durch Keats' Ode (oder ursprünglich gar durch das Maulbeerbaumspiel) zu seiner Geschichte hat anregen lassen, muß offenbleiben.

DAS VERBRECHEN DES KOMMUNISTEN
The Crime of the Communist

S. 314: »Master von Mandeville College« – der Master eines Colleges entspricht in gewisser Weise einem deutschen Rektor, doch würde der »Rektor« die Alliteration mit Mandeville College zerstören, die GKC immer wieder lustvoll wiederholt.
S. 315: »*Rigor mortis*« – lat. = Totenstarre.
»von Sir John Mandeville gegründet ... zur Förderung des Erzählens von Geschichten« – also ist wohl eindeutig jene rätselhafte Gestalt des Mittelalters gemeint, die unter dem Namen Sir John Mandeville ein bedeutendes und wichtiges Buch *Voyage d'Outremer* (Reise nach Übersee: das ist in die heiligen Lande Ägypten, Palästina usw., aber auch noch weiter nach Indien und Asien) schrieb. Von ihm ist mit Sicherheit nur bekannt, daß er so nicht hieß, das Buch vermutlich in Lüttich schrieb und die beschriebenen Reisen nie selbst unternommen hat; es dürfte gegen 1350 fertig gewesen sein und besteht im wesentlichen aus einer hochintelligenten Kompilation aus allen damals bekannten wichtigen Reisewerken wirklicher Reisender. Wahrlich der geeignete Gründer eines Colleges, dessen Portweintrinkrunde zur Förderung des Geschichtenerzählens gedacht ist! (Vgl. auch *Die Schauspielerin und das Alibi*, S. 81 ff.)
S. 316: »Coriolan ... Tarquinius Superbus« – *Cnaeus Marcius Coriolanus*, eine in der 2. Hälfte des 4. Jahrhunderts vor Christus entstandene Sagengestalt, von der nicht nachzuweisen ist, ob sie sich auf einen historischen Grund berufen kann, und wenn ja, auf

welchen; oder ob sie eben reine Legendengestalt ist. Nach der politisch sehr bedeutsamen Legende eroberte er 493 als (Pseudo) Patrizier und (falscher) Konsul im Kampf gegen die Volsker (aus dem Namen der Volsker entstand – wie hier völlig fehl am Platz angemerkt sei – der Name »Welscher« zunächst für alle jeweils südlichen Nachbarn, dann spezieller für alle romanischen bzw. romanisierten – vorwiegend keltischen – Nachbarn: Wales und Waliser, Welsche, Walachen, Wallis usw., auf die sich auch Ortsnamen à la Walcheren, Walchensee, Welschendorf usw. beziehen) deren Stadt Corioli. 491 geriet er als Vorkämpfer des Patriziats mit der Plebs in Streit und wurde aus Rom verbannt, kämpfte 489 und 488 an der Spitze des Volskerheeres gegen Rom, gab aber auf Bitten einer Frauengesandtschaft unter Führung seiner Mutter Veturia und seiner Frau Volumnia alle Erfolge auf, zog weiter ins Exil und wurde dann von seinem volskischen Gastfreund Attius Tullus ermordet. *Lucius Tarquinius Superbus*, angeblich der letzte römische König im 5. Jahrhundert vor Christus, aus altetruskischem Geschlecht; ihm wurden Usurpation des Throns durch Mord an Servius Tullius, Gewalttaten und Volksfeindlichkeit angedichtet, um die Abschaffung der Monarchie zu rechtfertigen und die Errichtung der Republik zu legitimieren.

S. 317: »Guy Fawkes« – der Hauptattentäter der gescheiterten Schießpulververschwörung von 1605 (siehe vorstehend Anmerkung zu S. 230).

»William Morris« – der englische Dichter, Maler, Kunsthandwerker, Designer und Sozialpolitiker (1834–1896) bevorzugte in Malerei und Dichtung mittelalterliche Themen; ließ in der von ihm 1861 gegründeten Firma Tapeten, Stickereien, Möbel und farbige Glasfenster herstellen; war als Wegbereiter moderner Formgebung von großer Bedeutung für die Entwicklung von Kunsthandwerk und Buchkunst in die Formen des Jugendstils; seine Gegnerschaft zu industrieller Massenfertigung führte ihn sehr bald auch in die Gebiete der Sozialpolitik und Sozialreform im Rahmen des Fabianismus.

S. 318: »die Geeignetsten überleben« – Darwins Formulierung vom »survival of the fittest«.

S. 319: »Baptisten ... Methodisten ... Anabaptisten ... Theosophisten ... Thugs« – die *Baptisten* entstanden im 17. Jahrhundert in England und stellen heute die größte evangelische Freikirche dar; sie taufen nur Erwachsene, die sich bewußt in Buße und Glauben zu Christus bekennen, und lehnen jedes staatskirchliche Regiment ab. Die *Methodisten* entstanden im 18. Jahrhundert in England durch die Brüder John und Charles Wesley als aus der anglikanischen Kirche hervorgegangene Erweckungsbewegung, die in England tiefgreifenden Einfluß auf das gesamte nationale Leben, vor allem aber auf die Arbeiterschaft gewann; die in zahlreiche Gruppen aufgesplitterten wesleyanischen M. vereinigten sich 1932 in einer Kirche; in den USA schlossen sie sich auf Rat der Wesleys schon bald nach dem »Unabhängigkeitskrieg« zu einer selbständigen Kirche mit bischöflicher Verfassung zusammen; entstandene Spaltungen wurden durch die Union von 1939 beseitigt. Die *Anabaptisten* oder Wiedertäufer sind reformatorische Gruppen, die die innere Erneuerung allein aus dem Geist und dem Wort der Schrift suchen und weder die Lehre Luthers noch die Calvins noch die Zwinglis anerkennen und sich selbst »Täufer« nennen; sie bilden ihre Gemeinden aus bewußt Freiwilligen, lehnen daher die Kindertaufe ab und bestehen auf der Erwachsenentaufe; in den Niederlanden, der Schweiz, in Nord- und Südamerika existieren noch kleine Gruppen. Als *Theosophisten* (= Weisheit von Gott) bezeichnen sich Anhänger des Versuchs, die Welt in pantheistischem Sinn als Entwicklung Gottes zu begreifen und in meist mystischer Schau zu erfassen; theosophisch zumindest eingefärbt sind die Lehren der Neupythagoreer, der hermetischen Literaturen, der Gnosis, der Kabbala und der gnostisch-mystischen Richtungen des 17. und 18. Jahrhunderts (Böhme, Swedenborg usw. mit Nachwirkungen bis hin zu Hegel und Schelling und den russischen Philosophen wie N. A. Berdjajew, S. N. Bulgakow und W. Solowjow). Als *Thugs* schließlich bezeichnet man eine in Indien vom 12. bis ins 19. Jahrhundert blühende Berufsmörderkaste, die ihre Opfer meist mit einer Schlinge von hinten erdrosselte und die blutdürstige Göttin Kali verehrte (nicht unähnlich den schiitischen Assassinen des »Alten vom Berge«).

»im altrömischen Sinn« – im alten Rom lasen die Auguren nach etruskischem Vorbild aus dem Flug bestimmter Vögel die Bestimmung der Zukunft durch die Götter ab.

S. 320: *»finesse«* – frz. = Feinheit, Zartheit, Fingerspitzengefühl usw. »Kameradschaftlichkeit … Hölle« – GKC bedient sich hier eines unübersetzbaren Wortspiels: »Fellowship is heaven; and lack of fellowship is hell« wird in dem Sinne verwendet, wie es die Übersetzung wiedergibt; wenige Zeilen weiter heißt es im Original: »A Fellowship is heaven; and lack of a Fellowship is hell« –

hier wird der Begriff *Fellowship* (unterstrichen durch den unbestimmten Artikel und die im Englischen unübliche Großschreibung, derer sich GKC in diesem 5. Band ungewöhnlich häufig bedient) in dem Sinne: Inhaberschaft eines Lehrstuhls verwendet. »Dozenten als Demokraten« – im Original »Dons as Democrats«: siehe nachstehend die Anmerkung zu S. 328.
S. 322: »Cricketspieler … nicht cricketgemäß« – im Original »cricketer … not cricket«: hier wird »cricketgemäß« in dem Sinne verwendet, daß ein bestimmtes Verhalten nicht den Regeln des Cricketspieles und damit auch nicht den von der englischen Selbststilisierung so hochgelobten Regeln des Fair play entspricht, also nicht als gesellschaftsfähig angesehen bzw. hingenommen werden kann.
S. 328: »Dozenten und Doktoren« – im Original »dons and doctors«: Der Begriff des Don (spanischer Höflichkeitstitel in Verbindung mit dem Vornamen bzw. Bezeichnung eines Granden, eines Edelmanns) wird an den britischen Hochschulen als Bezeichnung für Hochschullehrer allgemein verwendet, vor allem aber in Oxbridge (übliche Zusammenziehung der Namen der beiden ältesten Universitäten Englands – Oxford und Cambridge – oder Ochsenfurt und Brücke über den Fluß Cam). Hier schien der Dozent diese Bedeutung ausreichend zu signalisieren und erlaubte zugleich, die Alliteration beizubehalten.
S. 330: »kosmopolitischer Jude« – hier wird wieder deutlich, wie unbekümmert GKC mit historischen Fakten hantierte, sogar mit von ihm selbst erfundenen: Zu Anfang dieser Geschichte (siehe S. 314) war der Mann noch »ein deutscher Graf von immensem Reichtum, dessen Name in seinem kürzesten Teil von Zimmern lautete« – deutsche Juden konnten zwar in den Adelsstand erhoben werden, etwa als Freiherr oder Baron, niemals jedoch in den des Grafen mit einem vielteiligen Geschlechternamen.

DIE SPITZE EINER NADEL
The Point of a Pin

S. 334: »aufgeweckt zu werden« – im Original »should be awakened«: eine Verbform, die vor allem auch für die Auferweckung der Toten zum Jüngsten Gericht sowie für spirituelle Erweckung verwendet wird.

S. 343: »Maria, der Königin von Schottland« – die auch als Mary Queen of the Scots (= der Schotten) bezeichnet wird: in der deutschen Literatur bekannter als Maria Stuart.
S. 345: »Ries Papier« – Maß von 1 000 Stück (Papierbogen, der Bogen wird normalerweise zu 4 Blatt DIN A4 = 16 Buchseiten gerechnet).
S. 346: »Hiawatha« – ein halblegendärer Häuptling der Onondaga-Indianer, der um 1450 gelebt zu haben scheint und dem die indianische Tradition nicht nur alle Eigenschaften eines Kulturheros beilegt (Verkörperung von menschlichem Fortschritt und menschlicher Zivilisation, der sein Volk die Künste der Landwirtschaft, der Schiffahrt, der Medizin und der Künste lehrte), sondern auch die Gründung des »Bundes der 6 Nationen« (bekannter als Irokesenbund) zuschreibt. Sein Name bedeutet etwa »Der die Flüsse schafft«.
S. 348: »Bothwell« – James Hepburn, 4. Earl of B. (ca. 1536–1578), schottischer Adliger, der nach der Thronbesteigung Maria Stuarts zu einem der mächtigsten Männer Schottlands aufstieg; soll Geliebter der Königin gewesen sein, gilt als Mörder ihres zweiten Mannes, wurde noch im Mordjahr 1567 ihr dritter, aber durch den Widerstand des Adels zur Flucht nach Norwegen gezwungen, während Maria in Gefangenschaft geriet; starb in dänischem Gewahrsam. Der zweite Mann der Königin war Henry Stuart, Lord Darnley, Earl of Ross, Duke of Albany (1545–1567), aus einer Seitenlinie des schottischen Königshauses; fiel bei der Königin 1566 in Ungnade, da er ihren Sekretär Riccio, der angeblich auch ihr Geliebter gewesen sein soll, ermordete; er hatte sie 1565 geheiratet und ist der Vater ihres Sohnes, des nachmaligen Königs Jakob I. Ihr erster Mann war König Franz II. von Frankreich gewesen. Ein Jahr nach dessen Tod 1560 kehrte sie nach Schottland zurück.
S. 355: »Stroboskop« – mit Schlitzen versehener zylindrischer Behälter, in dessen Innerem sich auf einer koaxialen Fläche eine Folge von Bildern befindet, die bei gegenläufiger Drehung von Behälter und Fläche durch die Schlitze einen Bewegungsablauf zu zeigen scheint; einer der Vorläufer des Films.
»spitze Pointe der Nadel …« – wieder eines der unübersetzbaren Wortspiele GKCs: »the point« ist einmal die Spitze, etwa einer Nadel (of a pin), zum anderen aber auch die Pointe.
S. 356: »Coppées Gedicht« – François Coppée (1842–1908), frz. Dichter, gehörte zum Parnaß; nach seiner Gedichtsammlung *Les*

Intimités 1868 wurden die Beschreiber und Bedichter des Kleinbürgertums die Intimisten genannt.

DAS UNLÖSBARE PROBLEM
The Insoluble Problem

S. 358: »Märtyrerin Dorothea« – der Name bedeutet »Gottesgeschenk«; der Legende nach wies sie eine Bewerbung des heidnischen Präfekten Fabricius in Caesarea ab und erlitt daher unter Diokletian das Martyrium: gesotten, geschlagen, mit Fackeln verbrannt und enthauptet; dem sie verspottenden Gerichtsschreiber Theophilus (= Der Gott liebt) bringt während der Hinrichtung ein Knabe trotz der Winterszeit in einem Körbchen die ihm versprochenen Äpfel und Rosen ihres himmlischen Bräutigams aus dem Paradies (wie man sehen wird, läßt GKC auch hier Father Brown sich großzügig über die kleineren Details der Heiligenlegende hinwegsetzen).
»hagiographische Bedeutung« – die Hagiographie ist die Darstellung von Heiligenleben.
S. 359: »Autofahrt den größeren Teil des Tages« – bei 65 Meilen Distanz deutet diese Einzelheit sowohl auf die Frühzeit des Automobilismus wie auch auf den Zustand der englischen Überlandstraßen hin.
S. 360: »*déclassé*« – frz. = herabgekommener Mensch, der unter die Standards seiner gesellschaftlichen Klasse gesunken ist.
S. 362: »mit Steinplatten belegter Pfad ... verrücktes Pflaster ... altes englisches Adjektiv« = das Adjektiv ist »crazy«, zum mittelenglischen Verb »craze« = in Stücke zerschlagen usw. (vgl. schwedisch »krasa« = Knistern, Krachen, Splittern: »slå i kras« = in Stücke zerschlagen; vgl. auch engl. »to crash«, davon frz. »écraser« = zermalmen usf.); nach und nach bekam das Adjektiv die Bedeutung »verrückt«, auch im Sinne von verrückt: daher »crazy pavement« etwa Mosaikpflaster o. ä. Wiederum ist GKCs Wortspielerei nur durch eine Art kommentierender Übersetzung annähernd zu retten, muß aber wegen der Gedankenführung gerettet werden.
S. 368: »Geheimer Ort ...« – im Original »A secret spot, as savage and enchanted as e'er beneath a waning moon was haunted by woman wailing for her demon lover«, geformt nach der 14. bis

16. Zeile in Samuel Taylor Coleridges (1772–1834) Traumgedichtfragment »Kubla Khan« (1798): »A savage place! as holy and enchanted As e'er beneath a waning moon was haunted By woman wailing for her demon lover!« (oder nicht geformt und nur eine der üblichen Nachlässigkeiten?). Coleridge ist zu seiner Traumdichtung durch die folgende Passage in »Purchase his Pilgrimage« von 1626 angeregt worden: »In Xamdu did Cublai Can build a stately Palace, encompassing sixteen miles of plaine ground with a wall, wherein are fertile Meddowes, pleasant Springs, delightful Streames, and all sorts of beasts of chase and game, and in the middest thereof a sumptuous house of pleasure« (und in der Mitten ein üppiges Haus der Freuden). Lord Byron wählte die Zeile »And woman wailing for her Demon Lover« als Motto seines 1823 veröffentlichten »Heaven and Earth«. (Hier ließe sich fragen, ob möglicherweise Coleridges Dichtung GKC zu seiner Geschichte angeregt hat, die sich so deutlich an Kubla Khans Xanadu orientiert).
S. 371: »Hochzeit zu Kana« – bei der Jesus Wasser in Wein verwandelte und damit die schönste Widerlegung der finsteren Philosophie des blinden Jorge von Burgos lieferte, Gott lache nicht.
S. 373: *»Wahrhafter Bericht über Prozeß und Hinrichtung von My Lord Stafford* …– Jesuitenverschwörung … Sir Edmund Berry Godfrey« – Die Adelsfamilie der *Stafford* wurde von dem normannischen Adligen Robert aus dem Haus der Tosny (oder Toeni), den Fahnenträgern des normannischen Herzogtums, begründet, der seinen Sitz auf Stafford Castle nahm, von wo seine Familie ihren Namen bekam; 1351 wurde das Earldom of Stafford geschaffen. Das Haus erlosch 1521, wurde aber 1640 neu begründet durch Erhebung von Sir William Howard, Sohn von Thomas Howard, dem Earl of Arundel and Surrey, zunächst zum Baron und zwei Monate später zum Viscount Stafford (er war mit Mary, der Schwester und Erbin von Henry, dem 5. Baron Stafford, verheiratet). My Lord Stafford wurde von Titus Oates der Teilnahme an der Jesuitenverschwörung bezichtigt, für schuldig befunden und 1680 hingerichtet. Er wurde später rehabilitiert, seine Familie in alle Titel wieder eingesetzt, das Earldom erlosch endgültig 1762, doch die Baronie besteht weiter fort (getragen vom Haus Jerningham). *Titus Oates* (1649–1705) war der Sohn eines anabaptistischen Predigers, wurde selbst anglikanischer

Geistlicher, bald notorisch als Verleumder, dennoch als Kaplan der Kriegsmarine eingestellt; wegen schlechter Führung in Unehren entlassen, bot er sich dem halb wahnsinnigen Dr. Israel Tonge an, einem redlichen Mann, der besessen war von der Vorstellung, es gebe eine jesuitische Verschwörung gegen anglikanische Kirche und anglikanischen Thron. Oates schmiedete mit Tonge ein Komplott, wonach er als angeblicher Konvertit in die katholische Kirche (in die ihn ein Apostat namens Berry aufnahm) und noch im gleichen Jahr in das Jesuitenkolleg zu Valladolid als Bruder Ambros eintrat, doch wurde er nach kurzer Zeit ausgestoßen. Im Dezember 1677 wurde er im Kolleg zu St. Omer erneut aufgenommen, aber wegen seines skandalösen Benehmens 1678 endgültig ausgestoßen. Im Juni 1678 kehrte er zu Tonge zurück, überzeugte ihn mit einem Konkokt aus Erfundenem oder falsch ausgelegtem Wahrem von einer Jesuitenverschwörung mit dem Ziel, König Charles II. zu ermorden. Die Information wurde dem König zugespielt, der Oates selbst vernahm, aber das Lügengespinst durchschaute und sich lediglich amüsiert zeigte. Daraufhin legte Oates vor dem Friedensrichter Sir *Edmund Berry Godfrey* eine eidesstattliche Erklärung ab und unterbreitete weitere gefälschte Briefe. Unglückliche Zwischenfälle verhinderten einerseits eine gründliche Aufklärung und verliehen andererseits Oates kurzfristig Glaubwürdigkeit, vor allem die nie aufgeklärte Ermordung des Friedensrichters. Gegen den Willen des Königs zog das Parlament die Angelegenheit an sich; es kam zu einer Reihe von Hinrichtungen angeblicher Verschwörer und zu zahlreichen Morden an Katholiken. Damit erstarb die Aufregung, und Oates verschwand in der Versenkung, erhielt aber eine auskömmliche Staatspension. Kurz vor dem Tode Charles II. brachte James Herzog von York, den Oates in die angebliche Verschwörung verwickelt hatte, eine Zivilklage gegen Oates durch, der 1685 gleich nach der Thronbesteigung Jakob II. zu 100 000 Pfund Strafe verurteilt wurde. Da er sie nicht bezahlen konnte, wurde er in Haft genommen und zu schwerer Prügel verurteilt, von der man annahm, sie werde ihn töten, doch überlebte er 3½ Jahre im Gefängnis. Nach der Flucht Jakob II. und während der neuerlichen Aufregung des Volkes gegen die Katholiken brachte Oates eine Klage vor dem House of Lords ein, daß er fälschlich verurteilt worden sei: Zwar erkannte das House darauf, daß der Spruch gegen ihn ungerecht gewesen sei, kassierte ihn aber nicht. Daraufhin klagte Oates vor dem

House of Commons, das durch Gesetz das Urteil kassierte. Die rechtlich nicht mehr lösbare Angelegenheit wurde durch einen königlichen Gnadenakt beigelegt, und Oates erhielt eine königliche Pension von 300 Pfund auf Lebenszeit. Die verbrachte er in Zurückgezogenheit, ununterbrochen mit dem Aushecken neuer Intrigen beschäftigt. 1696 widmete er William III. eine wüste Schmähschrift gegen James II. unter dem Titel »Eikon Basilike« (= das Bild des Königs), wurde 1698 Prediger der Baptisten, aber bereits 1701 wegen eines Finanzskandals aus der Sekte ausgeschlossen. Er starb eines natürlichen Todes.
S. 374: »nach der Segnung« – im Original »at the end of Benediction«: der Schlußsegen in der katholischen Messe.

DER DORFVAMPIR
The Vampyre of the Village

S. 377: »The Grange« – etwa: der Landsitz, das Landhaus.
»mieses kleines Kaff« – im Original »a wretched little hamlet«.
»die Totenschau« – im angelsächsischen Recht gibt es das Rechtsinstitut des Inquests, bei dem vor einem entsprechend befugten Beamten oder ehrenamtlichen Richter im Falle eines unnatürlichen Todes die Polizei alle ermittelten Tatsachen vorzutragen hat, worauf der Vorsitzende des Inquests, gegebenenfalls unter Assistenz von Geschworenen, beschließt, ob es sich um einen Unfall oder um ein zu verfolgendes Verbrechen handelt.
S. 378: »alte Jungfern … am Spinnrad« – im Original »spinsters … you saw them spin«.
»Kirchenmann; Tory und Hochkirche … Erzbischof Laud« – der »clergyman« des Originals bedeutet geistlicher Herr, Geistlicher, ordinierter Geistlicher: Um des deutlicheren Unterschiedes zum Priester Father Brown willen wurde der Ausdruck Kirchenmann belassen; ein *Tory* war ursprünglich ein Anhänger der konservativ-legitimistischen Partei, die für die Rechte Jakobs I. eintrat (in Nordamerika während der Unabhängigkeitskriege ein Anhänger Englands bzw. der Krone, in Irland ein royalistischer Bandit), heute ist er ein Konservativer (mit Schwankungen bis zum Ultrakonservativen oder gar Reaktionär); die *Hochkirche* (High Church) ist jener Teil der anglikanischen Kirche, der Church of England, der die Meinung vertritt, der Autorität und den Forderungen von

Episkopat und Priesterschaft sei ein hoher Rang einzuräumen, ebenso der errettenden Gnade der Sakramente und ganz allgemein all jenen Punkten der Doktrin, der Disziplin und des Rituals, durch die sich die anglikanische Kirche von den kalvinistischen und den protestantischen nonkonformistischen oder Freikirchen unterscheidet; im Gegensatz dazu räumt die *Niederkirche* oder Low Church all dem wenig oder gar keine Bedeutung ein und steht somit den protestantischen Freikirchen sehr viel näher; William *Laud* schließlich (1573–1645) war Hochkirchenmann, vertrat allerdings gegenüber der katholischen Kirche sehr gemäßigte Ansichten: Sie sei zwar nicht die, wohl aber eine wahre Kirche; er setzte sich energisch für die Förderung orthodoxer und die Unterdrückung puritanischer Geistlicher ein, stand immer auf der Seite des jeweiligen Königs, wurde 1626 Bischof von Bath und Wells, 1628 Bischof von London und 1629 zusätzlich Kanzler der Universität Oxford; er gilt als einer der bedeutendsten Kanzler dieser Universität, die ihm durch seine Reformen immens viel zu verdanken hat: zahlreiche neue Lehrstühle (u. a. für Hebräisch und Arabisch), die Gründung der Oxford University Press, über 1 300 Handschriften für die Bodleian-Bibliothek usw.; die Zahl der Studenten nahm unter ihm geradezu dramatisch zu; als nahezu allmächtiger Staatsmann – seit 1633 Erzbischof von Canterbury – ist er hingegen weniger zu rühmen, da er als Politiker die Weisheit vermissen ließ, die den Kanzler von Oxford in den Wissenschaften auszeichnete; da nach seiner Ansicht eine wahre Kirche ohne Bischöfe unmöglich ist und er versuchte, seine Ansichten vor allem auch in Schottland und Irland mit Staatsgewalt durchzusetzen, verursachte er immer wieder schwere innenpolitische Krisen; wo immer er an Gerichtsurteilen mitzuwirken hatte, zeichnete er sich durch exzeptionelle Grausamkeit aus; sein Extremismus brachte den König dazu, ihn 1640 nach und nach zu entmachten, im Dezember wurde er vom Langen Parlament einem Impeachment-Verfahren wegen Amtsmißbrauch unterworfen, in Haft gesetzt und wegen Hochverrats zum Tode verurteilt, wobei das Urteil eine reine politische Fiktion war; das Parlament setzte sich über einen Gnadenerlaß des Königs hinweg, der Laud mühsam wenigstens den Tod durch die Axt statt der üblichen brutalen Abschlachtung für Hochverrat verschaffen konnte; sein enger Materialismus gilt als die Ursache seines fatalen Einflusses auf die Politik und das Denken seiner Zeit.

S. 379: »fast schon an einen Wilderer grenzt« – eine bemerkenswerte Behauptung GKCs, da in Wirklichkeit ein Wilderer nicht der unterste in der Rangordnung ländlichen Ansehens ist, sondern einer der obersten unter den Unordentlichen.
»The Grove« – etwa: das Wäldchen, das Gehölz.
S. 380: *»prima facie«* – Begriff aus dem Latein der Juristen = nach dem ersten Anschein, hier also etwa: offensichtlicher, auf den ersten Blick erkennbarer Beweis.
S. 381: »Dunkle Dame, in der Art der Sonette« – gemeint ist die Dark Lady, der Shakespeare nach einer Vorankündigung in den Sonetten 40–42 die Sequenz der Sonette 127–152 widmete (vielerlei Anspielungen unserer Geschichte lassen die Vermutung aufkeimen, daß möglicherweise die Frage nach der Dark Lady der Sonette GKC den Gedanken zu dieser Geschichte eingegeben hat, die dann zugleich eine Art Ehrenrettung eben jener Dark Lady sein könnte).
S. 382: *»idée fixe«* – frz., etwa eine wahnhaft festgehaltene Idee.
S. 386: »Tubal ... Shylock ... Fortinbras ... Polonius« – Gestalten aus Shakespeares *Kaufmann aus Venedig* und *Hamlet, Prinz von Dänemark*: *Tubal* ist ein Freund und Berufskollege Shylocks, den er mit guten wie schlechten Nachrichten versorgt; über *Shylock* braucht hier nichts bemerkt zu werden; *Fortinbras* gibt es zweimal: den Älteren, der am Tage der Geburt Hamlets von Hamlets Vater erschlagen wird, und seinen Sohn, der immer wieder Heere sammelt, um in wilden Unternehmungen die verlorenen Ländereien seiner Familie zurückzugewinnen; *Polonius* schließlich ist der Oberste Kammerherr am dänischen Hof, Vater von Laertes und Ophelia und Produzent zahlreicher besonders erhabener Sentenzen.
S. 389: *»recherché«* – frz. = ausgewählt, erlesen usw.
S. 390: »Du wärst ein miserabler kleiner Hamlet« – auf dem Wortspiel Hamlet = Weiler, Kaff (siehe vorstehend Anmerkung zu S. 377) und *Hamlet* = Prinz von Dänemark beruht dieser ganze Zug der Argumentation; ein Wortspiel, das im Deutschen nicht nachzuahmen und im Englischen nur durch den Unterschied zwischen Klein- und Großschreibung darzustellen ist: »You'd be a miserable little Hamlet«.
S. 391: *»post mortem«* – Begriff aus dem Latein der Juristen = nach dem Tode (vorzunehmende Untersuchung der Leiche = Autopsie).

S. 394: »Hochkirche ... Niederkirche ... Tory« – siehe vorstehend die Anmerkung zu S. 378.
S. 396: »Schauspieler Hankin« – zu diesem Namen siehe vorstehend die Anmerkung zu S. 266.

DIE DONNINGTON-AFFÄRE
The Donnington Affair

[*Vorbemerkung:* Der britische Schriftsteller Sir Max Pemberton hatte vor dem 1. Weltkrieg den Einfall, Kriminalfälle zu erfinden und von den besten Autoren von Kriminal- und Detektivgeschichten der Zeit lösen zu lassen. 1914 erfand er den Plot der Donnington-Affäre und bat den damals bereits hochberühmten Father Brown bzw. GKC, den Fall zu lösen. Der erste Teil, der Plot also, erschien in der Oktober-Ausgabe 1914 des inzwischen völlig vergessenen Magazins »The Premier«, Father Browns Aufklärung in der November-Ausgabe. Sie wurde Anfang der 80er Jahre zufällig wiederentdeckt und in der seit 1974 in Saskatoon in Saskatchewan (Kanada) erscheinenden »The Chesterton Review – A Newsletter of the G. K. Chesterton Society« veröffentlicht. Danach nahm Marie Smith sie in ihre Sammlung *G. K. Chesterton – Thirteen Detectives* (Xanadu Publications Ltd., 1987) auf, die danach 1989 in Penguin Books erschien (wonach hier übersetzt wurde). Diese bereits 1914 erschienene, danach aber in Vergessenheit geratene Geschichte stellt also sozusagen die 50. der Father-Brown-Geschichten dar, wenngleich sie in Wirklichkeit bereits in die Zeit von *Father Browns Weisheit* (also Band 1) gehört. Sie wird hier erstmals im Rahmen einer Gesamtausgabe der Father-Brown-Geschichten vorgelegt und zugleich erstmals in deutscher Sprache.]
S. 399: »Sandhurst« – die britische Militärakademie.
S. 401: »Die Übeltat der Menschen überlebt sie« – »The evil that men do lives after them«: die 2. Zeile der Leichenrede des Marc Anton auf Caesar in Shakespeares *Julius Caesar*, III. Akt, 2. Szene.
S. 407: »Priesterkammer«, auch Priesterloch oder Priesterzimmer (priest's chamber, priest's hole, priest's room) – zur Zeit der Katholikenverfolgung schon unter Heinrich VIII., vor allem aber unter Cromwell, richteten katholische, aber auch andersgläubige Hausbesitzer Geheimkammern ein, in denen sich die verfolgten Priester vor ihren Häschern verstecken konnten – wobei die Ret-

ter die Gefahr liefen, im Falle einer Entdeckung das Schicksal ihrer Schützlinge zu teilen: den Tod.

S. 408: »Albe und Kasel« – das weiße liturgische Untergewand und das Meßgewand eines katholischen Geistlichen.

»der Squire« – englische Bezeichnung für einen Landedelmann.

S. 409: *»laudator temporis acti«* – lat. = Lobredner der Zeit der Treibjagden.

S. 410: »anständiger Kerl« – im Original »a white man«: US-Slang.

»keine 30 Cents« – Judas verriet Jesus für 30 Silberlinge.

S. 415: »Familienname Shrike« – engl. = der Würger.

S. 426: »warum hat sie (die Polizei) dann nicht verhaftet?« – eine angesichts der Argumentation von FB unverständliche Frage; eine der Nachlässigkeiten GKCs in der Verknüpfung der unterschiedlichsten seiner Gedankenstränge?

S. 429: »Virginius« – zu keinem in den Nachschlagewerken einschließlich Lemprières Dictionary aufgeführten Virginius ist irgendeine Tötungstat dieser Art verzeichnet; wer die Antwort weiß, wird gebeten, sie mitzuteilen.

S. 430: »Chichester« – dort befindet sich eine bekannte Irrenanstalt.

Hanswilhelm Haefs

Editorische Notizen zum Gesamtwerk von G. K. Chesterton

Editorische Notizen

Gilbert Keith Chesterton genoß einst im deutschen Sprachraum höchstes Ansehen, wie sich aus der Vielfalt der Übersetzungen seiner Bücher und der Tatsache ergibt, daß noch bis in die 90er Jahre des 20. Jahrhunderts viele dieser Übersetzungen (trotz ihrer manchmal reichlich fragwürdigen Qualität) in immer neuen Zusammenstellungen veröffentlicht wurden. Doch ist das Ansehen verblaßt und abgesehen von den Geschichten um Father Brown heute kaum noch etwas auf dem Markt.

Mit dem Band »Der Mann der Donnerstag war« beginnt demnächst der Versuch, mit einer Reihe von erstmaligen (oder wenigstens neuen) Übersetzungen das weitläufige Werk von GKC wieder in Erinnerung zu rufen. Dementsprechend muß dem Publikum an dieser Stelle das Wichtigste bekanntgemacht werden, was zu GKC und seinem Werk heute gesagt werden kann.

In der Folge findet man:

Biographische Skizze

Gilbert Keith Chesterton wurde am 29. Mai 1874 als Sohn des Häusermaklers Edward Chesterton und seiner Frau Marie, geb. Grosjean, im Londoner Stadtteil Kensington geboren. Seinen zweiten Vornamen verdankt er, im englischen Sprachraum nicht ungewöhnlich, einem Ortsnamen: Seine Mutter war in Keith im County Aberdeen geboren. Dem Vater, einem vielseitig begabten und belesenen Mann, verdankt der Sohn die Grundlagen seiner eigenen späteren Belesenheit und vor allem die zeichnerischen Talente. 1879 wird sein Bruder Cecil geboren. Mit ihm arbeitet Gilbert in vielen seiner literarischen Kampagnen und publizistischen Unternehmen eng zusammen und bleibt mit ihm in tiefer Freundschaft verbunden bis zu Cecils Tod 1918 in einem Lazarett in Frankreich.

1887 tritt Gilbert in die berühmte Saint Paul's School ein, in der er 1890 mit seinem späteren Schwager Lucian Oldersham und seinem besten Freund Clerihew Bentley (nachmals Herausgeber des »Daily Telegraph« und Verfasser des klassischen Krimis *Trent's Last Case/Trents letzter Fall*, 1910) den Junior Debating Club gründet. Hier entwickelt er in endlosen Debatten und Disputationen über jedes beliebige Thema seine rhetorischen Talente. 1892 gewinnt er den ersten Preis in einem Gedichtwettbewerb und verläßt die Schule in der vorletzten Klasse mit dem Zeugnisvermerk, daß er seinen Leistungen nach der obersten Klasse gleichzustellen sei. Bis 1895 läßt er sich an der Slade School als Zeichner und Maler ausbilden und hört zugleich an der Londoner Universität Vorlesungen in allen ihn interessierenden Fächern.

In diesen Studienjahren verspürt Chesterton lebhaft und intensiv die Anziehungskräfte des Bösen und des Verbrechens, die den elementaren Reiz der Fin-de-siècle-Dekadenz ausmachten. Später schreibt er dazu in seiner Autobiographie u. a.: »Es ist wahrhaft bedrohlich, wie leicht und spontan ich mir die außerordentlichsten Verbrechen vorstellen konnte, obwohl ich nie auch nur das harmloseste beging … Es gab einen Augenblick, in dem ich bis zu einem Zustand moralischer Anarchie gesunken war, von dem man in den Worten Oscar Wildes sagen könnte: ›Atys mit dem blutigen Dolch in den Händen ist besser als ich‹ … So sank ich tiefer und tiefer wie in einem blinden geistigen Selbstmord.«

Da die Auseinandersetzungen mit diesen Anziehungskräften des Bösen den wesentlichen Inhalt seiner Detektiv- und vor allem seiner Father-Brown-Geschichten ausmachen und da sie für Chestertons Weg zum Katholizismus entscheidend waren, muß ihnen ein kurzer Exkurs gewidmet werden. Die schärfste Analyse jener geistigen Zustände hat wohl der Historiker Hugh Trevor-Roper in seiner Biographie des weiland berühmten Sinologen Sir Edmund Backhouse »als soziales Phänomen, als Produkt von Zeit und Ort« geliefert: »Denn Backhouse war nicht nur Fälscher und Phantast: Er war auch ein sozialer Typus. Wie exzentrisch auch immer in bestimmten Richtungen, gehörte er doch zu einer bestimmten Kategorie und einer bestimmten Zeit. Ich habe ihn beschrieben als einen Ästheten, der den Materialismus, das Philistertum des viktorianischen Englands zurückwies und sich, gedanklich zumindest, in den geistig und spirituell leeren Elitismus, die soziale und sexuelle Nichtkonformität der 1890er flüchtete. Dieser Trivialästhetizismus, dieses Gefühl der Überlegenheit, dieser Haß auf den westlichen Materialismus blieb auch in Peking Zentralthema seines Lebens ... Seine favorisierten Geschichtsepochen sind Epochen der *décadence*: Perioden, in denen Restbestände politischen Autoritarismus, wie schwach auch immer, verantwortungslos eine funktionslose Eleganz, eine korrupte *douceur de vivre* beibehalten. Sein Geist bewegte sich am glücklichsten in den letzten Jahren des Valois-Frankreich, in der Zeit Heinrichs III. und seiner *mignons*; in den letzten und ziellosen Jahren des bourbonischen *ancien régime* unter Louis XV. und seinen Mätressen; in den letzten Jahren der Mandschu-Dynastie in Peking unter der Kaiserin-Witwe mit ihren Eunuchen und Intrigen ... So wurde der leere ästhetische Elitismus des späten 19. Jahrhunderts schrittweise in den brutalen, hohlen, glitzernden, sadistischen Elitismus verwandelt, der eines der konstitutiven Elemente des Faschismus ist. Das Phänomen ist in Frankreich durch die Entwicklung der *Action Française* bekannt. Es kann in Deutschland in Wagner-Kreisen beobachtet werden. In England ist es weniger offensichtlich, da dort der Ästhetizismus der 1890er sich erschöpfte und der Faschismus sich nie eine einheimische Basis schaffen konnte. Nur in der eitrigen Atmosphäre des verrottenden Mandschu-Hofes konnte eine fahle Erinnerung an die englische Dekadenz herumgeistern, bis die brutale, wenn auch pervertierte Maskulinität des faschistischen Führerprinzips sie verzaubern und in Besitz nehmen konnte. Vor diesem Hintergrund muß auch, wie ich vermute, Backhouse' schließliche Konversion zum Katholizismus gesehen werden.«

Zu diesem Hintergrund gehört, daß die protestantischen Varianten christlicher Amtskirche einschließlich der anglikanischen wohl nie so platt und geistig leer und chauvinistisch denaturiert waren wie gerade in den letzten Jahrzehnten des 19. Jahrhunderts, und dies vor der Folie der in Spiritualität und Erscheinungsform gerade durch das I. Vaticanum so kraftvoll erneuerten katholischen Kirche römischer Provenienz. Nicht zuletzt dieser Zusammenhang macht verständlicher, warum Menschen mit Identitätsproblemen in der glitzernden Hohlheit jenes Ästhetizismus des *Fin de siècle*, geistig lebende Menschen vor allem, die in sich den Zwang verspürten, ihre beschädigte oder verlorene Uridentität innerhalb der Gemeinschaft durch eine Kopf-Identität zu ersetzen, vom Erscheinungsbild des römischen Katholizismus besonders angezogen waren.

Der Typus, den Trevor-Roper am Beispiel von Sir Edmund analysierte, ist damals in der englischen Gesellschaft vielfältig anzutreffen. Nur wenige Beispiele: Da waren der Literat Oscar Wilde und der Maler Aubrey Beardsley, da waren die Hochstapler André Raffalovich und sein Freund John Gray, da war der Maler und Literat und Photograph und Hochstapler Frederick Rolfe, selbsternannter Baron Corvo. Wer ihrem Leben und ihrem (oftmals durchaus bedeutenden) Werk nachspürt, wird immer wieder ähnliche Grundmuster feststellen können, wie sie Trevor-Roper so scharf umrissen hat. Man betrachte als bekannteste Muster z. B. Beardsleys graphische Arbeiten und lese als Kommentar dazu Oscar Wildes berühmten Roman *The Picture of Dorian Gray* von 1890/91 *(Das Bildnis des Dorian Gray)*. Oder beschäftige sich mit Leben und Werk des so romantisch umwitterten *Lawrence of Arabia* als einer späten Orchidee an diesem verrotteten Stamm.

Die französische Szene sei kurz angedeutet mit Charles Baudelaire und seinen *Les fleurs du mal* von 1857 *(Die Blumen des Bösen)*,

Isidore Luden Ducasse alias Comte de Lautréamont und seinen *Les Chants de Maldoror* von 1868/69 *(Die Gesänge des Maldoror)* und Joris-Karl Huysmans' Romanen *A rebours 1884 (Wider den Strich)* und *Là-bas* 1891 *(Tief unten*; besser vielleicht *In der Tiefe).* Von Rimbaud, der mit 19 das Dichten aufgab und fortan als Waffenhändler u. a. für den Negus in einem Bordell in Dschibuti lebte, ganz zu schweigen. Auch hier ist eines Spätlings zu gedenken, des Ethnologen Victor Segalen, der – wie Backhouse proklamierter Schüler von Verlaine und Huysmans – um die Jahrhundertwende in Beijing den jungen Maurice Roy kennenlernte, ein Sprachgenie und ein Hochstapler im Geiste Sir Edmunds (der vielleicht Sir Edmund gar erst zu seinen Hochstapeleien angeregt hat), dem Segalen in dem 1912 geschriebenen Buch *René Leys* ein Denkmal setzte – und das er nie veröffentlichte (es erschien postum 1922), vielleicht weil er seinen eigenen Interpretationen (im Sinne realer Wirklichkeit) doch nicht so sehr traute, wie das Buch glauben macht.

Die deutsche Landschaft kann hier außer acht bleiben, da sie – von Nietzsche und Wagner abgesehen – auf Chesterton wohl keinerlei Einfluß ausübte.

Am Vorabend seines 21. Geburtstags erhält GKC 1895 seinen ersten journalistischen Auftrag: einen Aufsatz für »The Academy« zu schreiben. Ob er ihn je verfaßt hat, ob er je gedruckt wurde, ist bis heute nicht nachzuweisen. Kurz danach erscheinen als erste nachweisliche Arbeiten Kunstrezensionen in »The Bookmam«, wenig später erste Gedichte in »The Speaker«. Diese Veröffentlichungen öffnen ihm Türen zu Verlagen. Und noch vor Jahresende verläßt er die Slade School und wird Lektor in einem spiritistisch orientierten Verlag, den er aber bereits kurz danach 1896 ebenfalls wieder verläßt, um seine erste längere Lektorenstelle im Verlag Fisher Owen anzutreten. Im gleichen Jahr begegnet er der fünf Jahre älteren Frances Blogg, der Tochter eines verstorbenen Juweliers, mit der er sich verlobt, die er aber aus finanziellen Gründen erst 1901 heiraten kann. Sie finden ein Haus in Battersea, das für lange Jahre eines der Zentren des Londoner Literaturlebens werden wird. Im gleichen Jahr beginnt die Bekanntschaft mit dem Karikaturisten und Essayisten Max Beerbohm, beginnen die lebenslange Freundschaft mit George Bernard Shaw und ihre ebenso lebenslängliche Auseinandersetzung in den Medien, deren Ton durchaus nicht immer die private Freundschaft beider verrät.

1900 erschienen seine ersten Bücher: *Greybeards at Play*, Literature and Art for old Gentleman, Rhymes and Sketches (R. Brimley Johnson, London) und *The Wild Knight*, and other Poems (Grant Richards, London), denen 1901 sein berühmtes *The Defendant* folgte (R. Brimley Johnson, London; 1917 auch deutsch).

Inzwischen stehen ihm praktisch alle Medien der Zeit offen: Zeitungen und Zeitschriften bringen seine Arbeiten, Verlage reißen sich um seine Bücher, der glänzende Rhetoriker wird einer der beliebtesten Vortragsgäste in der angelsächsischen Welt. 1904 lernt er während einer solchen Vortragsreise im Haus eines Bekannten in Yorkshire den katholischen Priester John O'Connor kennen – wie der Name verrät: ein Ire. Im 16. Kapitel seiner 1936 erschienenen Autobiographie wird er später ausführlich über diese erste Begegnung berichten. Zunächst habe ihn beeindruckt, mit welchem Takt und Humor sich der irische katholische Priester seinen anerkannten Platz in der protestantischen Yorkshire-Gesellschaft errungen habe. Am nächsten Morgen habe er mit ihm eine lange Wanderung unternommen und dabei von einem literarischen Projekt voller sozialer Probleme gesprochen, und da habe der Priester begonnen, ihm seine nicht eben geringen Kenntnisse des Lasters und der Verderbtheit in der ruhigsten und gelassensten Form zu korrigieren, dergestalt nämlich, daß er aus seinen eigenen Kenntnissen Geschichten erzählte, die weit über alle Erfahrungen Chestertons hinausgingen (oder tief unter sie hinabtauchten), und dann Schlußfolgerungen und Interpretationen vortrug, die GKCs eigene Ansichten wiederum weit überflügelten:

»Es war eine merkwürdige Erfahrung festzustellen, daß dieser ruhige und angenehme Zölibatär diese Abgründe weit tiefer erforscht hatte als ich. Ich hatte mir nicht vorgestellt, daß die Welt solche Schrecken bergen könne. Wäre er ein berufsmäßiger Schriftsteller gewesen, der in seinen Romanen solchen Schmutz in allen Buchläden massenhaft verbreitet hätte, damit Knaben und kleine Kinder danach griffen, wäre er selbstverständlich der große schöpferische Künstler und ein Herold der Aufklärung gewesen. Da er diesen Schmutz nur widerstrebend und in einem privaten Gespräch aus einer praktischen Notwendigkeit heraus behandelte, war er natürlich ein typischer Jesuit, der giftige Geheimnisse in mein Ohr flüsterte.«

Die Geschichte hat eine Pointe, die so typisch chestertonsch ist, daß ich niemandem übel nähme, glaubte er sie nur in einem literarischen Sinne. Und doch besteht kein Anlaß, an ihrer wirklichen Wahrhaftigkeit zu zweifeln. Nachdem man von der Wanderung zurück war, geriet O'Connor unter anderem in eine lange Diskussion mit zwei Studenten, »keine engstirnigen Athleten, sondern an verschiedenen Sportarten und oberflächlich an verschiedenen Künsten interessiert«. Wie man sieht, stand GKC britischen Bildungsidealen durchaus nicht unkritisch gegenüber. Und dann: »Ich habe nie einen Menschen kennengelernt, der mit größerer Leichtigkeit von einem Gegenstand zum anderen wechseln konnte oder der über einen unerwarteteren Wissensschatz verfügte und oft sogar rein technische Kenntnisse über alles mögliche besaß.«

Nachdem Father O'Connor den Raum verlassen hatte, besprachen die Herren Studenten ihren Gesprächspartner, bewunderten seine vielfältigen Kenntnisse zu Palästina und barocker Orgelbaukunst, dann aber stellte einer von ihnen fest: »Ich glaube nicht, daß seine Art zu leben die richtige ist. Es ist ja ganz schön, religiöse Musik und so weiter zu lieben, wenn man völlig in einer Art Kloster eingesperrt ist und über das wirklich Schlechte in der Welt nichts weiß. Aber ich glaube nicht, daß das das wahre Ideal ist. Ich glaube an einen Kerl, der sich den Wind um die Nase wehen läßt und dem Schlechten in der Welt ins Auge sieht und eine Ahnung von der Gefahr und all dem hat. Es ist etwas Schönes, unschuldig und unwissend zu sein, aber ich halte es für wesentlich besser, vor Wissen nicht zurückzuschrecken.«

Die liebenswürdige Leserin, der geneigte Leser wird hier unschwer das Vorbild der Father-Brown-Geschichten erkennen, der Geschichten von einem Priester, den die seelsorgerische Arbeit in der Praxis wie im Beichtstuhl mit mehr Üblem bekannt macht als selbst den normalen Polizisten. Und der – wenn er denn ein guter Seelsorger ist – gezwungen ist, diese Realitäten als Möglichkeiten menschlicher Existenz (wo nicht menschlichen Lebens) zu »verinnerlichen«, will er wirklicher Seelsorger sein. In GKCs Worten: »Für mich, der ich fast noch schauderte vor den erschreckenden Tatsachen, vor denen mich der Priester gewarnt hatte, war dieser Kommentar von so ungeheuerlicher und vernichtender Ironie, daß ich im Salon fast in ein lautes harsches Gelächter ausgebrochen wäre. Denn ich wußte nur zu gut: Gemessen an dem ganzen, sehr handfesten Teufelswerk, das der Priester kannte und mit dem er sein Leben lang rang, wußten diese beiden Herren aus Cambridge, zum Glück für sie selbst, vom wirklich Bösen ungefähr so viel wie zwei Babys im selben Kinderwagen.«

Vor dem Hintergrund dieser Zitate lese man noch einmal die allererste Father-Brown-Geschichte, die vom »blauen Kreuz«, und darin insbesondere die Gespräche auf der Heide, in denen Father Brown sich erleichtert zeigt, daß der Verbrecher Flambeau bestimmte Gangstertricks nicht kennt und also »noch nicht allzu tief gesunken sein« kann. 1909 erscheint in einer Zeitschrift *Das blaue Kreuz* als erste der Father-Brown-Geschichten.

Und anzumerken ist an dieser Stelle, daß *eine* Art von Verbrechen in allen Texten GKCs nicht auftaucht: Sexualverbrechen; sei es in der direkten Form, sei es in der Form, daß Father Brown bei der Auflösung anderer Übeltaten Sexuelles, besser: sexuelle Verklemmtheiten, nicht als Wurzel des Übels diagnostizierte. Hierüber ließe sich lange nachdenken. Ist das eine Nachwirkung der offiziellen viktorianischen Prüderie? Ist das die Folge der großzügigen Toleranz des weitherzigen Chesterton, der Angst vor dieser Büchse der Pandora hatte? Ist das ein Reflex aufklärerischer Ideale GKCs, dem ahnend deutlich war, daß die Einführung sexualpsychologischer Argumentationen seine Predigt der Vernunft in den Augen der Zeitgenossen noch weniger erträglich machen würde? Scheu schließlich davor, dem Erbübel christlicher Kirchenlehre, das Böse manifestiere sich vor allem im Geschlechtlichen, entgegentreten zu müssen, wenn dieses Thema angeschnitten würde?

Chestertons Ruhm und Bekanntheit wuchsen ständig. Das veranlaßte 1908 seinen Bruder Cecil, anonym eine erste Studie über ihn zu veröffentlichen: »G. K. Chesterton: A Criticism«, die heftige Kontroversen in der Öffentlichkeit auslöste. 1909 engagiert sich GKC zum letzten Male parteipolitisch, für die Liberalen; seine politischen Überzeugungen und Veröffentlichungen richten sich zunehmend gegen die Verfilzung von Kapital und Regierung in einer repräsentativen Demokratie, wie er das bei den Liberalen besonders ausgeprägt erkennt. Bald danach ziehen die Chestertons aufs Land, nach Overroads, Beaconsfield, in der Nähe von West Wycombe. Dort sollte GKC für den Rest seines Lebens bleiben – abgesehen von ungezählten Vortragsreisen und noch weniger zählbaren Aufenthalten in Londoner Redaktionsräumen. 1910 verläßt GKC aus Erbitterung gegen die liberale Regierungspolitik die »Daily News«, in denen er seit 1901 pro Woche mindestens einen Aufsatz geschrieben hat, und wechselt zum »Daily Herold« über. 1911 tritt er aus der liberalen Partei aus und gründet zusammen mit Bruder Cecil und Hilaire Belloc die Zeitschrift »The Eye Witness«, die die Regierung und ihre Korruption heftig attackiert.

Die schärfsten Angriffe gegen die Regierung veröffentlicht das Blatt 1912 im Rahmen des sogenannten Marconi-Skandals: Bestechungen und Spekulationen aus Insider-Wissen bei der Vergabe des Staatsvertrags über die Errichtung eines Telephonnetzes im gesamten Commonwealth; in diese Korruptionsaffäre sind einerseits die führenden Köpfe der Filiale des Marconi-Konzerns in Großbritannien und andererseits Kabinettsmitglieder wie Lloyd George und Herbert Samuel verwickelt; da die Geschäftsführung der Marconi-Filiale jüdisch ist, mischt »The Eye Witness« in seine Polemik äußerst unschöne antisemitische Töne, denen GKC nicht widersprochen hat. Der Skandal endet 1913 mit einem Freispruch für alle Beteiligten durch Parlamentsbeschluß, also durch einen juristischen Sieg und eine moralische Niederlage der Regierung. Gleichzeitig wird Cecil Chesterton wegen Verleumdung belangt und bestraft, doch scheinen Prozeßverlauf und Strafmaß den Brüdern Chesterton indirekt doch recht zu geben. GKC sollte später den Marconi-Skandal immer wieder als einen Wendepunkt in der britischen Geschichte bezeichnen.

1912 erscheint der erste von 10 satirischen Romanen seines Freundes Hilaire Belloc, *The Green Overcoat*, illustriert von GKC. Die weiteren 9 »Chesterbellocs«, wie George Bernard Shaw sie nannte, erscheinen in den Jahren 1922 bis 1936.

Den Kriegsausbruch 1914 hatte GKC in seiner Zeitschrift wiederholt vorhergesagt. Noch vor Kriegsausbruch erscheint 1914 der zweite Band der Father-Brown-Geschichten *The Wisdom of Father Brown* (Father Browns Weisheit). Auf die Kriegserklärung und eine Proklamation deutscher Professoren antwortet er mit einem Pamphlet *The Barbarism of Berlin*. Kurz danach bricht er in der Folge eines Herzkollapses völlig zusammen und kann nach langen Phasen der Bewußtlosigkeit und der geistigen Verwirrung erst im Juni 1915 seine Arbeit wieder aufnehmen. Als 1916 der Aufstand Irlands losbricht, stürzt dies GKC in eine tiefe Depression; und mit Trauer sieht er im September seinen Bruder Cecil als Kriegsfreiwilligen nach Frankreich gehen, wo dieser am 6. Dezember 1918 in einem Lazarett sterben wird.

1918 beginnt mit einem Besuch in Irland die Serie seiner großen Auslandsreisen, die sich in Reisebüchern niederschlagen. 1919 besucht er mit seiner Frau Palästina, Malta und Italien. 1920 folgt die erste Vortragsreise durch die USA. 1922 tritt er nach langen Jahren der Annäherung zur katholischen Kirche über: Die Übertrittsmesse (die man in gewisser Weise mit der Firmung vergleichen könnte) liest in Beaconsfield sein irischer Freund Father O'Connor.

1924 entschließt GKC sich, mit Rücksicht auf das Lebenswerk seines Bruders Cecil die eingestellte Zeitschrift »The Eye Witness« unter dem neuen Titel »G. K.'s Weekly« neu herauszugeben; sie erscheint bis zu seinem Tode 1936.

1926 erreicht GKCs politisches Wirken seinen Höhepunkt mit der Gründung der »Distributist League«, einer politischen Gesellschaft zur Durchsetzung des Rechtes auf wirtschaftliche Unabhängigkeit und Eigentum: Das Ziel ist die Neuverteilung von Grund und Boden und des Besitzes der Produktionsmittel aus christlichem Geist. Während der ersten beiden Jahre ihres Bestehens hat die Liga erheblichen Zulauf und damit auch einen nicht unbedeutenden politischen Einfluß. Im Sommer desselben Jahres wird Dorothy Collins Sekretärin GKCs und Mitglied des kinderlosen Haushaltes, in dem sie bald die Rolle der Tochter wie der Vertrauten beider Eheleute übernimmt. Nach GKCs Tod wird sie noch eine Reihe seiner Essays herausgeben und sich um seinen literarischen Nachlaß kümmern. Kurz vor der Engagierung von Dorothy Collins ist der dritte Band der Father-Brown-Geschichten erschienen: *The Incredulity of Father Brown* (Father Browns Ungläubigkeit).

1927 erscheint als vierter Band der Reihe *The Secret of Father Brown* (Father Browns Geheimnis). 1929 kommt nach einem Besuch von Rom die erste Sammlung aller bisher erschienenen Geschichten unter dem Titel *Father Brown's Stories* heraus. 1930 beginnt GKC mit Rundfunkvorträgen in der BBC. Ende des Jahres fährt er zu seinem zweiten längeren Aufenthalt in die USA. 1932 nimmt er am Eucharistischen Kongreß in Dublin teil. 1933 stirbt seine Mutter. Seine Gesundheit beginnt sich irreparabel zu verschlechtern. 1934 wird er Ehrenmitglied des Londoner *Athenaeum Club* und erhält den Titel eines Ritters des päpstlichen Sankt-Georgs-Ordens verliehen. Nach einer schweren Gelbsuchterkrankung reist er nach Rom und weiter nach Sizilien, muß dort aber infolge einer Nervenentzündung die Reise abbrechen und nach Hause zurückkehren.

1935 bereist er Frankreich und Italien. Auf dieser Reise sieht er seine Befürchtungen, die er seit Mitte der 20er Jahre immer wieder formuliert hat, nämlich daß der Faschismus die Macht in ganz Europa übernehmen könne, dermaßen verstärkt, daß er wiederholt in Depressionen verfällt. Dennoch rafft er sich immer wieder auf, um gegen den Pazifismus, gegen die Appeasement-Politik der britischen Regierung ins Feld zu ziehen. Es erscheint der fünfte und letzte Band der Father-Brown-Geschichten: *The Scandal of Father Brown* (Father Browns Skandale).

1936 beendet er seine Autobiographie, reist nach Lourdes und Lisieux und stirbt am 14. Juni an Herzversagen. Aus seinem Nachlaß werden noch bis in die 50er Jahre Essay-Bände herausgegeben; aber viele seiner Arbeiten sind bis heute nicht wieder veröffentlicht oder gar in der Form einer Gesamtausgabe zugänglich gemacht worden. Selbst eine komplette Bibliographie wurde bisher nicht erstellt.

LITERATUR

G. K. Chesterton »Autobiography«, London 1936

M. Gardner »The Annotated Innocence of Father Brown«, Oxford University Press 1988

Hw. Haefs »Kopfidentitäten« I und II, in: Mitteilungen der Karl-May-Gesellschaften, Nr. 81 und 82, 1989

H. Trevor-Roper »Hermit of Peking – The hidden life of Sir Edmund Backhouse«, Penguin Books 1978

Über den literarischen Rang von GKC

Den meisten Deutschen dürfte Gilbert Keith Chesterton höchstens als Verfasser der Father-Brown-Geschichten flüchtig bekannt sein und eher als Verfasser der Drehbücher zahlreicher Pater-Brown-Filme gelten denn als Autor weltliterarisch bedeutender Texte. Was kein Wunder ist, sind doch die »Pater-Brown-Geschichten« insgesamt beklagenswert schlecht übersetzt.

Einige seiner anderen Bücher sind wesentlich besser übersetzt, aber heute praktisch unbekannt, wie »Orthodoxie« oder »Das fliegende Wirtshaus«, »Der heilige Franziskus von Assisi« und »Der heilige Thomas von Aquin«.

Insgesamt aber ist zu sagen: Am weltliterarischen Rang Chestertons vor allem als Essayist wie an seinem hohen Rang als Lyriker und Novellist, Essayist und Romancier der anglobrtischen Literatur besteht außerhalb des deutschsprachigen Raumes kein Zweifel. Als unverdächtiger Kronzeuge für diese Behauptung sei hier der Literaturnobelpreisträger Jorge Luis Borges angeführt, der im Verlauf seines literarischen Lebens immer wieder auf Chesterton und dessen Werk zurückkam. Das beginnt mit einer Bemerkung in seinem 1935 verfaßten Vorwort zu seinen *Übungsstücken in erzählender Prosa*, als die er seine erste Sammlung von Essays und Erzählungen *Niedertracht und Ewigkeit* bezeichnete: »Sie verdanken, glaube ich, ihre Entstehung meiner erneuerten Lesebekanntschaft mit Stevenson und Chesterton«[1)] und endet 1987 mit mehr oder minder ausführlichen Reflexionen über Chesterton in seinen *Gesprächen über Bücher* mit Osvaldo Ferrari etwa in den Abschnitten »Über die Kriminalgeschichte« und – natürlich – »Über Chesterton«[2)].

Darin erörtert und beklagt er, daß ihm seine Haltung als Katholik in England geschadet habe; es schade Schriftstellern immer, wenn man sie im Hinblick auf ihre Ansichten, vor allem die politischen, lese: »Die politischen Ansichten sind das Unwichtigste, was es überhaupt gibt, sie sind oberflächlich. Und in Chestertons Fall haben wir es mit einem Genie zu tun. Ihn auf einen Katholiken zu reduzieren ist eine Ungerechtigkeit. Mir fällt ein, daß Bernard Shaw sagte, die katholische Kirche, der Vatikan, sei ein Bötchen, das kentere, wenn Chesterton es betrete. Chesterton war ungeheuer dick ... Das ist nur ein Scherz, aber es stimmt schon, man hat vergessen, daß Chesterton ... Also er hat, wie wir alle wissen, Kriminalgeschichten geschrieben. Aber diese Geschichten sind darüber hinaus noch vieles mehr, da ja jede Geschichte von Chesterton so etwas wie ein Bild ist, ferner so etwas wie ein Theaterstück, wie eine Parabel. Dann sind da die Landschaften, die Gestalten treten auf wie Schauspieler, die auf die Bühne kommen, und sie sind immer sehr lebendig; sichtbar lebendig ... Möglicherweise verdanken diese Geschichten einen Teil ihrer Kraft weniger der logischen Erklärung als der falschen magischen Erklärung, die Chesterton gibt und die überdies mit der Stimmung, dem Ambiente des jeweiligen Hintergrunds übereinstimmt. So ist zum Beispiel die Geschichte ganz anders gestaltet, wenn sie in den schottischen Highlands spielt oder in einem Gartenvorort von London oder in einem Büro.

Aber heute hat man vergessen, daß Chesterton so viel anderes war. Zum Beispiel ist er ein hervorragender Dichter gewesen. In dem Gedicht ›Ballade vom weißen Pferd‹, das sich auf die Kriege der Angelsachsen mit den Skandinaviern bezieht ... dieses Gedicht ist großartig, und es ist voller Metaphern, die Hugo begeistert hätten. Diese zum Beispiel ...: Der Protagonist ist ein Wikinger, der gierig nach Europa blickt, etwa so, als ob Europa eine Frucht wäre, die er kosten will, und er denkt an all diese außerordentlichen Dinge wie Marmor und Gold und sagt: ›Womit soll man Marmor und Gold vergleichen?‹

Ja, und dann sucht Chesterton unmögliche Vergleiche, aber eben deshalb sind sie so wirkungsvoll. Er sagt nämlich: ›Marble like solid moonlight‹, das heißt: ›Marmor wie festes Mondlicht‹. Oder: ›Gold like frozen fire‹, also ›Gold wie gefrorenes Feuer‹. Diese Vergleiche sind unmöglich, aber eben weil sie unmöglich für den Verstand sind, sind sie ... möglich für die Poesie, möglich für die Vorstellungskraft des Lesers, der diese unmöglichen Bilder akzeptiert und sie nicht für unmöglich hält, zumal die Vorstellung eines ›gefrorenen Feuers‹ ja etwas sehr Hübsches ist; vor allem im Englischen, wo es diese f-Alliteration gibt: ›Gold like a frozen fire‹, nicht wahr? Er überlegt, womit er Marmor und Gold vergleichen kann, was ja sehr alte Dinge sind, und er findet diese unmöglichen Metaphern – so findet er vielleicht die einzige Möglichkeit, diese Dinge zu erheben –, und gerade weil sie unmöglich sind, haben sie diese Kraft …

(Aus dem Gedicht ›Lepanto‹) erinnere ich mich an Sätze wie zum Beispiel: ›Don Juan of Austria is shouting to the ships‹ – ›Don Juan von Österreich ruft den Schiffen etwas zu‹ – den Schiffen, nicht den Mannschaften … und dann, wenn er Allahs monströses Paradies beschreibt, sagt er, daß Gott – Allah – zwischen den Bäumen wandle, und er setzt hinzu ›and is taller than the trees‹ – ›und er ist größer als die Bäume‹, wodurch alles monströs wird, denn so stellt man sich das Paradies nicht vor, nicht wahr? Es muß dies ein heidnisches Paradies sein, das heißt, ein von Chesterton verfluchtes Paradies, nehme ich an … Und Chesterton spitzt immer wieder alles auf diese Weise zu, auch an Stellen, wo man es gar nicht erwartet … auch in der Geschichte Englands, die möglicherweise grundfalsch ist; aber das macht nichts, denn alles wird so schön gesagt, daß man wünscht, die Dinge wären so gewesen … vom Imaginativen kommt er zum Unmöglichen, und er tut das so, daß der Leser ihm am Schluß immer noch so glaubt wie in den ersten Kapiteln. Wie Coleridge sagte, der poetische Traum ist eine willentliche oder zustimmende Suspendierung der Ungläubigkeit. Und wenn das Werk, um das es sich handelt, kraftvoll ist, fällt das Suspendieren überhaupt nicht schwer, weil das Werk sich durchsetzt …«

In der von JLB zusammengestellten dreibändigen *Bibliothek von Babel* ist auch ein Band mit Erzählungen GKCs erschienen, »Apollos Auge«[3]. JLB schrieb in seinem Vorwort dazu u. a.: »›Die Welt war sehr alt, mein Freund, als wir beide jung waren‹, schreibt Gilbert Keith Chesterton in der Widmung zu *The Man who was Thursday*. In der Tat gehört die Jugendzeit Chestertons, der 1874 geboren wurde, den Jahren der Verzweiflung und der Untergangsstimmung von Symbolismus und Décadence an. Vor dieser Verweigerung bewahrte ihn die große Stimme des Amerikaners Whitman und die des auf einer Insel im Pazifik sterbenden Stevenson, der ›singt, wie ein Vogel im Regen singt‹. Die Behauptung klingt erstaunlich, daß ein so gütiger und umgänglicher Mensch wie G. K. Chesterton auch ein in sich gekehrter Mensch war, der das Grauen der Dinge spürte, aber sein Werk bezeugt es uns gegen seinen Willen. So vergleicht er die Gewächse eines Gartens mit angeketteten Tieren, den Marmor mit erstarrtem Mondlicht, das Gold mit zu Eis gewordenen Flammen und die Nacht mit einer Wolke, die größer ist als die Welt, ein Ungeheuer, das aus Augen besteht. Er hätte Kafka oder Poe sein können, aber er entschied sich tapfer für das Glück oder tat so, als ob er es gefunden hätte. Von der anglikanischen Kirche trat er zum Katholizismus über, der für ihn auf dem gesunden Menschenverstand beruht. Er argumentierte, daß das Sonderbare dieses Glaubens sich dem Sonderbaren des Universums anpaßt, wie die merkwürdige Form eines Schlüssels sich der merkwürdigen Form eines Schlüssellochs anpaßt ...

Die Literatur ist eine der Formen des Glücks; vielleicht hat kein Schriftsteller mir so viele glückliche Stunden bereitet wie Chesterton. Ich teile nicht seine Theologie, ebensowenig wie die hinter der *Divina Commedia*, beide waren für die Schöpfung dieser Kunstwerke unerläßlich. ...«

Auf das Problem des Unheimlichen bei GKC war JLB bereits 1946 in seinem Essay »Über Oscar Wilde«[4)] zu sprechen gekommen: »Eine Nebenbemerkung. Der Name Oscar Wilde ist mit den Städten der Ebene verknüpft, sein Ruhm mit der Verurteilung und dem Zuchthaus. Trotzdem ... ist der Grundgeschmack seines Werkes das Glück. Dagegen ist das tapfere Werk Chestertons, dieses Prototyps physischer und moralischer Gesundheit, immer nahe daran, sich in einen Albtraum zu verwandeln[5)]. Diabolisches und Horror lauern darin; es kann auf der harmlosesten Seite die Formen des Entsetzens annehmen. Chesterton ist ein Mann, der die Kindheit wiedergewinnen will; Wilde ein Mann, der sich trotz seines Umgangs mit dem Bösen und dem Unglück eine unverletzliche Unschuld bewahrt hat.

Wie Chesterton, wie Lang, wie Boswell zählt Wilde zu jenen Glücklichen, die der Zustimmung der Kritik entraten können und zuweilen sogar der Zustimmung des Lesers, da der Genuß, den uns der Umgang mit ihnen beschert, unwiderstehlich und dauerhaft ist.«

Zum Abschluß dieser kurzen Übersicht über JLBs Ansichten zum Thema Chesterton erscheint es sinnvoll, mit einem letzten Zitat – wiederum aus dem Vorwort zu *Apollos Auge* – den Bogen zurück zur Frage nach GKCs Religiosität zu schlagen: »Der Katholizismus Chestertons schadete seinem Ruhm in England, denn die Leute blieben dabei, ihn zu einem bloßen katholischen Propagandisten abzustempeln. Unleugbar war er das, aber er war auch ein großer Prosaschriftsteller und Lyriker. Es ist bedeutsam, daß seine zwei hervorragenden Heldendichtungen ›The Ballad of the White Horse‹ (1911) und ›Lepanto‹ (1912) christliche Siege über die Heiden besingen. Die erste feiert eine Schlacht Alfreds des Großen gegen die Wikinger; in der zweiten treten der Sultan von Byzanz auf, Mohammed in seinem entsetzlichen Paradies, Philipp II., der Papst in seiner Geheimkapelle, Miguel de Cervantes, der das Schwert in die Scheide steckt und schon vom Don Quijote träumt, und der beständige Schatten Don Juans de Austria auf der Jagd nach Ruhm. Ungeachtet seiner Liebe zu England und Frankreich sah Chesterton den Mittelpunkt der Welt in Rom. In einem Brief lesen wir: ›Es ist unsinnig, nach Rom zu reisen, wenn man nicht überzeugt ist, daß man dorthin zurückkehren wird.‹ ...«

Nachdem nun solchermaßen jeder Zweifel an GKCs literarischer Bedeutung ausgeräumt sein dürfte, bleibt als letztes die Frage übrig, ob GKC tatsächlich Kriminalgeschichten geschrieben hat. Er selbst hat in seiner berühmten »Verteidigung der Detektivgeschichten« ausdrücklich und ausschließlich eben nur von solchen gesprochen; und sein Vergleich moderner Detektive – ob nun beamteter der Polizei oder eben privater – mit den Rittern der Tafelrunde oder den Fahrenden Rittern vergangener Zeiten und Ritterromane legt den Verdacht nahe, daß GKC den jeweiligen Kriminalfall (wenn es denn überhaupt einen gibt) nur als Aufhänger für den Plot, als einen grellen Faden im vielschichtigen Gespinst seiner Erzählungen angesehen hat (seien es nun solche über FB oder über die Abenteuer seines guten Dutzend anderer Detektive, die im Grunde aber nur Varianten zu Father Brown sind). In seinen Geschichten spielt jedenfalls die Lösung des jeweiligen Kriminalfalles eine viel geringere Rolle als die Aufdeckung jener Wahrheit(en), um die es GKC jeweils geht.

Viele der großen Autoren des Genres würden wahrscheinlich mehr oder minder verschämt der Bezeichnung des Detektivs als moderne Form des Fahrenden Ritters, wie GKC sie entwickelt hat, zustimmen: von de Baantjer bis van de Wetering, Ed McBain und Chandler, Chase und Hammett und Himes und Keating, von Cheyney und Ørum, Ross Thomas und Woolrich und Sjöwall/Wahlöö ganz zu schweigen. Und sicherlich entspricht niemand dem nobel-romantischen Bild vom fahrenden Gralsritter mehr als Father Browns französischer Freund Flambeau, nachdem er ihn vom Dieb zum Diebsfänger verwandelt hatte. Aber Father Brown selbst?

Marie Smith schrieb im Vorwort zu ihrer Sammlung *Thirteen Detectives*[6)], in den 70er Jahren habe sich der literarische Geschmack auch in Sachen Detektivgeschichten drastisch verändert: Chestertons Ruhm aber habe überlebt, wo der vieler anderer untergegangen sei. Und dann zitiert sie aus Julian Symons »Bloody Murder«, seiner Geschichte dieser Literaturgattung, dessen schneidende Verurteilung der faden Langweiligkeit vieler früherer Autoren des Fachs und sodann seinen Lobgesang: »Die kurzen Detektivgeschichten, die Gilbert Keith Chesterton geschrieben hat, sind so scharf, paradox und romantisch wie die Novellen, Gedichte, literarischen Kritiken und journalistischen Arbeiten, die seiner gelegentlich nur zu willigen Feder entströmten ... Geschichten, in denen die Wirklichkeit aussieht wie Phantasterei. Die besten dieser Erzählungen gehören zu den besten *short crime stories*, die jemals geschrieben wurden .... Chesterton lesen bestärkt die Wahrheit, daß die besten Detektivgeschichten von Künstlern und nicht von Kunsthandwerkern geschrieben wurden.« Wie wäre hier wohl der Begriff *short crime story* am treffendsten zu übersetzen?

Im gleichen Zusammenhang schrieb der Kenner und Könner Keating 1987[7)]: »Chestertons Gabe der Paradoxie blühte vielleicht am reichsten in seinen Detektivgeschichten auf. Die Fähigkeit, Paradoxes zu erkennen, ist eine, die sich jeder Verfasser von Detektivgeschichten als Gabe von seiner Patenfee erbitten sollte. Detektivgeschichten hängen davon ab, plötzlich etwas richtig zu sehen, was oftmals bedeutet, es vom Kopf auf die Füße zu stellen. Poe hat uns gezeigt, daß der beste Platz, um einen Brief zu verstecken, ein Briefkorb ist. Conan Doyle hat uns erzählt, das wirklich Wichtige sei gewesen, daß der Hund in der Nacht *nicht* gebellt hat. Diese

Gabe war im Falle Chestertons um so besser, als sie nicht nur von der Freude eines Puzzlespielers an der Erschaffung von Rätselspielen angefeuert wurde, sondern von dem ganzen Mann und seinen Überzeugungen. Er sah alles gleichermaßen oft auf dem Kopf wie auf den Füßen stehend. Und nirgendwo mehr als in seiner fortlaufenden Beschreibung von Father Brown … dem kleinen katholischen Priester, der irgendwie zugleich auch einer aus dem Rudel der großen Detektive ist.«

Ähnlich JLB in seinem bereits erwähnten Vorwort zu *Apollos Auge,* in dem es zu den Detektivgeschichten GKCs heißt: »Die Arbeit Chestertons als Kritiker – seine Bücher über Dickens, Browning, Stevenson, Blake und den Maler Watts – ist ebenso bezaubernd wie tiefgründig; seine Romane, um die Jahrhundertwende geschrieben, vereinen Mystik mit Phantasie; aber sein derzeitiger Ruhm beruht vor allem auf dem, was man das ›Heldenlied vom Pater Brown‹ nennen könnte. Es ist denkbar, eine Zeit vorauszusehen, in der der Kriminalroman – Poes Erfindung – verschwunden sein wird, denn er ist die unnatürlichste aller Literaturgattungen und die, die am meisten einer Spielerei ähnelt. Chesterton selbst hat hinterlassen, daß der Roman ein Spiel mit Gesichtern ist und der Kriminalroman ein Spiel mit Masken … Trotzdem bin ich sicher, daß man die Geschichten von Chesterton immer lesen wird, weil das Geheimnis, das ein unmögliches oder übernatürliches Ereignis vermuten läßt, so interessant ist wie die den Gesetzen der Logik gehorchende Lösung, die uns die letzten Zeilen bescheren.

Bevor er sich an die Literatur wagte, versuchte Chesterton es mit der Malerei, daher ist sein Werk bemerkenswert visuell.

Seine Sekretärin und beste Biographin, Maisie Ward, hat die freundliche Indiskretion begangen, uns zu verraten, daß der Meister vor Beginn des Diktats mit der Zigarre ein verstohlenes Kreuzzeichen zu schlagen pflegte. Der korpulente Riese versäumte nie, sich in göttliche Obhut zu begeben.

Unser Band enthält die für mein Gefühl beste Geschichte Chestertons, in der er mit einem langen weißen Weg, mit weißen Husaren und weißen Rossen einen wunderschönen Schachzug aufbaut. Ich meine *The Three Horsemen of Apocalypse* (Die drei Reiter der Apokalypse). In *The Queer Feet* (Die seltsamen Schritte) wird eine neue Art von Verkleidung erfunden; in *The Honour of Israel Gow* (Die Ehre des Israel Gow) ist das gespenstische Schloß in Schottland wesentlicher Bestandteil eines anscheinend unlösbaren Rätsels; in *The Eye of Apollo* (Apollos Auge) dient der Kult eines antiken Gottes zur Ausführung eines Verbrechens; schon der Titel von *The Duel of Dr. Hirsch* (Das Duell des Dr. Hirsch) – deutlicher will ich nicht werden – ist ein logischer Fehlschluß. Das alte Thema vom Doppelgänger, das Stevenson und Dostojewski zu ihren berühmten Werken angeregt hat, wird hier auf originelle Weise abgehandelt, ich will die dabei verwendeten Mittel dem Leser nicht verraten, der sie scharfsinnig mit Bewunderung entdecken wird.«

Marie Smith hat a. a. O. festgehalten, daß C. Day Lewis als »Nicholas Blake« und W. H. Auden die Detektivgeschichte als eine Form des modernen Märchens bezeichnet haben; »das ist eine Ansicht, die heute kaum noch in Mode ist, da man die Wahrheit mit Realismus gleichsetzt, aber ich glaube, daß wir Chestertons Geschichten als Märchen betrachten sollten – er würde das sicherlich als großes Lob empfunden haben –, die eine tiefere Wahrheit ausdrücken können.«

Und wiederum muß JLB zitiert werden, der sich lange und eingehend mit dem Thema Kriminalroman und Kriminalgeschichte beschäftigt hat. In seinem Essay über Nathaniel Hawthorne im Band *Inquisitionen* (s. Fußnote [4)]) stellt er auf S. 81 zu dessen Erzählungen fest: »Unter den abgeschlossenen ist eine – ›Mr. Higginbotham's Catastrophe‹ –, die das von Poe eingeführte Genre der Detektivgeschichte vorwegnimmt.« In seinem Essay »Über die Kriminalgeschichte« von 1978[8)] heißt es dann auf S. 59 weiter: »In England, wo man diese Gattung vom psychologischen Gesichtspunkt her betreibt, finden wir die besten Kriminalromane überhaupt: *Die Frau in Weiß* und *Der Monddiamant* von Wilkie Collins. Danach haben wir Chesterton, Poes großen Erben. Chesterton sagte, nie seien bessere Kriminalerzählungen geschrieben worden als von Poe, aber mir erscheint Chesterton als der bessere von beiden. Poe schrieb rein phantastische Erzählungen. Denken wir zum Beispiel an *Die Maske des Roten Todes* oder *Das Faß Amontillado*; beide sind rein phantastisch. Daneben seine intellektuellen Erzählungen, wie die fünf Kriminalgeschichten. Chesterton dagegen tat etwas völlig anderes; er schrieb Erzählungen, die phantastisch sind und gleichzeitig mit einer kriminalistischen Lösung enden.« Alsdann erörtert JLB kurz die Geschichte »Der unsichtbare Mann« beschreibt das Verhalten des Mörders und schließt: »Father Brown sucht ihn auf, redet mit ihm, hört seine Beichte, spricht ihn los – in Chestertons Erzählungen gibt es weder Verhaftungen noch Gewalttätigkeiten.«

An dieser Stelle sei mir eine Zwischenbemerkung gestattet. Es ist gerade dieses – sagen wir – grundkatholische Verhalten Father Browns, das ihn von seinem einzigen ernstzunehmenden Rivalen grundlegend unterscheidet: von Kemelmans »Rabbi Small«, natürlicherweise. Und damit ebenso natürlicherweise die FB-Geschichten insgesamt von den Rabbi-Small-Geschichten. Aber zurück zu JLB.

Borges schrieb 1952 in seinem Essay »Über Chesterton« (s. Fußnote 4)) unter dem Motto »Weil Er das Grauen aus dem Baum nicht nimmt …« (aus GKCs *A Second Childhood*): »Edgar Allan Poe schrieb Geschichten rein phantastischen Horrors oder reiner *bizarrerie*; Edgar Allan Poe war der Erfinder der Kriminalgeschichte. Ebenso unbestreitbar ist die Tatsache, daß er die beiden Gattungen nicht kombiniert hat. Er betraute nicht den Chevalier Dupin mit der Aufgabe, das alte Verbrechen des Mengenmannes festzustellen oder das Trugbild zu entschlüsseln, das in der schwarzen und scharlachroten Kammer den maskierten Fürsten Prospero mit einem Blitzschlag fällte. Chesterton dagegen hat mit Passion und glücklichem Gelingen diese *tours de force* immer wieder fertiggebracht. Jedes einzelne Stück aus der Saga von Father Brown präsentiert ein Mysterium, bietet Erklärungen dämonischer oder magischer Art an und ersetzt sie schließlich durch andere, diesseitige. Meisterschaft ist nicht die einzige Tugend dieser kurzen Fiktionen; ich glaube, in ihnen eine Chiffre der Geschichte Chestertons wahrzunehmen, ein Symbol oder einen Spiegel Chestertons. Daß er sein Schema im Laufe der Jahre und der Bücher *(The Man who knew too much; The Poet and Lunatic; The Paradoxes of Mr. Pond)* wiederholt, scheint zu bestätigen, daß es sich um eine Grundform handelt, nicht um ein rhetorisches Kunststück.«

Hier sei erneut eine Zwischenbemerkung gestattet: Die bereits 1914 geschriebene Erzählung *Die Donnington-Affäre* scheint mir auf eigenartige Weise in der Schreibart eher zu den in GKCs letzten Jahren entstandenen Geschichten dieses V. Bandes der FB-Geschichten zu passen als zu den früheren, weshalb sie in diesem V. Band ans Ende gestellt wurde. Denn sie könnte auch vom Inhalt her durchaus als eine Summe allen Denkens des Father Brown gelten. Und bestätigt so gewissermaßen die vorstehende Überlegung JLBs, der weiterschrieb:

»Diese Notiz will ein Versuch sein, diese Form zu interpretieren … Chesterton war Katholik, Chesterton glaubte an das Mittelalter der Präraffaeliten *(London, small and white, and clean)*, Chesterton dachte, wie Whitman, daß kein Unglück uns von einer Art kosmischer Dankbarkeit entbinden dürfe. Solche Glaubensüberzeugungen mögen richtig sein, aber das Interesse, das sie erwecken, ist begrenzt; anzunehmen, daß sie Chesterton erschöpfen, heißt vergessen, daß ein Credo das letzte Glied einer Kette geistiger und emotionaler Vorgänge, der Mensch aber die ganze Kette ist …

Poe und Baudelaire nahmen sich wie der gequälte Urizen von Blake die Erschaffung einer Schreckenswelt vor; ganz natürlich wimmelt es in ihrem Werk von Horrorgestalten. Chesterton hätte sich, scheint mir, dagegen verwahrt, als Schreckensspezialist, als *monstrorum artifex* (Plinius XXVIII, 2) bezeichnet zu werden, aber unweigerlich verfällt er auf gräßliche Einzelheiten. Er fragt, ob vielleicht ein Mensch drei Augen hat oder ein Vogel drei Flügel; er führt, gegen die Pantheisten, einen Toten an, der im Paradies die Entdeckung macht, daß die Geister der Engelschöre unwandelbar sein Gesicht haben; er spricht von einem Spiegelkerker; er spricht von einem Labyrinth ohne Mittelpunkt; er spricht von einem Mann, der von Metallautomaten verschlungen wird; er spricht von einem Baum, der Vögel frißt und anstelle von Blättern Federn treibt … Derlei Beispiele, die man beliebig vermehren könnte, beweisen, daß Chesterton sich dagegen wehrte, Edgar Allan Poe zu sein oder Franz Kafka, daß aber etwas in der Grundbeschaffenheit seines Ichs zum Albtraum neigte … Er verlästerte Ibsen …, aber die Trolle und der Gießer im *Peer Gynt* waren aus dem Stoff seiner Träume gemacht … Dieser

Zwiespalt und diese gewaltsame Unterjochung einer dämonischen Willenskraft bestimmen Chestertons Wesen. Embleme dieses Widerstreits sind für mich die Abenteuer des Father Brown, von denen jedes eine unerklärliche Tatsache allein mit Hilfe der Vernunft klären will. Nicht die Erklärung des Unerklärlichen, sondern des Verworrenen ist es, was sich Kriminalautoren im allgemeinen vornehmen. Wie gesagt: Diese Fiktionen sind Chiffren der Geschichte Chestertons, Symbole und Spiegel Chestertons. Das ist alles; nur daß die ›Vernunft‹, der Chesterton seine Phantasien unterstellte, eben nicht die Vernunft war, sondern der katholische Glaube oder, sagen wir, ein Komplex hebräischer Vorstellungen, der Platon oder Aristoteles angehängt worden ist.«

Hat JLB Chestertons Vernunftvorstellung richtig beschrieben, oder ausreichend? Er scheint sich da selbst in Zweifeln befunden zu haben, denn er fährt fort, GKCs Wesen mit Hilfe zweier gegensätzlicher Parabeln zu beschreiben. Die erste ist die aus Kafkas Erzählungen: Da geht es um einen Mann, der um Eintritt in das Gesetz bittet. Der Türhüter am ersten Tor beschreibt ihm, was ihn drinnen erwarte, und er setzt sich nieder und wartet, und nach langen Jahren stirbt er, und im Sterben fragt er, wieso sonst niemand um Einlaß gebeten habe. Da erfährt er: »Hier konnte niemand sonst Einlaß erhalten, denn dieser Eingang war nur für dich bestimmt.« Die zweite Parabel aus Bunyans *The Pilgrim's Progress* beschreibt eine Burg, die von vielen Kriegern bewacht ist und von einer großen Menge Volkes begafft wird; ein Türhüter hat ein Buch, in das er den Namen dessen einzutragen hat, der würdig ist, die Burg zu betreten. Da kommt ein Unerschrockener, nennt seinen Namen, stürzt sich auf die Krieger und schlägt sich einen blutigen Pfad ins Innere der Burg. JLB: »Chesterton setzte sein Leben daran, die zweite der beiden Parabeln zu schreiben, aber etwas in ihm neigte immer dazu, die erste zu schreiben.«

Und ein letztes Zitat zum Thema »Chesterton und Father Brown« aus JLBs Gespräch »Über die Kriminalgeschichte« (s. Fußnote 2)), in dem es auf S. 208 f. heißt: »Im Falle Chesterton ... bestimmt würde ich sagen, das sind die Meisterwerke der Gattung, zumal diese Kriminalgeschichten zugleich ja Geschichten des Übernatürlichen sind: In jeder Erzählung wird eine übernatürliche Lösung angedeutet. Und dann kommt eine Lösung, die wir als rational anerkennen müssen, dargeboten von Father Brown oder einem der anderen von Chesterton erschaffenen Detektive. Und außerdem sind diese Geschichten ... wie Theaterstücke oder auch wie Bilder ... Ich weiß nicht, ob Ihnen bekannt ist, daß Chesterton zuerst Maler werden wollte; und dann hat er die Malerei und das Zeichnen aufgegeben und sich der Literatur zugewandt, aber in der Literatur ist er ein Maler geblieben ... Und außerdem ist alles in bestimmter Weise aufeinander abgestimmt; die Personen tauchen auf, als ob sie eine Bühne beträten. Und immer gibt es da zum Beispiel eine Frau mit rotem Haar, und diese rothaarige Frau sieht man ... vor einem orangeroten Sonnenuntergang ... Die Himmel, die Wälder, die Landschaften, die Architektur – die Architektur ist in jeder Geschichte anders; es gibt Geschichten, die zum Beispiel für eine gotische Kathedrale geschrieben sind. Und das Rätsel gleicht sich dem an; es nimmt diese Gestalt an. Andere sind für die Highlands konstruiert, die schottischen Hochlande; und andere für die Vororte von London, diese ruhigen Gärten der Londoner Umgebung ... Und alles ist auf die jeweilige Umgebung abgestimmt. Ein weiterer seltsamer Zug der Geschichten von Chesterton besteht darin, daß niemals irgend jemand bestraft wird. Sicher, Father Brown, der Detektiv, ist ein Priester und kann niemanden der Polizei ausliefern. Deshalb kommt es vor, daß der Mörder stirbt oder verhaftet wird, aber Father Brown ist niemals ein, sagen wir, Inquisitor, ein Vollstrecker, ein Henker; nein, er ist ein nachsichtiger Mensch. Und manchmal, in einigen Geschichten, zum Beispiel in *Der Unsichtbare*, entdeckt Father Brown den Mörder, und sie unterhalten sich lange. Es wird angedeutet, daß der Mörder bereut und daß Father Brown ihm die Absolution erteilt hat, denn es wird nicht mehr von ihm gesprochen; das weitere Schicksal des Mörders hat keine Bedeutung mehr. Und Father Brown bleibt unbefleckt.«

Diese Zitate aus den besten Kommentaren zu Chesterton und Father Brown erheben beider Qualitäten zwar über jeden Zweifel. Doch scheint mir, daß noch vieles Wichtige ungesagt geblieben ist.

Da ist zum einen die Tatsache, daß Father Brown eine ganze Reihe von Kriminalfällen löst (wenn das Wort überhaupt zutrifft), die gar keine sind. Ich meine damit nicht jene, in denen Father Brown das jeweilige Verbrechen gar nicht zur Ausführung kommen läßt, etwa die drei Geschichten über seinen nachmaligen Freund Flambeau aus der Zeit, als er noch Dieb war und noch nicht als Diebsfänger Gutes tat (vgl. Band 1, *Father Browns Einfalt*, 1., 3. und 4. Geschichte) und all die anderen, bei denen selbst ausgefuchste angelsächsische Juristen Mühe hätten, einen einklagbaren Fall herauszufiltern. Ich spreche von den Geschichten, die wie *Die Ehre des Israel Gow* (Band 1) oder *Die Abwesenheit von Mr. Glass* (Band 1) oder *Die Auferstehung von Father Brown* (Band 1) oder *Father Browns Geheimnis* oder *Father Browns Skandal* nicht von einem Verbrechen handeln, sondern davon, daß sich die normale sozialisierte Vernunft, zumal die für wissenschaftlich-logisch gehaltene, ein Verbrechen einbildet, wo es überhaupt keines gibt. Wo es lediglich darum geht, daß man aus Gründen anerzogener Sehweisen in der Wirklichkeit eine andere Wahrheit glaubt sehen zu müssen, als in ihr enthalten ist. Typisch für GKC/FB ist nun, daß bereits in der ersten dieser Erzählungen, in *Die Ehre des Israel Gow*, Father Brown selbst in diese Falle tappt und sich darob dann auch entsprechend ausschilt. Kann man hier wirklich von Kriminalgeschichten sprechen? Oder bei *Father Browns Märchen* (Band 1), wo sich ein dramatischer historischer Mord als Tötung durch Zufall und gegen den Willen dessen herausstellt, der den Befehl zur Handlung gab und dann sozusagen zufällig sein eigenes Opfer wird? Oder vielleicht doch wiederum nicht so ganz zufällig?

Father Brown erörtert diese Zusammenhänge verschiedentlich und leicht übersehbar, am deutlichsten sicherlich in der Erzählung *Der Schnelle*, in der er auf S. 251 mit schwacher Stimme klagt: »Ich sage Dinge, aber alle anderen scheinen zu wissen, daß sie mehr bedeuten, als sie sagen. Einmal habe ich einen zerbrochenen Spiegel gesehen und gesagt ›Etwas ist geschehen‹, und alle anderen antworteten: ›Ja, ja, wie Sie so richtig feststellen, haben zwei Männer miteinander gerungen, und einer ist in den Garten gerannt‹ und so weiter. Ich verstehe das nicht. ›Etwas ist geschehen‹ und ›Zwei Männer haben miteinander gerungen‹ erscheint mir überhaupt nicht wie das gleiche; aber ich wage dennoch zu behaupten, daß ich alte Bücher über die Logik gelesen habe.« Man lese die ganze Passage selbst und gehe ihr in all ihren Feinheiten geduldig nach. Mir jedenfalls erscheint diese Stelle so, als wolle FB sagen: Ihr hört mir mit den Ohren der angeblich so logischen positivistischen Wissenschaft zu, zu der die vernünftige Aufklärung verkommen ist, während ich, geschult an der alten scholastischen Logik, bemüht bin, nur die Wahrheiten zu sagen, die die Wirklichkeiten vorzeigen. Natürlich steckt in dieser Differenz zwischen der Redeweise FBs und der Hörweise der anderen ein Teil jener erzählerischen Kniffe, mit denen GKC nach guter alter Detektivgeschichtentradition den Kern seiner Erzählungen so lange wie nur möglich zu verschleiern sucht. Aber in ihr steckt eben noch sehr viel mehr.

Da ist zum anderen die Tatsache, daß GKC/FB bestimmte Themen in ganz unterschiedlichen Geschichten immer wieder mit identischem Tenor abhandelt: etwa die Frage der krummen orientalischen Formen und deren Bedeutung (z. B. in Band 1, S. 113 ff., S. 183 ff. und S. 375 ff.; im vorliegenden Band, S. 60 ff., S. 101 ff., S. 140 ff. sowie S. 231 ff.). Schon der Titel der Erzählung in Band 1, S. 231 ff., *Die falsche Form*, verrät die Richtung. Da heißt es »orientalische Himmel, die schlimmer sind als die meisten westlichen Höllen« und »östliche Kunst ... Die Farben sind berauschend lieblich; aber die Formen sind niedrig und schlecht ... Die Linien laufen absichtlich falsch – wie Schlangen, die sich zur Flucht krümmen« und schließlich S. 238: »Sehen Sie doch nur«, rief Father Brown und hielt das gekrümmte Messer auf Armeslänge, als ob es eine glitzernde Schlange wäre. »Sehen Sie die falsche Form denn nicht? Sehen Sie nicht, daß es keinen gesunden und einfachen Zweck hat? Es hat keine Spitze wie ein Speer. Es schneidet nicht wie eine Sense. Es *sieht* nicht aus wie eine Waffe. Es sieht aus wie ein Foltergerät.« Die Gründe für GKCs Abneigung gegen diese »orientalischen Formen« wird man in seiner Biographie finden können.

Es wäre leicht, zu jedem beliebigen Thema der FB-Geschichten eine Sammlung von für GKC charakteristischen Zitaten zusammenzustellen, die seine völlig unabhängige, souveräne Denkweise ebenso verdeutlichen wie die Tatsache, daß es ihm in den

FB-Erzählungen in erster Linie nicht um Kriminalgeschichten geht. In Band 1, S. 309 ff. etwa heißt es: »Was wir alle am meisten fürchten, ist ein Irrgarten *ohne* Mittelpunkt. Darum ist der Atheismus nur ein Albtraum.« In Band 1, S. 389 ff. stellt Father Brown fest: »Für mich ist eine moralische Unmöglichkeit die größte aller Unmöglichkeiten.« (Woraus sich nebenbei die Frage ergibt, ob GKC hier nicht – wie viele – Moral mit Ethos verwechselt, wo nicht gar in eins setzt). Im vorliegenden Band, S. 181 liest man schließlich: »Sie vergeben Verbrechern nur dann, wenn sie begehen, was Sie gar nicht als Verbrechen ansehen, sondern eher als Konventionen.«

Am deutlichsten wird das vielleicht in der Behandlung der beiden Mörderinnen, von denen GKC seinen Father Brown berichten läßt: in *Die Schauspielerin und das Alibi* und in *Die Donnington-Affäre*. In keinen anderen Geschichten sind die tatsächlichen Tathinweise so dürftig, bedarf es schließlich so ausführlicher Erklärungen FBs, um klarzulegen, was geschehen ist, weil es warum so geschehen sein mußte. Selbst bei guten Kenntnissen der englischen Theaterliteratur wird wohl kaum jemand den entscheidenden Hinweis verstehen, anhand dessen Father Brown das Geheimnis der Schauspielerin enträtselt, das in der Ermordung ihres Mannes besteht, um für ihren Geliebten, den Schauspieler Knight, frei zu werden. Und als ihn jemand fragt: »Hat sie Knight tatsächlich so geliebt?«, erreicht die Theologie GKCs bzw. FBs im Sinne einer Seelsorgetheologie den vielleicht krassesten und unerwartetsten Gipfel: »Ich hoffe, denn das wäre wirklich die menschlichste Entschuldigung.« Diese Hinweise mögen genügen, um deutlich zu machen, wie reiche Ernte eine gründliche Ausdeutung der FB-Erzählungen Chestertons, aber auch seiner anderen Essays und Erzählungen, erbringen könnte.

Und zum dritten ist da die Tatsache, daß GKC in einer oftmals geradezu unglaublichen und atemberaubenden Schreibkunst versteht, dem Leser durch Sprach- (und Schreib-)Bewegungen die Bewegungen seiner Gedanken- und Bilderwelt nahezubringen. Auf einiges davon wird nachstehend auf S. 613 ff. hingewiesen, auf anderes nachstehend S. 616 ff. Ein letzter Punkt zu diesem Themenbereich sei hier angeführt. Bei der Lektüre insbesondere der FB-Geschichten entsteht sehr rasch der Eindruck, als ob GKC gemessen am Üblichen unverhältnismäßig oft relativierende Füllwörter wie »it seems«, »seemingly«, »rather«, »nearly« usw. sowie entsprechende Konjunktive und syntaktische Fügungen verwendet (man erinnere sich an Max Frischs konjunktivischen Roman *Mein Name sei Gantenbein*).

Dieses Verhalten hat mich sehr bald an die alte Form der Formulierung mathematischer Aufgaben gemahnt: Lateinisch hieß das »Ut sit ...«, deutsch »Es sei ...«. So, als habe GKC sagen wollen: Vorausgesetzt, es gäbe folgende Fakten, dann hätte man sie nach den alten Regeln der Vernunft, wie sie von der scholastischen bis zur humanistischen Aufklärung entwickelt worden sind, so zu beurteilen, wie es mein Father Brown tut; und nicht nach den ebenso verkommenen wie pseudostrengen Regeln der positivistischen Logik, die sich nach der Französischen Revolution im Aufschwung der Naturwissenschaften als Verhaltensregeln konventioneller, aber unmoralischer, weil a-ethischer Gesellschaftsordnung an die Stelle der alten Vernunft gesetzt haben.

Father Brown ein fahrender Gralsritter? Sicherlich. Doch sieht er das schlimmste Verbrechen nicht in einem Mord, sondern in der Ermordung der Menschlichkeit durch das Grundübel der Sünde wider den Heiligen Geist: durch modernen sogenannten Rationalismus.

Und noch einige weitere Fragen gibt es: Dachte GKC in den Bahnen des Glaubens an eine vorgegebene Kausalität? Oder versuchte er, aus dem Sammelsurium erkennbarer Fakten Sinnschöpfung zu betreiben? Das Vorhandene als Bruchstücke des zu Erfüllenden zu sehen? Oder als Mosaiksteine, aus denen jeder beliebige, aber nur ein sinnvoller Text zu erschaffen ist?

LITERATUR

1) JLB: *Niedertracht und Ewigkeit.* Band 3 der Werke im Fischer Taschenbuch Verlag, S. 11. (Deutsch von Karl August Horst und Gisbert Haefs.) Frankfurt/Main 1991

2) JLB und Osvaldo Ferrari: *Lesen ist denken mit fremdem Gehirn. Gespräche über Bücher & Borges.* (Deutsch von Gisbert Haefs.) Arche Verlag AG, Zürich 1990

[3] GKC: *Apollos Auge.* Erzählungen. Mit einem Vorwort von JLB. (Deutsch von Maria Baumberg.) Goldmann Verlag, München 1989

[4] JLB: *Inquisitionen.* Essays. Band 7 der Werke im Fischer Taschenbuch Verlag, S. 94/95. (Deutsch von Karl August Horst und Gisbert Haefs.) Frankfurt/Main 1992

[5] Über die Hintergründe erfährt man einiges in der »Biographischen Skizze«.

[6] *Thirteen Detectives.* Classic Mystery Stories by the Creator of Father Brown. Selected and arranged by Marie Smith. Xanadu Publications Ltd., London 1987. (Deutsch als: *Die 13 Detective*, von Hanswilhelm Haefs, dtv, erscheint demnächst)

[7] H. R. F. Keating: *Crime and Mystery: the 100 Best Books.* London 1987

[8] JLB: *Die letzte Reise des Odysseus.* Band 16 der Werke im Fischer Taschenbuch Verlag. (Deutsch von Gisbert Haefs.) Frankfurt/Main 1992

Bibliographische Skizze

An Gilbert Keith Chesterstons Werk haben die als Buch konzipierten und geschriebenen Texte den geringsten Anteil. Von den 111 Buchtiteln, die bis 1955 verzeichnet sind, stellen 40 Sammelbände von vorher in Zeitschriften erschienenen Arbeiten dar und 9 schlichte Nachdrucke umfangreicherer Zeitschriftenessays. Und von den 62 übrigen Einzeltiteln dürfte wiederum ein beträchtlicher Teil eher in die Kategorie Broschüre als in die Kategorie Buch fallen. Da vor allem in den frühen Jahren viele Arbeiten GKCs in vielerlei Zeitschriften, die längst nicht mehr existieren, oftmals ungezeichnet erschienen, ist bis heute nicht einmal das gesamte von ihm stammende Material, das auf diese Weise veröffentlicht wurde, identifiziert; und erhebliche Teile seiner nachgelassenen Schriften sind bis heute nie veröffentlicht worden. So ist bisher weder eine verbindliche abschließende Übersicht über sein Gesamtwerk noch entsprechend eine umfassende Bibliographie möglich. Die bisher einzige Bibliographie hat 1958 John Sullivan vorgelegt, aus der die nachfolgenden Angaben entnommen sind; 1968 veröffentlichte er ferner eine bibliographische Fortsetzung.

Es gilt nun dem Verdacht zu wehren, GKC sei naiv oder gar weltfremd gewesen, wozu manchen Leser zum Beispiel der Father-Brown-Geschichten voreiliges Beurteilen verführt hat. Naiv war GKG höchstens in dem Sinne, in dem die Güte des Herzens naiv ist. Es wird vorstehend ab S. 464 knapp skizziert, wie genau GKC sich in den Abgründen des menschlichen Lebens umgetan hatte, ehe er zu seiner optimistischen Grundhaltung fand. In seiner *Verteidigung des Unsinns, der Demut, des Schundromans und anderer mißachteter Dinge – The Defendant* schrieb er hierzu: »Der Pessimist gilt gemeinhin als der Mensch der Revolte. Er ist es nicht. Zunächst, weil es zur Fortsetzung einer Revolte eines gewissen Maßes an Fröhlichkeit bedarf, sodann, weil der Pessimismus an die Schwäche aller Menschen appelliert und sein Geschäft deshalb ebenso floriert wie das des Schankwirtes. Wer wirklich revoltiert, ist der Optimist, der allgemein in dem verzweifelten und selbstmörderischen Versuch lebt und stirbt, all die anderen Menschen davon zu überzeugen, wie gut sie sind.«

Auch weltfremd war GKC mitnichten, wenngleich die Zahl der (belegten) Anekdoten über seine Zerstreutheit Legion ist: Einst telegraphierte er seiner Frau, daß er sich da und da befinde, wo er denn sein solle? Frau Frances, die ihren Gilbert kannte, telegraphierte zurück: Er solle heimkommen. Es erschien ihr leichter, ihn von da aus wieder in den richtigen Marsch zu versetzen, als ihn telegraphisch in noch tiefere Wirrnisse zu stürzen. So aber war er nur in belanglosen Alltagsfragen. In der Politik etwa vertrat er früh und unerschrocken eine Politik, die sich gegen allen großenglischen Chauvinismus stellte und sich immer wieder als klarsichtig und zutreffend erwies. Den Versailler Vertrag etwa kommentierte er so, daß »dieser Friede der Vater vieler Kriege« werden würde.

In einem Fragment über den Gesellschaftszustand um 1900 in Großbritannien schrieb er: »Es mag viele Leute sonderbar berühren, daß in einer Zeit, die in ihren intellektuellen Überzeugungen im ganzen so optimistisch ist wie die unsere, in einem Zeitalter, da nur eine kleine Minderheit nicht an einen sozialen Fortschritt und eine große Mehrheit an eine letzte soziale Vollendung glaubt« (was er heute wohl so nicht mehr schreiben würde), »unter zahlreichen jungen Menschen eine so müde und blasierte Stimmung herrscht. Schuld daran, meinen wir, ist nicht der Mangel eines letztgültigen Ideals, sondern der Mangel an irgendeiner unmittelbaren Möglichkeit, sich dafür einzusetzen: Es fehlt nicht an etwas, worauf man hoffen, sondern an etwas, was man tun könnte. Ein Menschenwesen ist nicht befriedigt und wird niemals befriedigt sein, wenn man ihm sagt, daß es ganz in Ordnung sei: Was es braucht, um es froh zu machen, ist nicht eine Vorhersage, was andere Leute in hundert Jahren sein werden, sondern eine neue und anspornende Bewährungsprobe und Aufgabe: Diese werden es mit Sicherheit froh machen.« Welcher Sozialarbeiter in der Drogenszene und welcher Kenner der wirklichen Probleme der Arbeitslosigkeit würde ihm da nicht vollständig zustimmen?

Daß der Ironiker mit seiner Liebe zu funkelnden Paradoxa (»Nieder mit dem Kapitalismus – es lebe der König!«) viel Gelächter, aber wenig Verständnis auslöste, wird niemanden verwundern. Doch sollten seine Sarkasmen jeden davor warnen,

GKC als naiv oder weltfremd abzutun: »Ich bedauere, außerstande zu sein, der neugierigen Öffentlichkeit als die wahre Ursache meiner tragischen Veranlagung einen finsteren, brutalen Vater vorzuführen oder eine blasse, halbvergiftete Mutter, deren selbstmörderische Instinkte mich mit dem Fluch der Versuchungen des künstlerischen Temperamentes beladen haben. Es tut mir leid, daß sich in unserer Ahnenreihe nichts Rassigeres findet als ein entfernter, einigermaßen unbemittelter Onkel, und daß ich einer Pflicht nicht genügen kann, die mir als modernem Menschen eigentlich obläge: jeden zu verfluchen, der mich zu dem gemacht hat, was ich bin. Zwar weiß ich nicht genau, was ich nun eigentlich bin, aber es scheint mir ziemlich sicher, daß das meiste davon auf meine eigenen Kosten geht.«

Es lohnt sich, in Chestertons Geschichten mehr als nur unterhaltsame Detektivgeschichten zu sehen, vielmehr in ihnen einen goldenen Schlüssel zu erkennen, der Neugierigen die unerwartetsten Ausblicke und Einsichten aufschließen kann.

Titel, denen ein * vorangestellt ist, sind auch auf deutsch erschienen.

1900

1. *Greybeards at Play*, Literature and Art for old Gentlemen, Rhymes and Sketches. XII + 112 Seiten. R. Brimley Johnson, London.
2. *The Wild Knight*, and other Poems. VIII + 156. Grant Richards, London.

1901

*3. *The Defendant.* VIII + 136. R. Brimley Johnson, London. [deutsch 1917 von n. n. als »Verteidigung des Unsinns, der Demut, des Schundromans und anderer mißachteter Dinge« im Verlag der weißen Bücher, Leipzig; 1956 von Joachim Kalka als »Das Gold in der Gosse«, bei Klett-Cotta, Stuttgart; 1991 von Christoph Sorger als »Verteidigung des Nonsens: Skizzen« bei Kiepenheuer, Leipzig]

1902

4. *Twelve Types*. VIII + 204. Arthur L. Humphreys, London.

1903

5. *Robert Browning*. (in: English Men of Letters). VIII + 208. Macmillan & Co. Ltd., London.

1904

6. *G. F. Watts*. (in: The Popular Library of Art). VIII + 176 einschließlich 32 Seiten Illustrationen. Duckworth & Co., London, und E. P. Dutton & Co., New York

*7. *The Napoleon of Notting Hill*. X + 304. John Lane: The Bodley Head, London und New York. [deutsch 1927 von Manfred Georg als »Der Held von Notting Hill« bei Carl Schünemann, Bremen]

1905

*8. *The Club of Queer Trades*. VIII + 264 mit 32 ganzseitigen Illustrationen von GKC. (Der Text war einschließlich der Illustrationen 1904 als Serienvorabdruck im »Idler« erschienen.) Harper & Brothers, London und New York [deutsch 1928 von Rudolf Nutt als »Der geheimnisvolle Klub« im Musarion-Verlag, München; von Hanswilhelm Haefs als »Der Club der schrägen Berufe«, wird demnächst erscheinen]

*9. *Heretics*. X + 312. John Lane: The Bodley Head, London und New York [deutsch 1912 von Germaine Kolb-Stockley als »Heretiker« bei Georg Müller, München]

1906

*10. *Charles Dickens*. VIII + 304. Methuen & Co., London und Dodd, Mead & Co., New York [deutsch 1936 von Herbert Egon Herlitschka als »Dickens« beim Phaidon-Verlag, Wien]

1908

*11. *The Man who was Thursday, A Nightmare*. VIII + 332. (Eine dramatisierte Fassung von Mrs. Cecil Chesterton und Ralph Neale mit einem Vorwort von GKC erschien 1926). Simpkin, Marshall, Hamilton, Kent & Co. Ltd., London [deutsch

1910 von Heinrich Lautensack als »Der Mann, der Donnerstag war. Ein Nachtmahr« im Hyperion-Verlag, Berlin; von Hanswilhelm Haefs als »Der Mann der Donnerstag war – ein Albtraum« bei dtv, München 2001]

12. *All Things Considered.* VI + 296. Methuen & Co., London

*13. *Orthodoxy.* X + 304. John Lane: The Bodley Head, London, und John Lane Co., New York [deutsch 1910 von Heinrich Lautensack als »Orthodoxie« im Hyperion-Verlag, Berlin]

14. *Varied Types.* VIII + 272. Dodd, Mead & Co., New York

1909

15. *George Bernard Shaw.* 264. (GBS schrieb dazu: »Dieses Buch ist, was jeder von ihm erwartete: das beste Werk literarischer Kunst, das ich bisher hervorgerufen habe.«) John Lane: The Bodley Head, London, und John Lane Co., New York [deutsch 1925 von Clarisse Meitner und Ludwig Goldscheider als »G. Bernard Shaw« beim Phaidon-Verlag, Wien]

*16. *Tremendous Trifles.* VIII + 272. Methuen & Co., London [deutsch von Hanswilhelm Haefs als »Erschröckliche Belanglosigkeiten«, wird demnächst erscheinen]

1910

17. *The Ball and the Cross.* VIII + 404. (Teile waren als Serienvorabdruck 1905/6 in »Commonwealth« erschienen; eine US-Ausgabe bereits 1909 bei John Lane Co., New York; Bögen der US-Ausgabe wurden mit korrigierten Fehlern für die erste englische Ausgabe verwendet.) Wells Gardner, Darton & Co., London

*18. *What's wrong with the World.* VIII + 296. Cassell & Co., London, New York, Toronto and Melbourne [deutsch 1924 von Clarisse Meitner als »Was unrecht ist an der Welt« im Musarion-Verlag, München]

19. *The Glory of Grey.* 8 Seiten, Privatdruck.

20. *Alarms and Discursions.* VI + 260. Methuen & Co., London

21. *William Blake.* VIII + 212. Duckworth & Co., London, und E. P. Dutton & Co., New York

21. *The Ultimate Lie.* »Very handy to draw as a Gun on the Ultimate Liar«. 8 Seiten. Privatdruck. Riverside/Conn.

1911

22. *A Chesterton Calendar.* Compiled from the Writings of G. K. C. both in Verse and in Prose. With a Section apart for the moveable Feasts. VI + 424. Kegan Paul, Trench, Trübner & Co., London
23. *Appreciations and Criticisms of the Works of Charles Dickens.* XXX + 244. J. M. Dent & Sons, Ltd., London, und E. P. Dutton & Co., New York

*24. *The Innocence of Father Brown.* VIII + 336. Cassell & Co. Ltd., London, New York, Toronto and Melbourne [deutsch 1927 von Hedwig Maria von Lama als »Die verdächtigen Schritte« und »Die Sünden des Prinzen Saradin« bei Kösel & Pustet, München; 1959 von Heinrich Fischer als »Der Hammer Gottes« bei Kösel, München; 1991 von Hanswilhelm Haefs als »Father Browns Einfalt« bei Haffmans, Zürich]

25. *The Ballad of the White Horse.* »I say, as do all Christian men, that it is a divine purpose that rules, and not fate«, King Alfred's addition to »Boethius«. XX + 184. Methuen & Co. Ltd., London

*26. *The Future of Religion. Mr. G. K. Chesterton's Reply to Mr. Bernard Shaw.* (Reprinted for the Heretics.) 24 Seiten [deutsch 1947 von Alfred Sellner als »Bernard Shaw: ein Streitgespräch« in Symposion 16 der Amandus-Edition in Wien]

1912

*27. *Manalive.* VI + 384. Thomas Nelson & Sons, London, Edinburgh, Dublin, Leeds and New York, Leipzig, Paris [deutsch 1926 von Elsie McCalman und Nanni Collin als »Menschenskind« im Musarion-Verlag, München]

28. *A Miscellany of Men.* VIII + 268. (Essays aus den »Daily News«.) Methuen & Co. Ltd., London

1913

29. *The Victorian Age in Literature.* V + 256. Williams & Norgate, London

*30. *Magic.* A Fantastic Comedy. 80 Seiten. (Die 6. Ausgabe von 1914 enthält Photographien der Aufführungen.) Martin Secker, London [deutsch 1914 von Rudolf Kommer als

»Magie. Eine phantastische Komödie« bei Oesterhold & Co., Berlin]

1914

*31. *The Flying Inn.* VI11 + 304. Methuen & Co. Ltd., London [deutsch 1922 von Joseph Grabisch als »Das fliegende Wirtshaus« im Musarion-Verlag München; 1949 erschien es wieder als einer der ersten wirklichen RoRoRo = Rowohlts Rotations Romane im Zeitungsformat auf Zeitungspapier im Zeitungsdruck]

*32. *The Wisdom of Father Brown.* VIII + 312. Cassell & Co. Ltd., London, New York, Toronto and Melbourne [deutsch 1927 von Clarisse Meitner als »Das Paradies der Diebe« im Musarion-Verlag, München; 1991 von Hanswilhelm Haefs als »Father Browns Weisheit« bei Haffmans, Zürich]

*33. *The Barbarism of Berlin.* 96 Seiten. Cassell & Co. Ltd., London, New York, Toronto and Melbourne [deutsch 1915 von n. n. als »Berliner Barbarentum« bei Harrison & Co., London]

34. *London.* 40 Seiten + Photographien. Privatdruck. London

35. *Prussian versus Belgian Culture.* 12 Seiten. Everyman, London

*35a. *The Donnington Affair.* Frage von Max Pemberton, Antwort von GKC, in: »The Premier« [deutsch von Hanswilhelm Haefs als »Die Donnington-Affäre« im vorliegenden Band]

1915

36. *Letters to an old Garibaldian.* 48 Seiten. Methuen & Co. Ltd., London

37. *Poems.* VIII + 168. Burns & Oates. Ltd., London

38. *Wine, Water and Song.* 64 Seiten. Methuen & Co. Ltd., London

38a. *The so called Belgium Bargain.* 4 Seiten.

39. *A Poem*, 4 Seiten. London

40. *The Crimes of England.* 128 Seiten. Cecil Palmer & Hayward, London

1916

41. *Divorce versus Democracy.* 16 Seiten. The Society of SS. Peter & Paul, Publishers to the Church of England, London

41a. *Temperance and the Great Alliance.* 12 Seiten. The True Temperance Association, London

1917

42. *Lord Kitchener.* IV + 32. The Field and Queen (Horace Cox) Ltd., London
43. *A Short History of England.* VIII + 244. Chatto & Windus, London
44. *Utopia of Usurers, and other Essays.* XIV + 218. Boni & Liveright, New York

1918

45. *How to help Annexation.* 16 Seiten. (Nachdruck aus der »North American Review«, wo es unter dem Titel »Germany and Alsace-Lorraine; how to help annexation« erschienen war.) Hayman, Christy & Lilly Ltd., London

1919

46. *Irish Impressions.* VI + 250. W. Collins Sons & Co. Ltd., London, Glasgow, Melbourne, Auckland

1920

47. *The Superstition of Divorce.* VIII + 152. Chatto & Windus, London
48. *Charles Dickens, Fifty Years After.* 10 Seiten. Privatdruck, London
49. *Old King Cole*

    Old King Cole was a merry old soul,
    And a merry old soul was he.
    He called for his pipe,
    He called for his bowl,
    And he called for his fiddlers three.

    Unpaginiertes Einzelblatt. (Variationen in der Form von Parodien nach Tennyson, Yeats, Whitman und Browning.)
50. *The Uses of Diversity.* A Book of Essays. VIII + 192. Methuen & Co. Ltd., London

51. *The New Jerusalem.* X + 304. (Im Vorwort heißt es u. a.: »Diese Anmerkungen werden hier so wiedergegeben, wie sie in der Zeitung erschienen sind«, nämlich im »Daily Telegraph«. »Die einzige Ausnahme betrifft das letzte Kapitel über den Zionismus. Eine Meinungsverschiedenheit trennte den Verfasser des Buches von der Politik der Zeitung und verhinderte den vollständigen Abdruck dieses Kapitels an jener Stelle.« Der Zeitungsabdruck hatte mitten im letzten Kapitel aufgehört.) Hodder & Stoughton, London [deutsch 1930 von Curt Thesing als »Das neue Jerusalem – Reiseeindrücke« bei Carl Schünemann, Bremen]

1922

52. *Eugenics and other Evils.* VIII + 188. Cassell & Co. Ltd., London, New York, Toronto and Melbourne
53. *What I saw in America.* VI + 308. (Aus »The New Witness«.) Hodder & Stoughton Ltd., London
54. *The Ballad of St. Barbara, and other Verses.* X + 86. Cecil Palmer, London
55. *The Man, who Knew to much, and other storics.* X + 310. (Aus »Cassel's Magazine« und »The Storyteller«.) Cassel & Co. Ltd., London, New York, Toronto and Melbourne [deutsch 1925 von Clarisse Meitner als »Der Mann, der zuviel wußte. Geschichten um einen Gentleman-Dedektiv« im Musarion-Verlag, München; 2003 von Hanswilhelm Haefs als »Der Mann, der zu viel wußte«, wird demnächst erscheinen]

1923

56. *Fancies versus Fads.* X + 246. (Essays aus »The London Mercury«, »The New Witness« und »Illustrated London News«.) Methuen & Co. Ltd., London

*57. *St. Francis of Assisi.* VI + 192. Hodder & Stoughton Ltd., London [deutsch 1927 von Jacques L. Benvenisti als »Der heilige Franziskus von Assisi« bei Kösel & Pustet, München; vollständig in »Thomas von Aquin/Franz von Assisi, nova & vetera, Bonn 2003]

1924

58. *The End of the Roman Road.* A pageant of wayfarers. 64 Seiten. The Classic Press, London

1925

59. *The Superstitions of the Sceptic.* With a correspondence between the author and Mr. G. G. Coulton. 50 Seiten. W. Hefner & Sons Ltd., Cambridge. (Die Fortsetzung der Diskussion erschien von seiten GKCs in der »Dublin Review«, von seiten Coultons in der »Review of Churches«.)

*60. *Tales of Long Bow.* VIII + 312. Cassel & Co. Ltd., London, New York, Toronto and Melbourne

*61. *The Everlasting Man.* VIII + 316. Hodder & Stougthon Ltd., London [deutsch 1930 von Curt Thesing als »Der unsterbliche Mensch« bei Carl Schünemann, Bremen]

62. *William Cobbett.* VIII + 280. Hodder & Stoughton Ltd., London

1926

*63. *The Incredulity of Father Brown.* VIII + 296. Cassel & Co. Ltd., London, New York, Toronto and Melbourne [deutsch 1927 von Dora Sophie Kellner als »Ein Pfeil vom Himmel« im Verlag Die Schmiede, Berlin; 1988 von Heinrich Fischer als »Der geflügelte Dolch« im DDR-Kinderbuchverlag, Berlin; 1991 von Hanswilhelm Haefs als »Father Browns Ungläubigkeit« bei Haffmans, Zürich]

64. *The Outline of Sanity.* VIII + 232. (Den Titel griff Alzina Stone Dale für ihre 1982 erschienene Biographie GKCs wieder auf.) Methuen & Co. Ltd., London

65. *The Queen of seven Swords.* 52 Seiten. Sheed & Ward, London

1927

66. *The Catholic Church and Conversion.* 116 Seiten. (Die US-Ausgabe war bereits im Dezember 1926 bei Macmillans, New York, erschienen, von dem der englische Verleger für die erste wie für 3 folgende Ausgaben jeweils komplette Druckbögen zusätzlich ankaufte.) Burns, Oates & Washbourne Ltd., Publishers to the Holy See, London

67. *Social Reform versus Birth Control.* 12 Seiten. Simpkin, Marshall, Hamilton, Kent & Co. Ltd., London
*68. *The Return of Don Quixote.* VIII + 312. Chatto & Windus, London [deutsch 1927 von Curt Thesing als »Don Quijotes Wiederkehr« bei Carl Schünemann, Bremen; 1992 von Karin Matthes als »Die Rückkehr des Don Quixote« bei Matthes & Seitz, München]
69. *The collected Poems of G. K. Chesterton.* X + 366. Cecil Palmer, London
70. *Gloria in Profundis.* 4 Seiten. Nr. 5 der Ariel Poems, Faber & Gwynner Ltd., London
*71. *The Secret of Father Brown.* VIII + 312. Cassel & Co. Ltd., London, Toronto, Melbourne and Sidney [deutsch 1929 von Rudolf Nutt als »Das Geheimnis des Pater Brown« im Musarion-Verlag, München; 1958 von Alfred Paul Zeller als »Das Geheimnis des Pater Brown« bei Droemer/Knaur, München; 1992 von Hanswilhelm Haefs als »Father Browns Geheimnis« bei Haffmans, Zürich]
72. *Culture and the Coming Peril.* Being the seventh of a series of centenary adresses. 20 Seiten, University of London, University College
73. *The Judgement of Dr. Johnson.* A Comedy in three acts. X + 96. (Aufführung im Arts Theatre Club, 1932.) Nr. IV der Reader's Theatre series. Sheed & Ward, London
74. *Robert Louis Stevenson.* X + 260. Hodder & Stoughton Ltd., London

1928
75. *Generally Speaking.* A book of Essays. VI + 250. Methuen & Co. Ltd., London
76. *The Sword of Wood, a story.* 30 Seiten. Elkin Mathews & Marot, London

1929
*77. *The Poet and the Lunatics.* VI + 282. Episodes in the life of Gabriel Gale. Cassel & Co. Ltd., London,Toronto, Melbourne and Sidney [deutsch 1962 von Gertrud Jahn als »Der Dichter und die Verrückten. Episoden aus dem Leben von Ga-

briel Gale« im Herder-Verlag, Freiburg; 2005 von Hanswilhelm Haefs als »Gabriel Gale – der Dichter und die Wirren«, wird demnächst erscheinen]

78. *Ubi Ecclesia.* 4 Seiten. Faber & Faber Ltd., London

*79. *The Thing.* 256 Seiten. Sheed & Ward, London [teils auch deutsch 1932 von Curt Thesing als »Wie denken Sie darüber? Tages- und Ewigkeitsfragen« bei Carl Schünemann, Bremen]

80. *G. K. C. as M. C.* Being a collection of thirtyseven introductions. XXIV + 276. Methuen & Co. Ltd., London

81. *Thomas Carlyle.* 12 Textzeilen für die National Portrait Gallery, London (auf der Rückseite einer Portraitpostkarte)

82. *Robert Browning.* 11 Textzeilen für die National Portrait Gallery, London (auf der Rückseite einer Portraitpostkarte)

1930

83. *Four Faultless Felons.* VI + 312. Cassell & Co. Ltd., London, Toronto, Melbourne and Sidney

84. *The Grave of Arthur.* 4 Seiten. Faber & Faber Ltd., London

85. *The Resurrection of Rome.* 348 Seiten. Hodder & Stoughton Ltd., London

86. *Come to think of it ...* A book of Essays. XXVI + 244. Methuen & Co. Ltd., London

87. *The Turkey and the Turk.* 116 Seiten. St. Dominic's Press (in Band 1, 1. Geschichte ist Father Brown Geistlicher an der St. Dominic's Church), London

88. *At the Sign of the World's End.* A war-time editorial from a MSS inscribed »G. B. S. versus the free press« in which the writer flayls Harmsworth and Englands »professional« politicians. 8 Seiten. The Harvest Press, Palo Alto

1931

89. *All is Grist.* A Book of Essays. VIII + 216 + 8. Methuen & Co. Ltd., London

1932

90. *Chaucer.* 304. Faber & Faber Ltd., London

91. *Sidelights on New London and Newer York, and other Essays.* 240 Seiten. Sheed & Ward, London

92. *Christendom in Dublin.* 72 Seiten, Sheed & Ward, London

1933
93. »*All I Survey*«. A Book of Essays. VI + 234. Methuen & Co. Ltd., London
*94. *St. Thomas Aquinas.* XII + 240. Hodder & Stoughton Ltd., London [deutsch 1935 von Dr. Elisabeth Kaufmann als »Der heilige Thomas von Aquin« bei Pustet, Wien-Leipzig; und in »Thomas von Aquin/Franz von Assisi«, vollständig, nova & vetera, Bonn 2003]

1934
95. *Avowals and Denials.* A book of Essays. VI + 224. Methuen & Co. Ltd., London

1935
*96. *The Scandal of Father Brown.* VIII + 248. (Aus »The Storyteller«.) Cassel & Co. Ltd., London, Toronto, Melbourne and Sidney [deutsch 1948 von Kamilla Demmer als »Skandal um Pater Brown« in der Amandus Edition, Wien; 1993 von Hanswilhelm Haefs als »Father Browns Skandal« bei Haffmans, Zürich]
97. *The Well and the Shallows.* X + 278. Sheed & Ward, London
98. *The Way of the Cross.* An interpretation by Frank Brangwyn, R. A., with a commentary by Gilbert Keith Chesterton, 108 Seiten. (Kommentar auf S. 11–51.) Hodder & Stoughton Ltd., London
99. *G. K. Chesterton explains the English.* »The English spirit is really a shy bird.« 8 Seiten. The British Council, London

1936
100. *As I was saying.* A Book of Essays. VI + 232. Methuen & Co. Ltd., London

(Band 100 wurde am 11. Juni 1936 ausgeliefert.
GKC starb am 14. Juni 1936.)

101. *Autobiography.* 348 Seiten. Hutchinson & Co. Ltd., London [deutsch 1952 von Dr. Hubert Schiele als »Der Mann mit dem goldenen Schlüssel – Die Geschichte meines Lebens« im Herder-Verlag, Freiburg; neu bei nova & vetera, Bonn 2002]
102. *The Legend of the Sword.* 4 Seiten. The Bolton Press, London
103. *A Beaconsfield Ballad.* 1 Blatt. London

1937
*104. *The Paradoxes of Mr. Pond.* VI + 258. Cassel & Co. Ltd., London, Toronto, Melbourne and Sidney [deutsch von Hanswilhelm Haefs als »Die Paradoxa des Herrn Pond«, wird demnächst erscheinen]

1938
105. *The Coloured Lands.* VIII + 238. Sheed & Ward, London

1940
106. *The End of the Armistice.* 224 Seiten (Essays aus »G. K.'s Weekly«; im Vorwort des Kompilators heißt es: »Ich habe diese Essays ausgewählt und arrangiert ... als Chestertons Analyse des gesamten Problems Deutschland in Europa.«) Sheed & Ward, London

1941
107. *»I say a democracy means ...«* 8 Seiten. (Teil eines Briefes an »The Nation« vom 26. Januar 1911.) Privatdruck, New York

1950
*108. *The Common Man.* VI + 282. Sheed & Ward, London [deutsch 1962 von Irmgard Wild als »Der gewöhnliche Sterbliche« im Kösel-Verlag, München]

1952
109. *The Surprise.* With a preface by Dorothy L. Sayers. 64 Seiten. (Das Stück wurde 1932 geschrieben, aber nie aufgeführt.) Sheed & Ward, London and New York

1953

110. *A Handful of Authors.* Essays on Books and Writers. VIII + 216. Sheed & Ward, London and New York

1955

111. *The Glass Walking-Stick* and other Essays, from »The Illustrated London News« 1905–1936. X + 190. Methuen & Co. Ltd., London

112. *Daylight and Nightmare.* Uncollected Stories and Fables (ausgewählt aus Veröffentlichungen zwischen 1892 und 1931). Xanadu Publications Ltd., London 1986

*113. *Thirteen Detectives.* Classic Mystery Stories by the Creator of Father Brown (erschienen zwischen 1903 und 1935). Xanadu Publications Ltd., London 1987 [deutsch 2002 von Hanswilhelm als »Die 13 Detektive«, wird demnächst erscheinen]

*114. *The Mask of Midas.* Trondheim 1991 [deutsch von Carl Koch als »Fahther Brown und die Midasmaske«, nova & vetera, Bonn 2004]

GKCs »Gesammelte Werke«

1986 begann der katholische Verlag *Ignatius Press* in San Francisco mit der Herausgabe von »G. K. Chesterton – Collected Works«, wovon bisher XXXV (= 35) Bände vorliegen (bzw. angekündigt sind) . Die Texte sind meist aus den englischen Originalausgaben übernommen oder aus den (nur schwach von GKC überarbeiteten) US-amerikanischen Versionen. Und oft aus den Original-Zeitschriftenveröffentlichungen; selten aus späteren Buchveröffentlichungen, die manchmal anders angeordnet sind. Und während GKC sich konstant geweigert hat, seine Texte von Fußnoten in die Tiefe ziehen zu lassen, haben die US-Herausgeber – sich dieses Widerspruchs durchaus bewußt – mit vielen Fußnoten dafür gesorgt, daß dem modernen Leser (dem US-amerikanischen vor allem) die Rätsel der englisch-europäischen Texte GKCs entschlüsselt werden. Allein der erste seiner großen Texte, *Heretics* (1905), der bei Ignatius ca. 160 Druckseiten umfaßt, weist 122 Fußnoten auf.

Mit diesen *gesammelten Werken* wird nun einem der glänzendsten Essayisten der englischen Sprache und einem der lebendigsten und tiefgründigsten wie zugleich überraschendsten Denker endlich einigermaßen Recht getan. Und es wäre zu hoffen, daß dieser Anstoß aus den USA auch dazu beiträgt, den in Deutschland trotz allem noch weitestgehend unbekannten GKC bekannter zu machen und von dem ungerechtfertigten Ruf zu befreien, der Drehbuchschreiber für u. a. Heinz Rühmann und dessen amüsante »Pater Brown«-Geschichten (die natürlich nichts mit einem *Pater*, wohl aber mit dem *Father*, dem Weltgeistlichen, zu tun haben) in Filmform gewesen zu sein.

I. Heretics,
Orthodoxy,
the Blatchford controversies (Ignatius, 1986)

Der Herausgeber David Dooley beschäftigt sich in seiner »Einleitung« vor allem mit den religiösen bzw. konfessionellen und philosophischen Aspekten dieser ersten 3 »Bücher« GKCs. Zur

Zeit seiner Geburt 1874 seien viktorianische Religion und Ethik bereits abgewetzt und dünn gewesen. Seine eigene Familie sei nicht eben von streng orthodoxer Religiosität gewesen, dafür aber von hingebungsvoller Agnostik oder *latitudinarian* Geistigkeit, also »freisinnig«. Damals waren die anmaßenden Anforderungen eifernder Priester und exklusiver Dogmen bereits zerstört und wurden von einem Rousseau'schen Humanitätsprinzip ersetzt, dem alle Glaubensformen Symbol sind, »und der Mensch göttlich«.

GKC habe sich für einige Zeit in den »schwärzesten Tiefen des zeitgenössischen Pessimismus« befunden, ehe er dagegen revoltierte und sich eine eigene Denklinie zurechtlegte: »Tatsächlich war ich auf einer Position angekommen, die sich nicht allzu fern von jenem Satz meines puritanischen Großvaters befand, als er sagte, selbst wenn er eine verlorene Seele wäre, würde er Gott doch für seine Erschaffung danken. Ich hing an den Resten der Religion durch einen dünnen Faden der Dankbarkeit.«

Ab 1896 gewann Frances Blogg mit ihrem Anglokatholizismus immer stärkeren Einfluß auf ihn; er heiratete sie dann 1901.

Später dichtete er:

> Deshalb bring ich Dir diese Verse,
> die Du das Kreuz mir brachtest.

Und 1908 hielt sein Bruder Cecil fest, daß GKC sich langsam aus einer Atmosphäre des theologischen Liberalismus herausgedacht habe und glühender Verfechter strikter katholischer Orthodoxie geworden sei. GKC wurde aber erst 1922 Konvertit, lange nachdem schon Gecil diesen Schritt getan hatte. Und lange nach Cecils Tod auf dem Schlachtfeld im I. Weltkrieg.

GKC sollte die Frage »Was verstehen Sie unter *Christentum*?« Blatchfords bereits 1904 so beantworten: »Einen Glauben, daß ein bestimmtes menschliches Wesen, das wir *Christus* nennen, zu einem bestimmten übermenschlichen Wesen, das wir *Gott* nennen, in einer ganz bestimmten einzigartigen transzendentalen Beziehung stand, die wir *Sohnschaft* nennen.« Die lange Auseinandersetzung mit Blatchford drehte sich im Grunde um das Verhältnis von Determinismus gegen Selbstverantwortlichkeit.

Darin stellte er u. a. auch fest: »Wir alle sind Agnostiker, bis wir entdecken, daß der Agnostizismus nicht funktioniert.« Und: »Das christliche Mysterium erleuchtet durch seine Dunkelheit alle Dinge.« Er behandelte seine Gedanken zu diesen Fragen in langen Briefen, manchen sehr langen Briefen, an die Zeitschrift Blatchfords, dem »Clarion«.

Und dann in einem ersten Buch *Heretics*, das 1905 erschien und »To my Father« (also: Meinem Vater) gewidmet war. Er hatte es als überzeugter und orthodoxer Christ geschrieben, der daran glaubte, daß das Leben eine geistige Dimension habe, und der die Lehren vom Sündenfall und der Fleischwerdung, von Erlösung und Wiederauferstehung, von der Dreieinigkeit und manchen anderen Wesentlichkeiten des christlichen Glaubens annahm. Und 1905 führte er zum Thema »Häretiker« in *Bigotry versus Intolerance* gegen Blatchford u. a. aus: »Die moderne Welt ... ist bigott. Sie ist nicht bigott, weil sie einen Häretiker schilt, so lange eindeutig verstanden ist, daß sie ihn als Häretiker schilt. ... Ich zum Beispiel glaube, daß die einzige Sache an Mr. Blatchford, die falsch ist, die ist, daß er falsch versteht (= *being wrong*). Das heißt, ich mißbillige an ihm den Häretiker.«

Ähnlich behandelte er in *Heretics* auch Kipling (den er nicht als weiten, sondern als engen Geistes betrachtet, weil er sich an nichts wirklich anhaftet), Whistler, Auguste Comte – und George Bernard Shaw in einem seiner besten Texte überhaupt. Der habe gesagt: »Die goldene Regel ist, daß es keine goldene Regel gibt.« Das aber sei ganz gewiß nicht der Gedanke jener gewesen, die die Freiheit brachten: »Das ironische Ergebnis ist nicht, daß wir uns auf einer bestimmten Anzahl überkommener Ideen niederlassen, sondern daß wir uns auf keiner niederlassen; die Häresie triumphiert. Selbst Blasphemie hängt vom Glauben ab und schwindet mit ihm.« Shaw sei entgegen aller Vorwürfe seiner Kritiker, er sei inkonsequent, tatsächlich nur zu konsequent: Er sei nicht zufrieden damit, den Menschen hinzunehmen, wie Gott ihn geschaffen hat, sondern er vergleiche ihn stets mit einer Art Übermenschen.

So auch Wells: Der billige die Materie des Menschen nicht, sondern suche nach Utopia (= *Nirgendland*). Für ihn sei alles im Werden, nichts seiend, nichts bleibe. Tatsächlich aber liege das gesamte Geheimnis des praktischen Erfolgs des Christentums in seiner Bescheidenheit und Demut. Und GKC stellt in der Betrachtung darüber, welche Stellung Religion im Leben habe, gelassen fest: »Religion ist genau das, was nicht ausgelassen werden kann – denn sie schließt alles ein.« Und: »Wir werden zu jenen gehören, die gesehen haben und trotzdem glauben.« Hier argumentiert GKC also für die Notwendigkeit des Glaubens, der Dogmen, der christlichen Gläubigkeit.

Rezensenten hatten den Neuankömmling auf der Szene zunächst freundlich begrüßt, änderten aber ihre Tonart, als sie feststellten, daß er Landmarken auf literarischem Gelände angriff, Ibsen zu verabscheuen wagte und Kipling des mangelnden Patriotismus zieh. Doch scheinen die meisten Rezensenten GKCs Position überhaupt nicht verstanden zu haben. Und dennoch gab es auch seine Verteidiger, seine Anhänger. GKC hat in seiner Einleitung zu *Heretics* Häretiker amüsant als Menschen beschrieben, »deren Sicht von den Dingen die Kühnheit besitzt, sich von meiner zu unterscheiden«.

G. S. Street hat GKC in seiner Besprechung der *Heretics* aufgefordert, seinen eigenen Standpunkt zu definieren, und so den Anstoß zu *Orthodoxy* gegeben, das 1908 erschien und »To my Mother« (also »Meiner Mutter gewidmet«) benannt war. Wie sehr auch »Orthodoxie« von den Gedanken abhängig ist, die GKC in der Auseinandersetzung mit Blatchford entwickelt hatte, läßt sich an seinen häufigen Nennungen seines Namens und seiner Gedanken ermessen. Er bringt seine Gründe für die Gläubigkeit ähnlich vor wie in *Heretics*, legt aber sehr viel ausführlicher dar, warum es für einen intelligenten Modernen dennoch möglich sei, christlich zu glauben, und ans Christentum.

Er wiederholt seine Argumente dafür, welche Absurdität es sei, die Gedankenfreiheit zu verwenden, um den freien Willen zu zerstören. »Der Determinist kommt zu binden, nicht zu lösen.« Früher hatte er behauptet, daß der Determinist nicht einmal sagen könne, »Gib mir bitte den Senf«; jetzt auch, daß er nicht einmal frei sei zu sagen »Danke«, wenn man ihm den Senf gereicht habe. Und GKC stellt fest: »Es waren Huxley und Herbert Spencer und Bradlaugh, die mich zur orthodoxen Theologie zurückbrachten. Sie pflanzten in meinen Geist die ersten wilden Zweifel am Zweifel ein.«

Man habe immer wieder behauptet, daß Christentum und Buddhismus einander sehr ähnlich seien; im Gegenteil – sie seien ungemein verschieden. »Für den Buddhisten oder östlichen Fatalisten besteht eine Wissenschaft oder ein Plan, die auf bestimmte Weise enden müssen. Doch für einen Christen ist die Existenz eine *Geschichte*, die auf jede beliebige Weise enden kann.«

Und GKC hält fest, es sei die orthodoxe Theologie gewesen, die besonders darauf bestanden habe, Christus sei kein von Gott abgesondertes Wesen, sondern beides zugleich und beides durch und durch »sehr Mensch und sehr Gott«. Nur eine Sache habe ER vor allen Menschen geheimgehalten: SEINE heitere Fröhlichkeit.

Und als dritten Teil hat David Dooley *The Blatchford controversi* zusammengestellt, die in Robert Blatchfords Zeitschrift »Clarion« erschienen und auf die GKC wunschgemäß 1904 in 3 langen Aufsätzen antwortete (deren 3. später in der Buchausgabe »The Religious Doubts of Democracy« wiederum in 2 Teile geteilt wurden, höchst logischerweise). Deshalb ist in dieser Veröffentlichung die Buchform und nicht die ursprüngliche der Zeitschriftenartikel zugrunde gelegt.

II. St. Francis of Assisi,
The Everlasting Man,
St. Thomas Aquinas (Ignatius, 1986)

Dieser 2. der 3 Bände, die »Ignatius« dem theologischen Werk GKCs vorbehalten hat, wird eröffnet mit *St. Francis of Assisi*, dem »höchsten Ausdruck von Gilberts Mystizismus«. GKC wollte sich mit dieser Skizze wenden »an den gewöhnlichen modernen Menschen, freundlich, aber skeptisch, und ich kann nur ziemlich nebelhaft hoffen, daß ich bei dem Versuch, mich der Geschichte eines großen Heiligen durch die offensichtlich pittoresken und populären Züge darin zu nähern, den Leser verlassen werde mit wenigstens einem besseren Verständnis der Zusammenhänge eines kompletten Charakters, als er zuvor hatte; und daß wir bei der Annäherung auf diesem Wege wenigstens einen Schimmer davon erhaschen, warum der Dichter, der seinen Herrn die Sonne pries, sich oft in dunklen Höhlen verbarg, warum der Heilige, der so sanft zu seinem Bruder dem Wolf, so harsch zu seinem Bruder dem Esel war (wie er seinen eigenen Körper spöttisch nannte), warum der Troubadour sich von Frauen fernhielt, der sagte, daß die Liebe sein Herz in Flammen setze, warum der Sänger, der sich an der Kraft und Fröhlichkeit des Feuers ergötzte, sich in den Schnee rollte, warum das Lied, das mit aller Leidenschaft eines Heiden ausschreit ›Gelobt sei Gott für unsere Schwester, die Mutter Erde, die die unterschiedlichsten Früchte und Gräser und glühenden Blumen hervorbringt‹, fast mit den Worten endet ›Gelobt sei Gott für unsere Schwester, dem Tod des Körpers‹.«

GKC schrieb *The Everlasting Man* als zurückweisende Antwort auf den Evolutionsmaterialismus in H. G. Wells *The Outline of History* zur Bekämpfung des atheistischen Humanismus und der atheistischen Wissenschaftsgläubigkeit des 20. Jahrhunderts.

Und als GKC *St. Thomas Aquinas* schrieb, fürchteten seine Verleger, es handele sich um eine zu leichtfüßige Behandlung eines sehr komplexen Philosophen. Doch Etienne Gilson, führender Thomist des 20. Jahrhunderts, stellte nach Erscheinen fest: »Ich betrachte es als das beste Buch, das je über St. Thomas geschrieben wurde, und außerhalb jeden möglichen Vergleichs.«

George William Rutler (STD, Priester der Erzdiözese New York) schrieb in seiner »Einleitung« zu *St. Francis of Assisi*, daß GKC sich auch hier eher als orientalischer Teppichhändler denn als Trödler erweise. Seinen römischen Katholizismus habe er Seite um Seite aus dem *Penny Catechism* auswendig gelernt, er, der offenbar so leicht die *Summa* begriffen habe; denn »er hat viele Dinge in sich aufgenommen, jetzt aber wollte er von ›dem Ding‹ dahinter aufgenommen werden, … der offenen Tür der Geschichte, die der Menschheit als die Katholische und Apostolische Kirche bekannt ist.«

Daß er konvertierte, liegt nur daran, daß lediglich die römische Kirche einen hl. Franz hervorbringen konnte. Und nur die alte Kirche kann die Welt erneut mit den Paradoxien des Christentums aufschrecken: »*Ubi Petrus ibi Franciscus*«. Und GKC sei seit seinen frühen Jahren durch »Das Ding« in Gestalt des heiligen Franciscus angezogen worden.

St. Francis of Assisi erschien 1923, kurz nach seiner Konversion und kurz vor *The Everlasting Man* 1925. Dabei versuchte er keineswegs, sich oder etwas zu verteidigen, denn alle Verteidiger neigen dazu, andere zu verletzen. Indem GKC aber in die Offensive ging, erschien er um so liebenswerter, machte seinen Gegnern aber gerade durch seine Zudringlichkeit Striche durch ihre Rechnung. Deren Verzweiflung nahm zu, als er jedermanns Freund, den hl. Franciscus, als Angriffswaffe auswählte. Ausgewogene Humanisten stöhnten auf, als er mit dem *Jongleur de Dieu* vor ihren Augen jonglierte. Sie hatten sich Franciscus zu ihren bewundernswerten Bedingungen gewünscht, als Poeten des *Lake District* oder selbstlosen Anti-Vivisektionisten (= Kämpfer gegen das Aufschneiden lebender Tiere durch Naturforscher). Doch GKCs grobe Tat zerschmiß ihnen diese delikaten Figurinen, denn jeder moderne Kritiker »versteht Tolstoi, doch liebt ihn nicht, und liebt Franciscus, aber versteht ihn nicht«. Oder, wie ein zeitgenössischer Rezensent festhielt: »Herrn Chestertons pausenloses Krachen von Feuerwerk scheint uns sehr unangemessen zu sein. Diese rührend einfachen Episoden vor dem Hintergrund von Paradoxa und Wortspielen abzubilden, ist wie Trällern über die Schönheiten einer Landschaft vor dem Röhren eines Motorrades.«

Rezensenten konnten kaum etwas Wesentliches über die Grundthese sagen, daß Franciscus ein Heiliger sei, den man als solchen hinnehmen oder ablehnen müsse. Kritiker fanden es einfacher, auf typische Ungenauigkeiten hinzuweisen: daß GKC sich in seiner Etymologie des Wortes »Courage« irre, oder daß St. Franciscus und St. Dominicus sich nicht ein-, sondern dreimal getroffen haben. Dabei nahm er den Umgang mit Fakten leicht, nicht weil er ein Kavalier zu sein vorgeben wollte, sondern weil er sich wünschte, ein Kavalier zu sein.

Denn was ihn sein ganzes literarisches Leben umtrieb, war ein Sinn für universelle Gerechtigkeit, der sehr viel mächtiger war als jedes Ersuchen, das er in ihren Hallen für sich selbst erheben mochte. St. Franciscus war ihm mehr als ein Modell der Gerechtigkeit mit verbundenen Augen und Waagschalen in den Händen. Er war ihm »Das Verzeihen Gottes« mit weit offenen Augen und weit ins Morgendämmern ausgestreckten Armen. GKC sah in ihm jene leidenschaftliche Begeisterung, die alle modernen Egoisten entsetzt: der Heilige, der da plötzlich wie ein mächtiger und unheilverkündender Schatten über die lieblich hingebreiteten Gärten mit Vogelbädern materialistischer Reformen fällt. Die Male am Körper des Heiligen wurden als Zeugnis jenen Naturalisten entgegengehalten, die Franciscus als *christlicher denn Christus* anzusehen begonnen hatten: »Liebe muß ihren Gegenstand kennen, sonst ist sie nur Sentimentalismus.« Oder, so GKC: »Ich habe behauptet, daß St. Franciscus bewußt den Wald vor Bäumen nicht sah. Noch wahrer aber ist, daß er bewußt den Mob vor Menschen nicht sah.«

Sich vorzustellen, daß St. Franciscus mit Sarazenen plauderte, ist nicht unwahrscheinlicher als die Szene, in der GKC mit Mussolini das Gebetbuch diskutiert. Wenn er mit den Fakten über St. Franciscus konfrontiert wird, wird der mystifizierte Materialismus ihn wie eine Elfe im Hintergrund seines Gartens aufstellen und dort lassen. GKC aber wird jedes Elfenmärchen in seiner Verfügung dazu verwenden, jene Ausflucht zu zerschmeißen. Und selbst wenn das bedeutete, »Das Verzeihen Gottes« als Possenreißer darzustellen. Ein solcher Einfall führt aber keineswegs in die Irre, denn er liegt genau auf der Linie, daß Maria Magdalena den auferstandenen Christus als einen Gärtner ansah. Doch wenigstens beging sie nicht den Irrtum, ihn als Gartenschmuck anzusehen. Wenn GKG aber nicht weiter wußte, dann verwies er auf den Heiligen, der »durch die Illusion der Massensuggestion weder täuschte noch getäuscht wurde«.

Er hätte sagen können, daß ein Heiliger das Licht ist, das endlich in eine Welt kommt, in der die Lichter ausgehen. Denn für GKC war Harmonie das Zeichen des Lichtes, und das Zeichen der Dunkelheit ihre Unordnung, nicht aber das Dunkelsein. Deshalb war das Erscheinen des hl. Franciscus auf der Welt wie »die Geburt eines Kindes in einem dunklen Haus, dessen Düsternis es fortnimmt«. Und deshalb auch verstand er das Gebet des Heiligen zur glühenden Kohle: »Bruder Feuer, Gott hat Dich schön und stark und nützlich gemacht; ich bitte Dich, sei höflich mit mir.« Die Kohle war höflich, denn der Mann des Friedens konnte die schreckerregende Harmonie ihrer Helligkeit ertragen.

Danach könnte man sagen, daß Giotto bereits ein Portrait des Heiligen gemalt hat, während GKC wohl der erste war, der ein Photo vom hl. Franciscus anfertigte. Ein solches Photo kann man auch nach dem Ereignis anfertigen, wenn nur jemand das Licht aufhalten kann; denn ein Photo ist eine Aufzeichnung des Lichtes. Die reine Wahrheit GKCs gewann ihm eine weite Zuhörerschaft. Denn die Zeitgenossen GKCs, selbst viele höchst Irregeleiteten, mochten Intelligenz. Und zwar richtige Intelligenz, und nicht jene populäre Vorspiegelung von Intelligenz. Das aber bedeutet auch Wissen als Weisheit, was sehr viel lebenswichtiger ist als der Ästhetizismus des Wissens um des Wissens willen.

Ein französischer Philosoph hat dazu bemerkt, Heiliger zu sein sei nicht die schlimmste aller Tragödien. GKC hat das in vielen Sätzen im »Clarion« anerkannt, in denen er sagt: Einer zu sein sei die beste Komödie. Und in »Franz von Assisi«: »Der schlimmste Augenblick für einen Atheisten ist der, in dem er wirklich dankbar ist, aber niemanden hat, ihm zu danken.«

1925 erschien *The Everlasting Man*, zu dem Larry Azar (Professor der Thomistik) in seiner Einleitung schrieb: »Wir können uns in die Vergangenheit graben und Bilder von Rentieren finden, die vom prähistorischen Mann gezeichnet wurden, aber wir müßten ewig weitergraben, ehe wir das Bild eines Mannes fänden, den ein Rentier gezeichnet hat.« Wenn man alle Beweismittel untersucht, findet man in Höhlen zahlreiche Bilder, die wahre Künstler malten, nie aber Bilder von Hunden, die Katzen zeichneten. GKC hat dazu festgestellt, daß allein die Kunst ganz klar beweise, der Mensch sei nicht nur ein Geschöpf, sondern auch ein Schöpfer: »Der Mensch ist das Ebenbild Gottes.«

Wenn man alle Religionen auf eine einzige gemeinsame Abstraktion zurückführen kann, wie auch alle Menschen und Tiere auf ein einzige graues Gen: Warum muß man dann feststellen, daß kein Tier religiös ist, während es alle Menschen (mit Ausnahme der statistisch vernachlässigbaren Minderheit der Gelehrten komparatistischer Religionen) es wohl sind? GKC stelle fest, daß der größte aller Philosophen Aristoteles sich in seinem religiösen Denken eine Art intellektueller Schizophrenie erlaube. Denn nach seiner Religion sei der größte Gott Zeus sehr menschlich und körperlich, der Gott seiner Philosophie aber immateriell und von allen menschlichen Dingen unberührt. Dieser Gott habe dann den nobelsten Akt vollzogen: Er habe gedacht. Und über das beste Thema: ihn selbst. Also bedeute »Gott«: Er denkt Gedanken über den Gedanken. In einer solchen Geisteshaltung »ist der Philosoph ein Rivale des Priesters …, und Religion ein Ding, Philosophie aber ein ganz anderes«.

Selbst aber wenn die Lehre der katholischen Kirche über die Göttlichkeit Christi falsch wäre, bliebe dennoch die Tatsache: daß keine andere Religion je einen solchen Anspruch für ihren Gründer erhoben habe; weder der Mohammedaner, daß Mohammed göttlich sei, noch die Juden, daß Moses göttlicher Natur gewesen sei. Eine andere der scheinbar mühelosen und zufälligen Einsichten GKCs sei, daß die Doktrin »Gott ist die Liebe« praktisch identisch ist mit der Doktrin von der »Ewigkeit des Wortes«. Denn wenn Gott vor aller Schöpfung bereits vorhanden war, was hätte er lieben können, wenn es nichts zu lieben gab? Das mache auch deutlich, daß es außerhalb der christlichen Tradition unmöglich sei, die menschliche Freiheit zu begründen.

Die christliche Gottesgestalt aber sei in der Dreieinigkeit zugleich auch zur Liebe fähig und bleibe unabhängig in ihrer Entscheidung, die Welt zu erschaffen oder nicht. Aber auch, ihre Geschöpfe mit Freiheit zu begaben. So wie GKC nun aber die »kurze Geschichte der Menschheit« erzähle, werde deutlich, wie sehr der Mensch als Wunder aus den Tieren herausrage, die ihn umgeben (oder aber als Monstrum).

1933 erschien dann als 3. Teil der theologischen Werke GKCs *St. Thomas Aquinas*. In der Einleitung stellt Raymond Dennehy (Professor der Philosophie am St. Ignatius-Institut der Universität von San Francisco) dar, daß es ein Ding sei, wenn ein Buch von Laien gelobt werde, ein ganz anderes von Fachexperten, und ein drittes von Mitgliedern beider Gruppen. GKCs Buch über St. Thomas habe Lob von allen 3 Gruppen erfahren, und sogar vom größten Historiker mittelalterlichen Denkens, von Etienne Gilson, der festgestellt habe: »Seit vielen Jahren habe ich St. Thomas studiert und über ihn geschrieben. Und jetzt schreibt ein Journalist ein besseres Buch über ihn als jemals ich.«

Wie bei allen großen Werken seien Einfachheit, Durchdringung und Angemessenheit seine Kennzeichen. Es sei ein Meisterwerk in Einfachheit, so wie Michelangelos Malereien an der Decke der Sixtinischen Kapelle ein Meisterwerk an Einfachheit seien. »Gott erschafft Adam« – wie soll man ihn darstellen, wenn man ihn nie gesehen hat? Wie Adam als Schöpfung im Ebenbild Gottes, wenn man den Schöpfer nie gesehen hat? Michelangelos Lösung ist so einfach, daß die Einfachheit absolut brillant erscheint. Indem er Gottvater in menschlicher Gestalt wiedergibt, geht er über den Gedanken vom Menschen als Seinem Ebenbild hinaus. Und indem er Gottes Hand malt, wie sie Adams schlaffe empfangsbereite Hand berührt, geht er über die Idee hinaus, daß in Wahrheit die allesentscheidende Unterschiedlichkeit zwischen Gott und Mensch die ist, daß Gott als Schöpfer die Quelle alles Seins und Lebens ist, während der Mensch als Geschöpf Empfänger allen Seins und Lebens und total abhängig von Gott bleibt. Aus diesen Wahrheiten aber entspringt alles theologische wie philosophische Verständnis Gottes, seiner Schöpfung und der Beziehungen des Menschen zu beidem.

In diesem Sinne sei auch GKCs Buch ein Meisterwerk der Einfachheit. Denn statt sich mit den unendlichen Komplexitäten der zahlreichen Schriften des Aquinaten herumzuschlagen, begnüge er sich mit der Herausarbeitung der 3 Punkte: 1) die Bekräftigung durch St. Thomas des Gutseins der Schöpfung gegen die manichäische Doktrin von ihrer Bösartigkeit; 2) seinen philosophischen Realismus und seine konsequente Verteidigung des *common sense*, also der natürlichen Vernunft; 3) den Primat der Doktrin vom Sein in der thomistischen Philosophie.

Denn der Aquinate habe immer die Idee der Reinheit mit der der Fruchtbarkeit identifiziert, hingegen die Manichäer die Reinheit mit Sterilität. Und genau das sei das Hauptproblem.

Aus dem Manichäismus seien Gedanken in den Platonismus eingegangen, aus dem Platonismus in die Lehren des Augustin, und daraus eine deformierte Idee des Christentums, die sich ihrerseits durch Calvin und andere Reformatoren der modernen Welt übermittelt habe. Wenn also ein D. H. Lawrence fälschlich angenommen habe, daß das Christentum lebensfeindlich und körperhassend sei, so hätte er all seinen Unfug in seinen Schriften über die menschliche Sexualität vermeiden können, wenn er nur begriffen hätte, daß die katholische Meinung über die Ehe seinen Vorstellungen äußerst ähnlich sei.

Insgesamt sei die Ansicht GKCs in diesen Fragen so: »Der moderne Philosoph hat unrecht; nicht die Welt steht auf dem Kopf; er hat ihr nur diesen Anschein gegeben.«

III. Where all Roads lead,
The Catholic Church and Conversion,
Why I am a Catholic,
The Thing: why I am a Catholic,
The Well and the Shallows,
The Way of the Cross (Ignatius, 1990)

1922 trat GKC zum Katholizismus über, nachdem er lange zwischen seiner Sehnsucht zur römischen Kirche und seiner Loyalität gegenüber seiner geliebten Frau in der anglikanischen Kirche von Canterbury hin- und hergerissen gewesen war. Dieser 3. Band seiner religiösen Werke enthält seine Schriften über die »Theologie der Konversion«, einschließlich »Der Weg des Kreuzes«, einer Kommentierung der Stationen des Passionsweges in Jerusalem. Die Einleitung und die erörternden Fußnoten verfaßte James J. Thompson Jr., einer der Herausgeber der »New Oxford Review« und Verfasser des Buches »Christian Classics Revisited«.

Danach schrieb GKC 1926, also 4 Jahre nach seiner Konversion, »die Kirche ist ein Haus mit 100 Toren; und nicht 2 Menschen betreten es genau im gleichen Winkel«. Er hätte ebensogut auch »10 000« sagen können, denn jedes Konvertiten Erfahrungen sind einzigartig. Die Kirche bietet eben jedem Menschen das an, was er am meisten braucht und sonst nirgendwo finden kann. Für GKC liegen jeder Konversion 2 Hauptgründe zugrunde: »Eine ist, daß (der konvertierende Mensch) sie für die solide objektive Wahrheit hält, die eben wahr ist, ob er das nun mag oder nicht; und die andere ist, daß er Befreiung von seinen Sünden sucht.«

Aus diesen Gründen wurde GKC Katholik, und diese Gründe sollten die Entscheidung eines jeden Menschen umgürten, der sich entschließt, der Kirche beizutreten.

Er vollzog seinen Übertritt in der Tanzhalle des Eisenbahnhotels in Beaconsfield, die als römisch-katholische Kirche diente. Damit endete ein langer Weg, dessen Einzelheiten auch seine *Autobiography* 1937 nicht enthüllte. Wohl aber enthalten all seine Schriften Hinweise, Anspielungen, Einsichten, offenherzige autobiographische Passagen, die erlauben, sich ein Bild vom Ringen GKCs mit der alles überragenden Frage zu machen: Warum nicht Rom? Die Geschichte seines spirituellen Lebens wäre also noch zu schreiben.

GKC wie alle Konvertiten sah in der Konversion nicht Gipfel, sondern erst Anfang. Ein Katholik zu *sein*, nicht einer zu *werden*, stellt dem Gläubigen die größte und entscheidendste Aufgabe. Die Kirche hat Reiche entstehen und zusammenstürzen gesehen. Denn die Kirche ist uralt – und doch immer neu und jung. Deshalb antwortet GKC auf die Frage nach dem Anwachsen des Neopaginismus im Herzen des christlichen Westens: »Und was in jener Gesellschaft verlorengegangen ist, ist nicht so sehr Religiosität, sondern Vernunft; jenes gewöhnliche Tageslicht des intellektuellen Instinkts, der die Menschenkinder geleitet.« Oder anders: »Eßt Euer Rindfleisch und trinkt Euer Bier als Danksagung für Gottes Gnadengaben, und erfreut Euch daran, daß Sünde und Tod – die Kennzeichen des Sündenfalls – besiegt worden sind.«

In der Verteidigung seines Glaubens legte er sich mit allen übrigen Gedankenwelten an und setzte gegen sie seinen messerscharfen Witz, seine rasierklingenscharfe Logik, seine durchdringende Analyse ein: Darwinisten, Materialisten, Spiritualisten, Theosophisten, Atheisten, Agnostiker, Deterministen, Sozialisten, die Trommler des Kapitalismus, engstirnige Nationalisten wie Internationalisten mit dem Prokrustesbett, Rassisten, Säkular-Humanitaristen – also jenes ganze Bündel von Geistern, die sich lediglich durch ihren Glauben an die Bedeutungslosigkeit der katholischen Kirche verbunden fühlen. Doch hat niemand GKC je vorgeworfen, er sei vor Auseinandersetzungen mit den Paladinen modernen Denkens zurückgewichen.

Im Gegenteil: Er weigerte sich, seine knabenhafte Hochgemutheit und sein sanguinisches Temperament aufzugeben. Ihm war der Kampf für seinen Glauben ein reiner Spaß. Er stellte den lachenden Apologeten dar, der fröhlich vor sich hin kichert, wenn er in Pompositäten stach, unlogische Gedanken entlarvte, wacklige Argumente zum Einsturz brachte.

Mit anderen Worten: Er präsentierte der Kirche schönstes Antlitz einer feindseligen und gleichgültigen Welt. Doch die Kirche dauert, ihre Feinde nicht. Aber ihre Verteidiger; und im 20. Jahrhundert hat sie niemals einen unwiderstehlicheren und kämpferischeren Verteidiger gefunden.

IV. What's wrong with the World,
The Superstition of Divorce,
Eugenics and other Evils,
Divorce versus Democracy,
Social Reform versus Birth Control (Ignatius, 1987)

GKC hat sich während seines ganzen Lebens immer wieder energisch gegen alle Angriffe der Meinungsmacher auf den einfachen Mann und seine Familie gewandt. Denn er sah voraus, welche Gefahren entstünden, wenn die Vorschläge der Modernisten befolgt würden. Er wußte, daß erleichterte Moralvorschriften, eugenische Verhaltensweisen, Behaviorismus, Scheidung, die feministischen Überlegungen, Geburtenkontrolle, Scientismus, Abtreibung zur Entmenschlichung des Menschen und zur Zerstörung der Familie führen müßten.

Dieser Band ist der 1. von zweien, die sich mit GKCs politischen, soziologischen, wirtschaftlichen Schriften befassen. Sie hat James V. Schall (SJ; Polit-Philosoph und Professor im Department of Government an der Georgetown University) zusammengestellt und eingeleitet sowie mit Fußnoten versehen. Er zitiert zunächst GKC: »Wenn ein Ding wert ist, getan zu werden, ist es wert, schlecht getan zu werden.« Womit er wohl sagen will: wenigstens schlecht getan zu werden. Es wäre schwierig, eine schneidendere Sammlung von Argumenten gegen so viele heute übliche Praktiken in der zeitgenössischen Gesellschaft zu finden. GKC ist nämlich der Meinung, daß die Verweigerung, etwas Populäres in Frage zu stellen, nur weil es populär ist, in sich bereits ein Vorurteil der schlimmsten Sorte sei. »Mit einem Ideal kann man nur ein aufregendes Ding tun, nämlich es tun.«

Wonach er sich in diesen Arbeiten mit der Familie, ihren konstitutiven Elementen, ihren Stützen und ihrem Charakter befaßt und sie ihren Alternativen gegenüberstellt, die alle den Menschen an den modernen Staat auslieferten und jenen Ideen, die ihn schufen. Daß er sich so unverblümt vielen der heute gängigen Ideen über die Familie und ihre Mitglieder entgegenstemmt, mag manchen dazu verleiten, ihn erneut nicht ernst zu nehmen. In Wirklichkeit dürfte das Gegenteil der Fall sein. Denn diese Analysen von Mann und Frau, Kind und Heim, Erziehung, Scheidung, Geburtenkontrolle, von Eigentum und Eugenik und Feminismus sind so bemerkenswert einsichtig, als wären sie für die heutige Zeit abgefaßt, und nicht vor über 50 Jahren.

Sein Stil aber ist zu gleicher Zeit leicht und humorvoll, dennoch todernst und philosophisch. GKC hat niemals am Primat der Ideen in der Struktur und Natur der sozialen Ordnung gezweifelt. GKC steht so für die nahezu unerträgliche Ansicht, daß in der Praxis unsere Zivilisation zwischen 1920 und 1930 (als er diese Arbeiten verfaßte) radikal falsche Entscheidungen auswählte. Denn was Männer wie Frauen wirklich wollten, sei, was sie ihre natürliche Vernunft und ihr Glaube über Ehe und Familie gelehrt hätten: »Wie jeder normale Mann sich eine Frau ersehnt und Kinder, die von der Frau geboren werden, so ersehnt jeder normale Mann sich ein Haus, in das er sie führen kann.« Als Folge hieraus müsse man hinnehmen, daß jede Verletzung der Treue, die die Tradition für die Ehe fordere, nicht nur darin ende, daß sie die Menschenart um all jenes bringe, was sie sich wünsche, sondern sie auch in Übel führe, die sie entschieden schädlich fände. Was also Scheidung angehe, so »muß jeder Demokrat deren Ausweitung als letzte und gemeinste Beleidigung ansehen, die der moderne Reiche dem modernen Armen zugefügt hat. Die Reichen glauben meistens an die Scheidung; die

Armen glauben meistens an Treue«. Und viele Menschen behaupteten in Wirklichkeit, daß sie Scheidung wünschten, ohne sich je gefragt zu haben, ob sie Ehe wünschten.

Die traditionelle Religion stehe in Einklang mit der Vernunft, und in der modernen Welt sei sie oftmals die einzige Sache, die die Vernunft aufrechterhalte, vor allem auf dem Gebiet der Familie. Denn lediglich die Tatsache, daß man sich an eine Person binden könne, sei die Grundlage für alle Romantik und Liebe, die je existiert habe. Dieser Gedanke müsse den modernen Geist zur Verzweiflung treiben, nicht weil er Romantik und Liebe leugne, sondern weil diese Antischeidungsansicht deren einzige gesunde Bestätigung sei. GKC sei also im Grunde deshalb gegen Scheidung, weil die eine eindeutige intellektuelle Widersprüchlichkeit enthalte: die nämlich, daß im gleichen Atemzug bestätigt wie geleugnet werde, was andauern solle. »Der kürzeste Weg, das Problem deutlich zu machen, besteht darin, sich zu fragen, ob frei sein auch bedeutet, frei zu sein, sich selbst zu binden.«

Als einzige wahre und lebendige soziale und politische Alternative zum modernen Staat in all seinen sozialistischen oder liberalen absolutistischen Formen sei die klassische Familie anzusehen, die Familie mit dauerhaften Versprechungen, Kindern, Arbeitsteilung, Heim und Freiheit. Und die Liebe von Mann und Frau führe die Menschen zu ihrem wundervollsten Gut, das ihr Kind sei, für das GKC die höchste Zuneigung habe. Und deshalb sehe er Eugenik und Scheidung eng mit der Haltung der Menschheit zu Kindern und ihrer Zeugung verbunden. Und Geburtenkontrolle sei (wohl unerwartet noch gröber formuliert) »ein System, um Geburten zu verhindern, damit man der Kontrolle entgeht«. GKCs eigene Eltern hätten »Geburts-Verhinderung ebenso angesehen wie Kindsmord«. Für die Verteidiger der Geburtenkontrolle bringe er nur *Verachtung* auf, denn er erblicke darin einen Mißbrauch von Wort wie Idee. Geburtenkontrolle »kontrolliert keine Geburt. Sie stellt lediglich sicher, daß es niemals eine Geburt geben wird, die man kontrollieren könnte«.

Eine sehr viel vernünftigere Politik wäre es da doch, alle empfangenen Kinder geboren werden zu lassen und dann nur die zu töten, die man nicht mehr wolle, nachdem man sie sich angesehen habe. »Ein Kind ist das wirkliche Kennzeichen und Sakrament der persönlichen Freiheit. Es ist ein neuer Wille, der zu den Willen der Welt hinzugefügt wird; es ist etwas, das die Eltern frei ausgewählt haben herzustellen, und das herzustellen sie frei vereinbart haben.« Das Kind sei also das Ergebnis eines Versprechens zwischen einem Mann und einer Frau, die sich gegenseitig ausgewählt haben. Und das äußerste Kennzeichen der Freiheit sei die Freiheit, sich zu eben diesem Ergebnis aneinanderzubinden. Und deshalb sei der Bruch des Eheversprechens nicht ein Ausdruck von »Freiheit«, sondern das Eingeständnis ihres Verlustes.

Und daß GKC die Eugenik fast ebenso mißbillige wie die Scheidung, entstehe aus denselben Überlegungen. Denn Eugenik sei angeblich »die Wissenschaft von der guten Geburt«, die aber nur entstehen könne, wenn man in der Ehe nicht als wichtigste Aufgabe die Beziehungen von einem Mann und einer Frau zueinander sehe, sondern vielmehr die zukünftige Position möglicher Kinder. Diese Theorie aber erlaube es Staat und Wissenschaft, sich unmittelbar in die Ehe einzumischen. Deshalb sei die Erhebung der Beziehungen von Mann und Frau in eine Sphäre außerhalb jeder direkten Kontrolle durch Staat oder Wissenschaft der nötige Schritt, um die Möglichkeiten von Romantik und Liebe einschließlich ihrer Produkte, dem Kind als aktuelles Resultat dieser spezifischen Liebe und Treue, zu schützen.

»Und wenn es Gebote Gottes gibt, dann muß es auch Rechte der Menschen geben.« Indem man aber die Religion aus dem öffentlichen Leben ausgegrenzt habe, habe man in Wirklichkeit einen non-theistischen Humanismus als die einzig zulässige Doktrin zur Lehre in staatlichen Schulen zugelassen. Aber man muß nach GKC in den Sozialwissenschaften zunächst einmal wissen, wie die Dinge sind, vor allem Ehe und Mann und Frau und Kind, bevor man entscheiden könne, was mit ihnen falsch sei. Denn Fortschritt sei nicht Änderung um ihrer selbst willen, sondern Änderung zum Richtigen. Und trotz aller Möglichkeiten zu legaler Scheidung oder Geburtenkontrolle gehe es darum, die soziale Ordnung zu dem zu verändern, was richtig sei. »Das christliche Ideal ist nicht ausprobiert worden und für schlecht befunden! Es wurde als schwierig erkannt und blieb unerprobt.«

Als gemeinsames Thema durchziehe alle Arbeiten GKCs über die Familie der Primat der Freiheit, jene radikale Freiheit, auf der vor allem die Familie des Menschen aufgebaut werden müsse. Eine Freiheit, die sich ihrer eigenen Struktur nach selbst binde; eine begrenzte, aber erschaffene Freiheit, die anerkenne, daß Treue die Fortsetzung der Liebe sei, und Liebe wünsche zu besitzen und ein für allemal dazusein, selbst in Schwachheiten, besonders in den Kindern.

Dieser ungewöhnliche Gedanke von der »begrenzten Schöpferkraft« ist wohl der Schlüssel zu GKCs Idee von der Frau, dem einzigen Wesen, das er als frei genug ansieht, alles nur mögliche zu tun, weil ihre höchste Aufgabe ist, einer einzigen Person alles beizubringen.

Als Kapitalismus sah er den *Laissez-faire*-Kapitalismus an, und fast noch entschiedener war er gegen den Sozialismus, die er aber beide aus derselben Wurzel entstanden sah. Seine Ansicht: »Zu viel Kapitalismus meint nicht zu viele Kapitalisten, sondern zu wenige.«

Der bemerkenswerteste Aspekt dieser Arbeiten von GKC sei aber, was er über die Natur und die Beziehungen der Geschlechter selbst zu sagen wußte. Wonach die romantischsten wie wünschenswertesten Realitäten die am wenigsten beachteten seien. »Wenn Amerikaner wegen ›Unvereinbarkeit der Temperamente‹ geschieden werden können, dann begreife ich nicht, warum sie nicht alle geschieden werden. Ich habe viele glückliche Ehen kennengelernt, aber niemals eine ›vereinbare‹. Der ganze Zweck der Ehe ist doch, den Augenblick durchzukämpfen und zu überleben, in dem die Unvereinbarkeit unfraglich geworden ist. Denn ein Mann und eine Frau sind als solche unvereinbar.« Diese Unvereinbarkeit aber dauere das ganze Leben und alle Ewigkeit hindurch an. Männer sollten zu Männern, Frauen zu Frauen erzogen werden, die beiden durcheinanderzubringen bedeute, Mann und Frau durcheinanderzubringen, und so auch das Kind.

Frauen in Arbeit seien ein schlechter Einfall, nicht für die Arbeit, sondern weil das Wesen der weiblichen Loyalität sie dazu zwinge, sich einer Sache zu widmen, die ihrer unwert sei, nämlich der Fabrik oder dem Amt. Der wirkliche Platz der Frau sei vielmehr das Heim, wo sie jemandem alles beizubringen habe. »Ich würde der Frau nicht mehr Rechte geben, sondern mehr Privilegien. Statt sie auszuschicken, um sich jene Freiheiten zu suchen, die überwiegend in Banken und Fabriken vorherrschen, würde ich ihr sehr viel lieber ein Haus entwerfen, in dem sie frei sein kann.«

Die Romanze des Heims mache die Romanze der Wirtschaftlichkeit möglich. Grundbesitz mache das auch für jedes Familienmitglied möglich, das dann einzeln wie in Gemeinschaft alles habe, was als Talent, Arbeit und Güter nötig sei, um herzustellen, was immer ihm möglich sei. Daraus könne eine Familiengründungsbewegung innerhalb eines Systems des Besitzes und des produktiven Wohlstands entstehen. Und das wiederum sei ein Ideal, das wert sei, besprochen zu werden. Doch sei es keines, von dem man je höre.

»Nichts kann je die eine enorme Überlegenheit eines Geschlechtes überwinden, wenn selbst das männliche Kind näher seiner Mutter geboren wird als seinem Vater.« Und dennoch könne eine Frau, indem sie den Mann, und selbst das männliche Kind versteht, erkennen, daß der Geist des Mannes auf seine eigene Art arbeitet, nicht dem ihren überlegen, aber ganz anders. »Diese beiden Heiligkeiten der Frau, die Wirtschaftlichkeit und die Würde, müssen mit dem Wortreichtum, der Verschwendungssucht und der ewigen Vergnügungssuche ihrer männlichen Begleitung zusammenstoßen. Weise Frauen gestatten das; närrische versuchen, das zu unterbinden; alle aber wollen ihm entgegenwirken, und daran tun sie gut.«

»Es gibt keine freie Erziehung; denn wenn man ein Kind frei läßt, dann wird man es überhaupt nicht erziehen.« Die wirkliche Frage sei, welche Dogmen (also: Wahrheiten) man zu lehren wünsche. »Denn jeder wird erzogen; aber die meisten falsch.« Und: »Das Dogma ist tatsächlich das einzige, was man nicht von der Erziehung trennen kann. Es *ist* Erziehung. Ein Lehrer, der nicht dogmatisch ist, ist einfach ein Lehrer, der nicht lehrt.«

»Die alten Tyrannen beschworen die Vergangenheit; die neuen Tyrannen beschwören die Zukunft.« Denn die Ideologien der Gegenwart würden verwendet, uns von der Erwägung jener Werte und Institutionen abzuhalten, die man in der Vergangenheit gekannt habe, nicht genau kannte, aber genau genug, um sie zu verstehen. Man könne aber nicht wissen, was falsch ist, solange man nicht wisse, was richtig sei. Könne man zuhören? Der Beginn der Veränderung sei der Anfang des Denkens. Der Anfang des Denkens sei ein Akt der intellektuellen Tapferkeit. Es seien die neueren Häresien, denen zu widersprechen am schwierigsten sei. »Es ist oft wesentlich, einer Tyrannei zu widerstehen, bevor sie noch besteht.« Wenn man aber das nicht tue, müsse man sich später mit den fürchterlichen Folgen herumschlagen.

Das sei die Bedeutung dieser Werke von GKC, daß sie jenes Ideal vorführten, das einem dabei helfen könne.

[Ich möchte nun gern an dieser Stelle einige Bemerkungen zu

GKC + Kirche + Bibel

anbringen; im Zusammenhang mit Kirche aber insbesondere zu *Fragen des Zölibats* und im Zusammenhang mit der Bibel zu *Fragen der Übersetzung.*]

Die *Frage des Zölibats* beschäftigte ab 1967, ausgehend von ersten Debatten über diese Problematik während des 2. Vaticanums, die katholische Kirche in den verschiedensten Zusammenhängen. Im AdG (= Archiv der Gegenwart) 1972 veröffentlichte ich hierzu S. 16 965–16 971 eine Untersuchung, in der es heißt:

1. Die historische Entwicklung

Der Zölibat (von lat. »caelebs« – unvermählt, ehelos) bezeichnet die kirchliche Vorschrift, daß für die Erteilung bestimmter Weihen die Ehelosigkeit Voraussetzung sei; in schwächerer Form ist mit dieser Vorschrift auch die Forderung nach fleischlicher Enthaltsamkeit (i. e. Keuschheit) gekoppelt; dementsprechend bestimmen die Canones 124–144 des CIC u. a.: Es dürfen Priester nur mit eng verwandten oder mit älteren und unverdächtigen Frauen zusammenleben (das Alter, aetas provectior bzw. »kanonisches Alter«, wird mit 30–40 Jahren festgesetzt; über die Unverdächtigkeit befindet der Ortsordinarius); Verletzungen der Keuschheit gelten als Sakrileg und sind strafbar (nach can. 2 359 und 2 388), die versuchte Eheschließung ist ungültig und zieht automatisch die Exkommunikation (falls der Partner von den Gegebenheiten wußte, auch seine) nach sich, die Absolution ist dem Hl. Stuhl vorbehalten; sonach ist die Keuschheit sekundären Gewichts neben dem Hauptinhalt der Ehelosigkeit, die den Zölibat charakterisiert.

Diese Zweiteilung ist aus der komplizierten Entstehungsgeschichte des Zölibatsbegriffes verständlich, in den zwei unterschiedliche Gedankenströme münden. Fleischliche Enthaltsamkeit als kultischer Wert scheint in schamanistischen Vorstellungen zu wurzeln: Psychische und psychologische Isolierung des Individuums steigern die Trancebereitschaft und erleichtern damit den Kontakt zum Numinosen, wie in Fruchtbarkeitsriten der mit »Große Mutter« angedeuteten Religionsformen *(man denke an die Ursprünge des Hierodulentums)*: Hier ist zumindest unter bestimmten Umständen die Kopulation nur nach feierlicher Vorbereitung auf den Akt, der die Befruchtung durch das Numinosum darstellt bzw. symbolisiert *(letzte Spur dieser Vorstellung war das ius primae noctis des Grundherrn)*, zulässig. In beiden Vorstellungswelten engte sich die Verpflichtung zur fleischlichen Enthaltsamkeit mehr und mehr auf Kultdiener ein, weitete sich aber gleichzeitig auch von einer Enthaltsamkeit in einem bestimmten Zeitraum vor einer kultischen Handlung zu einer mit dem Amt verbundenen Keuschheit aus *(Asketentum, Anachoreten, vorchristliche Mönchsideale)*.

Ob in direkter Weiterentwicklung solcher Frühvorstellungen oder aus anderen Anlässen frei philosophierend entwickelt, kam es im aristotelisch-platonischen Denken zu der Lehre von der Trennung des Geistigen vom Körperlichen, was im nächsten Schritt zur Formel von der Reinheit des Geistes, der Unreinheit des Körpers und damit zu einer Verurteilung des Fleischlichen führte. Aus den Evangelien ist zwar eine Empfehlung der Ehelosigkeit abzuleiten, kaum aber eine verbindliche Vorschrift: Jesus sprach sich für die Ehelosigkeit zugunsten des Himmelreiches aus, stellte aber zugleich fest, nicht alle könnten dieses Wort fassen, sondern nur der, dem es gegeben sei; aus einem Paulusbrief ist zu schließen, daß zumindest Petrus verheiratet war, wie auch im Evangelium zu lesen ist, daß Christus bei seinem Besuch in Petri Haus dessen am Fieber darniederliegende Schwiegermutter heilte; in einem weiteren Paulusbrief heißt es, der Unverheiratete sorge sich um das, was des Herrn sei und wie er dem Herrn gefalle – der Verheiratete um das, was der Welt sei und wie er der Frau gefalle und sei geteilt: Aber hierzu gebe es kein Gebot des Herrn; Paulus empfahl die Ehelosigkeit also als freiwillige Aufgabe, und in anderem Zusammenhang bezeichnete er die Ehe als dem wilden Zusammenleben vorzuziehen.

Die Frage des Zölibats spielte in den ersten Jahrhunderten der Kirche keine Rolle. Daß sich das langsam änderte, scheint mit 4 Tatsachen zusammenzuhängen: **a.** Die Ernährung von Geistlichen mit Familie wurde zu einem wirtschaftlichen Problem; **b.** Mit zunehmender Weltfeindlichkeit im Glauben an das nahe bevorstehende Weltende nahmen im Mittelalter (u. a. auch in der Abwehr extremer anderer Richtungen, wie z. B. des Bogumilentums, das in einigen Varianten als Voraussetzung für die göttliche Gnaden-Erlösung die möglichst tiefe Verstrickung des Menschen in Sünde forderte) der Körperlichkeit und insbesondere der Sexualität feindliche Lehren überhand; **c.** Mit wachsender Institutionalisierung der Kirche als irdischer Macht nahm das Interesse der Kirchenoberen an Möglichkeiten der möglichst bedingungslosen Obedienz und Dienstbereitschaft der Priesterschaft zu; **d.** Insbesondere die Ehelosigkeit vermochte dafür zu sorgen, daß der Kirchenbesitz sich mehrte, nicht aber durch Erbabgaben an Kinder von kirchlichen Amtswaltern abnahm *(so hielt z. B. die Kirche zu Beginn der Hussitenzeit in Böhmen ein Drittel des gesamten Grundes in Besitz)*.

Gerade dieser letzte Punkt scheint Ausgang für die gesamte innerkirchliche Entwicklung formeller Art gewesen zu sein: Die Synode von Elvira (heute Granada), beschickt mit 19 Bischöfen und 24 Priestern, faßte 306 für Teile Spaniens den Beschluß: Diakone, Priester und Bischöfe hätten sich zukünftig ihrer Frauen zu enthalten, um keine Kinder mehr zu zeugen; das Konzil von Nicaea lehnte 325 einen Antrag ab, diese sogenannte Elviranische Ehe für die Gesamtkirche verbindlich zu machen; die Synode von Konstantinopel beschloß 692 die bis heute für die Orthodoxie verbindliche Regelung: Eine Ehe, die jemand vor der Priesterweihe schloß, bleibt mit allen Rechten und Pflichten bestehen *(sie war also kein Hindernis für den Empfang der Priesterweihen)*; nach der Weihung darf ein Priester nicht mehr heiraten; Bischof kann nur werden, wer ehelos ist oder seine Frau ins Kloster schickt. Aus Beschlüssen zahlreicher Synoden – Sevilla 592: Söhne von Priestern haben als unehelich zu gelten, Toledo 633 und 653: Konkubinen von Priestern gelten als Sklavinnen, Concilium Germanicum 742: unkeusche Kleriker sind einzukerkern – geht hervor, daß der Zustand der Priesterehe wie des priesterlichen Konkubinats weit verbreitet blieb.

Die Entwicklung nahm, offensichtlich weil zu unterschiedliche Interessen, Vorurteile und Emotionskomplexe sich entwikkelt hatten, je länger je schärfere Formen an: So bezeichnete Benedikt VIII. 1022 verheiratete Priester als Springhengste und Schweine des Epikur; sprach Petrus Kardinal Damian (1007–1072, 1032 zum Doctor Ecclesiae promoviert) Priesterfrauen wie folgt an: »Ihr Schätzchen der Kleriker, ihr Lockspeise des Satans, ihr Auswurf des Paradieses, ihr Gift der Geister, Schwert der Seelen, Wolfsmilch für die Trinkenden, Gift für die Essenden, Quelle der Sünde, Anlaß des Verderbens. Euch rede ich an, ihr Lusthäuser des alten Feindes, ihr Wiedehopfe, Eulen, Nachtkäuze, Wölfinnen, Blutegel, die ohne Unterlaß nach mehreren gelüstet. Kommt also und hört mich, ihr Metzen, Buhlerinnen, Lustdirnen, ihr Mistpfützen fetter Schweine, ihr Ruhepolster unreiner Geister, ihr Nymphen, Sirenen, Hexen, Dianen und was es sonst für Scheusalsnamen geben mag, die man euch beilegen möchte. Ihr seid Speise der Satane, zur Flamme des ewigen Todes bestimmt.« Papst Gregor VII. (1073–1085) versuchte, die Priesterehe durch drakonische Strafen abzuschaffen: Als Erzbischof Jehan von Rouen den Beschluß seinen Klerikern verkündete, vertrieb man ihn mit Steinwürfen aus der Kathedrale; als Erzbischof Sigfrid den Beschluß in Erfurt bekannt machte, hielten die Geistlichen eine Konferenz ab, ob sie ihn töten und dann zu ihren Familien zurückkehren oder auf die Tötung verzichten sollten: Sie beschlossen mit Mehrheit, von der Tötung Abstand zu nehmen.

Erst das II. Lateranum erklärte im April 1139 die Ehen aller Priester für die Zukunft verboten, die bestehenden für ungültig; daß die Mehrheit der Kleriker in der Ehefrage angesichts der Möglichkeiten materieller Strafen nachzugeben bereit war, nicht aber in der Frage der Keuschheit, veranlaßte Innozenz III. 1200 in einem Sendschreiben über einen Bischof und dessen Frau zu schreiben: Seine Kuh habe am Tag vor der Bischofsweihe geworfen, aber auch als Bischof habe er noch auf ihr geackert; demonstrierte Gregor Montelongo, der bei seiner Erhebung in den Stand des Patriarchen von Aquileia 1251 in sein Wappen den Wahlspruch aufnahm: »Si non caste tamen caute« (wenn nicht keusch, so doch vorsichtig). Von Papst Alexander VI. (1492–1503) sind 5 Kinder bekannt, von etwa 30 Päpsten zumindest Frauenaffären *(man denke auch an die literarischen Erzeugnisse etwa Boccaccios)*. Luther nahm (verheiratet mit der vormaligen Nonne Katharina von [Wendisch-]Bora) zur Zölibatsfrage wie folgt Stellung: »Daß sie die Ehe verboten und den göttlichen Stand der Priester mit ewiger Keuschheit beschwert haben, dazu haben sie weder Fug noch Recht gehabt, sondern haben gehandelt als die endchristischen, tyrannischen, verzweifelten Buben, und damit Ursache gegeben allerlei erschrecklicher, greulicher, unzähliger Sünde der Unkeuschheit, darin sie denn noch stecken.« Erzbischof Albrecht von Mainz antwortete 1540 auf Vorhaltungen des Nuntius: »Ich weiß, daß all meine Priester Konkubinarier sind. Doch was ist dagegen zu tun? Wenn ich ihre Konkubinen verbiete, verlangen sie entweder Frauen oder werden Lutheraner.«

Erst die Anathema-Formel des Tridentinums (1545–1563) setzte weitgehend die Abschaffung der Priesterehen und der Konkubinate durch: Es verbot jede weitere Diskussion der Frage und verfügte: »Wenn jemand sagt, daß die Kleriker ... eine Ehe eingehen können und die eingegangene gültig sei, trotz dem Verbot des Kirchengesetzes, ... so sei er verflucht.« *(Es ist aber zu bedenken, daß es sich um Fragen im Zusammenhang mit der Verteidigung der römischen Kirche u. a. gegen die protestantischen Bewegungen aller Art im Rahmen auch politischer Auseinandersetzungen, wie z. B. mit dem Reich und der durch Heinrich VIII. einerseits aus politischen Gründen, andererseits wegen der Verweigerung einer neuerlichen Eheauflösung geschaffenen anglikanischen Kirche, handelte).* Daß in der Folge das Priesterkonkubinat verschwunden sei, ist nicht zutreffend: Allerdings lassen sich aus begreiflichen Gründen Zahlen nicht mehr auch nur annähernd schätzen *(heute ist hingegen von zahlreichen Konkubinaten vor allem in Lateinamerika eindeutig zu berichten)*; Priesterehen hingegen gab es in der lateinischen Kirche nicht mehr.

Insbesondere in der Aufklärungszeit kam es auch außerhalb der Kirche – innerhalb bezeichneten Theologen fast aller Provenienzen den Zölibat als überholt – zu lebhafter Beschäftigung mit dem Thema. So stellte Rousseau fest: »Einer so zahlreichen Körperschaft, wie es die Geistlichkeit der katholischen Kirche ist, das ehelose Leben aufzuerlegen, heißt nicht sowohl ihr verbieten, keine Weiber zu nehmen, als vielmehr ihr befehlen, sich mit den Weibern anderer zu behelfen.« Anders Søren Kierkegaard: »Der Unverheiratete kann im Geisteskampf mehr wagen als der Verheiratete.«

2. Die Entwicklung seit dem II. Vaticanum

Offiziell geriet die Zölibatsfrage mit einer ganzen Reihe moderner Argumentationen wieder in die Diskussion, als sie auf dem II. Vaticanum aufgeworfen wurde. Diese Diskussion wurde nicht zuletzt durch eine interne Anweisung Pauls VI. von 1964 verursacht, in dem er durch Geheimes Dekret von Alfredo Kardinal Ottaviani, Propräfekt des Heiligen Offiziums, den Kirchenfürsten mitteilen ließ: Aus Sorge um den Schutz und die unbefleckte Bewahrung des Zölibats seien alle Priester, die so weit gekommen seien, sich an Frauen zu binden, und sogar bemüht seien, in sogenannten Zivilehen zu leben, vor eine Kommission des Hl. Offiziums zu bringen und nach Überprüfung ihrer Ämter zu entheben, mit Ehe-Dispens auszustatten und geheim kirchlich zu trauen, damit das Ärgernis ausgerottet werde; die entsprechenden Akten seien in den bischöflichen Geheimarchiven aufzuheben. Die Zahl der Dispensanträge wuchs insbesondere nach der Zölibatsenzyklika von 1967 an.

Hierzu ist noch anzumerken, daß nach Expertenschätzung sich höchstens 55 % aller heiratenden Priester um Dispens bemühen. Es dürften von 1964 bis Ende 1969 insgesamt 3 % des katholischen Klerus oder ca. 12 800 Priester mit oder ohne Dispens geheiratet haben und damit aus dem Amtsdienst ausgeschieden sein.

In der gesamten Zölibatsfrage spielen auch die Ausnahmen und Widersprüche in der römischen Haltung eine Rolle: 1. können nichtkatholische Geistliche, die verheiratet sind, nach Konvertierung Priesteramt und Ehe weiterführen; 2. gilt für die mit Rom unierten Ostkirchen die konstantinopolitanische Eheregel der Orthodoxie *(Patriarch Maximos IV. Saigh kritisierte auf dem II. Vaticanum in diesem Zusammenhang: Im Zweifelsfall müsse nicht das Priestertum dem Zölibat, sondern der Zölibat dem Priestertum weichen)*; 3. dürfen Diakone verheiratet zahlreiche priesterliche Funktionen ausüben; 4. ist der Zölibat – wie aus allem Gesagten hervorgeht – da nicht göttlichen Rechts kein Dogma, sondern ausschließlich historisch gewachsenes Kirchenrecht, also ohne Schaden für die geoffenbarte Lehre aufhebbar; 5. wird einerseits die Kraft zur Ehelosigkeit durchgehend als besondere Gnadengabe Gottes an einzelne bezeichnet, andererseits aber auf Gesetzesweg von allen Priestern verlangt.

3. Die Entwicklung im niederländischen Klerus

Abgesehen von Kirchenprovinzen, in denen die sozialen oder politischen Gegebenheiten den Klerus zur Rebellion gegen die Hierarchie führten *(wie z. B. in Spanien oder in Lateinamerika)*, sind es mit Ausnahme der Niederlande vor allem Kirchenfürsten wie die deutschen Kardinäle Augustin Bea, Josef Frings und Julius Döpfner, Österreichs Kardinal Franz König oder Belgiens Kardinal Léon-Joseph Suenens gewesen, die – teils aus sich, teils veranlaßt durch sogenannte progressive Theologen – schon während des II. Vaticanums, besonders aber seither das Unbehagen des Kirchenvolkes mit der Amtskirche zum Ausdruck brachten, es teilweise sogar erst durch ihre Formulierungen ins Bewußtsein des Kirchenvolkes hoben.

Daß es in den Niederlanden anders ist, liegt wesentlich an der sehr viel demokratischeren Struktur der kirchlichen Organisationen, so daß hier der ebenfalls zu den Progressiven zählende Utrechter Kardinal Bernardus Alfrink sich von Anfang an in einer anderen Lage sah. So beauftragten z. B. die niederländischen Bischöfe unter seinem Vorsitz frühzeitig das Höhere Katechetische Institut in Nijmwegen, im Sinne des II. Vaticanums einen neuen Katechismus, und zwar insbesondere für Erwachsene, zu erarbeiten. Die Arbeit erhielt am 1. März 1966 das Imprimatur Alfrinks und, obwohl der Vatikan gegen eine Reihe Passagen als gegen Häresien protestierte, 1969 auch das Imprimatur der deutschen Bischofskonferenz, nachdem bereits 1968 in Nijmwegen eine deutschsprachige Ausgabe erschienen war. Diesem Geist des niederländischen Episkopats entsprach es, als 1968 der Jesuit Jos Vrijburg von der Amsterdamer Studentenpfarrei St. Ignatius aus dem Orden ausschied und verlangte, ihm sowohl den Ehedispens als auch die Genehmigung zu seelsorgerischer Tätigkeit mit Ausnahme der Sakramentenspendung zu erteilen, und zwar dergestalt, daß hier bereits die vom niederländischen Reformklerus angestrebte Form des Teilzeitpriesters sichtbar wird.

Das veranlaßte 70 Priester aus Amsterdam und Umgebung, sich zu einer Aktionsgruppe »Septuagint« *(lat. septuaginta = 70; nach dem Bericht im Lukas-Evangelium, daß die 12 Apostel 70 Jünger um sich hatten)* zusammenzuschließen. Diese Gruppe zählte zu Beginn der bedeutungsvollen Pastoralkonferenz im Januar 1970 rund 1 300 Mitglieder, von denen die meisten der Arbeiten ausgingen bzw. geleistet wurden, die in der Pastoralkonferenz und ihren Abstimmungsergebnissen gipfelten und den niederländischen Klerus zum Vorkämpfer in der Auseinandersetzung zwischen progressiven und konservativen Kräften, kristallisiert in der Zölibatsfrage, machten.

Aus der Septuagint entstand eine »Kommission über das Priestertum« des niederländischen Klerus, die bis September 1969 einen umfangreichen Vorlage-Entwurf für das nächste Pastoralkonzil *(in seiner Art in der Welt einzigartig)* erarbeitete, der im November 1969 auf einer Priesterkonferenz in Doorn beraten und bei Berücksichtigung einer Reihe kritischer Voten der bereits zuvor damit befaßten Priester-, Diözesan- und Ordensräte in Empfehlungen an das Pastoralkonzil umgearbeitet wurde; das Resümee aus Vorlage und Empfehlungen ist der Vorlage folgend in 7 Kapitel gegliedert und klammert bewußt theologische Begründungen aus, um die pragmatischen Ansätze zur Problemlösung so deutlicher zu machen, und weil man angesichts der drängenden Gesamtproblematik die theologischen Argumentationen für wenig relevant erachtete. In den 7 Kapiteln des Resumés heißt es u. a.: »I. Allgemeines: … II. Glaubensbewußtsein: … III. Fachausbildung: …

IV. *Neue Formen des Priesteramtes*, neue Menschen in diesem Amt: Im Anschluß an die gesamte kirchliche Tradition soll das Priesteramt eine pluriforme Gestalt annehmen können, innerhalb welcher der priesterliche Dienst seine eigene Berufung hinsichtlich des Menschen in der heutigen Gesellschaft verwirklichen kann.
1. Es sind Entwicklungstrends feststellbar, die dahin zielen, daß *der priesterliche Dienst teilzeitlich oder losgelöst vom Zölibat ausgeübt* wird. Ebenso sind Entwicklungen im Gange, die dem Amt verschiedene äußere Formen geben, und zwar anders als nach der traditionellen Dreiteilung Bischof – Priester – Diakon (dabei denkt man an Seelsorgearbeiter, Katecheten, pastorale Gruppenarbeiter, Seelsorgeräte, kirchliche Aufbauarbeiter usw. …) … 2. Es ist ratsam, die Frau so schnell wie möglich noch mehr in alle kirchlichen Aufgaben einzuschalten, in denen ihr Wirken wenig oder gar nicht problematisch ist. Die künftige Entwicklung muß sich dahin orientieren, daß sie alle kirchlichen Funktionen, die Leitung der Eucharistiefeier nicht ausgeschlossen, erfüllen kann. … V. Gruppenbildung (Kader): … VI. Das Arbeitsklima: …

VII. *Probleme des Lebensstandes der Amtsträger*: … 1. Das Pastoralkonzil erkennt den besonderen Wert der freiwilligen Ehelosigkeit des Amtsträgers um des Himmelreiches willen an. Es spricht die Hoffnung aus, daß durch eine offene Zeugenschaft innerhalb der christlichen Gemeinschaft immer Raum hierfür sein wird. 2. Einen Einsatz für das Himmelreich kann man sowohl verheiratet als auch ehelos leisten. Es ist Sache jedes einzelnen Menschen, für sich selbst zu bestimmen, wie und wo sein Engagement am besten verwirklicht wird. In beiden Fällen müssen Wege zur vollen und ganzheitlichen persönlichen Verwirklichung gefunden werden. 3. *Die Verpflichtung zum Zölibat soll aufgehoben werden.* 4. Um den unnötigen, bewußten oder unbewußten Widerstand zu beseitigen, soll sowohl unter Laien als auch unter den Priestern intensiv die Aufmerksamkeit auf Information und Meinungsaustausch über die Zölibatsproblematik und das Problem gelenkt werden, daß immer mehr Priester ihr Amt zur Verfügung stellen. 5. Hinsichtlich der bischöflichen Verantwortung wird gefordert: a) daß positive Schritte unternommen werden, wobei man sich nicht vom Unabänderlichen leiten läßt, sondern nach Aufhebung des Zölibatsgesetzes strebt und hierfür Möglichkeiten ausfindig macht und innerhalb der derzeitigen Konstellation schafft; b) daß von künftigen Priesteramtskandidaten nicht mehr verlangt werden soll, ehelos zu bleiben; c) daß grundsätzlich die Möglichkeit besteht, Verheiratete zum Priesteramt zuzulassen und innerhalb der eigenen Kirchenprovinz die Voraussetzungen hierfür zu schaffen; d) daß Schritte unternommen werden, um die bischöfliche Kollegialität innerhalb der Weltkirche kraftvoller zu verwirklichen, damit die Erfordernisse rund um diese Problematik schnellstmöglich erfüllt werden ... 6. *Wenn Priester um Dispens vom Zölibat bitten, sollten sie grundsätzlich in allen seelsorglichen Aufgaben belassen werden*, wobei folgendes zu beachten ist: – es geht noch immer um eine experimentelle Situation; – die Experimente selbst sollten im Einvernehmen mit den Betroffenen durchgeführt werden, nämlich mit den Gläubigen darüber, wie eine bestimmte Funktion zu verrichten sei, mit den Amtsbrüdern, die mit an der Verantwortung zu beteiligen sind, und mit dem Bischof, der ja die Anstellung vornimmt. – Es soll auch erwogen werden, ob die individuelle Lage des Amtsträgers dies wünschenswert erscheinen läßt. – Die Experimente sollen einer fortwährenden Prüfung unterzogen werden. – Zum Gelingen der Versuche ist Öffentlichkeit und volle Information notwendig ...«

Juni 1969: Aufgrund einer Initiative der niederländischen Bischöfe vom Januar 1967 hatte das Pastoralinstitut der Niederländischen Kirche (PINK) bereits 1968 durch das Institut voor Toegewaste Sociologie (ITS), Nijmegen, eine Enquête bei den niederländischen Priestern zur Zölibatsfrage durchführen lassen, deren Ergebnis in Nr. 6 der Reihe »De Kerk van morgen«, »Amtscelibaat in een veranderende kerk. Resultaten van een onderzoek onder alle priesters, diakens en subdiakens in Nederland«, Amersfoort 1969, veröffentlicht wurde. Der Fragebogen enthielt 39 meist noch weiter unterteilte Fragen und wurde an insgesamt 8 879 Welt- und Ordenspriester sowie Diakone, Subdiakone und Theologiestudenten verschickt. Die Antwortquote war 83 % (bei 1 % unbrauchbaren Rücksendungen). Vier *Hauptfragekomplexe zum Thema Zölibat* wurden vorgelegt: 1. Meinungen hinsichtlich der Beibehaltung der Verpflichtung zum Amtszölibat bzw. der Entflechtung von Priesteramt und Zölibat; 2. Haltung gegenüber dem Amtszölibat im allgemeinen; 3. persönliche Einschätzung, d. h. die Bedeutung des Amtszölibats für das eigene Priesterleben; 4. eine Reihe von Fragen, welche die vorherigen Aussagen detaillieren sollten. Die Mehrheit der Befragten nimmt keinen radikalen Standpunkt ein: Eine uneingeschränkte Aufhebung der Zölibatsverpflichtung für alle Kleriker fordern 21 %, für die bedingungslose Beibehaltung des Amtszölibats sprachen sich 5 % der Befragten aus. 74 % detaillierten ihre Antworten, wobei eine Art Konsensus für eine bedingte Aufhebung bzw. bedingte Nichtaufhebung *(argumentierend nach hierarchischem Rang, lokaler Gegebenheit, seelsorgerischem Bedürfnis spezieller Gemeinden oder Regionen usw.)* des Amtszölibats bei der überwiegenden Mehrheit festzustellen ist.

4. Das 5. niederländische Pastoralkonzil befürwortet eine weitgehende Aufhebung des Amtszölibats

24.12.1969: Papst Paul VI. richtet ein Schreiben an Bernardus Kardinal Alfrink, das dieser – um der bevorstehenden niederländischen Pastoralkonferenz die Belastung einer Kenntnis der päpstlichen Stellungnahme zu ersparen – zunächst geheimhält, weshalb der Papst die Veröffentlichung im Osservatore Romano am 12./13. Januar 1970 anordnet. In dem Schreiben heißt es u. a.: Die vorbereitenden Dokumente dieser Konferenz zitierten, was besonderen Eindruck mache, äußerst selten aus den Dokumenten des II. Vaticanums oder aus anderen neuen lehramtlichen Verlautbarungen; mehr noch: Sie stünden mit den genannten Dokumenten kaum in Einklang. »Hinsichtlich des Dienstamtes: a) die Darstellung von Ziel und Aufgaben der Kirche erscheint so, als ob deren Sendung rein irdischer Art wäre; b) das Priesteramt wird als von der christlichen Gemeinde übertragen angesehen; c) man schlägt – bisweilen gebieterisch – die Entflechtung von Priestertum und Zölibat vor; d) man kritisiert die These, daß nur der Mann Priester werden könne; e) man spricht vom Papst nur, um sein Amt und die ihm von Christus selbst übertragenen Gewalten auf ein Mindestmaß herabzusetzen, usw. ... Im Hinblick auf den gottgeweihten Zölibat scheint uns ... die Pflicht der katholischen Hierarchie in den gegenwärtigen Schwierigkeiten der Kirche klar vorgezeichnet: alles in Einklang mit den Beschlüssen des II. Vatikanischen Konzils (›Lumen gentium‹, Abschnitt 42, 3; ›Presbyterorum ordinis‹, Abschnitt 16; ›Perfectae caritatis‹, Abschnitt 12) mit Achtung und Hochschätzung dieses unvergleichlichen Schatzes der lateinischen Kirche zu erfüllen; klar und fest zu lehren, daß die hochherzige Übung der vollkommenen Keuschheit nicht nur möglich, sondern eine Quelle der Freude und der Heiligkeit ist; überall die unerläßlichen Bedingungen für seine Verwirklichung bekanntzumachen und zu fördern. Wir haben selbst mehrmals unsere Auffassung über den priesterlichen Zölibat dargelegt. Wir haben ihm, wie Ihr selbst wißt, eine besondere Enzyklika ›Sacerdotalis coelibatus‹ gewidmet, in der wir auf die Einwände gegen ihn eine Antwort gaben.«

4.–7.1.1970: In Noordwijkerhout findet das 5. Pastoralkonzil der niederländischen katholischen Kirche statt. Es zählt 208 Teilnehmer. Davon waren 108 stimmberechtigt und von diesen 106 bei den Abstimmungen anwesend. Die 108 Stimmberechtigten: das Präsidium aus 8 Bischöfen; die Zentralkommission mit 7 Mitgliedern, von denen 2 Bischöfe waren *(die nicht doppelt gezählt werden dürfen)*; 7 Delegationen zu je 10 Mitgliedern aus den Diözesen Utrecht, Haarlem, 's-Hertogenbosch, Breda, Roermond, Groningen, Rotterdam; 3 Vertreter der Priesterorden, 2 der Brüdergemeinschaften, 3 der Schwesternkongregationen, 1 der Schwesternorden, 1 der Säkularinstitute und schließlich 15 durch die Bischöfe Eingeladene, um möglichst alle Schichten und Gruppen der Gläubigen vertreten sein zu lassen. Dem Beruf nach waren es 8 Bischöfe, 15 Weltpriester, 15 Ordenspriester, 9 Schwestern, 7 Brüder, 26 verheiratete Männer, 12 verheiratete Frauen, 6 unverheiratete Männer, 8 unverheiratete Frauen, 2 unbekannt. Demgemäß entsprachen 38 Ordinierten 70 Laien, 29 Frauen, 79 Männer, 28 Akademiker, 80 Nichtakademiker. Unter den Laien gehörten 9 dem Lehrfach an, 8 der Wirtschaft, 5 der Journalistik, 1 der Erwachsenenbildung, 3 waren Arbeiter, 3 Ärzte, 2 Ingenieure, 2 Berufssoldaten, 2 medizinischtechnische Assistentinnen, 1 Bürgermeister, 1 Programmierer, 1 Sozialarbeiter, 9 Studenten. Von den eingeladenen ausländischen und andersgläubigen Kirchen waren vertreten: die Bischofskonferenzen Deutschlands und Belgiens sowie der Apostolische Administrator Prags durch einen Vertreter; der Nuntius Angelo Felici erschien trotz Einladung ohne Kommentar nicht *(ein einmaliger Vorgang)*.

Nach ausführlicher Debatte, in der immer wieder betont wurde, das derzeitige Bild vom Priester sei von mediterranen Völkern geprägt und vermöge nordeuropäischer Geisteshaltung sehr viel weniger zu sagen, führte Kardinal Alfrink u. a. aus: »Wir alle wissen, wie Papst Paul sich noch in jüngster Zeit über die Beibehaltung der Zölibatsverpflichtung verbindlich ausgesprochen hat; zuletzt in seiner Weihnachtsansprache vom 15. Dezember vor dem Kardinalskollegium. Es dürfte vielleicht aufgefallen sein, daß in dieser Weihnachtsansprache ein Passus vorkam, der, wie ich denke, für uns wohl von Bedeutung ist, da wir doch über den Zölibat sprechen wollen. Die Wendung nämlich, worin er sagt, daß die Fragen rund um die Problematik der priesterlichen Existenz gegenwärtig geprüft werden. Zudem wissen wir alle, denke ich – falls ich mich nicht irre; und sollte dies der Fall sein, so kann mich jemand nachher korrigieren, aber ich meine, wir wissen es alle –, daß die internationale römische Theologenkommission ebenfalls das Thema der Problematik der priesterlichen Existenz mit Vorrang auf ihre Agendaliste gesetzt hat. Und es ist auch bekannt, daß sich die Kleruskongregation ebenfalls mit dieser Materie beschäftigt. Und demzufolge kann man wiederum darauf schließen, daß diese Materie nicht nur in den Niederlanden, sondern auch außerhalb von Holland diskutiert worden ist. Dies geschah vielleicht auf andere Art, als wir es hier tun; aber man kann doch wohl schwerlich unterstellen, daß dieselbe Materie überall außer in den Niederlanden unbeachtet, unerwogen und undiskutiert bleibt.

Ich hielt dies für wichtige Gesichtspunkte, denen wir doch einige Überlegung widmen sollten. Wir sollen doch auch wiederum versuchen, die ganze Frage des priesterlichen Zölibats in einem positiven und nicht nur in einem negativen Sinn anzugehen. Es fällt mir nämlich in den Diskussionen gewöhnlich auf, daß man fast ausschließlich über die Abschaffung des Zölibats, anstatt über die Trennung des Zölibats *(vom Priesteramt)* diskutiert, und daß man nur selten irgendwo die Frage stellt – und ich würde dies doch für ein sehr wichtiges Element halten –, wie und auf welche Weise dieses wertvolle Gut, das wir ja alle als solches anerkennen wollen, in der Kirche erhalten und wirksam bleiben soll. Mit Freude habe ich gesehen, daß dieser Gedanke im soeben verlesenen Einführungsbericht auch tatsächlich enthalten ist. Meiner Meinung nach liegt es nahe, daß wir auch darauf hinweisen ...

Sehen Sie, diese Beratung, die wir nun über den Zölibat anfangen, ist mehr oder weniger ein Endpunkt einer recht lange währenden Beratschlagung. Diese Beratung begann hier in diesem Saal im November 1968, glaube ich, während der damals abgehaltenen Priesterkonferenz ... Es wurde der Wunsch geäußert, daß die Bischöfe an diesen Überlegungen und an der Diskussion darüber bereitwillig teilnehmen sollten. Und ich glaube sagen zu dürfen, daß die Bischöfe auch die Absicht hatten, es zu tun. Aber andererseits möchte ich auch auf die Lage der Bischöfe hinsichtlich dieser ganzen Beratung, der Diskussionen und des Abschlusses und Ergebnisses dieser Beratung aufmerksam machen. Man sollte auch Verständnis dafür haben, daß es für die Bischöfe doch recht schwer wäre, sich öffentlich auf irgend etwas festzulegen, ehe das Ganze überblickt werden könnte. Kämen ›vorläufige‹ Äußerungen in die internationale Presse, dann gerieten die Bischöfe und ihre Ansichten unvermeidlich ins Zwielicht, noch bevor sie Gelegenheit hätten, klärende Stellungnahmen nachzuschicken.«

Anschließend kam es zu einer Abstimmung über 6 Fragen, wobei sich die Bischöfe bei den ersten 5 Fragen der Stimme enthielten. Die Fragen und die Abstimmungsergebnisse: (1) Aufhebung der Zölibatspflicht als Voraussetzung für das Priesteramt: 93 Ja, 2 Nein, 3 Enthaltung; (2) von Priesteramtskandidaten darf nicht mehr gefordert werden, zölibatär zu verbleiben: 90 Ja, 6 Nein, 2 Enthaltung; (3) der Episkopat soll den Grundsatz unterstützen, Verheiratete zum Priesteramt zuzulassen, und soll die nötigen Vorbedingungen schaffen: 94 Ja, 1 Nein, 3 Enthaltung; (4) verheiratete oder heiratswillige Priester sollen ihr Amt ohne Beschränkung (Voraussetzung: persönliche Eignung, Zustimmung der Gemeinde usw.) ausüben, die Bischöfe sollen diesen Versuch unterstützen und beobachten und der zweiten Bischofssynode darüber berichten, damit diese zum Nutz der Weltkirche eine tatsachengestützte Entscheidung treffen kann: 86 Ja, 3 Nein, 9 Enthaltung; (5) die Bischöfe sind aufgefordert, die vorstehenden Voten schnellstmöglich zu verwirklichen: 79 Ja, 8 Nein, 4 Enthaltung.

5. Rückweisung der niederländischen Beschlüsse durch Papst Paul VI.

30.1.1970: Jean Kardinal Daniélou schreibt im Osservatore Romano zur Frage »Der priesterliche Zölibat« u. a.: »Es gibt ein Pastoralproblem, das man in Erwägung ziehen kann, und zwar folgendes: ob die Kirche unter bestimmten Umständen und als Antwort auf klar umrissene Erfordernisse verheiratete Männer zum Priestertum zulassen kann ... Es gibt also klare Fälle, in denen die obige Frage legitim gestellt werden kann. Die jedoch vom Niederländischen Pastoralkonzil aufgeworfene Frage ist völlig anderer Natur. Wir müssen zugeben, daß es sich hierbei um einen Aspekt der umfassenderen Krise handelt, in der sich gegenwärtig ein Teil der Kirche befindet. Es ist kein Zufall, daß man in denselben Kreisen nicht nur den Zölibat der Priester in Abrede stellt, sondern auch den spezifischen Wert des Amtspriestertums ... Die wahre Antwort auf die Krise des priesterlichen Lebens ist diejenige, die Paul VI. gibt, wenn er erklärt: Die Erneuerung des Priestertums ist mit der Neuentdeckung des erhabenen Wertes des Zölibats der Priester verbunden ... Für einige unter den Vorkämpfern stellt die Kampagne gegen den priesterlichen Zölibat lediglich einen Vorwand dar. Durch ihn wollen sie die Autorität des Papstes treffen. Wir sehen ein Manöver kommen, das darin besteht, Paul VI. gegen die bischöfliche Kollegialität auszuspielen. Geschickte Aufrufe werden an den Weltepiskopat gerichtet, er solle sich mit den Niederländern solidarisch erklären. Damit will man die Autorität des Papstes untergraben, sie langsam einzingeln, um sie dann zu unterdrücken. Auf dem Grund aller Kampagnen, die einander ablösen, liegt die Abneigung gegenüber der Autorität Roms …«

1.11.1970: Papst Paul VI. hält, noch ehe ein Termin für den Empfang der angekündigten niederländischen Bischofsmission zwecks Unterrichtung des Papstes über die niederländischen Beschlüsse vereinbart wurde, eine Sonntagsansprache aus dem Fenster seines Arbeitszimmers an die Gläubigen im Hof des Vatikans, in der er u. a. sagt: »Unter den großen Anliegen, die der Hilfe Gottes bedürfen … ist eines, das Uns sehr am Herzen liegt und von dem heute viel die Rede ist: der Heilige Zölibat der Priester. Er ist ein Hauptgesetz unserer lateinischen Kirche. Man kann ihn nicht aufgeben oder in Diskussion stellen: Das hieße zurückschreiten; hieße einer Liebes- und Opfertreue untreu werden, die unsere lateinische Kirche nach langer Erfahrung, mit ungeheurem Mut und in evangelischer Ausgeglichenheit sich auferlegt hat in dem jahrhundertelangen Bemühen strenger Auslese und beständiger Erneuerung ihres Amtspriestertums, von dem die Vitalität des gesamten Gottesvolkes abhängt. Gewiß ist er eine sehr hohe und sehr anspruchsvolle Anforderung, deren Befolgung außer einem unwiderruflichen Vorsatz eines besonderen Charismas bedarf, das heißt einer höheren und inneren Gnade. Diese Gnade befähigt zur Übereinstimmung mit der Berufung zur einzigen Nachfolge Christi und zur Übereinstimmung mit der bedingungslosen Antwort des Jüngers, der alles verläßt, um ihm zu folgen und sich vollkommen und ausschließlich und mit ungeteiltem Herzen dem Dienst an seinen Brüdern und der christlichen Gemeinde zu widmen. Das alles macht den kirchlichen Zölibat zu einem höchsten Zeugnis für das Reich Gottes, einem einmaligen und beredten Zeichen der Werte des Glaubens, der Hoffnung und der Liebe, zu einer unvergleichlichen Bereitschaft zu vollem Dienst in der Seelsorge, zu einer beständigen Aszetik christlicher Vollkommenheit. Ja, er ist schwierig, aber gerade dieses Kennzeichen macht ihn den jungen und glühenden Menschen anziehend. Und er ist mehr denn je gültig für die Erfordernisse unserer Zeit ...«

4.11.1970: Papst Paul VI. veröffentlicht im Osservatore Romano ein Schreiben »Aus dem Vatikan, 2. Februar 1970, am Fest der Darstellung im Tempel« an Kardinal-Staatssekretär Jean Villot, in dem er den Kardinal bittet, ihm insbesondere unter Betrachtung seines Amtes in diesem gesamten Fragenkomplex besonders beizustehen. In dem Schreiben heißt es u. a.: »Die Erklärungen über den Zölibat, die in den letzten Tagen in den Niederlanden veröffentlicht wurden, haben uns tief betrübt und haben in uns viele Fragen wachgerufen: wegen der Motive für eine solche schwerwiegende Haltung, die dem sakrosankten Gesetz, das in unserer lateinischen Kirche gilt, entgegengesetzt ist; wegen der Auswirkungen im ganzen Volk Gottes, besonders im Klerus und bei den jungen Menschen, die sich auf das Priestertum vorbereiten; wegen der verwirrenden Folgen im Leben der ganzen Kirche und wegen des Widerhalls bei allen Christen und auch bei den anderen Gliedern der Menschheitsfamilie ... Wir fragen uns zuallererst demütig und in vollkommener innerer Aufrichtigkeit, ob nicht unsererseits irgendeine Verantwortung angesichts so unglücklicher Revolutionen vorliegt, die von unserem Standpunkt und, wie wir meinen, auch von jenem der Gesamtkirche so verschieden sind ... Die Gründe, die zur Rechtfertigung einer so radikalen Änderung der jahrhundertealten Regel der lateinischen Kirche, die so viele Früchte der Gnade, der Heiligkeit und des missionarischen Apostolats hervorgebracht hat, angeführt werden, sind wohlbekannt.

Aber diese Gründe, wir müssen es unzweideutig klarstellen, erscheinen uns nicht überzeugend. Sie scheinen in Wirklichkeit eine grundlegende und wesentliche Überlegung zu vernachlässigen, die keineswegs zu vergessen ist und die der übernatürlichen Ordnung angehört. Sie scheinen tatsächlich ein Nachgeben in dem wahren Verständnis des Priestertums darzustellen. Die einzige Perspektive, die im Auge behalten werden muß, ist die der evangelischen Sendung, dessen Herold und Zeuge im

Glauben und in der Hoffnung auf das Reich wir sind ... Werte des Evangeliums können nur im Glauben, im Gebet, in der Buße, in der Liebe begriffen und nicht ohne Kämpfe und Abtötungen verstanden und gelebt werden, auch nicht ohne gelegentlich in der Nachfolge Christi und der Apostel den Spott und die Verachtung der Welt, Unverständnis und sogar Verfolgung auf sich zu ziehen. Die totale Hingabe an Christus geht bis zur Torheit des Kreuzes ... Wenn wir also folglich all das vor Gott, vor Christus und vor der Kirche, vor der Welt betrachten, fühlen wir uns verpflichtet, von neuem klar zu bekräftigen, was wir schon erklärt und mehrmals wiederholt haben, nämlich, daß die Verbindung zwischen Priestertum und Zölibat, die seit Jahrhunderten von der lateinischen Kirche festgelegt ist, für diese ein in höchstem Maße kostbares und unersetzliches Gut darstellt. Es wäre eine schwere Vermessenheit, diese von der Tradition geheiligte Verbindung zu unterschätzen oder gar fallenzulassen ...

Was die Priester betrifft, die sich aus als gültig anerkannten Gründen unglückseligerweise in der radikalen Unmöglichkeit befinden, darin auszuhalten – wir wissen, daß es sich dabei nur um eine kleine Zahl handelt, während die große Mehrheit mit Hilfe der Gnade den auf sich genommenen heiligen Verpflichtungen vor Gott und der Kirche treu bleiben will –, so geschieht es unter großem Schmerz, daß wir uns nach aufmerksamer Prüfung eines jeden einzelnen Falles bereitfinden, ihre inständige Bitte, von ihren Versprechen gelöst und von ihren Verpflichtungen befreit zu werden, annehmen. Jedoch darf uns das tiefe Verständnis, das wir in einem Geiste väterlicher Liebe für die Personen haben wollen, nicht daran hindern, eine Haltung zu bedauern, die so wenig mit dem übereinstimmt, was die Kirche legitimerweise von denen erwartet, die sich endgültig ihrem ausschließlichen Dienst geweiht haben ... Deswegen bekräftigen wir nach reiflich überlegter Entscheidung klar unsere Pflicht, nicht zuzulassen, daß das priesterliche Dienstamt von jenen ausgeübt werden kann, die, nachdem sie die Hand an den Pflug gelegt, sich zurückgewendet haben (vgl. Luk. 9, 62). Ist das anders herum gesehen nicht auch die beharrliche Tradition der verehrungswürdigen orientalischen Kirchen, auf die man sich in diesem Zusammenhang so gerne beruft? Im übrigen wagen wir kaum an die nichtkalkulierbaren Konsequenzen zu denken, die eine andere Entscheidung für das Volk Gottes auf spirituellem und pastoralem Gebiet nach sich ziehen würde …

Und deshalb halten wir es, Herr Kardinal, vor allem für notwendig, die Bischöfe, die Priester und alle Glieder der holländischen katholischen Gemeinschaft unserer beständigen liebevollen Zuneigung, aber zur gleichen Zeit auch unserer Überzeugung zu versichern, daß es unerläßlich ist, die formulierten Voten und den in einer Frage von so schwerwiegender Tragweite für die Gesamtkirche eingenommenen Standpunkt im Lichte der oben dargestellten Überlegungen und im Geiste einer authentischen kirchlichen Communio neu zu überprüfen …«

6. Stellungnahmen des deutschen Klerus und Episkopats

7.11.1970: Joseph Kardinal Höffner, Erzbischof von Köln, legt 10 Thesen »Die Ehelosigkeit um des Himmelreiches willen« vor, die am deutlichsten die Summe der Argumente für eine Beibehaltung des Amtszölibats beschreiben. Die 10 Thesen lauten im Wesentlichen wie folgt: »I. Gerade in der Welt von heute ist die um des Himmelreiches willen gelebte Ehelosigkeit des Priesters ein eschatologisches Zeichen, das der gläubigen Gemeinde zeigt, wohin sie eigentlich unterwegs ist … Mithin ist die Ehelosigkeit um des Himmelreiches willen, wenn sie auch nicht ›von der Natur des Priestertums notwendig gefordert‹ wird, doch ›in vielfacher Hinsicht dem Priestertum angemessen‹ (Konzilsdekret ›Presbyterorum ordinis‹, 16). Die priesterliche Ehelosigkeit ist ›Ausdruck unserer vollen Verfügbarkeit für das uns total in Anspruch nehmende Amt‹ (Schreiben der deutschen Bischöfe über das priesterliche Amt vom 11. November 1969, S. 78). Die eigentliche Frage, vor die der Priester in der modernen Gesellschaft gestellt ist, lautet: Ist der unsere ganze Existenz bis zum letzten, bis zum äußersten anfordernde Dienst (vgl. 3 Tim. 4, 5), Vater und Bruder einer Gemeinde zu sein und in ihr das Amt der Versöhnung zu tun, auch heute noch eine lohnende und notwendige Aufgabe? Wer auch nur ein wenig vom Ringen und Suchen des Menschen von heute weiß, wird es nicht wagen, diese Frage mit Nein zu beantworten …

II. Der Vorwurf, die Ehelosigkeit um des Himmelreiches willen mache den katholischen Priester weltfremd und hindere ihn daran, diese Welt zu heiligen und die irdischen Lebensverhältnissen auf das Ewige auszurichten, ist theologisch falsch und widerspricht den geschichtlichen Tatsachen … Im 19. Jahrhundert, dem Jahrhundert der ›Sozialen Frage‹, haben sich die katholischen Priester keineswegs auf individuelle Tröstungsversuche, auf bloße ›Jenseitsbezogenheit‹ beschränkt, sondern der Seelsorge den Weg in das moderne soziale Leben geöffnet. In der katholischen Arbeiterbewegung, in der Kolpingsfamilie, im Volksverein, in der Caritasbewegung usw. haben katholische Priester gemeinsam mit den Laien Hervorragendes geleistet.

III. Das II. Vatikanische Konzil hat sich weder gegen die Belange der Kirche noch gegen die Rechte irgendeines Menschen vergangen, als es bestimmte, daß nur jene Männer zu Priestern geweiht werden dürfen, an die ein doppelter Gnadenruf Gottes ergangen ist: der Ruf zum Priestertum und der Ruf zur Ehelosigkeit um des Himmelreiches willen … (Konzilsdekret ›Optatam totius‹, Nr. 10. Bei der Schlußabstimmung über das Priesterdekret am 7. Dezember 1965 haben sich die Konzilsväter mit der überwältigenden Mehrheit von 2 390 Ja-Stimmen gegen 4 Nein-Stimmen für die Beibehaltung der priesterlichen Ehelosigkeit in der lateinischen Kirche entschieden[1]) …

IV. Die ›Entkoppelung‹ von Priesteramt und Zölibat wird auf die Dauer nicht zur Behebung des Priestermangels führen. Die Richtigkeit dieser Aussage wird durch die Verhältnisse in den orthodoxen und evangelischen Kirchen bestätigt. Die vom alexandrinischen Patriarchat herausgegebene Zeitschrift ›Pantainos‹ (Januar 1969) klagt, daß es in der griechisch-orthodoxen Kirche Ägyptens – trotz der Priesterehe – fast keine Berufe mehr gebe … Die lutherische Kirche Oldenburgs zählt 583 000 Mitglieder, aber – trotz Heirat – nur etwa 200 Pastoren.

---

1) Allerdings war eine Debatte über dieses Thema dem Konzil ausdrücklich vom Papst untersagt worden.

Demgegenüber haben die 216 000 Katholiken Oldenburgs – trotz Zölibat – der Kirche 362 Priester geschenkt …

V. Wie die Berufung zum Priestertum so ist auch die Berufung zur Ehelosigkeit um des Himmelreiches willen eine gnadenhafte Erwählung durch Jesus Christus … Sowohl die Berufung zum Priestertum als auch die Berufung zur Ehelosigkeit sind nur im Glauben zu begreifen. Beide sind ihrem Wesen nach auf die Gemeinschaft der Kirche bezogen. Es wäre deshalb falsch, das Priestertum als auf die Kirche bezogenes Amt der angeblich rein individuellen Gnadengabe der Ehelosigkeit gegenüberzustellen … Die Ehelosigkeit um des Himmelreiches willen ist weder ein geschlechtsfeindlicher Manichäismus noch eine Beschämung der Verheirateten, sondern ein einzigartiger Ausdruck bräutlicher Liebe zu Christus. In der Welt von heute ist auch die Ehe nicht leicht …

VI. Der Vorwurf, die Kirche zwinge durch die Koppelung von Priestertum und Zölibat jemanden zur Ehelosigkeit, ist eine Verleumdung. Die Kirche fragt die jungen Männer eines Bistums, wer von ihnen davon überzeugt sei, daß ein doppelter Gnadenruf Gottes an ihn ergangen ist: der Ruf zum Priestertum und der Ruf zur Ehelosigkeit um des Himmelreiches willen … Der Bischof ist nur dann berechtigt, einem Diakon bei der Priesterweihe die Hände aufzulegen, wenn der Diakon nach ernster und nüchterner Prüfung zu der redlichen Überzeugung gelangt ist, daß der Herr ihm die doppelte Gnadengabe geschenkt hat …

VII. Weil der Mensch selbstverantwortliche Person ist, ist er der endgültigen, nicht mehr widerrufbaren Entscheidung fähig: der endgültigen Entscheidung auf einen anderen Menschen hin in der Ehe, aber auch der endgültigen Entscheidung zur Ehelosigkeit um des Himmelreiches willen, die der heilige Paulus ›das Seligere‹ nennt (1 Kor. 7, 40) … Viele Laien ringen mit der Frage, wie die Entscheidung der Priester für die Ehe mit dem einmal gegebenen Treueversprechen zu vereinbaren ist. Viele sagen: Wir Eheleute müssen uns doch auch an unsere Gelöbnisse halten. Ist das Gelöbnis, den Zölibat zu halten, weniger bindend als die Treueversprechen der Verheirateten?

VIII. Die Freiheit der persönlichen Entscheidung darf weder durch Druckausübung zur Übernahme der Ehelosigkeit noch durch Druckausübung gegen die Bereitschaft zur Ehelosigkeit beeinträchtigt werden ... Um jungen Theologie-Studenten um jeden Preis die Freiheit zu geben, sich nicht an die Ehelosigkeit zu binden, nimmt man ihnen schließlich die Freiheit, sich zur Ehelosigkeit zu bekennen ...

IX. Die ›Entkoppelung‹ von Priesteramt und Zölibat wird zur ›Koppelung‹ von Priesteramt und Ehe führen. Die Erfahrungen der Orthodoxen Kirchen, der Anglikanischen Kirchengemeinschaften, der Kirchen des Lutherischen Weltbundes, der Kirchen des Reformierten Weltbundes, der Altkatholiken, der Methodisten, der Baptisten, der Mennoniten usw. zeigen, daß es nach der ›Entkoppelung‹ in etlichen Jahrzehnten auch in der katholischen Kirche keine ehelosen Bistumspriester mehr geben wird. Der Zölibat wird entweder ganz verschwinden – wie in den meisten getrennten Kirchen – oder sich wie in den Orthodoxen Kirchen in die Klöster zurückziehen. Die Entscheidung zur priesterlichen Ehelosigkeit ist nämlich bei all ihrer Intimität eine Wir-Entscheidung. Wenn 80 % der Theologen eines Priesterseminars ihre Mädchen haben, werden sich auch die restlichen 20 % dem herrschenden Milieu anschließen. Auch wird es auf die Dauer nicht möglich sein, daß es in einem Dekanat, in dem die meisten Priester ihre Frauen haben, noch 2 oder 3 Pfarrhäuser ohne Frau gibt. Hier gilt das soziologische Gesetz des ›leichteren Weges‹ ...

X. Die Zölibatskrise unserer Zeit darf nicht isoliert gesehen werden. Sie hängt innerlich mit der Priesterkrise, der Kirchenkrise und der Glaubenskrise zusammen ... Wir Bischöfe fragen: Können Männer und Frauen ohne Priesterweihe die Eucharistie feiern? Wird das priesterliche Amt von der Gemeinde übertragen? Ist das Priesteramt ein moderner Sozialberuf? Erschöpft sich die Sendung der Kirche im Kampf gegen gesellschaftliche Unterdrückung? ... Auch ist es für uns Bischöfe alarmierend, daß sich in manchen Ländern zum Kampf gegen den Zölibat der Kampf gegen die Unauflöslichkeit der Ehe gesellt ...«

9./10.11.1970: Der Osservatore Romano veröffentlicht ein vom 4. November 1969 datiertes, dem Inhalt nach aber noch älteres Zirkularschreiben des Präfekten der Kleruskongregation mit der

Aufforderung, es solle jeder Priester Gründonnerstag jeden Jahres seinem Bischof das Zölibats- und Gehorsamsgelübde ablegen.

14.11.1970: Die »Arbeitsgemeinschaft von Priestergruppen in der BRD«, die repräsentativste Gruppe sogenannter progressiver Geistlicher, richtet ein Schrcibcn an die bevorstehende Deutsche Bischofskonferenz, in dem es u. a. heißt: »Statt sich mit aller Kraft der Verkündigung des Evangeliums in den Gemeinden und dem Dienst für Frieden und Gerechtigkeit zu widmen, streitet unsere Kirche um ein Disziplinargesetz. Der Papst gibt dem innerkirchlichen Gespräch zu wenig Raum und setzt durch sein Verhalten gegenüber der niederländischen Kirche um eines menschlichen Gesetzes willen die kirchliche Einheit aufs Spiel. Auch deutsche Bischöfe haben sich in der Auseinandersetzung um das Zölibatsgesetz bereits festgelegt *(vgl. vorstehend die Thesen Höffners)*, ohne daß sie vorher mit den Gemeinden und ihren Seelsorgern gesprochen hätten. In dieser Situation möchten wir Ihnen mitteilen: Die Zusammenarbeit zwischen Bischöfen und Gläubigen in den Niederlanden und ihr gemeinsames Suchen nach dem richtigen Weg erscheinen uns beispielhaft. Gegenüber Versuchen, die katholische Kirche der Niederlande zu verleumden und zu isolieren, erklären wir uns mit ihr und ihrem Pastoralkonzil solidarisch …

Mit dem Aufruf der 84 Theologen aus Deutschland, Österreich und der Schweiz halten wir die Einheit der Kirche für ein größeres Gut als die Wahrung eines Disziplinargesetzes. Durch das Vorgehen der 16 nordrhein-westfälischen Bischöfe und die Erklärung von Kardinal Bengsch wird der Dialog verweigert, die Mitverantwortung der Gläubigen mißachtet und die Einheit gefährdet. Die Ehelosigkeit von Priestern wird immer sinnvoll bleiben und an Glaubwürdigkeit und Überzeugungskraft gewinnen, wenn sie in Freiheit gewählt und nicht gesetzlich an das Priesteramt gebunden ist …

Die jüngst angeregte jährliche Erneuerung des Zölibats- und Gehorsamsversprechens lehnen wir ab und werden sie gegebenenfalls verweigern … In der Sorge um die Kirche erwarten wir von Ihnen, verehrte Bischöfe: Machen Sie den Papst und seine

Berater auf die Folgen aufmerksam, die sein derzeitiges Verhalten für die Einheit und den Glauben der Kirche hat. Setzen Sie sich dafür ein, daß die nächste Bischofssynode, erweitert durch gewählte Vertreter der Priesterschaft, die Frage des kirchlichen Amtes und des Zölibatsgesetzes offen diskutiert. Nehmen Sie selbst noch dieses Frühjahr auf einer gemeinsamen Konferenz das Gespräch mit den niederländischen Bischöfen auf ...«

18.11.1970: Die Vollversammlung der deutschen Bischöfe, die vom 16. bis 19. in Essen tagte, gibt eine Erklärung zu der durch Höffners Thesen verschärften Diskussion ab, die 3 Punkte betont: Die Bischöfe 1. wollen unmißverständlich an der bisherigen Regelung (am Institut des Zölibats als ganzem) festhalten, ohne allerdings langfristige Entwicklungen ausdrücklich auszuschließen; 2. sie anerkennen die Dringlichkeit eines Gesprächs über die Sachprobleme im Episkopat und mit dem Papst auf der einen und mit den Priestern auf der anderen Seite (verstehen aber diese Gespräche als »Vertiefung« der Sinngebung des Zölibats); 3. sie folgen nicht dem römischen Wunsch nach Erneuerung des Zölibats- und Gehorsamsversprechens am Gründonnerstag (man sah darin ein nicht opportunes Zeichen einer weiteren Dramatisierung des Problems). Sie stellen u. a. fest:

»Die Kirche, die als pilgernde Gemeinschaft dem kommenden Reich Gottes entgegengeht, ist immer wieder – wie die Geschichte zeigt – versucht, zur weltlichen Größe zu werden und sich im Zeitlichen einzurichten. Die Bereitschaft der Priester, in der Ehelosigkeit einen schwerwiegenden persönlichen Verzicht zu leisten, ist Zeugnis für Christus, Zeichen der Hoffnung auf das Kommende und damit Dienst für die Kirche und die Welt. Diesen Dienst leisten die Priester aber nur, wenn sie ihr Jawort zum Priestertum in der Lebensform des Zölibats mit dem gleichen sittlichen Ernst geben wie die Brautleute ihr bindendes Jawort am Traualtar. Die Tatsache, daß die Ehelosigkeit um des Himmelreiches willen ein Gnadengeschenk Gottes ist, verbietet es nicht, sie zu einem Auswahlprinzip für den priesterlichen Dienst zu machen. Es handelt sich hier um eine Lebensform, die gerade in der Gemeinsamkeit aller Priester ihre Bedeutung für die Kirche erlangt und die darum vom ganzen Gottesvolk im Geist des Evangeliums mitgetragen werden muß. Wegen dieses Zeugnischarakters für Christus hält die Deutsche Bischofskonferenz an der Verbindung des Priesteramtes mit der Ehelosigkeit fest …

Wir sind daher entschlossen, auch in Zukunft die Priester aus den Reihen derer zu berufen, die die Gnadengabe der Ehelosigkeit um des Himmelreiches willen ergreift. Wir werden Priester, die von ihren Verpflichtungen entbunden worden sind, nicht wieder zum priesterlichen Dienst zulassen. Wir verkennen dabei nicht, daß in der Zukunft ernste pastorale Schwierigkeiten entstehen können. Wir werden gemeinsam mit Priestern und Laien nach Wegen suchen, die der Sicherung einer geordneten Seelsorge dienen können. Die Möglichkeiten des kirchlichen Einsatzes katholischer Laien und der Weihe verheirateter Männer zu Diakonen werden dabei besondere Beachtung finden. Auch das Gespräch mit dem Hl. Vater und mit den Episkopaten anderer Länder werden wir aufnehmen, um uns an den Überlegungen der Gesamtkirche zur Behebung besonderer seelsorgerischer Notstände zu beteiligen …«

Summe: Die ganze Geschichte des Zölibats und seiner Entwicklung in der Kirchenlehre von praktischen Problemen wirtschaftlicher und erbrechtlicher Art zu höchst »sinnstiftenden« Thesen über die hohe Wertigkeit eben dieses Zölibats macht überaus deutlich, wie sehr das Wesen der Kirche von weltlichen Vorgängen und Zusammenhängen geprägt worden ist, als sie sich mit solchen Fragen auseinandersetzen mußte. Wie bedeutsam der Kirche und ihren Anhängern nun aber immer solche Disziplinarfragen erscheinen mögen: Sie sind durch keine einzige Stelle im Neuen Testament begründet, und können nur indirekt und auf entsprechenden Ausdeutungen anderer Stellen mit ihm ins Benehmen gesetzt werden.

7. Die Frage der Unauflöslichkeit der Ehe bzw. die Frage der Scheidung

Als Gründung der Kirche gilt der Satz Jesu, Matthäus 16, 18 und 19: »Du bist Petrus, und auf diesen Felsen will ich meine Kirche bauen, und die Pforten der Hölle werden sie nicht überwältigen.

Dir will ich die Schlüssel des Himmelreichs geben. Alles, was Du auf Erden binden wirst, wird auch im Himmel gebunden sein, und alles, was Du auf Erden lösen wirst, wird auch im Himmel gelöset sein.«

Wie immer man sich nun zur Frage von Ehe und Scheidung stellen mag: Das Neue Testament sieht also mit den gleichen Worten und also der gleichen Gewichtigkeit vor, daß es der Kirche obliege, zu binden wie zu lösen. Aus ihrem *Binde-Recht* hat sie nun ihre Ehegesetzgebung entwickelt; ihr *Löse-Recht* aber weitgehend vernachlässigt. Mit anderen Worten: Ihr Ehescheidungsrecht dient bei weitem mehr ihren Machtansprüchen, ihrem Anspruch, das Leben ihrer Gläubigen bis ins Detail zu regeln und zu kontrollieren, als ihren seelsorgerischen Aufgaben.

8. Zur Frage der Bibel-Übersetzungen

Vielen wird klar sein, daß man die Texte der Bibel nicht nur aus dem Griechischen, Aramäischen, Lateinischen der Vergangenheit ins moderne Deutsch, Russisch, Englisch usw. übertragen muß, damit der heutige Mensch sie selbst lesen kann. Dazu gehört aber neben der Kenntnis jener Sprachen viel mehr noch die Kenntnis ihrer begrifflichen Eigenheiten. Fehlübersetzungen haben schon die unglaublichsten Konsequenzen gehabt.

Vom 3. bis 6. Jahrhundert haben in jener wirresten Zeit des Übergangs von der Antike zum Mittelalter irische Mönche auf der relativ friedlichen Insel antike Texte abgeschrieben und übertragen. Nun gibt es Matthäus 19, 23 das Wort Jesu: »Leichter kommt ein Kamel durch ein Nadelöhr als ein Reicher ins Himmelreich.« Ganze Generationen von Archäologen haben sich bemüht, ein solches Nadelöhr als die kleine Pforte neben dem großen Stadttor zu finden, und ungezählte Priester und Prediger haben aus diesem Bildnis gewaltige Predigten gegen den Reichtum und die Hartherzigkeit der Reichen gesogen. Hat aber Jesus das wirklich gesagt?

Er hat es wohl nicht. Denn im Altgriechischen gibt es neben dem Wort *kamelos* = Kamel auch das Wort *kamilos* = Schiffstau, Ankerseil, Segeltau. Aber die irischen Mönche waren mit der altgriechischen Seemannssprache verständlicherweise nicht recht vertraut. Und machten so aus dem *kamilos*, dem Segeltau, das nicht durch ein Nadelöhr geht, ein *kamelos*, ein Kamel.

Noch weiß man keineswegs, wie viele solche »Kamele« sich im Alten wie im Neuen Testament immer noch verstecken, wohl aber ist längst überdeutlich, wie sehr alle Bibeltextübersetzungen unter solchen Fehlern leiden. Die dann natürlich auch die auf solchen Textstellen basierenden Predigten und Kirchengesetze in dem Sinn defekt machen, daß sie sich nicht auf eine sachlich wie inhaltlich richtige Übersetzung der Textstelle beziehen. Was nichts gegen den Geist und Geistreichtum der Prediger sagen soll, wohl aber alles gegen ihren Anspruch, »die einzige und reine Wahrheit«, wie sie die Bibel vertrete, zu besitzen und zu verkünden.

Insgesamt: Das alles gilt wohl auch für Chesterton, an dessen Kirchengläubigkeit ich weder zweifeln noch gar Kritik üben möchte. Wohl aber energisch darauf hinweisen will, welche Schwierigkeiten auch Chesterton lediglich durch Glauben im wesentlichen überwinden mußte. Und welche Forderungen an die katholische Kirche zu erheben sind, sobald es um die Frage der »wirklich wahren Bibel« geht. (HwH)

V. The Outline of Sanity,
The Appetite of Tyranny,
The Crimes of England,
Lord Kitchener,
Utopia of Usurers,
How to Help Annexation,
The End of the Armistice (Ignatius, 1987)

Dieser 2. der beiden Bände mit GKCs politischen, soziologischen und wirtschaftlichen Schriften umfaßt Arbeiten, die zwischen 1914 und (posthum) 1940 erschienen. Beim Ausbruch des 1. Weltkrieges glaubte er, daß England in der Vergangenheit Verbrechen begangen habe, die wesentlich mit zum Weltkrieg führten, etwa durch die Ermutigung Preußens im 18. und 19. Jahrhundert. Als England aber 1914 Deutschland den Krieg erklärte, fand GKC tiefe Freude in der Überlegung, daß das Land sich endlich auf der richtigen Seite Europas und des gesunden Verstandes befinde. *The Appetite of Tyranny* entstand aus den beiden Arbeiten *The Barbarism of Berlin* von 1914 und *Letters to an old Garibaldian* 1915. Da sich die USA damals noch im Frieden mit Deutschland befanden, wurde für die US-Ausgabe der Titel *The Barbarism of Berlin* fallengelassen und die *Letters to an old Garibaldian* in den Untertitel genommen.

The Outline of Sanity 1926 und das posthum veröffentlichte Werk *The End of the Armistice* 1940 umfassen sozusagen die Arbeiten GKCs von 1915 *(Crimes of England)*, 1917 *(Lord Kitchener)* und 1918 *(How to Help Annexation)* sowie die unter dem Titel *Utopia of Usurers* ab 1917 verfaßten anderen Essays. *The Outline of Sanity* wird eingeleitet von Michael Novak (Inhaber der George-Frederick-Jewett-Professur am American Enterprise Institute in Washington und Verfasser zahlreicher Bücher); er hat *Sanity* als Anhang einen Essay von Dr. Edward S. Shapiro (von der Seton Hall University) aus dem Magazin »Catholicism in Crisis« 1984 beigefügt: *A Distributist Society*; und kommt zu dem Schluß, daß »Chesterton beredter als jeder andere seit St. Thomas Aquinas das Lob des Privateigentums gesungen« habe.

Die übrigen Arbeiten GKCs aus der Zeit des 1. Weltkriegs hat Dr. John P. McCarthy (Professor der Geschichte an der Fordham University) zusammengestellt und eingeleitet, ebenso wie *The End of the Armistice*.

Michael Novak ist der Meinung, daß von allen Büchern GKCs *The Outline of Sanity* zugleich am wenigsten und am meisten einer Einleitung bedürfe: am wenigsten, weil GKC ihm im 1. Kapitel bereits eine sehr gute beigefügt habe; am meisten, weil das Hauptthema *Distributismus* ein System sei, das »barbarisch und irreführend« so genannt werde. Das Ideal der Distributisten sei eine Nation unabhängiger Eigentümer, die auf ihrem Grund und Boden leben, blühe in den USA und befinde sich wohl. Und wenn man daran denke, dann müsse man GKCs Salven gegen den »Kapitalismus« als wohlgezielte Warnschüsse verstehen. Wenn Journalismus Spielzeug hervorbringe, dann wäre GKC Großmogul allen Spielzeugs; und doch habe er unsterbliche Prosa hervorgebracht, die kein Geld kaufen könne: geistiges Eigentum.

Der Begriff »Recht« tauche in der US-Verfassung von 1787 nur ein einziges Mal auf als »Recht von Autoren und Erfindern auf die Früchte ihrer eigenen Entdeckungen«, damit sie so Körper und Seele zusammenhalten könnten und damit so »Fortschritt in der Wissenschaft und den Angewandten Künsten« ermutigt werde. Darauf beziehe sich GKC, wenn er schreibe: »Für die meisten Menschen kann der Gedanke der künstlerischen Schöpfung nur in einer Idee ausgedrückt werden, die in der gegenwärtigen Diskussion unpopulär ist – der Idee des Eigentums.« Und niemand sei je feuriger, romantischer, kämpferischer in der gesamten Geschichte des Christentums für das Privateigentum eingetreten als *Chesterbelloc* – die intellektuelle Gemeinschaft von Chesterton und Hilaire Belloc. Wofür sie gestritten hätten, seien die leidenschaftliche Unabhängigkeit, Kompetenz und Freiheit der kleinen Grundeigentümer, der kleinen Geschäftsleute, der Bündnisse kleiner Handwerker gewesen, die ihre Herkunft auf die mittelalterlichen Gilden zurückführten (in eine Zeit, in der Chronisten von *merry England* = lustig-gemütliches England schreiben konnten).

GKC habe den Verlust der »subjektiven Dimension der Person« gefürchtet, den Verlust jenes Sinns für persönliche Einsicht und Wahl, Verantwortlichkeit und Unabhängigkeit, die eine Person zur Person machten. Und geglaubt, daß nichts der Entwicklung der persönlichen Freiheit so förderlich sei wie die Verwaltung des eigenen Besitzes. Man habe manchmal GKC vorgeworfen, daß er die Periode des Mittelalters romantisiere; doch sei er nie gegen »Fortschritt« gewesen, wohl aber gegen den Niedergang, den man als Fortschritt verschleiere. Und wenn der einfache Mann seine Vision von dessen Wohlergehen nicht teile, dann müsse man ihm beibringen, wie die sozialen Umstände geändert werden sollten, damit eine andere Art von Leben möglich werde. Der Hauptumstand sei, daß genügend Land verteilt werde, damit eine unabhängige Bauernschaft ein vollständiges Leben auf ihrem Grund und Boden leben könne: Das sei *Distributismus*, wie GKC ihn verstanden habe bzw. verstanden wissen wollte.

Hierzu müsse man aber 3 Voraussetzungen begreifen. Als 1., daß der Sozialismus mehr als jede andere historische Krankheit zu fürchten sei, weil er durch seinen Kollektivismus unausweichlich sowohl tyrannisch wie auch erstickend langweilig werden müsse. Als 2., daß der Kapitalismus in GKCs Augen das Privateigentum aufgegeben habe zugunsten freien Unternehmertums und Monopolgesellschaften und so den geraden Weg zum Sozialismus hinabeile. Als 3. in zwei Abschnitten: a) Die historische Reise durch den Kapitalismus zum Sozialismus sei umkehrbar durch eine freiwillige Revolution, also die Rückkehr zur Basis; und b) die wahrere, weil tiefere soziale Basis sozialen Glücklichseins in jedem Staat durch eine freie, unabhängige, selbstgenügsame, grundbesitzende Bauernschaft gelegt werden müsse.

So sei Distributismus eine Alternative sowohl zum Sozialismus wie zum Kapitalismus. Er sei ein System, privates Eigentum einem größtmöglichen Anteil der Bürgerschaft wie nur möglich zu beschaffen. Ein Vorwurf gegen den Distributismus, den man von Anfang an gegen ihn vorbrächte, sei, daß die bäuerliche Klasse überall aussterbe. GKC aber kontere mit der Feststellung, das sei überhaupt nicht wahr, denn überall lebe noch ein Großteil der Bevölkerung auf dem Land. Und ein anderer Vorwurf: Es gebe zuwenig Land, trifft auf GKCs Überlegungen zum »kontroversen Punkt« der Notwendigkeit einer Auswanderung.

Ein dritter Vorwurf stelle fest, daß GKC gegen die Moderne sei zugunsten einer romantischen Vision von der Bauernschaft und ihrem ganzheitlichen Leben. Hierzu antworte GKC mit einem brillanten Bild vom Widerspruch zwischen Ideologie und Faktum, zwischen dem normalerweise im kapitalistischen England gelebten Leben und dem Utopia, das es sein sollte. Das Sozialistische Utopia aber sei genau das Elend der gegenwärtigen Angelegenheiten, nur noch schlimmer. Die sozialistische Antwort auf den Monopolkapitalismus sei, alle Macht aller Monopole in Britannien zusammenzufassen und sie alle einem Monopol zu übergeben: dem Staat. GKC aber finde wie Belloc, daß der »servile Staat« unter den Angestellten, den Beamten, den Machern des Kapitalismus bereits weit fortgeschritten sei, so daß man jetzt schon erkennen könne, daß der Sozialismus noch schlimmer sei.

Er glaube, daß der Kapitalismus das Prinzip des Privateigentums längst zugunsten des Prinzips privater Unternehmen aufgegeben habe – etwas ganz anderes, was er als Piraterie ansehe. Indem er also den Kapitalismus verdamme, verdamme er keineswegs das Privateigentum. Insgesamt: »Demokratischen Sozialismus« könne es ohne Privateigentum und andere Formen institutionalisierter Freiheit nicht geben – mit ihnen gebe es aber keinen Sozialismus. Der Besitz eines kleinen Eigentums könne allein den Menschen die reale Unabhängigkeit vom Staat geben und von ihrem Kollektivgeschick. Das insbesondere, wenn die Familien nicht allein auf ihrem Land lebten, sondern von ihm ihren Lebensunterhalt gewönnen.

GKCs Angriff auf den Kapitalismus enthalte so insgesamt 3 Angriffe. (1) Der Kapitalismus beraubt die meisten Menschen ihres Kapitals und macht sie so lohnabhängig. (2) Die natürliche und unausweichliche Dynamik des Kapitalismus führt zu immer weniger »Kapitalisten«, weil das Schlüsselwort »Monopol« sei. (3) Der Kapitalismus ist auch ästhetisch unterlegen, da er auf der einen Seite in der Herstellung schäbiger Massenprodukte ende, auf der anderen Seite aber in immer weniger Freiheit zu wirklicher Wahl.

Nun sei eines der größten Geheimnisse des amerikanischen Mittelwestens der *Homestead Act* (= Siedlunsgesetz) , eine ebenso lebendige politische Grundsatzerklärung zugunsten des Distributismus, wie sie sich die Distributisten nur immer hätten ausdenken können. So habe eine große Mehrheit aller US-Amerikaner immer ihre eigenen Häuser besessen und zumindest ein wenig Landes. Insgesamt betrachtet müsse man annehmen, daß jener Kapitalismus, den GKC wohl in Wirklichkeit meine, jene, die Demokratie und Freiheit liebten, geradezu dazu zwinge, auch den Kapitalismus zu lieben. Denn heute sei der Kapitalismus deren notwendige, wenn auch nicht zureichende Voraussetzung. Ohne Kapitalismus gebe es in der Welt, wie sie nun einmal sei, auch keine Demokratie.

Der Distributismus lebe also kräftig in dem Land, das die Erfinder des Distributismus so energisch ablehnten. Über dieses Paradox hätte GKC sicher herzlich gelacht.

John P. McCarthy beschäftigt sich in seiner Einleitung mit dem bemerkenswerten Mangel an historischer Sichtweise unserer Zeit. Das stehe in krassem Gegensatz zu den breiten historischen

Visionen des 19. Jahrhunderts. Damals sei man davon überzeugt gewesen, daß das verfassungsmäßig gebundene parlamentarische protestantische England in striktem Gegensatz zum absolutistischen und katholischen Frankreich stehe; die Glorreiche Revolution zu Ludwig XIV., dem jakobinischen Terror und den beiden Napoleons. Zu dieser Whig-Ansicht sei dann noch die Perspektive der teutonischen Schule von Historikern hinzugetreten, die in Englands verfassungsmäßiger Entwicklung eine konsequente Verwirklichung der inhärenten Selbstregierung der germanischen Stämme gesehen haben, die in Britannien siedelten.

Die industrielle Revolution, die sich zunächst in Britannien ereignete und von da weiter ausgriff, und ihre Verbindung mit dem freien Handel und dem parlamentarischen Liberalismus habe der historischen Perspektive der Whigs und deren Fortschrittsgläubigkeit materielle Glaubwürdigkeit verschafft. Das Ergebnis der bewaffneten Konflikte um 1860 und 1870 – der Sieg der puritanisch gesonnenen industrialisierten Staaten Nordamerikas über die agrarischen quasifeudalen Staaten des Südens im Amerikanischen Bürgerkrieg; der Triumph des lutherischen industriellen effizienten Preußens über das mittelalterliche habsburgische Österreich und zugleich die schließliche Konsolidierung des vereinigten deutschen Staates um Preußen unter Ausschluß Österreichs; die Aufsaugung der päpstlichen Staaten in ein vereintes liberales antiklerikales Italien; die Niederlage des Frankreichs von Louis Napoleon gegen Preußen und dessen deutsche Partner sowie die Verwendung des Palastes der französischen Bourbonen-Könige in Versailles zur Krönung des preußischen Königs Wilhelm zum deutschen Kaiser des II. Reichs – das habe dann die progressivistischen Whig-Ansichten mit der rassenbewußten teutonischen Geschichtsschau zusammengefügt.

Stolz hätten sich die Engländer im britischen Liberalismus mit der Whig-Tradition von zurückgenommenem Staat und Monarchentum, einer besonderen Betonung lokaler Regierungsautonomie, der traditionellen einfachen Gerichtshöfe, einer Mindestzahl öffentlicher Beamter, dem freien Handel und der Abwesenheit einer stehenden Armee jenem Frankreich mit der absolutistischen Bourbon-Erbschaft der stehenden Armee, einer großen zentralisierten Beamtenschaft und einer vom Staat dirigierten merkantilistischen Wirtschaft gegenüber gesehen, die durch die Zeiten der Revolution und Napoleons fortgesetzt worden sei.

Daß die antiquierten lokalen öffentlichen Einrichtungen einer agrarischen Gesellschaft durch eine industrielle Revolution überrollt worden seien, habe dazu beigetragen daß das Publikum sich der Vorstellung einer gewissen Regierungszentralisierung und -professionalisierung öffnete. Diese Entwicklung hätte vor allem ein neues Beispiel vom europäischen Kontinent erleichtert, das preußisch beherrschte Deutsche Reich.

Damals hätten die meisten englischen Radikalen die Grundzüge der Whig-Geschichte akzeptiert, aber dagegen argumentiert, daß die Bemühungen der Reformer zu langsam vorangeschritten seien. GKCs Radikalismus sei ganz anderer Art gewesen.

Er habe gesehen, wie sich eine neue Aristokratie auf der Grundlage beschlagnahmten klösterlichen Eigentums zur Zeit der Reformation und der Entmännlichung einer wirksamen Monarchie als Ergebnis des Bürgerkriegs der 1640er Jahre und der Glorreichen Revolution 1688/89 entwickelt habe. Diese neue Aristokratie sei zu einer Zeit ins Leben getreten, als die mittelalterliche Gesellschaft dem Ideal kleiner Grundeigentümer und unabhängiger Handwerksgilden am nächsten gewesen sei. Deren Lage aber sei durch die Sieger in der Periode der Tudors und Stuarts in eine Oligarchie verwandelt worden. Und diese Oligarchie habe die Whig-Geschichtsschau als Vorkämpfer der Freiheit gefeiert, die Englands Gesellschaft und Politik während des ganzen 18. und frühen 19. Jahrhunderts beherrscht hätten. Und diese Lage, die Kontrolle der Produktionsmittel durch wenige, habe GKC als Kapitalismus definiert.

McCarthy behandelt dann im einzelnen die geschichtlichen Entwicklungen von der Patriotischen Partei der 1740er, die gegen britische Verwicklung in den österreichischen Erbfolgekrieg auftrat, über den Blut- und Eisen-Macchiavellismus von Otto von Bismarck bis zum Waffenstillstand von 1940. Und er beschreibt, wie GKC in Hitler die Verkörperung alles Bösen im Preußentum gesehen habe, während alle anderen in Hitler eine populistische nationalistische Alternative zum aristokratischen Elitismus Preußens erblickten.

Und in *The Utopia of Usurers* habe GKC dann zu Beginn des 1. Weltkriegs seine Furcht vor dem *Servile State* mit seinen Ängsten vor Preußen zusammenfügen können und sei so fähig gewesen, den britischen Anteil am Krieg als Kreuzzug zugunsten der wahren Inhalte der westlichen Zivilisation vorzustellen. Die prophetische Bedeutung dieser Einsichten habe sich dann bestätigt, als in den 1930er Jahren in Deutschland das Monster des *Servile State* entstanden sei, des »knechtischen Staates«.

VI. The Club of Queer Trades,
The Napoleon of Notting Hill,
The Ball and the Cross,
The Man who was Thursday (Ignatius, 1991)

Denis J. Conlon (Dr., Professor der Englischen Literatur und Kultur an der Universität von Antwerpen), ein bekannter *Chestertonian*, hat diesen Band zusammengestellt, eingeleitet und adnotiert. *The Club of Queer Trades* erschien 1905 mit Illustrationen von GKC, die hier erstmals mitabgedruckt werden. *The Napoleon of Notting Hill* erschien ebenfalls 1904; *The Ball and the Cross* 1905/06; *The Man who was Thursday* 1907.

Conlon beschreibt in seiner Einleitung eingehend Geburt, Aufwachsen, Berufskarriere von GKC und zieht deutliche Verbindungen zwischen GKCs Leben und den Gestalten dieser seiner Werke, einschließlich der geographischen Räume wie der philosophischen Probleme, für die GKCs eigene Erfahrungen die hier beschriebenen Lösungen fanden. GKC wurde 1874 geboren, nach seinen Worten »von ehrsamen, aber ehrlichen Eltern«, Edward Chesterton (einem Grundstücksmakler) und Marie Louise, geborene Grosjean, also eine schottisch-französische Mischung. Nach dem Tod der älteren Schwester Beatrice im Alter von 8 Jahren zog die Familie um nach Warwick Garden, das zum ständigen Wohnsitz der Familie wurde.

In GKCs Erinnerung blieb er stets in sehr warmes Licht getaucht: »Was an der Kindheit wundervoll war, war, daß alles in ihr ein Wunder war. Es war nicht einfach eine Welt voller Wunder; sondern es war eine wundersame Welt. Was mir diesen erschütternden Stoß versetzte, war fast alles, an was ich mich erinnere; nicht die Dinge, an die ich mich als der wertvollsten erinnern sollte ...« GKC war als Kind zurückgeblieben, lernte erst mit 3 Jahren zu sprechen, mit 8 zu lesen. 1887 mit etwa 12 kam er zur Schule, inzwischen ein alles verschlingender Leser, aber ein einsamer, denn er hütete sich, davon jemanden etwas ahnen zu lassen, vor allem nicht seine Lehrer: »Mich unterrichtete jemand, den ich nicht kannte, in etwas, das ich nicht zu wissen wünschte ...« 12 der Schüler bildeten in GKCs 16. Jahr einen »Junior Debating Club«, dessen gewählter Vorsitzender er wurde. Die Tagungen des JDC fanden insgeheim statt, bis der JDC eine Zeitschrift herauszugeben begann, *The Debater,* in einer Auflage zwischen 60 und 100, auf bemerkenswert hohem Niveau für Schuljungen zwischen 15 und 17. GKC trug zu jeder Ausgabe Prosa oder Verse bei. Man forderte ihn auf, vor allem die Dichtungen auswärtigen Magazinen anzubieten, was er tat und damit im Alter von 17 seinen ersten Erfolg erzielte, mit einem Gedicht, das *The Speaker* abdruckte.

Der JDC hatte ihm aber auch geholfen, seine Debattierfähigkeit zu entwickeln, denn »Der Mann, der es gelernt hat, mit Cecil Chesterton zu argumentieren, hat danach nie mehr Grund, sich vor dem Austausch von Argumenten mit irgendeinem zu fürchten«. Da er sich aber über seine Berufsvorstellungen noch nicht klar war, kam er in die Calderon's Art School in Nord-London, von wo aus er auch Vorlesungen in englischer Literatur am University College hörte. Aber »Eine Kunstschule ist ein Ort, an dem etwa 3 Personen mit fieberhafter Energie arbeiten und jeder sonst so faul herumhängt, wie ich es für die menschliche Natur unerreichbar halte ... So überläßt man die Philosophie meist den Müßiggängern, und es ist auch meist eine sehr müßige Philosophie«.

Damals sei GKC durch eine schwere Krise gegangen, vielleicht seine Identität betreffend, doch habe er sich so weit wieder aufgerappelt, daß er 1895 alle Träume von einer künstlerischen Laufbahn aufgab und neue Hoffnungen auf eine literarische setzte. Er begann als Lektor für einen Verleger spiritualistischer Literatur zu arbeiten. 1896 lernte er Frances Blogg kennen, der er 1898 einen Heiratsantrag machte, den sie annahm. Um heiraten zu können, begann er zu schreiben, um so Geld zu verdienen.

1901 heiratete er Frances. Und 1901 veröffentlichte er in *The Speaker* seine Überlegungen, warum Detektivgeschichten so großen Anklang fänden, in »The Value of Detective Stories«:

»Bei dem Versuch, die wirklichen psychologischen Gründe für die Beliebtheit der Detektivgeschichten aufzuspüren, müssen wir uns von mancherlei Phrasen freimachen. Es ist zum Beispiel nicht wahr, daß das breite Publikum schlechte Literatur guter vorziehe und Detektivgeschichten akzeptiere, weil sie schlechte Literatur seien. Die einfache Abwesenheit von künstlerischer Verfeinerung macht ein Buch noch nicht populär. Bradshaw's *Eisenbahnführer* enthält nur wenig Glitzer psychologischer Komödie, und doch wird er an Winterabenden nicht zu aufbrausendem Gelächter laut vorgelesen ... Der erste wesentliche Wert einer Detektivgeschichte liegt darin, daß sie die erste und einzige Form populärer Literatur ist, die einigen Sinn für die Poesie des modernen Lebens ausstrahlt ... Und die Verwirklichung der Poesie Londons ist keine kleine Leistung ... Und noch eine andere gute Arbeit wird von Detektivgeschichten geleistet. Während es zu den ständigen Bedürfnissen des alten Adam gehört, gegen ein so allgemeines und automatisches Ding wie Zivilisation zu rebellieren, Ausbruch und Rebellion zu predigen, zeigt die Romantik der Polizeiarbeit dem geistigen Auge in gewisser Weise die Tatsache hin, daß die Zivilisation selbst der sensationellste Ausbruch und die romantischste aller Rebellionen ist ...«

So habe auch die Detektivgeschichte GKCs immer etwas abseits von denen aller übrigen Autoren gestanden, denn er brach viele der ungeschriebenen Regeln, indem er Philosophie und Theologie als normale Einzelheiten des Alltagslebens begriff und dann die gewöhnliche Normalität auf solch lebhafte Weise auf den Kopf stellte, daß sie als nichts anderes denn eine Folge von Purzelbaum-Mysterien erschien. Die Formel erwies sich als erfolgreich. Und so erschien 1903 die erste jener Erzählungen, die heute *The Club of Queer Trades* ausmachen, deren 44 Illustrationen GKC selbst schuf, die letzten Illustrationen seiner eigenen Werke (obwohl er für andere auch weiterhin illustrierte).

1904 erschien dann auch *The Napoleon of Notting Hill*, eine Geschichte, die ihm seit Anfang der 90er Jahre des 19. Jahrhunderts im Kopf herumspukte. Und der er seine Überlegungen zum Südafrika-Krieg 1899–1902 hinzufügte, was ihm den Beinamen *Little Englander* eintrug, weil er sich auf die Seite der Buren schlug. *The Napoleon* ... schafft einen Narren, vielleicht einen blutigen Narren, aber jedenfalls einen heiligen Narren, jemanden völlig unverantwortlichen, der dann außer aller Kontrolle gerät, als er zum absoluten Herrscher gewählt wird in einer Zeit, die 80 Jahre nach der wirklichen Zeit spielt: 1904 + 80 = 1984 (man denke auch an H. G. Wells).

1984 habe der König einen kleinen rothaarigen Knaben in Notting Hill getroffen und ermutigt, diesen ungesunden Distrikt zu lieben und zu verteidigen. Mit der Formel »Ich bin der König der Burg« ende aber plötzlich das Spiel des Kindes und werde zu einer Mission für Adam Wayne, der für immer und ewig seinen Hügel in Notting Hill verteidigen wolle. Der König Auberon Quin spreche mit seinen Ideen, jeder solle sich so kleiden, daß sein Handwerk und Geschäft, seine Neigungen und selbst seine Persönlichkeit sichtbar seien, zutiefst aus GKCs Herzen. Zwar dufte das stark wie der Hof der chinesischen Kaiser, es nehme aber auch manche Gedanken späterer existentialistischer Denker voraus wie Sartre und Camus: Ihr seid, was Ihr aus Euch macht, und so ist es nur logisch, wenn Ihr diese Situation annehmt. Und also logisch nach GKC, wenn Ihr Euer Herz auf dem Ärmel tragt und Eure Identität bekannt macht wie die mittelalterlichen Ritter, indem sie ihr Wappen auf ihrem Wappenrock tragen.

Wie Auberon Quin habe GKC am Rande des Wahnsinns gelebt, wie Adam Wayne sei er Fanatiker gewesen, die logischen und illogischen Sphären seines Gehirns seien ihm wie ihnen für eine Zeit auseinandergeraten; nun könne man die Situation mit den Worten Waynes zu Quin anerkennen und zusammenfassen: »Wir sind wahnsinnig, denn wir sind die 2 Hälften desselben Gehirns, und dieses Gehirn ist in zwei gespalten ... Wir sind einander entgegengesetzt wie Mann und Frau, die zur gleichen Zeit das gleiche praktische Ding anstreben ...« *The Napoleon of Notting Hill* sei todernst, indem er die Geschichte eines fast kosmischen Scherzes erzähle, vielleicht wie die Schöpfung, vielleicht wie das Schicksal Hiobs. Eines Scherzes, den der

Mensch schlußendlich aber ohne Wahlfreiheit ernst nehmen müsse, weil er sein Schicksal annehmen und für die Gerechtigkeit kämpfen müsse.

Man vergesse im allgemeinen, daß GKC in einer freidenkerischen Familie aufgewachsen sei, daß seine erste Begegnung mit praktizierter Religion erfolgt sei bei seinem Treffen mit Frances Blogg, seiner späteren Frau, und daß er zum römischen Katholizismus erst 1922 im Alter von 48 Jahren konvertiert sei, als er nurmehr 14 Jahre Leben vor sich hatte. Und seine vorhergehende Konversion zum Anglikanismus sei erst schrittweise nach 1896 nach dem Treffen mit Frances erfolgt. In all seinen Schriften aber sei »rotes Haar« ein Farbcode, denn alle Rothaarigen, in welcher Schattierung auch immer, seien eben als Menschen auf der Seite der Engel zu begreifen.

So natürlich auch in *The Man who was Thursday* von 1907. Darin sage General Booth, daß man dem Teufel nicht erlauben dürfe, stets die besten Melodien zu haben. GKC aber dreht diese Vorstellung im »Donnerstag« um, indem er dafür sorgte, daß Lucien Gregory (= Lucifer) eine faire Anhörung erhält. Gabriel Syme hingegen (= Erzengel Gabriel), der logische Dichter und philosophische Detektiv, der sich der Ausrottung der Dynamiteure und philosophischen Häretiker gewidmet hat, verfügt über die Vorteile seines logischen Denkens und kann daher als ein größerer und besserer Anarchist denn jeder wirkliche Anarchist erscheinen. Und deshalb wird er vom »Allgemeinen Anarchisten-Rat« unter dem Codenamen *Donnerstag* auf seinen Platz gewählt. Syme/Donnerstag also setzt seine Untersuchungen unter dem Rat der Tage und seinem gefürchteten Vorsitzenden *Sonntag* fort.

Nun mag es wie ein Gemeinplatz erscheinen zu bemerken, daß 7 Tage 1 Woche ausmachen, ebenso wie, daß 1 Woche aus 7 Tagen besteht. Aber genau aus solchen Gemeinplätzen ist GKCs Roman weitgehend gebaut. Doch zugleich berichtet er auch davon, wie GKC zum ersten Mal der Bibel begegnete und sich mit dem Konzept von Gott anfreundete. Denn für GKC sei das Lesen und Denken der biblischen Geschichten insgesamt ein frisches und wundersames und fruchtbares Erlebnis gewesen.

Deshalb habe Syme die anarchistischen Dynamiteure verfolgen wollen, deshalb sei er nur zu bereit, im Auftrag des Chefs aller Detektive die philosophischen Häretiker aufzuspüren, im Auftrag des Mannes in den düsteren Räumen von Scotland Yard. Ist er dafür aber qualifiziert? Ja, sagt man ihm, denn jeder könne der Märtyrer einer Sache sein.

The Man who was Thursday sei eine Zwiebel mit vielen Häuten, von denen noch manche ungepellt sei. Das mache manche zornig, weil sie die Tiefen des Buchs entweder nicht erforschen können oder nicht wollen. Syme hingegen unternimmt diese Untersuchung von dem Augenblick an, indem er *Montag* (den Sekretär des Rats der Tage) trifft. Dann, als er die normale Menschenwelt verläßt, indem er auf den Balkon am Leicester Square steigt, von wo aus er *Sonntags* monströsen Rücken sehen kann, während er zu seinen Mitverschwörern spricht. Als er *Donnerstag* wurde, muß er jetzt seine einsame Rolle als Undercover-Agent spielen. Einmal greift Syme nach seinem Revolver, aber *Dienstag* (= Gogol) springt auf und bekennt, daß er in Wirklichkeit Detektiv von Scotland Yard ist.

Als er dann fliehen will, wird er von *Freitag* verfolgt, jenem unerfreulichen Nihilisten Professor Worms, der ihn an den Rand der Verzweiflung treibt, ehe er bekennt, daß auch er ein Detektiv ist. Von diesem Augenblick an dürfte es keine Überraschung mehr sein, daß nach und nach alle Mitglieder des Rats der Tage als Polizisten erkannt werden. GKC aber verstreut immer neue Hinweise, daß hinter allem noch mehr stecke. Wenn aber alles etwas bedeute, was? Syme entdeckt schließlich die Antwort, als ihm klar wird, daß 6 Männer sich aufmachen, um *Sonntag* zu fragen, was sie bedeuteten. Und *Sonntag* enthüllt ihnen das Geheimnis ihrer Identitäten, die er in den Kleidungen als die 6 Tage der Schöpfung verborgen habe. *Montag* sei das Licht, deshalb falle die Dunkelheit hernieder, sobald er umgeworfen werde; Syme sei die Aufklärung, die Erhellung, und deshalb könne er das Auto starten usw. Syme quäle sich durch seine Nachtmahr, weil er eine fragmentierte multi-schizoide Persönlichkeit sei, die Teile seines Selbsts in Saffron Park zurückgelassen habe, die er erst zurückbekomme, wenn er alle Tage zusammengefügt habe, damit sie eine Woche ausmachten.

Montag bedeute also Licht, Helligkeit, Klarheit, aber auch, daß er die Dinge in Schwarz und Weiß erblicke, und sein sardonisches Lächeln mit seinen verzerrten Zügen drücke intellektuelle Zweifel aus. *Dienstag* stelle das grenzenlose Firmament dar, doch stehe er auch für Fanatismus und Unvernunft. *Mittwoch* sei die Erde, aber auch die irdischen Leidenschaften, die schwer zu kontrollieren seien. *Donnerstag* (also Syme selbst) stehe für die logischen Kräfte vernünftigen Überlegens, die durch die großen Lichter repräsentiert würden, die Tag und Nacht beherrschten. *Freitag* hingegen für die ungeheuren Gewalten der Gewässer, die wie ein kalter Schauer Verzweiflung bringen könnten, eine Verzweiflung, die aus jenem Selbstekel komme, der mit der persönlichen Erscheinung in Beziehung stehe. Und *Samstag* sei das tierische Leben, vibrierend, aber oftmals von kalter Feindseligkeit, rational, aber bar jeder Wahrnehmungsfähigkeit.

»Syme (und Chesterton?) haben sie alle gefürchtet; sobald sie aber ihrer Masken, Verkleidungen, dunklen Brillen entledigt waren, entpuppten sie sich als Freunde, denn Menschen sind in der Wirklichkeit nicht immer, was sie scheinen. So hat Gilbert Chesterton in seiner Krise gelernt, mit seinen eigenen Zweifeln, Fanatismen, seiner Sexualität und Vernunft, seinen Verzweiflungen, seiner Wahrnehmung von Gut und Böse fertig zu werden, von denen jedes in einer voll integrierten Persönlichkeit als Freund angesehen werden kann, der kämpft, um Anarchie zu verhindern ... Da ist Sonntag, Erz-Anarchist, der jetzt als jener Chefbeamte von Recht und Gesetz enthüllt ist, der Mann im düsteren Raum ...«

Ob *Sonntag* ein Supermann ist? Jene Jagd auf *Sonntag* sei verwirrend, da sie vollständig jeder Bedeutung ermangle, es sei denn, man verfüge über den Schlüssel zur wilden Jagd. »Es gibt im Buch Hiob aber eine zentrale Konzeption, die es wirklich unsterblich macht, die es in unseren modernen Zeiten überleben läßt ebenso wie in unseren modernen Philosophien, so wie es viele bessere Zeiten und manche bessere Philosophie überlebt hat. Das ist die Konzeption vom Universum: Wenn es zu bewundern ist, dann ist es wegen seiner Fremdartigkeit zu bewundern und nicht wegen seiner Rationalität, für seine prächtige Unvernunft und nicht für seine Vernunft ...«

Oder, wie GKC schrieb: »Gott wird am Ende kommen, nicht um Rätsel zu beantworten, sondern um sie als Fragen vorzulegen ... Ich habe immer wieder darauf bestanden, daß das Buch Hiob vor allem deshalb bemerkenswert sei, weil es nicht auf eine Weise ende, die gewöhnlich als zufriedenstellend gilt. Es wird Hiob nicht gesagt, daß seine Mißgeschicke die Folgen seiner Sünden seien oder Teil irgendeines Plans zu seiner Läuterung. Doch im Prolog erfahren wir, daß Hiob nicht als der übelste der Menschen gequält wird, sondern als der beste. Die Lehre des ganzen Werkes lautet, daß der Mensch am ehesten durch Paradoxe getröstet wird.«

Vielleicht sei ja der Gott, den GKC in den 1890ern fand, völlig unterschiedlich von jenem, den er zur Zeit seines Todes verehrte. Vielleicht sei *Sonntag* ja »das Lachen auf dem geheimen Antlitz Gottes«. Wenn es aber so sei, dann sei man auch nahe bei der Identifizierung *Sonntags* mit der flammendsten Person der Dreieinigkeit, dem Heiligen Geist. Und dann dürfe man sich fragen, mit welchem Wort das Puzzle der Tage in der Woche aufgehe: mit dem Wort »Inspiration«.

»Vielleicht aber ist für Syme wie für Chesterton das beste Mittel nach allem, was in der Nacht der Nachtmahre geschehen ist, sich nach Hause zu begeben. Vor allem dann, wenn irgendwo im Saffron (Bedford) Park ein hübsches Mädchen wartet.«

VII. (?)

Der Verlag hat weder für diesen noch für die Bände IX, XII, XIII, XVII, XIX, XXII, XXIII, XXIV, XXV und XXVI einen Titel bekannt gegeben, noch angezeigt, was die jeweiligen Bände enthalten sollen, noch wann mit einem Erscheinen zu rechnen ist.

VIII. The Return of Don Quixote,
Tales of the Long Bow,
The Man who knew too much (Ignatius, 1999)

Diesen Band hat Donald Barr (Prof. an der Columbia University) zusammengestellt, eingeleitet und adnotiert. Von sich selbst behauptet er: »Selbst in meiner trotzkistischen Jugend und in meinem reaktionären Alter habe ich ständig von GKC gelernt.« Und der große Jorge Luis Borges meinte: »Chesterton hielt sich davor zurück, Edgar Allan Poe oder Franz Kafka zu sein, aber irgend etwas in seiner Persönlichkeit neigt sich der Nachtmahr zu, etwas Geheimem und Blindem und Zentralem.«

Die Texte *The Man who knew too much* erschienen 1922 (mit den anhängenden einzelnen Geschichten *The Trees of Pride* vor 1919, *The Garden of Smoke* 1919, *The Five of Swords* 1922, *The Tower of Treason* 1922); *Tales of the Long Bow* 1925; *The Return of Don Quixote* 1927.

Barr schreibt in seiner Einleitung: »Chesterton hat von seinen Überzeugungen geschrieben, und wir neigen dazu, ihm sofort in sein Thema zu folgen – in wirtschaftliche oder politische oder moralische Angelegenheiten; in Distributismus, Eugenik, Wein, Scheidung, was auch immer –, ohne den technischen oder formalen Aspekten seines Schreibens viel Aufmerksamkeit zu schenken; abgesehen natürlich davon, daß wir uns an seinen Paradoxen und aufregenden Analogien und luftigen alliterativen Antithesen ergötzen. Sobald wir etwas Chesterton gelesen haben, fühlen wir irgendwie, daß wir wüßten, wie er über eine große Anzahl von Fragen gedacht hat; andererseits können wir (zum Beispiel) eine Menge von Henry James lesen, was uns schrill klarmacht, *wie* er seine Welt ansah – im Sinne von Technik, Form, Unterschiedlichkeiten –, aber immer noch unsicher sind, *was* Henry James über irgendwas glaubte. Chesterton wird als praktizierender Kritiker mit seinen Urteilen wohl mehr als jeder andere Schriftsteller seiner Zeit in Literaturgeschichten zitiert, verachtete aber die literarische Form keineswegs wie sein Freund H. G. Wells. Aber er machte daraus keineswegs ein besonderes ›Ding‹.«

Wer verstehen wolle, wie es kam, daß GKC ein so ungeheures Werk von dauerhafter Glaubhaftigkeit hinterlassen habe, müsse verstehen, ein wie außergewöhnlicher Schriftsteller er als *Schriftsteller* gewesen sei, als Erzähler von Erzählungen also; und es könnte hilfreich sein, wenn man mit einigen technischen und formalen Fragen beginne.

1. *The Return of Don Quixote* sei der letzte Roman, den GKC verfaßt habe. Er könne sogar als der Roman betrachtet werden, der ihn gelehrt habe, aufs Romaneschreiben zu verzichten. Er habe ihn schon »lange« vor dem 1. Weltkrieg begonnen. 1915 habe er ihn nach seinem zehnwöchigen Koma beiseite gelegt, denn die Geschichte sei ein phantasievoller, aber nicht leichtherziger Angriff auf Kern und Wesen der Herrscher Englands; was nach GKCs Zeit und Kaste ein Verrat an England gewesen wäre, die moralischen Fundamente des britischen parlamentarischen Regierungssystems in Frage zu stellen, was immer dessen Mängel sein mochten, zu einer Zeit, da die britische Regierung dem »preußischen« Geschichtsauszug moderner Politik erbitterten Widerstand leistete. In den 20er Jahren habe GKC sich überreden lassen, das Manuskript erneut vorzunehmen. Damals sei England für die Komposition dieser speziellen Geschichte besonders bereit gewesen: Denn niemals zuvor seien all seine politischen und wirtschaftlichen Institutionen so fragwürdig erschienen. 1925 habe die Geschichte zu erscheinen begonnen als Serie, 1927 sei sie als Buch erschienen, und damit habe GKC sich entschlossen, das Schreiben von Romanen aufzugeben.

In seinen 5 früheren Romanen (1904 *The Napoleon of Notting Hill*, 1908 *The Man who was Thursday*, 1909 *The Ball and the Cross*, 1912 *Manalive*, 1914 *The Flying Inn*) könne man bereits seine wachsende Neigung verspüren, eine Geschichte in Episoden aufzubrechen, wie ein Mann in besonders guter Laune dazu neige, in Gesang auszubrechen. Die einzelnen Episoden seien vollständig angemessene Teile ihrer Bücher, sie hätten aber zugleich auch ein besonderes Eigenleben. *The Return* sei für den großen Phantasten GKC ein eigentümlich handwerklicher, ein unverdrossener Roman geworden, kein Scheitern, sondern eine Heldentat.

2. *Tales of the Long Bow* hätten ein Beispiel für jene »andere« Erzählform werden sollen, die GKC schon lange im Geist hatte. Die Geschichte einer halbmittelalterlichen Revolution gegen die kapitalistische Politik und Wirtschaft des zeitgenössischen England. Die *Tales* seien einfach und lebendig, weil all die negativen Seiten der Geschichte, ihre Dialektik, die Irrtümer und Antithesen, die Wenns und Obs beiseite gewischt und durch GKCs alten bilderreichen und übertriebenen Spaß ersetzt worden seien. GKC habe das Thema seines Buches zu ernst genommen, daß er es den einfachen Leuten erzählen wollte statt den Intellektuellen, die er als verloren aufgegeben habe. Die *Tales of the Long Bow* stellten nicht, wie die Robin-Hood-Geschichten, eine Reihe von Geschichten dar; sie seien vielmehr so erzählt, *als ob* sie eine Reihe von 8 Episoden darstellten, jede in einer Art formaler Autonomie – 8 geistreiche Scherze über Leute, die Dinge betreiben, die sprichwörtlich unmöglich sind, und doch das Ganze als eine einzige zusammenhängende politische Phantasie erzählt.

Die Episoden seien darauf abgestellt, daß sie ineinandergriffen, so daß, wenn man eine Episode aus dem Buch streiche, das Buch auseinanderfallen müsse, und wenn eine Episode für sich allein gelesen würde, sie keinen Sinn ergäbe. Man halte dieses Erzählschema gegen *The Club of Queer Trades*, dieses bezaubernde Bündel einzelner Geschichten. Aus diesem Bündel könne man jede einzelne Erzählung herauslösen, ohne das Bündel unwiderruflich aufzulösen. *1001 Nacht* hätte GKC immer fasziniert, doch als Student der Slade School of Art habe er sie als Architektur imaginiert und »Zimmer« gesagt, wenn er »Kapitel« meinte. In den »Geschichten vom Großen Bogen« könne man aber noch eine andere Stimme aus seiner Kinderzeit hören, die wohl am meisten zur Bildung von GKC beigetragen habe, eine britische Stimme, die von Robert Louis Stevenson in seinen *New Arabian Nights* von 1822, ein Meisterwerk, in dem Stevenson – wie GKC einst sagte – »eine Kunstform erschaffen hat. Er erfand ein Genre, das außerhalb seines Werks nicht existiert«.

GKCs Genie sei insbesondere für die Kurzgeschichte geeignet. Er habe Kunst studiert, und Maler dächten in Szenen und nicht in Folgen. Stevensons *Genre* fordere ein deutliches moralisches Chiaroscuro: *The New Arabian Nights* seien die Parodie eines Melodrams, aber ein wirkliches Drama; die Beleuchtung sei eine Vortäuschung, aber die Schatten seien wirklich. In seinem Buch über Robert Louis Stevenson habe er 1927 geschrieben, daß dessen neues *Genre* »nicht wirklich außerhalb seines Werks besteht«. Danach seien alle Bücher, die GKC als *Bücher* schrieb, Nonfiction gewesen, seine Fiction aber habe er als diskrete Erzählungen verfaßt, die man zu Büchern hätte sammeln können.

3. *The Man who knew too much and other Stories* sei bereits 1922 erschienen. Es sei GKCs 4. Sammlung von Kurzgeschichten gewesen, die sehr an ihre 3 Vorgänger erinnere: *The Club of Queer Trades* 1905 und die beiden Father-Brown-Bücher von 1911 und 1914. Die 8 Geschichten in *The Man who knew* … schwankten unsystematisch durch Zeit und Raum, ähnlich den Abenteuern jenes sonderbar peripatetischen Weltgeistlichen Father Brown. Horne Fisher als »der Mann, der zuviel wußte« sei eine der feinsten Erfindungen von GKC. Er beobachte die Herrscher Englands, wie sie lögen und betrögen und selbst mordeten, nur um weiterhin die Freuden der Macht zu genießen. Ihn verletze sein Wissen, und doch empfinde er einen eigentümlichen Stolz sowohl weil er wisse, als auch weil er verletzt werden könne. Er sei der vollkommen entfremdete Insider; er sei eine Ein-Mann-Dialektik. Denn am Ende wisse der Mann, der zuviel wisse, daß wenn England gerettet werden solle, es durch diese seine korrupten Freunde und Verwandten gerettet werden müsse.

So habe man also einzelne Geschichten, die in einer Art Rahmen stüken, wie um ihre didaktische Einheit zu betonen. GKC sei offensichtlich von diesem technischen Kniff entzückt gewesen. Nachdem er 1927 aufgegeben habe, buchlange Erzählungen zu schreiben, habe er sogar versucht, eine äußerliche »Rahmenerzählung« für die 8 Erzählungen von *The Secret of Father Brown* zu schreiben. Das aber habe natürlich nicht funktioniert.

4. An *The Man who knew too much* seien 3 einzelne Geschichten und eine große Erzählung von ca. 25 000 Worten angehängt worden. Das sei das einzige Mal, daß GKC einzelne, unzusammenhängende Erzählungen in irgendeines seiner Bücher

aufgenommen habe. GKC habe auch gesagt: »Wenn Sie beispielsweise eine Theorie über einen Mann haben, die Sie nur beweisen können, indem Sie über Platon oder George Washington sprechen, dann mag Ihre Theorie auch weiterhin nur etwas Frivoles sein. Doch wenn Sie sie beweisen können, indem Sie über den Butler oder den Briefträger sprechen, dann ist sie ernsthaft, weil universell.«

In den 1920ern habe er mit der literarischen Form herumgearbeitet und seine natürliche Phantasie diesem Bemühen geopfert. Und dennoch Schwierigkeiten mit einigen seiner Ideen gehabt. Man könne sie durchzählen:

1. GKC habe ein amüsantes Projekt unternommen: Er habe die Geschichte des Cervantes von einem alten Herrn entleihen wollen, der so viele Ritterromanzen lese, bis sein schwacher literarischer Geist aufgebe und er durch Gasthöfe und Weiden ziehe, wo er lächerlicher-, wenn auch tapfererweise versuche, die Heldentaten mittelalterlicher irrender Ritter wiederzubeleben. Diese Geschichte solle dann den Rahmen abgegeben für eine moderne Phantasie über einen humorlosen englischen Buchhändler, der – verrückt nach Gerechtigkeit – versuche, bestimmte mittelalterliche Wirtschaftsideen wiederzubeleben.
2. Daneben aber habe der Don Quixote des Cervantes nach Miguel de Unamuno nicht für »Ideen« gekämpft, sondern für »den Geist«.
3. Sei Don Quixote ein alter Irrer gewesen, der zufällig wie ein Heiliger von El Greco aussah, oder ein Heiliger der Gegenreformation, der wie ein Narr aussehe? Sancho Panza habe Don Ouixote wegen seiner noblen Absichten gelobt; doch es seien keine noblen Absichten gewesen, hinter denen die Mitglieder der Distributisten-Liga her waren.
4. Trotz aller theoretischen Bewunderung des Mittelalters habe GKC wohl keine Freude daran gehabt, die Frage zu beantworten: »Was brachte das feudale System den *leibeigenen Dienern*?« Es gebe eben einen Unterschied zwischen der Verteilung von Land an Menschen und der Verteilung von Menschen ans Land.

5. In den *Tales* beschäftige er sich mit dem Besitz an Land, nicht Dienstleistungen für das Land, wie in den Tagen der Langbögen; sondern dem direkten Eigentum, einer relativ modernen Konzeption.
6. Es gebe kaum Beweise dafür, daß die Gildenmitglieder wirklich frei gewesen seien.
7. Indem er von der Landwirtschaft abstrahiere, unterhöhle er schweigend eine der ersten Konzeptionen des frühen Distributismus, nämlich die vom wirtschaftlichen Primat des Landes.
8. Distributismus werde sozusagen auf dem Sprung von seiner ursprünglichen Begeisterung zu den offenkundigen Tatsachen des britischen Lebens nach dem Großen Krieg erfaßt.
9. Der 1. Weltkrieg habe GKC die Unabdingbarkeit von Schwerindustrie und Bergwerken und Schienen für den modernen Staat gezeigt, aber nicht, was mit ihnen anzufangen sei. Alle 3 Bücher im vorliegenden Band beschäftigten sich sozusagen lächelnd mit der *Yeomanry*, einem doppeldeutigen Begriff, der einmal die Klasse produktiver Freibauern bezeichne und zum anderen die Kavallerietruppen einer Dorfgemeinschaft. Es sei aber nicht einfach, sich Dorfpanzer und Handwerkerschlachtschiffe vorzustellen, vor allem, wenn sie auf die Art von William Morris anzufertigen seien. Wenn GKC sich bei seinem Versuch vorgestellt habe, wie der Schmied gewaltige Gehäuse aus 3zölligem Nickelstahl zu Panzerplatten zurechtschmiede, oder wie der Großvater Eicheleckern für die Kriegsmarine pflanze und der Enkel sich wundere, was beim Teufel er mit all den Eichen anfangen solle, dann müsse er auch erkannt haben, daß heutzutage eine wahre Distribitionsvision Unfug sei – falls sie nicht Teil einer anarcho-pazifistischen Vision werde. In *The Flying Inn* habe er jene Utopie, wenn auch aus anderen Gründen, bereits zurückgewiesen.
10. Manche der Ideen, die den Distributismus ausmachten – insbesondere die strikte Ablehnung jeder Kollektivierung von Eigentum (ob im Sozialismus oder im Finanzkapitalismus) – sei bereits 1891 in der großen Enzyklika *Rerum Novarum* des Papstes Leo XIII. vorgetragen worden. Diese Enzyklika sei

eines der wenigen Dokumente der letzten 130 Jahre, das man wirklich prophetisch nennen könne. Niemand wolle die Distributisten anschuldigen, katholischer als der Papst sein zu wollen, aber viele von ihnen seien mittelalterlicher als der Papst (unter ihnen kurze Zeit auch GKC). Das Denken Leos XIII. sei modern gewesen. Wenn er den Wucher verurteile, dann meine er damit die Forderung exzessiver Zinsen.

11. Sozialismus neige sichtbar zum Despotismus, und GKC sei der Ansicht gewesen: der Kapitalismus auch. Er habe nicht immer begriffen, daß der Syndikalismus, die Kontrolle der Industrie durch ihre Arbeitnehmer mittels ihrer Gewerkschaften, weit mehr dazu neige, despotisch zu werden, als der Kapitalismus.
12. Nach 1922, als Mussolini in einer Straßenbahn auf Rom »marschierte«, sei es schrittweise offensichtlich geworden, daß in der Praxis der Syndikalismus viel eher in etwas wie »Faschismus« ausarten könne oder in einen »Korporativen« Staat als in irgendeine demokratische Form. Das aber sei für GKC unannehmbar gewesen. Der Schluß von *The Return* könne also sehr wohl den verlorenen Triumph von GKCs moralisch gesundem Geist über die letzte seiner vollendeten Visionen darstellen.
13. GKC habe mehr von Marx übernommen und vom Marxismus, als er selbst geahnt habe.
14. Wie Marx habe er Technologie mißverstanden und Finanzen mißverstanden; und habe deshalb die Konzentration aufs eine mit der aufs andere verwechselt, weshalb er nur zu leicht bereit gewesen sei, das »Gesetz« der Marxisten hinzunehmen, daß der Kapitalismus *unausweichlich* mehr und mehr Macht in den Händen weniger und weniger Finanzkapitalisten konzentrieren müsse und dadurch die Mittelklasse in die »Lohnsklaverei« zwinge. Und daß der kleine Handelsmann durch Handelsketten verurteilt sei wie der Kneipier durch Brauereieigene Bestimmungslokale.
15. Anders als Marx haßte GKC, was er für »moderne« Technologie hielt. Das sei ein ästhetischer Haß gewesen. Denn da er nur von dem extrapolieren konnte, was er vor seinem geistigen Auge sah (seine stete Arbeitsweise), und nicht von theore-

tischen Möglichkeiten, sei er der Ansicht gewesen, daß weiterer technologischer Fortschritt üblere und üblere Räucherschober und schäbigere und schäbigere Waren bedeute.

16. Seine Ideen über das Fabriksystem seien in der zweiten »Erzählung vom Großen Bogen« enthalten, deren Helden er nach Robert Owen benannt habe, einen sozialistischen Mühlenbesitzer, der in der realen Wirklichkeit seine Arbeiter in einer »Lohnsklaverei« gehalten habe, die der Rinderversklavung sehr nahe gewesen sei.
17. Die marxistische Theorie sei der Ansicht, daß der Kapitalismus in seinem Alter zu viel Kapital zusammenzwinge, was die Massen so verarme, daß sie nicht mehr genug von jenen Gütern kaufen könnten, die sie produzierten.
18. Die Brüder Chesterton hätten während der ganzen Zeit halbwegs begriffen, daß man Besitztum lediglich »distribuieren« könne, um schließlich zu entdecken, daß es kein Mittel gebe, seine Rekonzentrierung zu verhindern – es sei denn durch die gefährliche Methode des ständigen Staatsinterventionismus. Cecil scheine gewillt gewesen zu sein, Staatsregulative zu erwägen. Gilbert sei nicht in diese Falle geraten. Dieses Problem aber, für das kein anderes Szenario eine andere Lösung bereithalte, habe seine paranoiden Ideenvorstellungen vom modernen Kreditwesen nur noch verschärft, welche ihn denken ließen, daß wenige bösartige Kerle sich mit den »Geldverleihern« zusammentäten und alles Eigentum aller anderen dann aufkauften.
19. Die dramatischen Formen der Reichtumskonzentration seien »corners« (= Ecken) und Monopolsysteme, Ein-Gut-Konzentrationen. Im wirtschaftlichen Volksmund jener Tage sei ein Monopol ein mächtiger Menschenfresser gewesen, der nur vom Staat besiegt werden könne. GKC habe dann aber endlich begriffen, daß der Staat so zu einem anderen und noch viel finstereren Menschenfresser werde. Was die Distributisten insgesamt nicht begriffen hätten, sei, wie zerbrechlich ein Privatmonopol sei.
20. Marx und Engels hätten 1848 in Brüssel im »Kommunistischen Manifest« einen parallelen Gedankenstrom beschrieben, den sie »Feudalsozialismus« nannten und in Benja-

min Disraeli hätten erkennen wollen. Aus unerklärlichen Gründen tauche im vorliegenden Band VIII immer wieder Disareli als »kluger Fremder« auf, als Hanswurst, als Schreiber von Herzensergüssen, als Abenteurer mit einem Geist für die kühnsten Morde. GKC habe als dessen Hauptwerk »Sybil« angesehen, aber vorgezogen, erblickt zu werden bei der Lektüre von William Morris, von dem Marx' Tochter Tussy schrieb: Er sei persönlich beliebt, man könne aber kein Dutzend Arbeiter treffen, die ihn ernst nähmen. Disraeli werde von GKC niemals anerkannt und niemals vergessen; er werde hingegen grausam trivialisiert. Warum diese Unfairness? Disraeli sei Tory, GKC Liberaler gewesen; Disraeli Imperialist, GKC Kleinengländer. Man könne die Antwort vielleicht finden, wenn man die Frage mit einer Frage beantworte:

21. »*War G. K. Chesterton ein Antisemit?*« Über die Antwort scheine es geringen Zweifel zu geben. Doch »dem Problem kommt einige Bedeutung zu, weit entfernt von der moralischen Unbequemlichkeit, die es enthält, denn es gibt eine Art Überschußenergie in Chestertons Gedanken über den Wucher, und vielleicht haben nicht seine Wirtschaftstheorien seine Ansichten über das Geldverleihen beeinflußt, sondern vielmehr sein Bildnis vom Geldverleiher, das seine Theorien beeinflußte: nicht der Geist des Aquinas, sondern die Fratze des Shylock«. Man wisse nicht, wie und warum seine Feindseligkeit gegen die Juden entstanden sei. Und doch könne man schon 1912 antijüdische Stellen in seinen Schriften erkennen. Und 1916 habe er über die Juden in seiner Auseinandersetzung mit Shaw in dem *New Statesman* geschrieben: »... der Jude leiht den Armen Geld und ruiniert sie ...; dem Juden mißtraute man im Mittelalter ... weil er bestimmte internationale Intrigen vom Marconi-Typ in Gang setzte ..., denn diese Art der Finanzen ist jüdische Tendenz oder Tradition.« (Man beachte die Bedeutung des *ist.*) Die »internationale Intrige« à la Marconi würde man heute »Insider-Handel« nennen; die bekannten Gebrüder Isaac hatten für sich und einige Politiker, von denen einer ebenfalls Jude war, eine Menge Geldes gemacht, weil sie im voraus von

einem Regierungsvertrag Kenntnis bekommen hatten. Cecil Chesterton habe dagegen einen wilden Angriff gestartet, für den er 1913 zu 100 Pfund wegen krimineller Verleumdung verurteilt wurde. Und noch 20 Jahre später habe Gilbert das Thema Juden nie mehr rational behandeln können. Er habe nie aufhören können, die alte Geschichte von König Johann zu erzählen, der Juden die Zähne habe ausreißen lassen, damit sie ihm Geld liehen: »Was war das Verbrechen des Königs? ... Daß er einem wohlhabenden jüdischen Bankier einen Zahn wegnahm; möglicherweise wurde das durch Gold beendet. Daher der Aufschrei!«

Es sei fürchterlich, daß GKC diesen letzten Satz habe denken können. Zwei Sekunden christlichen Denkens hätten ihn davon abbringen müssen. Aber GKC dachte *nicht* nach. Sein Antisemitismus sei ein Tic geworden. Und in den 20er Jahren des 20. Jahrhunderts sei der Antisemitismus allgemein gewesen. Bei seinem engen Freund und Kampfgefährten Hilaire Belloc, den Distributisten wie den Bolschewiken, und den Kapitalisten, da »die Juden für Erzverschwörer galten«; »die Juden« war eine Metapher für die nicht-ganz-erklärbaren, nicht-ganz-vertrauten, nicht-ganz-sicheren Dynamismen des modernen Lebens. Sie stellten für die ängstliche Mittelklasse Englands das dar, was Strahlungen und Verschmutzer für den unsicheren schlechterzogenen Amerikaner von heute sind: okkulte Mächte, fernfremde Substanzen.

Diese Liste sei die Aufzählung von Kämpfen, nicht von Irrtümern oder Niederlagen. Und sie schildere *die beiden Geister* des GKC: *der eine brillant*, von Hast getrieben durch eine Art unheilendes Gedächtnisses und besitzende Freunde; *der andere älter und weiser* und fröhlicher und bei weitem liebenswerter. Ein Teil seiner Macht sei aus seiner Nächstenliebe erwachsen. Deren besonderer Genius sei das *Verständnis* gewesen.

Die beiden Geister hätten neben anderem zwei Einsichten geteilt: Auch der ärmste Mensch hält, wenn mit sich allein, seine Individualität ebenso hoch wie der reichste oder mächtigste Mann und will nicht, daß er in einem Kollektiv oder einer Statistik verschmelze; und was man zu seiner Arbeit beigetragen habe, sei in gleichem Maße sein Eigentum. Doch seien viele unbeantwortete Fragen zwischen den beiden Geistern offen geblieben. In den 5 Jahren, in denen GKC die Bücher dieses Bandes VIII vollendet habe, sei der Geist Cecil in ihm am wachesten und durchdringendsten gewesen.

Und doch habe der natürliche Chesterton-Geist die effektivsten Kritiken gegen Kollektivismus und soziale Regulierungen hervorgebracht. In den nächsten 10 Jahren sei der finanzielle hochmelodramatische Cecil-Geist ermattet.

»Der furchtbare Tic ist immer seltener aufgetreten.«

IX. (?)

X. Collected Poetry, Part I (Ignatius, 1994)

Diesen ersten Band der »Gedichte« von GKC hat einer der weltweit führenden *Chestertonians* Aidan Mackey zusammengestellt (Leiter des »Chesterton Study Centre« in Bedford/England). In seiner Einleitung stellt er fest: GKC sei in seinen Gedichten so einzigartig, daß er nutzvoll nicht mit anderen Poeten verglichen werden könne. Er könne auch nicht in ein bestimmtes Fach einsortiert werden, denn er habe mit gleicher Leichtigkeit auf zu vielen Feldern geackert. Dennoch sei absolut deutlich, daß er von Anfang an eine zusammenhängende Philosophie von Leben und Menschen gehabt habe, von der er niemals abwich und die er durch sein Leben wie seine Arbeit unermüdlich propagiert habe.

Sein ganzes Leben sei folgerichtig und leidenschaftlich gewesen, aber immer wohlwollend, und gegen Planer, Soziologen, Bürokraten verlaufen, die bestrebt seien, Leben wie Freizeit der Menschen zu regulieren, vor allem der ärmeren. GKCs Poesie sei entstanden als dienendes Instrument, nicht um der Dichtung zu dienen. Man könne ihn kaum zu den großen Dichtern seiner Zeit rechnen, wenngleich er ungemein oft große und größte Dichtung geschaffen habe. Immer aber sei die Idee und nicht eine Person Ziel seiner Verse gewesen. GKC sei aber auch kein kleiner Dichter. Man könne ihn wohl am ehesten als »Dichter des Marktplatzes« beschreiben. Und auf keinen Fall könne man ihm einen bedeutenden Platz in der »Halle des Dichterruhms« verweigern.

In seinen Gedichten gebe es weniger Persiflage und mehr Leidenschaft als in seinen anderen Werken. Er tauche in ihnen in düsterere Tiefen und steige in höhere Höhen. Insgesamt müsse man ihn wohl nicht als einen Dichter, sondern als eine Vielzahl ansehen: den Dichter von Balladen, den Satiriker, den Troubadour, den komischen Poeten, den Psalmisten, den Schlachtensänger. Und dennoch sei er ein Denker aus einem Stück. Und deshalb sei es wohl sinnvoll, bei aller Unterschiedlichkeit im Niveau der einzelnen Texte sie jetzt alle gesammelt einem Publikum vorzulegen, das sich dann ein eigenes Bild machen könne. Und aus dieser ersten Textsammlung könne dann ein zweiter, viel schmalerer Band entstehen, der die besten Gedichte GKCs versammle.

Da GKC praktisch nie seine Verse datiert habe, sei es nahezu unmöglich, sie in einer konsequenten chronologischen Reihenfolge vorzuführen. Vor allem auch, da noch viele unbekannte Dichtungen sich in unbekanntem Privatbesitz befänden, die erst durch diese Sammlung hervorgelockt werden könnten. So dürfe es noch Jahrzehnte dauern, ehe man von einer »vollständigen und endgültigen« Ausgabe reden könne. Das habe ihn (den Herausgeber) veranlaßt, die Gedichte und Verse, Balladen und Lieder in 9 thematische Gruppen aufzuteilen:

I. Gedichte der Jugend und der frühen Zeit
II. Religiöse Gedichte
III. Ich wundere mich nicht
IV. Freunde
V. Liebesgedichte
VI. Gesellschaft und Politik
VII. Leichte Verse, Unsinnsverse
VIII. Satire und Kritik
IX. Schlacht, Ritterlichkeit, Ehre

Als eindeutig ältester Text gilt einer von 1891 aus *The Debater* des »Junior Debating Club«. Und etwa gegen Ende der 1890er Jahre entstand eine französisch geschriebene Dichtung »Cyrano«, von der aber nur die 3. und letzte Stanze erhalten blieb.

XI. Plays, and Chesterton on Shaw (Ignatius, 1989)

Als Theaterstücke sind hier zusammengestellt:

1. Dialogue between Our Lord and St. Joseph (Fragment ca. 1891)
2. The Wild Knight (1900)
3. Time's Abstract and Brief Chronicle (1904/5)
4. Magic (1913)
5. The Flying Inn (1914)
6. The Temptation of St. Anthony (1925)
7. The Turkey and the Turk (1925)
8. What You Won't (1926)
9. The Judgement of Dr. Johnson (1927)
10. The Surprise (1932)
11. The Ages are Passing (undatiertes Fragment)

Dann folgen 14 Stücke aus seinem Dialog mit George Bernard Shaw von 1905 bis 1934. GKC faßte seine Beziehungen mit GBS so zusammen: »Es ist nötig, sich so sehr von ihm zu unterscheiden wie ich, um ihn so sehr zu bewundern wie ich; und ich bin über ihn als Gegner noch stolzer denn über ihn als Freund.«

Diesen Band XI hat Prof. Dr. Denis J. Conlon (Professor für Englische Literatur und Kultur, Universität von Antwerpen, großer *Chestertonian*) zusammengestellt, eingeleitet und adnotiert. Da nach Erscheinen dieses Bandes neue Stücke von GKC aufgetaucht sind, sind weitere Ergänzungsbände am Ende der geplanten Serie vorgesehen.

Donlon stellt in seiner Einleitung ausführlich die Geschichte von GKC und George Bernard Shaw dar, die seiner Meinung nach sich aus einer ersten Begegnung Ende der 1890er entwikkelte, als GKC noch Fabianer war, und dann nach GKCs »The Position of Sir Walter Scott« 1901 intensiver wurde. Einerseits sei es zutreffend, da GBS immer wieder GKC gedrängt habe, für das Theater zu schreiben, und ihm auch wirklich manches Stück abtrotzen konnte. Andererseits sei GKC sehr viel theaterwilliger gewesen, als weithein bekannt. Denn bereits GKCs Vater habe seine Leidenschaft für das Puppentheater, Schreinerarbeiten an Figuren, sein Vergnügen am Malen der Szenerie, die Schaffung kleiner Figurinen an seinen Sohn weitergegeben. Und als GKC für größere Bühnen zu schreiben begann, habe er keineswegs gänzlich auf die Spielregeln des Puppentheaters verzichtet.

Vielmehr sei es so, daß bei GKC das Puppentheater Hand in Hand mit einem frühen Interesse am Drama gegangen sei. Bereits als 16jähriger habe GKC seine Weihnachtsferien mit der Dramatisierung von Walter Scotts »Woodstock« verbracht. *Time's Abstract and Brief Chronicle* (1904/5) habe GKC dann bereits als Meister des Dialogs gezeigt und erkläre völlig das Drängen von GBS, GKC solle sich doch ausschließlich dem Theater widmen. Diesem Drängen habe GKC endlich 1913 mit *Magic* zu entsprechen gesucht und 1914 mit *The Flying Inn*, das wegen des Ausbruchs des 1. Weltkriegs nie als Musical vollendet wurde. Denn die Zeit sei nicht eben für das Thema »Verschwörung der britischen herrschenden Klasse gegen das britische Volk mit den Türken« (damals eine Feind-Macht) zu haben gewesen.

In *The Temptation of St. Anthony* habe er dann 1925 gezeigt, wie »die Lebenskraft und der Zeitgeist« einen guten Menschen quälten. In *The Turkey and the Turk* habe er St. Georg gegen den Türkischen Ritter anstürmen lassen, wobei er den orientalischen Fatalismus und dessen Sitten mit den europäischeren Tugenden von St. Georg und dem Weihnachtsmann kontrastiert habe. Die meisten Angriffe seien aber gegen den Doktor gerichtet gewesen, der den preußischen Militarismus, die internationale Intrige und den Ersatzteilhandel verkörpere.

Dem sei bereits 1926 *What You Won't: A Problem Play for a Progressive Audience* gefolgt, ein leichteres Stück, in dem GKC sich selbst amüsiert habe, indem er einen kaum verkleideten Shakespeare seinen Agenten habe in Tiger's Tidy Teashop in der Zwölften Nacht mit verheerenden Folgen treffen lassen. *The Judgement of Dr. Johnson* sei 1927 gefolgt, aber erst 1932 aufgeführt worden. Bereits 1911 habe er geschrieben, daß »die wesentliche Komödie von Johnsons Charakter sonderbarerweise noch nie auf die Bühne« gebracht worden sei. GKC als großer Bewunderer der natürlichen Vernunft des Doktors habe den schwierigen Versuch unternommen, traditionelle Ethik mit revolutionärer Politik zu vermischen, und wundersamerweise sei ihm das auch hervorragend gelungen; zugleich aber habe er seine eigenen Ansichten so deutlich wie sonst nie ausgesprochen, indem er so oft wie nur möglich Johnsons Worte in Johnsons Mund gelegt habe.

Die Geschichte bringe einen amerikanischen Siedler mit seiner Frau zunächst nach Schottland und dann nach London, wo er in revolutionäre Clubs, Spionagearbeit, und Frauentausch à la Hell Fire Club verwickelt werde. All das sei amüsant genug, aber doch nur der Nagel, an dem er Wilkes und Johnson und deren Welt aufhängen und ausstellen könne.

1932 habe er dann *The Surprise* vollendet. Das Manuskript sei erst Anfang der 1950er Jahre von Dorothy Collins wieder aufgefunden und in Schreibmaschine abgeschrieben worden. 1953 sei es erstmals aufgeführt worden, 3 Jahre nach Shaws Tod. Dieses wohl beste Stück von GKC stelle in einer Runde von offensichtlichem Unsinn ein grundlegend religiöses Thema vor, das sich mit dem Problem des freien Willens im Zusammenhang mit der Schöpfung, dem Sündenfall des Menschen und der Fleischwerdung befasse. Dabei versuche er, dem Menschen die Schuppen von den Augen zu nehmen, damit er mit GKC dessen immenses Vergnügen daran teile, wie ungeheuer aufregend die tiefste Überraschung in diesen Themen sei: die Fleischwerdung.

XII. (?)

XIII. (?)

XIV. Short Stories, Fairy Tales, Mystery Stories (A Potpourri of Tales, Juvenilia, What might have been – Complete and fragmentary tales from the Notebooks) (Ignatius, 1993)

Dr. Denis J. Conlon (führender *Chestertonian* und emeritierter Professor der Englischen Literatur und Kultur an der Universität von Antwerpen) hat diese Sammlung zusammengestellt.

Teil I *A Potpourri of Tales* umfaßt 38 der von GKC veröffentlichten Geschichten von 1891 bis 1936, Teil II *Juvenilia* 6 Geschichten seit den frühen 1890er Jahren ab 1889, Teil III *What Might Have Been* 25 weitere Auszüge aus seinen Notizbüchern, die zu Hunderten in Top Meadows (Beaconsfield) aufgehoben wurden und teils in den 1950er Jahren bekannt wurden, teils erst 1990.

Die Notizbücher enthalten Aufzeichnungen aus den 1880er und 1890er Jahren und dienten weitestgehend als Wurzelgrund für praktisch alle späteren Arbeiten GKCs. Die Texte mögen den modernen Leser mit manchem Stückchen reinen literarischen Goldes überraschen. Die Illustrationen von GKC aus den Notizbüchern ebenso durch ihren Witz und ihre spöttische Zeichenweise.

XV. Chesterton on Dickens (Ignatius, 1989)

Dieser Band XV, der die wichtigsten Arbeiten GKCs über Charles Dickens versammelt, wurde von der freiberuflichen Schriftstellerin und Herausgeberin Alzina Stone Dale zusammengestellt. GKCs Hauparbeiten zum Thema sind *Charles Dickens* 1906, *Appreciation and Criticisms of the Works of Charles Dickens* 1911, *The Victorian Age in Literature* 1913, *Charles Dickens: Fifty Years After* 1920, *The Immortal Memory of Charles Dickens* 1922, *Charles Dickens*, Artikel von GKC in der Encyclopedia Britannica 1929.

Nach GKC war »Dickens die Blüte und die Erfüllung des victorianischen Zeitalters«. Und während sich die Gelehrten darüber streiten, ob GKC der beste literarische Kritiker war, der je gelebt hat, oder überhaupt kein literarischer Kritiker, hielt T. S. Eliot GKC für ein Mitglied der erlauchten Reihe von Dryden und Pope über Johnson und Coleridge, Matthew Arnold und T. S. Eliot selbst, »die jene Künstler sind, die allein das Kunstverständnis und das Recht besitzen, über andere Schöpfer zu urteilen«.

XVI. The Autobiography (Ignatius, 1988)

GKC beendete seine *Autobiography* wenige Wochen vor seinem Tod im November 1936. Die vorliegende Ausgabe wurde von Pater Randall Paine (Novizenmeister des Ordens der Kanoniker vom hl. Kreuz, Braga/Portugal) betreut, der am *Angelicum* in Rom mit einer Arbeit »Chesterton and the West« promovierte. Diese Arbeit untersucht GKCs Verteidigung westlicher Prinzipien gegen östliche Ideologien und Religionen. Der Band XVI weist außerdem 37 Photos auf (meistens hier erstmals veröffentlicht), die Portraits und Szenen aus GKCs Alltagsleben zeigen.

Paine stellt in seiner Einleitung fest: »Die Einzigartigkeit dieser Autobiographie ist, daß das überragende Thema von Arbeit und Leben G. K. Chestertons ebenso energisch dadurch festgeschriebener wird, da er von sich selbst absieht, wie durch seine glühende Beachtung alles anderen.«

Und: »Die *Autobiography* berichtet praktisch nichts über seine Frau, seine Verwandten, sein Haus, seine Gesundheit, seine Chronologie und ein Dutzend anderer Einzelheiten – die alle wichtig für das Thema sind. Wenn man aber das Thema des G. K. Chesterton sucht, dann ist dieses Buch das beste.«

XVII. (?)

XVIII. Thomas Carlyle, Leo Tolstoy, Robert Louis Stevenson, Chaucer (Ignatius, 1991)

Dr. Russell Kirk, der diesen Band zusammengestellt und adnotiert hat, hat für über 25 Bücher als einziger Schriftsteller der USA von Präsident Ronald Reagan die »Presidential Citizens' Medal for distinguished Services to the United States« verliehen bekommen. *Thomas Carlyle* erschien 1902, *Leo Tolstoy* 1903, *Robert Louis Stevenson* 1927, *Chaucer* 1932.

Kirk schreibt in seiner Einleitung u. a.: »Seine Essays über Carlyle und Tolstoy ... sind die Arbeiten eines jungen Schriftstellers, der zum Bekenntnis des Christentums gekommen ist, nachdem er dem Nihilismus den Rücken gekehrt hat. Robert Louis Stevenson ... zeigt uns Chesterton nahezu auf dem Gipfel seines Einflusses. ... Chaucer ... aber ist das wichtigste Buch aus Chestertons späten Jahren. ... Über Carlyles *French Revolution* drückte Chesterton seine Verwunderung aus, weil das Buch es versteht, ein so bewundernswertes und zutreffendes Buch über Geschichte zu sein, wie es ist, während es von vorn bis hinten kaum je einen Hinweis darauf gibt, daß er die moralischen und politischen Theorien verstanden hat, die die Sterne der Französischen Revolution leiteten.«

GKC habe kommentiert: »Ein großer moderner Schriftsteller, der die Theologie vollständig auslöscht [nämlich Tolstoi], leugnet die Heilige Schrift ebenso wie die Kirchen, formt sich eine rein ethische Theorie, daß die Liebe das Instrument der Reform sein müsse, und endet damit, den Gedanken zu vertreten, daß wir kein Recht hätten, einen Mann zu schlagen, wenn er vor unseren Augen ein Kind quält. Er geht weiter und entwickelt eine Theorie von Geist und Gefühlen, die auch der strengste Atheist vertreten könnte, und dann endet er mit der Ansicht, daß die geschlechtliche Vereinigung, aus der die ganze menschliche Art gekommen ist, nicht nur nicht moralisch, sondern vor allem auch nicht natürlich sei.«

Tolstoi sei in der Poesie schwach gewesen, schließe GKC, und er sei auch kein Mystiker; deshalb aber neige er dazu, verrückt zu werden. Denn der Mystizismus halte Menschen geistig gesund, während die Logik sie in den Wahnsinn treibe. Man wünsche sich, daß GKC die Zeit gefunden hätte, aus diesem witzigen 5-Seiten-Essay ein Buch zu machen.

GKCs *Robert Louis Stevenson* sei ein Buch der Dankbarkeit. Denn Stevensons Romane während seiner bildenden Jahre zu lesen, habe für GKC bedeutet, ihn vor dem künstlerischen Nihilismus und den Gefahren des Solipsismus zu bewahren. Stevenson habe sich gegen den Pessimismus von Schopenhauer und dessen ganze Schule gestellt, und durch alle Schriften Stevensons ströme Männlichkeit. GKC habe fast allem zugestimmt, was in Stevensons Büchern stehe – mit Ausnahme der Reste des Calvinismus.

Chaucer schließlich sei biographischer denn Stevenson und stelle ein Werk bemerkenswerter Wissenschaftlichkeit dar. Vieles an diesem Buch bestehe aus dem Gegensatz zwischen der Kultur des 20. Jahrhunderts und der mittelalterlichen Kultur, zum Nachteil der erstgenannten. GKC habe viel geliebt und viel gehaßt. Manchmal habe er die Zeit, die seiner eigenen vorausging, ebenso verachtet, wie er das 14. Jahrhundert bewundert habe. »Das wirkliche Laster der Viktorianer – habe er geschrieben – ist, daß sie Geschichte als eine Geschichte ansahen, die gut endete – weil sie mit den Viktorianern endete. Sie haben alle Erinnerungen der Menschheit in eine dreibändige Romanerzählung umgewandelt und sind sehr sicher gewesen, daß sie selbst der 3. Band davon sind.«

Daher sei es sehr verwirrend, wenn man sich in der realen Gesellschaft der Jetztzeit umsehe und erwäge, welchen Zweck sie habe. »Doch wenigstens in der Gegenwart gibt es kein Canterbury für die Pilger nach Canterbury. ... Jene sonderbar fanatischen Historiker, die die ganze mittelalterliche Landschaft verdunkeln wollen, werden Chaucer wohl voller Verzweiflung aufgeben müssen; denn allem Anschein nach ist er keinesfalls verzweifelt.« Chaucer, Stevenson und GKC selbst seien nach Gabriel Gale in *The Poet and the Lunatics* von den Exzentrizitäten der Genies befallen, während Tolstoi zu den schrecklichen Vereinfachern gehöre.

»Aus den 4 Geschichten in diesem Band kann man viel lernen über die Unterschiede in der Literatur und dem Leben zwischen Normalität und Abnormität.«

XIX. (?)

XX. Christendom in Dublin,
Irish Impressions,
The New Jerusalem,
A Short History of England,
The Patriotic Idea from England,
Explaining the English, London,
What are Reprisals? (Ignatius, 2001)

Der Jesuit James V. Schall (Professor im Department of Government der Georgetown University, Herausgeber des Bandes XX) schrieb die Einleitung zu den 4 »Büchern« und 4 Aufsätzen GKCs, die in diesem Band versammelt sind.

Die Schriften erschienen erstmals

- 1904 The Patriotic Idea; in: England: A Nation
- 1914 London
- 1917 A Short History of England
- 1918 What Are Reprisals?
- 1919 Irish Impressions
- 1920 The New Jerusalem
- 1932 Christendom in Dublin
- 1935 Explaining the English

»Von innen heraus betrachtet sind die Engländer unter all den Menschen die weichherzigsten; ich will aber nicht leugnen, daß das manchmal den Anschein erweckt, als seien sie weichköpfig. ... Ausgerechnet das Menschliche an England ist der Menschheit niemals erklärt worden.« So GKC in *Explaining the English*, und mit diesem Zitat beginnt Schall seine Einleitung des Bandes. Das Buch *A Short History of England* stelle GKCs Versuch dar, Engländern die englische Geschichte zu erklären, ebenso wie anderen interessierten Parteien, besonders den Iren, ohne aber die Franzosen und die Deutschen und die Amerikaner zu vergessen.

»In der Heimat Heimweh zu haben« sei eine Formulierung aus *Orthodoxy*. Sie enthülle GKC ebensosehr wie die anderen Bücher, die ihn betrachteten, während er etwas anderes betrachtet. Er glaube an jedes Unkraut oder jeden Kiesel im Kosmos, und daß Menschen niemals richtig realisierten, wie schön er sei, solange sie nicht realisierten, wie fremdartig er sei.

Er habe niemals etwas gesagt, nur um als Spaßvogel zu erscheinen. Doch seien ihm die meisten Dinge, die sich ereigneten, tatsächlich spaßig erschienen. Den Humor in jenen Dingen nicht zu sehen, in denen Humor sei, sei eine Art intellektueller Blindheit, eine Art Erkrankung der Seele, unter der GKC aber nicht gelitten habe. Denn worum es ihm in Wirklichkeit gegangen sei, seien Ideen gewesen, ohne die Fakten und Zahlen verhältnismäßig nutzlos seien. Grimms *Märchen* seien deshalb als das Größte anzusehen, das je aus Deutschland gekommen sei, wahrlich ein großes Lob.

Kriege seien niemals nur bedeutungslose Auseinandersetzungen. Es sei vielmehr immer ein Prinzip betroffen, dessen Verlust ebenso wie seine Annahme die Welt verändere. Deshalb habe er sich so oft mit den klassischen Schlachten beschäftigt – mit Hastings und Agincourt, mit Tours, Lepanto und Hattin, mit Gettysburg und selbst mit der Marne-Schlacht. GKC habe natürlich nie geglaubt, daß immer die »richtige« Seite die Kriege gewonnen habe. Denn wenngleich sie das manchmal getan habe, habe sie es öfters nicht getan. GKC habe sich nie etwas über die Agonie eines Krieges vorgemacht, doch habe er daraus auch kein Abstraktum gemacht, das den Frieden um jeden Preis vorziehe. Er habe gewußt, daß die gefährlichsten der modernen Kriege aus Ideen entstünden. Sie seien gewöhnlich im Geist ausgefochten worden, lange bevor sie sich in den Schützengräben oder auf See ereigneten. Diese Überzeugung in GKCs Gedanken sei an ihm das Verstörendste.

Er habe sich keineswegs für unfehlbar gehalten, aber er habe immer gewußt, daß Ideen in der Geschichte zu Handlungen führten. Und diese Handlungen, wie glorreich sie anfänglich auch gewirkt haben mögen, seien entweder gut oder böse gewesen, und vieles in der Geschichte hänge davon ab, ob gut oder böse. Deshalb beginne GKC *A Short History of England* mit dem

Satz: »Es wäre sehr vernünftig zu fragen, warum ich denn einer Art Herausforderung folgend zugestimmt habe, auch nur einen populären Essay über die englische Geschichte zu schreiben, der ich doch keinen Anspruch auf besondere Gelehrsamkeit erheben kann, sondern nur ein Teil des Publikums bin.« Zwar stelle das in seinen Augen einen besonders noblen Anspruch dar, und doch spiegle sich in dieser Formulierung eine Art von Ironie wider.

Ihm sei der Anblick eines Straßenkreuzes immer als wahrer Ausdruck des Kreuz-Zeichens erschienen. Denn (wie er in *The New Jerusalem* schreibe) besitze jeder Mensch zwar die absolute Freiheit, zwischen rechts und links zu wählen oder zwischen Recht und Unrecht. Was den Unterschied in der Welt ausmache, sei nicht die Kraft der Wahl selbst, sondern ob die Menschen aufgrund dieser Kraft nach links oder rechts gingen, ob sie das Rechte oder das Unrechte wählten. Daher seien es Intellekt und Glaube, die man anrufen müsse, um die Unterscheidung zwischen richtig und falsch zu erkennen.

Seine beiden Reisen nach Irland hätten ihn in eine delikate Position gebracht: In einer Zeit, da britische Truppen in Irland standen, habe man irische Soldaten für den Einsatz an der Westfront rekrutieren wollen. GKCs Sympathien seien auf der Seite der irischen Bauern und Arbeiter und der irischen Religion gewesen. So sei für ihn der schlimmste Vorwurf, den man einem Menschen habe machen können, nicht der gewesen, daß er den Kopf voller Unfug habe, sondern daß ihm seine Sinne nicht enthüllten, was sich unmittelbar vor ihm befinde.

Sein Buch *The New Jerusalem* befasse sich mit römischer, mittelalterlicher, islamischer und moderner Geschichte. Der Ausgangspunkt für die Balfour-Deklaration von 1916 sei die Existenz eines jüdischen »Problems« in Europa gewesen. Da die Juden ein »erwähltes Volk« mit einem ihnen zugewiesenen Heimatland seien, hätten sie sich religiös niemals mit der Bürgerschaft in irgendeinem anderen Land zufriedengeben können. Deshalb hätten Muslime oder Christen im Nahen Osten jene Juden, die als Vertreter ihrer Länder zu ihnen gekommen seien, mißtrauisch als Vertreter gänzlich anderer politischer Motive betrachtet. Denn als zweites Problem habe GKC erkannt, daß die Juden ein nationales Heimatland hätten haben sollen, wo immer es sich befinde.

GKC sei jeder Art des »Kapitalismus« gegenüber kritisch eingestellt gewesen. Und er habe keineswegs geglaubt, daß ein jüdischer Kapitalist allein deswegen schlechter oder besser denn ein christlicher oder muslimischer sei. Moderne Juden hätten in anderen Staaten eine Art »moderner Theorie der Staatsbürgerschaft« entwickelt, die sich im Prinzip mit der »Heimatland«-Sehnsucht vertrage, welche im Glauben gründe. Das aber bedeute, genau auf der feinen Linie entlangzuwandern, die den Glauben entweder zu einer rein subjektivistischen oder zu einer rein politischen Angelegenheit mache. Aus diesem Gedankenhintergrund sei das Meiste von dem entstanden, was man später als GKCs »Anti-Semitismus« bezeichnet habe.

Den Islam habe GKC immer als einfachen und glühenden Glauben geschätzt, als eine glühende Bewegung, die aus den Tiefen der arabischen Wüsteneien gekommen sei. Deshalb seien die Kreuzzüge auch als ernsthafter Versuch anzusehen, das Christentum vor einem Gegner zu bewahren, der als Sieger neben sich nicht viel hätte gelten lassen. Deshalb bedeute der Sieg des brillanten Saladdin über die Christen 1099 bei Hattin nach GKCs Gedankenwelt, daß dem mittelalterlichen Christentum Geist und Licht genommen worden sei und es auf sich selbst zurückgeworfen war. Die mittelalterliche Gesellschaft sei deshalb gescheitert, weil ihr durch den Verlust Jerusalems das Herz entrissen worden sei. Dieser Verlust habe den Menschen des Mittelalters völlig das Bild ihrer selbst verändert, indem er aufzeigte, was sie tun konnten und sogar was getan werden konnte.

Im 15. und 16. Jahrhundert habe Europa gelernt, den Islam zur See zu umfahren und dennoch Asien zu erreichen. In der Folge seien die europäischen Kolonialsysteme darauf ausgerichtet worden, den Islam zu demütigen. Heute seien etwa eine Milliarde Menschen Mohammedaner. Und während die Christen sich aus dem Nahen Osten zurückzögen, strömten immer mehr Mohammedaner nach Europa. »Man vergißt zu oft, daß das Christentum in diesen Ländern viel älter ist als die mohammedanische Kultur. Ich für meinen Teil bedaure, daß die alte Pax Romana durch die Araber zerbrochen wurde.«

Denn zwar habe GKC den einfachen Glauben des Islam bewundert, ihn aber auch für gefährlich gehalten. Denn weil es

Mohammedanern wie Bolschewiken augenscheinlich erscheine, daß ihr einfacher Glaube für jeden geeignet sei und daher jedem aufgezwungen werden müsse, sei alle Gläubigkeit in Wirklichkeit ebenso komplex wie die Wirklichkeit selbst.

In *A Short History of England* beginnt GKC mit der Rückweisung jener Behauptung, England sei nur aus Angeln und Sachsen erwachsen, und setzt dagegen die Behauptung, es sei gleichermaßen und zuerst Schöpfung das heidnischen Roms. Man sage nicht zu Unrecht, daß Helena, die Mutter des Kaisers Konstantin der Große, eine Britonin gewesen sei. »Und wie alle Welt weiß, war es Konstantin, der erstmals jene Proklamation (das Edikt von Mailand) anschlug, daß in Wahrheit viele Generationen entweder dafür kämpften, es zu schützen oder aber es herabzureißen. Angesichts dieser Revolution konnte niemand je unparteiisch bleiben. Auch ihr gegenwärtiger Schreiber wird nicht eitel vorgeben, es zu sein. Daß es sich um die revolutionärste aller Revolutionen gehandelt hat, da es den Leichnam von einem liturgischen Kreuzbalken mit der Vaterschaft im Himmel identifizierte, ist seit langem eine Binsenweisheit, ohne deshalb aber aufzuhören, ein Paradox zu sein.«

Nach dieser Überlegung sei man entweder für oder gegen die christlichen Behauptungen. Die »revolutionärste aller Revolutionen« beherrsche als Formulierung alles, was man über alle späteren Revolutionen denke. Das zweite Element in GKCs Erwägungen betrachte Rom als geistiges Erbe. Die Franzosen seien sich dieser Tatsache bewußter als die Engländer. In Europa steche nicht nur die Tradition des Christentums hervor, sondern noch vor ihr – aber auf bestimmte Art mit ihr verknüpft – die »allen Europäern« bekannte Tradition vom »mystischen« Rom: »Daher die Gedankenschule Dantes, die das Paradox einbezieht, daß die römischen Soldaten Christus nicht nur nach dem Gesetz töteten, sondern sogar nach dem göttlichen Gesetz. Damit das normale Gesetz in seiner größten Prüfung scheitere, mußte es wirkliches Gesetz sein und nicht nur militärische Gesetzlosigkeit. Deshalb hat Gott ebenso durch Pilatus gewirkt wie durch Petrus. Deshalb ging es dem mittelalterlichen Dichter darum, zu zeigen, daß die römische Herrschaft einfach eine gute Herrschaft war und nicht eine Besatzung. Denn darum geht es in der christlichen Revolution, zu zeigen, daß in dieser Frage die gute Herrschaft ebenso übel war wie eine schlechte. Selbst eine gute Herrschaft war nicht gut genug, um unter den Dieben Gott zu erkennen.«

GKC sei sich immer des Primats der Dankbarkeit und der Ungerechtigkeit der Justiz bewußt gewesen. »Wir sprechen immer von der Französischen Revolution als von etwas, das die Welt veränderte; die wichtigste Tatsache für England aber ist, daß sie England nicht änderte.« Hingegen hätten Heinrich und Elisabeth und das Haus Oranien England verändert, nicht total, aber dennoch veränderten sie es.

»Und es gibt Stimmungen in einem Menschen, der angesichts des Endes unserer Geschichte halbwegs dem Wunsch zuneigt, daß die Woge teutonischen Barabarismus uns und unsere Armeen gemeinsam ausgelöscht hätte; und daß die Welt niemals mehr über die letzten Engländer erfahren möge, als daß sie für die Freiheit starben.« Diese düstere Schlußfolgerung widerspreche zwar der Note der Leichtigkeit, mit der das Buch anhebe, nicht aber jenen düsteren Gedanken, die GKC bereits 1918 erkannt habe, daß es etwas Schlimmeres gebe, als von den deutschen Armeen besiegt zu werden, wie übel das allein auch sei. Das Übelste aber sei, von den deutschen Philosophen erobert zu werden. Denn wenn die Engländer den Krieg gewönnen, sich dann aber weiterhin mit der toten Last jener sozialen Disziplin weiterbewegten, die man von Deutschland gelernt habe, dann werde die Zukunft Englands nicht eben strahlend sein.

XXI. What I saw in America,
The Resurrection of Rome,
Sidelights (= 28 Essays) (Ignatius, 1990)

What I Saw in America faßt die Erfahrungen GKCs während seiner US-Reisen 1921 zusammen und erschien 1922. *Sidelights* (Part II *Newer York*) mit 20 Essays die seiner US-Reisen 1921, 1930/31; 6 der Essays wurden nie zuvor gedruckt und bieten Wiedergaben seiner Reden, Interviews und Kommentare während der Reise 1921 dar (Part III).

The Ressurection of Rome beschäftigt sich mit seinen Reiseeindrücken in Rom und seinen Treffen mit dem Papst und Mussolini in Jerusalem und Irland aus den 20er und 30er Jahren des 20. Jahrhunderts und erschien 1930. Die 8 Essays erschienen in Part I *New London* in *Sidelights* 1932.

America und *Rome* hat Robert Royal (Vizepräsident des Ethics and Public Policy Center in Washingon D. C.) eingeleitet.

Zu *America* schrieb er unter »Hotels sind keine Inns; Chesterton und Amerika« u. a.: GKC habe eine bemerkenswerte Fähigkeit gezeigt, wohlwollendes Verständnis für die Hauptzüge Amerikas aufzubringen. Am bemerkenswertesten sei, daß er sich wiedergefunden habe, wie er voller Sehnsucht über die Weite der Prohibition nach dem gemeinen Amerikaner Ausschau hielt, einem derben Demokraten ohne jeden Sinn für Unsinn, der – wie er selbst – einige der alten Tugenden von Heidentum und Christentum zwischen den beiden Gefahren des Individualismus und des Puritanismus bewahrt habe. GKC habe sich eine so unheimliche Hellsichtigkeit in so viele Dinge in Amerika erworben, daß es nicht übertrieben sei, ihn als »hellseherisch« zu bezeichnen.

Für GKC seien Trinken und Rauchen wesentliche menschliche Vergnügen in dem, was er als volles menschliches Leben angesehen habe, und ideologische Angriffe gegen sie ein irregeleiteter Moralismus. Amerikaner seien oftmals besser als ihr Gerede über sich selbst. Ein Amerikaner sei GKC als einer erschienen, der Alkohol und Tabak als seine Laster bezeichne. Diese puritanische Unlogik in einem Volk, das andererseits den alten Freiheiten hingegeben sei, stelle eine Art Grundlinie all seines Denkens über Amerika dar. Seine Anmerkungen dazu seien in *What I Saw in America* und *Sidelights on New London and Newer York* enthalten. Dabei hätte sich für GKC das Fehlen wahrer *Inns* als Kennzeichen einer historischen Armut wie eines theologischen Defekts herausgestellt.

Erst im Mittelwesten habe er jene feurige alte Tradition der Gleichheit aufschimmern gesehen, die unter Bürgern existieren sollte: »In dieser relativen agrikulturellen Gleichheit sind die Amerikaner des Mittleren Westens den Engländern des 20. Jahrhunderts weit voraus. ... Doch der Fehler, durch den sie weit hinter eine wahre Bauernschaft zurückfallen, ist, daß sie ihre eigene geistige Nahrung nicht herstellen, wie sie das mit ihrer eigenen materiellen Nahrung tun. Sie stellen nicht, wie etwa andere Bauernschaften, andere Arten der Kultur her neben jener Art, die sie Agrikultur nennen. Ihre Kultur kommt aus den großen Städten; und da kommt alles Übel her.«

Er verknüpfte also ein großes historisches Panorama mit einzelnen zeitgenössischen Phänomenen. Das wirft das Problem auf: Während man im Grundsatz mit GKC übereinstimmt, sei man sich doch nie sicher, ob er in den Tatsachen recht habe. Denn es sei schwierig zu glauben, daß Europa oder Christentum auf die Weise entstanden seien, wie GKC glaube. Wahrscheinlich hatte der Heilige Geist *einiges* zur heidnischen geistigen Gesundheit beizutragen. Aber die Vorstellung, daß alles Übel aus den Städten komme, sei im Grundsatz falsch.

Wie herrlich sein Ausruf angesichts der Lichter am Broadway: »Welch ein glorioser Garten der Wunder das für jeden sein würde, der glücklich genug ist, nicht lesen zu können!« Denn GKC urteilte über Amerika, und Amerika sei zu beurteilen. Die Amerikaner aber versuchten, GKCs Maß aus amerikanischen Augen zu nehmen; und so auch in dieser Einleitung. Als er 1921 erstmals im New Yorker Hafen einlief, habe er angesichts des Ansturms der Journalisten festgestellt: Zu Hause in der Fleet Street würde niemand ihn eines Interviews für wert gehalten haben. Aber in Amerika sei »die Tatsache meiner Ankunft zu Vorträgen offenbar im gleichen Licht betrachtet worden wie ein Mord oder ein Großbrand oder jede andere schreckliche, aber unabwendbare Katastrophe«.

Während er das Land bereiste, kristallisierte sich GKCs Denken über Amerika um einige Schlüsselkonzepte. Die Formel »Hotels sind keine Inns« stelle eines dieser zentralen Konzepte in GKCs Denken über Amerika dar und GKCs Denken im allgemeinen. Es sei wichtig, sich darüber klar zu sein, gegen was GKC in Amerika gewesen sei. Nicht, daß es in England Inns gebe und in Amerika nicht. Denn wie aus *The Flying Inn* bekannt, habe GKC befürchtet, daß solche exzentrischen nichtchristlichen Bewegungen wie der Vegetarianismus und der Totalitarismus ebenso wie solche Industriekapitäne, die die Arbeiter zu produktiverer Arbeit anhalten wollten, indem sie ihnen den Alkohol raubten, die noch übrigen Inns in England bedrohten. Nach seiner Meinung habe England dieser Entwicklung im wesentlichen nur widerstehen können, weil noch genug nationales Gefühl vorhanden sei, um die Schließung der Inns als etwas zu betrachten wie den Rausschmiß von Chaucer aus dem Tabard oder von Shakespeare aus dem Mermaid. Im Gegensatz dazu habe Amerika niemals Inns entwickelt (was mindestens für bestimmte Gegenden historisch falsch sei).

GKC gebe ja zu, daß seine Verallgemeinerungen als Tourist ebenso jeder Proportion entbehren könnten wie die Vorstellungen eines Zirkuselephanten über das Vorkommen von Löwen und Leoparden in den verschiedenen Ländern. Was er aber sofort an den Hotels mißbillige, seien ihre Größe und ihre Gleichartigkeit. Doch schließlich habe er die amerikanischen Hotels als Ausdruck der modernen Plutokratie angesehen, die eines Tages »dahinschwinden und verfallen werden, bis sie endlich wert sind, wenigstens eine Taverne zu sein«. Die Vorstellungen von einer »Taverne« seien wohl durch Dickens bestimmt worden. Paradoxerweise aber entspreche irgendwo tief im Innern der amerikanischen Psyche etwas dennoch den Vorstellungen GKCs; denn warum sonst sollten wohl so viele der US-Ketten bescheidener Motels sich »Inn« nennen?

Für GKC sei Amerika »eine Nation mit der Seele einer Kirche«, weil es seine Bürger einen Glauben akzeptieren mache. England habe keinen Glauben, »weil wir einen Charakter haben. In jeder alten Nation wird die nationale Einheit durch den nationalen Typus dargestellt. Weil wir einen Typus haben, brauchen wir auch keinen Test« (der Bürgerschaft). Diese Einsichten seien brillant. GKC habe völlig zutreffend erkannt, daß die Nation als Ganzes niemals leicht zu einem Typus werden könne. Denn statt glühend national zu sein, seien Amerikas öffentliche Herbergen radikal auf Gastlichkeit eingestellt. Diese historische Tatsache aber sei Grund für Amerikas Stolz, nicht Scham. Wenn aber nach GKC »Amerika alle Menschen einlädt, Bürger zu werden, dann setzt das aber das Dogma voraus, daß es etwas wie den Status der Bürgerschaft gibt«.

Wenn man sich auf die Suche nach den geistigen Gründen für das Fehlen der Inns in Amerika begebe, dann sei es zweckmäßig, nach ihnen im Mittleren Westen zu suchen. GKC habe festgestellt, »nachdem ich sowohl Jerusalem wie Chicago gesehen habe, glaube ich, die Extreme der Zivilisation berührt zu haben«. Und dennoch habe er Chicago eine große Stadt genannt, die einen großen Boulevard (= Bollwerk) entlang eines großen Sees gebaut habe.

In Chicago habe GKC mit Dr. Horace J. Bridges von der Ethical Cultural Society über »Ist Psychologie ein Fluch?« diskutiert unter Vorsitz von Bischof George Craig Stewart. Abschließend erklärte er: »Es ist klar, daß ich die Debatte gewonnen habe, und wir alle sind bereit anzuerkennen, daß Psychologie ein Fluch ist. Wir wollen aber großmütig sein und wenigstens einer Person auf dieser unglücklichen Welt erlauben, seine verfluchte Psychologie zu praktizieren. Und dafür möchte ich Dr. Bridges vorschlagen.«

Bridges mag erhalten haben, was er verdiente. Doch von seinem Gegner schrieb er – fast eine Parodie auf GKCs Portraits von selbstherrlichen und strohköpfigen Medizinern –, ein wahres Juwel: »Er kam mir als merkwürdige Mischung von großem persönlichem Zauber vor, weit belesen, von exquisiten kritischen Begabungen (die sich vor allem in seiner Auslegung von Browning und Dickens zeigen), von erfrischendem Humor und einer bestimmten intellektuellen Rastlosigkeit, die ihn gegen Wahrheit und Wirklichkeit unempfänglich machte. Ich empfinde ihn – vielleicht sollte ich sagen im Unbewußten – als durch und durch skeptisch, der nach dem Grundsatz handelt, da wir von nichts wirklich positiv etwas wissen können, sollten wir besser glauben, an was zu glauben uns gefällt. ... Männer, die in ihrer Suche nach der Wahrheit ernsthafter sind, haben sicherlich geglaubt, daß er die Dinge glaube, von denen er sagte, er glaube sie. Mein Kommentar bezieht sich auf seine geistigen Prozesse in Unterscheidung von der Frage nach seinen besonderen Gläubigkeiten.«

Kommentare zu dem, was man etwa Dr. Bridges' »geistige Prozesse« nennen könnte, seien hier klar unnötig. Die Universität von Notre Dame habe ihm den irgendwie widersinnigen Ehrendoktor der Jurisprudenz verliehen. In *Sidelights in New London and Newer York* spiele er auf »eine amerikanische Universität« an (wohl Notre Dame), »wo praktisch jeder der Professoren sein eigenes Bier braut; und manche mit zwei oder drei unterschiedlichen Arten herumexperimentieren«. Das sei ganz klar der Typ Professor, dem GKC einige Aufmerksamkeit zu schenken bereit sei. »Der Professor für Moraltheologie (dessen Ale das stärkste von allen sein dürfte), wird allen anderen Professoren anbieten, sie ohne schlechte Auswirkungen auf ihre Gesundheit unter den Tisch zu trinken.« Er sei ganz offensichtlich der Meinung gewesen, solche Professoren stünden auch England gut zu Gesicht.

Doch der Rest des Mittleren Westens sei ihm nicht so kongenial vorgekommen. Denn er habe in der großen Tatsache der Prohibition tiefe Spuren von Calvinismus und Puritanismus in der nichtkatholischen Bevölkerung erblicken müssen. Und GKCs Beobachtungen seien zutreffend, auch wenn die historischen Wurzeln der Phänomena, die er sich notierte, sehr viel komplizierter sein mögen, als er sich das dachte. In seinem Essay »The Case for Main Street« bekenne er: »Wenn man mich erbarmungslos zwänge, entweder ein methodistischer Grundstücksmakler in Gopher Prairie zu sein oder ein Künstler, Anarchist und Atheist in Greenwich Village, dann würde ich mich (im strengen Geist eines, der sich auf schreckliche Verzichte und ein furchtbares Schicksal vorbereitet) dafür entscheiden, der Grundstücksmakler zu sein.« In Amerika existiere zwar tatsächlich eine »Dorfmoralität« insofern, als Dörfer wie Moralität existierten, beide aber seien fern von ihrem Ideal insofern, als sie ein falsches Ideal darstellten.

GKC habe es für gut gehalten, daß die Amerikaner sich von den Korruptionen der englischen Regierung befreit hätten; er bedauerte aber, daß sie nicht unabhängig genug seien, sich auch von den Korruptionen der englischen Sekten zu befreien. GKC habe die einfachen und unbewußten Tugenden, die er bei den Mittelwesternern gefunden habe, sehr bewundert. »In England oder gar in Europa gibt es so etwas wie ein puritanisches Dorf nicht. Da gibt es nur ein heidnisches Dorf.« Die Puritaner »ersetzen einen Gott, der die Menschen verdammen will, durch einen Gott, der sie retten will«, und die sich deshalb in mißgeleitetem moralischem Ärger gegen menschliche Vergnügungen wendeten. So habe GKC also ganz klar amerikanischen Puritanismus mit britischem Nonkonformismus verknüpft. »Einige von ihnen lehnen Christentum wie wahnwitzig ab und nehmen deshalb (fast widerstrebend) ebenso wahnwitzig Wein oder Whiskey oder Glücksspiele an. Zugleich aber scheinen sie alle unheilbar davon überzeugt zu sein, daß solche Dinge Hauptthemen der Religion sind.«

Puritanismus sei ursprünglich eine Sache der Städte gewesen, hätte aber in Amerika selbst das Land überzogen gemeinsam mit anderen Stadtlastern, vor allem dem Kommerzialismus. Das Ergebnis sei, daß die Menschen nicht friedlich auf dem Land lebten wie eine europäische Bauernschaft, sondern ihre Farmen mit derselben kommerziellen Mentalität betrachteten wie irgendein Unternehmer: »Die offenkundige und herausragende amerikanische Eigenschaft ist es, daß selbst das Landleben nicht ländlich ist.« Dieser Kommerzialismus – nicht im Sinne des notwendigen Austauschs von Gütern und Diensten, sondern als frenetische Verfolgung des Handels aus keinem rationalen Grund – habe GKC irritiert, wo immer er ihn gefunden habe, vor allem aber in Amerika: »Amerikaner werden betrunken geboren und brauchen dann ein wenig Wein oder Bier, um nüchtern zu werden. …Von Zeit zu Zeit brauchen sie, glaube ich, etwas von der tieferen und feineren Erziehung, wie man nichts tut.«

[Was mich an eine Formel gemahnt, die ich seit 1958 immer wieder gesagt und geschrieben habe, ohne daß jemand sie ernst genommen hätte: Man muß Nichtstun nicht *tun*, sondern *nicht* tun!] Die Mechanisierung der Landwirtschaft habe dazu geführt, daß weniger Menschen auf dem Land leben und daß die Städte wachsen. Städte seien zum vollen menschlichen Leben ebenso nötig wie Landwirtschaft und Religion. Alt-Griechenland und Mittelalter-Italien hätten breite menschliche Städte gehabt; die Städte des 19. Jahrhunderts in Europa seien viel enger gewesen. Ohne große Menschenzahlen, die im Wechsel der Jahreszeiten lebten und gegenüber den Wetterbedingungen empfindlich reagierten, werde eine urbane Gesellschaft in sich geschlossen und verliere jene natürliche Kontemplation, die landwirtschaftliche Gesellschaften charakterisiere. In Amerika leide man sicherlich daran, zu viel Zeit in der falschen Art von Städten zu verbringen.

Das Mittelalter habe ebenso wie der Vorkriegs-Süden viele feine Dinge besessen, von denen aber keines heute einem physisch wie mental energischen Menschen eine vollständig ausreichende Gesellschaft bieten könne. Wenn ein Kind in einem Asthma-Anfall um Atem ringe oder ein Freund eine Nierendialyse brauche, um zu überleben, sei man dankbar für moderne Erfindungen und Geräte. Obwohl die industrielle Produktion, wie sie bisher praktiziert werde, einen schweren Zoll an menschlichem Blühen und vom System der Weltökologie genommen habe, solle man doch das Kind nicht mit dem Bade ausschütten. Man benötige ein besseres Gleichgewicht zwischen Natur und menschlicher Produktion, zwischen Land und Stadt, zwischen den unterschiedlichen Arten von industriellem und urbanem Leben. Niemand habe bisher das Modell für diese nötige soziale Gleichgewichtung gefunden. Frühere Perioden hülfen zwar, die Werte zu erkennen, die man bewahren wolle, könnten aber niemals den Bauplan der modernen Konditionen darstellen.

GKC habe einen unschätzbaren Wert dadurch bekommen, daß er eine Vision von vergangenen Werten angesichts jener Art von Menschen lebendig erhalten habe, die die Verkörperung jener ins Wilde ausufernden Praktikabilität seien. Henry Ford stelle mit seiner Produktionslinie für GKC das perfekte Abbild eines sich verengenden Mannes dar: der den Menschen in eine Maschine verwandle, um herauszufinden, ob er außer Maschine auch noch eine Seele habe. Fords Prahlerei, daß »Geschichte Müll« sei und er nie etwas von Benedict Arnold gehört habe, hätte GKC getroffen als die »hohnsprechende Grenze« eines Mannes, dessen enge Handelsinteressen ihn zu einem abgerissenen Zweiglein des Menschseins gemacht hätten.

Thomas Edison stelle für GKC einen anderen Aspekt desselben Phänomens dar. Denn obwohl Edisons Erfindungsreichtum bewundernswert sei, sei seine Methode, alles Experimenten anzuvertrauen, geradezu lächerlich. Und doch gebe es andere und bessere Vertreter der amerikanischen Vergangenheit als Ford und Edison; und keiner rage da so gewaltig empor wie Abraham Lincoln. Nichts unter GKCs Schriften über Amerika sei so schön und bewegend wie sein Essay »Abraham Lincoln in London« mit Feststellungen wie der: »Eines weisen Mannes Haltung gegenüber dem Kapitalismus wird der von Lincoln gegenüber der Sklaverei sehr ähnlich sein: unerträglich, doch aus vielerlei Gründen zu ertragen.« Lincoln sei für GKC zum wahren Typus des Amerikaners geworden.

Als man in den 1930er Jahren in London über eine neue Statue von Lincoln gestritten habe, habe GKC behauptet, sie müsse sonderbar und sogar häßlich sein, damit sie das Geheimnis dieses Mannes verdeutliche: »Ich bin keineswegs der Ansicht, daß der Bildhauer das Geheimnis vermittelt habe, von dem ich spreche, denn ich bin keineswegs sicher, daß es überhaupt vermittelt werden könnte. Sonderbarerweise aber fühle ich, es könnte besser durch eine Landschaft denn eine Skulptur vermittelt werden. Es ist die Landschaft Amerikas, die es mir am lebhaftesten vermittelt, und vor allem jene Landschaften, die ein Landschaftsmaler wohl am lebhaftesten meiden würde.«

Und dann sei GKGs Sprache ob der ländlichen Ursprünge Lincolns fast visionär geworden: »Aus dieser Landschaft ist der große Präsident gekommen, und fast kann man einen wunderlichen Schatten seiner Gestalt in den dünnen Bäumen und den steifen Holzpfählen umreißen. Ein Mann mit Einbildungsgabe könnte fast diese fremden Straßen hinabblicken, mit ihren Fachwerkhäusern voller jüngster Bequemlichkeiten und umgeben von der neuesten Unordnung, bis er in jenem weiten Ausblick jene lange linkische Gestalt auftauchen sähe mit ihrem albernen Schornsteinzylinder und dem ländlichen Regenschirm und den tiefen melancholischen Augen, dem Humor und der harten Haltung und dem Herzen, das sich von vertagten Hoffnungen nährt.«

Da habe ein Großer einen anderen Großen erkannt, und bei all seinen kleinen Irrtümern im einzelnen habe GKC doch etwas Grundlegendes von Amerika begriffen.

Zu *Rome* hingegen schrieb Robert Royal einleitend u. a.: Die Alten glaubten, daß an jedem Ort ein besonderer *genius loci* herrsche, wovon die heutige moderne Idee von der »Atmosphäre« nur ein fernes pseudowissenschaftliches Echo sei. GKC aber sei eines Tages buchstäblich von diesem *genius loci* der Stadt Rom geschlagen worden, als er aus seinem Hotelfenster über die Spanische Treppe blickte: »Doch das vollständige Ding, das ich gesehen hatte, zerbrach, als ich es sah; und alles, was hier folgt, ist nur ein Haufen Bruchstücke.« Und dennoch habe GKC an jenem Abend die Umrisse des »vollständigen Dings« erfaßt: des Roms der wiederholten Auferstehungen.

Rom sei immer wieder als auf 7 Hügeln erbaut beschrieben worden. Es habe aber des Genies GKCs bedurft, um zu erkennen, daß Rom aus den 7 Tälern erwachsen sei, in die die Zeiten ihre Reichtümer gegossen haben und deren verlorene Wasser ewig bereitstünden, hervorzubrechen, wie ihre Wasser aus den Springbrunnen in der ganzen Stadt. Ein Skeptiker könne darin natürlich einen von Rom erregten romantischen Unsinn erblikken; aber jeder, der die Ewige Stadt gut genug kenne, werde in GKCs Vision von Rom eine Wahrheit über Rom erkennen, die niemals zuvor noch danach mit solcher Kraft erkannt worden sei.

In Rom empfinde man, daß jedes beliebige Teil der Vergangenheit plötzlich eine Wiederauferstehung erlebe oder erleben könne, entweder indem es sich dem Bewußtsein vermittle oder indem es physisch ausgegraben werde. GKC habe 1929 in Rom zwei solche Wiederauferstehungen erlebt, je eine in den beiden genannten Bereichen. Als bewußte Wiederauferstehung habe er die erneute Zuversicht des katholischen Rom erfahren; als physische Wiederauferstehung das heidnische Rom in den Falten des Faschismus. Beides bedürfe der Kommentierung.

GKC bekräftige, daß die katholische Tradition den Reichtum der Menschlichkeit gegen die schrecklichen Vereinfachungen der baren menschlichen Vernunft bewahre wie gegen die christlichen Häresien. Die heidnische Vernunft habe sich mit einem dekadenten Christentum im oströmischen Reich zu einer Bewegung verbunden, die im 8. Jahrhundert die Griechen sogar zur Bilderstürmerei getrieben habe. Die Bilderstürmer wiederum riefen in GKC die Erinnerung an den verwandten Geist des verdrehten Christentums wach, der Amerika in die Prohibition geführt habe: »Ebenso wie die säkulare Macht eines ganzen Kontinents alle Getränke verboten hat, so hat die säkulare Macht des großen Griechischen Reichs formell alle Puppen oder geschnitzten Bildnisse verboten. Rom aber verweigerte sich dem alten Veto wie dem neuen.«

Er habe recht, daß dem katholischen Asketentum niemals erlaubt worden sei, den katholischen Glauben an die Richtigkeit und Güte der Schöpfung zu beschneiden. Denn tatsächlich verdankten alle Statuen in der westlichen Welt ihre Existenz lediglich dem gedankenlos gehaßten Papsttum des dunklen Mittelalters. Sie verdankten neben ihren Schöpfern ihre Existenz der Intervention einer damals halbbarbarischen Institution in einer verfallenden Stadt außerhalb des kultivierenden griechischen Einflusses im östlichen Mittelmeer und der dadurch freigeschlagenen Freiheit. Ohne jene Intervention wäre der Westen wohl ebenso statuen- wie alkohollos wie die islamische Welt.

Sogar heute noch könne man auf die reine Brillanz dieser Einsichten GKCs nicht verzichten. Mittelalterliche Kunst möge den heutigen Zeitgenossen eher kongenial erscheinen, mittelalterliches Denken ordentlicher: Rom aber habe seit der Reformation vor allem anderen unter einem Überfluß an Schöpferkraft gelitten. Die Stadt sei alles andere als unfruchtbar; wenn überhaupt, dann stünden zu viele Dinge zu vielen Dingen im Weg. Es brauche eines sehr sturen Protestanten oder eines sehr unwissenden Materialisten, die eine katholische Meinung nur deshalb verwürfen, weil sie katholisch ist. Es könne durchaus sein, daß dieses Buch nicht GKCs bestes Buch sei, aber in seiner Verteidigung von Rom und der römischen katholischen Kirche reflektiere es eine bewußte Methode, welche die ersten Fragen an erste Stelle stelle und die lediglich ephemeren Randfragen an die ihnen zustehende zweite Stelle.

Die zweite Wiederauferstehung des heidnischen Roms habe GKC in der Gestalt Mussolinis und des Faschismus gesehen. Er habe den *Duce* 1929 getroffen, als Mussolini – was immer seine anderen Fehler gewesen seien – dem zuvor pessimistischen und stagnierenden Italien einen deutlichen neuen Sinn des Optimismus und der Frische eingeatmet habe. Und wichtig sei es in diesem Zusammenhang auch, immer im Gedächtnis zu bewahren, daß GKC Lösungsmöglichkeiten für bestimmte englische Probleme im Auge hatte, wann immer er Mussolini lobte. Wenn er festzustellen habe, daß selbst intelligente Engländer die britischen politischen Debatten Mussolinis öffentlichen Volksansprachen gegenüber für überlegen hielten, weil er sich doch nur in der opernhaften Rhetorik eines Demagogen ergehe, dann verweise GKC darauf, daß Mussolini nach einem Attentatsversuch auf sein Leben lediglich im lapidaren römischen Stil festgestellt habe: »Wenn ich vorrücke, folgt mir; wenn ich zurückweiche, tötet mich; wenn ich falle, rächt mich!«

Im Gegensatz hierzu hätte ein britischer Politiker wohl eine Erklärung unter gleichen Umständen abgegeben, die völlig anders gelautet hätte und etwa so begonnen habe: »Es ist mir, Herr Vorsitzender, Anlaß großer Dankbarkeit, daß mir erlaubt ist, aus Anlaß einer so bedeutenden Gelegenheit wie des 73. zweijährigen Treffens der Schutzliga Anglo-Semitischer Bankiers und in Gegenwart dieser großen und begeisterten Zusammenkunft zur Unterstützung der Sache, die uns allen am Herzen liegt, Sie alle meines anhaltenden Vertrauens in die Grundsätze und Aussichten unserer großen Partei zu versichern, der Partei von Hink und Potter, der Partei von Atkinson und Bins, und zugleich wage ich zu sagen, meine Damen und Herren, daß ich mit der gleichen Zuversicht die großen Probleme unseres Empires aufgreife, die die wohlmeinende Unfähigkeit unserer unverantwortlichen Gegner in einer Konfusion hinterlassen hat, meiner Meinung nach in unserer nationalen Geschichte ohne Beispiel …« und so fort in diesem Juwel GKCs unvergleichlichem Stil.

Für ihn sei diese britische öffentliche Rhetorik mehr als nur eine Stilfrage: »Das Motiv ist der Wunsch, eine Sache selbst dann noch zu verschleiern, wenn man sie ausspricht.« Und deshalb seien die Worte des Diktators – selbst wenn seine Taten übler seien als die britischer Parlamentarier – moralisch wie stilistisch überlegen. Denn sie beschrieben wenigstens offen, was offen getan werde, »was falsch ist, ist daß Europa auf dem Kopf steht. Der Kopf war unten, und die Absätze waren oben. Die Absätze waren wundervoll bestiefelt und gespornt und vollführten bewundernswerte Vorführungen des Tretens und Ausweichens im Leeren; auf ihre Weise waren sie wirklich herausragende Dinge, doch waren sie nicht dafür gedacht, oben zu sein; sie waren nicht von jener Art Dingen, denen man das Oben anvertraut hätte; und dennoch waren sie oben.«

Dieses »Ding im Leeren« habe in GKCs Kreisen verschiedene verhaßte Namen getragen: Preußentum, die Nordische oder Teutonische Theorie, puritanischer Industrialismus, die Neuen Nationen, der Supermann. All diese Bezeichnungen hätten den industriellen und kommerziellen Wohlstand Nordeuropas kennzeichnen sollen zunebst dessen militärischer Macht, die nach GKCs Theorie ihre wahren kulturellen und historischen Wurzeln zusamt ihrem natürlichen Kopf im Süden verworfen hätten.

GKC habe Mussolini wie zahlreiche andere bedeutende Männer der Zeit einschließlich Winston Churchills während eines kurzen Zeitabschnitts persönlich magnetisch gefunden und sei darin keinesfalls allein gewesen. Wie die anderen habe er in Mussolinis Verjüngung der italienischen Halbinsel unter alten Mythen etwas Nobles und Bewundernswertes gesehen – und außerdem etwas, das man als günstigere Antwort Englands Problemen hätte entgegenhalten können. Und selbst Papst Pius XI. habe anfangs gedacht, Mussolini sei von Gott gesandt, um Italien vor den atheistischen Liberalen zu retten. Deshalb habe man den Vatikan-Vertrag von 1929 als wichtiges Vertragswerk der Einigkeit zwischen Pius und Mussolini angesehen.

Diese Hoffnung auf eine Art dynamischer Harmonie von Kirche und Staat sei aber als Illusion bald entlarvt worden. Denn ironischerweise habe Mussolini nach dem Konkordat mehr katholische Zeitungen enteignet als zuvor. Als beispielsweise Pius gegen einen untypischen Ausbruch faschistischen Anti-Semitismus protestierte, habe Mussolini es allen Zeitungen verboten, darüber zu berichten. Zu keiner Zeit seien die Spannungen zwischen Vatikan und Staat so bitter gewesen als eben nach dem Konkordat.

Oder in GKCs Augen: »Die erste Tatsache über die Faschisten ist, daß es die Faschisten nicht geben würde, gäbe es da nicht eine weite und unheilverkündende Landschaft in ganz Europa.« Denn der Faschismus sei nicht so sehr eine Revolte gegen den Kommunismus als »vielmehr gegen den Konstitutionalismus, der in England vorherrscht«. Hier hätten aber seine Angriffe gegen die britischen Industriellen seinen gesunderen historischen Instinkt überwogen.

Der sonderbarste Aspekt an GKCs Bewunderung für Mussolini aber sei gewesen, daß dieser unerschütterliche Distributist so vergnügt hinzunehmen bereit war, was ihm doch eine Einmischung in Freiheiten und Eigentum der Arbeitnehmer sein mußte, die durch sie befähigt waren, sich gegen die großen Arbeitgeber zu erheben. »Lateinische Disziplin« aber schien Probleme besser lösen zu können als der dekadente britische Liberalismus im Kampf gegen die sozialen Raubzüge der Handelsmagnaten ebenso wie der Gewerkschaften. Denn »die Logik dieser Revolution und Reaktion bringt sie wenigstens Antlitz zu Antlitz mit der Notwendigkeit einer solchen Realität; denn nur Autorität, die mehr ist als Anarchie, kann regieren.«

Diese Passage wiederum werfe die Frage auf, wie sich die beiden Wiederauferstehungen, die christliche und die heidnische, in GKCs Denken vereinigten. Ein Bildnis dieser Einheit bot sich ihm im Gedenken des *Napoleon of Notting Hill* dar, als er auf jene konkrete wie kompakte politische und religiöse Einheit des Staates Vatikan-Stadt herabblickte. Dort entdeckte er jene Liebe für die Farbigkeit und das menschliche Maß, die alle Gedanken GKCs so stark kennzeichnen. Für diese Üppigkeit liebte er die Kirche; und in der Hoffnung, er werde der Herrschaft alles Großdimensionierten in der modernen Gesellschaft ein Ende bereiten, lobte er Mussolini.

Andererseits aber habe dem sprachmächtigen GKC seine päpstliche Audienz so die Sprache verschlagen, daß er seinen wirbelnden Kopf angesichts des lebenden Oberhauptes so vieler Dinge, die er liebte, so beschrieben habe: »Meine Nervosität in der Anwesenheit von *Il Duce* trieb mich in den Wahnwitz, Französisch und immer mehr Französisch zu sprechen, und vor allem weil ich kein Französisch sprechen kann, stellte ich in der Anwesenheit des Papstes fest, daß ich kein Englisch sprechen konnte, oder überhaupt sprechen.«

Der allzu wissende moderne Leser möge über diese fast schulmädchenhafte Schwindligkeit GKCs lächeln. Doch sei GKCs »Einsicht« hier keineswegs das Aufblitzen eines übererregten katholischen Traditionalisten gewesen, sondern die emotionale Reaktion auf einen Schlüssel zu einer tieferen Realität, für die die moderne aufgeklärte Windigkeit blind sei. Wer ein ähnliches Erlebnis erfahren habe, dem könnten GKCs weitschweifende Grübeleien neue Wege zu weiteren Entdeckungen öffnen.

XXII. (?)

XXIII. (?)

XXIV. (?)

XXV. (?)

XXVI.(?)

XXVII. The Illustrated London News 1905–1907 (Ignatius, 1986)

Am 14. Oktober 1905 erschien erstmals in der *Illustrated London News* in der Rubrik »Our Notebook« ein Aufsatz von GKC »Serious Things in Holiday Time London« (= Ernste Themen in Londons Ferienzeit). Damit begann eine Arbeit, die er 31 Jahre durch 1 535 Ausgaben fortführen sollte. Die *Illustrated London News* war 1842 erstmals erschienen und hatte sich bald zu einer »nationalen Institution« entwickelt. Für viele ihrer zeitgenössischen Leser war sie Hauptinformationsquelle über alte Geschichte und zeitgenössische Ereignisse. Nicht zuletzt durch ihren Reichtum an Illustrationen: Sie war wirklich die erste »illustrierte Zeitschrift«. Und im späten 19. Jahrhundert überstieg ihre Auflage sogar die der *Times*.

Prof. Dr. Lawrence J. Clipper von der Indiana University hat mit vielen Mitarbeitern alle Kolumnen gesammelt und – wo nötig – durch Anmerkungen ihren Inhalt aufgeschlüsselt. Sie alle werden in 11 Bänden der *Collected Works* geschlossen dem Leser vorgelegt. In seiner Einleitung zu Bd. XXVII schreibt er u. a.: Chesterton sei seit seinem Tod zu einem »Problem für Literaturwissenschaftler und Kulturhistoriker« geworden. Denn einerseits »war er zunächst ein Journalist und«, wie ein Kritiker festhielt, »verschwendete deshalb viel Talent auf nebensächliche Themen«. Und natürlich habe GKC als guter Thomist sich der brodelnden Vielfalt des Lebens so genähert, als sei da nichts unwichtig oder nebensächlich. Doch bald sei in den folgenden Jahren deutlich geworden, daß »er eine der phänomenalsten Ein-Mann-Schauen in der Geschichte des Journalismus vorführte, und sei es auch nur, weil er die üblichen Grenzen zwischen ›nebensächlichem Journalismus‹ und ernstem philosophischem Kommentar verschwimmen machte«.

Außer in den *Illustrated London News*, in denen er mit wenigen Unterbrechungen Woche für Woche veröffentlichte, schrieb er aber auch in den Zeitschriften »Bookman«, »Clarion«, »Sneaker«, »Daily News« (eine Samstagskolumne), seines Bruders Cecil »Eye Witness«, »New Witness« und schließlich in seiner eigenen »G. K. Weekly«, in der er 11 Jahre als Kolumnist und 5 Jahre als »Herausgeber wider Willen« fungierte. Man werde sich aber nicht wundern, wenn eines Tages noch andere Zeitungen und Zeitschriften auftauchten, denen er seine überquellende Feder gewidmet habe. Daneben sei er aber auch der Verfasser von zahlreichen Büchern gewesen, die teils aus seinen Artikeln entstanden, teils völlig selbständige Werke waren.

Das alles habe aber nicht ausgereicht, manchen Kritiker davon zu überzeugen, daß dieses Werk mancher Aufmerksamkeit wert wäre. Vielmehr habe dieses Riesenwerk ihre Zweifel an dessen Werk nur noch gemehrt. Es sei ja zuzugestehen, daß manche Artikel lediglich Zeilenschinderei seien, was insbesondere auf die plump Propaganda betreibenden Artikel während des 1. Weltkriegs zutreffe, in denen GKC gemeinsam mit dem britischen Publikum einen der periodischen Anfälle von Moralität erlitten habe. Aber dennoch habe man die Kolumne »Our Notebook« weithin geplündert, um 362 schmale Sammelbände herauszubringen, deren Titel »Come to think of It«, »Generally Speaking«, »As I was saying« oder »All Is Grist« nicht von ihm stammten und irreführend waren (er habe z. B. niemals »generally« = allgemein gedacht) und so wohl auch zu dem falschen Eindruck beitrugen, von dem GKC zu reinigen noch heute wichtig sei.

Es gehöre eben zu GKCs Stil, daß er tiefer über die kleinen Dinge im Leben nachdenken und umfassender über sie schreiben konnte. Aber im 1. Aufsatz in »Our Notebook« der *Illustrated London News* mußte er schreiben: »Es ist mir nicht erlaubt, in diesen Kolumnen Politik oder Religion zu diskutieren, was sehr unbequem ist, da das die beiden einzigen Themen sind, die nach meiner Ansicht auch nur das kleinste Element Interesses für einen vernünftigen Mann haben.« Doch natürlich konnten seine Herausgeber GKC nicht lange durch eine solche Vorschrift fesseln; man könnte sogar sagen, daß alle seiner Kolumnen selbst in einem nichtmarxistischen Sinne politisch waren, und mehr noch: religiös, wie das alle Dinge als Korn des Lebens in Gottes Welt sind.

Das alles werde sichtbar bereits im 1. Artikel, der sich mit der »Sauregurkenzeit« (der *silly season* oder »dummen, armseligen, einfältigen Zeit«) befaßt. GKC argumentiere da so, daß es genau diese »dumme Zeit« sei, in der die Politiker nicht anwesend seien und die normalen Sterblichen nicht ablenken könnten, die dafür die wirklich ernsthaften Fragen diskutieren könnten. GKC sei für eine neue Art der Politik eingetreten, in der die Parteien wirkliche Meinungsverschiedenheiten verträten, in der die Grenzlinien zwischen Gedanken scharf gezogen seien, in der Werte, Gläubigkeiten, Prinzipien nicht im Parteiengeraufe um Kompromisse und ihren Schreien nach nationaler Einheit untergingen. England sei zur Zeit nicht von Ebbe und Flut zweier wirklicher Parteien bestimmt, sondern durch die Manipulationen einer einzigen Wirtschaftskaste, die Nachfahre der Whig-Aristokratie des 18. Jahrhunderts sei, Menschen aus denselben Familien mit denselben Interessen.

Als Kennzeichen seiner Überlegungen könnten gelten: die Familie als grundlegende soziale Einheit, die Heiligkeit der Ehe, lokaler und nationaler Patriotismus (England also ohne Jingoismus), der Sinn für Gemeinschaft und eingeborene Kulturen (also Unterstützung für die Iren, oder die Serben und Montenegriner), Privateigentum für jeden, die Anerkennung der mediterranen Kultur als Kern der westlichen Zivilisation. Ähnlich habe er erbittert gefochten gegen Scheidung, Eugenik, Statistik, das Stimmrecht als Allheilmittel, Bürokratie, den Einfluß des plutokratischen Amerika, Kapitalismus und Sozialismus, den Glauben an Technologie und Wissenschaft.

Und ähnlich, wie er einst geschworen habe, sich nicht mit Politik zu befassen (es aber eben immer wieder indirekt doch tue), so habe er auch geschworen, sich nicht mit Religion zu befassen (es indirekt aber immer wieder tue, indem er seine Kolumnen religiös gestalte). Das aber sei seinem einzigartigen Umgang mit den spirituellen Problemen der modernen Zeit entsprungen. Nie habe er Proselyten gesucht. Schwerpunkte seiner Arbeit seien immer gewesen: »Sein Leben lang hat Chesterton seine Ironie und Satire gegen alle Arten des Säkularismus gerichtet, die Doktrin der Evolution und den verwandten Mythus des Fortschrittes, die Neue Theologie (mit ihrer Leugnung der Sünde), Eugenik (die keinen Wert auf das individuelle Leben legt), Determinismus (also: Mangel an freiem Willen) und die Vorstellung eines Supermanns. Wie in *Heretics* und *Orthodoxy* war modernes Denken (einem der am häufigsten auftauchenden Themen im Themen-Index) eines von Chestertons Hauptthemen, und sein Herangehen ist immer, wenn auch nicht streng, religiös im Denken. Die Welt ... hat die Vielfalt und Komplexität der Welt Gottes ausgelegt und einen ihrer Teile Gottes Wahrheit genannt, *die* Wahrheit.«

Dennoch aber sei GKC keineswegs nur Religion und Politik, obwohl seine Artikel das im Kern alle seien. »Leser von ›Our Notebook‹ werden bald seine Freude daran bemerken, sich mit leichtherzigeren Fragen zu beschäftigen – Bier, Weihnachten, das Kino, Kakao, Kosmetik, Universitätslehrer, Drachen, Märchen, Spielen, Riesen, Autos, Monster, Romane, Prohibition, Quacksalber, Slang, Touristen, Müll, Vegetarianismus, Woodoo, Christliche Junge Männer, Zoroastrimus. ... Man sollte sich Chesterton nähern mit der Bereitschaft zu lachen und von der Parade des Lebens verzaubert zu sein, die er als sein Hauptthema ansah.«

Es habe wohl niemals einen sanfteren oder freundlicheren Gegner in der Debatte gegeben, und in seinen Artikeln sei es unmöglich, offene Beleidigungen zu finden oder die arrogante Annahme, daß er recht habe, selbst wenn er sich offenkundiger Dummheit oder Bösartigkeit gegenübersah. Diese Leichtigkeit der Annäherung, diese Raschheit der Bewegung verletze einige moderne Leser, die der Meinung seien, daß gedankentiefe Prosa über komplexe Themen sich in einem obskuren teutonischen Stil ausdrücken müsse. Doch GKC sei ein Thomist, der in seinem Stil seinen Glauben an die Einheit von Gottes Welt enthülle.

»Und auch andere Reichtümer erwarten den modernen Leser in seinem Stil: Humor und Ironie, die überraschende Metapher, die Klarheit des englischen Satzes beim Umgang mit komplexen Gedanken, die komischen Gegensätze, das brillante Aperçu, das den abstrakten Punkt kurz, aber präzis darstellt.«

Dementsprechend lautet der erste Satz in GKCs erstem Artikel in »Our Notebook« am 14.10.1905: »Ich kann mir nicht vorstellen, warum diese Zeit des Jahres von Journalisten die ›Sauregurkenzeit‹ genannt wird, *the Silly Season* (= die törichte, dumme Zeit): denn es ist die einzige Zeit, in der Menschen Zeit für Weisheit haben. ... Die *Silly Season* ist in Wirklichkeit die ernsthafte Zeit, wie das unsere Zeitschrift deutlich zeigt. In der Silly Season verlieren wir alles Interesse an Frivolitäten. ... Wir beginnen zu diskutieren, ›Der Zerfall des heimischen Lebens‹, oder ›Was ist falsch?‹, oder die Autorität der ›Heiligen Schrift‹, oder ›Glauben wir?‹. All diese ehrwürdigen und ewigen Probleme werden niemals diskutiert, außer in der Silly Season. ... In den normalen Jahreszeiten fragen wir immer nur ›Ist diese Regierung gescheitert?‹ Und nur in der Silly Season ernsthaft ›Ist die Ehe gescheitert?‹.

Ja, nur während dieser schnell vergehenden Zeit können wir wirklich an jene Dinge denken, die nicht vergehen. Die Zeit unserer Ferien ist die einzige Zeit, in der wir es uns leisten können, unsere Gedanken jenen ernsten und dauernden Rätseln zuzuwenden, die sich hinter jeder Zivilisation befinden. ...

Die Wunder der Welt sind in aller Welt dieselben; wenigstens in der europäischen Welt. Das Wunderbare befindet sich vor unseren Türen. Ein Angestellter in Lambeth hat nicht das Recht, nicht zu wissen, daß es im 13. Jahrhundert eine überbordende christliche Kunst gegeben hat; denn gerade über dem Fluß kann er die lebendigen Steine des Mittelalters erblicken, wie sie sich zusammen zu den Sternen erheben. Ein dummer Bauer, der in Sussex seine Kartoffel hackt, hat kein Recht, nicht zu wissen, daß die Knochen Europas die römischen Straßen sind. In einem französischen Tal brauchen wir das römische Lager nicht zu betrachten, denn wir haben römische Lager auch in England. In einer deutschen Stadt ist die Kathedrale genau das Ding, was wir nicht zu sehen brauchen, denn wir haben auch in England Kathedralen. Was wir aber in England nicht haben, ist ein französisches Café in offener Luft. Was wir aber auch nicht in England haben, ist ein deutscher Biergarten. Das normale Leben der Menschen an fremder Stelle ist das wirkliche Wunder und dem Auge ein Vergnügen.«

Von den 120 Kolumnen der Jahre 1905–1907 beschäftigen sich u. a. die vom 4.11.1905 mit »Detectives and Detective Fictions«, 2.12. »Education by Fairy Tales«, 27.1.1906 »Ladies, Women, and Human Beings«, 10.3. »Shaw and Controversy«, 12. 3. »St. George and the English«, 16.6. »The Political Instincts of Women«, 18.8. »Europeans and Barbarians«, 3.11. »On Hating Germany and Other Nations«, 29.12. »Shaw and His Christian Critics«, 19.1.1907 »A New Version of Richard III.«, 9.3. »Shakespeare, Bacon, and Historical Method«, 18.5. »Shakespeare and Milton«, 6.7. »Understanding the French«, 31.8. »The Silly Season and Serious Discussion«, 9.11. »Truth and Lies in Popular Histories«.

XXVIII. The Illustrated London News 1908–1910 (Ignatius, 1987)

Von den 157 Kolumnen der Jahre 1908–1910 befassen sich die vom 4.1.1908 mit »Christmas Thoughts on Vivisection«, 25.1. »Aristocrats as Mystagogues«, 29.2. »The Ethics of Fairy-Tales«, 21.3. »Popular Jokes and Vulgarity«, 18.4. »Shakespeare and Zola«, 23.5. »Speechmaking at the Royal Academy Dinner«, 18.7. »Literature for Boys«, 1.8. »American Slaves and Female Emancipation«, 19.9. »Incompatibility in Marriage«, 10.10. »The History of Religions«, 5.12. »On Studying Other Nations«, 2.1.1909 »Dickens as Socialist«, 6.2. »Hangmen and Capital Punishment«, 27.3. »Shakespeare and the Bacon Cypher«, 1.5. »The Death of Swinburne«, 12.6. »Modern Jargon«, 10.7. »Wisdom in Comic Songs«, 28.8. »The Centenary of Tennyson«, 4.9. »Scepticism about Tradition«, 16.10. »Adjectives, Nouns, and the Truth«, 27.11. »Ghosts and World Affairs«, 1.1.1910 »Christmas and the Progressive Movement«, 26.2. »Jekyll and Hyde«, 2.4. »English Ideas about the French«, 21.5. »Jokes and Good Sense«, 28.5. »The Death of Edward VII«, 4.6. »The Character of King Edward«, 11.6. »The Collapse of the Victorian Compromise«, 18.6.

»The Coming Triumph of Socialism«, 3.9. »King and Emperor in England«, 15.10. »Rebellion and Dogma in France«, 3.12. »The Delusions of Kipling«, 31.12. »The Character of Tolstoy«.

XXIX. The Illustrated London News 1911–1913 (Ignatius, 1988)

Von den 156 Kolumnen der Jahre 1911–1913 befassen sich die vom 14.1.1911 mit »Christmas and Disarmament«, 18.2. »Japan and the West«, 25.2. »What ist a Beggar?«, 1.4. »Shaw on Marriage«, 29.4. »The Naming of Children«, 20.5. »Two Versions of English History«, 10.6. »Dressing up for Shakespeare«, 24.6. »Bacon and Shakespeare«, 15.7. »The Coronation in London as Seen from Beaconsfield«, 28.10. »The English Family in the Courtroom«, 23.12. »The Dangers of Having Only One Thought«, 17.2.1912 »Some Sensible Things in Tolstoy«, 16.3. »Free Will in Life and in the Drama«, 27.4. »The Silliness of Educated People«, 15.6. »The Importance of Not Being Earnest«, 20.7. »Fashionable Suffragettes and the Truly Feminine«, 21.9. »Capitalism and Marriage«, 28.9. »Thoughts on Modern Wars and Armies«, 16.11. Talking about Germany and the War«, 4.1.1913 »Dickens at Christmas Time«, 11.1. »Bacon and Shakespeare. Again«, 25.1. »On Glorifying Divorce«, 1.3. »Bad Writing and Bad Ideas«, 3.5. »The Vivisection Label Case«, 10.5. »The Villains of History«, 31.5. »Tolerating Other Religions«, 2.8. »Truth in Historical Novels«, 20.9. »Modern Romance and Censorship«, 4.10. »The Good Old Times and The Bad Old Times«, 11.10. »The Importance of the Word«, 25.10. »The Supposed Progress of Man«, 13.12. »The German Emperor«.

XXX. The Illustrated London News 1914–1916 (Ignatius, 1988)

Von den 132 Kolumnen der Jahre 1914–1916 befassen sich die vom 3.1.1914 mit »France, England, and the Channel Tunnel«, 28.2. »The Future of the Jews«, 21.3. »The Apostles of

Unreason – and Myself«, 2.5. »Why People – and Nations – Quarrel«, 6.6. »Feminist Ideas about Women«, 27.6. »The Romance and Realities of the Middle Ages«, 29.8. »The Peasant Who Became a Pope«, 5.9. »Professor Harnack and Teutonism«, 12.9. »England's Tie to the Prussians«, 3.10. »The Case of Belgium«, 10.10. »The Serbs in History: Harnack and Teutonism, Again«, 7.11. »On the English Plot against the Germans«, 22.5.1915 »Taking a Proper View of the Prussians«, 10.7. »The Importance of Doing Nothing«, 24.7. »German Evil and English Weakness«, 4.9. »What the Germans Really Mean«, 18.9. »The Prussian Strikes a Pose«, 25.9. »The Little-Known Englishman«, 9.10. »False Notions about the French«, 20.11 »Eugenics, Principles and German Arrogance«, 18.12. »The Prussian Truce Offer«, 8.1.1916 »Whitewashing the Prussians«, 12.2. »The German Disdain for the Russians«, 4.3. »German Militarism and German Science«, 11.3. »On My Not Knowing the Germans«, 29.4. »Some Extreme Praise of German Culture«, 6.5. »The Prussian Spell over Germany«, 24.6. »English Misrule in Ireland – and the Prussians«, 5.8. »The German Evasion of Truth«, 2.9. »On Pardoning the Prussians«, 4.11. »The German Admiration of England«, 2.12. »The Teuton Awakes to Wrath«.

XXXI. The Illustrated London News 1917–1919 (Ignatius, 1989)

Von den 153 Kolumnen der Jahre 1917–1919 befassen sich die vom 20.1.1917 mit »Khaki – The Color of Democracy«, 3.2. »The Weakness of Mr. Wilson's Ideas«, 3.3. »On Seeing Germany Clearly«, 7.4. »On Anglo-Saxons and Teutons«, 21.4. »German Philology and Race Theory«, 26.5. »German Socialism and German Imperialism«, 16.6. »Understanding Alsace-Lorraine«, 11.8. »Germany – Land of Legends«, 6.10. »Fancy Titles, Masquerades, and Discredited Words«, 27.10. »The Insolence of the Prussian«, 1.12. »English Imperial and the War«, 8.12. »Two German Propagandists«, 5.1.1918 »The Ignorance of the English«, 2.3. »No Reason for Making Peace«, 23.3. »The Quarrel between America and Germany«, 30.3. »The Logic of Lenin«, 4.5. »The

German Admiration of England«, 25.5. »Translating and Interpreting German«, 15.6. »Facts versus False History«, 17.8. »Prussian Ideas of Nationality«, 14.9. »›English‹, ›British‹, and Others‹«, 2.11. »The Continuing German Lies«, 21.12. »The Future of Germany«, 25.1.1919 »The Things behind Bolshevism«, 19.4. »A Definition of Germany«, 24.5. »On Being Generous to the Germans«, 21.6. »The Worthlessness of Racial Theories«, 26.7. »Defending My Historical Views«, 13.9. »Ludendorff and other Prussian Apologists«, 18.10. »Shakespeare's Plots«, 8.11. »Chaucer versus Stevenson«.

XXXII. The Illustrated London News 1920–1922 (Ignatius, 1989)

Aus Krankheitsgründen konnte GKC in den Jahren 1920–1922 nur 122 Kolumnen schreiben, von denen sich die vom 10.1.1920 befaßte mit »The Criminal Type«, 3.7. »The Evolution of Words and Meanings«, 17.7. »Doubts about Darwinism«, 24.7. »The Religion of Bolshevism«, 14.8. »On the Importance of Poland«, 28.8. »Errors about Detective Stories«, 30.10. »On Being Conservative, Progressive, or Reactionary«, 4.12. »Versions of Eugenics«, 15.1.1921 »The Decadence of Spain«, 22.1. »Marxism and History«, 25.6. »The Top-Hat as Symbol«, 2.7. »The Infinite Variety of Women«, 30.7. »Government and the Rights of Man«, 13.8. »Woman's Place in a Man's World«, 10.9. »What Mr. Belloc's Servile State Means«, 17.9. »Mr. Shaw and England«, 22.10. »A Truce between Bacon and Shakespeare«, 5.11. »Gilbert and the Jingoists«, 21.1.1922 »The Americanization of England«, 28.1. »Where Are Women Going?«, 15.4. »Einstein: A New Fashion«, 13.5. »A Different View of History«, 17.6. »Napoleon and the Family«, 15.7. »Free Love and Marriage«, 29.7. »Returning of Our Grandfathers«, 19.8. »Principles of the Detective Story«, 2.9. »More about Divorce«, 18.11. »Modern Misconceptions about the Medieval World«, 16.12. »King Arthur: Myth and History«. (Als Anhang folgen dann 19 Kolumnen, die Hilaire Belloc in der Zeit von GKCs Krankheitsausfall schrieb.)

XXXIII. The Illustrated London News 1923–1925 (Ignatius, 1990)

Von den 156 Kolumnen der Jahre 1923–1925 befaßt sich die vom 13.1.1923 mit »Outlines of History«, 20.1. »Real Crimes and Imaginary Mysteries«, 17.2. »The New Interest in Things Egyptian«, 21.4. »The Independence of Women«, 26.5. »Medieval Robber Barons and Other Myths«, 2.6. »More Myths, Medieval and Victorian«, 23.6. »Three Ways of Writing History«, 21.7. »The Complexities of History«, 8.9. »The Legends of Merlin«, 22.9. »Stevenson vs. Poe«, 27.10. »Reading Legends and Fairy-Tales«, 5.1.1925 »Socialism and the Real Distribution of Property«, 9.2. »Charles I as Socialist Martyr«, 12.4. »St. Joan and the Nation«, 10.5. »The European Heritage of Africa«, 7.6. »Mussolini and Parliamentarianism«, 12.7. »The Mystery of the Peasant«, 23.8. »The Irish Free State«, 30.8. »England and the Scots«, 18.10. »On Heroes and History«, 25.10. »The Servile State«, 10.1.1925 »Shakespeare in Modern Dress«, 21.2. »The Zigzag of Progress«, 21.3. »The Ideal of Leisure State«, 25.4. »Women and Fashions in the Victorian Age«, 13.6. »Whitman: The Artist as Pioneer«, 18.7. »Stevenson as Egoist«, 29.8. »Mary Queen of Scots and Her Men«, 19.9. »A Defense of ›Jekyll and Hyde‹ «, 10.10. »The Real Argument against Bolshevism«, 31.10. »The Monster Called Man«, 12.12. »On Abridging Novels«.

XXXIV. The Illustrated London News 1926–1928 (Ignatius, 1991)

Von den 155 Kolumnen der Jahre 1926–1928 befaßt sich die vom 2.1.1926 mit »The Problem with America«, 9.1. »On Central Heating«, 6.3. »Mr. Wells' Latest Novel«, 20.3. »The Return of the Pagan Gods«, 10.4. »Sir Arthur Conan Doyle and Spiritualism«, 1.5. »The Silliness of Theodore Dreiser«, 19.6. »Spain and the Color Black«, 31.7. »The Ideals of the Americans«, 28.8. »Keeping Old Words New«, 25.9. »On George the Fourth«, 6.11. »The Tone of Thackeray«, 18.12. »Women in the Workplace – and at Home«, 1.1.1927 »The Tyranny of the Minorities«, 15.1.

»The World of Sherlock Holmes«, 12.3. »The Grandeur of the Baroque«, 23.4. »Influencing and Being Influenced by Asia«, 2.7. »The Polish Ideal«, 9.7. »The Mystical Cities of Poland«, 16.7. A View of William the Conqueror«, 1.10. »Shakespeare and the Dark Lady«, 19.11. »Who are the ›Unfit‹?«, 31.12. »Some Complaints about Chesterton«, 7.4.1928 »On Queen Elizabeth«, 21.4. »On My Anti-Americanism«, 26.5. »The Relation of Man to the Animals«, 23.6. »Mencken and the American Mercury«, 14.7. »The Impartiality of Encyclopedias«, 22.9. »Two New Books on Dickens«, 29.9. »The Battle of the Boyne«, 17.11 »Lincoln in Myth and Reality«, 29.12. »The Baconians versus Shakespeare«.

XXXV. The Illustrated London News 1929–1931 (Ignatius, 1991)

Von den 156 Kolumnen der Jahre 1929–1931 befaßt sich die vom 2.2.1929 mit »Thoughts about the Serbian Dictatorship«, 23.2. »On Slandering Abraham Lincoln«, 2.3. »Buddhism and Christianity«, 20.4. »The Bible and the Sceptics«, 4.5. »The Truth about St. George«, 22.6. »On Criticizing the Modern Poets«, 29.6. »Orientalism, Feminism and Other Contradictory Fads«, 3.8. »The Paradoxes of Internationalism«, 17.8. »Trent's Last Case«, 19.10. »Mr. Darrow on Divorce«, 26.10. »Dr. Freud and Ancient Myth«, 7.12. »Perfidious Albion«, 25.1.1930 »The Meaning of Swinburne«, 22.2. »A Defense of Human Dignity«, 22.3. »T. S. Eliot on Dante«, 12.7. »Quackery about the Family«, 2.8. »On Remembering Everything in a Poem«, 13.9. »The Trouble with Our Pagans«, 20.9. »On My Anti-Semitism«, 27.9. »My Silver Anniversary with the *ILN*«, 25.10. »The Ideal Detective Story«, 6.12. »On Abraham Lincoln and America«, 10.1.1931 »The Cult of Nakedness«, 24.1. »William Penn and the Puritans«, 7.2. »Shaw and the Rise of a Prejudice«, 28.3. »Bolivar and the Bolivar Cigar«, 4.4. »Popular Science and the Ancient Myths«, 6.6. »Cliques in the Literary World«, 11.7. »Thoughts on the Sun«, 5.9. »The Way to get International Peace«, 19.9. »On Pigeon-holing Lincoln«, 12.12. »Hazy Language about the Creed«, 26.12. »Chaucer and Christmas«.

Im März 2004 teilte Ignatius Press mit, daß bisher keine weiteren Titel erschienen seien und daß man noch keine Angaben über das Erscheinen neuer Titel machen könne. Sie seien aber geplant, und ihr Erscheinen werde weiterhin vorbereitet.

Übersetzungsfragen

Ich habe eingangs von der schlechten Qualität vor allem der Father Brown-Geschichten gesprochen. Daher sei mir erlaubt, einige der deutlichsten Beispiele sowohl seines wirklichen Stils als auch der übelsten übersetzerischen Fehlleistungen anzuführen.

Um die spezifische Atmosphäre seiner Detektiv-Geschichten zu schaffen, bedient sich Chesterton durchgehend einiger bestimmter stilistischer Mittel:

1. liebt er parallel gebaute Satzglieder, was unweigerlich Verb- und Wortwiederholungen bedingt: Das Schiff legt »zwischen dem silbernen Band des Morgens und dem grün glitzernden Band der See« an; »Oftmals billigte die katholische Kirche … das nicht. Oftmals billigte er selbst das nicht« – wobei es GKC immer wieder gelingt, gerade durch die Wiederholungen und Parallelisierungen unterschiedliche Bedeutungsnuancen lebendig werden zu lassen, die meist im Kontext bereits angelegt waren, aber bis zu GKCs Pointe unsichtbar blieben; er »konnte für Priester keine Zuneigung aufbringen. Aber er konnte Mitleid für sie aufbringen«. Oder schließlich ist es unwahrscheinlich, »daß Sie in der Welt der Gesellschaft je so weit aufsteigen … oder daß Sie je tief genug zwischen Slums und Verbrechern absinken …«

2. liebt er Stabreime bis hin zur Verwendung seltenster und erlesenster Wörter oder einer sehr unüblichen Verwendung üblicher Wörter, nur um die stabreimende Kette verlängern zu können. Sie finden sich in solch augenfälliger Häufigkeit, daß darüber weiter nichts zu sagen wäre, gäbe es da nicht eine besondere Eigenart GKCs: Gerade durch die Stabreime gelingt es ihm immer wieder, die unerwartetsten Wortkombinationen – vor allem Adjektiv + Hauptwort – zusammenzuketten und deren Wuchtigkeit doch zugleich ironisch-humorig aufzuhellen (schärfte GKC seinen Humor durch Ironie, oder milderte er seine Ironie durch Humor?). Ein Beispiel mag die

Vielschichtigkeit dieses scheinbar so einfachen Spiels aus scheinbar naiver Wortverliebtheit deutlich machen. Als in einem besonders noblen Hotel ein italienischer Kellner von einem »Schlaganfall niedergeschlagen« wird, läßt der jüdische Arbeitgeber für ihn, sich milde über solchen Aberglauben wundernd, den nächsten »popish priest« herbeiholen, »popish« ist aus der Sicht des anglikanischen Englisch ein Schimpfwort für alles, was mit der seit Heinrich VIII. befehdeten Papstkirche zusammenhängt. Durch das einzige Wort »popish« wird hier mitgeteilt, daß der Priester ein katholischer Priester war und daß sich der Hotelier als assimilierter Jude alle anglikanischen Vorurteile zu eigen gemacht hatte. Übersetzt man (wie früher geschehen) das »popish« mit katholisch, so bricht man nicht nur den Stabreim, sondern unterschlägt auch alle Bedeutungsnuancen, die mit diesem anglikanischen Schimpfwort zusammenhängen. Daher habe ich den »popish priest« als »päpstischen Priester« stabgereimt und vielschichtig gelassen.

3. liebt er ungewöhnliche und, wie gesagt, unerwartete Wortkombinationen wie »demütige Unverschämtheit« oder »schwerfällige Klarheit«, zu der wenige Zeilen später »silberne Klarheit« kontrastiert; oder er baut überraschende Vergleiche wie den, daß »unschuldigeres Priestergespräch in keinem weißen italienischen Kloster, in keiner schwarzen spanischen Kathedrale« hätte vernommen werden können, und beschwört mit dem Gegensatzpaar »weiß–schwarz« zugleich die Stimmungen heiterer italienischer beziehungsweise pomphaft düsterer spanischer Assoziationen herauf (die sich dem Engländer im Falle Spaniens noch besonders mit der vielgeschmähten und meist mißverstandenen und verkannten Institution der spanischen Inquisition verbindet).

4. liebt er es besonders, mit eigenartig korrespondierend erscheinenden Zahlen zu spielen: Da ist ein Kellner bereit, auf 7 Bibeln zu schwören, daß die Rechnung nur 4 Schilling betragen habe, nun aber sehe er, daß sie auf 14 Schilling ausgestellt worden sei. Wo solche Zahlenspiele auftauchen, habe

ich es vorgezogen, die Zahlen zur Verdeutlichung als Ziffern zu schreiben.

In welche Tiefen andererseits GKCs naiv anmutende Freude daran, Wortgefüge und Wörter ernst zu nehmen und assoziativ weiterzuziehen, führen kann, mag das letzte Beispiel zeigen. Da hat der riesige Räuber Flambeau den Priester mit mächtiger Hand beim Kragen gepackt:

> »Stehen Sie still«, sagte er in einem abgehackten Flüstern. »Ich will Ihnen nicht drohen, aber …«
> »Ich will Ihnen drohen«, sagte Father Brown mit einer Stimme wie eine dröhnende Trommel. »Ich will Ihnen drohen mit dem Wurm, der niemals stirbt, und mit dem Feuer, das nie gelöscht wird.«

Die »rolling drum« beschwört für den englischen Leser vor allem das »rollende Trommeln« ernster militärischer Veranstaltungen wie der Durchführung einer Kriegsgerichtsverhandlung, einer Exekution usw. herauf; ähnlich mag für den deutschen Leser die »dröhnende Trommel« biblische Verhängnisse nach Art der Posaunen von Jericho, der Posaunen des Jüngsten Gerichts, heraufbeschwören.

All diese stilistischen Eigenarten GKCs – parallel gebaute Satzglieder, Wortwiederholungen, Stabreime usw. – lassen sich im Deutschen eigentlich mühelos nachvollziehen. Doch scheint es, daß die Lehre vom »schönen Deutsch«, die noch bis Ende der 50er Jahre an deutschen Gymnasien und Lyzeen vertreten wurde und die insbesondere gegen Wortwiederholungen zu Felde zog, die im Deutschen durch möglichst abwechselnde Begriffe aufzulösen seien, da Deutsch eben eine besonders reiche Sprache sei, es früheren Übersetzern unmöglich machte, eben diese Eigenarten des GKCschen Stils in ihren Übertragungen zu wahren. Damit wurde dem deutschen Leser jedes Urteil über die spezifische Stil- und Darstellungswelt GKCs verunmöglicht. Um sie ersichtlich zu lassen, habe ich mich bemüht, so nahe am englischen Originaltext zu bleiben, wie die deutsche Sprache es heute nach der Durchsäuerung mit so vielen ausgezeichneten Übersetzungen aus dem Angelsächsischen nach 1945 ermöglicht, ohne daß ihr dadurch Gewalt angetan wurde. (In diesem Zusammenhang sei auf die herrlich erfrischend schnoddrigen Übersetzungen von Lemmy-Caution-Thrillern des Engländers Peter Cheyney hingewiesen, die nach meiner Erinnerung ab 1949 in der damaligen »Neuen Illustrierten« anonym erschienen und deren Bedeutung für die Entwicklung der Übersetzungstechniken nach 1945 meines Wissens noch nirgendwo gewürdigt wurde, obwohl ihre Spuren bis in die mit Recht gerühmten Neu-Dialoge solcher Fernsehserien wie etwa *Die 2* zu verfolgen sind.) Das gilt für die Parallelität ebenso wie für die Stabreime (wenngleich bei diesen nicht immer an der gleichen Stelle möglich), für die ungewöhnlichen Wortkombinationen ebenso wie für die spezifischen Akzentuierungen und Rhythmisierungen durch Wortwiederholungen. Auch im Englischen unüblichen Verfahrensweisen des Autors war im Deutschen durch ebenso unübliche Verfahrensweisen zu folgen.

Der literarische Rang GKCs ist dem deutschsprachigen Publikum vor allem aus drei Gründen weitgehend verborgen geblieben: wegen der weitgehend indiskutablen Übersetzungen besonders der FB-Geschichten; weil man GKCs Werk vor allem als katholische Apologetik verkauft hat; und weil beide Tatsachen zusätzlich durch die Pater-Brown-Filme verstärkt wurden.

Zu den Pater-Brown-Filmen ist eigentlich nur zu sagen, daß man sie höchstens als »nach Motiven Chestertons« bezeichnen dürfte, da sie nicht einmal die Plots der Geschichten übernommen haben, von den Dialogen und Argumentationsreihen GKCs ganz zu schweigen, sondern offenbar insbesondere dazu zu dienen hatten, so großartigen Menschendarstellern wic Heinz Rühmann oder Josef Meinrad schöne Rollen auf den Leib zu schreiben. So kam es, daß GKC bis heute für viele wie der Drehbuchschreiber zu den Pater-Brown-Filmen erscheint, ähnlich wie Kipling vielen immer noch als Drehbuchschreiber Walt Disneys gilt.

Was die katholische Apologetik angeht, so bildet sie zwar ein sehr starkes und eigentümliches Element in GKCs Werk, aber:

Der englische Katholizismus befindet sich aus geschichtlichen Gründen in einer völlig anderen gesellschaftlichen wie spirituellen Lage als etwa der deutsche. Da nun GKC sich natürlich an der englischen Situation ausrichtete und aus ihr heraus seine Apologetik für englische Leser verfaßte, verliert vieles in unkommentierten deutschen Übersetzungen seinen Sinn als wesentliches Element, wenngleich andererseits vieles noch lange lesenswert, anregend und durch seine ungewöhnliche Argumentationsweise geradezu aufregend bleibt.

Was aber die Qualität der früheren Übersetzungen angeht, erscheint es sinnvoll, einige besonders drastische Beispiele etwas genauer zu untersuchen, damit – hoffentlich! – der Weg zu einer neuen und zutreffenderen Bewertung der literarischen Bedeutung GKCs von den verzerrenden Überwucherungen wenigstens einigermaßen befreit werde.

Die 4 wichtigsten Kriterien einer Übersetzungskritik dürften sein: Ist es gelungen, den Originalton des Autors einigermaßen zu treffen? Sind seine geistigen, bildlichen und sprachlichen Bewegungen wenigstens annähernd erkennbar geblieben? Ist die Verzahnung des Plots mit der Sprache, der sprachliche Plot sozusagen (zu dem durchaus auch Rechtschreibe- und Interpunktionseigenheiten gehören können), in vertretbarer Weise übermittelt worden? Und schließlich und letztens: Gibt es lexikalische Fehler in bedeutender Menge und von einer Art, die Plot, Argumentation, Stimmung usw. des Originals beschädigt?

Um mit dieser letzten und an sich bedeutungslosesten Frage zu beginnen, sei hier eine kleine Blütenlese aus der besonders unbefriedigenden Übersetzung Father Browns von Alfons Rottmann (die Geschichten 4-12, *Father Browns Weisheit*) gegeben, der zudem beliebig Halb- und Ganzsätze ausließ und darüber hinaus GKCs farbiger und bewegter Sprache mit seinem farblosen und unbewegten Deutsch einen noch böseren Tort antat:

Offiziere, die sich »in the same mess« kennengelernt haben, taten das in der Offiziersmesse, dem Kasino der gleichen Garnison, und nicht »auf der Militärakademie«.

»blind checks« sind keine blinden Wangen, sondern die Pobacken.
»blind doors« sind Geheim- und nicht »Fall«türen.
»existence was agony of extinction« heißt etwa: »Existenz war Todeskampf des Erlöschens/Auslöschens«, und nicht »ich hielt mich für verloren«.
»pugilists« sind Boxer, Faustkämpfer, und nicht »Desperados der Feder«.
»portraits« sind (geschriebene) Portraits, und nicht »Mitarbeiter«.
»dorsal fin of a shark« ist die Rückenfinne, und nicht die »Schwanzflosse« eines Hais.
»bimetallism for Greater Britain« heißt nicht: »Metallegierungsprobleme der Großbritannischen Industrie«, sondern war vielmehr ab 1876 die Bezeichnung für eine währungspolitische Diskussion: ob nämlich eine aus den beiden Edelmetallen Gold und Silber bestehende Währung, wobei beider Wert zueinander in feste Relation zu bringen wäre, die verbindliche Währung für alle Territorien sein solle, die sich der britischen Währung anzuschließen gedächten (also etwa Irland, die Kanalinseln, Man oder auch andere Teile des damaligen Empires): des größeren Britannien eben.
Das englische »deep sin« heißt auf deutsch nicht »tiefer Sinn«, sondern »schwere Sünde«.

Die Geschichte *Der Kopf Caesars* (Band 1, S. 309 ff.) mißlang ihm dermaßen, daß der Verlag sie für den 2. Band seiner Ausgabe revidieren ließ und sie in der zweibändigen Ausgabe also zweimal abdruckte. Und dennoch sind immer noch so phantastische Fehlleistungen wie die folgenden übriggeblieben:

»a maze with no centre« ist ein Irrgarten/Labyrinth ohne Mittelpunkt, und nicht »ein Nebel ohne Mittelpunkt« (maze, haze).
Ein »darned table-cloth« ist eine gestopfte Tischdecke und kein »speckiges Tischtuch«.
Sein »coat-of-arms« sind nicht seine Orden, sondern das oder die Wappen seiner Familie.

Und dann heißt es im Original GKCs: »Arthur, you may say, might well complain of this; but Arthur is my father over again.

Though he had some differences with my father in early youth, no sooner had he taken over the Collection than he became like a pagan priest dedicated to a temple. He mixed up these Roman halfpence with the honour of the Carstairs family in the same stiff, idolatrous way as his father before him. He acted as if Roman money must be guarded by all the Roman virtues. He took no pleasures; he spent nothing on himself; he lived for the Collection. Often he would not trouble to dress for his simple meals; but pottered about among the corded brown-paper parcels (which no one else was allowed to touch) in an old brown dressing-gown. With its rope and tassel and his pale, thin, refined face, it made him look like an old ascetic monk. Every now and then, though, he would appear dressed like a decidedly fashionable gentleman; but that was only when he went up to the London sales or shops to make an addition to the Carstairs Collection.«

Daraus machte Rottmann: »Nun werden Sie denken, Arthur sei über diese Aufteilung erbost gewesen – aber weit gefehlt: Arthur ist ganz wie sein Vater.

Kaum hatte er die Sammlung übernommen, benahm er sich wie ein seinem Tempel geweihter Priester – und alle Streitigkeiten aus früheren Jahren waren vergessen. Er verband die Münzen auf eben dieselbe unduldsame und abgöttische Weise wie vordem sein Vater mit dem Ehrencodex der Carstairs. Das römische Geld mußte, nach seiner Vorstellung, mit allen römischen Tugenden bewahrt werden. Er gab sich keinen Vergnügungen hin, gönnte sich nichts – er lebte ausschließlich für seine Sammlung. Nicht einmal zu den Mahlzeiten erschien er in einem ordentlichen Aufzug, sondern stets in einem schmuddeligen Morgenmantel, in dem er auch den ganzen Tag in seinen braunen Münzpäckchen herumwerkelte, die außer ihm keiner auch nur berühren durfte. Manchmal kam er mir in seinem Auftreten und mit seinem schmalen, blassen Gesicht wie ein alter asketischer Mönch vor. Dann und wann freilich erschien er nach der letzten Mode gekleidet – aber stets nur, wenn er sich nach London aufmachte, um auf Auktionen neue Stücke für die Carstairs-Sammlung zu ersteigern.«

Ich hingegen habe den Absatz in Band 1, S. 313, 2. Absatz wie folgt übertragen: »Nun könnten Sie sagen, daß Arthur sich darüber mit Recht hätte beklagen können; aber Arthur ist in allem erneut mein Vater. Zwar hatte er in seiner Jugend einige Auseinandersetzungen mit meinem Vater gehabt, doch kaum hatte er die Sammlung übernommen, als er zu einem heidnischen, seinem Tempel geweihten Priester wurde. Er vermischte diese römischen Halbpfennige auf die gleiche, götzendienerische Weise mit der Familienehre der Carstairs wie sein Vater vor ihm. Er benahm sich, als müsse römisches Geld von allen römischen Tugenden gehütet werden. Er gönnte sich keine Vergnügungen; er gab nichts für sich selbst aus; er lebte für die Sammlung. Oftmals machte er sich nicht einmal die Mühe, sich zu seinen einfachen Mahlzeiten umzuziehen; sondern er wirtschaftete in einem alten braunen Morgenmantel zwischen seinen verschnürten braunen Päckchen herum (die sonst niemand auch nur anrühren durfte). Mit der Kordel und der Quaste und seinem blassen, schmalen, verfeinerten Gesicht sah er aus wie ein alter asketischer Mönch. Ab und zu allerdings erschien er gekleidet wie ein entschieden modebewußter Gentleman; das aber nur dann, wenn er sich zu Londoner Versteigerungen oder Läden begab, um der Carstairs-Sammlung Neues hinzuzufügen.«

Aber auch die Übersetzung etwa von *Father Browns Ungläubigkeit* ist selbst in der revidierten und ergänzten Fassung der ursprünglichen Übertragung nicht besonders erfreulich, dafür einige Beispiele aus der 1. und der 3. Geschichte:

»The Apostle of the Gentiles« ist keineswegs der Apostel der Christen (ein Unfug zusätzlich in sich), sondern der Apostel der Heiden.

Der Satz »He was a figure far less familiar in satire and international gossip than that of the American Journalist« heißt nicht »Er war ein Mensch, der weit weniger mit Satire und internationalem Klatsch vertraut war als der amerikanische Journalist«, sondern »Er war ein Mensch von jener Art, die in der Satire und dem internationalen Klatsch viel seltener auftaucht als die des amerikanischen Journalisten«.

Der nächste Satz heißt: »Yet, as a matter of fact, America contains a million men of the moral type of Race to one of the moral type of Snaith«, welchem entspricht: »Und doch ist es eine Tatsache, daß in Amerika auf eine Million Menschen von der moralischen Art eines Race nur einer von der moralischen Art eines Snaith kommt«, und keineswegs: »Dennoch ist es eine Tatsache, daß in Amerika auf etwa eine Million Menschen von seinem Schlage nur einer von der geistigen Verfassung Snaiths kommt.«

Der »private servant« ist ein persönlicher Diener und nicht der Privatsekretär, und wenn es auch noch einen »private secretary« gibt, verwirrt die Falschübersetzung die Beziehungen der Personen zueinander bis ins Unbegreifliche.

Die »externals« eines katholischen Landes sind Äußerlichkeiten, Zeremonien gar, niemals aber »Auswüchse«.

Ein »wood-pile« ist ein Holzstoß (etwa aus Brennholz), aber keine »Holzhütte«.

Der »dago« ist im Angelsächsischen ein Schimpfwort für alle romanischen Völker (mit Ausnahme der Franzosen, die man »Froschfresser« schimpft, und manchmal der Italiener, der »whops« oder »Spaghettifresser«), bedeutet aber niemals »Narr« (Sankt Jakob wird im Spanischen zu Sant Iago zu Sandiego zu Diego = Jakob, zu eben »dago«).

Der »retriever« ist ein Apportierhund, aber niemals der »Schäferhund«.

»on the broad brown sands beside it, in large crazy lettering, he had scrawled ...« heißt etwa: In den bräunlichen Sand daneben hatte er in großen wackeligen Buchstaben die Worte gekritzelt ..., keineswegs aber: »Die andere Hand krampfte sich um einen Zettel, auf den er die Worte geschmiert hatte ...«

»Imperial Police« ist die Reichspolizei und nicht die »imperialistische Polizei«.

An diesen Beispielen läßt sich unschwer erkennen, daß z. B. in den Fragen Offiziersmesse oder Militärakademie, Rückenfinne oder Schwanzflosse zwar eindeutige lexikalische Fehler vorliegen, doch kommt ihnen weiter keine große Bedeutung zu, da sie eben nichts Wesentliches verzerren. Anders ist es da schon mit den Fragen »pugilist« und »portraits«, »bimetallism« und »dago«:

Denn diese lexikalischen Fehler führen zu erheblichen Verzerrungen im Sachlichen wie in den Akzentuierungen. Und ganz schlimm sind die Mißgriffe wie bei »deep sin«, »Apostle of the Gentiles« oder »externals«, da sie entweder eine im Zusammenhang mit GKC und zumal mit Father Brown erschreckende und gefährliche Unkenntnis kirchlicher Grundlagen verraten, wo sie nicht gar wie im Falle der »imperialistischen Polizei« geradezu den Verdacht der bewußten Verfälschung, der tendenziösen Verzerrung, des gewollten Verrats am Autor nahelegen.

Nicht die semantisch unbedeutenden lexikalischen Fehler sind es, selbst nicht in größerer Anzahl, die für die Beurteilung der Übersetzung eine Rolle spielen, sondern die verzerrenden, ja verfälschenden oder gar verleumdenden Missetaten, die in größerer Anzahl, vor allem bei den kurzen Texten der FB-Geschichten, schon für sich allein ein negatives Urteil nahelegen, obwohl es sich doch nur um Fragen der 4. und letzten Kategorie handelt.

Zu den höheren Kategorien wieder einige Beispiele, die *Father Browns Skandal* entnommen wurden. Einmal hat GKC seine Schreibeigentümlichkeiten hier noch weiter vorangetrieben als in den früheren Bänden; und zum anderen sind die Passagen so einfacher in der hier vorgelegten neuen Übertragung zu kontrollieren: Passagen aus dem Anfang und dem Ende der 7. und dem Anfang der 8. Geschichte (S. 334, S. 353–355 sowie der 1., 9. und 15. Absatz S. 357, 359, 360/361).

The Point of a Pin	*Die Spitze einer Nadel*
Father Brown always declared that he solved this problem in his sleep. And this was true, though in *rather an odd fashion*; because it occurred at a time when his sleep was *rather disturbed*. It was disturbed very early in the morning by the hammering that began in the huge building, or	Pater Brown hat später immer behauptet, er habe dieses Problem im Schlaf gelöst. Und das war richtig, freilich in einem eigenen Sinn. Denn das Problem ergab sich, während sein Schlaf eher gestört war. Sehr früh am Morgen war er durch das Hämmern geweckt worden, das von dem

half-building, that was in process of erection opposite to his rooms; a colossal pile of flats still mostly covered with scaf-folding and with boards announcing Messrs Swindon & Sand as the builders and owners. The hammering was renewed at regular intervals and was *easily recognizable; because* Messrs Swindon & Sand specialized in some new American system of cement flooring which, in spite of its subsequent smoothness, solidity, *impenetrability* and permanent comfort (as described in the advertisements), had to be clamped down at certain points with heavy tools. Father Brown endeavoured, however, to *extract exiguous comfort* from it; saying that it always woke him up in time for the very earliest Mass, and was therefore something almost in the nature of a carillon. After all, he said, it was almost as poetic that Christians should be awakened by hammers as by bells. As a fact, however, the building operations were a little on his nerves, for another reason. For there was hanging like a cloud over the half-built skyscraper the possibility of a Labour crisis, which the news-

riesigen Gebäude oder eigentlich von dem Neubau gegenüber seiner Wohnung ausging. Eine gewaltige Masse von Stockwerken, zum größten Teil noch eingerüstet, mit Tafeln, auf denen die Firma Swindon & Sand als Erbauer und Besitzer zu lesen war. Das Hämmern wiederholte sich in regelmäßigen Zwischenräumen und war sehr deutlich hörbar. Denn die Firma Swindon & Sand verwendete eine neue amerikanische Art von Fußböden aus Zement, die, mochten sie später noch so glatt, elastisch, solid und dauerhaft sein (wie die Ankündigungen hervorhoben), doch an einzelnen Stellen mit wuchtigen Werkzeugen festgemacht werden mußten. Es gelang Pater Brown jedoch, die Störung als einen Vorteil zu betrachten, indem er sich auf den Standpunkt stellte, sie wecke ihn gerade zur rechten Zeit für die allererste Frühmesse und sei also beinahe etwas wie ein Glockenspiel. Daß Christenmenschen durch Hämmern geweckt würden, sei fast ebenso poetisch, als wenn das durch Glockengeläute geschähe. Alles in allem fielen ihm aber die Arbeiten

papers doggedly insisted on describing as a Strike. As a matter of fact, if ever it *happened*, it would be a Lock-out. But he worried a good deal about whether it would *happen*. And it might be questioned whether hammering is more of a strain on the attention because it may go on for ever, or because it may stop at any minute. …

am Neubau doch ein wenig auf die Nerven, wenn auch aus einem andern Grunde. Denn über dem erst halbfertigen Wolkenkratzer hing wie eine Wolke die Möglichkeit einer Arbeitskrise, die die Zeitungen hartnäckig als Streik bezeichneten, während sie tatsächlich, wenn es je zu ihr käme, nichts anderes sein würde als eine Aussperrung. Und es ist die Frage, ob Hämmern mehr auf die Nerven geht, weil es nie oder weil es in derselben Minute aufhören wird. …

Father Brown faced round as the detective entered the room; he stood staring at the hearthrug and repeated: ›On the spot.‹

›Mr Jackson will tell you‹, said Stanes, ›that Sir Hubert commissioned him to find out who was the thief robbing the firm; and he brought a note of his discoveries the day before old Hubert disappeared.‹

›Yes‹, said Father Brown, ›and I know now where he disappeared to. I know where the body is.‹

›Do you mean –?‹ began his host hastily.

Pater Brown wandte sich um, gerade als der Detektiv das Zimmer betrat. Er senkte den Blick zu Boden und wiederholte: »An Ort und Stelle.«

»Mr. Jackson wird Ihnen sagen«, sprach Stanes, »daß Sir Hubert ihn beauftragt hat herauszufinden, wer die Unterschleife in der Firma begehe. Er brachte ihm seinen Bericht am Tage, bevor Sir Hubert verschwand.«

»Ja«, sagte Pater Brown, »und ich weiß jetzt, wohin er verschwand. Ich weiß, wo die Leiche ist.«

»Sie meinen – – –«, begann der Hausherr hastig.

›It is here‹, said Father Brown, and stamped on the hearthrug. ›Here, under the elegant Persian rug in this cosy and comfortable room.‹

›Where in the world did you find that?‹

›I've just remembered‹, said Father Brown, ›that *I found it in my sleep.*‹

He closed his eyes as if trying to picture a dream, and went on dreamily:

›This is a murder story turning on the problem of How to Hide the Body; and *I found it in my sleep.* I was always woken up every morning by hammering from this building. On that morning I half-woke up, went to sleep again and woke once more, expecting to find it late; but it wasn't. Why? Because there had been hammering that morning, though all the usual work had stopped; short, hurried hammering in the small hours before dawn. Automatically a man sleeping stirs at such a familiar sound. But he goes to sleep again, because the usual sound is not at the usual hour. Now why did a certain secret criminal want all the work to cease suddenly;

»Hier ist sie«, sagte Pater Brown und stampfte mit dem Fuß auf den Kaminteppich. »Hier unter diesem kostbaren Perserteppich in diesem behaglich eingerichteten Zimmer.«

»Wie in aller Welt sind Sie darauf gekommen?«

»Es fiel mir gerade ein«, sagte Pater Brown, »daß ich im Schlaf darauf gekommen bin.«

Er schloß die Augen, wie um sich einen Traum in Erinnerung zu rufen, und fuhr träumerisch fort:

»Dieser Mordfall dreht sich um das Problem: Wie verstecke ich die Leiche? Und ich löste es im Schlaf. Jeden Morgen weckte mich das Hämmern von dem Neubau. An jenem Morgen erwachte ich halb, schlief wieder ein und hatte, als ich abermals erwachte, das Gefühl, daß es spät sein müsse. Das stimmte aber nicht. Wieso? Weil an jenem Morgen gehämmert worden war, obwohl die normale Arbeit bereits ruhte. Kurzes, hastiges Hämmern in den ersten Morgenstunden vor der Dämmerung. Ein Schlafender wird automatisch unruhig bei diesem gewohnten Geräusch. Er schläft aber wieder ein, weil das gewohnte Geräusch nicht zur gewohn-

and only new workers come in? Because, *if the old workers had come in next day*, they would have found a new piece of work done in the night. The old workers would have known where they left off; and they would have found the whole flooring of this room already *nailed down. Nailed down* by a man who knew how to do it; having *mixed a good deal with the workmen* and learned their ways.‹

ten Stunde erfolgt. Warum aber wollte ein gewisser Verbrecher, daß alle Arbeit plötzlich stillstehen solle? Und daß mit neuen Leuten weitergearbeitet werden solle? Weil die alten Arbeiter am nächsten Tag bemerkt hätten, daß über Nacht weitergearbeitet worden war. Die alten Arbeiter hätten gewußt, wo sie am Abend vorher aufgehört hatten. Am nächsten Morgen hätten sie gefunden, daß der ganze Fußboden in diesem Raum bereits festgenagelt war. Und zwar von jemandem, der die Arbeit verstand, weil er sie von ihnen gelernt hatte.«

As he spoke, the door was pushed open and a *head poked in with a thrusting motion*; a small head at the end of a thick neck and a face that blinked at them through glasses.

›Henry Sand said‹, observed Father Brown, staring at the ceiling, ›that he was no good at hiding things. But I think he did himself an injustice.‹

Henry Sand turned and moved swiftly away down the corridor.

›He *not only hid* his thefts from the firm quite success-

Während er sprach, öffnete sich die Tür, und ein kleiner Kopf auf einem gedrungenen Hals schob sich durch den Spalt. Augen, die hinter Gläsern blinzelten, spähten herein.

»Henry Sand sagte, daß er kein Talent hätte, etwas zu verbergen«, sagte Pater Brown und richtete den Blick zur Decke. »Ich glaube, er unterschätzt sich.«

Henry Sand wandte sich um und ging raschen Schrittes den Gang hinunter.

»Er hat nicht nur seine Unterschlagungen durch

fully for years‹, went on the priest with an air of abstraction, ›but when his uncle discovered them, *he hid* his uncle's corpse in an entirely new and original manner.‹

At the same instant Stanes again rang a bell, with a long strident steady ringing; and the little man with the glass eye *was propelled* or shot along the corridor after the fugitive, *with* something of *the rotatory motion of a mechanical figure in a zoetrope.* At the same moment, Father Brown looked out of the window, *leaning over a small balcony*, and saw five or six men start *from behind bushes and railings in the street below and spread out equally mechanically like a fan or net; opening out after the fugitive* who had *shot like a bullet* out of the front door. Father Brown saw only the pattern of the story; which had never strayed from that room; where Henry had strangled Hubert and hid his body under impenetrable flooring, stopping the whole work on the building to do it. A pinprick had started his own suspicions; but only to tell him he had been led down the long loop of a lie. *The point of the pin was that it was pointless.*

Jahre verborgengehalten«, fuhr der Priester mit abwesender Miene fort, »sondern auch, als ihm der Onkel daraufkam, die Leiche dieses Onkels auf eine gänzlich neue und originelle Art versteckt.«

In diesem Augenblick ergriff Lord Stanes neuerlich die Glocke und läutete heftig. Der kleine Mann mit dem Glasauge setzte sich in Bewegung und lief wie eine aufgezogene Spielzeugfigur den Korridor entlang, hinter dem Flüchtenden her. Pater Brown trat ans Fenster und sah auf der Straße fünf bis sechs Männer, die aus verschiedenen Verstecken hervorkamen und ebenfalls hinter dem Flüchtling, der soeben aus der Haustür herausgestürzt war, herzulaufen begannen. Für Pater Brown ordneten sich die Fäden zum Muster. Hier in diesem Zimmer hatte Henry seinen Onkel ermordet und seine Leiche unter dem Patentfußboden versteckt, nachdem er zu diesem Zweck die Arbeit am Bau zum Stillstand gebracht hatte. Die Spitze einer Nadel hatte Pater Browns Verdacht erweckt und ihm gezeigt, daß er die falsche Spur verfolge. (...)

Ich habe hingegen die entsprechenden Stellen in diesem Band, S. 334 und S. 355 ff. wie folgt übertragen:

Father Brown hat immer behauptet, daß er dieses Problem im Schlaf gelöst habe. Und das ist richtig, obwohl auf eine reichlich sonderbare Weise; denn es geschah zu einer Zeit, da sein Schlaf reichlich gestört war. Er wurde sehr früh am Morgen gestört durch das Gehämmere, das in dem großen Gebäude – oder Halbgebäude – begann, welches sich gegenüber seiner Wohnung im Zustand der Errichtung befand; ein riesiger Stapel von Stockwerken, immer noch weitgehend verdeckt von Baugerüsten und Tafeln, die die Herren Swindon & Sand als Erbauer und Eigentümer bekanntgaben. Das Gehämmere wurde in regelmäßigen Abständen erneuert und war leicht zu begreifen: Die Herren Swindon & Sand spezialisierten sich nämlich auf irgendein neues amerikanisches System von Zementfußböden, die – trotz ihrer daraus entstehenden Glätte, Solidität, Undurchlässigkeit und dauerhaften Behaglichkeit (so in den Werbeanzeigen beschrieben) – an bestimmten Stellen doch mit wuchtigem Werkzeug festgeschlagen werden mußten. Father Brown gelang es jedoch, daraus einen bescheidenen Trost zu ziehen, und sagte, es wecke ihn immer rechtzeitig für die früheste Frühmesse und sei daher fast etwas von der Art eines Glockenspiels. Denn schließlich, sagte er, sei es für Christenmenschen fast ebenso poetisch, durch Hämmer wie durch Glocken aufgeweckt zu werden. Tatsache ist aber, daß ihm die Bauarbeiten dennoch etwas auf die Nerven gingen, wenngleich aus einem anderen Grund. Denn über dem halbfertigen Wolkenkratzer hing wie eine Wolke die Möglichkeit einer Arbeitskrise, die die Zeitungen hartnäckig als Streik zu bezeichnen beliebten.

Tatsächlich aber würde es, wenn es denn je dazu kommen sollte, eine Aussperrung sein. Aber er sorgte sich sehr darum, ob es denn wirklich eintreten würde. Und es mag fraglich sein, ob Gehämmere mehr an den Nerven zerrt, weil es für ewig andauern oder weil es jeden Augenblick aufhören könnte. [...]

Father Brown blickte sich um, als der Detektiv den Raum betrat; er stand da und starrte auf den Kaminvorleger und wiederholte: »An Ort und Stelle.«

»Mr. Jackson wird Ihnen berichten«, sagte Stanes, »daß Sir Hubert ihn beauftragt hatte herauszufinden, wer der Dieb war, der die Firma beraubte; und er brachte ihm eine Notiz über seine Entdeckungen am Tag, bevor der alte Hubert verschwand.«

»Ja«, sagte Father Brown, »und jetzt weiß ich auch, wohin er verschwunden ist. Ich weiß jetzt, wo seine Leiche ist.«

»Wollen Sie damit sagen …?« begann sein Gastgeber hastig.

»Sie ist hier«, sagte Father Brown und stampfte auf den Kaminvorleger. »Hier, unter diesem eleganten Perserteppich, in diesem behaglichen und bequemen Raum.«

»Wie in aller Welt haben Sie denn das herausgefunden?«

»Ich habe mich gerade daran erinnert«, sagte Father Brown, »daß ich das in meinem Schlaf gefunden habe.«

Er schloß die Augen, als versuche er, sich einen Traum vorzustellen, und fuhr träumerisch fort: »Das ist eine Mordgeschichte, die sich um die Frage dreht: Wie verstecke ich die Leiche? Und ich habe sie in meinem Schlaf gefunden. Ich wurde jeden Morgen vom Gehämmere aus diesem Gebäude aufgeweckt. An jenem Morgen wachte ich nur halb auf, schlief wieder ein und erwachte erneut in der Annahme, es sei schon spät; aber das war es nicht. Warum? Weil es an jenem Morgen Gehämmere *gegeben* hatte, obwohl die ganze übliche Arbeit eingestellt worden war; kurzes eiliges Gehämmere in den frühen Morgenstunden gerade vor Tagesanbruch. Ein schlafender Mensch rührt sich bei solch vertrautem Geräusch automatisch. Aber er schläft wieder ein, weil das übliche Geräusch nicht zur üblichen Stunde stattfindet. Warum wollte nun ein bestimmter geheimer Verbrecher, daß die gesamte Arbeit plötzlich eingestellt würde; und nur neue Arbeiter übernähmen? Weil die alten Arbeiter, wären sie am nächsten Tag hereingekommen, festgestellt hätten, daß während der Nacht ein neues Stück Arbeit getan worden war. Die alten Arbeiter hätten gewußt, wo sie aufgehört hatten; und sie hätten den ganzen Fußboden dieses Raumes bereits festgehämmert vorgefunden. Festgehämmert von einem Mann, der wußte, wie man das tut; nachdem er sich oft genug unter die Arbeiter gemischt und ihre Verfahren gelernt hatte.«

Während er redete, wurde die Tür aufgestoßen und ein Kopf mit einer stoßenden Bewegung hereingesteckt; ein kleiner Kopf auf einem dicken Hals und ein Gesicht, das sie durch Gläser anblinzelte.

»Henry Sand sagte«, bemerkte Father Brown und starrte auf die Decke, »daß er sich nicht dazu eigne, Dinge geheimzuhalten. Aber ich glaube, da war er ungerecht gegen sich selbst.«

Henry Sand drehte sich um und bewegte sich rasch den Korridor hinab.

»Er hat nicht nur jahrelang seine Unterschlagungen ziemlich erfolgreich vor seinem Onkel geheimgehalten«, fuhr der Priester mit abwesender Miene fort, »sondern hat auch, als sein Onkel sie entdeckte, seines Onkels Leiche auf eine vollkommen neue und originelle Weise versteckt.«

The Insoluble Problem

This queer incident, in some ways perhaps the queerest of the many that came his way, happened to Father Brown at the time when his *French friend Flambeau* had retired from *the profession* of crime and had entered with great energy and success *on the profession* of crime investigator. It happened that both as a *thief* and *a thief-taker*, Flambeau had rather specialized in the matter of jewel thefts, on which he was admitted to be an expert, both in the matter of *identifying jewels* and the equally practical matter of *identifying jewel-thieves*. And it was in connection with his

Das unlösbare Problem

Das seltsame Ereignis, in mancher Beziehung vielleicht das seltsamste, das Pater Brown je erlebt hatte, trug sich zu der Zeit zu, als sein französischer Freund den Beruf eines Verbrechers aufgegeben und sich mit viel Eifer und Erfolg dem der Aufdekkung von Verbrechen zugewendet hatte. Zufällig hatte sich Flambeau als Dieb wie als Detektiv einigermaßen auf Schmuckdiebstahl spezialisiert. Er konnte als Sachverständiger gelten, sowohl wenn es sich darum handelte, Juwelen zu schätzen, wie auch, und das war nicht von geringerer praktischer Bedeutung,

special knowledge of this subject, and a *special commission* which it had won for him, that he rang up his friend the priest on the particular morning on which this story begins.

Juwelendiebe zu entlarven. Und im Zusammenhang mit seinen besonderen Kenntnissen auf diesem Gebiet und mit einem Auftrag, den er ihnen verdankte, rief er seinen Freund, den Priester, an eben jenem Morgen an, an dem diese Geschichte beginnt. (…)

As they drove along through *a densely wooded* but *sparsely inhabited* landscape, in which inns and all other buildings seemed to grow rarer and rarer, the daylight began to take on *the character of a stormy twilight even in the heat of noon*; and *dark purple* clouds gathered over the *dark grey* forests. *As is common under the lurid quietude of that kind of light, what colour there was in the landscape gained a sort of secretive glow which is not found in objects under the full sunlight*; and ragged red leaves or golden or orange fungi seemed to burn with a dark fire of their own. *Under such a half-light* they came to a break in the woods like *a great rent in a grey wall*, and saw beyond, *standing above the gap*, the tall and rather outlandish-looking inn that bore the name of the Green Dragon.

Als sie durch die waldreiche, wenig besiedelte Landschaft fuhren, in der Häuser und Gasthöfe immer seltener wurden, begann das Tageslicht seltsam fahl zu werden, als ob die Dämmerung hereinbrechen wollte, obwohl es erst Mittag war. Dunkelviolette Wetterwolken ballten sich am Himmel zusammen. Von der fast schwarzen Wand der Wälder hoben sich die Farben leuchtender ab als bei Sonnenschein. Alle Dinge schienen von innen zu glühen; zackige rote Blätter und goldgelbe und orangefarbene Pilze brannten in dunklem Feuer. Endlich öffnete sich, wie ein Riß in einer schwarzen Wand, eine Lichtung, an deren Ende das große, etwas fremdartig anmutende Gasthaus »Zum grünen Drachen« lag. (…)

Strangely enough, the man seemed to have a *certain ability*

Merkwürdigerweise schien er jedoch ganz anständige

of politeness, when once he did move; even if it suggested the wooden joints of a courtly step-ladder or an obsequious towel-horse. Both Flambeau and Father Brown felt that they had hardly ever clapped eyes on a man who was so difficult to place. He was not what is called a gentleman; yet *he had something of the dusty refinement of a scholar*; there was something faintly disreputable or déclassé about him; and yet the smell of him was rather bookish than Bohemian.

He was thin and pale, with a pointed nose and a dark pointed beard; his brow was bald, but his hair behind long and lank and stringy; and the *expression of his eyes* was almost entirely masked by a pair of blue spectales. Father Brown felt that he had met *something of the sort* somewhere, and a long time ago; but he could no longer put a name to it. The lumber he sat among was largely literary lumber; especially bundles of seventeenth-century pamphlets.

Manieren zu haben, sobald er einmal aus seiner Starre erwacht war, wenn auch seine Bewegungen die Grazie einer hölzernen Leiter oder eines altmodischen Handtuchhalters hatten. Weder Pater Brown noch Flambeau hatten jemals einen Menschen gesehen, der so schwer einzuordnen war. Er war nicht das, was man einen Herrn nennt, machte aber doch den Eindruck eines gebildeten Menschen. Es war etwas Herabgekommenes und Deklassiertes an ihm und doch erinnerte er eher an einen Gelehrten als an einen Bohemien.

Sein Gesicht war mager und blaß, mit spitzer Nase und einem dunklen Spitzbart. Er hatte eine kahle Stirn, aber das Haar am Hinterkopf war lang, glatt und strähnig. Seine Augen waren hinter einer blauen Brille versteckt. Pater Brown fühlte dunkel, daß er einem ganz ähnlichen Menschen vor langer Zeit irgendwo begegnet war, aber er wußte nicht mehr, wann und wo. Der Kram, der herumlag, war hauptsächlich literarischer Natur. Es waren größtenteils Stöße von Flugschriften aus dem siebzehnten Jahrhundert. (...)

Meine Übertragung der entsprechenden Stellen in diesem Band, S. 357, 359 und 360 ff. lautet hingegen:

Das unlösbare Problem

Dieser eigenartige Vorfall, in mancher Hinsicht vielleicht der eigenartigste der vielen, die ihm begegneten, widerfuhr Father Brown in jener Zeit, da sein französischer Freund Flambeau den Beruf des Verbrechers aufgegeben und mit viel Eifer und Erfolg den Beruf des Verbrechensaufklärers ergriffen hatte. Nun war es so, daß sich Flambeau sowohl als Dieb wie als Diebsfänger ziemlich auf Juwelendiebstähle spezialisiert hatte, wobei er als Fachmann anerkannt war, sowohl in der Frage, Juwelen zu identifizieren, wie in der ebenso praktischen Frage, Juwelendiebe zu identifizieren. Und es geschah im Zusammenhang mit seinen speziellen Kenntnissen auf diesem Gebiet wie auch mit einem Auftrag, den sie ihm eingebracht hatten, daß er an jenem Morgen, an dem diese Geschichte beginnt, seinen Freund, den Priester, anrief. [...]

Während sie durch eine dicht bewaldete, aber kaum bewohnte Landschaft fuhren, in der Gasthäuser und andere Gebäude seltener und seltener zu werden schienen, begann das Tageslicht in der Mittagshitze den Charakter eines stürmischen Zwielichts anzunehmen; und dunkelpurpurne Wolken sammelten sich über den dunkelgrauen Wäldern. Und wie das gewöhnlich in der fahlen Ruhe dieser Art von Licht geschieht, gewannen alle Farben in der Landschaft eine Art geheimnisvollen Glühens, das man bei Objekten im vollen Sonnenschein nicht findet; und zackige rote Blätter oder goldene oder orangene Pilze schienen in einem dunklen Feuer aus sich heraus zu brennen. In solchem Halblicht kamen sie zu einer Waldlichtung wie ein großer Riß in einer grauen Mauer und sahen hinter ihr und oberhalb der Lücke das große und ziemlich fremdartige Gasthaus, das den Namen »Grüner Drache« trug. [...]

Merkwürdigerweise schien der Mann eine gewisse höfliche Behendigkeit zu besitzen, sobald er sich einmal bewegte, selbst wenn sie an die hölzernen Scharniere einer höfischen Trittleiter oder eines unterwürfigen Handtuchhalters erinnerte. Sowohl

Flambeau wie Father Brown fühlten, daß sie kaum je zuvor einem Mann begegnet waren, der so schwierig einzuordnen war. Er war nicht, was man einen Gentleman nennt; doch besaß er etwas von der staubigen Verfeinerung eines Gelehrten; da war etwas leicht Anrüchiges oder *déclassé* um ihn; und doch roch er eher nach Büchern als nach Bohème. Er war dünn und bleich, mit einer spitzen Nase und einem dunklen Spitzbart, er hatte eine kahle Stirn, aber hinten waren seine Haare lang und glatt und strähnig, und der Ausdruck seiner Augen wurde fast vollständig von einer blauen Brille verborgen. Father Brown fühlte, daß er irgend etwas dieser Art schon irgendwo und vor langer Zeit getroffen hatte; aber er konnte dem inzwischen keinen Namen mehr beilegen. Das Gerümpel, darinnen er saß, war zum größten Teil literarisches Gerümpel; vor allem Bündel von Flugschriften aus dem 17. Jahrhundert. […]

Überfliegt man die Beispiele, so fällt als erstes auf, daß GKC hier in ungewöhnlicher und ungewöhnlich häufiger Weise Gebrauch vom Strichpunkt gemacht hat wie von großen Anfangsbuchstaben: das eine offenbar, um das syntaktische Gefüge enger mit dem semantischen zu verzahnen; das andere, um eigentlich normale Redewendungen als sozusagen fest gewordene Begriffe hervorzuheben. Beide Verfahren werden von der Übersetzung nicht berücksichtigt: Das Strichpunkt-Gefüge wird in normale deutsche Sätze aufgelöst, die Großbuchstaben werden nur da berücksichtigt, wo sie im Deutschen sowieso üblich sind.

»rather an odd fashion … rather disturbed … disturbed« findet keine deutsche Entsprechung; »easily recognizable: because …« ist etwas anderes als »deutlich hörbar. Denn …«. »happened … happen« findet wieder keine Entsprechung, ebensowenig wie »finished … fresh … fairy filigree … light … bright … finishes«. Daß an die Stelle der »*bourgeois* ideologies« der Wienerismus »Burschui-Ideologie« getreten ist, der bis heute blieb, mag hingehen; daß aber »There is a threat to murder« etwas ganz anderes ist als »Es handelt sich um eine gefährliche Drohung«, leuchtet wohl unmittelbar ein.

»I found it in my sleep« mag beim Verfahren Floskel um Floskel zulässig sein: Hier aber wird sinnlos eine Argumentationskette gebrochen, die aus Spiegelungen besteht: wie die Leiche *in der Wohnung* verborgen ist und dort gefunden wird, so hat FB sie *in seinem Schlaf* gefunden.

Am unverständlichsten aber ist, daß der Schlüsselsatz der ganzen Geschichte, der ihr ja auch ihren Titel gegeben hat – »The point of the pin was that it was pointless« –, überhaupt nicht mehr vorhanden ist.

Der »French friend« allein wäre nicht auffällig, ebensowenig der »friend Flambeau«: der »French friend Flambeau« hingegen ist, gerade weil diese dreifache Alliteration aus einer an sich in den Einzelheiten überflüssigen Reihung eine dramatische Sprachbewegung macht, die ihrerseits wie so viele ähnliche Reihungen GKCs dramaturgisch keinem erkennbaren Zweck dient, ein durchaus auffälliger Akzent; »als Dieb wie als Detektiv« hält zwar die Alliteration, aber GKC hat eben nicht »detective« geschrieben, sondern »thief-taker« = Diebsfänger. Nun mag der Übersetzer der Meinung sein, GKC hätte gefälligst das blassere, aber üblichere Wort Detektiv nehmen sollen statt des viel farbigeren Diebsfänger: Jedoch hat der Autor jedes Recht, die Wörter zu wählen, die ihm aus welchem Grund auch immer gefallen – der Übersetzer aber hat kein Recht, die Wahl des Autors zu konterkarieren.

Der 9. Absatz zeigt GKCs grandiose Fähigkeit, eine geradezu lyrische Landschaftsbeschreibung zu dichten, sie aber gleichzeitig mit all dem Unheimlichen bis zum Platzen zu füllen, das im Alltäglichen erkennen zu können die besondere Begabung Father Browns alias GKCs ist – wovon die deutsche Variante kaum noch Schatten eines Hauchs enthält.

Und auf andere Weise ist auch der 15. Absatz in der deutschen Fassung grundlos ebenso farblos und harmlos geworden.

Man könnte diese Beispiele nahezu ad infinitum weiter aufreihen, doch mögen zum Abschluß zwei genügen, da sie GKCs Schreibverfahren besonders deutlich machen können. In der Geschichte *Die Verfolgung des Mr. Blue* kommt es zu einem Gespräch zwischen FB und Mr. Taylor, in dem vier Sätze hintereinander die Fragen nämlich Taylors und die Antworten Browns mit »No … None … No … No …« beginnen. Ich habe diese Abfolge mit »Keine … Keine … Keine … Keine …« wiedergegeben. Das mag stilistisch hölzern wirken, läßt sich aber nicht vermeiden, wenn man nicht die Art, in der GKC seinen Priester Brown Argumentationsketten aufbauen läßt, zerstören will.

In der Geschichte *Die Spitze einer Nadel* schließlich schreibt GKC hintereinander »guy with the glasseye … goblin with the glasseye … goblin of the garden«, verschränkt die beiden ungewöhnlichen Begriffe also miteinander. In der immer noch auf dem Markt befindlichen deutschen alten Version heißt das: »der kleine Mann mit dem Glasauge … der Gnom mit dem Glasauge … der Gartenzwerg« – hier wird zwar die Alliteration gehalten, die Verschränkung aber durch den unnötigen »Gartenzwerg« ebenso gebrochen wie die Poetisierung durch die zweifache Wiederholung des »Gnom«, der viel unheimlicher wirkt als der trivial und farblos gewordene Gartenzwerg und außerdem die steigernde Sprachbewegung GKCs in Richtung Unheimliches völlig untergehen läßt. Ich habe daher die Reihung »kleiner Kerl mit dem Glasauge … Gnom mit dem Glasauge … Gnom des Gartens« vorgezogen (siehe vorstehend S. 349).

Die Reihung von Beispielen und ihre Analysierung könnte, wie gesagt, nahezu ad infinitum fortgesetzt werden, wobei dann immer wieder der gleiche Effekt zutage träte: Chestertons ungemein kunstvoll ausgeformte Sprache von hohem literarischem Rang, die selbst den vertracktesten Multifunktionen gewachsen ist, würde immer deutlicher erkennbar. Doch hoffe ich, daß das durch die hiermit abgeschlossene Neuübersetzung der 50 FB-Geschichten bereits ausreichend geleistet wurde.

Es sei daher diese kurze Betrachtung der früheren Übersetzungen, die auch als Beitrag zu Überlegungen über Übersetzungskritik dienen mag, mit einem letzten Zitat beendet. Chesterton schrieb in *Der Kopf Caesars*:

> »I can't tell you the sense of monstrosity and miracle I had when he thus silently burst the barrier between land and water.« Was ich in Band 1, S. 316, so übersetzt habe: »Ich kann Ihnen das Gefühl des Ungeheuerlichen und Übernatürlichen nicht beschreiben, das mich überkam, als er so schweigend die Schranken zwischen Land und Wasser durchbrach.«

In der von einem namhaften deutschen Verlag immer noch vertriebenen Übersetzung Rottmanns heißt es auch in der revidierten Fassung: »Mir fehlen die Worte, um Ihnen die Skala meiner Empfindungen zu schildern, die mich beim Anblick so zweifelhaften Verhaltens überkamen.« Mir auch.